WHITE CRANE, LEND ME YOUR WINGS

A TIBETAN TALE OF LOVE AND WAR

白い鶴よ、翼を貸しておくれ

チベットの愛と戦いの物語

ツェワン・イシェ・ペンバ 著　星泉 訳

世界中にいる
固有の習慣や文化をもちながら
それぞれの心の中では
冒険心を抱き
学びへの飽くなき熱意をもちあわせている
全ての人びとに捧ぐ

装幀　成原亜美
装画　Nicholas Roerich
絵地図・挿画　蔵西

བྱ་དེ་ཁྲུང་ཁྲུང་དཀར་མོ། །
གཤོག་རྩལ་ང་ལ་གཡར་དང་། །
ཐག་རིང་རྒྱང་ལ་མི་འགྲོ། །
ལི་ཐང་བསྐོར་ནས་སླེབས་ཡོང་། །

白い鶴よ
翼を貸しておくれ
遠くには行かない
リタンを巡って帰るから

ダライ・ラマ六世
リンジン・ツァンヤン・ギャツォ
(1683−1706？)

この本について

シェリー・ボイル

いつになく晴れた午後のことだった。二〇一五年九月、ダージリンで調査中だった私は、ラモ・ペンバから書類の山を手渡された。なんと幸運なことだったろう。その山から彼女の亡くなった父親の貴重な書類の数々を発見することができたのだから——ロンドン大学での一九五〇年の物理学の試験問題や、一九六六年に栄誉あるハレット外科医学賞を受賞したことに対するエジンバラ外科医師会からの祝辞の手紙、一九四九年から五四年の間にチベットにいる父親からロンドンに送られてきた手紙の束、一九五〇年からつけられていた日記とノート、そして、未発表の二つの手稿「チベットの宗教と指導者たちについてのある医師の日記（*Diary of a Doctor to Tibetan Mystics and Masters*）」、そして「白い鶴よ、翼を貸しておくれ（*White Crane, Lend Me Your Wings*）」が含まれていたのだ！　この束を見るだけで、たまたまチベット人だった医師であり作家であるこの人物の、知的で情熱的な人生を垣間見ることができる。

一九三二年六月五日、チベットのギャンツェに生まれたツェワン・イシェ・ペンバの人生は、追悼記事において「あまたの初を成し遂げた人」と称された軌跡をたどっている。彼はチベット人で初めて西洋医学を学んで外科医となった人物であり、さらに英語で自伝と小説を書き、ロンドンのジョナサン・ケープ社からそれぞれ一九五七年と一九六六年に出版した初めてのチベット人でもある。彼の並外れて輝かしい知の冒険は、ラサの学校で小石を並べながらアルファベットを学ぶという、ごく普通の始まりだった。九歳になったとき、彼の父親で英領インド政府のチベット人幹部職員であったペンバ・ツェリンに連れられてインドで正規の学校教育を受けるため、ダージリンからほど近いクセオンにあるヴィクトリア・ボーイズ・スクールに入学することになった。

ペンバ家はチベット人移民の中でも早い時期にインドにわたった一家であり、彼らの生き方や仕事ぶりは、中国の支配下に入る前のチベットの歴史の生き証人である。一九三三年にジェームズ・ヒルトンの『失われた地平線』が出版されてからというもの、世界の屋根に位置するチベットには、近づくこともできないシャングリラというイメージがついてまわることになった。だが実際には、チベット人は、商人であれ知識人であれ、何世紀も前から地形の壁を越えて行き来しているのである。チベット人たちは七世紀には仏教を学ぶために、二十世紀の初めには英領インド式教育を受けるためにインドへ渡っている。ダライ・ラマ十三世はチベットを外の世界と同レベルに引き上げるため、社会的、政治的改革を開始し、チベット初の英語学校まで開設したのである。この学校が教条主義的な僧侶たちによって閉鎖に追い込まれてからは、先見の明のある百人を超えるチベット人がチベットを近代化するために子弟を英領インドの学校へと送り込んだ。こうした学校では、ペンバが自伝の中で語っているように、チベット人たちは西洋のマナーに習熟して「細くつり上がった目のイギリス人」となったが、同時に多数派であるイギリス人の中で、チベット人としてのアイデンティティを意識するようにもなった。毎年三か月間の長期休暇をチベットで過ごしたペンバは、「チベットの暮らし」とイギリス式の教育のあまりの違いに直面することになる。彼は特に祖母からチベット人らしさという感覚をしっかりと受け継いでいた。彼は、天翔ける龍やら生まれ変わりといった彼女の信じているものを受け入れることはなかったものの、生命の尊さを祖母がひたすら信じていることとや、そのことが彼女にもたらしている心の平穏に感嘆していた。

一九四九年以降、ロンドン大学で医学を学んでいる間、父から届く手紙が、彼と故郷をつなぐ唯一のよすがだった。彼は毛沢東の共産中国によって故国が占領され、変容を強いられているさまを知ると同時に、ロンドンの人びとが抱いているチベットに対する非現実的な妄想にも気づきはじめていた。彼は一九一三年にダライ・ラマ十三世によって送り込まれた最初のチベット人留学生たちや、イギリス人の植民地官僚と結婚して一九二〇年代にヨーロッパで暮らした初めてのチベット人女性リンチェン・ラモが経験したのと同じように、西洋世界におけるチベット人に対する偏見に直面していた。移民という経験は、歴史的にも証明されているように、故郷への意識を増殖させる触媒となる。ガーンディーの海外経験が彼のインド人としてのアイデンティティを、あるいはレオポール・サンゴールの場合にはブラック・アフリカの意識を高めたが、同様に、チベット人の西洋世界との出会いは、チベット人らしさを主張したいという思いを刺激したのだった。リンチェン・ラモは西洋人のチベット人に対する偏見に対抗するために『私のチベット(*We Tibetans*)』(一九二六年)を書いたのだが、ペンバは同じ目的で自伝『少年時代のチベット(*Young Days in Tibet*)』(一九五七年)を執筆している。リンチェン・ラモやペンバがそれぞれのやり方でチベットについて語るときの文化や表象の問題は、何十年も後になってポストコロニアル研究の文脈で表に引きずり出されることとなった。英語で書くチベット人作家は二重の植民地化——すなわちチベットの政治的アイデンティティを否応なく侵食する西洋人の妄想と中国によるチベット占領の両者——に対する抵抗する詩学であるという点においてポストコロニアル作家の語り口と共通点がある。

一九五五年にロンドンで大学を卒業したペンバだったが、帰る家はもはやなかった。というのも一九五四年にギャンツェを襲ったヤルルン・ツァンポ川の洪水で両親が亡くなり、また、そのときすでにチベットはもはや事実上の独立国ではなくなっていたからである。チベットに帰る理由を失ったペンバはかわりにブータンへ向かった。折よく後の首相となるジグメ・ドルジがブータンで初めての病院を建てるということで、ペンバが招へいされたのだ。一九五九年にはブータン人の妻ツェリン・サンモとともにダージリンへと移り、ドゥアールズとダージリンの病院で働くことになった。同じ年、ダライ・ラマが亡命し、それに伴って何千人もの人々が難民となってインドへとなだれ込んできた。ペンバは負傷した難民たちや病気の難民たちに無償で医療を施し、その際に彼らから中国による砲撃に関する身の毛もよだつような話や、ゲリラ活動、そして危険な脱出劇について聞かされた。彼は日記に伝説的なゲリラ戦士、アンドゥツァン・ゴンポ・タシの診察をしたときの経験を書き留めている。「私が屈んで彼の下腹部を触診したとき、仏画(タンカ)と拳銃と剣と数珠(じゅず)がぶら下がっているのに気づいた。チベット人ゲリラたちの中国共産党に対する闘争をなんと雄弁に物語っていることか！　実際、数珠と拳銃をクロスさせた絵柄はチベット軍の徽章になり得る」独立国チベットの脆さとその壊滅的な陥落に対する深い洞察を契機に、ペンバは初めての英語によるチベット文学の小説『道中の菩薩たち（*Idols on the Paths*）』（一九六六年）を書き上げた。

ペンバはイングランド外科医師会の特別研究員として医学研究に邁進していたため、文学シーンからは遠ざかっていたが、心の底では祖先から受け継いだ伝統にこだわり続け、いつかチベットに関する作品をもっと書きたいと思い続けていた。彼はチベット史の生き証人、例えば、F・M・ベイリー中佐（一九〇四年のイギリス軍によるチベット侵攻に従軍）、ロバート・フォード（チベット政府に無線電信技師として雇われた初めてのイギリス人）、ジョージ・シェリフ少佐（チベット軍の訓練を担当）ほか、独立国チベットを実際に目撃した人々から話を聞いている。チベット仏教の一流の研究者であるデヴィッド・スネルグローブとは車でグレートブリテン島走破の旅に出かけ、各地の大聖堂を訪ねては宗教談義に花を咲かせた。ダージリンでは、ルイス神父として名高い友人のトマス・マートンと信仰について語り合った。宗教は、亡命チベット人のぼんやりとした民族アイデンティティとなりつつあったが、ペンバ自身の心の中でも存在感を増しつつあったのは必然であった。日記ではこんな風に回想している。「白衣を身にまとい、銅像のごとく立ち尽くし、ホルマリン漬けの脳を見つめながら、人間の〝魂〟はいったいどこにあるのかと考えていた」彼は仏教哲学について思考を巡らせながら、同時に医療の仕事をしていたのだ。彼は一九九二年にブータンのティンプー総合病院を退職後、難民となった僧侶や化身ラマたち数名との交流をもとに、手稿「チベットの宗教と指導者たちについてのある医師の日記」を執筆した（一九八五年までダージリンで医師として勤務した後、再びブータンに戻ったのだ）。

二〇〇七年、七十五歳の誕生日に、ペンバの長年の夢がかなった——ビザの取得にかかった大変な困難をようやく乗り越え、生まれ育ったチベットの地を旅することができたのだ。彼は一九四九年に離れて以来初めて訪れたチベットで、物質的な繁栄と変容に圧倒される一方で、かつて幸せな幼少期に暮らしていたデキー・リンカ［英領インド政府ラサ駐在所］のあったラサの通りで喪失感と郷愁を覚えていた。彼の息子のリガは、ラサから北京へと向かう列車の中で、父は完全に茫然自失の状態だったと回想している。ペンバはチベットから帰ってからというもの、何か月にもわたり、沈思黙考の日々を続けていたペンバだったが、その後、カム地方での布教に失敗したキリスト教宣教師の話に始まり、人里離れた山に暮らすチベット人が中国共産党に駆逐されるまでを描いた魅惑的な物語『白い鶴よ、翼を貸しておくれ』の執筆に専念するようになる。ペンバは二〇一一年十一月二十六日、肝臓がんで逝去した。襲ってくる痛みをこらえながら、休むことなく書き続けたこの小説の出版は、彼の最後の望みだった。

ペンバの作品は文学的な技巧だけでなく、歴史的な重要性においても際立っている。英語で書くチベット人小説家として、彼には先達がいなかった。というのも伝統的なチベット文学というのは、『英雄叙事詩ケサル王物語』やダライ・ラマ六世の詩を除いては、ほとんど経典や宝典、祈禱書、僧侶の伝記ばかりだからである。一九五九年以前のチベットにおける唯一の小説であった、ツェリン・ワンギェルによる『比類ない王子の物語』（一七二七年）は、伝統的な仏教の世界観を遵守しており、さらにラーマーヤナの翻案であったことから出版が許されたのだと言われている。学僧のゲンドゥン・チュンペーも、英語で文学作品を書くことを試みた初期の人物である。しかし、チベット的な精神と文化的な特質を英語という言語に混ぜ込むことに成功したのはペンバである。しかも、チベット語を英語で綴る方式を編み出し、それを亡命チベット人にとって使える言語として標準化するような手法であった。母語を英語に取り込むという営みは一般に、イギリス帝国主義の歴史的偶然によって生み出された、イギリスと故国のような二重の文化的ルーツをもつポストコロニアルの作家たちにおいて起きているとされる。ペンバはチベット人の中でも、早い時期に移民して英語教育を受けたおかげで、世界全体と自国を対比する俯瞰的な見方を身につけた貴重な知識人である。そして彼はそれを繊細な言語感覚と結びつけることで、ラージャ・ラオがインドで、チヌア・アチェベがナイジェリアで、英語による文学的伝統の基礎を築いたのと同じ実験を行ったのである。ツェワン・イシェ・

ペンバと、彼のように外国に身をおいて英語で書く後進のチベット人小説家たちは、借りてきた言語を操り、植民地独立後の他者に間借りした土地で、脱領域化した民族を描いているのだ。

（チベット文学研究者、詩人、翻訳家）

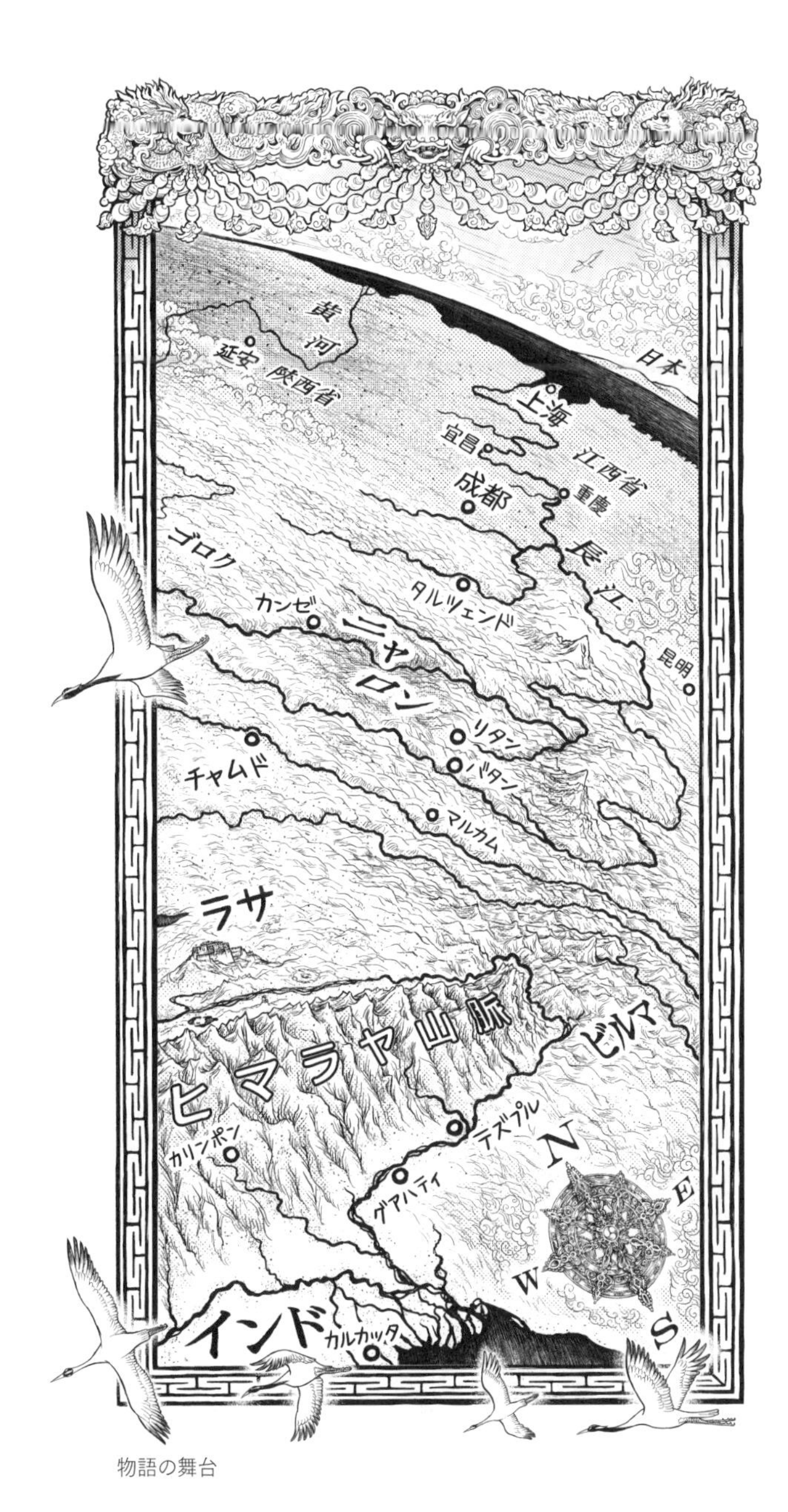

物語の舞台

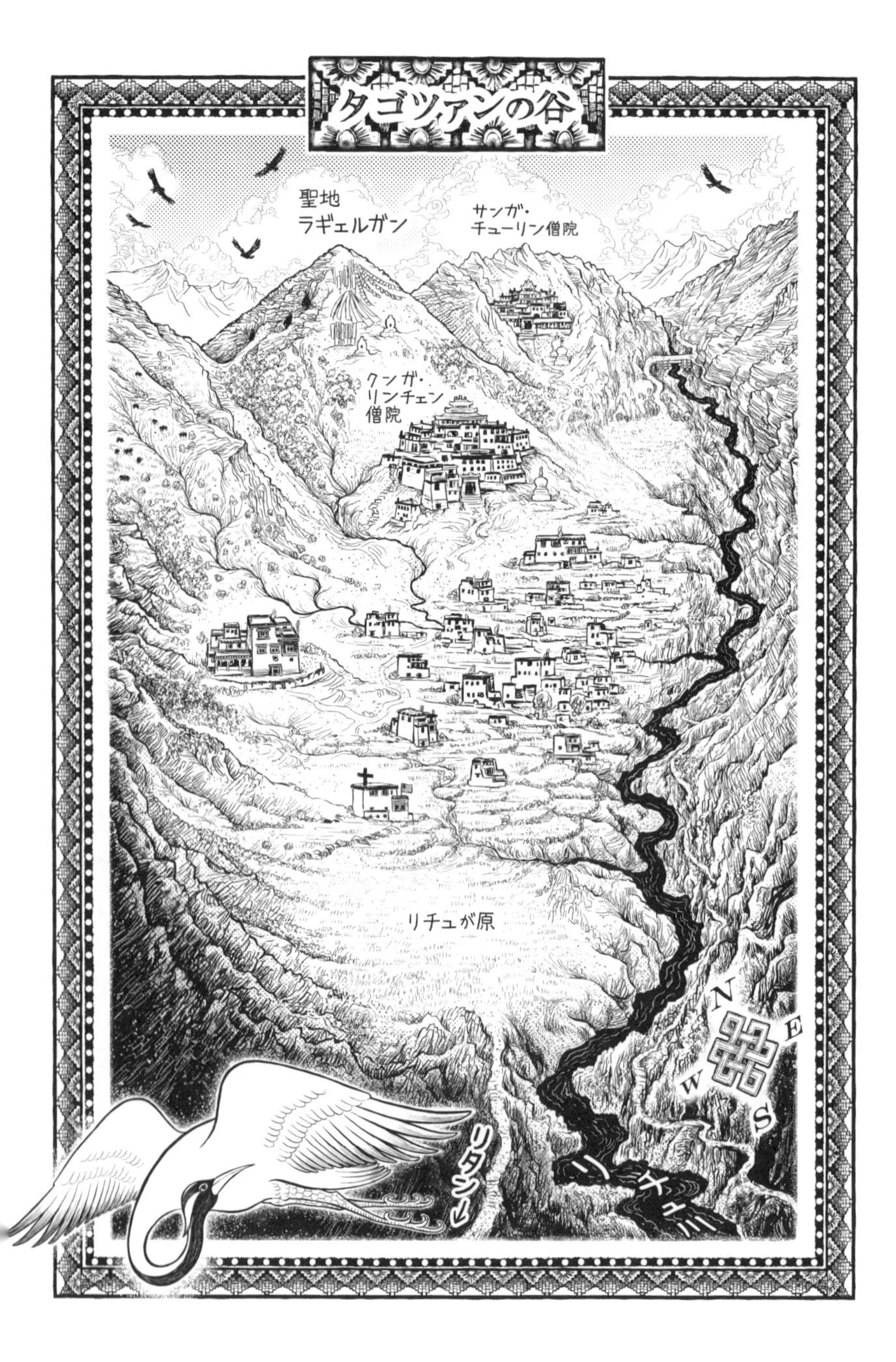
タゴツァンの谷
聖地
ラギェルガン
サンガ・
チューリン僧院
クンガ・
リンチェン
僧院
リチュが原
リタン川
N
E
W
S

主な登場人物

スティーブンス家（アメリカ人宣教師一家）
ジョン・マーティン・スティーブンス　ポーロ・アギャとも
メアリー・スティーブンス　ポーロ・アマとも
ジョン・ポール・スティーブンス　長男　愛称ポーロ

タゴツァン家（谷の領主）
ソナム・ギャツォ（ポンボ・タゴツァン）　タゴツァン家の当主
ツェリン・サンモ　当主の妻
カルマ・ノルブ　長男
テンバ・ギュルメ　次男　愛称テンガ

リタンツァン家
タシ・ツェリン　ワンディの兄で教養人
ワンディ　タシ・ツェリンの弟で剣術の達人

サムドゥプ・ダワ家
サムドゥプ・ダワ　ポンボ・タゴツァンの親友の商人
カンド・ツォモ　サムドゥプ・ダワの一人娘

ポールとテンガの友人たち
リロ　年長の独身男　狩猟の達人
ミンマ　ポールとテンガの幼なじみ　斧の達人
ツェレク　カンド・ツォモの女友達

クンガ・リンチェン僧院
ドルジェ・サンペル・リンポチェ　僧院の貫首　六代目の化身ラマ
ケンポ　僧院の管理運営を担当

サンガ・チューリン僧院
タルセル・リンポチェ　深い学識を備えた老齢の化身ラマ

その他の登場人物

ベツレヘム聖霊ルーテル教会（ベツレヘム・ルーテル教会とも）
フランク・パーキンソン　ベツレヘム聖霊ルーテル教会中国総支局長
スティーブン・マーウェル牧師　タルツェンド教会の責任者
ジョン・リー・チョウ牧師　タルツェンド教会勤務の中国人

スティーブンス家の使用人
カオ・イン　中国人の料理人
パサン　年配の馬丁
ゴンポ　身の回りの世話係
マーサ・ドルマ　キリスト教に改宗したチベット人女性

タゴツァン家の使用人
アー・ツェリン　テンガの世話係をつとめる古株の召使い
アニ　元尼僧の年配の女中

ニャロンの男たち
ノルブ　谷と山を行き来する情報屋
クンサン　元僧侶でインテリの分析屋

中国国民党軍
リウ・ドンホワ　タルツェンド駐在の国民党少佐　後に大佐

中国共産党軍
タン・ヤンチェン　政治委員
ワン・ツァオウェイ　人民解放軍地区司令官
ツァオ・フンシャン　男性医師
リン・イン　女性医師

在インドアメリカ総領事館
ロバート・シーモア　アメリカ総領事館領事　ボビーとも
クリス・ニコルズ　アメリカ総領事館勤務の青年

白い鶴よ、翼を貸しておくれ

チベットの愛と戦いの物語

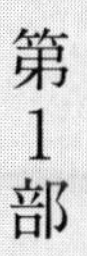

第1部

1

ジョン・マーティン・スティーブンスとその妻メアリーは、一九二四年六月五日、サンフランシスコ港から上海に向けて出発した。二人は湾を抜け、ゴールデンゲート海峡にさしかかった船の上で、街が遠ざかっていくのを眺めていた。よく晴れていたが、港とアルカトラズ島の一部を覆うように霧が出ている。メアリーは夫に寄り添って腕をからめ、波に目をやりつつ、その先に大きく広がる太平洋を見つめていた。海は遙か彼方まで続き、その波はいずれ上海の海岸に打ち寄せるのだ。

スティーブンスは背の高い若い男性で、二十八歳になったばかりだ。スポーツ選手のように大股で優雅に歩く。彼に初めて出会った人は、彼がまさか布教のために中国へ渡ろうとしている人物だとは思わないだろう。面長で、明るい褐色の髪はオールバックにしている。メタルフレームの眼鏡の奥には青い瞳。上唇は長く、歯の出っ張りに合わせてゆるやかにカーブしている。さらに賢そうな澄んだ目、人の話に機敏に反応して頭をのけぞらせる仕草、そしてはつらつとした身振りは、優しさと礼儀正しさ、学識をあわせもった魅力的な人物という強い印象を与えた。対照的に三歳年下のメアリーはやせの小柄で、濃い褐色の髪に鳶色の瞳、青白くなめらかな肌をしており、優しげな面立ちの女性だ。しかし細身の体と穏やかそうな外見とはうらはらに、強さと決断力、粘り強さ、そして不屈の信念を秘めており、冒険と苦難を乗り越える覚悟ができている様子だった。スティーブンスはサンフランシスコの、メアリーはロサンゼルス近くのサンタアナの出身だった。スティーブンスはハーバードで中国語とサンスクリットを学び、卒業後に宣教師となって、ベツレヘム聖霊ルーテル教会極東支部の所属となった。その本部はサンフランシスコにあり、極東各地に伝道所が置かれていたが、そのほとんどは中国国内にあった。

スティーブンスがメアリーと出会ったのは、サンフランシスコで初任研修を受けているときだった。メアリーも極東への伝道に一生を捧げようと決意していた。似たような夢と情熱を抱き、同じ使命に身を捧げようとしている二人の若い男女が恋に落ちるのはごく自然な成りゆきで、結婚に至るまでさして時間はかからなかった。

二人ともアメリカ合衆国を離れることに何の未練もなかったし、いつまた故郷に帰れるかも分からないのだ。出発の二、三日前のとある午後、二人はバークレー・ヒルズまで足を延ばし、かのフランシス・ドレークが約四百年前に船で通ったというサンフランシスコ湾を一望した。二人もまもなく大冒険に出発する。見も知らぬ異国の地で過ごすことになる未来が楽しみで興奮が抑えられなかった。愛し合う若い二人は、早く上海に到着して、魂の冒険を始めたくてたまらなかった。

ジョン・スティーブンスには特にやりがいと魅力を感じて楽しみにしていることがあった。彼らの教会の中国総支局は上海にあり、それを指揮しているのが、経験豊かだが、少し風変わりなところのある老宣教師のフランク・パーキンソンだった。彼は人生のほとんどを中国で過ごしており、パーキンソンの生涯の夢はチベットに伝道所を設置することだった。噂によれば、彼はつい最近、ほとんど不可能と言われていた、公式の伝道所設置許可を得たところだという。スティーブンスもそうしたチベットの伝道所の一つの運営を任される可能性がないとはいえず、チベットのような神秘的で近づきがたい土地で布教活動をすると思っただけで想像力と情熱をかきたてられる思いだった。

「ねえ、ジョン」メアリーがさもおかしそうに夫に笑いかけてきた。「私たち、フォード・マドックス・ブラウンの『イギリスの見納め』の夫婦みたいに惨めに見えるんじゃない？」

「そんなことあるはずないさ、メアリー」スティーブンスは波の音にかき消されないように大きな声で言った。「僕たちが惨めなわけないだろ。やっと上海に向けて出発できたってのに嬉しくないのかい？」

「嬉しいに決まってるわ」彼女は興奮した様子で叫んだ。「最高の気分よ！」


上海港の波止場がくっきりと見えてきた。港に近づくにつれ、乗船客の間には喧騒と興奮が広がる。船が着岸すると、群衆が詰めかけて押し合いへし合いとなり、騒然となった。ターバンをつけたシーク教徒の警官や制服を着たイギリス人やヨーロッパ人の役人がなんとか群衆をさばこうとしている。スティーブンスとメアリーは教会に勤務するジェームス・リンゼイ・ハーパーと会うことになっていた。ものすごい数の人びとの中で、彼は一際目立っていたのでメアリーは安堵(あんど)した。彼は半袖シャツにカーキ色の半ズボンを身につけ、裸足に軽い帆布製の靴を履いていた。頭には英領インド式の防暑帽ソーラー・トーピーをかぶっていたが、よく日焼けしていて、まるでロサンゼルスのビーチにいる男たちのようだった。彼は太字でハーパーと書かれたプラカードを掲げていた。スティーブンスが自己紹介をして、温かい握手を交わすと、ハーパーは満面の笑みを浮かべた。人力車二台がすでに用意してあり、ハーパーは顔なじみとおぼしき車夫たちと完璧な中国語で会話を交わしていた。

「まず貴重品からこちらへ」ハーパーはスティーブンスに言った。「もちろんあなたの神聖な魂以外ってことですがね。わっはっは。重い荷物は私めが後で引き取りに来ますんで。先に税関を通さなけりゃなりませんからね。さあ、行きますよ！」人力車は勢いよく出発し、人びとでごった返している通りをすいすいと縫うように進んでいった。ハーパーは陽気なおしゃべり男で、顔もかなり広いようだ。どの役人にもあいさつをしている。実際、ジム・ハーパーは上海の波止場のあたりではよく知られた有名人で、アメリカ合衆国からやってくる新人宣教師たちを連れて、このめちゃくちゃなまでに無秩序に広がった街の複雑に入り組んだ通りを案内できるかけがえのない人材だった。

教会の総支局に到着すると、ハーパーは二人の新人宣教師を宿泊部屋に案内した。そこには竹製の低めのベッドが備えつけられ、竹簾（たけすだれ）がかかっていた。塵一つない清潔な部屋で、家具は必要なものがわずかに置かれているだけだった。食事には中国式に箸が用意されていた。実のところ二人に初めて出されたのはマグカップ一杯の熱々の白湯（さゆ）だったのだが。

そこでは中国人でキリスト教徒の使用人たちが働いていた。彼らはルークやポールといった名前で呼ばれ、みな小ぎれいな格好をし、にこやかに笑みを浮かべ、媚びへつらったところもなく、実にテキパキとよく働く。ほとんどの者が英語を解するが、スティーブンスが流暢な北京語（マンダリン）を話しだすと、みな嬉しい驚きに思わず顔を上げた。聖書からの引用やキリスト教のテキストが人目を引くようなかたちで壁や階段、そしてダイニングルームなどに掲示されていた。他にも驚くような注意書きが貼ってあった。スティーブンス牧師は冗談半分にメアリーを小突いて、こんなトイレの貼り紙を指さした。

「便座を濡らさないようにしてください。女性もこのトイレを使用します」

「狙いが定まらないってわけか……」学識ある牧師はかぶりを振って一言感想を述べた。

ハーパーが二人のところにやってきて、フランク・パーキンソンは気分が優れないので面会は翌日になると伝えた。スティーブンスとメアリーはその晩、ほぼ部屋で休んでいた。ベッドには洗いたてのベッドカバーがかけてあり、部屋の中も聖書からの引用の文句で飾られていた。塵一つないこの部屋の殺風景で厳格な雰囲気をやわらげてくれるような絵や写真は一枚もなかった。「誰しもわたしによらずして父のみもとに行くことはできない……」「わたしは道であり、真理であり、命である」「わたしは決してあなたを離れず、あなたを捨てない」二人は階下へ下りて共用部屋へ行き、様々な情報がきっちり額に入れて掲示されているのを確認した。そこには食事時間や洗濯の手配、郵便の集配に関する情報、さらには長江を上って上海から一〇〇〇マイル［約一六〇九キロメートル］ほど内陸に入った宜昌（イーチャン）［湖北省西部にある街で蒸気船の寄港地］に向かう蒸気船の出航日などが掲示されていた。

2

翌朝、スティーブンスはしつこいノックの音で起こされた。ノックの主はきちんと身なりを整えたハーパーだった。スティーブンスはハーパーが若いのにずいぶんと禿げていることに気づいた。それでいつもソーラー・トーピーをかぶっているのか。ハーパーは二人に元気よくあいさつをし、笑いながら腰を下ろした。

「快適に過ごせましたか？　暑くなかったですか？」心配そうに切り出すと、こう続けた。「お二人にいい知らせがあるんです。パーキンソン牧師は今日はずいぶん具合がよいようで、昼食時にお二人とご一緒したいと」

「それは素晴らしい！」スティーブンスは言った。「お目にかかるのが楽しみです。お噂はかねがねうかがってましたから」
「素晴らしいお方ですよ！」ハーパーは応じた。「本当にすごい方です。言ってみれば神の真のしもべですよ。あの方はここ中国におけるベツレヘムの聖霊そのものです。あの方なしではやってこれませんでした。上海中の人と顔なじみですし、中国人にも好かれています。白人には……まあ……恐れられていますね。いや……むしろ畏敬の念……でしょうかね。有言実行の方なんです。いつも本音でお話されます……歯に衣を着せないというか」ハーパーはためらいつつ、遠慮がちに言った。「でもここ最近は……。どこか自分を押し殺して内に閉じこもってしまっていて。誰か他の人ならば中国に来て神経をやられたとでもいって片付けるところなんですが、なにせフランク・パーキンソンですからね……」ハーパーは両腕を広げて諦めたように肩をすくめた。

その日の午後、一時十分前にハーパーがスティーブンスとメアリーを迎えにやってきて、教会の敷地内にあるパーキンソン邸に案内してくれた。ドアの前まで来ると、ハーパーは神経質そうにそわそわして、ハンカチを取り出すと額と手の汗を拭った。それからおずおずとノックした。
「どうぞ！」中から叫ぶ声がした。ハーパーは真鍮（しんちゅう）製の中国式のドアノブをゆっくりと回し、スティーブンスとメアリーについてくるように合図した。

部屋に入ると広々としていたが、かなり暗かった。スティーブンスは上海の眩しく暑い日差しにさらされていたので、暗さに目が慣れるまで少し時間がかかった。彼は妻と肩を並べて待っていた。ハーパーが部屋の端の方に忍び足で歩いていくと、スティーブンスの目にようやく、中国製の竹のベッドの上で太った大男が扇子であおいでいる様子がぼんやりと映った。

「パーキンソンさま」ハーパーはささやき声で言った。「スティーブンスとメアリー両牧師をお連れしました」

「ああ……」パーキンソンは言った。「二人ともようこそ。そこへかけてくれ……ほら、そこだよ」温かく親しみやすい声だったが、握手は交わさなかった。ハーパーが竹の椅子を二つ運んできてパーキンソンのベッドのそばに並べた。

「旅はいかがでしたかな」中国におけるベツレヘム聖霊ルーテル教会極東支部の長であるパーキンソンは尋ねた。

「はい、おかげさまで」スティーブンスは応じた。「ジム・ハーパーさんが親切にしてくれまして、あらゆる面でお世話になりました」ようやく室内の暗さに目が慣れてきて、フランク・パーキンソンの姿がはっきりと見えた。中国式の木綿の上着とズボンを身につけたその人は、ベッドに腰を掛けて肘をつき、二人をじっと見つめていた。

パーキンソンは顔が大きく、白髪交じりのなめらかな髪をしていた。かぎ鼻で、まぶたは垂れ下がっていたが、それを見開いたとき青灰色の知的で明敏かつ生気に満ちた目が現れる。顎は何者かに抗うかのように前にぐっと張り出しており、世界中からいつ繰り出されるか分からない打撃もしっかりと受け止められそうである。その自信に満ち溢れたさまはまるで、時と運命にくらわされるどんな打撃も、まさに自分の顎で正面から受け止め、なおかつ自分の足でしっかりと立ち続けてきたことを誇る、無敗のまま引退した元ヘビー級ボクサーのようだった。固く結んだ口元のほんの少し下がった口角は、内に秘めた憂いや満たされぬ思いを隠しきれなかった。

「君が来てくれて嬉しいよ、スティーブンス牧師。もちろん君もだ、メアリー。ずいぶん遠い道のりだりただろう。分かるよ。フリスコ［サンフランシスコの略称］は最近どうだい。あそこは好かんのだよ。坂道だらけだろ……まったく頭のおかしい建築家がつくった街だな。それにあの気まぐれな天気……風は冷たいし、夏だっていうのに骨まで凍るってな。上海は天国だよ」

「私はロサンゼルスの近くなんです」メアリーがにこやかに言った。「気候も穏やかで日差しも暖かでだいぶましです」

パーキンソンは笑った。「確かにその通りだな、メアリー。LAはまさに君の言う通りなんだ。だからいったいなぜフリスコが総支局に選ばれたのか、皆目分からんのだよ。まあでも受け入れざるを得なかったわけだよな、おそらく。私はボストンの出身だよ。ボストンは君の庭だよな、ジョン。ハーバード出身だもんな」

スティーブンスは頷いた。

「中国語とサンスクリットを学んだとか？」

スティーブンスは笑って「私のことを何でもご存知なんですね」と答えた。

パーキンソンはにやりとした。「中国に渡ってくるあらゆる人間の調査ファイルが私の手元にあるからな。何だって知ってるよ。実家から教育、興味関心に至るまでね。それで各人が一番ふさわしいところに配置しようと考えているんだ。四角い穴に丸い杭を打ち込んでも意味がないからね。異教徒の地に神の聖なる御言葉を急ぎ布教することを誰かが天職とし、聖なる神もそれを望んでいたとしても、持てるもの一切を他者に与えるためには、本人が幸せでなければならないんだ。余計な負担を感じてほしくない……。羊飼いが不幸せで混乱していたら、羊の群れを惑わせることになるからね……」

スティーブンスは笑みを浮かべて「では私たち二人にはどういった穴を掘ってくださったんでしょ

う?」と言ったが、すぐさま自分の軽薄な物言いを後悔した。

パーキンソンはいたずらっぽい笑みを浮かべて目配せをした。「そろそろその話をしようと思ってたところだ。ハーパー、サミーに昼食を出すよう言ってくれ。まずは腹ごしらえをしよう。それから二人にどんな穴を用意したか、種明かしをするよ」

ハーパーはさっと立ち上がり、部屋を後にした。染み一つない服に身を包んだ三人の中国人の召使いが部屋に入ってきて、静かに食卓を整え始めた。「サミー、カーテンを」パーキンソンは召使いの一人に向かって言った。召使いがカーテンを開けると、部屋が光であふれかえった。

「ジョン、箸は使えるかい?」スティーブンスが頷くと、老齢の宣教師、パーキンソンは完璧な北京語を操って、サミーに食卓を中国式に整えるように命じた。サミーはヨーロッパ式のカトラリーとプレートを下げ、かわりに箸と茶碗を置いた。一席分だけ元のままにしてあったが、メアリーのためだろうとスティーブンスは思った。召使いたちは一旦下がって一列に並び、恭しく待機していた。

「さて……食事が冷めてはいけないからな……」パーキンソンはベッドから体を起こしながら言った。部屋が明るくなったので、スティーブンスはパーキンソンの肢体が不自由だということに初めて気づいた。体はこわばり、背中も湾曲していた。そしてなぜ握手をしなかったかも分かった。両手がひどく変形しているのだ。サミーとハーパーが体を支えて立ち上がった。かなりの巨漢で、背中が曲がっているのにスティーブンスとほぼ同じ背丈だ。二本の杖を支えにしてゆっくりと慎重に歩いていき、食卓についた。そこはスティーブンスがメアリーの席だと思ったところだった。考えてみれば変形した手で箸を使うのは無理だ。三人とも着席して、食前の祈りを捧げた。パーキンソンは不器用なぎこちない手つきで専用のナイフとフォークで食事をしながらも、陽気で、軽やかにおしゃべりを繰り広げていた。時折彼はあたりを見回して、後ろにじっと立っている中国人の召使いを相手に冗談を飛ばすこともあった。そんなとき彼らはなんとか身のほどをわきまえようと顔を背け、袖で顔をおおって上品に笑うのだった。

食後のフルーツに続いてコーヒーが運ばれてきた。

「たばこが吸いたければどうぞ」パーキンソンは言った。

「私たちはたばこは吸わないんです」メアリーが応じた。

パーキンソンのベッド脇のテーブルから、サミーが小さな瓶を持ってきた。スティーブンスは薬かなにかだろうと思った。中国人の召使いが瓶を開け、パーキンソンの手のひらに小さな黒い錠剤を二つ出すと、牧師は口の中に放り込み、嚙み始めた。

「アヘンだよ……」パーキンソンは告白した。「まあ純粋に薬用だけどね。関節の強烈な痛みから逃れるにはこれしかないんだ。断言できるが、適量を守れば、アヘンほど素晴らしい鎮痛剤はないよ。納得いかないかね」

「ちょっと驚いただけです……」スティーブンスは笑いながら肩をすくめて「アヘンといえば普通はあの……連想してしまうじゃないですか……」彼は遠慮がちに、角の立たない言葉を探しながら言った。

「堕落だろ」パーキンソンは言った。「堕落……ド・クインシー〔『阿片常用者の告白』で有名な十九世紀のイギリスの評論家〕とかそういう連中だよな。それでも彼はいい書き手だがね。彼が神経痛性のひどい痛みを緩和するためにアヘンを使っていたことは知ってるかい？　好んでアヘン中毒になったわけじゃないんだよ。とにかく中毒ってのはかなりインパクトの強い言葉だからね。考えてみれば私も神への奉仕という中毒に陥っているのかもしれん。もっとも最近サンフランシスコではろくでなしのアヘン中毒が中国のベツレヘム・ルーテル教会を牛耳っているといって糾弾されかねない状況だがな！」パーキンソンはこう言ってウインクをすると、頭をのけぞらせて大笑いした。

　ベツレヘム・ルーテル教会の中国総支局長は黙ったまま、ゆっくりとアヘンを嚙んだ。パーキンソンはリラックスして、物思いにふけり、視点の定まらない目でぼんやりと遠くを眺めていた。みな静かに座っていた。スティーブンスはその場を立ち去るべきか迷っていた。パーキンソンは休みたいのではないだろうか。ところが彼は突如立ち上がり、杖をついて壁にかかった大きな地図のところまで足を引きずりながら歩いていった。その壁に立てかけてあったビリヤードのキューのような長い竹の棒を手に取り、「こっちに来てくつろいでくれ」スティーブンスと妻に言った。「これから地理について教えよう」地図を竹の棒でぴしゃりと叩いた。「これはアジアの地図。チベットはここだ。平均標高が一万フィート［三〇四八メートル］を超える巨大な高原だ。想像するだけでもすごいだろう！　私はチベットが大好きでね……あのことがなければ……あのことさえ……」彼は口ごもった。「まあ後で話そう。チベットはアジアの真ん中に君臨していて、小国がぐるりと取り囲んでいる。主要な大河の源流はすべてここチベットにあるんだ。チベットは中国と東南アジアの大部分の生命線を握ってる。例えばサルウィン川……ここだ……源流は東チベットにあって、ビルマに流れ込んでいく。メコン川も東チベットが源流だ。フランス領インドシナをめぐり、サイゴンを通って海に流れ込んでいく。

　そしてこれが、あらゆる川の女王として名高い、全長三四三〇マイル［約五五二〇キロメートル］の中国最長の川、長江だ。青海の南西部が源流で、東チベットを縦断し、デルゲというチベットの街を通り、さらに南へと向かい、また別のチベットの街、バタンに流れ込み、そこから大きな弧を描いて重慶へと進み、その後広大な中国の大地を横断し、最終的には海に流れ込む。ここ上海へとね。

　しかし長江そのものよりもっと面白いのは上流域に住んでいるチベットの部族集団なんだ。ここだ。

「チベットの高地で、カムと呼ばれている」パーキンソンは地図上をぴしゃりと指して言った。「ここには世界最強の部族集団、カムパ(カム人)が住んでいる。私はカムパをよく知っている――いや、むしろ知りすぎたともいえる――私は何年間も彼らと過ごした。われわれより控えめに物を言う傾向のあるイギリス人でさえ、彼らのことを、男も女もとてつもない体力とはかりしれない勇気をもち、そのうえ誇り高いと指摘している。本当にカムパはイギリス人の言う通りの連中なんだ。最近だと、チャールズ・ベルという英領インドのヒマラヤ地域担当政務官がこう言っていたよ。世界中のどんなにすぐれた民族でも、東チベットの一部の部族の身体能力と精神力にかなう者はほとんどいないだろう、とね。

カム地方は名目上、長江［この流域はチベット語でディチュ河、中国語で金沙江と呼ばれる］を境に東西に分けられていて、西側はすべてラサのチベット政府の管轄、東側はすべて中国政府の管轄と見なされているんだ。最近じゃあ中国がその東側の地域を西康省［清朝末期に構想された省名。正式な省となるのは一九三九年で、それまでは川辺特別地区と呼称。本書では以後原文に即して西康省とする］という名前で呼んだりしてもいるんだが、カムパたちは反発して独立を主張し、誰にも従おうとしない。彼らは自分たちのやり方を貫いていて、誇り高く、勇猛果敢で骨の髄まで戦士なんだ。

中国の西部を見てみようか。ここは四川省だ。重要な都市として重慶と成都がある。成都は省都で、ここから西の山岳地帯に向かうと、タルツェンドに至る。中国人はかつてこのチベットの街を打箭爐(ダーチエンルー)と呼んでいたが、今は康定(カンディン)という名前になった。タルツェンドからさらに奥に行くと、リタンというほぼチベット人しか住んでいない街だ。ここはダライ・ラマ七世［原注 ケルサン・ギャツォ 一七〇八―一七五七］の生誕の地だ。もっとこっちへ来るかい。よかったら地図の前においで」

スティーブンスとメアリーは立ち上がってパーキンソンのそばに行った。

「リタンから北に行くと、大きな峡谷が広がっている――ニャロンだ。地図にはまず載っていない。未踏の地だよ。ニャロンには誰も近付こうとしない。他の地域のカムパたちは、ニャロンの連中を敵に回さないように気をつけろと言い伝えているほどだ。それに子どもたちが悪さをするとこんな風に叱るんだそうだ。いい子にしないとニャロンの連中にさらわれるぞってな」

パーキンソンは頭をのけぞらせて笑った。晴れやかで幸せそうな笑顔だった。彼は今やすっかり夢中で、アヘンによって引き起こされる高揚感とは別種の情熱に自己陶酔しているのだ。

「ニャロンの連中はカムパの部族集団の中でも最も獰猛かつ好戦的で有名なんだよ。中国人の役人はおろか、中央チベットの人間も立ち入ろうとしないほどだ。辺鄙で閉ざされた山間の地を勇猛な戦士が恐ろしい形相で守っている——冒険者の血が騒がないか？　とてつもない挑戦だろ？」

パーキンソンは目をきらきらさせ、顎を指示棒の上に載せて立っていた。

「何年も前のことだが、私は無謀にもこの地に挑んだんだ」彼の告白が始まった。「冒険心がうずいてね。だが、ハンプティ・ダンプティは見事に転げ落ちたよ。私はなんとかニャロンに入ろうとして、ミニャクから向かったんだ……」指示棒で地図を指し示した。「ところが峠でニャロンの連中に捕まって、身ぐるみを剝がれて暴行された。棍棒と銃床でやられて、体中の骨という骨をへし折られて瀕死の状態で放置されたんだ。フランス人宣教師に助けてもらってタルツェンドまで運ばれて、カトリック教会の病院に入院して治療を受けた。何か月も身動きできなかったよ。食事もずっと介助が必要だった。それでも私はチベット人に対して恨みを抱くことはなかった。右の頰を打たれたら左の頰も差し出せと主もおっしゃっているだろう？」彼はウインクをした。

「ニャロンは私がずっと探検してみたかったところだ。ニャロンの戦士は私がいつも聖書の言葉を一番に届けたいと願っている相手だ。リタンとバタンには宣教師がいるし、それこそタルツェンドにはあふれるほどいる。中国内陸伝道教会はそれこそどこにでもある。彼らは厚かましくも西康省全体を自分たちの〝なわばり〟だなどと言ったりするんだ！　迷惑なんだよ！　キリスト教の布教は中国内陸伝道教会のメンバーにしか許されていない。カムは今や第二のユーコン、第二のクロンダイクと化しているよ。金の採掘じゃなくて人びとの精神をめがけて争奪戦が繰り広げられているという体たらくだ。われらが王がこの無責任なやり方をご覧になったらどう思うだろうか……。

しかしニャロンは処女地のままとどまっている。まだ宣教師は入ったこともないんだ。内陸伝道教会の掘っ立て小屋すらない！」

パーキンソンは腰を下ろし、中国茶を持ってこさせ、翡翠(ひすい)の茶碗から立ち上る香りを楽しみながら、ゆっくりと茶をすすった。

「私はベツレヘム・ルーテル教会のために猛烈に働いてきた。私の夢はいつもチベットを改宗させることだった」パーキンソンは打ち明けた。「しかし今は何の役にも立たない身体障害者だ。エセ冒険家だよ」彼は押し黙り、背中を丸めたまま座ってお茶をすすり、かつて抱いていた志と今のかなわぬ夢に思いを馳せていた。

再び口を開いた。「何を言いたいか分かるかい？　実はちょうど西康省政府からニャロンに伝道所を建ててよいという許可が出たんだ。これが出るまでえらく待たされたよ。これが実現できればニャロンに初めてのキリスト教の伝道所ができるということになるんだ！　考えるだけでもすごいことだ！」

「興奮します！」スティーブンスは答えた。「私はチベットの人びとと宗教にずっと心惹かれてましたし」

「彼らは世界で最も信心深い人びとだ」パーキンソンは言った。「間違いないよ。千年以上もの間、仏教に取り憑かれているんだ。他の活動はすべて、彼らに言わせれば単に影を追っているだけだと！　われわれも死ぬまでその……影を追っているだけってことになるのかね？　しかしキリスト教に改宗させるのが最も困難な人びとだ。君はチベット仏教についてどれくらい理解しているつもりかね？」

「ほんの少しです……」スティーブンスは答えた。

「君ならチベット仏教を理解するのにさほど苦労しないだろう。サンスクリットができるなら。ご存知の通りサンスクリットはチベット語を理解する鍵となるからね。

七世紀以前、彼らには土着の宗教があった。シャマニズム的な信仰の形でね。それから彼らは強力な軍事力をもった国になって近隣諸国を支配下に置いた。中国皇帝が表敬使節を送ったこともある。七世紀にはチベットの王がインドから仏教を受け入れ、八世紀には寺院も建立された。それ以来、宗教がチベットの政治を強く支配するようになり、今では世界一宗教的な国だと言っても過言ではない。そして彼らの宗教が中央アジアを席巻した結果、チベット語は中央アジアのラテン語と言われるほどになった。

ここでキリスト教とチベット仏教の出会いについて話しておこう。極東で活動する宣教師には面白い話だと思う。君たちの将来の仕事と大いに関係があるからね。

私が知り得た限りでは、一六二五年頃、イエズス会の宣教師が西チベットに入ったのが最初の出会いだが、その先にはつながらなかった。そこは旅を続けるにはあまりに荒廃した土地で、宣教師は人びとから敵意と疑いの目を向けられた。初めてラサの街に入ったヨーロッパ人はオーストリアのヨハン・グリューバーとブリュッセルのアルベール・ドルヴィーユという二人のイエズス会宣教師だった。彼らは一六六一年十月一日に到着して、二か月間を過ごした。一七〇七年頃、イタリアのカプチン会の宣教師がチベットに入ったらしい。彼らは実に立派でね。大変な苦労と困窮に直面しながらも、神の言葉を伝えるためにずっと物乞い生活を続けたんだ。カプチン会はラサに教会を建てるところまでこぎつけたんだ。何という偉業だろうか！　チェーザレ・ボルジアの時代にバチカンの中心部にチベットの寺院を建立するようなものだぞ。カプチン会はチベットに一七一六年から、僧侶たちに追い出される一七四七年まで存続していたらしい。しかしなんとも不思議で奇跡的なんだが、彼らが確かにラサにいたという誇らしい証拠が今も残されていることを知っているかい？　まさに神のお力と恩寵を証明するものだよ。

ラサの中心部に、最も神聖なチョカン寺という寺院があるんだ。チベットに初めて仏教がもたらされた時期に建立された最も古い寺院の一つで、イスラーム教徒にとってのカーバ神殿やユダヤ教徒にとっての嘆きの壁と同じくらい神聖な、チベット仏教で最も神聖な釈迦牟尼（しゃかむに）仏の像が安置されているんだ。そのチョカン寺の入り口に今も掛かっている古い鐘がある。とても古い鐘だよ。その鐘に何と刻みつけられていると思うかい？」パーキンソンは芝居がかった感じで話を止め、熱のこもった様子で前かがみになった。

「何でしょう？」メアリーが聞いた。

「ラテン語の銘文だよ……」パーキンソンはささやき声で言った。「そこにはこう書かれている。われら神を讃えまつらん（テ・デウム・ラウダームス）［原注　初期のキリスト教の聖歌の一節］とね！」

「本当ですか？」メアリーは息を呑んだ。

「考えてごらん」パーキンソンは言った。「チベットの最も神聖な像を祀っている最も神聖な寺院の入り口に、主を讃美するラテン語が掲げられているんだ！　まったく私の理解を超えているよ……」

パーキンソンは扇子であおぐと、召使いにアヘンの錠剤をもう少しもってくるように命じた。

「カプチン会がラサにいた頃の話だが」パーキンソンは続けた。「イッポリト・デシデリというイタリア出身のイエズス会宣教師がラサに暮らしていた。彼は一七二一年に初めてやってきて、十年ほど過ごしたんだ。卓越した宣教師でね。彼が書いたチベットの紹介はいまだに読むに値する魅力的なものだよ。彼はチベットの僧院に住んでいたらしい。現地の人のようにチベット語を操ることができた。ラサの中心部でミサも行ったと伝えられている。チベットでは十四世紀に、ツォンカパという名の偉大な宗教改革者が現れた。彼はゲルク派というチベット仏教の宗派の開祖だ。ダライ・ラマの宗派だよ。ツォンカパは非常にすぐれた人物で、『菩提道次第広論（ラムリム・チェンモ）』という、解脱（げだつ）への道のりを説く偉大な書物を著した人物だ。デシデリはこの書物を修めただけでなく、この書物に対する批評を書き、さらに無鉄砲にも、当時の最もすぐれたラマたちを相手に、内容についての議論まで展開したんだ。なんてやつだ！　ガッツのある男だよ！

　しかしな、チベット人に神の言葉をもたらそうというキリスト教徒の努力が実を結ぶことはなかったんだ。チベットにキリスト教を布教しようという試みはすべて失敗に終わった。本当の意味で改宗したチベット人は数えるほどしかいなかったらしい。イギリス人宣教師は何年もの間ヒマラヤ経由でチベットに入ろうとしたが、なんの成果も上げられなかった。今は東チベット経由でイギリス、アメリカ、フランス、そしてイタリアがチベットで布教活動をしようとしているが、イギリス人風に言えば、面白いが難しい命題ってやつだ。

　私は若い頃からチベットに注目してきた。エベレスト登頂に憧れる登山家みたいにね。もし私がチベット人の改宗に成功していたら、われらが主にとって大いなる勝利だった。ベツレヘム・ルーテル教会にとっても偉業の達成だった。しかし私は失敗し……今はただの惨めな不具者としてこの部屋に閉じ込められている。最近の私の一番の冒険はあのベッドからこの地図まで足を引きずって歩いてくることだ。

この椅子に腰掛けて、人を馬鹿にしたようなこの地図を日がな一日眺めては、ラサやギャンツェ、シガツェといったチベットの街を思い浮かべるんだ——どれもキリスト教会の建てられたことのある素晴らしい街だよ。しかし私のこの野心的な楽しみは、エセ冒険家、エセ宣教師の悲しい白昼夢に過ぎない。

昔はこんな風じゃなかったんだよ。断じてな。中国全土を回ったんだ。ベツレヘム・ルーテル教会のすべての伝道所の世話をして回ったからね。チベット国境に近いところで何年も暮らしたよ。いつでもチベットに飛び込んでいけるようにね！　そんなときニャロンの連中の襲撃を受けたんだ。今はもうただの不具者だ……年々具合も悪くなっている。教会は私に帰国するように命じたんだ。冬はもう地獄で耐えられないだろうからってね。でも私はアメリカに帰って引退することを拒んだ。引退したら死ぬだけだ。私は現役のまま死にたい。中国で死にたいんだ。現役でと言ったが、冗談さ。いいところしゃれた車椅子でってところだ……。それで上海でこの閑職を承ったというわけだ」

「閑職なんかではないと思いますよ、パーキンソンさん」メアリーは慰めた。「あなたはここに必要なお方だと聞いています。あなたがいてくださることでみんな安心すると」

「ありがとう、メアリー。嬉しいよ。今はチベットに教会をつくるためには何だってしたいんだ。チベットは世界で最も信心深い国だ。そして中央アジアの精神世界に君臨している。チベットで勝利をおさめるということは、エリコを陥落させたヨシュアになるということだよ。今に中央アジア全域がキリスト教化する。仏教徒の土地も人びとの心もみな神のものとなるんだ。

「今ようやく、そのとっかかりをつかんだところだ。チベットのニャロンだよ。ベツレヘム・ルーテル教会はニャロンにチベットで初めての前哨基地をつくる。ニャロン全体の改宗に成功したら、チベット全土への道が大きく開ける端緒となるだろう」

パーキンソン師はしばし口をつぐみ、重要なことについて思いを巡らせているようだった。

「ジョン、メアリー」彼は真剣な面持ちで言った。「君たち二人の噂を聞いてからというもの、君たちこそがチベットでこの仕事に取り組む理想的な二人だと直感したんだ……」パーキンソンは前に乗り出して、曲がった手でジョンの膝に触れた。関節は白くなっている。ジョンとメアリーは真摯に耳を傾けている。

「二人に……私は君たちにニャロン教会のことを任せたいと思っている。ジョン、君は中国語もサンスクリットもできるだろ。さっき言ったようにサンスクリットはチベット語理解の鍵なんだ。君ならきっとニャロンのデシデリになれる。どうだい？　私の提案に乗らないか？」

スティーブンスは興奮を抑えられなかった。「パーキンソンさん」彼は静かに言った。「あなたはベツレヘム・ルーテル教会の中国総支局の責任者です。私はあなたに何をせよと言われても、どこへ行けと言われても指示に従います。メアリーだってそれは……同じです」

「よし！」パーキンソンは安堵の表情を浮かべ、ひどく嬉しそうだった。「そう言ってくれると思ったよ！」彼は腰を下ろすと、喜びの表情を露わにして、誇らしげに二人を見つめた。「ジョン、メアリー……君たちがニャロン教会のために尽くすと言ってくれたことがどんなに嬉しいか、君たちには分からないだろうな」

パーキンソンは身じろぎもしなかった。変形してしまった両手を握り合わせたまま、銅像のように物思いにふけっていた。そして笑いながら言った。「ベツレヘム・ルーテル教会の若手だった頃から私の夢は……ラサのチョカン寺の外で例の鐘を——あのカプチン会のテ・デウムの鐘を——鳴らし、すべてのチベット人に真なる唯一の神を信仰するよう説法をすることだったんだ。この夢を実現してくれないか？」彼は神妙なひたむきさで、懇願するような顔をしてジョンとメアリーを見つめた。その目は狂信的ともいえるものだった。

スティーブンスとメアリーは立って暇（いとま）を告げた。二人ともそれほど遅い時間になっているとは気づかなかったが、上海はすでに夕暮れを迎えていた。椅子に座っているパーキンソンの顔には夕日があたり、長い影が部屋にかかっていた。彼は前のめりになって地図に近づき、熱心に眺めていたが、ふと振り向くと、さも厳粛そうに言った。「スティーブンス牧師よ！　ベツレヘム・ルーテル教会は、ネルソン提督のごとく、君たちが義務を果たすことを期待している！　くれぐれもＳＯＢを落胆させぬよう頼むよ！」

スティーブンスは立ち止まって聞き返した。「ＳＯＢ？」

「聖霊（スピリット）・オブ・ベツレヘムさ……」パーキンソンはかすかにウインクをしながら答えた。

3

ある日、ハーパーが成都のベツレヘム・ルーテル教会支部からの知らせをもって現れた。四川省の省長から、正式なチベット通行許可が出たというのだ。それでハーパーは宜昌（イーチャン）行きの汽船の切符を確保してくれ、彼自身も成都まで同行することになった。

上海出発は早朝だった。パーキンソンは別れを告げに事務所の門のところまで足を引きずってきた。

「君たちと一緒に行きたかったよ」彼は言った。「正直、うらやましくてたまらないよ。ともかく気をつけてくれよな。私の友人のドク・シェルトン［アルバート・シェルトン。バタンで医師・宣教師として活動した実在のアメリカ人］はバタンでアメリカのプロテスタント教会の責任者だったが、二年前にカムパの山賊に殺害されたんだよ。奇襲されて銃で撃たれてね。かわいそうなドク。優しくて素晴らしい男だったよ。蠅も殺さないやつで……かの地に根を下ろして伝道と医療に熱心に取り組んでた。だから君たちも気をつけてくれよな、ジョン、メアリー。二人の幸運を祈っているよ。神が君たちとともに常にあらんことを祈るよ……」

彼は一方の杖を支えにして、もう一方を高く掲げて振った。人力車は出発して汽船の待つ波止場に向かった。


汽船は乗客であふれかえっていたが、ハーパーはなんとか快適な寝台付きのキャビンを用意してくれた。中国人の乗客はデッキや廊下で寝ており、仰向けになっていたり、しゃがんだりしている彼らの体を跨がなければ歩き回ることもできないほどだった。もっとも跨いでも誰も気にしないようだった。

川を遡っていくと美しい景色が広がる。メアリーは船が進むにつれ何千もの鳥たちが水面から飛び立ち、船に道を譲るさまを目の当たりにして息を呑んだ。夜の波止場には、盛んに身振り手振りをして呼び込みに精を出す商人たちが、果物や野菜、そして数えきれないほどの商品を並べて売っている。乗船と下船でごったがえす人びとは、取っ組み合いを始めたり、叫び声を上げたり、口論したりしている。これが中国だ——温暖な気候、亜熱帯で、エキゾチック。そして多様な顔をもち、活気と熱気、エネルギーにあふれている。そして疲れ知らずの、倦むことなく大胆に行動する人びとがそこらじゅうにいる。

四日後、九江に到着し、そこに数時間停泊した後、翌日には漢口に到着した。そこからは徐々に川幅が狭くなっていった。さらに四日後、宜昌に到着した。そこは汽船の終点で、長江もそこから先はいくつかの深い峡谷を進むことになり、ハウスボートで行くしかない。

宜昌には二日間滞在した。この街にはベツレヘム・ルーテル教会があり、シンシナティ出身で中国滞在歴の長いアメリカ人の老婦人、ステファニー・コリンソン女史が運営に当たっていた。宜昌より上流に進むと有名な峡谷が待ち構えており、そびえ立つ山々のところどころに、巨大な岩の裂け目が口を開けている。乗客たちは船頭たちがハウスボートをうまく操り、危険な流れに抗して進んでいくのを見て驚嘆するのだった。

川岸には古い寺社仏閣や、川の神々に犠牲を捧げる場所などが見える。長江の流れが穏やかなところにさしかかると、船頭たちは神々への感謝の歌を切ない節回しで歌った。

最初に現れたのは宜昌峡谷だった。船はその後、三〇マイル［約四八キロメートル］にも及ぶ巫峡（ウーシア）、そして両側から迫りくる切り立った岩壁が畏敬の念を起こさせる夔峡（クイシア）へと進んでいった。そして二週間近くに及ぶ長江の旅を経て、ついに重慶の船着き場に到着した。ハーパーはいつもの陽気さを取り戻し、荷物運びのクーリー［この時代の中国語で重労働に従事する労働者のこと］を手配してきて、ベツレヘム・ルーテル教会の重慶支部の大きな建物のある丘の上まで続く険しい石段を登らせた。

重慶から成都までは四川盆地がひろがっており、暑くて埃っぽい大地を横断するにはトラックで二日かかる上、一台の車では短時間しか進めないという。そこへハーパーが幸運なニュースをもたらした。チベット宣教団のメンバーである二人のフランス人宣教師がこれから成都に向かうことになっており、彼らは古くてポンコツだが大きなオペルを持っていて、そんな車で道中危険な目に遭うかもしれないがそれでも構わなければ同乗しないかと申し出てくれたというのだ。彼らはこの申し出をありがたく受けた。四川盆地をトラックで横断するのはいくら敬虔（けいけん）な神のしもべであっても耐えがたいに違いないからだ。彼らは荷物を一日早くトラックに積んで送り出し、ぎゅう詰めのオペルに身を押し込んだ。

二人のフランス人、アンリ・モロー神父とピエール・ニケーズ神父はタルツェンドに向かい、そこから南に下ってミニャク・カンガル連山〔四川省カンゼ・チベット族自治州に位置する大雪山脈。ミニヤコンカ〕の近くまで進み、雲南とビルマの間の国境線の北部に位置する彼らの教会まで行く予定だという。そこは仏領インドシナに隣接する地帯であり、フランス宣教団の領域として認められていた。二人とも、他のフランス宣教団の同胞たちと同様、帰国せずに一生を捧げる覚悟をしていた。

アンリ・モロー神父はソーラー・トーピーをかぶり、フランス料理のシェフのようなひげをはやしている。分厚いレンズのセルフレームの眼鏡をかけ、背は低いが非常に肩幅が広い。体つきはがっしりとしており、まるでスペインの闘牛場で見る闘牛のようだ。身振りは元気いっぱい、人の背中をばんばん叩いたり、人のほっぺたをきゅっと引っ張ったりする。道中、四川の美しい風景を眺めて物思いにふけっていたかと思うと、ニケーズ神父をいたずらっぽく小突いたり、ときに怪訝そうに、ときに愛嬌たっぷりに口笛を吹いたりしている。楽しそうな目をしていつも笑い声を上げている――ここは彼の性格においてまったく譲れないところで、彼は人の胸にパンチをくらわせたかと思うとわっはっはと笑い出すのだ。

ピエール・ニケーズ神父は背が高く痩せた男で、線が細く知的で真面目くさった顔をしている。そのせいで旅の間じゅう、モロー神父のジョークの的にされ、からかわれっぱなしだ。モロー神父の運転するオペルが四川の農村地帯を突っ切っていく。逃げ惑う鶏やガチョウや豚や牛たちを追い散らし、疾駆する車の後にはもうもうと土埃があがる。モロー神父は彼の同僚の深遠な教養に対しては畏敬の念を抱いている風を装っており(「ほら、彼はアインシュタインだって理解できるのさ……」といった具合に)、声をひそめて彼の才能を数え上げ、同僚の名前を口にするたびに熱心に十字を切るのだった。ニケーズ神父は本当に多才な人物だ――数学者であり、植物学者、鳥類学者、地図制作者、言語学者、そして人類学者でもある。同僚以外の白人にほぼ出会うことのない孤独な辺境の地で、人の通る道は踏み分け道しかないジャングルの中で、他の世界から隔絶され、宗教と読書、学問に勤しむしかなかったが、そのおかげで貴重な時間を過ごすことができた。そしてその時間があったからこそ、彼の知性は多様な砥石（といし）で磨き上げられたのである。

メアリーは、ところどころに小山がある以外はどこまでも果てしなく広がる大地を見つめながら、異国情緒あふれる光景やざわめきに心を奪われていた。灌漑用の大きな足踏み水車を回している農民たち、商品を両端にぶら下げた竹の天秤棒を肩にかけて足早に道をゆく農民やクーリーたち、役畜のように互いにロープでつながれたまま、みなで歌を歌い、ときに文句をたれたり、消耗しきってふうふうと息を吐いたりしながら、日焼けした褐色の背中にきらきらとした玉の汗を滴らせ、山のような荷を積んだ荷車を引く、十数人の男たち。彼らこそが中国のエネルギーの源――人間のたくましい力を担っているのだ。

彼らはチベット人がティンドゥと呼ぶ街、成都の郊外に到着した。

「君たちは成都にどれくらい滞在するんだい」ニケーズ神父は尋ねた。

「さあ、どうなるんでしょう」スティーブンスは答えた。「すべては書類次第ですね」

「書類ならできていますよ」ハーパーが言った。「すべてはタルツェンドに向かうクーリーと駕籠（かご）が手配できるかどうかにかかっています」

「駕籠ですって？」メアリーは信じられないといった口調で言った。「私たち、中国の皇帝と皇妃だったかしら?」

ハーパーは笑った。「まだ話してなかったかと思うんですが、私は成都で失礼します。あとはお二人でなんとかしてチベット高原に入っていってください。成都から先は、中国人が雅安(ヤーアン)、チベット人がヤントゥと呼ぶ街まではトラックで行けますが、そこから先は雲の中を行くことになります。タルツェンドに到着するまではね。歩いて行ってもいいですし、クーリーに滑竿(ホワガン)――つまり駕籠を担がせて行くか、どちらかですね。だって馬には乗れないでしょう……」

「確かに」ニケーズ神父は同意した。「雅安からの道のりはあまりに険しくて道幅も狭いから動物が通るのは無理だ。人間しか通れないんだよ。峡谷……絶壁……見下ろせば何千フィートもの落差だ」

「ジョンが歩くというなら許してもいいが、メアリー、あなたは駕籠に乗ってもらうしかありません」

ハーパーは言った。

「冗談でしょ」メアリーは言い返した。

「まさか」ハーパーは言った。「道は――いや、他にふさわしい言い方があればいいんですが――断崖絶壁に張りついているだけですよ。とんでもない高さだってことは考えてほしいんです。だってその落差を目の当たりにすることになるんですから! 雅安がゼロ・フィートだとして、一日もしないうちに一万五千フィート[四五七二メートル]近くに到達するんですよ! ざっと考えても相当な登山になります」

メアリーは頑固にかぶりを振った。「でもジム、駕籠で運ばれる身にもなってよ。まったく、そんなの絶対無理! 私は死んでも歩くわ。人が人を担ぐなんて反対。赤ちゃんとか病人なら仕方がないけど。人力車も嫌いなの。我慢ならないわ。中国人クーリーの担ぐ駕籠でチベットに行くなんてそんなばかなことないわ! 仮にも私たちキリスト教の宣教師じゃない……」

「われわれもタルツェンドまで行くよ」モロー神父が言った。「そこから南に下ってわれわれの山に入っていくつもりだ。成都に着いたらうちの司教に会いに来てくれよな。君たちはタルツェンドで暮らすのかい？」

「いいえ、神父」とスティーブンス。「もっと奥地に入る予定です……」

「バタンか？」

「もっと奥です……」

「なんだと――バタンより奥へ？　いったいどこへ？」

「ニャロンです」

モロー神父は信じられないといった顔つきで口笛を吹いた。「いやいや、完全に立ち入り禁止区域じゃないか！　誰も入れないんだぞ。ニャロンに入った人間は誰もいない！」

そこへジム・ハーパーが割って入った。おそらくはほんの少しのプライドと無邪気なうぬぼれからだ。

「われわれは四川の省長からニャロン行きの特別許可をもらってますんでね。宣教団に許可が下りたのはこれが初めてですよ。すべてはパーキンソン師のおかげです……」

「誰が特別許可を得たとしても、そりゃあフランク・パーキンソン師のおかげだろうね」ニケーズ神父は言った。「他の誰にも真似できない」

「ニャロンにいるのは荒くれ者のカムパばかりだ。カムパはいいぞ。とんでもなく強いやつらだ……」

モロー神父はそう言うと、拳骨を固く握りしめる仕草をして、車のハンドルをあやうく手放すところだった。そしてかぶりを振って続けた。「カムパはみんないいやつだよ。格好いいし、勇敢で、誇り高い男たちだ。でも気をつけないとまずいぞ……敵に回すな。やつらの報復はな……シチリア人より恐ろしいぞ！」

　成都の街に入った。フランス人宣教師たちはアメリカ人を真っ先にベツレヘム・ルーテル教会へと連れて行ってくれた。そして別れる前に近々再会することを誓い、できたらタルツェンドまで一緒に旅をしようと約束した。

4

　ジム・ハーパーはジョンとメアリーに買い物はすべて成都ですませておくように助言した。チベットの山に入れば店はほとんどないのだ。メアリーはサーモスの魔法瓶や灯油ランプ、殺虫剤、缶詰の食料、コーヒー、湯たんぽを買った。「一番大事なのはね、メアリー」モロー神父は言った。「とにかく蚤（のみ）取り粉をたっぷり買っておくことだよ。行く先どこもかしこも蚤だらけだからね。安眠したければ絶対に必要だよ」これが実に有用な助言だったことを二人のアメリカ人宣教師は後から知ることになる。

　彼らはフランス人宣教師の二人と再会し、成都在住のフランス人司教に面会した。司教は完璧な中国語を話し、中華料理を食べ、中国式の服を身にまとい、中国の官位までもっていた。タルツェンドまでみんなで一緒に行けるように旅程を組むことは十分可能のようだったので、ハーパーは上海に帰った。

　ある朝、ジョンとメアリー、そして二人のフランス人神父は雅安に向かうトラックに乗って出発した。メアリーは四川人の運転手の隣の助手席に座り、男たちは代わる代わる彼女の隣に座ることにした。というのも前の座席にはあと一人分しか座るスペースがないからだ。他の男たちは後部座席に積まれた荷物の山の中でなんとか体が楽になるように工夫するしかなかった。運転手は中国人の少年を一人連れてきていて、その少年が助手や荷物運び、修理工の役を担っていた。

その日は気持ちよくさわやかな朝だった。モロー神父はいつにも増して楽しそうで、中国人の少年をからかってひっきりなしにフランス語で話しかけていた。一言も理解できないのをいいことに、少年のことを「ビクトル・ユーゴー」というあだ名で呼んでいた。モロー神父はいつも通り陽気さをふりまきながら、唐突にフランス語の童謡を歌いだした。

ひばりさん　かわいいね
きみの羽　むしっちゃお

アビニヨンの橋で
おどろうよ　おどろうよ

メアリーとジョンは幼稚園児のように手拍子をしながら一緒に歌いだした。スティーブンス牧師は「アビニヨンの橋で」を歌うモロー神父の眼にうっすらと涙がにじむのを見逃さなかった。──アビニヨンの「橋」……それは神父がもう二度と見ないと誓ったものだった。

雅安には夕方頃に到着し、アメリカン・プロテスタント教会に宿泊した。成都のベツレヘム・ルーテル教会がタルツェンドまでの旅をすべて手配してくれていた。クーリーと駕籠が彼らを待ち受けていた。

翌朝、全員が夜明けにあわせて起床した。モロー神父は竹竿を適当な長さに切って登山用の杖としてジョンとメアリーに渡した。そしてタルツェンドへの旅が始まった。

雅安は山麓の街だ。ほどなくして登り坂にさしかかったかと思うと、急に道が険しくなり、メアリーは何度も立ち止まって呼吸を整えなくてはならなかった。しかしどんなに説得されても頑として駕籠には乗らなかった。駕籠の担ぎ手は四人いたのだが、ほとんど冷淡といってもいいほど突き放した態度で、メアリーとつかず離れず、ゆったりと歩いている。駕籠の近さと担ぎ手のにやにやした顔つきに挑発され、メアリーは歯を食いしばって竹の杖にしがみつき、一歩ずつ坂道を登っていった。額に紐をかけて大きな荷を背負ったクーリーが彼女の隣を歩いて行く。こんなに痩せて裸足のままの彼らが、いったいどうやってあんな荷物を背負って、こんなとんでもない悪路を行けるのか不思議でならない。

タルツェンドは東チベットに位置し、交易で栄えている。チベットの奥地から麝香（じゃこう）や金、羊毛、毛皮、希少な鹿の角——媚薬の主原料だ——や、薬草類が持ち込まれる。中国の西部からチベットに持ち込まれるのはお茶や絹、織物、たばこである。そんなわけでタルツェンドへのルートは極めて重要なのだが、驚いたことに西康省政府はこの道を軽視していた。道はかなりの範囲まで石が敷き詰められていて、長年多くの旅人に踏みしめられて磨き上げられているので、冬に薄氷が張ったりすれば危険な道になる。場所によっては道と呼べるようなものはほとんどなく、ほぼ垂直に切り立った崖を削っただけの、健脚自慢の者でも恐れをなすほどの狭い隘路ばかりだった。

その夜は道中にあった中国式寺院に投宿した。成都出身の中国人の召使いが素晴らしい料理を用意してくれ、曲りなりにも快適な一夜を過ごすことができた。メアリーは疲れ切っていて、ベッドシーツに蚤取り粉をふりかけるのを完全に忘れており、一晩中、蚤の集団攻撃に悩まされる羽目になった。

翌日、登り坂はいよいよ険しくなり、かなり高い峠をいくつか越えた。メアリーは何度か倒れそうになったが、差し伸べられる助けの手を頑なに拒み、自分の足で歩くと言い張った。でも、この世で最もしんどいのは高地での肉体疲労だと実感していた。一歩一歩が辛くてたまらない。横になって眠ってしまい、二度と目覚めなくていいと何度思ったことか。でも、道端で竹の杖を支えにして休息をとりながら、あたりを見つめ、まわりの音に耳を澄ませているうちに、疲れは癒やされていった。それは忘れ得ぬ苦い思い出としてメアリーの心に焼きつけられることとなった。

　駕籠に乗った中国の金持ちの商人や役人たちが行き交う。彼らは太った体に錦の着物をまとい、翡翠のシガレットホルダーをくわえ、偉そうな態度で周囲を見やっている。高度のせいで凍える寒さになると、毛皮のケープや綿入れにくるまっている。間違っても申し訳なさそうに駕籠から降りてくるなんてことはしない。たとえそこがどんなに危険な道でも、そして駕籠の担ぎ手が酷寒にもかかわらず、汗水たらし、息を切らしていたとしても。彼らは小便を催しても駕籠から降りてこず、召使いに尿瓶をもってこさせ、終わると召使いに渡して道端に捨てさせるのだった。もし担ぎ手が駕籠をがたがた揺らそうものなら、口汚く罵り、不器用で頭の悪いけだものに担がれる不運を呪い出す始末だ。彼らにとっては空っぽの駕籠を横に息も絶え絶えに一人歩く外国人の女性の存在はにわかには信じがたいようでまじまじと見つめていた。なんという野蛮な狂気だろう！　役人の中には四川人の兵士を護衛につけている者もいたが、ほとんどはアヘン中毒者だ。自堕落な顔つきで、肩からだらしなく下げたライフルをぶらぶらさせ、わらじを履き、ぼろぼろの軍服を着て、むやみやたらとクーリーを罵り、どやしつけて、時には叩きのめしたりしている。

　茶運びのクーリーもいた。チベット人はたいへんな量のお茶を飲む。国民的な飲み物であると同時に、主食であるツァンパ［大麦を煎って粉に挽いたもの。お茶やバターを混ぜて団子状にして食べる］を食べるときになくてはならないものだ。四川や雲南で栽培され、レンガ状に固めて売られているこのお茶は、その値打ちと利用規模から金や銀に次ぐ第二の通貨としての価値をもっていた。タルツェンドはチベットの茶交易の玄関口である。

　茶運びのクーリーは一様に痩せこけていたが、背負っているお茶の量は尋常ではなかった。モロー神父が持ち上げようとしたけれども無理だった。三〇〇ポンド［約一三六キログラム］を超えるものもあった。クーリーはみな、荷物を載せて休むために、先端が尖った鉄製のT字型のステッキを持っている。誰もが疲れきった様子でひゅうひゅうと一本調子で息を吐きながら、まるでロボットのように機械的に、誰にも話しかけることなく前進していく。彼らはとうもろこしの平焼きパンを食糧としていたが、彼らを前に歩かせているのはアヘンだった。彼らはアヘンのために辛い労働に耐えている。アヘンが彼らを生かしているのだ。メアリーは延々と続く茶運びのクーリーの列、もしくは過酷な荷を負わされてうなだれている物言わぬ自動機械の列を忘れることはないだろう。彼女は彼らとあいさつを交わして親しくなろうとして食べ物を差し出したりもしたが、何の反応もなかった。無気力で、ろう人形のように無表情のまま前へと進んでいく。彼らのぶらさげたT字型のステッキが岩盤にあたってただカンカンと音を立てている。チベットのシーシュポス［ギリシア神話に登場する人物。徒労を意味する「シーシュポスの岩」で知られる］だ……。

「メアリー……君は本当にすごいな！」モロー神父は峠の一番高いところで止まってメアリーをほめた。

「あそこを見て。あれが濾定（ルーディン）だよ。あそこからタルツェンドまではたった三〇マイル［約四八キロメートル］だ」

「まさか、本当ですか、神父」メアリーは喜びのあまり有頂天になったが、神父の言うことがにわかには信じられなかった。

　モロー神父は笑みを浮かべ、頷いた。「これでつらい旅も終わりだよ、メアリー！　これ以上、足の痛みに苦しめられることもないんだ……いやあ、すごいよ……君は本当によく頑張ったよ！　こんなことのできるヨーロッパ人の女性なんていないんじゃないか。まったく駕籠なしでなんてなあ……わっはっは！」

「そんなのなんでもないわ」メアリーは言った。「だってあのかわいそうな茶運びのクーリーたちをごらんなさいよ。一生あれを続けなければならないなんて。あんなにとんでもない量の荷を担いで。私が自慢できるところなんて一つもないわ」

「まあな……」モロー神父はパイプの煙をくゆらせながら応じた。「でも彼らは慣れているし、アヘンも吸っている」

「あんな人たち、見たことがないわ」メアリーは言った。「あんなに痩せこけてて……それに担いでる荷物の量といったら！　あんな力、どうやって出せるのかしら」

モロー神父は再び煙をふっと吐き出した。思ったような模様が描けなかったようだが、それを見届けてから、パイプを岩の表面にこつこつと叩きつけ、カーキ色のリュックに慎重にしまい込んだ。遠くの山を眺め、しばらく物思いにふけっていた。「茶運びのクーリーはわれわれに大事な教訓をもたらしてくれてると思うんだ。まずは人間の潜在能力の奥深さだな。どれだけの力を引き出せるのかってことだよ。クーリーたちはすごく弱っているように見えるけど、でもまだ相当の力がある。人間の精神力についても同じことが言える。無尽蔵なんだ。そしてもう一つ、人間の意志は、かなり若いうちに相当の緊張にさらされると、すさまじい忍耐力を生み出しうるということだ……。でもかなり早いうちに訓練をしなければならない……」

彼らは爐定に向かって山を下っていった。

タルツェンドに到着したのは午後も遅くなってからだった。大きな中国式の建物からなるベツレヘム・

ルーテル教会の門のところで、スティーブンス牧師と妻のメアリーは、タルツェンドのベツレヘム・ルーテル教会の責任者であるスティーブン・マーウェル牧師と、補佐をしている中国人のジョン・リー・チョウ、そして大勢の中国人とチベット人の召使いたちの出迎えを受けた。

マーウェルは痩せていて、背恰好は普通くらい、額はつるつるに禿げ上がっていて、しゃべるたびに上下する特徴的な喉仏をしていた。飾り気のないメタルフレームの眼鏡がぎょろっとした目を覆っており、きゅっと固く閉じた口は冷静で孤高な印象を与えた。彼はきびきびとしており、頭の切れる知的な人物だった。標高八五〇〇フィート〔約二五九〇メートル〕の高地に位置するタルツェンドの直射日光を浴びている割にはあまり日焼けしていない。ほとんどの時間を室内で過ごしているからだ。彼はかなり学究的な風貌をしており、磔（はりつけ）にされたキリスト像の小さな十字架を上着の襟にきちんとピンで留めていた。

スティーブンスがマーウェルと話している間、牧師のジョン・リー・チョウは満面の笑みを浮かべ、絶え間なく頷いたり、ペコペコお辞儀をしたりしながら、二人の新しいアメリカ人宣教師を迎えたことに大喜びしていた。自分を指さしては、「牧師（ペスター）のジョンです」と繰り返し自己紹介をするのだった。ふくよかで血色の良い顔をして、にこにこ笑みを浮かべている。彼はずんぐりとした小男で、健やかさのにじみ出るきらきらとした表情をしており、マーウェルとそっくりのぴかぴかの眼鏡（ベツレヘム・ルーテル教会風、ということらしい）の奥には陽気な目をくりくりさせていた。同じ眼鏡でもマーウェルの場合は冷徹で孤高な印象を与えたが、ジョンの場合は温かさと人懐っこさがにじみ出ていた。中国版ピクウィック氏〔ディケンズの小説『ピクウィック・クラブ』の主人公〕というのがメアリーの第一印象だった。スティーブンスはこの小さな中国人ほど清潔感のある男に出会ったことはないと思った。実際、タルツェンドで清潔を保つなんて偉業だ。彼は大きな胸ポケットつきのグレーの中国式スーツを身につけ、上着のボタンは首まできっちり留め、ズボンにはぴしっとした折り目がつけてあった。ソーラー・トーピーをかぶっていたが、おそらくアンリ・モロー神父が降臨するまでそんなかぶりものをひけらかす人間はタルツェンド中捜しても彼一人だったに違いない。片方の手には手垢のついた中国語の聖書を携え、もう一方の手には竹製の杖をもっている。その杖をぶんぶん振り回して地平線を囲むように円を描いたり、地面に突き刺してくるくる回して地点を強調したりするのだった。彼の話す英語は元気いっぱいで感じのよいピジン［英語と中国語など異言語間のコミュニケーションの際に生まれた混成言語］だった。とにかく彼に関するすべてが活気にあふれている。彼のずんぐりとしたこぶしは、まるで生まれたばかりの赤ちゃんのようにぎゅっと握りしめられ、いかにも健やかな感じだった。彼は小さな歩幅できびきびと歩き、靴は鏡のようにぴかぴかに磨き上げられている。ジョンとメアリーはこの小さな中国人伝道師にすっかり心を奪われてしまった。彼が自分のことを何度も「牧師（ペスター）のジョン」と言うので、「プレスター・ジョン」［東方に存在したとされる伝説上のキリスト教国の王］というあだ名をつけた。

5

スティーブンス夫妻はタルツェンドの街をものすごい勢いで下っていく山の急流の轟音で目が覚めた。賑やかな交易の中心地は、急峻な山々に取り囲まれた狭い谷間に位置している。二人は朝食の席でスティーブン・マーウェルと「プレスター・ジョン」と一緒になった。

「よく眠れましたか?」マーウェルは尋ねた。

「最高でした!」メアリーは答えた。「中国に来てからこんなによく眠れたのは初めてじゃないかしら。雅安からの旅ときっと関係があるんです。完全に疲労困憊してましたから。本当よ」

「あなたは駕籠が嫌いだそうですが、いったいなぜ？　みんな駕籠には乗るものですよ。蚤の収集家とか探検家とかなら別ですが。ここにはずいぶんおかしな連中も多くてね。みんな神秘のチベットとか、禁断のチベット、ダライ・ラマの国、世界の屋根とかそういうものを味わいたがってるんだ」

「メアリーはですね」ジョン・スティーブンスが解説する。「人間が他の人間を役畜のようにこき使うのは正しくないと考えているんです」

マーウェルは信じられないといった様子でのけぞり、笑いだした。「なんと……そんな考えはすぐに改まるでしょうけどね。だってここは中国ですから」

「なんだか気分が悪くなるんです」メアリーは言った。「あんな山をずっと同じ人間に背負われたまま行くなんて。自分は駕籠の中で王様のように座っていて、彼らは汗水たらして懸命に働いてる。私にはどうも正しいこととは思えないんです……」

「そうかもしれないが」マーウェルは言う。「でも馬がいれば乗るだろう？」

「でもそれとこれとは違います」メアリーは反論した。「馬と人間を比べるなんてどうかしてるわ」

「あの人間どもは違うんだよ」マーウェルはかぶりを振りながらきっぱりと言った。「私はやつらと何年も一緒に過ごしたことがある。私に言わせてもらえば、クーリーってのは役畜と何ら変わらないよ。情がなく、うつろで、空っぽなんだ。唯一違うのは、馬はアヘンを吸わないし、ずる賢くもないってことだ。それに誰も駕籠に乗らなくなったらやつらは飢え死にしてしまうぞ」

「駕籠を担がにゃアヘンも買えぬ！」ジョン・リー・チョウ牧師が指を立てて言った。「駕籠を担げばたんまりどっさり金儲け！」

メアリーは口をつぐんだ。タルツェンドに着いて初めての朝を論争で台無しにしたくなかったのだ。

スティーブン・マーウェルはタルツェンドのベツレヘム・ルーテル教会の代表者だ。そんな人物との言い争いは絶対に避けたかった。

「今日は街を散策してくれ」マーウェルが言った。「昼食は二時頃にしよう。中国人の少年をお供につけるよ。少し英語がしゃべれる。タルツェンドはチベット各地を結ぶ交易の中心地だ。中央チベットのラサやシガツェからきた商人たちもいるし、東チベットはチャムド、マルカム、バタン、リタン、それに遠く北方からは甘粛や青海の商人たちも……そう、美しい馬を売りに来る西寧のムスリムもいる。街の中は隊商宿や商店であふれてるよ。賭場も酒場も娼館もね。娼婦はそこらじゅうにいる。小さいけれどまぎれもないソドムとゴモラ［旧約聖書の創世記に登場する街で悪徳と退廃の象徴とされる］だ。

だがこの土地には利点もある。多くの人びとが行き交う街では神の御業（みわざ）も実のあるものになる。商人やラバ追いは福音（ふくいん）の説法を聞きに来てチベットの奥地まで福音を持ち帰ってくれるんだ。なあジョン、タルツェンドから出たら閉鎖的な世界だ。ここから西へ向かうなんて命を自ら危険にさらしに行くようなものだ。あたりには盗賊ばかりだ。キリスト教の宣教団がここに集まってるのも理由がある。ここは安全だからだ。みなここからチベットに福音をもたらそうとしている。私はおおむね賛成だよ。ここでわれわれのやるべきことを展開して、説教のできる者を増やし、聖書をチベット語に翻訳し、チベット人伝道師を養成し、奥地へ送り込む。結局のところ、外国人はチベットから閉め出されてるからね。一歩も足を踏み入れることもできない。だから妥当な戦略としてはチベット人伝道師をここで養成して奥地に潜入させるってことになる。

でもパーキンソン師の考えは違う。ニャロンにベツレヘム・ルーテル教会なんて！　まったく愚の骨頂だ！　しかもいったいどう頑張ったらそんな許可を取れるんだよ！

ニャロンは未開の奥地でラサや西康省の法律も権力も届かないんだぞ。でもパーキンソン師の決意を変えさせるなんて、ラクダに針の穴を通らせるようなものだ。もっとも彼が主導してるんだから、自分が何をやっているかは分かっているはずだがな」

「われわれはどう動いたらいいんでしょう」スティーブンスは尋ねた。「パーキンソン師から、タルツェンドに着いたらあなたの指示に従うように言われてるんです」

「パーキンソン師からは中国当局の気が変わる前に君たちをニャロンに連れて行くようにと言われてい る」マーウェルは答えた。「もちろんその通りにするさ。すでに中国人の料理人の手配はついているし、今キャラバンを組織しているところだ。私も同行して、君たちが落ち着くまでニャロンにいるつもりだ。北京語を話すチベット人を手配してあるから、言葉を学ぶといい。もちろん君たちがチベット語を覚えたければの話だが」

「願ったり叶ったりです」スティーブンスは言った。「お骨折りいただきありがとうございます」

「現地まではどうやって行くんですか?」メアリーはいたずらっぽく尋ねた。「まさか駕籠?」

マーウェルは笑った。「ついてないね、メアリー。馬だよ。乗って乗って乗りまくることになる。嫌になるほどね。鞍ずれでまともに歩けなくなるぞ!」


彼らは教会の敷地を出て、タルツェンドの街を散策した。まずは中国人街だ。小さな店が立ち並び、店主たちは小柄で生き生きとしており、一様に青い服を着ている。重慶や成都で見た店とほとんど変わらない。しばらく行くとチベット人街だ。旅館や隊商宿、商店が立ち並ぶ。店にはチベットから持ち込まれた皮革製品、鞍、鞍袋、真鍮製や銀製の装飾品、革製のブーツ、木椀、ナイフや剣などが所狭しと並べられている。彼らは人生で初めてカムパを目にしたのである。パーキンソン氏が言った通り、見た目はまさに戦闘的な部族集団だった。男たちは背が高く筋骨たくましく、よく日焼けした褐色の顔をして、鷲のように立派な鼻と高い頬骨を誇り、いかにも強そうだった。女性たちはにこやかで人懐っこく、羊の皮衣をまとい、長い髪は髪飾りを編み込んだお下げにしていた。スティーブンス牧師は、タルツェンドの強い日差しのもと、広刃の剣に手をかけてにこやかにポーズを決めるカムパや、マニ車［中に経文の入った回転式の祈禱器］を回し、数珠（じゅず）を繰りながら経文を唱えている老カムパたちの写真を撮った。

何日か経って、スティーブンス牧師とメアリーはフランスのカトリック教会のチベット宣教団支部を訪れた。二人のフランス人宣教師との再会に心浮き立つ思いだった。教会には居心地のよい、設備の充実した図書室があり、様々な言語によるチベットに関する書物の膨大なコレクションを所蔵していた。二人はお茶とケーキをごちそうになった。

「ワインもどうだい」モロー神父は勧めた。「タルツェンドに無事に到着したことをお祝いしないとね」フランスの赤ワインを出してきて、いかにも通という風情でラベルを確かめると、ボトルを開け、グラスに注いでジョンとメアリーに差し出した。

「タシデレ！」スティーブンスはグラスを掲げた。

「おお！」ニケーズ神父は驚きの声を上げた。「幸運と健康を祈るチベット語じゃないか！　どこで覚えたんだい？」

「スティーブン・マーウェルがチベット語のレッスンを手配してくれたんですよ」スティーブンスは言った。「先生がいつもするあいさつです」

「難しい言語だよ」ニケーズは言った。「でも宗教や神秘主義、神学、そして哲学にとっては素晴らしくよくできた言語だ。これらの学問には最高レベルの、正確無比な語彙が必要だからね。君がチベット語を勉強するのは正解だよ。だってニャロンでは他の言語は通じないからね」

「ニャロンと比べたらわれわれの土地なんて大したことないよなあ」モロー神父は言った。「うちも雲南の未開の地だし、深いジャングルを分け入っていかなければならないわけだけど、それでも悪魔島（デビルズ）［南米仏領ギアナ沖合にあるかつてフランスの流刑地だった島］とパリの都を比べるようなもんだぜ……」

「ニャロンまでオペルをお借りできませんか?」メアリーは尋ねた。

「うひゃひゃひゃひゃ」モロー神父は涙が出るほど大笑いしたかと思うと、いたずらっぽくメアリーに飛びかかり、ぎゅっと抱きしめた。図書室は座っているだけでほっとする空間だった。大きな窓からは暖かい午後の日差しが差し込んできて、タルツェンドの川からは眠気を誘うようなどうどうという音が響きわたる。周囲は急峻で巨大な山々に取り囲まれ、外の世界から遮断されている。メアリーは水しぶきを上げる滝を眺めていた……。ゆっくりと落ちていくベールが……落ちては止まり……落ちていくさまはまるで……。

「ふたりともマザー・クレア・マーフィーに会ったほうがいい」モロー神父は言った。「あの方はほんとうに……素晴らしい方なんだ!」

「どういう方なんですか?」メアリーは尋ねた。

「アイルランド出身の年配の修道女だ」ニケーズ神父が応じた。「長い間タルツェンドに暮らしてる。もうずいぶんお年を召して、体も弱っているんだが、ここを去ろうとしないんだ。ここで死ぬつもりだそうだ。心臓が悪くて、本当は高地はよくないんだけどね。うちの教会の近くにフランス人修道女が経営するカトリックの病院がある。マザー・クレアはずいぶん前からそこで働いてて、一時期は病院の責任者も務めていたことがあるんだ。実際、フランク・パーキンソン師が山でニャロンのカムパに襲撃されたときも、彼女が手当をしたんだ。今は修道女たちが彼女の世話をしているよ。彼女は孤独だが、いつも神とともにある。素晴らしい方だから、亡くなったらまっすぐ上に行けると思うよ……」フランス人神父の目に尊敬の色が浮かんだ。

二人のフランス人神父は二人のアメリカ人をマザー・クレアのもとに連れて行った。彼女の家には長い廊下がある。そこは塵一つなく、木の床は磨き上げられて鏡のようだった。廊下の奥には大きな十字架上のキリスト像が安置され、壁にはキリストの生涯を描いた数々の額縁絵が飾られている。彼らはドアの前で足を止め、ニケーズ神父がそっとノックした。「どうぞ!」部屋の中から明るい声が聞こえてきた。紛れもないアイルランド訛りだ。部屋にはいる前に、二人のフランス人神父は入り口に置かれた聖水盤に指をひたし、胸の前で十字を切った。

マザー・クレアは座り心地のよさそうな籐椅子に腰掛けていた。部屋は明るく、家具が少なくてすっきりした印象だ。木のベッドの横には聖書の置かれた小さなテーブルがある。壁にはキリストのブロンズ像がかけてあり、マザー・クレアの修道女生活五十周年を記念するローマ教皇からの祝辞が額縁に入れて飾られている。部屋の片隅には洗面器と石けん皿、水差しの置かれたテーブルが設(しつら)えられ、別の片隅には室内用トイレが置かれている。

マザー・クレアはしわだらけだけれどもピンク色の頬に茶目っ気たっぷりの笑顔を浮かべている。握手を交わしたとき、彼女の手は震えていた。指は関節炎で変形しており、しみだらけの手首の皮膚は透けるほど薄く、青い静脈が浮き出ている。フランドル派の巨匠が描いた肖像画みたいだとメアリーは思った。

ニケーズ神父はスティーブンス夫妻を紹介した。

「まあ、サンフランシスコからいらしたの？　なんて素晴らしいんでしょう！」マザー・クレアは手を叩きながら上機嫌で言った。

「でも残念なことにタルツェンドには留まらないんですよ」ニケーズ神父は言った。

「あらどうして？　アメリカに帰るの？」

「いいえ、マザー・クレア、もっと奥地に行くんです」モロー神父が口を挟んだ。「どこだか想像もつかないでしょうね」

「え、どういうこと？　どきどきするわ。からかうのはやめてちょうだい、モロー神父。いつもふざけてばかりなんだから！　いったいどこなの？」

「ニャロンです……」モロー神父はささやいた。

「ニャロンですって！」マザー・クレアは驚いて叫んだ。「でも相当な奥地だし、教会もないのよ。カムパだらけの国。あの野蛮な集団はまったく……本当に大変な相手ですよ、はっきり言って」

「パーキンソン師がかの地にベツレヘム・ルーテル教会の支部を置く特別な許可を取得しまして」スティーブンスは言った。「われわれがその任務を拝命したというわけです」

「まあ、驚いた！」アイルランド人修道女は言った。「でも主は力がおありだし、慈悲深くて情け深いもの。私もお二人の無事を祈るわ。安心してちょうだい……」

「ありがとうございます、マザー・クレア」メアリーは言った。「ニャロンについて今まで耳にした噂を考えると、祈ってくださるのは本当にありがたいです……」

「みんな腰掛けてちょうだい」マザー・クレアは椅子を指さして言った。「必要もないのに立ってると、足に悪いわよ。お茶を用意するわ」彼女がチベットの鐘を元気よく鳴らすとチベット人の召使いが入ってきた。修道女は流暢なチベット語でお茶を持ってくるように言った。召使いは可憐な花模様の保温カバーをかぶせたティーポットと、ぴかぴかのお皿、ぱりっと洗濯したアイルランド風レースつきのナプキン、そしてチーズとジャムのサンドイッチをお盆に載せて戻ってきた。

「ニケーズ神父」マザー・クレアは切り出した。「お願いしていいかしら。戸棚を開けるとビスケットの缶があるの。とっても特別な、はるばるアイルランドから届いたものよ。特別なお客様のために取ってあるの。甥っ子が送ってきてくれてね。最後に会ったときはまだ少年だったわ。今やかわいい二人の女の子の父親になって。ああ、光陰矢の如しね。お二人にはお子さんはいらっしゃるの？」

メアリーは笑った。「まだです、マザー・クレア。私たち結婚したばかりなんです」

「あらそうなの。お二人はニャロンに行くのよね。すごい冒険だわ！　私もね、冒険の人生だった。私がゴールウェイ［アイルランド西部の街］から中国に初めてやってきたのは十八歳のときよ。サイゴン［ベトナム南部の都市。現在のホーチミン］行きの船でフランスの外国人部隊の将校と恋に落ちそうになったの。ロマンチックでしょ？　まるでおとぎ話みたい。他の修道女たちが私をつなぎとめるのに必死だった。私はダンスが大好きで、乗馬に夢中だった。ゴールウェイの実家の農場では馬に乗って駆け回ってたのよ。

初めてタルツェンドに来たとき、カムの美しい馬に乗りたくてうずうずしたものよ。修道院長に叱られたけど。タルツェンドの街中で馬を乗り回すなんてカトリック修道院の品位を落とすといってね。当時ここには若いカムパの首領がいたの。山賊の首領でね。ひと目見てほしかったわ。ほんと素敵なのよ！　背が高くてハンサムでたくましくて、想像しうる限り最高の馬乗りでね。彼の馬がまた美しくて、しかも乗りこなせるのは彼だけなのよ。私は彼の馬に釘付けで……もうこらえきれなくなっちゃったのよね。乗せてもらえないかしらって頼んでみたわ。そしたらある日願いがかなったの。もうタルツェンド中を乗り回したわよ！　ああ、でもそれが馬に乗った最後だったわね……。修道院長にばれてしまって大目玉！」マザー・クレアはタルツェンドでの若き日の冒険を思い浮かべ、涙を流しながら大笑いしていた。

二人はしばらく談笑してからその場を辞した。マザー・クレアは膝も腰も関節炎で不自由なため、立ち上がるのもつらそうだった。スティーブンス牧師は彼女のあまりに弱々しく、背中も大きく曲がった小さな体を目の当たりにして驚きを隠せなかった。

6

日曜日のことだった。朝早くにジョン・リー・チョウ牧師がジョンとメアリーを訪ねてきて、中国伝道者教会の礼拝に行こうと言った。それから野外で説教をするので聞きに来ないかと言うのだった。ジョン・リー牧師は染み一つない黒い衣装に身を包み、手には聖書と杖を携え、そして頭にはソーラー・トーピーをかぶっていた。石畳の道を歩きながら、中国人牧師は通りがかりの人びととにこやかに会釈を交わしている。どうやら多くの人が彼のことを知っているようだ。小さな教会に入り、まばらな参列者の中に加わった。ほとんどが中国人だった。

礼拝が終わると、ジョン・リー牧師による日曜の恒例行事の始まりだ。この行事でタルツェンドで一躍有名になったリー牧師は、楽団を引き連れて、木の下に立った。楽団員たちは横笛やダムニェン［チベットの撥弦楽器の一種〕、マンドリンやバイオリンを手に、讃美歌や行進曲を賑やかに演奏している。ベツレヘム・ルーテル教会が運営しているキリスト教学校に通う子どもたちが讃美歌を歌うこともあった。行事はお祭り気分で進んでいった。幕間（まくあい）にはジョン・リー牧師が中国語とチベット語を巧妙にまじえながら説教をした。その内容は聖書に出てくる物語や即興のたとえ話で、チベットの農民や商人、牧畜民、戦士といったように聴衆に合わせてうまく脚色していた。彼の言葉によって、イエス・キリストの生涯と福音が遙か彼方にあるチベット国境の辺鄙な街へともたらされたのだ。彼は情熱的な口調で、周りの人びとに十字架に従い、キリストについて行けば、罪から救済されるだろうと説いた。彼が腋の下に杖をしっかりと挟み込み、太くて短い指で聖書のページを指さしながら、よく通る確固たる声で読み上げていくと、聴衆はすっかり魅了されていた。語る内容や真実よりもむしろ、彼の気迫や熱意、信念に心奪われているようだった。やはり彼は宗教者だ。そしてあらゆる宗教は尊敬の念をもって扱われるべきなのだ。ジョン・リー牧師は行事を終えると、お茶を飲み、染み一つない白いハンカチで額を拭った。そして彼の仲間や助手たちが教科書と十字架、パンフレットと鉛筆、お菓子を聴衆に配った。

ジョン・リー牧師が説教をしている場所のすぐ隣、狭い路地を挟んで向こう側にはタルツェンドで一番はやっている隊商宿があった。大きな二階建ての建物で、上の階には街で一番魅力的な娼婦たちが暮らしていた。日本人と中国人はみな腰が細く、足首もほっそりとしており、太ももまで切れ上がったセクシーな絹の長衫（チャンサン）〔チャイナドレス〕をまとい、上品な化粧をして、香水の妖艶な香りをふりまいていた。彼女たちは色っぽい仕草においても繊細な愛の営みにおいても非常に長けていた。一方、チベットのカムの女は背が高く、胸も尻も大きく、粗野で洗練されていないが、娼婦の仕事を楽しんでおり、機敏に腰を振り、エロティックでアクロバティックな体位を好む。ロロ族やミャオ族といった近隣の少数民族の女たちは、小柄で、よく笑う遊び好きの若い娘たちだった。彼女たちは年かさの勃たない男たちを相手に激しい欲情を燃え上がらせたり、心ゆくまで満足させるのを得意としていた。

あるカムの美しい娼婦は裕福な商人たちの間で引っ張りだこだったので、彼女の常連客たちは彼女が性的労働による過労で早死にしてしまうのではないかと心配していた。彼女はせっかちな顧客たちに仕事中かどうかを伝える巧妙なやり方を編み出していた。部屋の外に空の花瓶を置いておき、それが上を向いていたら空き――そんなことは滅多にない――、下を向いていたら仕事中、つまり得意の艶めかしい体位で営業中という意味だ。

隊商宿には叫び声や歓喜の声、大笑いの声が響きわたっていた。どんちゃん騒ぎ、お祭り騒ぎは日常茶飯事。金塊や銀、中国の銀貨を賭け金に大博打が繰り広げられていた。

スティーブンスは隊商宿から出てきたチベット人娼婦たちと目が合った。娼婦たちは彼にウインクをして、色目を使って誘うように微笑みかけてきた。とそのとき、なんと彼女たちは突然チュバ［チベット式の丈の長い服］の裾をたくし上げてしゃがみ込み、魅力的な丸いお尻もセクシーな太ももも陰部も丸出しにして、平然と放尿し始めたのだ。ジョンとメアリーは目を丸くして顔を見合わせた。しかしジョン・リー牧師は平気の平左だった。休日ごとに披露されるお尻と性器によるあいさつの風習には慣れっこで免疫があるのだ。そのまま平然と説教を続け、杖を掲げて天空を指し、天国の法悦を称賛していた。そしてそのすぐ隣では、タルツェンドに集った人びとが地上の天国の歓喜を貪っているというわけだ。

ある日、アメリカ人宣教師夫妻はマザー・クレアを訪ね、教会を案内してもらった。マザー・クレアは二人の腕を取り、聖母マリアが幼いイエスを抱いている等身大の像の前に連れて行った。像の前で立ち止まると、聖母の至福に満ちた顔を見上げ、あたかもその像が生身の親密な存在であるかのように、子どものごとく純真に祈りを捧げ始めた。

「親愛なる聖母さま、いつも惜しみない天恵と憐(あわ)れみと慈しみを私たちに注いでくださり、ありがとうございます。聖母さま、私の祈りを聞いてください。ここにいるスティーブンス夫妻、ジョンとメアリーはベツレヘム聖霊ルーテル教会の宣教師です。たいへん善良で親切な方々です。私が保証しますわ、聖母さま。二人はまもなくチベットに向かって出発します。チベットの人びとにあなたの愛と恵み、憐れみと慈しみをもたらすために行くのです。ゆく先々で神の神聖な光と慈悲深い庇護をもたらし、二人の力強い天蓋となってくださいまし。二人は大切な神のしもべなのです。アーメン！」マザー・クレアは二人から手を放し、十字を切った。

「アーメン」ジョンとメアリーはささやき声で言った。二人はこの年老いたアイルランド人修道女の圧倒的な純真さに心打たれていた。彼女にとって神は、疑う余地のない、身近で、個人的で、親しい存在なのだ。

ジョンとメアリーがニャロンに出発する前日、二人はマザー・クレアに別れのあいさつに行った。その日は一日中忙しく、ずいぶん遅い時間になってしまった。

マザー・クレアはベッドで灯油ランプの灯りのもとで読書をしていた。ベッドの足元には古い杖が横に渡してあり、その反対側には目覚まし時計が置かれていた。部屋は静かで、聞こえてくるのは時計のカチカチいう音だけだった。マザー・クレアは二人を招き入れて腰掛けるように言うと、召使いにお茶を運ばせようとチベットの鐘を何度も鳴らしたが、誰もやって来なかった。

「夜はいつもこうなのよ」寂しげに、諦めた様子で言った。「夜は誰も来てくれないの。みんな忙しいから。何度鐘を鳴らしても誰も来ないから、ここに時計を置いているの。杖と時計は大事な友だち。かわいそうな時計がチクタクチクタク進んでいくと、万事うまくいってると思って寂しさが紛れるの。もう明日チベットに出発するのね？」

メアリーは頷いた。「一緒に来ますか？」メアリーは冗談めかして言った。「大歓迎ですよ。ご存知の通り、カムの馬は乗り放題ですし……」

マザー・クレアは笑って目を輝かせた。そして思い切りかぶりを振った。「もう年を取りすぎちゃったわ。この部屋の中でさえよろよろとしか歩けないのに。ニャロンは今の私にしてみたら月の裏側みたいなものよ。でもね、悲観しないでね。もしかしたらいつか馬に乗ってニャロンの谷に入る日が来ないと限らないわ。ああ、そんな日が来たら最高ね」

「私たち、チベットへ行くのが楽しみでならないんです」メアリーは熱っぽく告白した。「私たち二人にとってすべてなんです。挑戦ですけど、神のために挑戦に応じます。本当にわくわくしてるんです」

「素晴らしい」マザー・クレアは言った。「その調子で頑張って！　二人と別れるのは残念だけど。タルツェンドにはいつ戻ってくるの？」

「それがまったく分からないんです」スティーブンスが言った。「いったんニャロン入りしてしまったら――追い出されたりしなければですが――そんなに早くは戻ってこられないでしょう。向こうではやらなければならないことがたくさんあります。できるだけ長くチベットでねばって、主にお仕えすることの機会を最大限に活かしたいと思っています。いったん出てしまったら、また鎖国状態になって戻れなくなってしまうかもしれませんから」

「何年も滞在したいと考えているんです」メアリーは言った。

「でも、休暇にはふるさとに帰りたいんじゃない？　またアメリカに戻って故郷の家族に会いたくない？」

「いえ、あまり」スティーブンスは言った。「自分たちにとって世界で一番尊くて大事なものがまさにここにあるんです。私たちは生涯をかけて主にお仕えし、主の教えを伝道するために中国までやってきたのですが、中国どころか、もっと面白くてやりがいのある場所を見つけたんです。それがチベットです！　そしてニャロンはまさにチベットでの第一歩を踏み出すのにふさわしい場所だと思うんです。これ以上何も望みません」

　二人が立ち去る前にマザー・クレアは贈り物をくれた。アイルランドのリボンで装飾したチベットの蹄鉄だった。

「縁起物よ」年配の修道女は言った。「この蹄鉄はかなり古いものなの。私の宝物……本当に大切な ね……ずっと手元にあったものよ。あなたたち二人のためにその派手なリボンを縫い付けたの。ひどいできだけど。でもこの指がね、どうにも言うことをきかなくて」そう言いながら、関節炎で曲がってしまった指をくねらせてしかめっ面をした。

　スティーブンス牧師は贈り物を興味津々で眺めていた。ふとある考えが浮かんでにこりとした。

「マザー・クレア、なんて素敵な贈り物でしょう。われわれの宝物にします。ニャロンでこれを見るたびにあなたのことを思い出すことでしょう。こんなに親切にしていただいてありがとうございます。ちょっとお尋ねしたいことがあります。詮索するようで恐縮なのですが……」

「何かしら」マザー・クレアは顔を上げて言った。

「この蹄鉄なんですけど……昔お乗りになったというカムの馬のものですか？　例の若い山賊の首領の馬では？」

マザー・クレアは手を叩いて大笑いした。固く曲がった指をジョンに向けて振った。

「あっはっは」彼女は目をきらきらさせていたずらっぽい笑みを浮かべた。「それにはわけがあるのよ！その蹄鉄のことはまたタルツェンドで会ったときに話すわ……」

マザー・クレアはにこにこと頷きながら二人を見送った。彼女の影は飾り気のない壁の上でゆらめいている。ベッドの上の時計はチクタクと音を立て、杖と向かい合っている。二人が静かにドアを開けて外に出ると、灯油ランプから漏れた灯りが暗く寂しい廊下に漏れ出ていた。

7

夜が明けて山の端が少し明るくなった頃、スティーブンス夫妻とスティーブン・マーウェルはタルツェンドを出発した。同行者は中国人の料理人カオ・イン、そして現地の駐屯地から護衛についてくれた四川人兵士四人だった。全員、馬で移動だ。アメリカ人夫妻のために用意された乗用馬はとりわけ立派な馬だった。彼らを先導するのは荷運びのラバの隊列だ。それを統率するのは筋骨たくましく肩で風を切るようなカムパのラバ追いたちで、みな腰に幅広の剣を差していた。彼らはラバが隊列から離れそうになろうものなら、口笛を吹き鳴らし、叫び、罵り、恐ろしい正確さで石を投げるのだった。前や後ろに駆けずり回り、時折立ち止まっては喉を鳴らすのは、数頭のマスティフ犬だ。赤茶色のヤク毛をあしらった首輪をつけた大きな体躯のもじゃもじゃのカムの犬たちは、山々に響きわたる恐ろしげな唸り声を上げながら、ラバの隊列が乱れないよう監督している。ラバたちはみな首に鈴をつけており、その深くリズミカルな響きは、タルツェンドからまたキャラバンが出発したことを告げるのだった。中でも大きくて賢く、見た目のよいものが先導ラバとして選ばれる。先導ラバは色とりどりの豪奢な衣裳を着せられたうえ、リボンや旗で飾り立てられている。額にくくりつけられた丸い鏡が光を反射してきらきらと光っている。四川人兵士たちはライフルを肩から下げ、ズック靴に軽装の軍服姿で、アヘンを噛んでいるか馬に乗ったまま居眠りをしている。ラバ追いたちは鼻の穴をチベットの嗅ぎたばこで粉だらけにして、疲れている様子一つ見せない。山で必要なスタミナと忍耐力においてはラバや馬にも引けを取らないほどなのだ。彼らはげらげら笑いながら冗談を言ったり下卑た物真似をしていた（きっとタルツェンドの隊商宿でのゆきずりの関係について語り合っているに違いない）。彼らが筋骨たくましい足で小石の多い道や急峻な山道を闊歩すると、膝下を虹色のガーターベルトで留めた艶やかなチベット式のブーツがきゅっきゅっと音を立てるのだった。年寄りのラバ追いたちはぶつぶつと真言を唱え、数珠を繰っていた。

　メアリー・スティーブンスは夫のすぐ前を馬で進んでいた。彼らはキャラバンのリズムにすっかり馴染んでいた。眠気を誘うラバたちのベルの音に、ラバ追いたちのしゃがれた叫び声、タルツェンド川の奔流。それらが徐々に遠のいていくと、初日の投宿地であるギェドゥ［中国語で折多］の街に入っていった。

　嬉しいことに、いよいよ長い長い旅路の最後の行程に入るのだ。二週間もすればニャロンに到着するだろう。今やサンフランシスコははるか遠くに思える。まるで他の惑星にいるような気さえする。馬で旅をするのは実に愉快だ。景色を眺めながら、角を曲がるたびに何が現れるかわくわくする。どこもかしこも初めて見る光景、初めて耳にする音ばかりだ。馬の旅はまた、過去を総括し、現状を整理し、未来の計画を練る時間でもある。

メアリーが心地よい夢想にふけっていたちょうどそのとき、鞍を固定していた腹帯が突然切れた。二人のカムパのラバ追いがすっ飛んできて馬の口を取ったところ、メアリーも、鞍も、大きく膨らんだ二つの鞍袋も、チベット式のカラフルな下鞍も放り出されてしまった。メアリーは荷物の山の上に倒れ込み、恥ずかしさに頬を染めていたかと思うと、いきなり笑い出した。彼女の様子を見ていた二人のカムパも脇腹をばんばん叩きながら声を上げて笑った。

「おいおい坊さんよ！」スティーブンス牧師がものも言わずに力なく鞍にまたがって、その光景を見つめたまま、どうしたらいいのか分からずにいるのを見たカムパの一人が叫んだ。スティーブンスは馬にこれまでの人生で馬に鞍さえつけたこともなかったのだ。「自分の奥さんを助けに行かないのか？」

牧師は馬にまたがったままかぶりを振った。

「おいおい、奥さんを助けないのかい？　坊さんよ」腰まで着物をはだけ、四角い布製のお守り袋を首からかけた若いカムパのラバ追いが言った。背の高い男で、長く伸ばした髪を編んでお下げにしたのを頭にぐるぐると巻きつけていた。お下げの先には粋な赤い房がくくりつけられていた。顔はまるで鷹のよう。大きくて白く、並びのよい歯をしていた。噴き出した汗が背中を滴り落ちていく。日焼けした肌はカリフォルニア焼けのようなうらやましいほどの赤銅色で、頬はこけ、頑丈な顎をしている。左手首には数珠を巻きつけ、親指には大きな象牙の指輪(テルコ)をはめたその男は、手を幅広の剣に掛けたまま笑っていた。

「それならさ、坊さん」男はからかうような口調で、四つん這いになったメアリーを指さしながら、アメリカ人の二人には理解できないのが前提で、他のカムパたちには旅の合間にあつらえ向きのお楽しみになるようにこう言った。「毎晩彼女に乗っかってるくせに、いざ彼女が馬から落ちたらあんたは王様みたいに鞍にまたがったままってか！　なんて男だ！」それからメアリーの方に目をやると、怒ったふりをしてどやしつけた。「あんたもあんただよ、尼さん、恥を知れってんだ。そんなところで横たわって尻を見せびらかしてさ。さっさと立てよ！　あんたの馬に鞍をつけさせておくれよ」

　もう一人のラバ追いがメアリーを向き直らせ、馬に乗るように身振りで伝えた。そして、びっくりするほどの馴れ馴れしさで彼女の尻に手を当て、鞍にまたがらせてやった。「尼さんよ、次にあんたが馬から落ちて、また鞍にまたがらせてやる羽目になったら、あんたのあそこに指を突っ込ませてもらうぜ」男がそう言って挑発的に長く骨ばった人差し指を左右に振って警告するふりをすると、若い方が腹を抱えて笑い転げるのだった。メアリーは彼らの言葉を一言も理解できなかったが、きっと卑猥な話をしているんだろうと思った。彼女も笑ってこう言った。「トゥジチェ！　トゥジチェ！」［原注　チベット語中央方言で「ありがとう」の意］

　再び隊列は動き出した。二人のラバ追いは後ろからおしゃべりをしながら歩いている。

「そう言えばさ」さっき尻に指を突っ込む話でメアリーを驚かせた方のラバ追いが言った。「彼女、案外不細工じゃないよな。うちらの女たちと似たような体の作りなのかな？　やっぱ陰毛（ムスチャレー）もクリトリスもあるのかな？」

「謎だな」ラバ追いの片割れが賢そうな哲学的口調で語りだした。「俺はうちらの女とタルツェンドにいる中国人と日本人の娼婦のあそこしか知らねえからなあ。もちろん女のあそこってのは人間の顔みたいなもんでほんとにいろいろだからな。知っての通り、どんな顔も違う。まあ確かに、ここに鼻があって口があって、目が二つあるわけだけど、形状も手触りも大きさもみんな違う。女のあそこも同じさ。よりどりみどり。飽きるってことがないぜ。ヨーロッパ人てのは犬みたいなやり方で交わるって話だぜ……」

「今夜は寝たふりでもするかな。それでちょっくら……」

「やってみろよ、なあ。やべえぞ（ディクパ・コ）！　面白いことになるぞ（テーモ・ヨン）！」［原注「ディクパ・コ」とはカムパの罵り言葉。文字通りには「あらゆる罪の重荷を背負う用意をしろ」という意味。驚きや嫌悪、怒り、警告を表す場面で用いる］

　こうして彼らはげらげら笑ったり冗談を言い合ったりしながら進んでいったので、ギェドゥに着いた頃には、タルツェンドを出発したときのように元気になっていた。

　隊列は旅を続け、標高一万六〇〇〇フィート［四八七六メートル］以上もの峠をいくつも越え、ギェドゥからディゾ、そしてアヤン、ゴロクタン、ニャクチュカ、マゲンゾン、ホルチュカ……と進んでいき、チベットの奥深くに入っていった。道中彼らを迎えてくれたのは、すさまじく深い峡谷に面して聳え立つ、松の木のびっしりと生えた巨大な山塊だった。疲れ切った体を休める宿も寺院もないので、雪を抱いた山のシャクナゲの茂みや松の森で睡眠をとった。星々は手が届きそうなほどだったし、月明かりに照らされた峰々は遙か彼方まで続いていた。

　一日の旅の終わりになると、カムパのラバ追いたちは荷物を下ろして輪になるように置き、その真ん中で焚き火をしてお茶を沸かし、ツァンパや干し肉、干しチーズを食べながら、夜遅くまでおしゃべりをしたり笑ったりしながら過ごす。立って荷物に寄りかかってお茶を飲んでいる者もいれば、数珠を繰りながら熱心にお経を上げている者もいる。商売や物々交換について語り合う者、周辺の山々の謎や山の神々や超自然的な存在にまつわる物語や伝説を語る者もいれば、家や家族、女たちの話、あるいは翌日の旅で予想される危険について語る者もいる。マスティフ犬は荷物につないである。ぴんと張った鎖の先で時折低い唸り声を上げると、暗い闇に包まれた峡谷の向こう側まで響き渡った。夜は口笛を吹いてはならない。なぜならお化けの気を引いてしまうかもしれないからだ。でも、たまにチベットの横笛の物悲しい調べが夜の闇を漂うこともあるし、ラバが身動きして首につけた鈴の音がチリンチリンと鳴ることもある。馬が鼻を鳴らして山の静寂を乱すこともあれば、ラバがばたついて寝ぼけ眼のカムパにおとなしくしろと叱られるなんてこともある。

スティーブンス牧師はまだ寝ずに荷物に寄りかかり、凍てつく風から身を守っている。メアリーは夫のそばに防水シートとチベット絨毯（じゅうたん）を敷いて横たわっている。彼女はすっかり疲れて泥のように眠っている。スティーブン・マーウェルたちは少し離れたところで眠っており、アヘン天国の中で眠りについた四川人の兵士たちは、ライフルを手首にくくりつけたまま高鼾（たかいびき）だ。

翌日には有名なリタン［原注　世界地図ではLitangと綴られるが中央チベットの人びともカムの人びともLithangと発音する。意味は「青銅の平原」］の街に着く。そこはダライ・ラマ七世ケルサン・ギャツォの生まれ故郷だ。リタンから北へ向かうといよいよニャロンに入る。スティーブンス牧師は静かに物思いにふけり、来し方行く末について思いを巡らせていた。これから始まる任務と難題、そしてチベットという神秘の国で何年もかけて行うことになる精神的な冒険を思い浮かべるとわくわくして元気が出てきた。そしてラサまで行けば、チョカン寺の入り口にはあのわれら神を讃えまつらん（テ・デウム・ラウダームス）という銘文の刻まれた鐘があるのだ……そう思うと楽しみでならなかった。

8

リタンの街は標高一万四五〇〇フィート［四四一九メートル］に位置し、そのとば口には広い平原が広がっている。

幹線道路は西へと続き、バタン、マルカム、チャムド、そしてラサへと続く。しかしスティーブンス牧師一行が向かうのは北方向だ。

　馬を休め、食糧を供給するために街に二日間滞在した。スティーブン・マーウェルはリタンの巨大僧院を敵意丸出しで睨みつけていた。そこは東チベット最大の僧院の一つで、何千人もの僧侶を擁し、隠遁の地というよりは、むしろまとまりなく広がった街のようだ。彼はチベット仏教に対して激しい嫌悪感を抱いており、悪魔を崇拝する宗教だとみなしていた。機会あるごとに一九〇八年に東チベットで布教活動をしていたプロテスタントの宣教師によって書かれたこの一節を嬉々として引き合いに出すのだった。「タンゴまで十日の旅路だった。道は通行できるが、巨大な僧院が見張りの兵士のごとくわれわれキリスト教徒の前に常に脅威となって立ちはだかっている。しかしわれらが神は力強く、バタンへの道中にある主要な僧院を破壊することで、神の力をお示しくださったのだ……」この「バタンへの道中にある主要な僧院を破壊する」とは、一九〇六年頃に東チベットと清朝の間で起きた衝突を指している。それは清朝の冷酷無比な趙爾豊（ちょうじほう）がその悪評を得た事件であり、リタンやチャンテン、バタン、ニャロンの多くのカムパたちが絶対に忘れないし許さないと心に誓っている人物だ。しかしながらキリスト教徒は、彼が数々の僧院を破壊し、何千という僧侶を虐殺したことで、彼のことを神に仕える者だと考えているのだった。

「ここに二日間泊まるぞ」マーウェルはチベット式の宿の窓際に立ち、僧院もぼんやりとしか見えないほど平原を吹き荒れている砂塵を見つめながら言った。

「それは好都合だ」スティーブンスは言った。「この土地を観察するいい機会だ。かなり歴史ある街らしいね。ダライ・ラマ七世生誕の地だとか。生家にも行けるんじゃないかな」

マーウェルは眉をひそめた。「おいおいジョン、七世はたしかにこの地に生まれたわけだが、その先代のダライ・ラマ六世［原注　ツァンヤン・ギャツォ（一六八三―一七〇六?）。名前の文字通りの意味は「清らかな音色の海」］の所業について君は知っているのか?」

「なんとなくは……。それが何か?」

「チベットの宗教にかかずらわっている余裕はないんだよ」マーウェルははっきり言った。「そもそも宗教とすら呼べるものじゃない。あれはもう……放蕩と迷信に満ちた不快極まりない信仰だよ。悪魔（サタン）に操られているんだ。ともかく、六世ダライというのはこの忌まわしい宗教の最たるものってわけさ。彼はダライ・ラマではあったが、同時に色狂いの女たらしで、ラサのポタラ宮殿の中にはお抱えの娼婦や踊り子がいたのさ……。彼は人びとからは神と崇められているのに、その所業たるや西洋の暴君のやらかしてきた種々の悪行をはるかに凌ぐ。でもチベット人は非難するどころか、彼の犯したすべての罪を許し、その結果今に至るまで彼は神々の墓に納まり続けているんだ」

「確か詩人でしたよね……」スティーブンスは敢えて口を挟んだ。

「彼の詩なんて興味ないね」マーウェルは声を荒げた。「どうしようもない戯言らしいじゃないか」

「なあ、スティーブ」スティーブンス牧師は笑みをたたえ、静かな口調で言った。「君はチベットの宗教にずいぶん強烈な感覚をもってるみたいだな……」

「俺はラマ教が嫌いなんだ」マーウェルは言った。「この野蛮なチベット人たちを一刻も早く唯一のまことの神の御許に連れて行くべきだ。予断を許さない状況だよ。ジョン・スティーブンス君、聞いてくれ!　君と俺は十字軍なんだ。このチベット人たちは悪魔を深く信仰している。彼らは神の存在すら信じていない。みんな無神論者だ。でもわれわれなら彼らを救える。救うんだ!」

沈黙が訪れた。二人は遠くの僧院を見つめていた。スティーブンスはマーウェルを怒らせたくなかった。でも同時に彼に支配されるつもりもなかった。マーウェルはタルツェンドの教会の責任者だ。チベットのニャロンはスティーブンスの教会の管轄になる。チベットの処女地でどのように布教すべきかについて、マーウェルにいちいち指図されるいわれはないのだ。

「いいかい、スティーブ」沈黙を破って切り出した。「チベットの人びとに我らが主の御言葉をもたらしたいという思いは僕も君も同じくらい強いし、熱意もある。誤解しないでほしい。僕は主のまことの光で人びとの心を照らしたいんだ。でもニャロンにはニャロンの事情がある。慎重に始めないといけないと思ってるんだ。まったく新しい土地だからね。キリスト教の宣教師が足を踏み入れたことのないところだ。われわれの滞在許可も極めて暫定的だし、相当デリケートな問題だ。何が起こるかも分からない。

聞くところによると中国人はニャロンのチベット人にほとんど何の権限も持っていないらしい。実質的な独立状態だよ……。各地域がポンボ、すなわち土地の長（おさ）によって支配されている。人びとは自分たちのポンボが決めた法律にしか従わない。ここリタンにはカムパがギャサゴと呼んでいる中国人判事がいるが、彼はニャロンに対しては非常に弱い権限しか持っていない。ニャロンの地に徴税のために部下を送り込むことすら恐れているらしい。だからニャロンではわれわれは中国人の行政長官の庇護も期待できないし、われわれが中国で享受している治外法権を行使することも乱用することもできない。私の計画では最初のうちは目立たないようにするつもりだ。注意深く進めていくよ。慎重さが勇気の大半というだろ」

マーウェルは笑った。「ジョン、ニャロンに関する予習は十分のようだな。その勢いだと次はチベットの宗教について勉強を始めるつもりだろう。もし図星なら、絶対にやめとけというのが俺からの助言だ。ソレンセン［テオ・ソレンセン。一八九九年から一九二三年にかけてタルツェンドで活動していた中国内陸伝道教会所属のノルウェー人宣教師］が語り尽くしている通りだ。君も知っているだろうが、彼はチベット仏教を隅から隅まで知っているプロテスタントの宣教師だ。あれほどの人物でもなけりゃすべての宗教は同じ神に通ずなんていう危険なたわごとを説く気の抜けた宣教師になるのが関の山だ。人類はみな一つの車輪の上にいて、すべての輻は車軸におわす神に向かっているだなんてクソみたいなたわごとさ。本当はわれわれはみな罪の迷宮に溺れている。そこから抜け出して魂の救済という幸運を勝ち得るには十字架だけが頼りなんだ！」

ジョンとメアリーは押し黙っていた。

「君たちがニャロンに着いたら」マーウェルは続けた。「教会を立ち上げ、十字架を打ち立てるんだ。そして十字架を持ってチベット人の家を一軒一軒回るといい。我らが主を人びとの心に、そしてすべてのチベット人家庭の祭壇に植えつけて、悪魔を追い出せ！　チベットとチベット人を悪魔の宗教から解放せよ！」

スティーブンス牧師は黙っていた。マーウェルの言葉に動揺していた。そして将来、宗教的な問題で対立することになるのではないかと不安を感じていた。マーウェルは宣教師としてはあまりに性急で、狂信的かつ強迫的な情熱に囚われすぎている。こういった野を焼く火のごとき論法を目の当たりにして、スティーブンスは『道徳経』のこんな一節を思い出していた。水は道におけるあらゆるものに打ち勝つことができる。なぜなら出会うものに合わせて形を変えていくからだ［老子『道徳経』第四三章「天下の至柔は天下の至堅を馳騁す」］。

ニャロン入りはあっけなかった。陰から監視されてもいなかったし、無慈悲な物見やぐらもなかった。どこもかしこも静まり返っており、時折ひゅうと風が吹いて乾いた岩の表面から土埃を舞い上げる物寂しげな音がするばかりだった。しかしカムパたちはそこがニャロンの南の境界であることを知って、慎重に、控えめに行動している。ラバ追いたちは峠越えのときにラバにつけた鈴を外し、中に草を詰めて音が鳴らないようにし、東チベット中で恐れられているニャロンの山の神々の逆鱗に触れないように敬意を表していた。

　数日後、ニャロン中央部のニャケ［原注　ニャロンは北から南に向かってニャトゥ、ニャケ、ニャメ、すなわち上ニャロン、中ニャロン、下ニャロンの三地域に分かれている］に到着した。家々は周囲を大麦畑に囲まれた堂々たる建造物で、あたかも一軒一軒が小さな砦のようだった。隊列は傾斜地の新しい建物の立ち並ぶあたりで停止し、スティーブン・マーウェルの部下として働くタルツェンド出身のチベット人たちの歓迎を受けた。彼らは馬を降りた。

「さあ、ジョン」マーウェルは言った。「着いたぞ！　ここがベツレヘム・ルーテル教会のニャロン伝道所だ！」

「ついに！　ついにたどり着いたのね！」メアリーは大はしゃぎで叫んだ。「ねえ、カオ・イン」彼女は中国人の料理人に言った。「ここが私たちの新しい家ですって！　素敵じゃない？」

「奥さま！　台所を見てまいります」カオ・インはそう言って嬉しそうに駆けていった。彼にしてみればヤクの糞を燃料にして起こした火で当座しのぎの料理を何とか作り続けなければならなかった長い旅がついに終わったのだ。彼はさっさと身支度をすませると、料理の腕前を披露するチャンス到来とばかりにいそいそと本格的な食事の仕度を始めた。

第２部

9

スティーブンス夫妻のニャロンでの生活が始まった。それは想像していたものとは異なる、静かで退屈な毎日だった。誰にも注目されなかったし、関心や興味を示すものは誰もいなかった。何の歓迎の言葉もなかったけれども、何の抵抗もなかったし、怒りや敵意をぶつけられることもなかった。

最初の何日かは整理整頓に費やして、伝道所を仕事のできる場所に整えた。パーキンソン師の言葉を借りれば、人びとを主の御許へと導くために「チベットをこじ開ける楔(くさび)の先端」を研ぐというやつだ。スティーブン・マーウェルは中国で積み重ねてきた長年の経験をもとに、またタルツェンドの伝道所の長として、事を先に進めていた。彼はスティーブンス牧師のために小綺麗で小ぢんまりとした、居心地のよい家を建てていた。広々とした台所には灯油の備蓄もあれば、調理器具も、それからチベット式の巨大な水がめも用意してあった。家のことはカオ・インが仕切っているので、メアリーが一家の主婦という地位を守るためにできることはほとんどなかった。

礼拝堂には少なくとも三十人の改宗者からなる信徒を着席させられるだけの長椅子が用意されていた。

シンプルなブロンズ製の十字架上のイエス・キリスト像が祭壇に目立つように掲げられており、壁にはチベット語に翻訳された聖書の一節が刻まれていた。屋根の上には飾り気のない木製の十字架が、そして同じものが入り口にも据え付けられていた。大きな納屋のような建物には三部屋あって、まだ空っぽだった。マーウェルはそこを診察室と病室にするつもりだったが、将来的にはニャロンのキリスト教徒の少年少女のための小さな学校にもできると考えていた。ベツレヘム・ルーテル教会の宣教師たちは応急処置や基本的な診察方法や医療行為の教育は受けており、簡単な分娩処置も学んでいる。それに教師としての訓練も受けている。特にニャロンのような僻地では近代医学がないゆえに人びとに歓迎される。宣教師は医療を通じて人びとと交流を深め、キリスト教の種まきの足がかりとしていくのだ。つまり、ベツレヘム・ルーテル教会は布教と医療、教育の三つの役割を担うという点で、中国チベット国境地帯で布教活動を行う他の宣教団と何ら変わることはなかった。もっとも、多くの宣教団が医療と教育に力を入れ過ぎて、イエス・キリストの教えを広めるという当初の目的をないがしろにしているのではないかという批判も上がっているのだが。

礼拝堂の裏には馬四頭のための厩（うまや）があり、そこはニャロン出身のカムパで、年配の馬丁パサンの管轄だった。「パサン」はチベット語で「金曜日」という意味なので、メアリーはすぐさまロビンソン・クルーソーの忠実なしもべよろしく「フライデイ」とあだ名をつけた。もうひとりのゴンポと呼ばれる十九歳ほどのカムパの青年は身の周りの世話を担当することになった。メアリーは彼にすぐに好感を持った。

スティーブン・マーウェルはタルツェンドに帰っていった。これからはジョン・スティーブンスは自力で何とかしなければならない。訪ねてくる人もほとんどないので——やってくるのは飴やビスケットをほしいとねだる赤いほっぺたをしたいたずらっ子たちくらいだ——馬に乗って谷を巡り、自分の教区を探索する毎日だった。

谷の上流部は非常に狭く、切り立った山に囲まれている。谷の上流からは、リチュ（山の水という意味だ）という名の川が、雪に覆われた山から湧き出す冷たく澄んだ水を運んで流れ込んでくる。谷の一番奥の、水しぶきを上げながらどうどうと流れていく川には木製の片持ち梁橋がかかっている。橋は非常に狭く、人も動物も一列縦隊でなければ渡れない。この狭さが敵の北からの侵入を防いでくれている。川は歩いて渡れるわけではないので、橋が破壊されたら谷には簡単には入って来れないのだ。

リチュ川はリタンに向かって南方向に流れていく。左岸は急峻な岩壁になっているが、右岸は少し向こうにはリチュが原という広々とした草原が広がっている。夏になるとあまたの花々が咲きほこるが、馬に乗った荒くれ者の集団が雄叫(おたけ)びを上げながら駆け回るので、草花はなぎ倒されてしまう。リチュが原は人びとがピクニックや結婚式、祭や競馬、射撃大会などの催し物に使う会場でもあり、高僧やリンポチェ［原注　リンポチェとは文字通りには高貴なものという意味で、高位の、あるいは学識の高いラマ、多くは化身ラマを指す］をお招きするときにテントを張る場所でもあった。そこはいずれ、かなり後になるが、邪悪な目的のために使われることになる。

谷を見下ろすようにそびえているのは、千人もの僧侶を擁するクンガ・リンチェンという大きな僧院だ。そこから少し離れた小高いところに、岩に囲まれた、ややもすると少し小さく見えるサンガ・チューリンという有名な僧院がある。そこはタルセル・リンポチェの住まいでもある。

「たいへん高徳な、学識のあるリンポチェです！」パサンはタルセル・リンポチェのことをこう言った。ただそう言うだけなのに、いかにも強い崇敬の念を抱いていたという感じで手を合わせていた。「この世の方だとはとても信じられないほどのお方なんです。みなが会いに行って加持や導きのお言葉をかけていただいたりしています。われわれにとって一番の宝ですし、学識と高潔さにおいてはチベット中で有名な方です。真の悟りと智慧を得られた方です。巡礼者たちはリンポチェに加持をいただこうと、デルゲやリタン、バタン、カンゼにとどまらず、遠くはマルカムやチャムドまで、あらゆるところからやってきます。旦那さまも近いうちに謁見に行ったほうがいいですよ。きっと旦那さまのお仕事やあなたの宗教の布教の推進に手を貸してくださいます。喜んで加持をしてくださるし、お導きくださいますよ」

「ああ、そうするよ」スティーブンス牧師はこう言いながら、内心ではパサンの無邪気さ、純朴さに笑ってしまった。チベットのリンポチェがキリスト教の布教を推進するなんて！

「ぜひそうしてください、旦那さま」パサンは強く勧めた。「結局どんな宗教も基本的にはよいものですし、有益です。どんな宗教や信条にも寛容であるべきですし、どんな信仰にも手を合わせて敬意を表すべきです」

　谷の中央部には急峻な円錐形の山がそびえ、松やシャクナゲが生い茂っている。その山は聖なるものと考えられており、八世紀の密教の導師で、チベットに初めての仏教寺院サムイェ寺を交流した聖者グル・リンポチェにちなんでグルリ［文字通りには「グルの山」。］と呼ばれている。チベットでは釈迦牟尼と同じくらい崇め奉られているこの聖者は、この山でしばらく過ごしたことがあると信じられている。聖者が瞑想修行をしたとされるまさにその場所にはたくさんの祈禱旗（きとうばた）が立てられ、焚き上げのための香炉がそこかしこに設置されている。そこはラギェルガン（神々の勝利の地）と呼ばれ、上空には空を守る外来の神々よろしく鷲の一群が旋回している。これらの鷲は谷の中でもここでしか見られないもので、あらゆる邪悪なものや情欲を打ち壊すキュンという聖なる鳥［いわゆるガルダのこと］のあらわれだと信じられている。この鳥は地元の人びとの信仰の対象となっており、化身ラマが亡くなるとこの鷲たちが魂を新しい転生者のもとへと導く、天空の遣いの役割をつとめると考えられている。鳥類が大好きなスティーブンスが双眼鏡でこの伝説の鳥を観察してみたところ、アメリカの鷲に似ているが、もっと大きくて強そうだった。種類が違うのかどうか、気になるところだった。

　スティーブンスはニャロンの風俗習慣も学んでいった。法と秩序といったニャロンの人びとに周知されるものはすべて、ポンボ、すなわち地域の長の手中にある。ポンボはたいていはツァン〔「家」を意味する。日本語の「氏」に相当〕をつけて呼ばれる、その土地で最も裕福で影響力も勢力もある氏族または一族の人物がつとめる。ポンボは毎年徴税するほか、必要なときには家畜を提供させる。といっても税は非常に軽いもので、ポンボのためにする仕事も臣下と領主の関係というよりはむしろ親に対する子の義務に類するものだった。ポンボは法を施行し、罰金を科し、罪人を処罰する。処罰されるのはたいていは卑怯な攻撃をした者や殺人を犯した者だ。処罰の方法は鞭打ちである。罪人は地面に大の字に寝かされ、手足を固定された上で、ポンボの召使いに鞭で打たれるのだ。重罪の場合は執行人がナイフまたは爪を使って失明させるか、手足の一本か何本かを切断する。

　中国の宗主権がほんの少しでも感じられる唯一の機会は——実際にはそれも例外的だが——ポンボが収拾をつけられなかった紛争や、ポンボ自身が関わっている紛争を収束させるためにリタンのギャサゴ、すなわち中国人判事が呼ばれるときだ。

　僧院はポンボの管轄下、支配下にはない。実際、大きな僧院のリンポチェは生まれながらにしてポンボであり、配下の僧侶は他の誰にも忠誠を誓うことはない。

10

ある日の早朝、スティーブンス夫妻が寝室で朝食をとっていたところ、ゴンポが慌てた様子で飛び込んできた。馬に乗った人びとが伝道所に向かって来ているというのだ。彼によればタゴツァン家だという。

「旦那（ギユダ）さま、お着替えください」ゴンポはひどく興奮した様子で懇願した。「着替えてください！　敬意を持っておもてなしをしなくては。われわれのところに初めて訪ねてきてくださるのです！」ゴンポは笑顔をほころばせた。彼が興奮するのも無理はない。タゴツァン家は谷で最も裕福で有力な氏族であり、その長は敬意を込めて「ご主人さま」と呼ばれている。その地域のポンボという意味だ。ゴンポは台所にすっ飛んでいき、カオ・インにお茶を用意するように言った。チベットならどこでも行われているもてなしだ。

三人の馬に乗った男たちが伝道所に駆け込んできた。パサンが飛び出して行き、一人が下馬する間、馬をおさえてやった。媚びへつらい、おもねったような振る舞いは中央チベットでは至極あたりまえに認められているが、ここカム地方ではあまり見られない。カムパは誇り高く傲慢で、自立心があり、誰もが自分をお山の大将だと思っているので、そんなことをすれば沽券にかかわると考えるのだ。しかしパサンは今、小石の敷かれた中庭で少しかがんで、長いお下げを巻きつけた頭で、カムパ流の敬意としもべの振る舞いで、若い男の馬をおさえている。所詮は一介の馬丁、偉大なポンボであるタゴツァンの一人息子の馬をおさえて馬を降りるのを助けるという光栄に浴しているのである。他の二人はいずれも若い男で、タゴツァン家の家臣だった。頭には粗織の赤い布を編み込んだお下げをターバンのように巻きつけている。腰にはカムパ流の幅広の剣をベルトの下に水平に仕込んでおり、馬の首には鈴がつけてある。男たちのうち一人はイギリス製のリー・エンフィールド303ライフル、もう一人は銃身の長いロシア製のボラ・ライフルを携えていた。いずれもカムパたちが最高レベルの銃だと考えているものだ。

タゴツァンの息子、カルマ・ノルブはにこやかに笑ってスティーブンスとメアリーに手を差し伸べ、ヨーロッパ流に握手を求めてきた。そして振り返ってゴンポに「ご主人はチベット語が話せるのか？」と尋ねた。

「ほんの少し（トクツ）……ほんの少し（トクツ）……」スティーブンスはラサの言葉で言った。

カルマ・ノルブは嬉しそうに顔をほころばせ、「いえいえ、お上手ですよ」とほめた。「こちらとしてはありがたいです」

「でも中国語はもっと話せます」若いカムパにたちまち好意を抱いたメアリーは口を挟んだ。こんなハンサムな人は見たことがないと彼女は思っていた。

「北京語か？」カルマ・ノルブは中国語で言った。

「ええ」アメリカ人は応じた。

「私も北京語は少し話しますよ」カルマ・ノルブは言った。「父についてよくタルツェンドに行くんです。北京語が話せなかったらお茶や絹織物の商人と商談もできないですし、成都に行ったらもっと大変ですよ。中国語が話せないと蛮子（マンズ）［原注　中国語で野蛮人を意味する侮蔑語］と蔑まれるのが落ちです」

「ポンボ！　ポンボ！」本当のポンボは父親の方なのに、ゴンポはカルマ・ノルブにおべっかを使ってこんな風に呼びかけた。「どうかお茶を召し上がっていってくださいまし。うちの旦那（ギュダ）さまと奥さまにお茶をお出しするように言われておりますので」

「いやいや、気を使わないでくれ……面倒なことはなしだ。邪魔をしているのはこっちの方だから……」カルマ・ノルブは物腰柔らかに、申し訳なさそうに言った。

カルマ・ノルブは十八歳で、スティーブンス牧師よりも背が高かった。ゴルフボールほどもある珊瑚と琥珀をはめた銀製の鞘入りの剣を携えていた。肩からは、セセ・レンドゥと呼ばれ、チベット中で最高の拳銃として珍重されているモーゼル銃をかけている。半自動のその銃は木製のケースを合体させるとライフルに早変わりという逸品だ。カルマ・ノルブの肌はアメリカ人の牧師と同じくらい白い。冷たい朝の空気にさらされたまま一気に馬を駆ってきたせいで頬は紅潮している。髪は短く刈り込まれ、くるくると巻き毛になっている。鼻は高く、やや鷲鼻がかっている。メアリーなど、アレクサンダー大王率いるマケドニア軍の若き兵士はこんな感じだったのではと妄想したくなるほどだった。しかし彼女が惹きつけられたのはこの若者の完璧な肉体というよりは、彼を輝かせている幸福そうで純粋なオーラだった。彼の笑顔はほんとうに自然で、まるで大好きなおもちゃをもらって大喜びしている少年のようだった。

「牧師さま」カルマ・ノルブは言った。「あなたはキリスト教の布教にいらしたそうですね。タルツェンドであなたのお仲間がやっているような。あそこには宣教師の知り合いがたくさんいます。みなさんすごくいい仕事をしてますよ。特に病人の治療とか。みなさんとてもいい医者です。お二人のことも大歓迎ですよ。みんながみんな宗教に人生を捧げられるわけではありません。それにどんな宗教にも敬意をもって接するべきです。こちらではもうあなたたちの印、といいますか、十字架を建物の上に掲げていますね。タルツェンドの伝道所みたいに。牧師さま……あなたはメンバ（医者）ですか？」

スティーブンスは笑ってかぶりを振った。「いや、私はメンバではありません。でも私たちは二人ともある程度簡単な病気なら手当できるよう訓練を受けていますので、診察を受けたい人がいれば誰でも喜んで診ますよ、無料でね」

「お産は対応できますか？」カルマ・ノルブは尋ねた。

「少しは。うちの妻もできます。二人とも赤ちゃんを取り上げたことがありますよ」

「お二人はお子さんは？」カルマ・ノルブは部屋を見回して言った。メアリーはかぶりを振った。「馬がずいぶんお好きなんですね」青年はマザー・クレアから贈られた蹄鉄の飾りを指さして言った。「それともあれも宗教的な印なんですか？」

「ああ、あれですか」スティーブンスは言った。「あれはタルツェンドの修道女からの贈り物なんです」

お互いに少し打ち解けたところで、気楽で些細な会話を交わしてから本題に入るというチベットの流儀で、カルマ・ノルブはこう切り出した。「牧師さま、お二人ともお産の経験があるんですね。よかった。実は母のことでして。もうすぐ出産予定なんです。昨晩少し痛みがあったんですが、父がもう出産が始まるのではないかとやきもきしてまして。父は母のことが心配でたまらないんです。母は私を産んだあと、二回流産してまして、十八年もの間、出産してないんです。出産で命を落とす女性は多いですし、今年は母の厄年なんです。今年三十七歳です。私の上に姉が一人いまして、母がまだ十七歳の時に生まれました」カルマはお茶をすすってから続けた。「昨晩、父が占星術師（ツィーパ）を呼んで占い（モ）をやってもらったんですが、不吉と出ました。占いでは至急お二人に助けを請うた方がいいと勧められました。それでこうして伺ったのです」

「痛みはかなりひどいの？」メアリーが尋ねた。

「昨晩よりはましのようです。でも食べ物が喉を通らなくて。どうか今すぐに母を診に来ていただけないでしょうか？　そうしていただけると本当に助かります！」
スティーブンスは頷いた。メアリーは出産介助に必要な道具を取りに行った。パサンは馬小屋にすっ飛んで行って馬に鞍をつけた。ゴンポは自分も同行したいと申し出てきた。結局カオ・インを残し、みんなで谷の少し高いところにあるタゴツァンの屋敷に向かった。

タゴツァン家の人びとはやきもきしながら到着を待ちわびていた。一行が近づいてくるのが見えるや召使いたちが飛び出して来て、馬を降りるのを手助けした。ゴンポは出産介助器具一式を肌身離さず持っており、自分だけが管理を任されている貴重な「薬箱」だといって誰にも触れさせなかった。

屋敷の広々とした中庭には玉砂利が敷き詰められていた。何世代にもわたってタゴツァン家の人びとに使われてすっかりつるつるになった木製の階段を上って行くと二階には広い部屋がいくつもあった。そこから少し狭くなった階段をさらに上ると最上階にたどり着く。そこには驚くほど大きな仏間と、絹の布に包まれた経典を収蔵した経堂、そして絢爛豪華な仏堂が並んでいた。仏堂と仏間は年代が古いことと珍しさ、そして細工の精巧さからカム地方でも名を轟かせているほどだ。

タゴツァン家の当主は部屋から出てきて二人のアメリカ人宣教師にカターという長い絹のスカーフ［原注　カターとは様々な目的で用いられる儀礼用の布］の最高級のものを差し出して歓迎した。ポンボであるタゴツァン・ソナム・ギャツォはスティーブンス牧師がこれまでに会ったことのある中で最も印象的な人物の一人だ。サンフランシスコからやってきたルーテル教会の宣教師より頭一つ分も背の高い大男である。まるで足に詰め物でもしているかのように音も立てずに歩くところは、アムールトラのようだ。頭には赤い房を編み込んだお下げを巻きつけている。左耳には金銀製のニャロン式イヤリングを垂らし、左手首には日々の読経で繰っているうちにつやつやに磨き上げられた白檀の数珠を巻きつけている。ベルトからはハプティという、長剣でも短剣でもないが至近距離からの一撃で致命傷を負わせることのできる腰刀を下げている。握手を交わしてみると、大きな乾いた手はよく引き締まっていた。手首は骨ばっており、握りこぶしは固くゴツゴツしている。しかし一番目を引くのはその容貌だ。気高い野蛮人を思わせる、気品ある頭の形。警戒心を覗かせる大きな目。カムパ流の口ひげは薄い唇の両端から垂れ下がり、下唇と顎の間には硬いひげを生やしている。鼻は大きな鷲鼻である。そしてよく響く低い声で、注意深く言葉を選びながら、ゆったりとした口調で話す。腕組みをした手はチュバの袖口に入れたままで、身振りは極めて少ない。

ポンボは牧師夫妻の素早い対応にまず礼を言った。面倒をかけていることを詫びつつ、二人を家の中に招き入れた。明るい大広間に通されると、そこにはチベットの仏画（タンカ）とともに、七宝焼や陶磁器、絹に描かれた絵画などがところ狭しと飾られていた。磨き上げられた床には立派な絨毯が敷かれ、絹の長枕が置かれ、雪豹（ゆきひょう）皮や熊皮の敷物も敷かれていた。壁に打ちつけられた木製のフックには、拳銃やライフル、リボルバーが掛かっている。タゴツァン家の当主はカルマ・ノルブを呼んで、牧師一行の馬に水と餌をやり、パサンとゴンポにはお茶と食事、酒（チャン）［大麦を原料とする醸造酒］を振る舞うように命じた。

「恐れながら奥さまのお体の具合が思わしくないとか」スティーブンスはニャロンのチベット語とラサのチベット語、そして中国語を交えて単刀直入に切り出した。これはチベットの流儀を無視したことになるが、タゴツァンは非常に不安に思っているに違いないので、ポンボの妻が痛みに耐えている今、のんびりとお茶をすすりながらどうでもいい会話を交わすべきでないと考えたのだ。

ポンボは頷いた。「あなた方の助けを請うたほうがよいと占星術師に強く勧められましてね。占いの結果は断然あなた方に頼るべきだと。それで診ていただきたいとお願いしたのです。お尋ねしたいのは、妻はもう陣痛が始まっているのかどうかということです。私はよく分からないんです。前の出産から十八年も経っていまして。かなり長い歳月です。何年もの間、馬小屋で怠惰に過ごしていた馬に急峻な山道を早駆けしろと拍車をかけるようなものでしょう。うまくいくはずがありません。だから心配なんです。お二人ともメンバでいらっしゃる?」

スティーブンスはかぶりを振った。「われわれはメンバではありません。われわれは宗教者です。でも二人とも訓練は受けています。できる限りのお手伝いをいたしましょう」

タゴツァンは立ち上がって夫妻を隣の部屋へ連れて行った。そこには大勢の心配そうな表情をした女性たちが詰めかけていた。チベット式ベッドに寝ていたのは容姿端麗な女性で、時々襲ってくる痛みにうめき声を上げていた。タゴツァンは妻と、上ニャロンの商人と結婚した妻の姉のラモに、アメリカ人夫妻を紹介した。姉妹は互いに寄り添っていた。ポンボの、未婚だが結婚適齢期の二十歳の娘も紹介された。背が高く、ばら色の頬をし、琥珀と珊瑚の飾りのついたニャロン式の頭飾りを身につけていた。女性の召使いも付いていたが、ポンボが部屋に入ってくると場所を空けた。妻のそばでひざまずき、優しく頬に触れ、手を握ると、偉丈夫のポンボの目に優しさが宿った。

「ツェリン・サンモ」ポンボは呼びかけた。「アメリカ人（アムリケン）のメンバが来てくれたぞ。力を貸してくださるそうだ。分娩処置ではタルツェンドでも有名な方々だ。この間タルツェンドに行ったときは二人の腕前の話でもちきりだったよ。きっと助けてくださるから心配するな。昨日の晩、占いでアムリケンについて予言があったのを覚えてるだろう?」

メアリーは姉のラモ以外は部屋を出るように言うと、ポンボの妻の掛け布団を剝ぎ、診察を始めた。膨らんだ腹部に聴診器をあて、胎児の心音を聴きながらメアリーは思った。とにかく全力を尽くさないと。ポンボにわれわれの産科の技術をあんな風にほめちぎられてしまった後では特に！　彼女はゴム手袋をはめ、子宮頚部の状態と胎児の頭の位置を確認するために膣の診察を行い、結果を夫と話し合った。「彼女の健康状態は極めて良好です、ポンボ」メアリーはタゴツァンを安心させるように言った。「お子さんも順調です。でもまだ分娩には早いのではないかというのがわれわれの見立てです」

「よかったな、ツェリン・サンモ!」タゴツァンはほっと胸をなでおろした様子で妻に言った。「よく休んでくれ。きっと万事うまくいくから」

妻はにっこりと微笑んでこう言った。「ご苦労さま(ウォジエ)! ご苦労さま(ウォジエ)! ありがとう(ティンチエ)! ありがとう(ティンチエ)!」

それから豪奢な応接間に戻ると、タゴツァンは召使いにもっとお茶を持ってくるように命じた。お茶の前に、タゴツァンいわく特別な客人にしか出さないというスコッチウイスキーを持ってきて二人に振る舞おうとしたが、アメリカ人夫妻はお酒は飲まないのだと言って辞退した。

「ニャロンにはどれくらい滞在されるおつもりですか?」ポンボは金属製の火皿と翡翠の吸口のついたチベット式の煙管(キセル)に火を点けながら尋ねた。

「できれば長期滞在したいと思っています」スティーブンスは答えた。「神がお望みの限りは。仕事をやりとげるまでここで暮らしたいのです」

「どんなお仕事なのでしょう」

「われわれの神の御言葉(みことば)を広めることです。イシュ[チベット語でイエス]というのが……神の御子(みこ)です。われわれは神の御子と呼んでいますが、天国におわす神も神の御子も本当はただ一人なのです。神は唯一の真理であり、唯一の神です。他には神はいないのです」

タゴツァンは注意深く、礼儀正しく耳を傾けていたが、少し戸惑っているようだった。

「ほほう、そうするとアッラーですな」ポンボは言った。「ラサや甘粛からやってきたチベット人のムスリムに何度も会ったことがありますよ。彼らはみんな唯一の真の神がいると言っていました。そのお方の名はアッラー、憐れみ深く、情け深いお方だと」

スティーブンスは思わずまごついた。ポンボがこれほど洗練された教養の持ち主だとは想像もしていなかったのだ。スコッチウイスキーに不意打ちを食らわされたかと思ったらお次はアッラーか。

「いやいや、アッラーはイスラームの神です」スティーブンスは指摘した。「われわれはキリスト教です。われわれのものこそ唯一で真の宗教なのです。われわれの神、イシュこそが唯一の神です。イシュのお力添えなくしては誰も天国には行けません！」

「それであなた方はその神の言葉をわれわれの土地にもたらすためにいらしたというわけですかな？」タゴツァンは尋ねた。

「その通りです」スティーブンスは答えた。「伝道所はもう建ててあり、必要な人びとに医療を施すための病院も用意しました。そのうち学校も始めたいと思っています。でも何より重要なのはみなさんに、そしてチベット中に神の御言葉を広めることです。チベットの人びとにはどうしても神の御言葉を聞いてほしいのです！　そうすればみな救済されるでしょう。そして解放されるのです。すべてのチベットの人びとが解放されるでしょう。お許しいただけませんか？　何か問題がありますでしょうか？」

その地域の頭領であるポンボは紫煙をくゆらせながら考え込んでいる。たばこの香りが部屋中に広がった。

「牧師さま」彼は静かな声で切り出した。「われわれチベット人は、チベットの独自の宗教を信じています。深遠で複雑で、奥が深く、人類のあらゆる宗教的願望を叶えてくれます。われわれは非常に信心深い人間です。あなた方がもたらそうというのは別の宗教ではありますが、反対するわけがありませんよ。

憐れみと寛容はわれわれの信仰の柱です。どうぞ布教活動をして、神の御言葉を広めてください。あなたの言葉をこの地の人びとに聞かせてください。どの宗教を信じるかは人びと次第です。信仰のための祭壇は果てしなく広いのです。われわれは無限（タイエー）と呼んでいます。別の神のための場所はいつだって存在するのです。

「しかし高僧（ラマ）たちに反対されないでしょうか？　僧院はどうなのでしょう？」スティーブンスは尋ねた。

「クンガ・リンチェン僧院は訪問しましたか？」ポンボは言った。

「まだです」

「あの僧院には行っておいた方がいい。われわれのリンポチェと会ってください。いい方です。異彩を放っているわけでもないし、格別優れているわけでもない。でも僧院をしっかりと守っているし、いい方なんですよ。ただ、リンポチェについているケンポ［原注　ケンポとは学識のある僧のこと。戒律や組織運営、学問に責任を有する僧院長を指すこともある］は敏腕で賢く、世事に賢く、世慣れています。彼は常識にとらわれない考えの持ち主でして……さまざまな変革を試みようとしている人物です……」タゴツァンは自分の思いや感情、率直な気持ちを抑えようとして思わず口ごもった。このアムリケンの外国人夫婦に、なぜこんなに腹蔵なく心を開いてしまっているのだろう？　まだ会ったばかりだというのに。完全に信頼してもいいものだろうか？　しかしそんな疑念はさっと振り払うことにした。というのもこの二人にはすぐに好意を覚えたからだ。長年の知己のように感じて、信頼しても大丈夫だと思ったのだ。

「ケンポの型破りで常軌を逸した発想をお聞かせしましょう」タゴツァンは続けた。「先日、表向きは僧院の規律と安全を守るためという理由で、クンガ・リンチェン僧院に中央チベットにある僧兵、すなわちドゥプトーの制度を取り入れることを決めたんです。いつかまた新たな趙爾豊が現れないとも限らないと言いましてね。確かにそれは的を射た指摘でして。われわれが清朝の趙爾豊将軍に侵略されてから二十年も経っていないのです。よく覚えていますよ。私も戦ったんですから。あれは狂気の沙汰でした。仏堂や僧院を破壊して、あらゆるものを強奪し、この土地のポンボたちの首を刎ね、女性たちを強姦し、乳房を切り落としたんです。僧侶や尼僧たちは生きたまま皮を剝がれ、ある者は焼き殺され、ある者は八つ裂きにされました。小さな子どもたちは親の目の前で生きたまま釜ゆでにされたり、炙り殺されました。信じられますか？　ケンポは決して忘れません。中国人は信用ならないといつも言っています。そして機が熟したらやつらはいつか絶対に戻ってくると警告しています。

だから彼は僧兵が必要だと主張しているわけです。僧兵がいるのは中央チベットのラサにあるセラやデプンといった大僧院だけです。もしかするとシガツェのタシルンポ僧院にはいるかもしれませんが。チベット仏教のゲルク派の組織なのです。われらがニャロンの地はニンマ派で、デプンの僧院システムを認めていません。しかしケンポはライフルや機関銃の訓練を受けた僧兵を置くべきだと主張しています。カム地方の僧院が今後決して侵略者の餌食にならないようにと考えているのです。誰に襲われるか分かったものではありませんから。リンポチェは言われるがまま受け入れる方なので、ケンポの思い通りになるでしょう。

牧師さま、クンガ・リンチェン僧院をお訪ねして、リンポチェと、特にケンポには面会してきたほうがいいですよ。そしてあなた方の宗教についてどんな思いを抱いてるか探りを入れたほうがいいと思います。ここニャロンでは何をするにしても慎重に。歩くときは地面をよく見て。何をするにしても敵を作らないように。われわれは執念深く、復讐心に燃えた人間です。何世代にもわたる確執はわれわれにとっては当たり前なのです。ことわざにもあります。やられたらやりかえせ。復讐せよ。報復をしない者、それは女だ！　とね」

アメリカ人宣教師夫妻がお茶を飲んでいると、タゴツァンの娘がやってきて、母親がよく眠っていると伝えた。娘はメアリー・スティーブンスの隣に腰を下ろした。メアリーは彼女に微笑みかけ、エキゾチックな顔立ちを好奇心たっぷりに見つめた。タゴツァンというのはなんと親しみやすく気持ちのいい一家なんだろう。メアリーはつらつらと思った。この谷で仕事を始めるにあたって、ポンボとその氏族全体を味方につけられれば大成功だし、それは主のおかげだわ。

「サンガ・チューリンという小さな僧院も訪ねるといいですよ」タゴツァンは言った。「タルセル・リンポチェの僧院です。ほら、ここから見てください。あの岩がごろごろしているあたりに見える……」

「遠くから見たことがあります」スティーブンス牧師は言った。「うちの馬丁のパサンがリンポチェのことを話してくれましたよ」

「リンポチェには会いに行った方がいい」タゴツァンは熱意を込めて言った。タルセル・リンポチェのことは口にするだけでも尊敬の念を抑えがたいといった風情で手を合わせていた。「チベット中で有名な方ですよ……聖なるお方……聖者ですし……深い学識をお持ちで……しかも素晴らしい宗教詩人なのです。あの方ほどの宝はどこにありましょうか。仏教哲学のあらゆる分野に才能を発揮しておられる方で、われらが谷の至宝です」

「みなさんそうおっしゃいます」スティーブンス牧師は応じた。

「ぜひ会いに行ってください」タゴツァンは言った。「あらゆる面でお導きくださいますよ」

タゴツァンの妻はすやすやと眠っている。メアリーの見立て通り偽陣痛だったのだ。日が暮れる前に一行は暇を告げた。ポンボは羊の枝肉やバター、卵、そして馬の餌用に穀物を分けてくれた。スティーブンスは一人ひとりに十字架と聖書を渡し、十字架の重要性について語り、聖書には唯一の神に関する絶対の真理が記されていると強調した。ポンボは恭しく頭上に聖書を掲げると、カルマ・ノルブに家の一番奥にある仏堂の家族用の仏壇に置くように言った。そして十字架は首からかけてお守りにしようと言うのだった。

二、三日後の真夜中のことだった。タゴツァンの屋敷から宣教師夫妻のところに急遽呼び出しがかかった。先日の偽陣痛とは様子が違っていた。タゴツァンの当主はぶつぶつとお経を唱え、数珠を繰りながら、陣痛の強い痛みに悶える妻を心配そうに見ていた。妻は汗だくで、彼女の姉のラモが精をつけさせようと熱々の溶かしバター（マルク）を飲ませてやっていた。天井からはロープが垂れ下がっており、ツェリン・サンモはしゃがんでそのロープに全体重をかけてつかまっていた。

スティーブンスとメアリーは召使いにお湯ときれいな洗面器とタオルを持ってくるように言い、お湯に消毒用の石炭酸（フェノール）を入れた。さらに過マンガン酸カリウムをぱらぱらと入れると、お湯はすぐさま紫色に変わり、そこにいた人びとの間に信じがたいという驚きの色が広がった。タゴツァンの当主は妻に「魔法の紫の水」がすぐに出産の痛みを楽にしてくれるからといって励ました。

タオルが広げられ、タゴツァンが仰々しい手付きで象牙の柄のついた短剣を出して見せた。へその緒を切るためだ。スティーブンスは煮沸消毒したほうがいいと助言したが、タゴツァンは笑い飛ばした。「まさか卵をゆでるみたいに？」狐につままれたような顔をして言った。「そんなことをしたら私の剣がだめになってしまうじゃないか！　この剣は乾隆帝の時代から我が家に伝えられているものだというのに」

ツェリン・サンモが急に激しくいきみ出した。メアリーは手を洗い、ゴム手袋をはめ、リスター式に石炭酸（フェノール）で消毒すると、これまでに見たこともない元気な赤ちゃんを取り上げた。赤ちゃんは男の子で、ニャロンの夜のあまりの寒さに怒りの雄叫びを上げていた。タゴツァンはすぐさまひざまずき、守護神である無量寿仏（ツェパーメ）の加持を祈願しながら、へその緒を赤い絹糸で縛ると短剣で手際よく切った。タゴツァンは誇りと喜びの入り交じった表情で赤ちゃんを見つめながら、次男が生まれたことよりもむしろ、妻のツェリン・サンモが長男出産後十八年も経ってから無事出産できたことにほっとしていた。牧師夫妻も大喜びだった。ポンボはアメリカ人夫妻に大仰に感謝し、お二人の親切にはどうやっても報いることができないと言った。こんな安産は見たことがないし、谷のみなのものに二人のアムリケンのお医者さまがいかに素晴らしい腕の持ち主で慈悲深い方々かを知らしめるつもりだと付け加えた。

出産から二、三日後、タゴツァン家の当主は家族全員を引き連れて、タルセル・リンポチェに赤ん坊の名前を授けていただこうとサンガ・チューリン僧院に詣でた。

彼らは小さな僧院までの険しい岩がちな道を馬で登っていった。赤ん坊は温かい羊の毛皮のおくるみにくるまれて、アー・ツェリンという、少年の頃からタゴツァン家に仕えている古株の召使いに抱きかかえられていた。彼は召使いの中で最も馬に乗るのがうまく、この尊い幼子を信頼して託されたのである。登り坂がきつくなるにつれ、ポンボは心配そうな顔で、事あるごとに鞍と尻がいがずり落ちないか、あるいは腹帯がぴんと張っているかどうか気遣っていた。

アー・ツェリンは慎重に馬を乗りこなしていた。右手には幼子を抱え、左手で手綱を握り、たまに赤ん坊を見つめてはいたずらっぽい声をかけてあやしたりして、笑わせようとしていた。なんて小さな赤ちゃんだろう！　彼は思った。おしめが濡れているとかお腹が空いているでもなければまったくむずかったり泣きわめいたりもしないのだ。もちろんアー・ツェリンはそうした緊急事態にすぐに対応できるように懐にはおしめを仕込んでいたし、木椀にはツァンパとヤクのバターを練り合わせてペースト状にした食べ物も用意してあった。彼はこの赤ん坊のお世話をするという点において獰猛なまでに断固たる態度を貫いていた。弱々しくて頭の鈍いばあさんの召使いにこの小さな男を任せるわけにはいかない。この子はなんとしても、ニャロンのすべてのカムパに尊敬される男らしい武士の美徳を備えた真のニャロン戦士に育ててあげなければ。

一行は僧院に到着するやいなや、タルセル・リンポチェの居室に通された。リンポチェはひとしきり特別なお経を唱えてから占いを行い、手漉きのチベット紙の上に流麗な書体でタゴツァンの次男の名前をしたためた。その名もタゴツァン・テンパ・ギュルメ、「揺るがぬ教え」という意味だ。もっとも年が経つうちにアー・ツェリンがテンガとつづめて呼び始め、そのうち誰もがこの名前で呼ぶようになるのだが。

命名式を終えると、タゴツァン家の当主はリチュが原に豪勢なテントを張って一週間にわたる祝宴を開いた。飲めや歌えや踊れやの大宴会に加え、さいころ遊びや麻雀、さらには拳銃やライフルによる射撃大会も行われた。競馬大会では、ニャロンの戦士たちが雄叫びを上げて馬の早駆けをしながらライフルを撃ったり、息を呑むような馬上のアクロバットを披露したりした。カムのチベット人は一週間もの間、彼らが一番好きな銃と馬を心ゆくまで楽しむことができたのだった。これほど喜びに満ちた一週間は、谷が長い間経験していなかったものだった。みなポンボの富と力について口にし、タゴツァン家に十八年経ってようやく二人目の息子ができたことの意味を噛みしめていた。ニャロンのカムパにとって息子が一人しかいないというのは子どもが一人もいないのと同じくらい危険なことだからだ。

11

タゴツァン家の当主の勧めに従ってスティーブンス牧師夫妻はクンガ・リンチェン僧院を訪問した。道案内と通訳のためにゴンポを連れて行った。僧院の中に北京語を話せる人物がいないと困るからだ。礼儀作法に則ってまず僧院の貫首（かんじゅ）であるドルジェ・サンペル・リンポチェにあいさつに行った。この方は僧院の開基以来六代目の転生者となる化身ラマである。居室に入る前に靴を脱いだ。そこへ若い僧侶がやってきて彼らを温かく迎え入れ、明るく広い部屋に案内した。壁はチベット仏教の壁画で彩られ、天井からは見事な仏画（タンカ）や中国のアップリケ刺繍（ししゅう）画が吊るされていた。明朝時代の巨大な壺や優美な翡翠の碗も飾られており、磨き上げられた床には手の込んだ柄のチベット絨毯が敷かれていた。

リンポチェは絹地に刺繍の施された高い玉座に座っていた。二人のアメリカ人が近づいて行き、絹地の礼布カターを捧げると、リンポチェは微笑んだ。ゴンポは畏れひれ伏し、化身ラマの前で五体投地礼を三度行うと、こうべを垂れ、リンポチェを直接見てしまわないように脇に立った。

リンポチェの玉座のそばにはケンポが立っていた（タゴツァンの当主が言っていた人物だ）。若くて印象的な顔立ちをしており、背が高く姿勢もいい。頭はきれいに剃り上げ、あらゆるものを見通すような洞察力のある目つきをしていた。ケンポはアメリカ人に腰を下ろすよう言い、自分自身も二人の隣に腰を下ろした。金銀の施された蓋つきで高坏（たかつき）の翡翠の茶碗でチベット式のお茶が振る舞われた。そしてなんとクリームクラッカーまで！
「リンポチェ」スティーブンス牧師は切り出した。「謁見をお許しいただきありがとうございます。憚りながら友好のしるしとして贈り物を持ってまいりました。どうぞお受け取りください」メアリーは旅行用鞄を開け、聖書と十字架、置き時計、アメリカ製の懐中電灯を取り出して、ラマの前に置かれた雷文(らいもん)模様の描かれた脚の長いテーブルに並べた。彼女はその時点ではそれがチベットの礼儀作法に反することだとは気づいていなかった。贈り物には必ずカターを添えて、召使いがお盆にのせて運ばなければならない。リンポチェに一つ一つ手渡しするなど無作法極まりない行為なのだ。しかし何も知らない外国人の社交上の野暮な失敗は大目に見てもらえた。何よりリンポチェは贈り物に大喜びだった。スティーブンス牧師に時計のぜんまいを巻くように言って、アラームが指定した時間に鳴ると子どものように笑い、嬉しそうに両手を振り上げた。

　リンポチェは二人のアメリカ人の顔の特徴や髪型、服装などをまじまじと見つめた。白人を目にするのは初めてだったからだ。

「ニャロンのチベット語がお上手ですね」と言ってスティーブンス牧師をほめた。「どこで覚えたんですか？」

　スティーブンスは笑みを浮かべて言った。「私のチベット語はまだまだです。初心者です。私は……ええと……」チベット語で「未熟者」という語を思い出そうとしてゴンポの方を向いて北京語で尋ねたが、ゴンポが答える前にケンポがラサのチベット語で言った。「新しい(サーバ)……私は新人のようなものです(ンガ・ミ・サーバ・ダボ・イン)」

　ドルジェ・サンペル・リンポチェは笑って両手を広げた。「うちのケンポはよくできた男なんですよ」リンポチェは鼻高々だった。「賢い男なんですよ。チベット語も中国語もモンゴル語もサンスクリットもできるし、他にどう発音していいかも分からないような言語もできるんです。私は物覚えが悪いのでチベット語しかできません。あなたは中国語もできるんですね。なんて頭がいいんでしょう。うちのケンポとも仲良くなれますよ」リンポチェは左手で数珠を繰りながらスティーブンスに優しく微笑みかけた。

「お二人はアムリカからいらしたと聞きましたが本当ですか?」

「はい」スティーブンスは応じた。

「アムリカ! これは驚いた! 素晴らしい!」ラマは両手を振り上げながら驚きの声を上げた。「それは遙か彼方から……海をいくつも越えたところ……地球の反対側ではありませんか。何て遠いのでしょう。いまだに信じられないんですが、こちらが夜のときはアムリカは昼間だとか。そしてこっちが昼間のときはアムリカは夜だとか。ああ、今日はついにこの伝説が真実なのか、あるいはでっちあげなのかを本物のアムリケンに確かめることのできるいい機会です」

「真実ですよ、リンポチェ」スティーブンスはきっぱりと言った。しかし彼が話を続けようとする前に、化身ラマは手を叩いて軽く口笛を吹いた。「すごい! すごい! 信じられない話ですが、お二人はアムリカの方ですからきっと正しいのでしょう。でもどうやって確かめられるんですか? 一人の人間が二つの場所に同時に行って検証することなんて無理じゃないですか。今、こちらではお天道さまが出ているのに、アムリカでは夜だなんてどうやって分かるんですか?」スティーブンスもメアリーもリンポチェがあまりに物を知らず、無邪気なので笑いをこらえることができなかった。

「リンポチェ」スティーブンスは言った。「われわれの国では誰もが知っている常識です。科学的な観察に基づいて証明されていることなんですよ」

「でもどうやって説明できるんですか?」ラマは食い下がった。「太陽は天高くにあり、大地はその下に広がっていますよね。アムリカはいくら遠いといっても大地の上にあるんでしょう？　太陽は大地をあまねく照らしているんです。大地の一部が昼間で一部が夜だなんてことがどうやってあり得るんでしょう？」

彼らの会話は天文学と地理学の込み入った問題に入ろうとしていた。スティーブンス牧師は自分のチベット語の語彙は現代科学の知識をチベット人のラマに伝えるには不十分だと思った。それでケンポの方を向いて北京語で地球は回るが太陽は回らないということを説明した。ケンポの中国語は誤りもなく正確だった。スティーブンス牧師にはこの僧侶が地動説を完璧に理解しているのが分かった。一方化身ラマの天体の理解は天動説というわけでもなかった。彼は地球はパンケーキのように平らで巨大な亀の甲羅の上に載っている（亀が動くと地震が起こる）と信じて疑っていないのだ。ケンポは非常に簡潔に、うらやましいほど理路整然と、牧師が言ったことをリンポチェに説明してみせた。するとリンポチェは長めの口笛を鳴らし、信じられないといった風情でかぶりを振り、ぱちぱちと手を叩いた。

「これは驚いた！　いやいや……とてもじゃないが信じられない！」リンポチェは教え諭すように言った。「どこを見ても世界は平らにしか見えないよ。球体だなんて想像もつかない。もしそうなら家も人も逆さになったらみんな落ちてしまうじゃないか。それに太陽はどうみても間違いなく動いてる。だって日の出から日の入りまで毎日、太陽は空で同じ弧を描いているじゃないか。いや、でも……、でも……、アムリケンは物質的な現象に関していえば、目に見えて、触れて、聞こえるものに関していえば賢くて優秀だと思う。だからきっとあなたたちが正しいのでしょう。ケンポ、アムリケンが正しいのかどうか教えてくれないか……」

ケンポは落ち着かない様子で咳払いをした。「リンポチェ」彼は静かに厳かな声で言った。「アムリケンの言い分は間違いありません。物質的な現象の世界では目も耳も手も騙されやすく、感覚的な印象は必ずしも信頼できないのです。太陽が地球のまわりを回ろうがその逆だろうがこちらにはどうでもよいことです。しかしながらアムリカのような科学的に正確な知識を特別扱いするところでは、そのような知識は必須なのでしょう。そうなのです、リンポチェ。アムリケンは機械や物質的な現象世界にかかわる事柄については非常に賢さを発揮する人びとです」

「インリク・イェルメー、インリク・イェルメー……」リンポチェは経典の一節を唱え、数珠を繰り、頷きながら続けた。「ケンポ、私の言葉の意味をアムリケンに説明してやってくれ」

ケンポは俯いて少し考え込んでいた。それからスティーブンスの方を向くとこう言った。「リンポチェはチベットの経典から経文を引用しておられました。インとは広大な空間、リクとは人間の知性、イェルメーとは区別がないという意味です。リンポチェがお伝えしたいのは宇宙の無限の広大さと、その無限の広さを知覚する精神の間には何ら違いがないということです」

「ところでアムリケンのお二人はこの土地にどのくらい滞在されるおつもりですか?」リンポチェはお茶をすすりながら言った。彼はチベット茶を何杯も飲んでいた。

「できるかぎり長くと思っています」牧師は応じた。

「何をするおつもりですか? ここニャロンには畑と馬と草地以外何もありませんが。アムリカという驚くべき世界をご存知なのに、ニャロンくんだりにあなたを惹きつける何があるというんですか? われわれはうら寂れた陸の孤島、名もない土地に押し込められているというのに」

「リンポチェ、私はこの土地で布教をしたいと思っているのです。私はあなたと同じく宗教者です。私の妻も同じです。われわれはキリスト教徒なのです。わたしたちの神、イシュは唯一の真実の神なのです。ニャロンに、そしてチベットに神の御言葉を広めるためにやってきたのです」

リンポチェは押し黙っていた。ケンポは少し気まずそうに咳払いをした。ゴンポは床に座ったまま像のように身じろぎもしなかった。会話には少しも興味はなさそうだったが、いずれにせよ彼の理解を超えていたのかもしれない。

リンポチェは手を叩き、大きな声で召使いを呼んで叫んだ。「アムリケンのご夫妻にもっとお茶をお出しして……ほら、もっとお茶を！」

「あなたはラマなのですか？」リンポチェは前かがみになってスティーブンスをじっと見つめて尋ねた。

「私は布教の訓練をうけた宗教者です。私どもの宗教におけるラマといってもよいのかもしれません」

スティーブンスは笑いながら答えた。

「それならわれわれはみな同じですよ」リンポチェは言った。「われわれはみなラマです。なかなか大変な人生ですよね？　あなただって宗教に完全に身を捧げているじゃありませんか。はるばるアムリカから……いくつもの海を越えて……こんな遠く離れた鄙の地にまでやってきて……家も、便利な品物も、親戚も、そして慣れた環境も捨てて……すべて宗教のために身を捧げているのですから。なんと完璧な犠牲と献身なのでしょう」リンポチェは玉座から身を乗り出して微笑むと、感嘆と疑念の入り交じった顔をしてかぶりを振った。「牧師さま——そうお呼びしたいのですが——あなたの布教活動に関することで何かこちらがお手伝いなり助言なりする必要があればケンポにご連絡ください。この谷ではどうぞお望み通りに布教していただいて結構です」そう言ってリンポチェが両手を差し伸べると、ケンポはすぐさま立ち上がった。「ケンポ」リンポチェは続けた。「牧師夫妻を僧院見学にお連れして。アムリケンの旦那は実に面白いお方だ。われわれも学ぶところが多い。ちょくちょく遊びに来てほしいよ。いつでもここにお連れしてくれ」

ケンポは二人をぴかぴかに磨き上げられた廊下に連れ出した。召使いの僧侶がドルジェ・サンペル・リンポチェから二人のアメリカ人に対する返礼の品――盆に載せた仏画とカムパ式の銀製のティーポット――を恭しく担いでいる。盆には絹のカターが優雅に掛けてある。ケンポはまず二人を自室に案内した。そこはリンポチェの部屋に比べてかなり狭かったが、清潔に保たれており、豪華さにおいては引けを取らなかった。召使いの僧侶にお茶を持ってくるように命じたが、スティーブンスは断らなかった。チベット人のお茶を断るのは侮辱にも等しいということを理解したからだ。

ケンポはとりとめのない会話を交わしながら、スティーブンスの巧みな中国語を称賛していたが、ふとこう切り出した。「牧師さま、武器にはお詳しいですか?」

「武器ですか?」スティーブンスは当惑した様子で聞き返した。「兵器ですよ」ケンポは付け加えた。

「いや、私は一介の牧師ですよ」スティーブンスはケンポが何を言わんとしているのか分からず戸惑っていた。

「ライフルとか手榴弾とか機関銃とか……」

「こういうことなんですよ。アムリケンの牧師さま」ケンポは包み隠さず率直に言った。「われわれの僧院の地下室には、かなりの量のライフルや機関銃、それに新式の日本製、ドイツ製の自動小銃を隠してあるんです。使い方が分からないものもありましてね。でもあなたは誰もが銃に精通しているという、しかも銃が許可制でないというアムリカからいらしたのですから、思うに……私の思うに……たぶん教えていただけるのではないかと。組み立て方と使い方、解体の仕方、保管の仕方を教えてほしいんです」

「いやはや、いったいどうやってそんな武器を集めたんですか?」スティーブンスは尋ねた。「そんな兵器を僧院でどうするんですか?」

ケンポはお茶をすすり、厳粛な面持ちになった。

「防御と警備のためですよ。アムリケンの牧師さまはご存知ありませんよね。説明しましょう。私は十代の頃、南の方の僧院にいました。約十八年前に趙爾豊(ちょうじほう)に率いられた清朝軍が侵攻してきたとき、われわれは抵抗しました。しかし武器がほとんどなかった。われわれは持ち合わせているすべてのもの——剣に槍に投石紐——を使って狂ったように戦いました。でも当然ながら勝ち目はありません。趙はチベットでも有名な仏堂や印経院、そして経蔵を備えた古刹であるわれわれの僧院を徹底的に破壊したのです。私の先生……年配の大変立派な方で、僧院の中でも最も優れた学僧であり、最も慈悲深いお方の一人だったのですが、趙はまだ生きている先生の皮を剝ぎ、死ぬまで日向にさらすという仕打ちをしたのです。この話をするだけでぞっとします。今でも先生の叫び声が耳に蘇ってきます。先生には二十人の若い弟子がいましたが、何人かは打首に処され——これはましな方ですよ。他の者たちは死ぬまで鞭打ちにされたり、釜ゆでにされたり、八つ裂きにされたりしました。みな私にとっては兄弟のような仲間です。私はたったひとり生き残ったのです。

東チベット中で同じことが起こりました。リタンやバタン、チャムド、チャンテン……。どこでも僧院は焼き討ちにあい、僧たちは打首拷問に処されました。クンガ・リンチェン僧院をそんな目に遭わせたくないのです。絶対に! でも備えがなければ必ずやいつかやられてしまいます。祈禱も呪術も魔術も、神々も何の役にも立ちません。このことは若い頃に趙爾豊との戦いで味わった絶望と幻滅から学びました。

平和で落ち着いた信仰生活を送るには、武器と、どんな兵士にも負けない僧兵を配備して僧院を守らなければなりません。よく鍛えられた僧兵は兵士が束になってもかないません。われわれには家族もいませんし、世俗のしがらみもありません。失うものはなにもないのです。僧院こそがわれわれの人生です。僧院のためなら死ぬまで戦うつもりです！　でもさすがに素手では……」ケンポは話を中断した。僧衣の折り目から宝石の散りばめられた中国製の嗅ぎたばこ入れを取り出し、親指の爪の上にほんの少しの粉をのせると一気に吸い込み、厚手のフェルト製のハンカチで鼻と親指を拭った。「この谷には私の考えに賛同してくれる人はほとんどいません」彼は笑みを浮かべて言った。「野心的過ぎるとか、あまりに世俗的だとか、常軌を逸していると思われているんです。でも覚えていてください……」彼は断固たる態度で言った。「最新式の兵器で武装し、それらを容赦なく使いこなせる狂信的な僧兵のいる僧院だけが趙爾豊のような輩を撥ねつけることができるのです。ああした連中への対策はたった一つしかありません。武力です！」ケンポは反応を確かめようとスティーブンスに目をやった。スティーブンスは黙っていた。「それに僧院というのは都市のようなもので、あらゆる種類の僧侶がいます。一部の連中には規律を厳格にする必要があります。僧侶なら誰でも解脱への道を歩む熱心で気高く純粋な求道者というわけではありません。そう考えると、われわれは単に妄想を抱いているだけということになります。多くの僧侶にとって僧院とは生活を保証してくれる場所です。生計の手段であり、他の人びとと同じように職業なのです。そうした僧侶は放っておけば悪徳まみれ、欠点だらけです。武装して訓練を受け、よく鍛錬された僧侶は僧院の規律を守るためにも不可欠です。

さらにいえば、われわれ僧院は、趙爾豊によく似た輩として金持ちの領主や野心的なポンボからも身を守らなければならないのです。ですから自問自答したんです。うちの僧院には大工を担当する僧も絵描きや仕立てを担当する僧もいるのだから兵士がいたっていいのではないかとね。それで中央チベットのゲルク派僧院の、ドゥプトーという僧兵制度を取り入れることにしたんです。ちょうど選抜して訓練を始めたところです。それで調達したばかりの新式の武器の使い方をご存知だったら教えていただこうと思ったんですよ。もちろん人びとは最初は反対しましたよ。われわれはニンマ派なのだから、ゲルク派に与(くみ)するべきではないと言ってね。でも私はこだわりませんよ。中国人との戦いは遅かれ早かれ避けられないでしょうし、そのときになったらうちの僧兵(ドゥプトー)たちが活躍してくれますよ」

スティーブンス牧師はケンポとの会談がまったく意外な方向に進んでいると感じていた。キリスト教の教義に関する議論もなければ、三位一体論について触れることもない。ニャロンから始まってチベットへのキリスト教の布教の真意を探られることもない。アメリカ人宣教師がどんな戦法を繰り出そうとしているのかについての突っ込んだ質問もなく、新しく到来した宗教に敵意をむき出しにされることもないのだ。

「しかしケンポ」スティーブンスは問うた。「仏教に人生を捧げ、殺生を忌み嫌う僧侶が戦士になれるものでしょうか?」

ケンポは笑った。「もちろんなれますとも。ラサの僧院の僧兵たちはチベット政府(デバ・シュン)の権力に対して折に触れて歯向かっています。最近では東チベットにおける中国とチベットの間で起きた戦闘でチベット軍の総指揮を執ったのは僧籍大臣(カルン・ラマ)のチャンバ・テンダーだったのですよ。彼は中国軍をタルツェンドまで追い詰めたんです。タルツェンドにいたイギリス領事館員エリック・タイクマン[中国とチベットの国境紛争調停のために一九一八年に東チベットに派遣された外交官]が彼のことを当の戦闘における最高の軍司令官だと評価しているのはご存知ですか? カルン・ラマはつい二年ほど前にチャムドで亡くなりました。そして趙爾豊に最も激しく蹂躙(じゅうりん)されたチャンテンでは僧侶たちが中国軍を恐怖に陥れました。とにかく牧師さま、われわれ僧侶の獰猛さ、戦闘力を甘く見ない方がいい！」

スティーブンス牧師は、熱狂的な信者は最高の軍人になり得るというオリバー・クロムウェルの例に通じるものを感じていた。

「アムリケンの牧師さま、こちらへどうぞ」ケンポは言った。「うちの僧院をご案内いたしましょう。隅から隅までご覧いただくには数日はかかりますがね。まあ、急ぐことはありません。しばらく滞在されるようですし……」

「できれば骨を埋めたいと……」スティーブンスは言った。

「確かに仏教を理解するには一生ではとても足りませんよ。二千年以上の人間の叡智が、哲学的思索が作り上げた思想体系です。もしあなたのお役に立つことがあるなら、あるいはわれわれの信仰のどんな点についてでも興味が湧いたのなら、私にお知らせください。うちには喜んで手ほどきをしてくれる数多くの優れた学僧や学堂長たちがいますので」ケンポはスティーブンス牧師を横目でちらりと見やると、腕をぐっと引っ張り、冗談ぽくささやいた。「ともあれ、軍事行動のいろはのいは敵を知り尽くすことですからね……」

「どうしてチベット仏教が私の敵だなんてことになるんですか？」スティーブンスは抗弁した。「やはり所詮……」

「いやいや、弁解の必要などありませんよ」ケンポは言った。「ドルジェ・サンペル・リンポチェに対するあなたの物言いは実によかった。ニャロンにやってきた理由をリンポチェに話したときのあなたの率直さといったら！　もって回った言い訳などかけらもない。その態度は貫いた方がいいですよ。そこは弱めたり変えたり妥協すべきではないし、あなたの心の一番深いところにある魂が疑いの種で蝕まれるようなことがあってはなりません。どんなに相手に勝算があろうが、あなたが全面的に信じていることは、揺るぎなく、徹底的に進めたほうがいい。正義には計り知れない価値があるのです。手加減せずに実践すべきです。仏教はあなたの敵だ。あなたはなぜここにいるのか分かっているはずだ。あなたは敵陣に乗り込んできているんですよ。あなたの武器はキリスト教です。趙爾豊がチベットに対して民族、政治、領土問題に関わる争いを引き起こしたのと同様に、あなたは宗教の戦いに挑んでいるのです」

スティーブンスは笑った。「ケンポ、もし趙爾豊が生きていたら、私などと同じ次元で語られるだけで激怒するでしょう。でもケンポ、あなたはもしや僧兵に私と戦えと命じるおつもりですか?」

「さあ、どうでしょう」抜け目のないケンポは応じた。賢そうな澄んだ目は謎めいた光を湛えている。「でもあなたの戦いのお手伝いはするつもりですよ。それでは僧院内をご案内いたしましょう……われわれの秘密の要塞をお見せします……」

ケンポは二人のアメリカ人とゴンポを長い回廊に連れ出して、集会堂(しゅえどう)に集まっている僧侶たちを見下ろした。

天井からは陽光が燦々(さんさん)と降り注いでおり、葡萄色(えびいろ)の僧衣を身にまとい、体をリズミカルに前に後ろに揺らしながら並んで読経をしている僧侶たちの、きれいに剃髪(ていはつ)された頭を照らしていた。各列の先頭では化身ラマが玉座に座していた。僧侶たちのうち何人かはまだ少年だったが、穏やかで落ち着いており、威厳があり、堂々としていた。何百ものバター灯明がちらちらと明滅しており、仏像や仏画(タンカ)の前で灯りの舞を舞っている。棚には万巻の仏典が積み重ねられ、さらに詩学や論理学の書、祈禱書、そしてあの広大で深遠かつ難解なチベットの仏教哲学(ツェンニー)の書に至るまで、おびただしい数の書物が納められている。

巧みに形作られた色とりどりのバターのお供えもあれば、金銀製で高さ三フィート［〇・九一メートル］ほどもあるバター灯明用の高坏（たかつき）もある。チベットの僧院の贅沢で彩り豊か、壮麗かつ絢爛豪華なすべてがそこにはあった。壁には様々な尊格が描かれた様々な大きさの仏画が掛かっている。虹色に彩られた柱には錦や立派な絹製の房が巻きつけられている。二つに割った人間の頭蓋骨を使って作られた小さなでんでん太鼓もあれば、同じような頭蓋骨製の盃（さかずき）が浮き出し模様のついた金銀製の高坏に載せられ、供物の酒が注がれている。孔雀の羽根で飾られ、金銀製の注ぎ口のついた聖水瓶もあれば、銀製の金剛杵（ドルジェ）、青銅製の金剛鈴もあった。ギャリンというクラリネットのような管楽器や、八フィート［二・四三メートル］以上もあるトゥンチェンという巨大なトランペットのような管楽器は、その朗々たる響きが何マイルも先まで届きそうだった。単調だが物悲しくむせぶような音を奏でるほら貝、そしてカンリンという人間の大腿骨から作られた管楽器も。金銀製のさやで装飾の施された象牙に、僧院で何世紀ものあいだ宝物として受け継がれてきた中国やチベットの希少な古い茶碗や壺や瓶――どれも西洋人の骨董商からしたら垂涎（すいぜん）の的である。ほとんどの菩薩像は真珠やトルコ石、琥珀、翡翠、珊瑚で飾り立てられ、絹や錦の衣を着せられている。僧たちがフェルト製の履物を履いてすり足で動き回っているが、これは床を鏡のように塵ひとつなくぴかぴかに磨き上げるためなのだ。

　スティーブンス牧師夫妻は鮮やかな色使いと魅惑的な意匠を目の当たりにして、その豊かさ、多様さ、複雑さ、見事さに圧倒され、心を震わせていた。ケンポの案内で階下の集会堂に行くと、入り口には大量の靴が山と積まれていた。集会堂に入る前、ひとりの若い僧侶が肩に担いだ棒で銅鑼を鳴らした。ケンポの来臨を告げる合図である。

　集会堂の壁にはチベット仏教の神々や女神、聖者、修行者、密教行者、護法神、菩薩などの姿が芸術的に描かれていた。集会堂の中央に座してその場を支配しているのは弥勒菩薩（ギャワ・チャンバ）——釈迦牟尼仏の跡を継いでこの世に現れる未来仏——の巨大な像である。弥勒菩薩像は碧眼（へきがん）をしており、椅子に座しているかのようなヨーロッパ的な座像である。額には立派なトルコ石がはめられ、顔には慈悲と愛情と博愛の仏陀にふさわしい穏やかな笑みを浮かべている。

弥勒菩薩の脇にはもっと小さな菩薩像や、スティーブンス牧師がチベットの神々として想像していた通りの——原始的で猛々しく、畏れ多く、邪悪で、官能的な——神や女神の像が安置されていた。これらの神々は一柱だけの立像もあったが、配偶者、言い換えれば「女性エネルギー」との合体像、しかも見た目がかなり獰猛なものもあった。合体像は激しい交合の真っ只中の、絶頂の極みに至った瞬間が表現されている。両者は舌をぐっと伸ばし、互いの舌先を舐めあっている。互いの体に腕を回して絡み合い、苦しみ悶えながら至高の抱擁を交わしている。男神は女神の肉に鉤爪（かぎづめ）のような爪を情熱的にめり込ませている。足を互いの体に絡ませ、男神はペニスを女神の燃え盛る火のように膨れ上がった秘部に深く挿入している。そして女陰はずっしりとした陰嚢（いんのう）に押しつぶされていた。

ゴンポ・チャトゥク、すなわちダライ・ラマがその化身だと信じられている慈悲の菩薩、観音菩薩（チェンレーシ）の憤怒（ふんぬ）相である六臂（ろっぴ）大黒天の、畏れ多い像もあった。濃い青をした三つの目を持ち、人間の頭を数珠状につなげた首飾りやベルト、そして髑髏（どくろ）を数珠つなぎにした冠を身につけている。一方の手には人間の髑髏で作った数珠を巻き、もう一方の手には半分に割った人間の頭蓋骨を持ち、その中には人間の血まみれの心臓が入っている。体と首には蛇が巻きついている。そして足の下では裸の男女を踏みつぶしている。

メアリーは、悪夢のように残忍な想像の産物としか言いようのない像をじっくり眺めているうちに震えが止まらなくなった。こんな邪悪で歪んだ像を見せられた後では、十字架はなんと清らかで素朴で神々しいことだろう。バター灯明とお香が典型的なチベットの僧院らしい匂いを醸し出している。饐(す)えたバターの燃える匂いは吐き気をもよおさせる。そして灯明から立ち上る熱気のせいでひどく息苦しい。

僧侶たちの読経が止んだ。すると突如、シンバルをかき鳴らす音や大ラッパ(トゥンチェン)の鳴り響く音、金切り声のようなギャリンの音、大太鼓や銅鑼の轟々たる音、でんでん太鼓が激しくカタカタいう音などがぎょっとするような不協和音となって一斉に鳴り響いた。五感への強烈な猛襲は未曾有のもので、異様かつ圧倒的だった。メアリーもジョンもこれほどの音に見舞われたことがなかった。冥界で死刑囚の魂のために演奏される葬送の音楽のようだった。二人のアメリカ人はすっかり魅了され、その場に釘付けになって息もできないほどだった。メアリーは夫の腕にすがりつき、無意識にキリスト教の祈りの言葉をつぶやいていた。音楽は始まったときのように突然終わり、再び読経が始まった。二人は心底ほっとして外のひだまりに出て、しばらくの間言葉も交わさなかった。ケンポが二人を僧院の門まで送り、お辞儀をすると、彼らが馬に乗って去っていくのを笑顔で見送った。別れ際に、いつでも来たいときに僧院に来るようにと繰り返し声を掛けた。

　ケンポは物思いにふけったまま、一人僧院に戻った。荒削りの急な石段をゆっくりと整った歩調で上っていき、きりっとした爽やかな風に吹かれてはためく大きな祈禱旗の脇を通り抜けた。それから論理学・仏教哲学の学堂の前に鎮座している石の獅子を軽くなでると、大きな石畳からなる広々とした中庭をゆったりと歩いて行き、何世紀ものあいだ何千という僧侶やチベット全土からやってきた巡礼者たちの足で大理石のようにすべすべに磨き上げられた、木目の美しい階段を上っていった。ケンポは僧院を誇りに思っており、僧院のために情熱を傾けていた。まだ若いのに自らのなすべきことをしっかりと把握しており、僧院の福利と繁栄、名望にかかる責務を一手に引き受けていた。

ケンポの目には二人の若いアメリカ人宣教師がずいぶんと単純で素朴な人びとに映った。男の方は役にも立たない。だって武器のことを何一つ知らないのだ！　いや、もしかするとアメリカ人がみな拳銃やライフルの使い方に詳しいと仮定するのが間違いなのかもしれないが。それにしてもチベット人を全員キリスト教徒に改宗させようとか、チベット人を罪業から解放してやろうなどという、キリスト教の情熱と稚拙な野心よ……。まったく笑わせてくれる。あまりに愚かで、厚かましいにもほどがある！ケンポはイシュの教えについてかなりの知識があった。タルツェンドには、チベット語にきれいに翻訳され、立派な本やパンフレットの形に印刷されたキリスト教関係の本がうんざりするほどあって、しかも無料で配布されているのだ。しかしキリスト教というのは信じがたいほど単純な宗教だ！　幼稚で単純。おとぎ話だらけだ。複雑さに欠け、チベットの仏教哲学における観想のような息もつかせぬ緊迫感はまったくない。それこそが人間の最も鋭い知性をいたぶり、悩ませ、挑発するものであり、人間の最も深い思考を惑わせ、混乱させるものであり、あらゆる現象を有情も無情も含めて把握し、理解してやろうという人間の野望を打ち砕くものだ。そして空……さらに空を超越した地平も……。

ケンポはドルジェ・サンペル・リンポチェに、二人のアメリカ人宣教師に僧院の一部を見学させたことを報告しに行った。リンポチェはスティーブンスから贈られた置き時計で楽しそうに遊んでいた。アラームをセットした時間にきっちり鳴らしてみせては、周りの召使いたちを困惑させていた。ケンポもそこに立ち、かぶりを振って驚いてみせたが、内心では大切なリンポチェが贈り物に大喜びしている様子が嬉しくてたまらなかった。

12

スティーブンス夫妻は次はタルセル・リンポチェを訪問しようと考えていた。二人はクンガ・リンチェン僧院で見た異様な光景と音の洪水、そして古いバターの饐えた匂いから立ち直りたかったのだ。一週間後、二人はまたしても苦難にぶち当たるかもしれないと思いつつ、サンガ・チューリン僧院を訪れることにした。

山の高みに位置する小さな僧院に着いたとき、二人のアメリカ人宣教師を驚かせたのは大量にいる鳥たちが明らかに人を恐れていないことだった。楽しそうにあっちへ飛びこっちへ飛びして、びくびくした様子がまったくない。メアリーがビスケットを割ってかけらを撒くと、異国の珍味をせっせと突っつきながら、どんどん近くに寄ってきて、そのうち膝の上にまで上がってきてついばむ始末だった。中国式の風鈴の音が木々の間から響き渡ってきて、まるで別世界にいるような麗しさだった。僧院の片側にはきらきらと光を放つ小川が流れており、その泡立つほどの勢いで大きなマニ車を回転させている。明らかな平和と静寂がそこにはあった。

僧侶たちはクンガ・リンチェン僧院に比べてかなり年齢層が高く、引き締まった修行者といった表情をして、威厳たっぷりの、孤高で内省的な雰囲気を醸し出していた。草の生い茂った山の斜面では、ふわふわの毛の上に赤い染料をかけられ、耳には赤い紐、首の周りには鈴をつけられた羊たちが草を食んでいる。これはいわゆるツェタル、すなわち放生の羊で、罪滅ぼしをしたい人びとが、屠畜から免れさせた羊をタルセル・リンポチェに捧げたものなのだ。

牧師夫妻は控えの間で待つように言われ、年配の僧侶がリンポチェに来客を告げに行った。しばらくすると、大きな窓のある、明るく風通しのよい、鮮やかな色彩の居室に案内された。窓際に立つと、谷を見下ろすことができるのだ。蛇行するリチュ川と、広々としたリチュが原、そしてベツレヘム・ルーテル教会の伝道所、タゴツァンの屋敷が見える。

タルセル・リンポチェは六十代後半で、一生のほとんどを仏教の求道者として捧げてきた人物であり、あまりの神々しさに後光がさして見えるほどだ。長老然とした真っ白い絹のようなあごひげをたくわえ、確固たるまなざしには温かさと聡明さ、そして率直さが宿っていた。口元にはユーモアと知性を湛えている。それは長年の修行であらゆる欲望の痕跡を消し去った賜物である。リンポチェの頭はつるりとした禿頭で、静脈がうねうねと浮き出してはいるものの、まるで球面の鏡のように輝いていた。耳はたいそう大きく、蝶の羽根のような形をしている。羽根の先端は外側に向かって突き出していた。服装は質素でこざっぱりとしており、左手首にはかつてタゴツァン家の当主から贈られた、よく使い込まれて表面がなめらかになった白檀の数珠を巻きつけていた。北京語も流暢だ。メアリーはこれほどの神々しい人物に出会ったことがないと思った。まるで旧約聖書からそのまま飛び出してきたのかと思えるほどだった。リンポチェは客人二人に腰を下ろすように言い、召使いにはお茶を用意するように告げた。

「この谷にいらしてからどのくらい経ちましたかな」リンポチェは尋ねた。

「最近やって来たばかりです」スティーブンス牧師は答えた。「タゴツァンの当主夫妻や他のみなさんに、ぜひとも謁見して今後の仕事のためにご加持をいただいた方がいいと強く勧められたものですから……」

「そうでしたか。ポンボのところは……令息が生まれたところですな。聞くところによるとあなた方ご夫妻が驚くべき分娩処置をされたとか。お二人がいなければポンボの奥さまは亡くなっていただろうと もっぱらの噂ですよ」

スティーブンスは勢いよくかぶりを振って否定した。

「十八年目にしてようやく生まれてきてくれたお子さんですから」リンポチェは言った。「実に元気のいい男の子ですな……」

「お名前を授けられたと聞きました」メアリーが言った。

「そう……テンバ・ギュルメとね」

アメリカ人夫妻はお茶をすすり、カムパ式のパンケーキをいただいた。白毛のアプソー犬［チベタン・テリア］が駆け寄ってくると、リンポチェは腰をかがめて穏やかな声で話しかけ、膝に抱えてやり、パンケーキを食べさせてから、シルクのような毛並みを優しくなでてやるのだった。

「お二人はキリスト教徒だとか」

「はい、そうです。リンポチェ」メアリーは応じた。「二人とも宗教者で、キリスト教がわれわれの信奉する宗教です」

「あいにくキリスト教についてはあまり知らなくてね」ラマは言った。「ある宗教についてほとんど何も知らないのであれば、その宗教に対する意見は慎むべきですな。キリスト教は確か大変古い宗教ですよね。しかも世界中に知られている。あなた方の神、イシュは信仰に値する神のようですね。あなた方の宗教にはよい宗教の備えているべき要素がすべてあります。そうであるならば、その宗教は——おそらくですが——追い求め、信奉する価値があるのです。私は人たるもの一つの宗教に忠実であるべきだし、全身全霊で信仰し、その特定の宗教を徹底的に理解しようとつとめるべきだという考えでしてね。信仰や宗派をたやすく変える人が多すぎるんですよ。まるで花の蜜を追い求める蜜蜂が花から花へと飛び回るみたいにね。それと、何も知らない宗教に出会ったら、敬意と忍耐をもって接するべきであって、無知ゆえの敵愾心や闇雲な批判は避けるべきです。ところでお二人は、いったいどういう理由でここニャロンにいらしたんですか?」

　スティーブンスはラマを見つめた。目の前にいるこの人物には社交辞令も駆け引きも必要ないのだ。この人物には本心を隠して婉曲に言う必要などなく、単刀直入に言うのが一番いいようだ。

「リンポチェ」スティーブンスは言った。「われわれはここに——故郷から遠く離れたこの地に——キリスト教の教えを布教し、チベットのあらゆる人びとをわれわれの宗教に改宗させるというたった一つの目的のためにやってきました。チベット人が誰もキリスト教以外の宗教を信仰せず、誰もわれらが神——イシュ以外の神を奉らないようにです！　真実の神はたった一人です。それがイシュなのです。解放へと至る真実の道はたった一つです。それがキリスト教の道なのです。キリスト教によらなければ、イシュの祝福を受けなければ、何人といえども神の国に入ることはできません。他の宗教はすべて偽物です。他の神々はすべて単なる土でできた偶像に過ぎないのです！」

　リンポチェはスティーブンスをじっと見つめ、おそらく悪意なく楽しんでいるという雰囲気を漂わせるためか、にっこりと笑って、穏やかで友好的で丁寧な言葉づかいで言った。「なるほど、チベット人をみなキリスト教徒に改宗させるためにいらしたんですな。チベット人が今実践している宗教は完全に偽物であり、われわれの神は単なる土くれの偶像だとまで信じ切っているのですね。すべてのチベット人に信奉している神々を捨てさせ、イシュに帰依してほしいと、そう思っているということですね。イシュだけだと。そういうことでよろしいですか?」

「まったくその通りです」スティーブンスは答えた。

「牧師さま」リンポチェは尋ねた。「あなたは仏教についてどれほどご存知ですか?」

「多くは知りません」スティーブンスは正直に言った。「でもそれとこれとは無関係です。私はキリスト教が唯一の真実の宗教であること、そしてイシュが唯一の真実の神であることを腹の底から信じています。他の宗教も神もすべて偽りです。他の宗教について学ぶ必要も理解する必要もないほど確信していますし、信心はゆるぎません！」

ラマはしばし押し黙っており、ただ笑みを浮かべていた。

「たいへん強く信じておられるようですね」リンポチェは言った。「そしてあなたは若い。なんとうらやましいことか。あなたくらいの頃の私は、まさに土くれの像、いや、単なるがらくたに過ぎなかった。ひたすら混乱し、途方に暮れ、何も見えていなかった――あなたとは違って――確信というものが微塵もなかった。確信、信心、帰依――宗教においては極めて強い力を発揮するものです。われわれチベット人は、ほんの少しの理解力すらなくても、確信と信心と帰依さえしていれば、人は解脱の道に入ることができると信じているのです」リンポチェは長年の精神修養の来し方をしばし振り返っていたようだ。

「私は個人的にはキリスト教に対して賛成も反対もありません」リンポチェは続けた。「宗教というものは――不思議なものですな！　誰しも自分の信念の正しさについてこんなにもはっきりとした確信を持っています。私の宗教……私の信心……私の信念……そんな思いをまるで読経のように自分自身に向かってぶつぶつと繰り返して、他のあらゆるものが目に入らなくなっているのです。あなた方に批判や非難をぶつけようとしているわけではないんですよ、牧師さま。その点については一切の誤解なきようお願いします。

しかしわれわれ宗教者は――信奉している神も違いますし、信条も信仰も違いますが――それでも共通点は持ち合わせています。信仰への情熱や解放を求めて止まない頑固なまでの強迫観念、そして生きることの意味や目的への渇望。神聖と神秘を鋭敏に感じるほど、われわれの魂は取り憑かれ、苦しめられ、悩まされます。われわれは得てして、存在と非存在の秘密を解き明かし、運命というものの正体を知ることのできる黄金の鍵を手に入れるには、自分の手を伸ばしさえすればいいと思っている節があります。私もあなた方くらいの頃にはそんな強迫的で熱い思いを抱いていたものです。

私はニャロンの生まれですが、各地を旅してたくさんの靴を履きつぶしました。中国で何年間か暮らしたこともあります。実は成都に小さな僧院を持っていまして、毎年冬になると行くんです。ここは耐えがたい寒さですからね。私はこれまであらゆるところを旅してきました。たった一人で、巡礼用の背負子(しょいこ)を自分で背負って歩いて行くんです。ラサへも歩いて行きました。ここからは三か月ほどかかります。何度も行きましたよ。シガツェやギャンツェの僧院はどこも行きましたし、千百年以上前にチベットで初めて建立されたサムイェ寺にも行きました。道中、僧院に行き当たればしばらく身を寄せて、参拝と勉強の日々を過ごしたものです。また、高僧が瞑想修行をしている洞窟に行き当たれば――その方は深遠な奥義の師かもしれないし狂気の魔術師でさえあるかもしれませんが――私はそうした方々の前に腰を下ろし、腹を割って虚心坦懐に尋ねるのです。信仰にはどんな価値があるのでしょうか? 信仰している人のアイデンティティとは何でしょうか? 信仰している人は信仰されている人と同じだけ深遠な神秘性を備えているのでしょうか? 生命はどこからやってきたのですか? なぜやってきたのでしょうか? どうやってやってきたのでしょうか? 生命は単なる偶然で生まれたのでしょうか? 生命を超えるものはあるのでしょうか?

私は自分の信念を打ち砕き、変えていったんですよ。時には探索の旅がまったく虚しいもの――単に影を追い求めているだけのように思えて諦めたこともありました。時には純粋な信仰心、あるいは熱狂的な信念を持った人のように盲目的に、熱狂的に信仰していたこともあります。でも、いつも取り憑かれたように追い求め、問い続けていました。あなたはそんなに若いのに答えを見つけているのですね。あなたはキリスト教の真理を完全に確信している。心の中で完全に確信しているだけでなく、あなた方の宗教が、あふれんばかりの勢いでもって、他の人びともみな、唯一の真実の神――すなわちイシュのもとに引き寄せられるだろうと固く信じているんですね。それはもう、この上ない信念ですな！」

スティーブンスは大いにそそられてこう尋ねた。「それで今は何を信じておられるのですか、リンポチェ」

ラマはすぐには口を開かなかった。お茶をすすり、楽な姿勢を取った。それからスティーブンス夫妻の方に身を乗り出して、二人の手を取り、声を低くし、真剣な顔で話し始めた。「チベットではね、そういう質問には極めて個人的に密やかに答えるものです。決して議論したりしません。論争することもありません。文字に記すことだってない。仏陀さえ息を潜めなければならない領域があるということです！」

リンポチェはぐっと前に寄って口に手を当ててスティーブンス牧師の耳元に何やらささやいた。牧師も身を乗り出し、一心に耳を傾けていたが、何も聞こえず、眉をひそめるしかなかった。

「どういうことですか？」困惑した表情で尋ねた。

リンポチェはもう一度同じようにささやいてみせた。スティーブンスにはまたしても何も聞こえなかった。

年配の僧侶が部屋に入ってきて、リンポチェに一礼をすると、リタンからやってきた巡礼者の一行が加持を受けたがっていると告げた。リンポチェは頷いた。「アムリケンの牧師さま方」彼は温かな笑みを浮かべ、お辞儀をするとこう言った。「今日はわざわざお越しいただいてありがとう。今後いつでもお暇なときの時間つぶしでもよし、私のような一介の年寄り求道者と話して貴重な時間を無駄にするのでもよし、いつでもいらしてください。歓迎しますよ。数か月後に成都に行くまではここで過ごすつもりです」

スティーブンス牧師はタルセル・リンポチェにも聖書と十字架を贈った。彼は機会をとらえては不屈の聖書行商人としての役目をきっちり果たしているのだった。

13

スティーブンス夫妻がニャロンにやってきてほぼ一年が経った。タゴツァンの当主の息子テンガが七か月になって歯が生え始めた頃(朝から晩までテンガの世話をしているアー・ツェリンは大喜びだった)、メアリーが男の子を出産し、その子はニャロンで生まれた初めてのアメリカ人の赤ちゃんとなった。スティーブンス牧師は助産師として働かざるを得なかった。タゴツァンの当主は友人の妻が産気づいたと知ってすぐに早馬を寄越し、アムリケンは出産のときにキリスト教徒以外の人間がいることに抵抗はないのかと尋ねた。牧師はポンボにわざわざお越しいただくには及ばないけれどもお望みとあらば歓迎しますと伝えた。タゴツァンはすぐさま長男のカルマ・ノルブと三人の召使いを連れて、バターと卵とツァンパを携えて伝道所まで馬を飛ばしてやってきた。馬を降りようとしたちょうどそのとき、赤ちゃんの産声が聞こえた。その瞬間、一気に頭に血が上り、儀礼もあいさつも全部すっ飛ばして長男とともに建物の中に駆け込んだ。ゴンポが居間でお茶を振る舞おうとしたが、ポンボはゴンポを押しのけて、我慢できないといった様子で言った。「お茶なんか飲んでる場合じゃないんだよ、ゴンポ！　牧師先生の手伝いをしなければ。お一人なのか？」

「旦那さま、パサンの妻がついていますし、私の妹もおりますので」

「それはよかった。牧師先生がお一人なんじゃないかと思ってね。こういうときの気持ちはよく分かっているだけにね。うちの息子が生まれてまだ七か月だからなあ。ところで産声が聞こえたような気がしたが……」

「そうなんです、ポンボ。生まれました！」

「男の子か、女の子か？　五体満足だったか？」タゴツァンは矢継ぎ早に尋ねた。

「男の子です！」ゴンポは勝ち誇ったように叫んだ。「健康で、とても大きな赤ちゃんです。色がちょっと赤いですけど……それ以外はここいらの赤ん坊とほとんど同じです」

「おめでとう（カト）！　おめでとう（カト）！」タゴツァンはゴンポに大きな声で言った。「おめでとう（カト）！　万歳（ロギャ）！　繁栄成就（タシ・トンドゥプ）！」

寝室からは元気いっぱいの産声が聞こえてきた。それを聞いたタゴツァンは言った。「なんて男の子だ！　これは正真正銘のニャロンのカムパだな！　われわれの持ってきたおまんまがほしくてたまらないんだな。なんという泣きっぷりだろう。クンガ・リンチェン僧院の僧侶たちの耳にもこのもらい上手のおちびさんの声が届いているに違いない」

スティーブンス牧師がタゴツァンに会いに部屋から出てくると、ポンボは駆け寄っていって友人を温かく抱きしめ、「タシ」とか「カト」などと祝福の言葉をかけた。

「牧師先生」タゴツァンはスティーブンスに言った。「今やあなた方はわれわれの仲間です。息子さんはこの地で宿り、この地で生まれたのですから、ニャロンのチベット人です。彼はここで育ち、この谷から出ることはないでしょう。牧師先生、あなた方はもはやここニャロンでわれわれとともに暮らすほかありません。あなた方はもうわれわれの世界の一部になっています。でも、この子の名前はどうするんですか？　あなた方にはリンポチェがいないわけですから。お子さんにどうやって名前をつけるおつもりですか？」

「私がリンポチェになります」スティーブンスは笑みを浮かべて言った。「われわれの習慣では、子どもを教会に連れて行って家族が名前を選択し、特別な儀式を経て、牧師がその名前を子どもに授けます。そうするとその子はキリスト教徒、すなわちイシュの信奉者となり、いつの日か神に召されるまでキリスト教徒であり続けることになります」

タゴツァンは顔をしかめ、困ったような表情を浮かべてみせた。「なるほど……。興味深い。でもこんなに幸せなときに宗教の話はやめましょう。牧師先生、あなたが宗教の話をするといつも真面目くさった厳粛な雰囲気になりますね。びっくりさせないでくださいよ。今日は陽気に騒いでいい日じゃありませんか。これから帰って自分の妻が息子を出産したつもりでお祝いをします。名づけの儀式にはわれわれをみんな呼んでくださいよ。是非ともその場に居合わせたいので！」

ポンボ・タゴツァンは去り際にスティーブンスに言った。「お子さんのために、ニャロンのチベット人の伝統に則って、トルコ石と瑪瑙(めのう)と珊瑚の首飾りをお贈りします。もちろん戦士の剣もです。あなたの息子は、うちのテンガの新しい弟でもあり、伝説の勇者ゴンポ・ナムギェル［一七九九－一八六三。カム地方の覇権をめぐってチベット政府軍と闘った中ニャロン出身の実在の人物］のようなニャロンの有名な戦士になるかもしれないんですから！」

二、三日後に洗礼式を行い、スティーブンス牧師はその様子を写真に収めた。タゴツァン家の一族が勢揃いして、ポンボも、妻のツェリン・サンモも、上ニャロンからやってきた彼女の姉のラモも、タゴツァンの娘もみな、豪華な装束に身を包んでいた。パサンやゴンポ、その家族たち、そして農民たち、商人たちも大勢駆けつけた。タルセル・リンポチェからは礼布カターと贈り物と祝福の言葉が届いた。スティーブンス夫妻が祈りを捧げている間、みな厳粛な面持ちで静かに立ち尽くしていた。スティーブンス牧師がリチュ川の清冽な流れから汲んできた水で息子に洗礼を施し、ジョン・ポール・スティーブンスと名づけた。かくして彼は、この谷にベツレヘム・ルーテル教会の伝道所が設立されて以来、初めてキリスト教徒として洗礼を受けた人物となった。

儀式が終わった後、メアリーはみながどうしていいか分からずに真面目な顔で立ち尽くしているのに気づき、笑ってこう叫んだ。「終わりました（ツァル・ソン）！　終わりました（ツァル・ソン）！」これこそ、みなの後ろに隠れていたカオ・インが待っていた瞬間だった。悪戯っぽい顔で中国式の帯状の爆竹を取り出して点火すると、パンパン、パンパンパンパンというものすごい勢いの爆発音で伝道所全体が揺れた。まるで隠してあった機関銃の射撃が突如始まったかのようだった。タゴツァンの当主は思わず身震いしてしまい、決まり悪そうにしていた。外につながれていた馬たちもいななき、暴れ出したので、大声で叱られる始末だった。カオ・インはこみ上げてくる笑いを抑えきれず、自分の脇腹を叩いていた。タゴツァン家の男たちと若いカルマ・ノルブは、中国人なんかに、しかも宦官（かんがん）みたいな見た目の料理人なんかに負けまい、恥をかかされまいとばかりに、馬をぐいっと引いてまたがると、早駆けをして、雄叫（おたけ）びを上げながら見事な曲芸を披露した。そして天に向かって剣を振りかざし、空砲を放ちながら、伝道所のまわりをどどっと時計回りに三周して、今や彼らの一員となった小さなアムリケンの誕生を祝った。

14

ジョン・ポール・スティーブンスが生まれて二、三週間後、スティーブン・マーウェルがニャロンに手伝いにやってきた。メアリーが赤ちゃんにかかりっきりだったからだ。マーウェルがやってきたもう一つの理由は、ニャロンの伝道所を監督するという企みだった——もっともマーウェルは企むのが得意なタイプの人間ではなかった。

スティーブンスとメアリーに驚くべき高い望みを託し、彼らこそラサで初めて「テ・デウム・ラウダームスの鐘」を鳴らす者となるだろうと予見したフランク・パーキンソンは、マーウェルから、二人の若きアメリカ人宣教師の仕事ぶりと彼らの「改宗者を増やす」努力が虚しい結果に終わっているという報告を受けていた。ニャロン入りしてからすでに一年以上が経過したというのにただの一人も改宗した者がいないのだ！　信じがたいことに！　スティーブンスの医療業務はそれなりに成功を収めていたが、ニャロンからタルツェンドのベツレヘム・ルーテル教会に届く緊急発注案件が聖書や布教用冊子であったためしがなく、いつも湿布剤に水薬に混合薬ばかりだった。もしジョン・スティーブンスがもう少しでも積極的だったら……患者宅を訪問するたびに聖書と十字架を各家庭の仏壇に据え付けていたら……今頃は満足のいくほど改宗者が増えていたんじゃないか……マーウェルは苦々しく思っていた。ともかく伝道所に活を入れよう、そう決心したのだった。

伝道所に患者が訪ねてくると、マーウェルは常にそこにいて、すかさずキリスト教布教用の小冊子を配り、十字架のついた首飾りをかけてやり、薬がよく効くのはキリスト教の神イシュのおかげであって、イシュを信仰すれば肉体的に治癒するばかりか、それよりもっともっと大事なのは魂が浄化されることだと言い聞かせ、布教のチャンスを逃さないようにした。もし信仰しなければ医療も効果が薄れるし、イシュはお怒りになるだろうし、その怒りがどんな形で現れるか分からないではないか?

患者を往診するときもマーウェルはいつもそこにいた。スティーブンスは注射器と下剤を、マーウェルは聖書と十字架を携えているのだった。最期の時を迎えたお年寄りの床のまわりに、静かに悲しみの涙を流す身内が集まり、僧侶たちによる厳粛で威厳のあるパルド・トゥードル〔チベットの「死者の書」として知られる経典。臨終を迎えた、あるいは迎えつつある人のために主に唱えられる〕の読誦(どくじゅ)や、太鼓のカタカタいう音、そして人間の大腿骨で作られた管楽器の甲高い音が響き渡る中でも、マーウェルはそこにおり、死にゆくお年寄りの耳元でキリスト教の祈りの文句、「天にまします我らが父は……」だの「たとえ死の陰の谷を歩むとも……」だのと大きな声で唱えるのだった。そんな熱烈で狂信的な祈りを唱えている間、マーウェルの頬は紅潮し、一点の曇りもない眼鏡の奥には生き生きとした血気盛んな目をのぞかせ、せり出した額には玉の汗を浮かべ、痩せて骨ばった神経質そうな両手をしっかりと組んでいるのだった。そのうち彼はあちこちのチベット人家庭で顔なじみになっていった。

ある日の夕暮れのことだった。夕日はリチュ川を燃え立つようにきらきらと輝かせながら、とある商人宅にいく筋もの光を投射していた。そこではスティーブンスが、心臓の病のせいで水がたまって体が浮腫(むく)み、呼吸困難に陥っているおばあさんにジギタリス〔干した葉が強心剤として使われるゴマノハグサ科の薬用植物〕を服用させているところだった。母親を診てもらった商人は、スティーブンスとマーウェルのために、仏間に長椅子と絨毯を設えてお茶を振る舞った。階下の厩(うまや)で馬たちに餌をやっている間、ゴンポは若くて色っぽい女の子にちょっかいを出していた。その子の丸みを帯びた女の子らしい魅力が気に入ったのだ。一晩だけでいいから彼女を連れ込めないかとゴンポは狂おしく思ったが、「禿頭の先生（ゴマル）」のいる伝道所に女の子を連れ込んだら……まずい展開を想像してぞっとした。燃えたぎっていた欲望は、リチュ川の冷水を浴びせられた一物よろしく、たちどころに萎えてしまった。

二人のアメリカ人がお茶を飲み終わると、商人は、ツァンパや肉、布、そして特別誂え（あつら）のニャロン特産の木彫りのお椀などを贈り物として差し出した。

「いやいや、これはいただき過ぎです」チベット人の気前の良さにいつもばつの悪い思いをさせられてきたスティーブンスは固辞した。「まずはお母さまの病気を治すことです。こんな贈り物をいただくのに見合う仕事はしていませんので！」

「先生、まあ落ち着いてくださいよ」愛想の良い中年の商人は言った。「先生は母（アマ）のためにこんなにも尽くしてくれた。母が生き永らえるかどうかは母の玉の緒の長さにかかっています。われわれ人間にできるのは望みを持ち、祈ることだけです。先生は母に慰めを与えてくださって、本当にありがたく思っています。先生の伝道所ができて、われわれは恩恵をこうむっています。先生は何人の若い妊婦たちをあの苦しい死の淵から救ってくださったんでしょう。先生、この谷の者たちはみな感謝しているんです。ですから、私のこんな贈り物くらい何でもありません……どうってことありません」

ゴンポは贈り物を受け取るときの流れを完全に心得ており、いつの間にか現れて、商人が立派な演説を終える前に、贈り物はすべて袋詰めして片付けてしまった。

マーウェルはいつものように聖書と十字架を取り出して、タルツェンドで何年も説法を続けてきたためにスティーブンスよりも流暢なチベット語でこう言った。「商人の親方（ツォンポン）さん、贈り物をいただきありがとうございます。お返しにこちらの品をお贈りします。この聖なる書には唯一の神、イシュの真実の言葉が書かれています。他のあらゆる神々は完全に偽物で、単なる土くれの偶像です。そしてこの十字架(チャンシン)はキリスト教のしるしです。この世界で唯一の神であるイシュは私やあなたのような罪びとを救うためにこの十字架に掛けられて命を落とされました。イシュは、われわれが永遠の命を得て、天国に行けるように亡くなったのです。ですから、イシュが未来永劫おられる天国は、あのリチュ川のごとく実在しているのです。ぜひともこの十字架を首にかけてください。そうすれば必ずやイシュから最高の恩恵を受けることができます」そう言われたチベット人は何のためらいもなく十字架を首からかけた。マーウェルは続いて聖書を手渡した。「そしてこの聖なる書物には、さっきも言ったように、一つの嘘も含まれていません。毎日一節ずつ読んでごらんなさい。あなたはわれわれの医療を受け入れたわけですが、われわれ単なる薬屋ではないのです。そこのところをよく覚えておいてください。われわれは治療はしますが、治してくれているのはイシュただ一人なのです。母上(アマ)の完治を望むのなら今日から毎日この書物を開いてお祈りをするのです。他の神々を信仰するのはやめてください。絶対に忘れないようにね」

商人は聖書を受け取ると、チベット式に頭上に掲げて敬意を表したあと、仏壇に置きに行った。そこにはお供え用の水を入れた七つの器とマニ車、数珠が並んでいたのを押しのけて仏壇に聖書を置いたが、場所が足りなくて聖書の上に数珠を置いた。

それを見たマーウェルは、怒りのあまり血の気が引いた。思わず立ち上がり、仏壇に向かって突進していって「ツォンポン！」と叫んだ。「ツォンポン！　だめですよ！　だめです！　絶対に！　この聖なる書物は神の真理の言葉なんですよ！　こっちはあなたが信奉している偽の神々ではありませんか！」立派な仏壇を指さして言った。「あなたのこの神々は捨てておしまいなさい。このまぐわっている不潔な神々も、何百もの武器を手にした神々も、全部捨てておしまいなさい！」マーウェルは数珠をつかんで放り投げ、マニ車をスタンドから外して放り、お供えの水を入れた器も取っ払って仏壇の中央に聖書だけを据え付けた。スティーブンスはすっかり面食らってしまった。

「おい！　それはやり過ぎだ。正気を取り戻してくれ」彼はマーウェルを落ち着かせようとして叫んだ。「どうして気の毒な人をそんなふうに侮辱できるんですか！」

「何を言うか、黙れ！」マーウェルはいきり立ち、スティーブンスに向かって指を立ててぶんぶん振りながら反論した。「おい、ジョン・スティーブンス！　耳の穴をよくかっぽじって俺の話を聞けよ。もしわれらが主に奉仕したいのであれば……もし自分が主イエスの真の従者ならば……手加減はよくないぞ！　われわれはこの地で異教徒に立ち向かっているんだ。それこそがわれわれの存在理由だ！　君の信仰はぬる過ぎる。だいたいこのチベット人は神の御言葉に薄汚れた数珠を置きやがったんだぞ。議論の余地はないんだよ、ジョン・スティーブンス。私のやり方こそが神に奉仕する唯一の方法だ！」

「いいかい」スティーブンスは静かに言った。「彼らの前でお互いを馬鹿にするのはやめようじゃないか。われわれがこんな風に喧嘩をしていたら、われわれの宗教に対してどんな印象を持たれると思うんだい。あなたには説法一つとっても独自の方法論があるんだろうが、ここニャロンではご遠慮願いたい」

チベット人の商人はしばらくして十字架を首から外し、聖書と一緒にマーウェルに返した。聖書はお供えの水がこぼれて少し濡れていた。商人は濡れたところを袖で拭いた。「先生」彼は震える声で言った。その声からは温かさも好意も失われていた。「私はあらゆる宗教に敬意を持っていますが、私にとっては、自分の宗教が一番大切です。自分の宗教を捨てるくらいなら、母(アマ)に百回死なれる方がましです。率直に言って、宗教ってもっと寛容だと思うんですが……」

「馬鹿か！」マーウェルは聖書を奪い取るや英語で叫んだ。

彼らは階下に下りて、馬に乗り、帰宅した。辺りはもう真っ暗で、人気もなく静かで、野良犬が吠えているだけだった。伝道所へ帰る道すがら、スティーブンスはマーウェルと一言も口を利かなかった。

15

「パサン！　おい、パサン！」ゴンポは腹を抱えて爆笑しながら叫んだ。「おい、こっちへ来て見てみろよ。あの女がまた発作を起こしてる！　こりゃあ見ものだぞ！」

老馬丁のパサンはどんなすごいことが始まるのかと馬小屋から出てきた。

「ゴンポ、お前は馬鹿か！」彼は叫んだ。「いったい何なんだよ？　気でも狂ったみたいに大声を出しやがって」

ゴンポは伝道所の建物を囲っている木の柵に寄りかかっていた。「あの女を見ろよ」彼はこらえきれずに叫んだ。「あの女、発作を起こして、あそこを見せびらかしてやがる！　めちゃめちゃ毛が濃いな。うひょひょ！」

その女性は若く、髪の毛は泥だらけ、口からは出血しており、着物は乱れ、帯も解けている。じっと横になっていたかと思うとうめき声や唸り声を上げた。とそのとき突然体がぴんと張ったかと思うと、まるで弓のように丸まった。すると異様な甲高い声を上げ始め、そうこうするうちに、まるで男とまぐわっているかのような痙攣が始まった。しばらくすると痙攣はおさまり、口から泡を吹いて、また倒れて動かなくなった。彼女のまわりに人だかりができて、若者たちが猥談を始めた。

「この女は男が欲しくてたまらないんだろうな……。還俗(げんぞく)した元尼さんだよ。ありゃあ、男断ちをしてきたせいだろうね……まるで熊のケツみたいに毛が濃いぜ……」

「ディクパ・コ！　なんてこったい」パサンはそれしか言えなかった。

「悪魔に取り憑かれてる」居合わせた僧侶が、慈悲を司るターラー菩薩（ドルマ）の祈願文を唱えながら言った。

伝道所の騒ぎを聞きつけたマーウェルがいったい何が起きているのかと心配して外に出てきた。ちょうどそのとき彼女がまた発作を起こした。マーウェルはスティーブンスを呼び出した。

「あの無神経な輩を見ろよ」マーウェルは怒りをにじませて言った。「かわいそうに女性が発作を起こしているっていうのに、大きな口を開けて嘲笑っている！　彼女を連れてきて治療しなければ！　おい、ジョン……来てくれ。ゴンポはなんて馬鹿なんだ。パサン、君には驚いたよ。パサン。しっかりしてくれ！」

マーウェルが飛び出すとみな後に続き、てんかん患者を担いで伝道所の中に運び込んだ。パサンもゴンポもひどく不安そうで、邪悪なものに取り憑かれないように顔をそむけた。チベット人はてんかんを伝染性だと思っているのだ。マーウェルは見物人を追い払った。「恥を知れ！　この人は病気なんだ。彼女だって神がお創りになったのだ！　あんた方の憐れみ（ニンジェ）の心はどこへ行った？」マーウェルは長広舌を繰り広げるわけにはいかなかった。女性が再び発作を起こしたからだ。スティーブンスは女性が舌を噛まないように即座に口の中にヘラを突っ込み、血の混じったよだれを拭き取った。若い女性は絶え間ない発作に憔悴しきっており、スティーブンスはなんとかして発作を止めないと彼女が死んでしまうのではないかと心配になった。ゴンポとパサンがしぶしぶ彼女を押さえつけている間にスティーブンスはパラアルデヒド［鎮静催眠剤］の瓶を取り出すと、メアリーがそこから十ccを女性の尻に注射した。パラアルデヒドは血中に入ってしばらくすると呼吸からも放出され、部屋中に臭気が充満した。すると奇跡的に

──もっともこれはパサンとゴンポの感想だが──発作が鎮静化していき、そのうち完全におさまった。彼女は意識を取り戻したが、メアリーが抱水クロラール［鎮静剤］を飲ませると、そのままぐっすりと眠った。それからメアリーとスティーブンスはてんかん患者の世話に取り掛かり、食事も薄がゆ（トゥクパ）やミルクなどを口元に運んでやった。翌朝になると彼女は、まだ少々眠そうで混乱しているようだったが、体調はよくなっていた。

二、三日のうちに、名をターラー菩薩と同じドルマというその女性はすっかり快復し、メアリーは抱水クロラールを定期的に飲ませることで発作をうまくコントロールしていた。ドルマは家に帰るのを拒み、伝道所に滞在し続けた。毎朝一番に起きて礼拝堂と診療室を掃除し、水を汲み、台所をきれいにし、すべての部屋を整理整頓するなど、一生懸命働いてみせた。彼女はそんな疲れ知らずの働き者として活躍しただけでなく、熱烈で純粋に献身的なキリスト教信者となった。事実、彼女はニャロンで初めてスティーブンス牧師のもとで改宗したチベット人となったのである。

奇跡的に治ったてんかん患者のドルマは、礼拝堂の中の礫にされたキリスト像の前で何百回も五体投地をし、それから外に出た。というのもドルマは診察を受けに伝道所にやってくるすべての人に礼拝堂を見せることにしていたからだ。礫にされたキリスト像を見せては「これが本物の神様（ディ・ラ・ンゴマ・レ）だよ！　本物の神様（ラ・ンゴマ・レ）だ！　他のあらゆる神々は偽物だからね！　あたしには分かる。本当だよ」と繰り返した。

「最初発作を起こしたとき、上ニャロンの有名なお医者さま全員に診てもらったんだ。もちろん一番有名な医師（メンバ）のトンドゥプ先生にも。でも何も……本当に何も……ほんの少しの恩恵にも与（あずか）れなかったよ。そのとき誰かが言ったんだ。あたしの悪い運命（レー）のせいだと。たちの悪い怨霊に取り憑かれているんだと言う人もいたよ。それであたしは僧院でリンポチェに加持祈禱をしてもらって、あたしの今生と過去世の罪業を償うために厳しい贖罪の苦行をした方がいいという助言を受けたんだ。まずはドルジェ・サンペル・リンポチェのところに行ったよ。リンポチェはあたしの頭に息を吹きかけてくれてね。それから耳元で手を叩き、たくさんの祈禱をしてくださった。お守り紐も身につけるようにとくださった。でも何一つ効き目はなかった。何の役にも立たなかったね。それからあたしはお年を召したタルセル・リンポチェを訪ねて行った。リンポチェは数珠をあたしの頭上にこすりつけ、お祈りし、お守り紐をくださった。それに、成都で手に入れたという漢方薬も。でも何の役にも立たなかったね！　はっきり言って時間とお金の無駄だよ。当時世話になってたおかみさんは谷じゅうのリンポチェや聖人のところに連れて行ってくれた。たくさん祈禱もしてもらった。ずいぶんお金もかかったと思うよ。込み入った複雑な儀式をしてもらったしね。お守り紐に至っては増えるばかりだ。こんなにたくさん首に紐をかけて、よく窒息死しなかったよ！　まだ首にかけてるけどさ、もうやめるよ――約束する。こんなもの、虱に庇護を与える以外の何物でもない。あたしの症状は悪くなるばかりだった。リンポチェに会いに行けば行くほど悪化するんだからね。あの人たちのことはもう一切信用してないよ。すべて偽物だよ！　あの人たちは、人びとを騙くらかして財布をパンパンにし、錦の着物を身にまとって、派手な玉座について大勢の信者からほめそやされたいだけなんだよ！　こういう古いことわざがあるよね。人は万策尽きると神に訴え、神は万策尽きると嘘に頼るってね。

そんなあるとき誰かが教えてくれたんだ。中ニャロンにアムリケンの医者夫婦がいて、ありとあらゆる種類の病人の治療に当たっていると。もうあらゆることを試してうまくいかなかったので、捨て鉢になってたからさ。正直、アムリケンにも手の施しようはないだろうと思ってたよ。だってここの仏教のラマや医者、リンポチェたちがことごとく失敗したというのに、外来の異教徒に何ができるっていうのかってね。でもこうして訪ねてきたわけよ。そして門にたどり着いたちょうどそのとき、それまでに経験したことのないひどい発作が起きたんだ。

そのあとのことは、われらが主イシュ、唯一の真実の神のもとに担ぎ込まれたこと以外、ほとんど覚えてない。アムリケンのお医者さまに治療をしてもらって、すっかりよくなったよ。こんなに長い間発作を起こしていないのは生まれてこのかた初めて。ねえ、みんな。みんなには分からないだろうね。あんな恐ろしい苦痛の呪いをかけられた状態で生きるのがどんなものかってことを！　いつどこで次の発作がくるか分からないんだよ……。みんなの物笑いの種でさ……。嘲りの的……。子どもたちなんていつもお前のケツの形を知ってるぞって馬鹿にしてくる。ひどい侮辱だよ！　でもついにあたしは解放されたんだ！　今ならただ一人の神であるイシュがいつだってお守りくださっていることが分かってるから。みんな偽の神々を信奉してるんだよ。影を追っているだけさ。みんな騙されてるんだ。そんな偽物の嘘つきの神々を僧院から追い出そうじゃないか。チベットに本物の神さまが降臨したんだから！　みんなここに薬をもらいに来てるんでしょ？　みんな治ったでしょ？　治してくれたのはなんの魔法？　そのことを考えたことはある？」

彼女は賢くて言葉に力のある女性だった。かなりのおしゃべりで変わり者だが、新しく信仰し始めた宗教の素晴らしさを甲高い声で大仰にほめちぎることにおいては、まったくの恐れ知らずだった。

スティーブン・マーウェルはドルマの存在に大喜びだった。彼らにとっては彼女はニャロンで初めての熱狂的な真の改宗者なのだ。きっと羊たちを囲いの中に導く羊飼いになってくれることだろう。改宗の最後の仕上げは印象的なやり方で披露することに決めた。ある日、彼はドルマに、真のキリスト教徒と公言するには洗礼式が必須なのだと話した。チベット人女性は目を輝かせ、洗礼式をやるならすぐにもやりたいし、なんならお天道さまのもと、リチュ川のほとりでやりたいと主張した。ドルマは熱心なキリスト教徒であるばかりか、生まれながらの宣伝上手で、何日も前から、自分が唯一の真実の宗教を受け入れるところを見届けてほしいとみなを招待していた。

ドルマがリチュが原で洗礼を受ける当日は大勢の物見高い群衆が詰めかけた。伝道所のメンバーは当たり前のように全員そこにいた。カオ・インは中国正月のときのように着飾ってジョン・ポール・スティーブンスを抱きかかえていた。ニャロンのチベット人には「ポール」と発音するのは難しく、みんな「ポーロ」と呼ぶようになっていた。ポールは父親の落ち着いた青い目と母親の暗褐色の髪色を受け継いでいた。その異国の風貌と風変わりな眼の色に好奇のまなざしを向けてくる群衆を見たポールは、彼らに負けないくらい興味津々のまなざしで見つめ返すのだった。

スティーブン・マーウェルはゴンポに頼んで銀杯に汲んでこさせたリチュ川の水を手に持ち、川のほとりにドルマをひざまずかせた。目を閉じ、両手を握りしめて熱心に祈るチベット人女性は洗礼を受け、「マーサ・ドルマ」と名づけられた。彼女は感極まった様子で立ち上がり、マーウェルとスティーブンスにお辞儀をし、唯一の真実の神の宗教に迎え入れてくれた二人の牧師に感謝を捧げた。彼女のもとに人びとが押し合いへし合いして集まってきた。マーサはチュバの帯をゆるめ、お守り紐の束を人びとに見せた。彼女が首を絞められてしまうんじゃないかというほどお守り紐を着けていると言っていたのは大袈裟ではなかった。色とりどりの、太さも様々な大量のお守り紐が彼女の首のまわりに巻きついていた。そして、カムの女なら誰でも腰につけている小剣を手に取ると、束に剣を当て、ザッと一発で断ち切った。彼女は束を掲げて「役立たず！」と叫んだ。「まったくの無用の長物！　こんなの虱を養ってるだけ……」そう言い捨てて、草地に束を放り投げると、馬鹿にしきった様子で唾を吐きかけ、足で踏みにじった。「もう他に誰もいりません！　私にはイシュがいるから！」とうそぶくのだった。

群衆は静まり返っていた。ドルマの行動に異議がなかったからというより、病気のときにいつも助けてくれるアムリケンたちに感謝していたからだ。そしてタゴツァン家がこの外国人たちを大切にしており、何かというと世話を焼いていたからであり、そのタゴツァンこそが彼らのポンボだったからだ。

16

ある晩、スティーブンス牧師が往診を終えて帰宅中のことだった。一緒にいたのはゴンポだけだった。道が狭くなったところで、向こうから馬に乗った人びとが近づいてくるのに気づいて立ち止まった。先頭にいたのはアドという金持ちの農民だった。伝道所によく治療を受けに来ている男だ。刺すような寒さと土埃から身を守るために顔にスカーフを巻きつけたその男は小さな男の子を抱きかかえていた。彼の息子だ。その後ろには小さな女の子を抱きかかえて馬に乗った男が続いていた。女の子はアドの娘だ。もう一人、真面目くさった顔つきの男が、とびきり上等の鞍敷を敷いた、色艶よく筋骨たくましい馬に乗ってやってきた。その男はカム地方で一番高価なパマリー・ライフルで武装していた。出会い頭にスティーブンスは「やあ、アド。どこへ向かってるんだい？」と声をかけた。

アドがスカーフを取ると、その憔悴しきって意気消沈した様子にスティーブンスはショックを受けた。「牧師先生」目にいっぱい涙をためて、絞り出すように言った。「うちの……うちの子たちが二人とも死んじまったんだ……」

「いや、そんな、まさか、アド！　どうして？　いつ？　ついこの間二人を病院に連れてきたばかりじゃないか！　そのときは元気だったのに！」

「スィビだよ……」アドは言った。「はしかだ……はしかにやられたんだ。ラマに相談したら、残された二人の子どもたちをすぐにでもどこかよそへ連れていかないと二人もスィビにかかると言われたんだ。それでこの子たちをリタンツァンの屋敷に連れて行くところなんだ。リタンツァンの当主とは親戚でね。スィビの流行が鎮まるまでうちの子たちを預かってくれることになったんだ。こちらのワンディとタシ・ツェリンはご存知ですよね？　リタンツァンの当主の甥です」

スティーブンス牧師は頷いた。

「でもアド、はしかで子どもが亡くなるなんてありえないと思うんだが。アメリカでもスィビにかかる子どもは多いけど、亡くなる子はほとんどいないよ」

アドは悲しそうにかぶりを振った。「たぶんアムリカとは違う病気なんだ。ここじゃ、はしかは親にしたらひどく恐ろしい病気だよ。流行するたびに幼い子どもたちの半分が死んでしまう。治療法もないんだ。魔物のけがれ(ディブ)のせいだよ。その魔物を鎮めるのに子どもが身代わりにされちまうことがあるんだ。魔物が喜ぶならね」

「アド、確かにはしかに効く薬はないんだ。アムリカにも薬はないしね。治すには栄養のある食事ときちんと看病してやることと、水分をたっぷり飲ませることが大事で……」

「そんなことをしたら死んでしまうぞ」アドの隣にいた男が皮肉を効かせた意地の悪い声で言った。リタンツァン当主の甥で、アドの娘を抱きかかえているワンディだ。「水分！　馬鹿げてる！　はしかのときは水断ちだぞ。そうすれば発疹が出てくるんだ。発疹が出てくればじきに治る」

「私は馬鹿げたことなど言っていない！」スティーブンスは吐き捨てるように言った。「子どもたちを死なせたいのならそうすればいい！」スティーブンスは怒りっぽい男ではなかったが、この男のそばにいるとどういうわけか不安に駆られ、いらいらさせられる。ずいぶんと横柄な態度をむき出しにして、喧嘩腰で敵意を向けてくる男だ。面長で痩せた不健康な顔をしており、細長いひげをたくわえていた。目は幾晩も徹夜して飲んだくれていた酒飲みよろしく血走っている。口元は冷酷そうにひん曲がっており、笑うと歯並びの悪い黄ばんだ歯が露わになり、意地悪で残忍な人物に見える。しかしもっと陰険な印象を与えるのは帽子のかぶり方だった。帽子はインドでグルカ兵がかぶっていたような型の、チベット人好みのスローチハットだ。リタンツァンの当主の甥はその帽子のてっぺんをグルカ兵よろしくかっこよく凹ませるのではなく、わざわざ深くかぶっててっぺんを丸く出っ張らせ、耳が隠れるほどつばを下げ、肩まである長髪を少し目立たなくしていた。スティーブンスはそれを見て、まるでたちの悪いコマンチ族みたいだと思った。カムパ式の幅広の長剣を腰に差したその男は、馬に乗ったまま、片手にアドの幼い娘を抱え、もう片方の手は長剣の柄をもてあそびながら、体を前に倒し、スティーブンス牧師を横柄で高慢な視線で睨めつけた。

「治してやりたかった」アドは涙を滂沱と流し、絶望した様子でかぶりを振って、うめくように言った。「小さな子どもたちが目の前でゆっくりと死んでいくのを為す術もなく見てるだけなんてつらすぎるよ」

「それは悪夢としか言いようがないね。気の毒に」スティーブンスは憐れみを込めて言った。

「まだこの子たちはスィビになってないんだ。だからなんとか病魔に侵されずにすむかもしれない。ありとあらゆる神さまや山神さま、水神さまのお怒りを鎮めるために祈ってるんだ。必要なら自分を犠牲にすることも辞さないつもりだ。それで、明日、リタンツァンの屋敷に来てもらえないだろうか？　子どもたちを診てほしいんだ。リタンツァンの屋敷に行ったことは？」

「うちの旦那さまはまだです」ゴンポが口を挟んだ。「でも私がお連れしますので、アドの旦那」

「それはよかった」アドは言った。「じゃあ、また明日会おう」

「アド」スティーブンスは言った。「君の子どもたちを守ってくれるよう神に祈るよ。君や君の奥さんは本当にお気の毒に……心中お察しします」

コマンチ族みたいなワンディはスティーブンスの横を通り過ぎるとき、まるで汚いものでも見るかのように身を乗り出して横柄な態度で地面に唾を吐きつけた。

「アドも気の毒にな……。どんなにか辛いだろう」スティーブンスはゴンポにこう言うと、続けてワンディがどんな人間なのか尋ねた。

ゴンポは顔をしかめた。「不愉快で嫌な輩ですよ！ みんな彼のことを恐れています。今までに何人殺したか分かりません。でもリタンツァンの旦那がやつのおじなのでお咎めなしです。リタンツァンはポンボのタゴツァンと同じくらい裕福で権力があるんです。ワンディは酔っ払ってはまわりに威張り散らすような男です。でも実は剣術の達人でもあって、この谷で一番の、あるいはニャロン全体で一番の腕の持ち主です。なぜあんな虱野郎にそんな才能を授けたのか不思議でたまりませんよ。でもやつの兄のタシ・ツェリンはまったく違います。洗練されていて、教養もあり、教育のある男です。あの二人が兄弟だなんて信じがたいですよ……」

「タシ・ツェリン？」スティーブンスは聞き返した。

「さっき一番うしろにいた男ですよ」

「気づかなかったな……」

翌日、スティーブンス牧師はゴンポと一緒に馬でリタンツァンの屋敷にでかけた。リタンツァンのタシ・ツェリンが迎えに出てくれた。背が高く、痩せ肉の、若い男だった。物静かで遠慮がちな、内向的な印象だった。

母屋の近くに離れの建物があり、そこの大きな部屋でクンガ・リンチェン僧院の僧侶たちが読経していた。神々を鎮め、邪悪な怨霊たちを祓う儀礼が執り行われ、さらに占いや、かなり複雑で深遠な儀礼の数々が行われた。著名な占星術師が、子どもたちが毎晩寝床に横たわるときに気をつけなければならない方角について助言した。それから、占星術の結果、はしかはリタンツァンの屋敷には入り込むことすらできないだろうという予言が出て、人びとはみなほっとした。

アドはスティーブンスを迎え入れると、子どもたちが遊んでいる二階の部屋に連れて行った。そばでは子どもたちの母親が見守っていたが、二人の子どもを失った悲しみで目を真っ赤に泣き腫らしていた。アドはスティーブンスに、恐るべきスィビの兆候がないかどうか子どもたちを診てほしいと頼んだ。診察中、二人の子どもたちは笑ったりもじもじしたり、聴診器を引っ張ったり、へんてこな顔をしておどけたりしていたが、アド夫妻は気が気でなく、まともに息もできない様子で立ち尽くしていた。

「はしかの兆候は見当たりませんね」スティーブンスは二人を安心させた。

「ああ神々のおかげだ！」アドはため息をついた。「きっとやつらは逃げていったんだ。お坊さまたちが占いで出た通りに悪霊を鎮めるためのあらゆる儀式をやってくださったし、あの絶対に間違いないと有名な占星術師が儀礼をすべて行い、扉という扉、窓という窓にはしかの魔を締め出す護符を貼り付けてくれたんでね。でも、アムリケンの先生にも診ていただいて、子どもたちが病気から逃れることができたと知ってほっとしたよ」

　ちょうどそのとき、リタンツァンのワンディが部屋に入ってきた。彼はスティーブンスのことは無視して腰を下ろし、短剣の先で歯をほじり始めた。タシ・ツェリンも入ってきて、弟の隣に腰を下ろした。続いて召使いがお茶を盆に載せて運んできた。

「子どもたちはどうでしたかな?」タシはスティーブンスに尋ねた。「スィビの兆候は?」

「いえ、まったく」スティーブンスは応じた。「子どもたちは元気ですよ」

「それはよかった」タシは言った。「でもまだ安心はできませんな。スィビの患者に接触してから十四日経っても症状がでなければ免れたと言える。これは正しいですかな?」

「概ねその通りです」スティーブンスは答えた。

「二人の子どもたちが亡くなってからまだ五日です」タシは言った。「まったくわれわれにとって最悪の事態になってしまいました。両親にしてみれば地獄そのものです!　ワンディも辛いんですよ」

「ご存知でしょうか、アムリケンの先生」タシは続けた。「子どもが亡くなると、亡骸を川に流して水葬にする家もあるのですが、余裕のある家庭では僧侶に来てもらって亡骸をあっちの山に運んで鳥葬にするんです……。ほら、ここから見えるでしょう……。あっちです……」タシは雪をいただくギザギザとした峰に囲まれた、荒涼とした場所を指さした。「あそこまで運んだら、僧侶に読経をしてもらい、遺体は分厚い一枚岩の上に置いて刻み、禿鷲に食べさせるんです。残った骨は細かく砕いてツァンパと混ぜて禿鷲の餌にします。脳みそは鳥たちのごちそうになるので、最後まで取っておきます。ただし僧侶は遺体には指一本触れません。代わりに亡くなった子どもの近い親戚が遺体を切り刻んだり、骨を砕いたりする仕事を命じられるんです。宗教上の慣習でね。今回二人の子どもが亡くなって、その役目を担当したのがワンディなんです。相当辛かったと思いますよ……」

ワンディは中国製のたばこを口の端に力なくくわえたまま言った。「みんなで俺に押し付けやがるんだ！　やつらは忌々しいほど何もかも毛嫌いしやがる。俺がやらなけりゃならないんだ。不快極まりない、ぞっとするような仕事をな！　かわいそうなちびたち……安らかな深い眠りについているように見えたよ。自問するんだ。本当にこの子たちは死んでいるのだろうかと。体を切り刻んでいるうちに跳び上がって叫びだすんじゃないかって気がするんだ……」

「アムリケンの先生」アドは言った。「われわれははしかは悪霊が引き起こすと考えているんだ。子どもが発熱したら毛布をこれでもかと重ね掛けして悪霊を焼き払おうとする。喉の渇きを訴えたら、水は与えないようにする。そうしないと赤いぶつぶつが出てこないんだ。赤いぶつぶつは悪霊が流した血液なんだよ。子どもが眠り込んでしまったら起こす。そうしないと子どもの命が悪霊に奪われてしまうからね。山に悪霊の毒になる草が生えていて、それをゆがいたのを子どもに食べさせるとぶつぶつが早く出るよ。アムリカではスィビはどうやって処置しているんだ?」

スティーブンスは苦笑いした。「完全に逆だな、残念ながら。われわれはスィビは自然に発生する病気だと考えてるんだ。ものすごく小さな菌が呼吸を通じて人から人へ拡散するのが原因で起こる。子どもが眠っているなら寝かせてやったほうがいい。睡眠は偉大な医者だからね。子どもが喉が渇いているなら、水分をたっぷり与えないといけない。そうしないと脱水症状を起こして死んでしまう。もし高熱が出たら冷やしてやる。子どもはひどい高熱で命を落とすこともあるからね……」

「くだらん！　そんなばかげた話があるか！」ワンディが割って入った。「アムリケンの説教師さんよ、あんたの言う通りにしたらな、リチュ川には魚よりたくさんの子どもの死体が浮かぶことになる！」

「先ほどあなたの国ではスィビで亡くなる子どもはほとんどいないとおっしゃってましたよね」タシは弟の爆発した怒りは無視して、なだめるような口調で言った。「でもアムリカで適切かもしれないことがここでは違うのかもしれないし、ここで正しいことがアムリカで間違いなのかもしれませんよね。例えば、ここでお天道さまが明るく照っているとき、アムリカでは確か夜なんですよね。そしてここで太陽が沈んだとき、アムリカでは太陽が昇ると。それは本当ですか？　中国人の商人が何年も前に成都で教えてくれたんです」

「それは本当です」スティーブンスは言った。

「鬼畜の国だな！」ワンディは怒りをにじませた。「アムリカは親が平気で自分の子どもを食らう悪霊とスィンブ［原注　羅刹（らせつ）。人の肉を食らうと言われる］の国に違いない。われらがグル・リンポチェが今、スィンブを調伏して、足で踏みつけにしてくださってるんだ。さもなけりゃ連中がうちらの土地に侵入してきて、みんな貪り食われちまう！」

「そういうわけで、さっきから言っているように」タシは続けた。「われわれは正反対なのです。病気そのものも現れ方の点で異なっているのかもしれません。もちろん死亡率や治療方法も。ここチベットのニャロンでアムリカと同じことをしても――もちろんいろんなことについて言えるわけですが――ほとんどうまくいかないんじゃないでしょうか。本当に予測がきかないですからねえ。そうでしょう、先生」

　スティーブンスは議論したくなくて、ただ肩をすくめた。タシは賢くて論理的な考え方をする。かなり教育程度も高い。でも彼の態度には全体的になんとも言えない狡猾さと抜け目のなさがあるし、洗練されてもいる。

「先生」タシは穏やかな調子で問いかけた。「あなたはいったいこの谷で何をしているんですか？　なぜここにいるんでしょう？　真の目的は何なんですか？」

　この男は要注意だ。スティーブンスは直感した。油断禁物、あまり話さない方がよさそうだ。タシ・ツェリンがキリスト教に改宗することはほぼありえないだろう。こういう男は変わらないものだ。悩むだけ無駄だ。

「キリスト教の布教のためです」スティーブンスは答えた。

「先生、あなたと喧嘩をしたいわけではないんですが、私には私の考え方があります。ある宗教が他の土地にまで広がり、その土地に恩恵を施すという場合、その宗教が生まれた土地ではまさにその宗教があふれんばかりに隆盛を誇っているはずなんです。宗教は非常に大切なものですから無駄遣いをしてはなりません。あなたの国ではその宗教とやらは隆盛を誇っているんですか？　アムリカでは誰もが完全にキリスト教の信仰に心身を捧げているんですか？　あなたの答えがいいえなら、なぜそんな貴重なものをわれわれのような何の関係もない人間のために浪費するんです？」

　スティーブンスは口をつぐんでその問いかけを無視した。そして手を後ろで組んで背を向けた。タシはスティーブンスをまじまじと見つめ、「アムリケンの先生」とささやくように言った。「ちょっとした助言をさせていただきますとね……」

「呪われた外道（げどう）の外人に警告してやれよ」ワンディは言い放った。「それがやつに必要なんだ！」

「本当にささやかな助言なんですが」タシは先ほどと同じような低いささやき声で人差し指を立てて振った。「お宅にいる上ニャロン出身のてんかん女に不満を抱いている者が大量にいますよ……」

「あの気狂い魔女め！」ワンディは言った。

「控えめに言っても、最近あの女はみんなの怒りを買っています。自分で選択したどんな宗教を実践しようと自由ですよ――それは彼女の責任ですし――でも自分の生まれ育った土地の宗教や、自分の父親、そのまた父親を罵倒して回る権利などない。あんなに好き勝手に罵詈雑言をぶちまけられたら困るんですよ。先日、お宅の伝道所の前を僧侶の行列が通りかかったとき、彼女が尻を丸出しにして見せた事件はご存知ですか？　クンガ・リンチェン僧院にも同じことをやらかしたそうです。ねえアムリケンさん、これはわれわれチベット人に対するとんでもない侮辱ですよ！」タシはたばこの煙をふうっと吐き出した。彼の手はわなわなと震えていた。「彼女にもう少し慎重に振る舞うように注意をしていただきたいものです……」

「それは脅しですか？」スティーブンスは聞いた。思わず冷ややかな声で言ってしまったのを後悔した。

「どう受け取っていただいても構いませんよ、先生」タシは言った。「でも我慢には限界っていうものがあります。われわれカムの人間は喧嘩っ早くて執念深いんでね。とりわけチベット人にとっては宗教は人生の中で何をおいても一番なんです。われわれの宗教を侮辱する人間がここでうまくやっていけるわけがない。これは誰についても言えることです。当然ながらアムリケンのみなさんだってね」

　スティーブンスとゴンポは午後、帰宅した。スティーブンスはリタンツァンの当主の甥たちについてゴンポと語り合わずにいられなかった。ゴンポは過去に彼らと関わりがあった。彼らの父親はリタンツァンの当主の弟である。命知らずで自信家の大酒飲み、あこぎな男で、大の馬好きだった。あるとき青海のイスラーム商人で、良馬の売買でチベット中に名を轟かせている馬商人のスィリンガ〔西寧の人、という意味のチベット語〕が、「火と魂」という名の見事な駿馬を連れてきて、乗れるものなら乗ってみるがいいと言った。兄が止めるのも聞かず、当主の弟、つまりタシの父親はその馬を買ったのだった。ある日の早朝、一人でその馬に乗り、猛烈なスピードでリチュが原を駆けずり回り、鬨（とき）の声を上げているのが目撃された。その晩、厩に馬が戻ってきたが、タシの父親の姿はなく、ずたずたになってもげた片足がかろうじて鐙(あぶみ)からぶら下がっているだけだった。それからというもの、残された二人の息子はリタンツァンの当主が面倒を見ることになり、実の息子同然に育てられたのである。

三日後、スティーブンスがリタンツァンの屋敷を訪れたとき、まさか子どもたち二人ともはしかの症状が出ているとは想像もしていなかった。二人とも目は赤く、高熱が出て、咳をしている。間違いない！

アドは食べ物が喉を通らず、一睡もしていない。アドの妻は髪をぼさぼさにして取り乱している。見るも哀れな姿で熱に浮かされたように駆けずり回り、子どもたちを救うために死に物狂いでありとあらゆることを試していた。召使いに惜しみない量のお供え物をもたせて僧院という僧院に送り込み、僧侶に密教儀礼を依頼し、悪霊祓いをしてもらい、病気をうつすべく身代わりの子どもを連れてきたりしていた。さらに恐ろしい形相の密教の護法神と自身の守護神(スンラ)に祈りを捧げ、占星術師(ツィーパ)には昼夜を問わず予言をさせていた。

アドは自分の取るべき行動を決めかねていた。あるときはアメリカ人宣教師の助言を聞き入れるのだが、次の瞬間にはチベット式の伝統的な治療法に戻ってしまい、子どもたちをなんとか寝かせないように大声で叫んだり、目の前で小さな太鼓をてけてけ鳴らしたりしている。スティーブンスは子どもたちのそばにひざまずき、熱く火照った小さな手を握り、彼らをお救いくださいと神に祈った。しかし情け容赦なく体力は奪われていった。

スティーブンスは疲れ切って、少し休憩をとろうと思った。彼は離れの木の階段を下り、外に出て、新鮮な空気と太陽にあたった。庭には背の高い祈禱旗が――何年もすると別の旗がたなびく運命が待ち受けているわけだが――きりっとした冷たい風にはためいていた。外はなんて気持ちいいんだ！　三日三晩ほとんど寝ていなかった。リタンツァンの二人の甥も外にいた。ワンディは異様に長い幅広の剣を腰に差し、壁にもたれかかって日向ぼっこをしながら、短剣の先で歯をほじっていた。

「子どもたちはどうだい？」タシが話しかけてきた。

「重篤だね……かなり悪い」スティーブンスは答えた。

「もしかして、そういうことなのか……？」タシは二の句を継げなかった。

「死にそうなんだろ！」ワンディは憎々しげに言った。「そうに決まってるさ！　この前だって俺は子どもたちが死ぬところを見たんだ。同じ死相が出てるよ……あのときとそっくりだ。どうせまた俺があの忌々しい山で遺体を刻んで、あの忌々しい禿鷲に餌やりをさせられるんだ！　なあ、外人さん、アムリケン、聞いてくれよ！」彼はかっとなって拳を胸に何度も叩きつけた。「つい何日か前まで抱きついてきてさ、おじちゃん、おじちゃんって呼んでくれてた甥っ子や姪っ子を切り刻むんだぜ。どんな気持ちか分かるか？」ワンディは血走った目に涙をため、唇はわなわなと震えていた。汚れた袖口で目を拭うと言った。「はしか！　はしかで死ぬ子がいるのは分かるが、そんなに多くはないはずだ……。この谷のあらゆる神々にかけても、それほど多くないはず！　タシだってはしかにかかったよな。俺もだ。でも俺たちは死ななかった！　何かまずいことが起きてるんだ……何か恐ろしいことが。この谷は呪われているんだよ！　今年は作物も不作だった。雨が少なかったせいじゃない。あまりに死者が出ているし、疫病も多いだろ、な？　山神さまがお怒りなんだよ。新しい宗教が、妙な外道の神々が入ってきて――それであのてんかん女だよ。あの女が好き放題やってる冒瀆行為、それから僧院やリンポチェに対して繰り返しているひどい侮辱だよ。そうだよ、神々が怒りを露わにしている理由は決して難しいことじゃない！　そしてあんただ。アムリケンのあんたがアドにやらせようとしている治療法に関する間違った助言の数々も問題だ。おかしな神、おかしな薬、おかしな治療……。かわいそうな子どもたちはないがしろにされているんだ！　いいか、分かったか」

その晩、男の子の方が弱ってきて、譫妄（せんもう）状態に陥り、呼吸も乱れてきた。アドの妻は狼狽して、息子の頭を抱きかかえたまま涙を流しながら狂ったようにかぶりを振っていた。灯油ランプが彼らを照らし、むき出しの壁にゆらゆらと影を映し出していた。アドの隣に胡座をかいて腰を下ろしたスティーブンス牧師は、こうべを垂れ、熱心に祈りを捧げていた。

とそのとき、突然、衝動的に、アドの妻が夫に息子を抱きかかえるように言ったかと思うと、牧師の足元に覆いかぶさり、足をつかんで言った。「牧師先生！　アムリケンの牧師先生！」必死の懇願だった。「あなたの神さまは唯一の真実の神さまだとおっしゃいましたよね！　どうか私の子どもたちをお救いください！　てんかんの彼女はあなたの薬で初めて病気が治ったと言ってました――何を試してもだめだったのに、そしてどのリンポチェに頼んでもだめだったのにと。だからお願いです……ああ、先生、お願いします。子どもを二人も死なせたんですから……私の前世と今生（こんじょう）の悪業（あくごう）の対価はもう十分支払ったんじゃないでしょうか？　どの神さまがこれ以上を望むというんでしょう？　あなたの神さまが唯一の真実の神だと証明してくださいよ。私の子どもたちを救ってくれたら、約束するから……私、約束します……絶対に……もし子どもたちを生かしてくれたら、仏教の教えは捨てて、残りの人生はイシュの敬虔（けいけん）な信徒となって生きますから！　イシュにうちの子たちを助けてほしいと祈ってください！　あの子たちが何か悪いことをしたっていうんですか？　イシュよ、ああイシュ！」そう叫ぶとヒステリー発作のように取り乱して泣き崩れ、床に頭を何度も打ちつけた。アドは息子をしっかり抱きしめたまま、召使いを呼びに行った。タシは母親をなだめて無理やり休ませようとした。彼女は部屋を離れるのを嫌がり、部屋の隅にぐったりとした様子でへたりこみ、足を投げ出したまま、夫に抱かれている息子の方を見つめていた。息子はすでに昏睡状態に陥っており、痛がったりぐずぐず言うこともなかった。夜明け前に息を引き取った。

スティーブンス牧師にしてみれば、人生で最も辛い日々だった。陽が高くなり、午後が近づいてきた頃、アドにたった一人残された娘の病状が悪化した。スティーブンスはただただ、慈悲深い神へ祈りを捧げた。このたった一人の子どもの命が助かるよう、これまでの人生でこれほど祈ったことはないほど強く祈った。女の子は大いびきでもかいているかのような呼吸を始めたかと思うと、途端に真っ青になり、苦しそうに喘ぎだした。そして呼吸が止まった。スティーブンスはすぐさま女の子の手首に指を当てたが、脈はなかった。母親は娘を抱きかかえた。もはや泣いてもいなかった。「うちの子は死んだのか？」アドは淡々とした声で尋ねた。スティーブンスは頷いた。何も言わず、打ちひしがれた女性のそばにひざまずいた。慰めの言葉も見つからなかった。牧師は亡くなった子どもの手を取ると、心に巨大な空洞ができてしまったような気がした。まるで深刻な精神の戦いに負けて、そこから抜け出して再び陽の目を見るには長く苦しい戦いを強いられるような深い奈落に転落してしまったような気分だった。そのときの彼の望みは、横になって眠り、メアリーとポールに会いたい、それだけだった。

とそのとき急に耳をつんざくような叫び声が離れに響きわたった。アドの妻は幼子をしっかりと腕に抱えていた。「違う……違うから……死んでないから！　まだ体も温かいじゃない。アムリケン、あんたは間違ってる。ぺてん師……嘘つき……役立たずなアムリケン……ほら、見て。おしっこしてるもの。

死んでるはずないでしょ！」彼女は悲痛なうめき声を上げ、すすり泣きながら、亡骸を前や後ろに揺らして、まるで子どもを生き返らせようとしているようだった。スティーブンス牧師は心身ともに完全に打ちのめされてぼろぼろになり、幼子の亡骸を抱えた母親を残し、よろよろとした足どりで部屋を出た。

17

スティーブン・マーウェルはタルツェンドに戻ったが、二、三か月もすると今度は嬉しい客人を連れて帰ってきた。陽気な丸ぽちゃの牧師ジョン・リー・チョウ、またの名を「プレスター・ジョン」だった。リー牧師はニャロンのベツレヘム・ルーテル教会にとって本当に必要なのは、教会の活動を活性化する活発な日曜礼拝だと主張した。それは彼自身がタルツェンドで展開していたもので、リー牧師はその活動でカム中で名を知られていた。中国内陸伝道教会でさえ彼のやり方を真似しているという噂だった。

リー牧師の初めての日曜礼拝はニャロンで一番人を集められそうな場所で行うことになった。そこは中国人牧師が自ら選んだ場所で、大きな柳の木立が木陰をつくっている開放的な場所だった。スティーブンスはバイオリン、マーウェルはアコーディオンを弾き、「プレスター・ジョン」は歌を歌い、メアリーはタンバリンを叩いた。ポール・スティーブンスはタンバリンがすっかり気に入って、隙あらば飛びついてかき鳴らした。タゴツァンの当主は、テンガとアー・ツェリンと二人の武装した召使いを送って寄越した。テンガとポールはタンバリンの取り合いになって泣き出してしまったので、メアリーが割って入って仲直りさせた。

礼拝が始まった。リー牧師は流暢なチベット語でキリスト教の教義を説いた。柳の木の下で、杖をつき、聖書を手に持ち、満面の笑顔で身振り手振りを交えながらの説教だった。続いて小さな楽隊に向かって指揮をして、熱烈な讃美歌をチベット語で歌うように指示した。その後、牧師は子どもたちにはお菓子を、大人たちにはキリスト教の本と鉛筆を配った。大勢の村人たちが集まったので、お菓子も鉛筆も全員には行き渡らないほどだった。すべては非常にうまくいった。

スティーブンスは人びとの中にリタンツァンの当主の二人の甥の姿が交じっているのに気づいた。ワンディは相変わらず不気味なコマンチ族みたいだった。タシは木に寄りかかって腕組みをし、歌に耳を傾けていた。ワンディはリー牧師の側に立って、背の低い中国人を見下ろしていた。彼はたばこを吸っていた。リー牧師が善きサマリア人の話のチベット版（リタンからニャロンへの道中という設定だ）を終えたとき、スティーブンスは、マーウェルがワンディに近づいていってたばこを取り上げ、地面に捨ててブーツで踏んでもみ消すのを見た。

「あんたは僧院の中でたばこを吸うのか?」マーウェルは腹を立てて聞いた。ワンディは落ち着き払った様子で「いいや。アムリケン」と答えた。

「じゃあここでもたばこは吸うな!」マーウェルは声を荒げた。「ここにはわれわれの神さまがいらっしゃるんだ!　ここは神の教会なんだ!　唯一の真実の神に敬意を払えよ……」

「……幼子を死から救いたもう神さま……だろ」ワンディは意味ありげにスティーブンスの方を向いて、皮肉っぽく、馬鹿にしたようにくっくっと笑った。

「よそ者のアムリケンさんよ!」ワンディは震える拳をマーウェルの顔に突きつけて言った。「俺は他人に指図されるのが嫌いなんだよ。もう一度俺の気に障ることを言ったら、こいつをあんたのはらわたにめりこませてやるぜ!」剣の柄をぴしゃりと叩いた。みな黙りこんで心配そうな顔をしていた。ワンディが脅すだけ脅して何もしないわけがない。カオ・インは怯えて、ポールを抱き寄せて膝に乗せた。スティーブンスはマーウェルの腕をつかんでなだめようとした。メアリーはタンバリンを小脇に抱えたまま立ちすくんでおり、リー牧師は杖をついたまま眼鏡をかけなおしていた。

マーウェルはスティーブンスを振り払ってワンディに近づいていった。「おい、カムパ野郎！」と果敢に挑み、「私はあらゆる生命の創造主であり、守護者であり、罰を与えることのできるお方である神に仕えている。私は死をも恐れないのだ。お前のことなど怖いわけがない！　ここでは吸うな。神の前でたばこを吸ってはだめだ」

ワンディはマーウェルの喉につかみかかった。メアリーは悲鳴を上げた。スティーブンスは仲裁しようとすっ飛んで行った。「アムリケンの先生よう」カムパはマーウェルに詰め寄った。「俺の目には忌々しい教会など見えないけどな。ただの柳の木立だろうがよ！　忌々しい外道の神さまとやらも見えないぜ。見えるのは忌々しい猿みたいに飛んだり跳ねたりして、くだらない歌を歌い、子どもだましの物語を語る外人たちばかりだがね！　俺は吸いたいときに吸うさ……」

ワンディはマーウェルを押しのけ、またたばこに火を点けた。火のついたマッチを覆う手が震えていた。子どもたちはどっと笑い、何が起きるのか見守っている。

「おいカムパ！」マーウェルは大声を上げた。「お前はたばこと神さまとどっちが大切だと思ってるんだ？　ここは唯一の真実の神さまの教会だぞ。われわれが信仰してるんだ。たばこの火を消せよ！　さもなくばここから出て行け！」

ワンディは冷笑を浮かべると、アメリカ人宣教師の顔にたばこの煙を吹きかけた。マーウェルは一歩前に踏み出すと、ワンディによく響く平手打ちを食らわせ、口からたばこを吐き出させた。「ディクパ・

コ！」ワンディは悪態をつき、すぐさま剣に手をかけた。人びとは即座に後ずさりした。「ワンディ！」群衆の中から警告めいた叫び声が聞こえてきて、カムパ男は怯んだ。兄のタシだった。彼はワンディのもとにゆっくりと歩いていき、耳元で何やらささやくと、彼を連れてその場を去っていった。リー牧師は礼拝を中断しようとしたが、マーウェルが続けるように言った。そこでもう少し讃美歌を歌い、それが終わるとみな帰っていった。

18

ポール・スティーブンスはおしゃべりではなかったが、一旦話し出すとはきはきと聡明な言葉を繰り出す子どもだった。カオ・インはポールをたいそう可愛がり、中国語を教えてやっていた。ゴンポとパサンは交代でポールの面倒を見ながらニャロンのチベット語を教えていた。ジョンとメアリーはポールに英語で話しかけていた。こうしてポールは三つの言語をどれも流暢に、しかも訛りもなく話すようになった。父親と母親のことはニャロンの言葉で「アギャ」と「アマ」と呼んだ。たまに英語の適切な表現が見つからなくて困ると、ニャロン・チベット語に切り替えてしまう。この言葉がポールにとって一番楽なのだ。

母親から英語のアルファベットも習い始め、毎朝教えてもらっていた。食事のたびに食前の祈りを捧げ、寝る前には母親がお伽話や聖書に載っている話を読み聞かせてくれた。ポールには自分の部屋があり、寝る前にはそこにひざまずいて祈りを捧げ、両親に愛情のこもった「おやすみ」のキスをしなくてはならない。ポールが寝入るまで、ゴンポはベッドのそばで胡座をかいて待機していた。たまに眠れないときは、ポールはささやき声で、ゴンポにお話をしてほしいとせがむ。ゴンポはアムリケンの先生に気づかれないように忍び足でドアを閉めると、密かに楽しいお話を語ってやった。ゴンポは天性の語り部で、ポールは彼の話してくれるニャロンやカム、そしてチベットの物語にうっとりと耳を傾けるのだった。物語は戦いの話、勇者の話、名誉や偉業の話、悪霊の話、伝説やお伽話ほか、チベットのありとあらゆる言い伝えや神話に及んだ。

ポールが一番楽しんでいたのはタゴツァンのテンガとそのおつきの者たちと遊ぶことだった。テンガはしょっちゅう伝道所に遊びに来ていた。テンガは幼くしてすでにポンボらしい衣装を各種揃えていた。ときには革製のロングブーツを履き、腰には短剣をぶら下げて、カムパの戦士のような格好をしていることもあった。ポールはテンガを部屋に連れて行き、アメリカの親戚に送ってもらったおもちゃや、アメリカの絵本を披露した。たまには母親から教えてもらった聖書の物語をテンガに話してやることもあった。それから壁に掛けられた十字架のキリスト像を指さして、どんなに大事なものなのか説明した。テンガは興味津々で十字架のキリスト像に近づいていき、ポールの神さまがローマ人によって負わされた傷をまじまじと見つめていた。ポールはテンガに、イシュという神さまはこの世界のあらゆる罪(ディクパ)を背負って十字架にかけられて亡くなったんだよと話した。テンガには何のことやらさっぱり分からなかった。

ポールは馬に乗ってテンガの家まで行き、一日中タゴツァンの家で過ごすこともたびたびあった。かくれんぼなどいろんな遊びをして、日が暮れるとアー・ツェリンがお供して伝道所まで帰るのだった。

ある日、スティーブンス牧師はサンフランシスコにあるベツレヘム・ルーテル教会本部からの贈り物として、蓄音機(グラモフォン)を受け取った。何枚かのレコードも一緒に送られてきた。ほとんどが讃美歌だったのだが、ポールとテンガがとりわけ気に入って、アマ・スティーブンスにせがんで何度もかけてもらった一枚があった。あまりに何度もかけたので、レコード盤も貴重な針も擦り切れてしまうほどだった。ある晴れた日のことだ。蓄音機を野外に持ち出してレコードをかけた。スティーブンス牧師もやってきて耳を傾けていた。メアリーはポールとテンガにレコードの歌の歌詞を教えてやり、とても古いアメリカの歌だと説明した。ダンス曲でもあるので、二人の男の子にステップを教えることにした。メアリーはスカートをふわりと舞い上げ、首を傾げ、子どものように笑いながら、生き生きと夢中になって踊った。二人の少年は歌詞も覚えていたので、すぐに一緒になって踊りだした。ああ、なんという光景だろうか。ポールとテンガが肩を組んで飛んだり跳ねたりしながらくるくるとまわり、みんなが手拍子を打ち、掛け声をかけたり、けたたましく笑ったりしている。スティーブンス家のアギャとアマは手を鳴らし、二人の少年にもっと踊れ、もっと速く、もっと速くと囃し立てるのだった。

おまぬけヤンキー
ポニーで町へ
帽子に羽根挿し
ダンディー気取り……

19

タゴツァン家の馬丁の一人が、寝る前に小用を足しに外に出た。冷え冷えとした暗い夜で、身を切るような冷たい風に吹かれて、思わず顔を背けた。とそのとき、谷のどこかで何かが起きているのを察知した。妻を呼び出し、二人で辺りを見回した。火事か？　誰かの畑地で？　ジョルデンのところじゃないだろうな？　他の召使いたちも外に出てきた。間違いなく火事のようだった。ポンポ・タゴツァンも窓から顔を出し、いったいどうしたんだと言うので、馬丁は火事の起きている方向を指してみせた。タゴツァンはしばらくそちらを見つめているうちに、馬丁に向かって叫んだ。「馬に鞍をつけろ！　急げ！　どこで火事が起きているのか見に行くぞ……ポーロ・アギャのところかもしれない……」タゴツァンと長男のカルマ・ノルブ、アー・ツェリン、そして何人かの召使いが馬に乗って、アー・ツェリンの先導で早駆けで谷を下りていった。

確かに火事が起きており、近づいていくと、現場は間違いなく伝道所だった。「急げ！」タゴツァンの当主は叫び、馬に拍車をかけた。「ポーロのアギャとアマが無事でありますように。もちろん小さいポーロも……ああ、なんと気の毒な……」

伝道所は火の海で、タゴツァンたちがたどり着いたときには礼拝堂は完全に焼け落ち、残りの建物も焼き尽くされようとしていた。そこには一群の男たちがいたが、助けるどころか集団で火が勢いを増すよう煽っているではないか！　メアリーはネグリジェのまま夫と一緒に戸外で立ち尽くしていた。ポールは母親にしがみつき、怯えた様子で泣きじゃくっていた。メアリーはタゴツァンのもとに駆け寄ってきたが、スティーブンス牧師はその場に立ったまま身じろぎもしなかった。

「ポーロ・アマ、いったいどうしたんです？　何が起きたっていうんです？」ポンボは興奮した様子で尋ねた。

「あの男たちが伝道所に火を放ったんです」メアリーは言った。「パサンとマーサ・ドルマが亡くなりました……」

「何だって？」タゴツァンはメアリーの言っていることが理解できず、問い返した。「ゴンポはどこだ？」

「お宅に向かわせました……助けを呼ぼうと……」

「じゃあ、カオ・インは？」

「分からないんです……どこかに連行されました……」

　彼らとは二十人以上の男たちだった。彼らが少し離れたところにつないだ馬は炎が空高く上がるのを見ていななき、荒々しく地を蹴っていた。リタンツァンの当主が伝道所の火災の様子を見守っている。リタンツァン家のワンディもそこにおり、クンガ・リンチェン僧院の僧兵（ドゥプトー）も何人かいた。炎があらゆるものを焼き尽くしている間、男たちの顔を赤々と照らし出していた。タゴツァンの当主は息子にモーゼル銃を構えるように言い、自分もリボルバーを取り出して男たちに近づいていった。近づくにつれ、すでに手の施しようがなく、男たちを制止しようとしても無駄だと分かった。とそのとき、リタンツァンの当主がポンボに気づいた。

「ポンボ」当主は火災の熱に当てられて汗をだらだら流しながら言った。「われわれはあなたと争いたいわけじゃない。干渉しないでくれ！　われわれの神々に対するこれまでの冒瀆を……あらゆる侮辱を……討ち払いに来たんだ」

「リタンツァン！」ポンボは激しく燃えさかる火の熱さを手で遮るようにしながら叫んだ。「驚いたな！　無実の外国人の家に火を放ったのはあんたたちだったのか！　彼らはわれわれに対して悪意など持っていない。すべての宗教は尊重されるべきだ。それにこのアムリケンの牧師夫妻はこの地で立派な仕事をしてくれてるというのに。いったい何をやってくれたんだ？　恥を知れ！」

「この連中はわれわれの宗教を馬鹿にしている」リタンツァンの当主は言った。「われわれの神々を侮辱し続けてきたんだ。それにあのてんかん女には我慢ならない！　かつてはあの女も信仰していたはずの神々に対して公然と無礼を働くなんて。彼らが来て以来、この谷は不幸続きじゃないか。凶作……疫病……死。それでよくよく考えた上で、ここを破壊しようと集まったんだ。でも誰も殺すつもりじゃなかった――あの邪な女だって。だが、あいにく……こんなことになってしまった……」そう言って肩をすくめた。

「タゴツァン！」闇の中から誰かが叫んだ。「アムリケンの肩を持つのはやめろ！　それとももう取り込まれてるってのかい？　まさか外道の宗教の信者になってるんじゃあるまいね？」

「臆病者！」タゴツァンは叫んだ。「臆病者め！　それでもカムパか！　これはニャロンのカムパにあるまじき行為だ……弱者を攻撃したり……家に放火したり……十五人から二十人で丸腰の五人を襲うなんて……カムパの勇者のやり方か？」

「くそっ！　タゴツァンのくそ野郎！　くそくらえ！」また誰かの叫ぶ声がした。

突然、暗闇の中から石が飛んできて、タゴツァンの胸に当たった。ポンボは近くにいた僧兵を捕まえてリボルバーをその坊主の剃髪した頭に突きつけて叫んだ。「こんな臆病者の対決、そのまま仕返ししてやる！　もっと石を投げてみろ。そしたらこいつの脳みそをふっとばしてやる！」

リタンツァンの当主はタゴツァンの方を向いて言った。「タゴツァン！　もうこれで十分だ！　もう侮辱もしないし石も投げない。あんたがわれわれの神々に対して侮辱や中傷をする外人のアムリケンの味方をしたいというなら勝手にするがいい……」こう言うと、暗闇と炎と人びとの影法師の方に向かって叫んだ。「行くぞ！」彼らは馬にまたがり、去っていった。リタンツァンは馬に乗ったまま、リボルバーにまだ手をかけているタゴツァンを見下ろし、去り際にこう叫んだ。「タゴツァン！　いつかあんたはこの晩のことを後悔するだろうな……」

彼らが立ち去ってから、スティーブンスは闇夜の中、大声で呼んだ。「カオ・イン！　カオ・イン！」それから中国語で何やら叫んだが、何の返答もなかった。それから不安そうな顔でタゴツァンにその晩の出来事を語り始めた。

牧師夫妻が寝床に就こうとしていたときだった。ポールとゴンポ、パサン、カオ・イン、マーサ・ドルマはみな寝静まっていた。そこへリタンツァンの当主率いる馬に乗った一団が伝道所にやってきた。当主はぶっきらぼうに、ここを焼き討ちに来たと言った。そして言うことを聞けば誰にも危害を加えるつもりはないと言い、アメリカ人宣教師に向かってこう告げた。お前たちのこの土地が谷に祟りを引き起こしている上、お前たちは土地の神々を怒らせるような教えを説いてまわっている。はしかの流行や洪水、凶作のようなこの谷がほとんど経験したことのないような容赦のない恐ろしい災害が立て続けに起こるのはお前たちのせいだ。マーサ・ドルマが僧侶や僧院に対して繰り返していたみだらな侮辱行為は彼らの我慢の限界をとうに超えて、憔悴しきっている。病人や今にも死にそうな者を助けてくれたことには感謝する。しかし、もうひとりの禿頭のアムリケンがうろつきまわっていたときに明らかになったことだが、医療を施すのは他でもない、キリスト教徒の野望を推し進めるためだったのだ。ニャロンはそんな新しい宗教などなくても十分やっていける。特に改宗のやり方が強引すぎるし、これこそが唯一の真実の宗教だとか、他の宗教はみんな偽物だとか、イシュだけが唯一の真実の神だとか、そういったことを延々と吹聴されるのは耐えかねる。だからこの新しい宗教がこの地に根を下ろす前に抹殺しようと決めた。

僧兵たちが灯油缶を手に建物を取り囲み、灯油を壁という壁に浴びせかけた。スティーブンスはささやき声で、助けを求めにゴンポをタゴツァンの屋敷に遣るように妻に指示した。松明(たいまつ)を手にした僧兵が礼拝堂に火を放った。それまでじっと黙っていたパサンが剣に手をかけ、その僧侶に向かって飛びかかっていった。しかしリタンツァンのワンディが行く手を阻み、果たし合いを挑んできた。哀れなパサン。老馬丁が谷で一番の剣術使いと戦って敵うはずもない。どうすることもできないスティーブンスたちの目の前で、リタンツァンの甥が肩をめがけてものすごい勢いで一撃をくらわせ、老馬丁はほぼ一刀両断にされてしまった。

マーサ・ドルマは教会が炎にのみこまれるのを見て金切り声で抗議した。それから石畳にひざまずき、「イシュ！　イシュ！」と唱え続けた。一人のカムパが彼女に黙れと言い、彼女が拒否すると、男は彼女に殴りかかった。他の僧兵も加勢してきたので、彼女は仕返しに僧兵の手に噛みついた。すると男は彼女の顔を月鎌(ケウ)（三日月型の刀）で切り裂いた。今度は別の男が短剣で彼女の目をえぐり出し、両の乳房を切り落とした。ドルマは顔を八つ裂きにされ、メアリーの腕に抱かれたまま失血死した。チベット人たちはカオ・インを捕らえ、厩の裏に連行した。（後で彼は見つかったのだが、そのとき彼は怯えきった子どものようにすすり泣いており、顔に血だらけの布を押し当てて止血していた。カムパたちは彼のことを嘲笑い、こんな女々しい中国人の小男を殺したらニャロンのカムパの名がすたると言って、代わりに鼻を削ぎ落としたのだ。）

タゴツァンは注意深く耳を傾けていたが、あまりの信じがたい出来事の数々に、口も利けず、かぶりを振るばかりだった。メアリーに目をやると、ネグリジェがマーサ・ドルマの血で真っ赤に染まっていた。ポンボとカルマ・ノルブはアメリカ人夫妻と幼いポールを屋敷に連れていき、ニャロンに留まる意思があるなら、新しい伝道所を建ててあげようと約束した。スティーブンスは何があろうともニャロンを離れるつもりはないときっぱりと言った。脅しに屈するつもりはなかった。これまでと同じように仕事をし、布教活動をしようと決意を新たにしたのだった。

20

ポンボ・タゴツァンの指揮のもと、新しい伝道所が建設されている間、スティーブンス一家はタゴツァンの屋敷に身を寄せていた。季節は冬で、谷は雪に覆われていた。ポールとテンガは、屋根裏部屋で何枚ものヤク毛の掛け布団（チュクトゥ）にくるまって眠っていた。たとえ外では雪がしんしんと降りつもり、川も凍結していたとしても、チュクトゥにくるまっていればぬくぬくと温かく、居心地よく過ごせるのだ。

日中は近所の子どもたちを呼び寄せて遊んだ。その一人が貧農の息子のミンマだった。かくれんぼはみんな大好きな遊びだった。誰か一人が鬼となって他の子たちを捜すという遊びで（最初に見つかった子が次のゲームで鬼になり、最後まで見つからなかった子が勝者となる）、鬼が大きな声で百数えるうちに他の子たちは散り散りに逃げ、隠れ場所を見つけるのだ。テンガはかくれんぼが得意中の得意だった。一番遠くて、いかにも隠れそうにない場所を見つけるのがうまいのだ。なにせ自宅の敷地なのでこの遊びでは負け知らずだった。ある日、彼は上手に隠れすぎて、いつまでたっても見つからなかった。朝遊び始めて、もう夕闇が近づいてきているのに、鬼はまだテンガを見つけることができない。もう遊びとか悪ふざけの域を超えていた（年上の子たちはテンガがどこかとんでもないところに入り込んで窒息死でもしてしまったのではないかと不安になった）ので、テンガの母親（アマ）に相談に行った。すると母親は召使いたちに、隠れていそうなところをすべて捜して回るように言いつけた。それからポンボまで呼び出して二人で名前を呼び続けたが、何の返事もなかった。母親が泣きじゃくりながらテンガの名前を叫び続けていると、やっとテンガが姿を現した――雪に覆われた薪（たきぎ）の山の中にいたのだ。雪に空気穴を開けて、息ができるようにしていた。彼の言い分では、自分が勝ったかどうか確信がもてなかったからずっと隠れていたのだという。もし必要なら一晩中だってそこに隠れているつもりだったとまで言ってのけた！　他の少年たちはテンガが披露してみせたストイックなまでの忍耐力に恐れおののき、しばらく語り草にした。テンガはあれよあれよという間に地域の少年たちに一目置かれる存在となっていった。

　新しい伝道所――ポンボが建設費用を全額負担し、工事の指揮も自ら執ったため、新しい建物は以前より大きく、堂々としたものになった――が完成してからもポールはタゴツァンの屋敷に入りびたっていた。ポンボはポールのことが大好きで、我が子同然に可愛がっていた。ポールもポンボを「アギャ」と呼んでいた。

　ポールはタゴツァン家の年配の女中、アニが大好きだった。「アニ」とは尼さんという意味だ。彼女はかつて尼僧だったことがあり、今も髪を短く刈り、常に葡萄色（えびいろ）の僧衣をまとっていた。彼女が他の召使いと違って見た目ですぐに彼女だと分かるのは、体が小さくて十二歳の少女ほどの背丈しかないからだった。背中が大きく曲がっているので余計に背が低く見える。元気いっぱい、はつらつとした女性で、任された仕事をこなすためにあちこち飛び回っていた。その姿はまるで変わった形の蟻のようだった。彼女はポールとテンガをたいそう可愛がっており、機会をとらえてはほっぺたをつまんだり、頭をぽんぽんしたり、おやつをあげたりするのだった。彼女のふところにはいつも美味しいものが入っていた。アニはきらきらと輝くつぶらな瞳で常に二人の姿を追っていた。屋根から落ちるんじゃないかとか、犬に噛まれるんじゃないかと、心配でたまらなかったのだ。そんなアニが石をつかみ、かなり遠いところにいる犬をめがけてものすごい腕力と正確さでびゅんと投げつけるのは、なかなかの見ものだ！

そして夜はアー・ツェリンの出番だ。何という男だろうか！　彼はテンガが小さい頃からの世話係で、夜は警護を担当していた。アー・ツェリンは優しく潤んだ目をした年配の男性で、数珠を手首に巻きつけ、垂れた口ひげには嗅ぎたばこの粉がついており、いつも腰には剣をぶら下げていた。「戦士にとって剣は自らの手足の一部でなけりゃならない」二人の少年たちに諭すように言った。彼は決して弱々しい老人などではなかった。筋骨たくましく、鞭縄のように強い。賭け事もめっぽう強いし、相撲をとっても彼の半分の年齢の若者に赤っ恥をかかせるほどだった。

アー・ツェリンはカムで起きた戦争に何度も従軍したことがある。一番最近では趙爾豊の清朝軍との戦闘だ。二人の少年に清朝軍がどんなにひどい残虐の限りを尽くしたのか話して聞かせた。幼い子どもたちを虐殺したり、女性を柱に縛りつけて乳房を切り落としたり、捕虜を生きたまま釜ゆでにして皮を剝いだりするのだ。まるでゆでたじゃがいもの皮をむくみたいに！　中国人はな、アー・ツェリンは言い聞かせた――二人の少年たちは一言も聞き漏らすまいと耳を傾けている――あいつらはとんでもなく残虐なけだものだ。無慈悲で、ずる賢くて、悪知恵の働くやつらだ。絶対に信用してはいかん。でも同時に恐れることもない。ニャロンのチベット人なら一人で中国人十人と太刀打ちできるんだ。やつらに対しては常に疑いの目を光らせて監視しておかなければならない。「彼らと対面したら絶対に警戒を緩めるなよ」と少年たちに警告するのだった。

彼は天性の語り部だった。とりわけカムやチベットの神話や伝説、そして英雄たちの無敵さ、勇敢さ、そして反骨精神についての語りが十八番だった。戦いの最後にはチベット人が勝つのが定番だった。初めのうちどんなに負けが続いていても、どれほどの浮き沈みに耐えなくてはならなくても、常に勝利して帰ってくるのだ。「テンガ、ポーロ、われわれは偉大な氏族なのだぞ」彼はよく得意げに言った。「われわれの氏族は数多のポンボを輩出してきたが、臆病者は一人としていない。どこにいようとも、どんな環境にあろうとも、どれほど長く生き永らえようとも、何をおいても憎むべきは臆病だ！臆病は天でも地でも地獄でも許されない！テンガ、ポーロ、覚えておけよ。俺の言葉を心に刻むんだ！それにな、お前たち二人には兄弟として育ってほしい。そして自分の所領と家系を築き……金持ちになって権力を持て！そして何よりも、恐れられる人間になれ！」こうしてアー・ツェリンはテンガの心に誇りを芽生えさせ、大人になったら偉大なことを成し遂げたいという希望を植えつけた。もちろん、臆病者には絶対にならないだろう！

アー・ツェリンは伝説的な剣を持っていた。夜になり、二人の少年たちが寝床に就き、アー・ツェリンが灯油ランプの火を消そうとすると、二人は剣を鞘から抜いて見せてほしいとせがむのが常だ。彼はもったいぶりながらも見せてくれるのだった。剣は古くてあちこち補修されていたが、ぴかぴかの革製の鞘に収まっていた。彼はゆっくりと剣を引き出すと、刃が灯油ランプの灯りできらきらと光を放った。両刃の剣で、先端は髪の毛ほどの細さだった。アー・ツェリンは前や後ろに機敏に動き、剣術の腕前を披露した。彼の得意技は大きく振りかぶる剣法、つまり剣を頭上に高く掲げ、電光石火の勢いで振り下ろすという剣法だ。かつてリタンで盗賊集団と戦ったときに繰り出したことがあったが、これで相手の体をほぼ一刀両断にしたのであった。

さらに、二人の子どもたちに愛情たっぷりのまなざしを注ぎながら、アー・ツェリンは鉄壁の守りという役割を引き受けていた。彼が子ども部屋で寝るとなれば、彼らはすぐさま眠りに落ち、ぐっすりすやすやと眠ることができた。彼がそこで見張っている限り、幽霊も、悪霊も、盗賊も、その静寂を破ることはできない。こうしてアー・ツェリンは、雄鶏が時を告げ、タゴツァン邸に夜明けが訪れ、クンガ・リンチェン僧院の向こうにそびえるまだ薄暗く紫がかった山々の向こうからオレンジ色の火の玉のような太陽が昇るまで、子どもたちを見守るのだった。

21

よく晴れた日のことだった。タゴツァンの当主と長男のカルマ・ノルブが大勢の召使いと馬丁を従えて、仕事のためタルツェンドに向かってから六週間が経過していた。ポンボは年に数回、麝香や毛皮、金を携えて旅に出て、お茶や絹織物、翡翠、陶磁器を持ち帰るのだった。テンガとポールはアギャとカルマの帰りを指折り数えて待ちわびていた。いつもおもちゃや服、中国のお菓子など、たくさんのプレゼントを買ってきてくれるからだ。テンガの母親によれば父さんはもういつ帰ってきてもおかしくないという。それでテンガはラバの首につけた鈴の音かラバ追いの叫び声が聞こえると、あるいは家の屋上から遠くにラバの隊列が見えると、父さんと兄さんが帰ってきたんじゃないかと矢も盾もたまらない気持ちになるのだった。ここ数日、テンガは屋敷を離れようとせず、家の近くで遊んでいるのだが、それは父さんたちが戻ってきたら正門で一番に出迎えたかったからだ。

テンガとポールとせむしのアニが玉砂利の敷かれた中庭で遊んでいると、ポールの目に三十人もの男たちが屋敷に近づいてくるのが映った。アニはすぐさま二人に隠れるように言って何事かと見に行った。一人の男が立ち止まり、屋敷の方を見つめていた。リタンツァンのワンディだった。

「ポンボ・タゴツァンはいつタルツェンドからお戻りなんだ?」大声でこう尋ねたが、誰も答えるものはいなかった。

「おいおい、聞こえないってのかい?」ワンディは再び大声を上げた。彼の声は異様に脅迫的だった。

「タゴツァンの旦那がここにいるのかどうか聞いてるんだよ……」

誰も返答しなかった。

「タシ・ツェリン」ワンディは男たちの方に向かって兄を呼んだ。「こっちへ来てくれ。タゴツァンの一家はみんな死んじまったか、耳が聞こえないのかどっちかだな……」

「あるいは……怯えてるのか……」タシはそう言って、その場の連中に聞こえるくらいの声でうひひひと笑った。するとみんな嘲るように笑い、横腹をばんばん叩きだした。

「臆病者!」ワンディは叫んだ。「一人だけ肝の据わった年寄りがいたが、そいつはいないのか。どこかよそへ行っちまったんだな。どこかへな……」どっと笑い声が上がった。みんな誰のことか分かっているようだった。

そこへテンガの母親が出てきた。アニはテンガとポールをぎゅっと引き寄せ、姿を見られないようにし、じっと黙っているように言った。

「ワンディ、いったい何が望みなの?」テンガの母親が尋ねた。「タシ・ツェリン、いったい何がしたいの？」

「いや何も」タシは落ち着き払った声で言った。「われわれはポンボ・タゴツァンがここにいるのかどうかが知りたかっただけだ……」

「なんでいつまでも黙ってるんだ？」ワンディは言った。「誰か死んだのか？　たぶん……誰か死んだんだな……」ワンディのそばにいた者たちはみな笑った。

「中に入れてくれよ」誰かがからかうように言った。「何もあんたらを食いに来たわけじゃないんだからさ！」

「礼儀をわきまえてもらわないとさ」また誰かが言った。「俺たちをもてなしてくれよ。俺たちのポンボの奥さんなんだからさ」

「娘はどうした？」また誰かが声を上げた。背の高い若い男で、手は剣の柄にかけている。「娘はいないのか？」

テンガの母親は拳をぎゅっと握りしめたまま、じっと黙っていた。

そこへアー・ツェリンが現れた。剣に手をかけ、用心しながら男たちに近づいていった。

「リタンツァンの連中か」彼は言った。「どうせ喧嘩をふっかけに来たんだろ。われわれニャロンのカムパは名誉を重んじるよな。今日はここには女しかいない。男たちはみなポンボと一緒にタルツェンドに行った。だがもうすぐ帰ってくる……今日か明日にはな。もし戦いがお望みなら、別の日にしてくれないか？　今日やっちまうとあんたらの名誉に傷がつくぞ」

しばし沈黙が訪れた。とそのときタシが大声で笑いだし、みんなの方を向いて同意を求めた。

「なあ、ご老輩」彼は言った。「あんたの口から名誉って言葉を聞くとは妙なもんだな。タゴツァンのみなさんはその言葉の意味を分かってるのかね。確かにあんたのご主人はこの谷のポンボだ。だがな、アムリケンとその外国の宗教をおおっぴらに支援してるよな。外人のアムリケンの味方になって、自分の親戚よりも大事にしてるじゃないか。あんたたちだって知ってるだろう。あのてんかん女がわれわれの聖なる神々をどれほど侮辱したか。それにあの禿頭のアムリケンもひどいもんだ。外道の宗教を吹聴して回って、俺たちの宗教はくそ以下の扱いだ！　あんたのその汚らわしい口でカムパの名誉だなんて二度と言ってほしくないね」

「アー・ツェリン、聞けよ」誰かの叫ぶ声がした。「俺たちはアムリケンの伝道所を焼き討ちにしてやった――あの邪悪で罰当たりな建物をな！　外道のアムリケンにはいい気味だった。だがタゴツァンは何をしでかすつもりだ？　またあの呪われた建物を建てるなんて！」

アー・ツェリンはじっと耳を傾けていた。何と言われようがどうでもいいことだった。

「俺は単純な男だ」落ち着いた静かな声で言った。「あんたたちが何を言っているのか俺には理解できない。俺が言いたいことははっきりしてる。あんたたちは喧嘩をふっかけに来たんだろうってことだ。そんなに大勢の武装した男どもが無勢のわれわれと対決しようってのはちょっと違うんじゃねえのか？　ここには女しかいない。そんなことをして何になる？　名誉ある戦いをしたければタゴツァンの人間全員が家にいるときにしてくれ。そうしたらポンボにあんたたちがさっきから言ってることをぶつければいい――今日ここへ来たのはそれが理由なんだろ……」

道に立っているワンディは、幅広の剣の柄にゆっくりと手をかけた。他の連中は黙っているか、互いに顔を見合わせてくすくす笑っていた。タシ・ツェリンが彼らのリーダーのようだった。

「おやおや」タシは大きな声を上げ、横柄な態度でせせら笑った。「図星だよ、御老輩！　われわれは戦いに来たんだ。しかしなんという応対だ！　いい戦いを期待して来たわけだが……。こりゃ、いったいどうなることやら」大声で笑うと、ワンディの背中をぶっ叩いた。「アー・ツェリンという歯なしの老犬がきゃんきゃん吠えかかってきたかと思ったら、俺たちの言うことが一言も分からないふりをして、別の日に来てほしいってか。まさか日を改めてお越しくださいとはな！　御老輩、俺たちを絨毯売りだとでも思ってるのか？」彼はおかしくてたまらないようで腹をよじって笑っていた。「いやいや、日を改めてって……女しかいないんですって……そんな話あるかよ……」タシは息も詰まるほど笑い転げて、話を続けられなかった。確かに面白い冗談ではあった。

アー・ツェリンも息を詰まらせていたが、もちろん笑ってなどおらず、怒りに体を震わせていた。「確かに俺は年寄りだ……それに異論はない！」彼は大きな声で迫った。「しかしな、お前たちのような臆病者は十人束にして相手にしてくれる。いつだってな！」

「アー・ツェリン！」テンガの母親が駆け寄ってきた。「止めて！　血を流すのは止めて！　お願いだから……争うのは止めて！」

「俺たちのことを臆病者呼ばわりかい！」ワンディは言った。「どれほど勇気があるのかお手並み拝見といきますか……」

テンガの母親はワンディに乱暴に押しのけられて転んでしまった。ワンディは剣を抜いてアー・ツェリンの方に近づいて行った。老人の方も剣を鞘から抜いてワンディの方に向かって行った。テンガの母親は金切り声を上げげた。その様子を見ていたタゴツァンの女性たちも口々に悲鳴を上げた。アニはテンガとポールをぎゅっと抱きしめ、絶対に黙っていなさい、リタンツァンの連中に見られたらだめだよと言い聞かせた。二人の少年はその場に立ったまま、アー・ツェリンをじっと見つめていた。テンガは叫びたくなるのを必死でこらえた。ワンディの剣が宙を切ったかと思うと、アー・ツェリンはよろめいて剣を落としてしまった。その手が一瞬首に負った傷を探してさまよったが、傷にたどり着く前に体がぐらりと回転してどさっと倒れた。首はほとんど切り落とされていた。テンガの母親は立ち上がってアー・ツェリンのもとに駆け寄ろうとした。しかしワンディは、彼女の髪の毛をつかみ、自分の顔の高さまで吊し上げると、ゆっくりと慎重な手つきで彼女の腹部に剣を突き刺していった。彼女はまるで助けでも求めているかのように静かにワンディにしなだれかかっていった。彼女の体を安定させると、刃を回転させてから、ゆっくりと慎重に引き抜き、彼女ががくっと膝をついて地面に崩れ落ちるのを見ていた。彼女は一言も言葉を発しなかった。そのときリタンツァンの男たちが門からなだれ込んできて、建物の中に押し入ろうとしたが、剣を構えたタゴツァンの男たち三人が行く手を阻んだ。激しくぶつかりあったが、リタンツァン側の人数があまりに多く、タゴツァンの名うての剣士たちは一人また一人と殺されてしまった。タシ・ツェリンだけは戦いに加わらなかった。彼はその場に立って様子を見ていた。武器も持っていなかった。

「テンガ！　ポーロ！　こっちへおいで……」アニは二人にささやくと、玉砂利を敷き詰めた中庭からできるだけ離れようと二人の手を引いた。でも、辺りを見回して、どこへ逃げるのが正解なのか確信が持てなかった。横長の大きな木箱があったので、二人を連れて走って行った。その箱は小麦粉と蕎麦粉、ツァンパを貯蔵するための箱で中はいくつかに仕切られていた。彼女は大慌てで革製の取っ手を引っ張って蓋を開け、子どもたちに「入って！　中に入って！　早く！　早く、ポーロ！」と言った。二人は箱によじのぼって中に入り、アニも中に入ると蓋を閉めた。仕切りごとに大きな鍵穴がついていて、そこから外を覗くことができた。ポールは咳を我慢して鍵穴に目をくっつけた。

リタンツァンの男たちが中庭に入ってくるのが見えた。かわいそうなアー・ツェリン！　テンガ・アマも死んでしまった。考えているうちに泣けてきた。アニは怖くて泣いているのかと思ってこう言った。「泣かないで、ポーロ！　もし泣き声を聞かれたら捕まって首を刎ねられちゃうよ！　静かにするんだよ！」ポールは頷いた。なんとか我慢しようとしたが、涙が頬を伝ってぽろぽろこぼれるのを止めることができず、嗚咽が漏れないように口をおさえるしかなかった。リタンツァンの男たちは、血糊のついた剣を手に、腕まくりをして中庭を歩き回っている。中には顔や着物に血しぶきのついた男たちもいる。そうこうするうちに箱のすぐそばに男たちが近づいてきた。あまりに近くて穴から手を伸ばせば触れられそうだった。「おい、出てこい！　出てこいや、タゴツァンの男ども！」彼らは声を張り上げた。「臆病者みたいに隠れてるんじゃねえ！　俺たちと戦おうぜ！」

　するとそこへ二人の女中が剣を持って現れた。

「誰も隠れてなんかない」一人が言った。「もう男はいないんだよ……」

「もう男はいないだと！」リタンツァンの男がからかうように言った。「じゃあタゴツァンは深刻な男不足で女が戦わなきゃならないわけか。俺たちは女とは戦いたくないね。女ってものはもっと別のことのためにあるんだぜ……」彼らはゲラゲラ笑いながら、いやらしい仕草をしてみせた。

「殺(や)れるなら殺(や)りなよ！　あたしらを殺せばいい！」女たちは狂ったように泣きながら叫んだ。「よくもうちの人たちを殺してくれたね。ああ、これから何のために生きればいいの！　殺してよ！」二人は男たちに向かって突進していった。ノルジンにノルデン……。テンガはその様子をじっと見つめていた。女中たちはリタンツァンの男たちの剣めがけて突撃し、かろうじて一人がなんとか一人の男の太ももに傷を負わせることができただけだった。

あたりは静まり返っていた。男たちの何人かは二階に上がっていった。中庭では剣を構えた二人の男たちが獲物をつけ狙う豹のように忍び足で動き回っていた。女のうちの一人がわずかに身動きしてうめき声を上げた。一人の男が前に踏み出すと、彼女を絶命させた。そのとき二階から悲鳴が聞こえた。隠れていたテンガの姉とおば（アシ）のラモが彼らに見つかってしまったのだろう。揉み合う音、殴りつける音、外の木の階段を上り下りする音が聞こえてくる。テンガは鍵穴に目をぴったりつけて、おばのラモが髪の毛をひっつかまれたまま階段を引きずり下ろされているところを見ていた。引きずり下ろしているのはワンディだった。ラモは狂ったように悲鳴を上げている。ワンディは殴る蹴るの暴行を加え、一番下まで引きずり下ろしたところで手を離した。そして彼女が本能的に助けを求めて腕を伸ばしたところを、剣の一太刀でばっさり切り落とし、そのまま胸にも剣を突き刺した。

　ポールは震え上がり、恐怖のあまり寒気がした――恐ろしい追っ手たちに追いまくられ、追い詰められた挙げ句八つ裂きにされるという繰り返しうなされていた悪夢が今目の前で現実のものとなっているのだ。一方、涙顔のテンガはアニに無理やり押さえつけられていた。落ち着かせようというのではなく、今にも箱の蓋を投げ飛ばしてリタンツァンに飛びかかっていきそうなのを必死に引き止めていたのだ。テンガは――目の前でアー・ツェリンと母親とおばがむざむざと殺されていくのを見て、苛立ち、いきり立っていたが――すべてを理解していた。彼にあったのは子どもじみた恐怖ではなく、我を忘れるほどの怒りだった。アニはテンガをしっかりと押さえ込み、耳打ちした。「テンガ！　じっとしてて！　連中は皆殺しにするつもりだよ……あたしらが助かる見込みはない！」

「タゴツァンの次男坊はどこだ？」タシの声だ。「あのちびはどこにいる？」

「あんなのどうでもいい」ワンディが言った。「どうせ人畜無害なちびの乞食だ……」

「捜すんだ！」タシは命じた。「誰も生かしておくな。目撃者を出したらだめだ。捜し出して殺せ！」

何人かが再び二階に駆け上っていった。箱の中ではアニと二人の少年たちがほとんど息もできずに石のごとくじっと息を潜めていた。ちょうど男たちが目の前を通りかかるのが鍵穴から見えたが、近すぎて行き交う男たちの足しか見えなかった。たまたま誰かの手が箱に当たってどんと音がした。ポールはいつ蓋が突然開いて、男たちの勝利の雄叫びが響きわたり、手足を切り落とされてもおかしくないと思った。拳を握りしめ、目をつむった。アニは両手を握りしめ、こうべを垂れ、目をしっかりつむって、必死で経文を繰り返し唱えていた。

聖ターラー菩薩よお願いします

あらゆる恐怖と苦しみからお救いください……

中庭ではリタンツァンの男たちがタシのまわりを取り囲んでいた。

「見つかりません」一人が言った。「すべて捜しました。ここにいません」

「あのアムリケンの子とどこかで遊んでるのかもしれないぞ」また別の男が言った。「乞食は家に帰らぬというやつだ」

「きっとあのせむし女と一緒に野っ原にいるんだろ」ワンディは言った。「あの女も見つからないぞ……」

「やつらを捜し出せ」タシは言った。「とにかくすべて捜し回れ。何人かは馬で外を見てこい。やつらがいたらなんかうまいこと言って連れ出して、殺せ。タゴツァンの人間は一人も生かしておくな！」

「さあ行くぞ」ワンディは言った。「もうタゴツァンは終わりだ。ざまあ見やがれ！　今度は子どもたちに安らかに眠っていただこうか」

「慌てるな」タシは警告した。「もう一回よく見てこい。台所の貯蔵庫とか……屋根裏とか……干し草の山の中も捜せよ……堆肥の山も見てこい……とにかく全部だ！　犬も生かしておいてはならん！　死んだやつが本当に死んでるかどうかも全部確かめろ！　目撃者を出してはならん」

こうして再び捜索活動が始まり……ポールの果てしのない苦しみが再び始まったのだ……。悪夢のように目が覚めたらいいのにと願わずにいられなかった。タシ・ツェリンはほんの何歩か先で静かに紫煙をくゆらせていた。

「目撃者はいなかった」ワンディが報告した。「もはや忌々しい犬すらいない。死人が全員死んでいるのもこの目で確かめてきたぞ！」

「よし。引き上げるぞ！」タシは不自然なほど大きな声を上げた。「俺は屋敷に戻って伯父貴に報告してくる。お前たちは息子と……せむし女を捜せ。どんな手を使ってもいいから見つけろ！　絶対に生かしておくんじゃないぞ……小さな火は山火事の始まりだからな」

彼らは去っていった。屋敷の中は静まり返っていた。物音一つしない。アニは箱から出ようとした。

「まだ動いちゃだめ！」テンガはそっと耳打ちして、アニを引き止めた。「ちょっと待った方がいい……静かすぎる……罠かも！」果たして彼は正しかった。

しばらくすると再びタシの声が聞こえた――門のすぐ外からだ。「よし、生き残りはいないな。行くぞ！」とタシが最後に言うと、一行は去っていった。

「出よう」テンガは言った。「ポーロ・アギャのうちまで逃げよう……行くぞ！」

三人はよじ登って箱の外に出た。三人とも頭から足まで小麦粉とツァンパまみれで、クンガ・リンチェン僧院で行われる宗教舞踊（チャム）のときに観客を喜ばせるために現れる道化師そっくりだった。テンガは正門の近くに倒れている母親のもとに駆け寄った。アー・ツェリンもそばに倒れていた。彼の首はグロテスクにねじれ、顔は固まりかけた血の海に沈んでいた。テンガは手も触れようとせずにその場に立ち尽くしていた。と突然、しゃくりあげて泣きだしてしまった。両の拳骨を目の上から押しつけて、あふれ出る涙をなんとか止めようとしていた。アニとポールも駆け寄ってきた。テンガはその場に立ち尽くしていた。小麦粉とツァンパにまみれた顔に、涙が滂沱と流れ落ちていくさまはまるで小さな小川だった。こんなときじゃなかったら、ポールは大笑いしたことだろう。テンガの様子はそれほど滑稽だった。

「おいで、テンガ、行こう！」アニは急き立てた。「いつ連中が戻ってくるか分からないよ……。ポーロ・アギャのうちまで走って行こう。おいで！　もうみんな死んじゃったんだよ、テンガ……もうここにいても無駄だよ！」アニはテンガをぐいと引っ張り、三人は走り出した。テンガはふいに立ち止まって中庭の亡骸に目をやった。おばのラモの亡骸もあった。

「行こう、テンガ！」ポールは必死で幼なじみの袖を引っ張った。「行くぞ！」

せむしのアニは二人の少年たちの手をしっかりと握り、驚くべき速さで野を越え丘を越え、伝道所に向かって走って行った。

22

スティーブンス牧師は遠くから近づいてくる馬に乗った一団を双眼鏡で注意深く観察していた。間違いない。リタンツァンの連中だ。六、七人はいる。ライフルを肩から斜めがけにしている。どうやらワンディもいるようだ。あの帽子は間違いなくあいつだ。

スティーブンスとメアリーは気持ちを引き締め、何事もなかったかのようにそれぞれの仕事に取りかかった。馬に乗った連中は伝道所の門のところまでやって来たが、馬を降りなかった。タシ・ツェリンは馬を一気に前に進め、アメリカ人宣教師にあいさつの言葉を述べた。にこにこして、驚くほど友好的な態度だ。

「敬愛するアムリケンの牧師先生、ごきげんいかがですか？」タシは丁寧にあいさつをすると、過剰なまでに愛嬌をふりまき、慇懃に振る舞ってみせた。それから馬を降り、夫妻のところに近づき、握手を交わした。

「みなさん、お茶でもいかがですか？」メアリーは言った。

「これはこれはご親切に」タシは言った。「でもわれわれはこれから下ニャロンに向かうところなんです。所用がありましてね。さっきタゴツァンのお屋敷を通りがかって奥方とお話ししたんですが、テンガがこちらでお宅の息子さんとご一緒だとかでお菓子を託されたんですよ。テンガに渡していただけますか？」

スティーブンスはかぶりを振って言った。「いや、でもテンガはここにはいませんよ」

「ここにはいない？」

「ええ、いませんよ」

「お宅の息子さんはどこにいるんです？」タシは尋ねた。

「タゴツァンのお屋敷で見かけませんでしたか？」スティーブンスは言った。「昨日からうちには帰ってきてませんよ」

「珍しくありませんか？」

「珍しいですって？　いやいや、まったく。ポールはわれわれよりもはるかに長くテンガと一緒にいますよ。いつもぴったりくっついているんです」

「それはおかしいですね」タシは言った。「夫人はテンガはここにいると……。お菓子も持たされたんですが……」

「まだ帰ってきてませんよ」スティーブンスは普段通りの笑みを浮かべて言った。「もしかするともうすぐ帰ってくるのかもしれませんね。男の子ですし。一日中駆けずり回っているでしょう？　あの子たちを止めるのは無理です。お菓子は預かりますので、みなさんでしばらくお茶でもいかがですか？　訪ねてきていただいて光栄ですよ」

全員馬から降りた。ワンディは兄に何か耳打ちした。

「牧師先生」タシはスティーブンスに話しかけた。今度は脅迫めいた乱暴な口調だった。「まさか嘘をついてるなんてことはありますまいな？」

スティーブンスは驚いたふりをして言った。「嘘ですって？　いったいどういう意味です？　嘘だなんて」

タシは男たちの方を向いて命じた。「捜せ！　あらゆる場所を確認しろ！」

「これは何事ですか？」牧師は抗議した。「なぜうちを捜さなくちゃならないんですか？　いったい何のために？」タシはアメリカ人を押しのけ、男たちは伝道所の中に押し入り、隅から隅まで捜し回った。

しばらくして男たちが戻ってきた。ワンディが兄に耳打ちをすると、二人はひどく当惑した表情で何やら相談していた。タシはスティーブンスに近づき、「こっちへ来い」と言った。最初に見せた愛嬌や礼儀正しさはかけらもなかった。タシはスティーブンスと一緒に礼拝堂の中に入り、彼を十字架のキリスト像の前に連れて行った。

「ひざまずけ！」タシはスティーブンスを無理やりひざまずかせようとして叫んだ。

「タシ・ツェリン！」スティーブンスは抵抗した。「われわれは知り合いだろ？　子どもの遊びでもやろうってのかい？　理解しがたいね。気でも狂ったか？」

「アムリケン！」タシは憎々しげに叫んだ。「これは遊びじゃない。俺の言う通りにしろ！」

スティーブンスは困り果て、もうお手上げだとかぶりを振りながら、十字架のキリスト像の前にひざまずいた。タシはそばに立った。「アムリケン！　誓えよ。あんたの神の前で、今日はタゴツァンのテンガは見ていないと誓うんだ。さあ、誓え！」

スティーブンスはいらいらした様子でタシを見つめた。「しかしタシ、さっき言った通り、一切見てないよ！　こんなばかばかしいこと……」

「さっさと誓え！」ワンディは怒ってスティーブンスにつかみかかって叫んだ。手は剣の柄に掛かっている。「誓え！　さもなければ目の前であんたの妻の首を切り落としてやる！」

「神にかけて誓います。私は今日、タゴツァンのテンガを一切見ておりません」牧師は言って、立ち上がった。

男たちは礼拝堂を出ていき、外に集まって深刻な顔をして話し合っていたかと思うと、馬に乗って走り去っていった。メアリー・スティーブンスは夫の隣に立ち、腕に手を絡ませてリタンツァンの男たちが去って行くのを見つめていた。その後しばらくスティーブンスはその場に一人立ち尽くし、押し黙ったまま遠くを見つめていた。それから踵を返すと、礼拝堂の中へと入っていき、説教壇のところへ直行した。

「まだ隠れてて！」スティーブンスはポールとテンガとアニに言った。「そのままで……静かにしてるんだ……。私が声をかけるまでそこに隠れてろ！　馬に乗った男たちがこっちへ近づいてくるのが見えたんだ……もしかすると同じ連中かもしれない……」

「誰だとしても」スティーブンスはメアリーに指示した。「今日はテンガもポールもアニも見てないと言うんだぞ」メアリーは頷き、階下に下りていった。馬に乗った人びとは、用心深くあたりを窺いながら、ライフルを構えたまま伝道所の敷地内に入ってきた。門のところで彼らは馬を降りた。アメリカ人宣教師夫妻は彼らのもとに駆け寄った。タゴツァンの当主一行だったのだ！

タゴツァンはあいさつを交わすというよりは助けを求めるかのように牧師の手を取った。今にも倒れんばかりで、すっかり参ってしまっているようだった。「テンガを……見ませんでしたか？」搾り出すようなかすれ声で言った。

「ここにいます……無事です！」スティーブンスは言った。

タゴツァンはほっとして大きなため息をつくと、そのまま地面に倒れ込んでしまった。「ああ、よかった！　どこにいるんです？」

テンガとポールと、せむしのアニが飛び出してきた。テンガは泣きながら父親の胸に飛び込んでいった。体を震わせながらむせび泣いた。「アギャ！　アギャ！　僕たち見てたんだ……。アマは……アシは……あいつらに殺されたんだ。他のみんなも殺されちゃった！　ポーロも見てたよ……。アニも見てた……。リタンツァンのワンディが……」

タゴツァンは一旦腰を落ち着かせた。恐ろしい状況を……今ようやくはっきりしたそのことを飲み込みつつあった。「誰が？　何を？　リタンツァンの連中なのか？」テンガの肩をつかんで揺さぶった。

「リタンツァンの連中がうちに来たんです」アニは説明した。目は泣きはらして真っ赤になっていたが、はっきりとした口調で順序立てて話し始めた。「タシ・ツェリンがリーダーでした。ワンディは奥さまと、アシと、アー・ツェリンを殺しました。お嬢さまが誰に殺されたのかは分かりません。これは……復讐です……皆殺しでした。私は子どもたちと一緒に隠れていたんです。後でここまで駆けてきました。リタンツァンの連中はここに捜しにやってきたので、ポーロ・アギャが私たちを匿ってくれました。ああ、ポンボ……ポンボ！」アニはそこまで自分の目で見た本当のことを正確に話そうと頑張っていたが、今や頽れてしまい、体を震わせ、狂ったように泣きじゃくっていた。

タゴツァンは頭を抱えこみ、しばらく口を利くこともできなかった。それから居住まいを正すと、一言発するたびに苦悶の表情を浮かべながらゆっくりと話し始めた。「そういうことだったのか……火を見るよりも明らかだ……そしてテンガ……テンガ……お前に知らせなければならない……。いや、今知るんだよな……この私の口から……。お前の兄さんも……カルマ・ノルブも……死んだんだ！　リタンツァンの連中に殺されたんだ……」

「なんてこった！　そんな無慈悲な！」スティーブンス牧師はそう叫ぶとへなへなと倒れ込み、頭を抱えた。

「ああ、イエスさま！　イエスさま！　なんてことでしょう、イエスさま！」メアリーはうめき声を上げて泣き崩れ、まったく信じがたいといった様子で両手をこすり合わせたり、握りしめたり離したりし、目は閉じたまま首を左右に振り続けた。

「最後の峠越えにさしかかっていたんですよ、ポーロ・アギャ」タゴツァンは言った。「そこで待ち伏せされて、息子が撃たれたんです。われわれが銃で反撃したら逃げていきました。誰かは分からなかった。追い剝ぎかと思ったんです。でもこれで分かりました。リタンツァンのやつらだったんです。計画的な犯行ですよ。峠でわれわれを片付け、屋敷では皆殺しにする。空を飛んでいる鳥だけでなく、巣の中の鳥まで殺せと。でも結果は上首尾とはいかなかったよな？　テンガも私も生きている。リタンツァンめ、こんなことをしてただじゃおかないぞ。絶対に。これからすぐリタンに行って、中国人判事に面会してきます。私は今後どんな乞食のごとき人生が待ち受けていようとも、必ずや仇討ちをします！」そしてテンガを抱き寄せると、ゆっくりと熟考しながら語りかけた。「テンガ、よく聞け！　ポーロのアギャとアマ以外、誰も信用してはならん。私がリタンに行っている間、ポーロのアギャとアマと一緒にここに隠れていなさい。分かったか？　他の誰についていってもだめだ。誰もに見られるんじゃないぞ……たとえ誰であっても……たまたま親戚や友人だったとしてもだめだ。私からは連絡しないつもりだ。誰かを迎えに来させることもない。私自身が迎えに来るまで、絶対にここにいてくれ。忘れるなよ！」テンガは頷いた。

　そしてタゴツァンはアニの方を向いて言った。「アニのおかげでテンガは助かった。絶対に忘れないよ。私の帰りを待っていてくれ。テンガを頼むぞ。誰も信用するな……たとえ親戚や友人であってもだ。われわれは今、復讐戦の只中にある」

　タゴツァンとおつきの者たちは食事を取った。その間、馬にも餌や水を与えてやった。ポンボが出発するとき、テンガに耳打ちした。「テンガ、父さんが留守の間はポーロのアギャとアマの言うことをよく聞くんだぞ。ポーロのアギャとアマ以外、誰の言うことも聞くなよ。誰も信頼するな……分かったか？　アニもだ……」テンガは頷いた。

　ポンボ・タゴツァンとおつきの者たちはリタンに向かって出発した。

23

　リタンツァンの当主はリタンの中国人判事（ギャサゴ）に逮捕された。

「門前に兵士が来てる」ワンディはタシ・ツェリンに言った。「リタンのギャサゴからの伝令だ。兄さん宛の令状を届けにきたらしい」

「通せ」タシは言った。

　四川人の兵士はタシに封書を渡した。ギャサゴは今リチュが原に逗留しているという。兵士は頭にはターバンのような布を巻き、胸には弾帯をかけ、銃身の長い日本製のライフルを携えている。

　タシは注意深く令状を読んだ。さらにもう一度読んだ。紙を何度も裏返したりして、考えていた。令状はリタンツァン家のタシとワンディほか四名の出頭を命じるものだった。日程は明日、場所はリチュが原。そこで最近申し立てのあったタゴツァン家の虐殺事件に関連した裁判が行われるという。ギャサゴに召喚された者のうち誰か一人でも現れなかった場合、リタンツァンの当主を公衆の面前で皮剝ぎの刑、続いて八つ裂きの刑に処するという。

　タシはワンディに、兵士に何か食事を用意しろと命じた。兵士が帰るとき、タシは言った。「アンバン閣下［原注　アンバンとは清朝時代の官位で中国人判事に授けられたものであった。しかしチベット人はこの語を一九一一年の辛亥革命以降も使っていた］に召喚された者全員で明日出頭するとお伝え願いたい。閣下にいただいた令状の内容は承知したと伝えてくれ」

その晩、ワンディはおちおち眠れなかった。深夜、兄が起きて部屋を出ていった。ワンディは寝たふりをしていた。馬に鞍をつけ、厩を出て行く音が聞こえて、窓から外の様子を窺った。タシは物音も立てずに馬を引いて家を出た。鞍袋は両方ともぱんぱんに膨らんでいる。肩からはパマリー・ライフルを斜掛けにしている。ワンディは上体を起こし、兄が何を企んでいるのか気になって自分も起きようか迷っていたが、結局身を横たえ、静観することにした。家の者たちを驚かせたくなかったのだ。兄は自分よりはるかに賢い。タシはきっと何もかも分かって行動しているんだろう。ワンディは兄をあらゆる点で信頼していたし、いつも兄の言うことには従っていた。何とか眠ろうと努めた。


リチュが原はお祭り騒ぎだった。裁判の様子を見ようと夜明けから人びとが詰めかけている。みんなギャサゴの判決を待っているのだ。もう何年もこんな裁判は行われていなかった。

式典の太鼓の音の響くなか、アンバンは旗を掲げた従者に伴われ、輿に乗ってやってきた。でっぷりと太った眠そうな顔をした男で、扇子でパタパタあおいでいる。四川人の兵士たちが護衛をつとめ、裁判のために設置された何張りかのテントの周りを取り囲むようにしてひざまずいている。

中央のテントの中にはタゴツァンの当主とリタンツァンの当主、そしてギャサゴに召喚されたリタンツァン家の者たちが立っていた。しかしタシ・ツェリンはいない。行方不明だというのだ。ギャサゴは苛立った様子でパタパタあおぎながら、ポンボ・タゴツァンが今回の襲撃の首謀者だとして訴えているタシを待つために裁判の開始をしばし遅らせることにした。ギャサゴはタシを捜索するため兵士を数名派遣したが、どこを捜しても見つからなかったといって戻ってきた。タシが逃亡したのは火を見るよりも明らかだった。ギャサゴは怒り心頭に発し、リタンツァンの当主を憎々しげに睨みつけた。

スティーブンス牧師とメアリー、ポール、それにカオ・イン（削がれた痕を隠すために鼻に黒い革を当てている）は群衆の中に立っていた。まずアニが証人喚問された。続いてテンガが一人で喚問された。その後、兵士が外に出てきて、アメリカ人宣教師夫妻とポールが呼ばれた。ポールは係争中の虐殺事件の当日、自分の目で見たことを正確に証言するようにと命じられた。太ったアンバンはポールが完璧な中国語（カオ・インが教えたのだ）を話すのを目を細めて見つめていた。身を乗り出し、さも面白そうに、アメリカ人の少年に具体的な質問を続けた。ポールの説明はテンガやせむし女の説明と完全に一致していた。この三人だけが事件の生き残りだった。少年たちはそれぞれ別々に、リタンツァンのワンディがアー・ツェリンとテンガの母親とおばを殺害したと証言した。完全に同じ証言をでっち上げることなどできるはずのない二人の少年が目撃者だったことは、ギャサゴの判決に大きな影響を与えることとなった。ギャサゴは取り調べの終了を宣言し、リタンツァンがタゴツァンの一家虐殺を企み、計画的に実行したことは証拠からみてあまりに明白であり、法的に些細な問題に拘泥するのは無意味だと述べた。リタンツァンは完全に有罪となり、ギャサゴは、チベットのカムパの伝統にならって、何の罪もないタゴツァンがこれほどの取り返しのつかない凄まじい喪失を被ったのだから、当主の望み通りの処罰を適用しようと言った。ここから先の裁判は一般に公開となった。

太鼓の音が鳴り響き、人びとは近づくことが許された。事件の概要とギャサゴの判決内容が読み上げられると、人びとはみな信じられないといった様子で首を横に振り、女性たちは涙した。そしてみな、軽蔑と嫌悪、不信感を露わにしてリタンツァン一族を睨みつけた。しばらくして、ギャサゴがタゴツァンに決断できたかどうか尋ねると、一様に静まり返った。

ポンボ・タゴツァンは姿勢を正し、厳しい顔つきで、ギャサゴのいる草地にひざまずいた。彼は普段は誇り高く、決して誰にも叩頭の礼を行うどころか、ひざまずくことすらしない。しかしそのときだけは、中国人のギャサゴの同情と斟酌を少しでももぎ取り、リタンツァンに最大の処罰が認められるように、ひたすら謙虚で従順な態度を貫いていた。そして目に涙を浮かべ、静かな落ち着いた声で言った。

「アンバン閣下、まことに的を射たご判断でした。誰が有罪で誰が無罪なのか明らかにしてくださいました。それどころか、ニャロンのチベット人の伝統にもとづき、有罪判決を受けた者たちにどんな罰を与えるか、私に決めさせてくださるのです。

一週間前、私には幸せな家族がいました。この谷で誰に対しても恨みを抱いたことのない家族でした。不正を働いたり、盗みを働いたり、他人の家庭を壊したり、他人の命を奪ったり、そんな企てなどしたこともない家族でした。敬虔な仏教徒で、他人の幸福のために尽くす家族でした……」ここまで言って、タゴツァンは涙があふれて口が利けなくなってしまった。「そして今は……今は……妻も、娘も失って、子ども一人しか残されていません。もう家族は誰もいません。たった一人の子ども以外はみんな殺されてしまった……リタンツァンの連中に殺されてしまった！　何の理由もなく殺されてしまったんです！」男らしく精悍な顔から悲痛の涙がこぼれ落ちた。

「私は何もいりません。宝石や金で賠償を要求するつもりもありません。家も、ヤクも馬も土地も何もいりません。手足を切断したり目玉をえぐり取ったりしたいとも思いません。私の家族が四人も殺されてしまった――一番身近で一番大切にしていた家族です。私が要求する処罰はただ一つ――私の心は変わりません！　命には命を！　リタンツァンの四人――とりわけ当主とワンディを私の目の前で即刻打首にしていただきたい。できるだけ早く……私の気持ちが変わる前に！」

群衆から怒号が飛び交ったが、中でもとりわけ大きな声で叫び、抗議の声を上げたのはリタンツァンの者たちだった。女性たちはヒステリックに泣きわめき、悲鳴を上げ、草地に身を投げ出して、中国人判事に五体投地で祈りを捧げる者もいた。スティーブンス牧師夫妻はタゴツァンのところに駆け寄って、どうか罪を犯さないでと懇願した。死者はもう帰ってこない。さらに命を奪っても意味がない。そんなことをしたら復讐がいつまで経っても続くことになる。いつかリタンツァンに報復されることになる。そこへリタンツァンの女性たちが集団でやってきて、タゴツァンの足元で五体投地をし、恥を忍んで懇願するさまを表すカムパ式の身振りで、タゴツァンに向かって胸をはだけて見せ、両の親指を立てて慈悲を乞うた。欲しいものはすべて差し出すからと――何でも差し出すけれども――命だけは勘弁してください！　タゴツァンがきっぱりと首を横に振り、自分たちを押し退けるので、スティーブンスとメアリーのところに何とか止めてほしいと懇願しにくるのだった。しかしポンボを思いとどまらせることは誰にもできなかった。するとクンガ・リンチェン僧院の学堂長たちと僧侶らがやってきて、悪業と報いについて説いて聞かせ、何とか考え直すように言った。さらにギャサゴのもとへ行ってもっと人道的で寛大な判決をと嘆願した。しかしすべて無駄だった。

中国人判事は扇子であおぎ、立派な翡翠の茶碗でお茶を飲むと、兵士らを呼んで、興奮して手のつけられなくなった群衆を何とか制御して、すぐさま処刑の準備に取りかかるよう命じた。太鼓の音が鳴り響くと、群衆は静かになった。もっともリタンツァンの女たちは悲鳴を上げ続けていたが。

「四人を選ぶように……」中国人判事はタゴツァンの当主に告げた。

死刑執行人が召喚された。柄に赤い絹の房が上品な感じで垂れ下がった大きく重量感のある処刑用の剣を携えた男が進み出た。タゴツァンはリタンツァンの当主とワンディ、そしてリタンツァンの当主の長男と末男を選んだ。カムパの間では、長男と末男を抹殺すれば一家の大黒柱を倒したも同然と信じられているのだ。兵士たちは押し寄せる群衆を必死で押し留めていた。クンガ・リンチェン僧院の僧侶たちはもう諦めて、斬首(ざんしゅ)の決まった四人のために祈禱を始めた。人びとの多くは復讐の果たされる恐ろしい場面を見るに忍びなく、その場を立ち去った。親たちは子どもを連れて帰って行った。

最初に処刑されることになったリタンツァンの長男が兵士たちに伴われて進み出ると、リタンツァンの女性たちは悲鳴を上げて泣きわめき、髪の毛や着物を引きちぎろうとした。兵士が年若い長男をひざまずかせ、頭に巻かれていたお下げ髪を外して引っ張り上げ、しっかりと固定した。兵士は怯えた様子で目をそらした。死刑執行人が傍らに立った。もう一人の兵士が後ろから蹴りを入れ、長男がぐっと前に出たところを、上から剣が振り下ろされ、リタンツァンの長男の首はすぱっと斬り落とされた。血が噴出し、見物していた人びとは驚いて飛び退いた。次に処刑される末男はもがき、タゴツァンに慈悲を乞うて泣きわめくので、後ろ手に縛り上げるしかなかった。そして次はワンディの番となった。彼は手を縛りつけようとする者たちの手を嘲るように振り払い、ひざまずく前にタゴツァンの当主とギャサゴに向かって見下すように唾を吐いた。ワンディは最後まで堂々としており、この男を嫌いだった者たちですら、死を目の前にしての凄まじいまでの勇敢さと驚くべき平静さを讃えたほどだった。

最後に残されたリタンツァンの当主は取り乱している家族のもとに行って慰めの言葉をかけると、クンガ・リンチェン僧院の学堂長たちに祈禱と加持を依頼した。

そして最後にタゴツァンのもとに行った。「タゴツァンの旦那……」タゴツァンの当主以外にははっきりとは聞き取れないほどの、しゃがれた声でもごもご話し始めた。「私が今どんな気持ちかお分かりですかね……。物言えぬ犬のごとく死を迎えようとしているんです。羊のごとく屠(ほふ)られようとしているんですよ。しかも直接手を下したわけでもないというのに。今ここでもがいたり反抗したりすれば、リタンツァンの当主は死に方も知らない臆病者だと人びとに言われるでしょう。でもね、人びとの見ている前で、まるでただの泥棒と同じように処刑されるのがどんな気持ちなのか分かりますか？　どうか私をお救いください……お願いですから……私の死を少しだけ軽くしていただけないでしょうか……ほんの少しの憐れみでいいんです。剣を私に貸していただけないでしょうか。自分で始末させてください！」

そう懇願して、タゴツァンの目を見つめた。二人とも背が高く立派な体格をしており、彼らを取り巻いていた四川人の兵士が見上げるほどだった。二人は、この谷で最も有力な二つの家をそれぞれ統率する首長として、男同士、互いに見つめ合っていた。タゴツァンは頷き、短剣をつかもうとした。

「アギャ、だめだ！」子どもの警告する声が聞こえた。タゴツァンは自分の隣に目をやった。テンガだった。たった一人生き残った肉親。タゴツァンはテンガのことをすっかり忘れていた。「剣を渡しちゃだめだ！」少年は叫んだ。「そいつを信用しちゃだめだ！　父さんを殺そうとしてるかも。この人たちに任せて打首にして！」タゴツァンは一歩下がった。

「この小悪魔め！」リタンツァンは叫んだ。「執念深い乞食のガキめが！　あの日始末しておくべきだったな……。お前を葬りそびれたのは失敗だったよ」

　テンガは父の手を取り、堂々とその場に立ち、勝ち誇ったような笑みを浮かべていた。リタンツァンは前に歩み出て、泣いている妻や娘たち、息子たちをちらりと見やった。それから片膝をついて顔を伏せると、あとは死刑執行人の剣を待つばかりとなった。当主が雄牛のように崩れ落ちると、リタンツァンの人びとの悲鳴と絶叫が響きわたった。寡婦となった当主の妻は失神してしまった。娘たちは地面にへたり込み、のたうち回り、着物を引きちぎろうとしたり、草や土を剝ぎ取って顔や髪の毛に塗りたくり、体を汚しまくっていた。他にも硬い地面に何度も頭を打ちつけ、苦悶の表情で転げ回っている者もいた。

タゴツァンの当主は群衆に囲まれてひとり黙って立ち尽くしていた。スティーブンス牧師が寄り添った。「アギャ……」子どもの声がして、見下ろすとテンガがいた。息子を抱き寄せ、頭をなでてやった。「旦那……」サムドゥプ・ダワの声だ。中年の裕福な商人で、タゴツァンの敷地のそばに居を構えている。「お宅までお送りしましょう……」

亡くなったタゴツァン家の人びとのための一連の葬儀の最終的な儀式は亡くなってから四十九日後に行われる。亡くなってからの四十九日間は、占星術師でもある僧侶に長方形の紙に亡くなった人一人ひとりのしるしを描いてもらったものに、ずっと祈りを捧げ、食事や飲み物もいつものように捧げてきた。

最後の儀式では、タゴツァンの当主とテンガ、サムドゥプ・ダワ、スティーブンス夫妻とポール、そしてアニが列になって座り、クンガ・リンチェン僧院の僧侶たちが声明と器楽演奏――カシャンカシャンとシンバルを鳴らす音、巨大な管楽器を吹き鳴らすブロォーという音、いつまでも耳に残るほら貝のうなるような音、そして人間の大腿骨でできた管楽器のむせび泣くような甲高い音からなる――を繰り広げ、ドルジェ・サンペル・リンポチェが手漉きの紙に描いた人びとのしるしを燃やす儀式、すなわち死者が俗世間に存在した痕跡を完全に消し去る儀式を執り行った。テンガの母親とおば、兄、姉の玉の緒の痕跡が炎にのみこまれたとき、タゴツァンの当主は我慢できずに子どものように泣きじゃくり、サムドゥプ・ダワとジョン・スティーブンスに何とかなだめてもらっていた。スティーブンスとメアリーの二人も体を震わせてむせび泣きながら、こうべを垂れて、生前大切にしていた四人のことを特に念じてキリスト教の祈りを捧げた。しるしの描かれた紙は燃えていった。青い煙が、僧院のような空気の中をゆらゆらと渦を巻くように立ち上っていった。紙はよじれ、ぼろぼろになって灰と化し、銀の容器の中にゆっくりと落ちていった。ドルジェ・サンペル・リンポチェと僧侶たちは手を叩いてから、優美な仕草で印を結び、読経をした。「あらゆるものは空であり……あらゆる現象は空である……あらゆる存在は空である……あらゆる非存在は空である……外空は……内空は……完全なる空……」

24

ポールとテンガは、タゴツァン家の厩のそばに腰を下ろして日向ぼっこをしていた。牛糞の山には蠅が飛び交っていた。

「ポーロ」テンガが言う。「蠅を殺す一番いい方法知ってるか?」

「ううん」アメリカ人の少年は答えた。「アニが殺生は罪だって言うし」

テンガは高笑いをして、ポールの言葉を一笑に付した。「馬鹿げてる! 罪なんてものはないんだぜ。あんなの坊さんと尼さんのただの作り話だ」

ポールは肩をすくめた。

「見てろよ……」テンガは言った。手のひらにぺっと唾を吐きつけ、それをむき出しの足に塗りたくった。それから足に糸をかけて待つのだ。しばらくすると一匹の蠅が舞い降りて、唾を舐め始めた。蠅は夢中で舐めており、テンガが操っている糸がゆっくりと、容赦なく迫ってきていることに気づいていなかった。テンガはものすごい忍耐力で獲物に集中し、少しずつ、着実に蠅を追い込んでいった。そしてついに蝿は罠にかかり、頭がぐしゃっと潰れた。テンガは勝ち誇ったように糸を掲げ、潰れた蝿を振り払った。

テンガはポールに様々なことを教え込んだ。鳥を罠にかけるには棒を立てたところに重い籠をかけて置いておく。籠の下に麦粒を撒いておき、棒には長い紐をくくりつけておく。テンガがその紐を手に持ち、二人で近くの茂みに隠れて、鳥が麦粒をついばみに来るのを待ち構える。紐を引けば籠がかぶさり、袋を手に突進して行けばいい。冬、どか雪が降った後に急に日差しが出ると、鳥たちがつかの間の陽光を楽しむためにわらわらと日なたに出てくる。そんなとき少年たちは鏡を手にして太陽の光を反射させて鳥の目を狙う。そうすると目が見えなくなった鳥は酔っ払いのおじいさんみたいにふらふらになってしまうので、どんな間抜けでも捕まえることができるのだ。

テンガは乗馬も得意だった。自宅の広い厩にいるどんな馬も乗りこなすことができた。でも、早駆けしたり、鞍に尻を載せたまま体を左右に倒したり、早駆けのまま地面に落ちているライフルを拾い上げたりする行為は、馬丁が許してくれなかった。ポンボ・タゴツァンがそうした曲乗りを禁じていたのだ。妻が亡くなってからも再婚しなかったポンボにとって、テンガは相変わらずたった一人の子どもであり、異常なまでに溺愛していた。しかし少年は一筋縄ではいかず、十四歳になるまでにニャロンでは右に出る者のない騎手になっていた。ポール・スティーブンスがどんなカムパにも負けないのは水泳だけだった。テンガは水に病的なまでの恐怖心を抱いていたので、ポールがまるで魚のような姿を友人たちに披露している間、嫉妬をするやら拗ねたくなるやらうらやましいやら、むっつりした顔でリチュ川のほとりに腰を下ろしているしかなかった。

テンガとポールにはいつもつるんでいる悪ガキ連中がいた。一日中野山をうろつきまわっていて、あまりに授業をサボるので、ポールは両親からきついお叱りをくらっていた。アメリカ人宣教師夫婦は息子に勉強を教えていて、毎日勉強をしてほしいと思っていたが、ポールの落ち着かない目が本に向かうことはめったになく、家で勉強をしなさいと説教されるたびにいらいらを爆発させるのだった。ポールは、テンガと悪ガキ連中が自分の勉強が終わるのを待っている間、何をしてほっつき歩いているんだろうと思うと集中できないのだった。勉強が終わるとすぐさま、喜び勇んであたりの山にすっ飛んでいく。山はどこもかしこも興奮することだらけだ。見たこともないアムリカなんていう遠くの国の憲法について学ぶよりもはるかにスリル満点で夢中になれる。それにアムリカのキングだっていうエイブラハム・リンカーンなんて見てみたいとも会いたいとも思ったこともない。もう一人、ジョージなんとかっていうキングもいて、その名前にちなんで首都が名づけられたらしいけど。

ある日、テンガは「軍隊」なるものを作って、ポール・スティーブンスを副司令官に任命した。その下はミンマだ。全員テンガに忠誠を誓い、命令には絶対に従わなければならない。「軍隊」に入ることを許された女子は、それも男子たちの間で激しい議論が交わされた挙げ句、ようやく認められたのだが、タゴツァンの当主と固い友情で結ばれたサムドゥプ・ダワの一人娘のカンド・ツォモと、豊満な胸をしたツェレクの二人だけだった。女子よりも男子の方が多いのだ。「軍隊」は周辺の森や山を歩き回り、互いに忠誠と友情を誓い、戦争ごっこを繰り広げていた。

テンガと「軍隊」は森の中にいた。ポールがカンド・ツォモをからかっていたそのときだった。テンガが静かにしろと小声で言った。少し離れたところに男がいる。知恵遅れの牛飼いのじいさんが一人で雌牛を追っているのだ。牛たちは好き勝手に草を食(は)んでいる。しばらくすると、じいさんはズボンを下ろした。カンド・ツォモとツェレクは恥ずかしくてこみ上げてくる笑いを何とかこらえていたが、じいさんが大きく膨らんだペニスを華々しく取り出してなで始めると、思わず顔を背けた。じいさんは辺りを見回して誰もいないのを確かめると、自慰をおっ始めた。興奮してうめき声を上げ、手の動きはどんどん早くなっていき、そして突然ううと恍惚の声を発しながら射精した。カンドは目を背けたままだったが、ツェレクは興味津々で一部始終を見つめていた。ツェレクはまったく驚いている様子もなかった。「ディクパ・コ！　すっごい見ものじゃない！」彼女はくつくつ笑ってテンガに耳打ちした。テンガは両手を口に押しつけて必死で笑いを押し殺していた。息が詰まって死にそうだった。

でも、牛飼いのじいさんが次にやりだしたことは、子どもたちにとってもっと驚くべき面白い行為だった。じいさんのペニスが再びそそり立ち、でっかい先っぽが貪欲な蛇みたいになると、またしても手で弄び始めた。じいさんは立ち上がって草の上に寝そべっている雌牛のところに行った。子どもたちがいったい何が始まるんだろうとわくわくしながら見ていると、じいさんは雌牛をあっちへ動かしたりこっちへ動かしたりして自分の都合のいい位置に体勢を合わせると、目を閉じ、うっとりとした忘我の表情で、抵抗しない動物めがけて激しく突き立て始めた。そのうちぐったりとして獣の上に頽れた。「ディクパ・コ！　まじかよ……」テンガはつぶやいた。子どもたちは無防備な牛飼いのじいさんに気づかれないようにじっと息を潜めていた。もし見つかったら絶対に殺されてしまう！　午後遅くまでそこに隠れていると、ようやくじいさんは大きな声と甲高い口笛を合図に、牛たちを追って山を下りていった。

テンガはすっかり興奮してしまい、ツェレクの方を向いて言った。「なあ、ツェレク……牛になってくれない？」

ツェレクは軽蔑したようにそっぽを向いて無視を決め込んだ。

「ねえ、ツェレクってば」テンガは食い下がった。「君は軍隊の一員で、俺が大将なんだぞ。俺の言う通りにしろよ」

「まあまあ、ツェレク」ミンマがなだめた。「ここは受けて立てよ……」

ツェレクはただくすくすと笑っていた。テンガは立ち上がり、ズボンを下ろすと、ツェレクに横になるように言った。ツェレクは頬を染め、目も半分閉じたまま、横たわって着物の裾をたくし上げたが、足はきつく閉じていた。ミンマが無理やり彼女の太ももを開くと、男子たちが一斉に集まってきた。ツェレクの外陰は大きくて、うぶ毛がまばらに生えていた。テンガは馬乗りになった。でも、必死に努力をしたものの、牛飼いが簡単そうにやってのけていた技術すら持ち合わせていなかった。テンガは大失敗を喫して面目を失い、もはや体を引き離し、不名誉で完璧な負けを認めるしかなかった。そしてこの敗北でテンガは自分のすべてを打ちのめされたように感じた。二番目に位の高いポールが次に攻撃を行うことになった。しかし、自分の思う通りに懸命にがむしゃらに攻撃をしかけ、前進したものの、ツェレクの報告によると侵入は成功せず、歓喜の要塞は攻略できずじまいだった。次はミンマの番だ。ああでもないこうでもないと言いながら腰を押しつけていたが、周りで見ていた誰の目にも、この戦い（ツェレクは今や着物を脱がされ、全裸になっていたので、どの位置からもよく見えた）は、唾を潤滑油として使用するという必死の戦術も虚しく、敗戦は明らかだった。残りの少年たちも自分たちの順番が回ってきたが、おずおずと無力で取り留めのない攻撃を繰り出した。しかし、高官たち、精鋭のエリート兵士たちが敗退しているので、下級兵士の士気はくじかれ、しるしばかりに何度か押しつける程度のことしかできず、総退却となった。ツェレクは起き上がり、ゆっくりと着物を着て、帯を巻き始めた。彼女は首をぶんと振って、能力のない気弱な「男ども」からなるテンガの「軍隊」を軽蔑のまなざしで睨めつけた。

「ねえ、カンド・ツォモ」ツェレクは言った。「次はあんたの番ね。あたし一人に全部やらせるなんて許さないよ」

「いや！」カンドは叫んだ。

「ツェレクの言う通りだ」テンガはカンドで名誉挽回したいと思って言った。「ツェレクは本当によくやってくれた！　われわれ全員にあそこを提供してくれたんだ！　次はお前が同じことをやれ……」

「あたしはいや！」カンドは叫んだ。「やりたくない！」

　テンガは彼女の手首をつかんで地面に押し倒した。カンドはテンガの顔をひっぱたき、金切り声を上げて、もみ合い、蹴っ飛ばした。ミンマが彼女を押さえつけてきたので、彼女はミンマの顔に唾を吐きかけ、おいおい泣き出した。

「もうやめろよ！」ポールが割って入った。「やりたくないって言ってるじゃないか。なんで無理にやらせるんだよ」ポールはミンマを押しのけた。テンガはカンドの手首を離した。彼女はへたりこんでしくしく泣いていた。

「ほほう……」テンガはかぶりを振り、ありえないという顔でポールを睨みつけた。「カンド・ツォモに気に入られたいんだな？　それでこっそり独り占めにするつもりなんだろう！　お前がカンドのあそこにしゃぶりつきたいならそうするがいい！　でも今日からお前とカンド・ツォモはわれわれの軍隊から外れてもらう！　カンドとアムリケンの青い目のくそ野郎（ミンゴル）はここに置いていくぞ。われわれと一緒に来る必要はない。みんな、行くぞ！」少年たちはみんなカンドとポールを置いて、ぞろぞろと立ち去っていった。ツェレクは迷った挙げ句、二人と一緒に留まることにし、三人は一緒に伝道所に向かった。カンドはポールとツェレクに「明日はあたしの家に遊びに来てね」と誘うのだった。

25

何週間もの間、少年たちは誰一人としてポール・スティーブンスのいる伝道所に遊びに来なかった。牧師は息子がタゴツァンのテンガと喧嘩をしたのではないかと心配していた。ポールがあまりにしょんぼりしているので、気を利かせて息子を連れてポンボ・タゴツァンのもとを訪れた。そこにはテンガがいたので、ポールが誰も一緒に遊んでくれなくて悲しい思いをしていて、仲良しだった友だちに会いに来たんだと事情を話した。結局テンガはアムリケンが彼の「軍隊」に戻ることを承認し、森で起きた事件については一切禁句だと言い渡した。

「ポーロ」テンガはこっそりと耳打ちしてきた。「俺たち、カンド・ツォモを襲う計画を立ててるんだ」ポールは黙っていた。「明日リチュ川の近くまで遊びに行くんだけど、ちょうど道から見えないところに砂地があるだろ。そこでやるんだ。あいつはとんでもない高慢ちきだぜ！　俺たちが鼻をへし折ってやる……」

翌日、テンガに率いられた少年少女の「軍隊」はリチュ川のほとりに集まって遊んだ。砂地の土手を駆け上がったり駆け下りたり、滑らかな丸い石を拾ってきて水切りをしたりしていた。ポールは川に飛び込んで深いところから勝ち誇ったように顔を出した。子どもたちはみんな尊敬と羨望のまなざしで見守りながら、ポールが溺れてしまいやしないかと冷や冷やしていた。カンドはポールのことが心配でたまらないようで、轟々と響きわたる川の流れ越しに、身長より深いところには行かないでと叫んでいた。なんであいつはあんなにポーロのことを気にしてるんだ？　しかもポールは彼女に心配してもらってすごく嬉しそうにしている。テンガはその様子をしっかりと見ていた。

しばらくして家に帰ろうとなったとき、テンガは手下たちを砂に覆われた小高い丘に連れて行った。灌木の茂みがあちこちにあった。テンガがミンマに何かささやいて肘で小突くと、ミンマが頷いて別の少年たちに何やら耳打ちするのが目に入った。その瞬間、ポールは咄嗟にカンドに気をつけるように言わなくちゃという思いに駆られた。「カンド、走って家に帰るんだ！　急げ！　あいつらにやられちゃうぞ！」カンドはびっくりした様子でポールを見ると、脱兎のごとく走り出した。テンガたちはこの先制攻撃にただただびっくりして、カンドを追いかけて引き止めることも出来なかった。みんなその場で呆気にとられて立ち尽くしていた。テンガは突如激しい怒りを露わにし、拳を握りしめてポールの方に突進してきた。

「卑怯者！　汚いぞ！　卑怯者めが！　臆病者！　俺たちを出し抜いたのかよ。お前なんか信用するべきじゃなかった！」そう言って嫌悪感を露わにしてポールに唾を吐きつけた。少年たちはみなテンガを取り囲んで銅像のように立ち尽くしていた。みな彼を心底恐れているのだ。彼がポンボの息子だということとは関係ない。テンガは仲間に恐怖を覚えさせるのだ。その結果、完全に服従させてしまう。

ポールは腰を下ろし、罪の意識に苛まれながらも、同時に正しいことをしたと思ってほっとしてもいた。ポールはしばらく温かい砂の中に足をくるぶしまで潜り込ませたまま、静かに座っていた。そして栗色の産毛に覆われ、褐色に日焼けした砂まみれの腕を膝に載せてぶらぶらさせた。そうすると血管が膨張して浮き上がる。馬鹿な話かもしれないが、強そうに見えて、テンガたちが襲撃を思いとどまるんじゃないかと思ったのだ。

テンガはポールの胸をどついた。「アムリケンの猿め！　お前はうちの軍隊から永久追放だ！　解任だよ！　副司令官は……もう……首だ！　出て行け！」

ポールはその場に腰を下ろしたまま、俯いたまま砂を見つめていた。一言も口を利けなかった。「軍隊」が彼を信頼して教えてくれた秘密を漏らしてしまった罪が大きくのしかかり、耐え難かった。テンガが信頼して打ち明けてくれた秘密をばらしてしまったのだ！　こうして臆病者と罵られるのも――たまらない……我慢できない！　罪を犯したのはカンドのためだ。ただ彼女を守るために。なぜそんなことをしたのか？　それは彼女が犯されないようにだ。でも、大好きな「軍隊」の一員にはもうなれない……友だちも失ってしまう……なんて悲しいことだろう！

「言っただろ。消えろよ！」テンガは軽蔑を露わにしてポールに蹴りを入れて叫んだ。ポールはさまよえる野良犬のようだった。「俺たちにはこそこそした意気地なしはいらないんだよ。俺たちはみんなニャロンのカムパだ。お前はアー・ツェリンに教わったことを全部忘れちまったみたいだな。あのじいさんが生きてたら、お前の醜い猿みたいな顔に唾を吐きつけるだろうな！　意気地なしのこそ泥野郎が。醜いアムリケン！　軟弱な臆病者！」

臆病者――ニャロンのカムパが他人を罵るときの一番ひどい悪口だ。ああ、臆病者！　死んだほうがはるかにましだ。

ポールは惨めな顔で泣き出し、砂だらけになった毛深い腕で涙を拭った。「テンガ……」ポールは静かな声で言った。「こっそり秘密をばらしたことは本当に本当にごめん。君が正しいよ……。君を裏切ってしまった。信じてくれてたのに、ばらしてしまったんだ。あれは完全に……僕の間違いだ。でもどうしようもなかったんだ。カンド・ツォモのためだったんだ。襲われてほしくなかったから。でも、テンガ、僕は臆病者なんかじゃない！」

テンガは大声で嘲笑った。一緒にいた少年たちもみな笑った。「臆病者じゃないって？　なあ、聞いたか。アムリケンのお猿さんは臆病者じゃないってさ！　ニャロンのカムパと同じくらい勇敢だっていうのか？」

「そうだよ……」ポール・スティーブンスは涙声で言った。

「臆病者じゃないと？」

「ああ！」

「じゃあ証明してみせろよ！」テンガは言った。「もちろんニャロン式にな……」

ポールは立ち上がって言った。「剣を寄越せ、テンガ」少年たちが集まってきて、みんな息をひそめた。テンガは笑顔を見せて長めの短剣を鞘から抜いてポールに手渡した。ポールは丸太を見つけると、その上に左手を置いて中指をぐっと伸ばし、一太刀でほぼ根本から切り落とした。痛くて顔が歪んだが、泣かずにこらえた。短剣を放り、ほとばしる血を止めるために指をぎゅっと押さえた。しかし血はどくどく流れて止まらず、乾いた白い砂を染めた。血が止まらないので、ポールは砂の中に指を突っ込んだ。テンガはかわいそうで見ていられなかった。もう怒りはすっかり消えていた。一番の友だち、一番昔から知っている友だち、腹心の部下が、断固として臆病でないってことを、ニャロンのカムパ流に証明してみせたのだ。

「ポーロ……そこにおしっこをするんだ」テンガが助言した。「そこにおしっこをすれば……きっと血が止まる」

ミンマがポールのズボンを下ろしてやった。ポールはなんとかしておしっこをしぼり出そうとしたが、一滴も出なかった。「ぜんぜん出やしない」

「よし……おれがやってやる」ミンマが申し出た。おしっこをかけられるとひりひりしたが、効果はあったようだ。それからテンガは自分のシャツを破って包帯にして、まだ血の止まらない、骨がむき出しのポールの指の切断面をぐるぐる巻きにしてやった。

「ほら」ミンマはにこにこしてポールに言った。「お前の指だ！　とっとけよな。これを見れば自分の勇敢さをいつでも思い出せるし、幸運を呼ぶぞ」

「よく乾かして首にかけるといい。お守りにするんだ」別の少年が称賛と思いやりを込めて言った。

「ほら、ポーロ……」また別の少年が言った。「お菓子あげるよ……」

ポールは温かく乾いた砂の上に腰を下ろした。もうほとんど気絶しそうだったし、切ったところはとんでもなく痛かった。でも仲間たちに痛がっているところを見せたくなかった。ポールは歯を食いしばり、勇ましい顔をしてみせた。今や彼は全員の同情を集め、みんなに取り囲まれている。

「お前は本物のニャロンのカムパだ」ミンマは称賛の声を上げた。「臆病さなどかけらもないな！」

「ポーロ、痛いかい？」また別の少年が聞いた。

「少しな……」ポールは答えた。

テンガはポールの隣に腰を下ろし、腕を回して寄り添うと、ポールの指を心配そうに見つめていた。急ごしらえの包帯がもう真っ赤に染まっていたからだ。どうやっても血が止まらない。テンガにしてみればポールは友だち以上の存在だ。物心ついたときからずっとそばにいる兄弟だ――もちろん「軍隊」の統率、あるいはカンド・ツォモの好意をめぐっては間違いなくライバルだが、それでもやっぱり兄弟なのだ――それに臆病者でないことが証明されたので、すべては許された。男は臆病でさえなければ、ニャロンでは大抵のことが許される。テンガはポールが短剣を振り下ろすところを見ていた――何の躊躇もない一太刀だった。その一回で指はすっぱりと切り落とされた。生半可な気持ちじゃできない仕事だ。あれをやるなんて相当根性が据わってる。テンガの心からは嫌悪も嫉妬も、羨望も消え失せていたし、カンド・ツォモのことも今やどこ吹く風だった。そしてポールと再び親友であり兄弟という関係に戻った。それもニャロンの人間らしい勇気のある者として。

「だいぶ血が止まってきたな、ポーロ」テンガは言った。「肉のとこはいいんだよ。何日も血が止まらないのは骨の断面らしいよ」

ポールは頷いた。まだ歯を食いしばっている。指をこわばらせ、苦痛に耐えている。

「テンガ」ポールはひそひそ声で話しかけた。「テンガは臆病なの?」

「何だって?」テンガは棒で急に突かれた蛇みたいに首をもたげて言った。

「テンガが臆病者じゃないってどうやって分かるんだよ」ポールはしつこく言った。

テンガは高らかに笑った。「ここにいる俺の軍隊はみんな俺が臆病なんかじゃないって知ってるぜ! 俺がそんな風に振る舞ったことがあったか?」

「じゃあ証明してよ……」ポールは言った。

それでようやくテンガは理解し、ポールをまじまじと見た。

「おい、タゴツァンのテンガ。お前が臆病者じゃないってことを僕たち全員に証明してくれよ」ポールはゆっくりと慎重に続けた。「証明してくれよ――ニャロン式に!」

テンガは立ち上がり、蔑んだような態度で砂に唾を吐いた。「ポーロ」彼は言った。「お前ってやつは執念深いな！　何を言いたいのか分かってる……」テンガは短剣を再び抜いた。「でも俺は断じて臆病者じゃない！　証明してやろうじゃないか。それがお前の望みならばな！」

テンガはポールが使ったのと同じ丸太のところへ行った。「軍隊」のみんなが見守っている。彼は不敵な笑みを浮かべた。左手をその丸太の上に置くと中指をぐっと伸ばした。ポールはじっと見ている。とそこへまるで肉屋の斧みたいに短剣が振り下ろされて、その指は吹っ飛んでいった。周りの少年たちは勝利の雄叫びと歓喜の声を上げた。そして今度はテンガが血がどくどくと流れ続けている自分の指の切断面におしっこをかける番だった。「ディクパ・コ！」テンガは悪態をつき、痛みに顔をゆがめて砂地をぴょんぴょん飛び回っていた。「これでお前も満足だろ、なあ、アムリケン！」

テンガは砂地に腰を下ろし、指の手当てをしていた。ミンマがシャツを破り（実は一張羅なのだが）、傷口を包んだ。「テンガ、痛いか？」心配そうに聞いた。

「痛えに決まってんだろ！」テンガは大声で言った。「ディクパ・コ！　マジで痛えよ！　畜生っ！」

テンガは指を切り落としたところをぶんぶん振って繰り返し息を吹きかけている。なにしろ耐え難い痛みなのだ。「さてと」彼は言った。「うちの軍隊にはニャロンで一番勇敢な集団になってもらいたい。臆病者はいらない。ここにいる全員に――全員にだぞ――臆病者じゃないってことを証明してほしい！　ポールはやってくれた。そして俺もやった。今度はミンマ、お前の番だ。それから一人ずつ、全員やるんだ！　できないなんて言ったやつはきったねえ意気地なしだからな。うちの軍にはふさわしくない。やらねえやつは追放だ！」

ミンマは何か言おうとしたが飲み込んだ。たぶん抵抗しようとしたんだろう。でもそれも口元から消えた。自分の短剣を鞘から抜いた。テンガの剣よりももっとずっしりしたものだ。そしてすっかり血まみれになった丸太のところへ行った。そして彼もまた、テンガの命令に従い、臆病でないことを証明するため、そしてタゴツァンの「軍隊」に残るために、指を切り落とした。テンガに称賛され、認められるために。他の少年たちもこれに倣った。恐怖に手が震えて指を切り落とすまでに何度か剣を振り下ろさなければならない子たちも一人二人いた。あと三人というところで、三人ともこの儀式をやりたくないと言って泣き出した。一人は指を切ってもいいけど自分でやるのは無理だからテンガか誰かにやってほしいと懇願した。

「俺がやろう……」ミンマが申し出た。

「いや、だめだ」テンガが言った。「それは楽な逃げ道だ。どんな臆病者だって人にやらせればできる。自分でやらなきゃだめだ……ポーロやミンマみたいにな」

少年は短剣を握りしめたまま、泣きながら震えていた。「テンガ、頼むよ……臆病なんかじゃないんだ……でも自分じゃ無理だ……ミンマに切ってほしい!」

「だめだだめだ」テンガは言った。「切り落とすだけじゃないか! 簡単なことだぞ。目を閉じて剣を振り下ろせ! ほら、一、二、三!」

少年は泣き崩れ、うめくように言った。「できないよ……無理だよ……」

「仕方ねえな!」テンガは身を寄せ合っている三人を軽蔑のまなざしで睨(ね)めつけて言い放った。「お前ら三人は完璧な臆病者だ! ニャロンの戦士として失格だ。俺たちに二度と近づくんじゃねえ! お前らの臆病のせいで俺たちがけがれるわ! 失せろ。お前らは女だ! クンガ・リンチェンの坊主にケツの穴を貸してやるくらいしか能がない役立たずだ! 寺に行って坊主の嫁になれや!」

少年たちはすっかり固まってしまい、泣きじゃくりながらテンガに情けを乞うた。

「失せろ！」テンガは叫んだ。彼はかがんで石を何個か拾うと、みすぼらしい野良犬を追い払うように少年たちに石を投げつけた。少年たちは駆け出したが、時折立ち止まってはテンガが考え直してくれたんじゃないかと期待しながら振り返った。

あたりの砂地は、神に犠牲を捧げるために動物を何頭も屠ったかのように血まみれだった。少年たちは傷口の状態を気にしながら、切断した指をまるで秘密の宝物のように大切に持ち、家路についた。ポールは家に帰り着くとまず厩に向かった。抜いたばかりの虫歯を手にした人みたいに、切り落とした指が気になって仕方がなかったのだ。爪は青褪めて白っぽくなっており、指の腹はふにゃふにゃで、血が通っていたときには確かにあった弾力はもうなかった。骨は真っ白でつるぴかだった。指の腹には指紋がくっきりと見える。複雑な模様をしていたが、しわしわだった。ポールは信じられなくてかぶりを振った。こいつがもともと僕のもので、僕の命令に従っていたなんて。ポールは指を布に包むと、こっそりと自分の寝室に行き、十字架のキリスト像の下にある引き出しの中の、安全な場所に隠した。

第3部

26

中国と日本の戦争が一九三七年に始まり、一九四一年にはアメリカ合衆国と日本の戦争が始まった。ほどなくして日本軍が東南アジアを広域にわたって攻略し、ビルマまで侵攻すると、中国はインドから空路ヒマラヤ山脈を越えて雲南の昆明に至るルートを残して世界から隔絶されてしまった。スティーブンス牧師のもとに郵便が届くのに（そもそも滅多に届かないのだが）何か月もかかっていた。何せアメリカからインドのカルカッタへ届いたらまずアッサムへ運ばれ、そこから昆明へと飛行機で運ばれるのだ。手紙は昆明から、戦争中［抗日戦争を指す］首都の置かれていた重慶へと向かう。さらに成都（チベット人にとってはティンドゥ）へ届けられると、そこから先は馬やラバの荷駄となってタルツェンドへと運ばれ、その後、リタンを経由してようやくニャロンの谷へ、そして伝道所へと届くのである。

蒋介石率いる国民党政府の敗戦は濃厚になってきており、交戦すればするほど日本軍に有利な戦況になっていった。その頃、中国の西北地方の延安にある広大な洞窟では、毛沢東と共産党の紅軍が、屈強で忠誠心のある、よく訓練された農民兵士たちとともに、国民党軍との最終決戦に臨み、偉大な祖国全土を五星紅旗のもとに制圧する日を忍耐強くかつ冷静沈着に待ち続けていた。

スティーブンス牧師夫妻はポールを連れてタルセル・リンポチェのもとを訪ねていた。アメリカ人牧師はこの年配のラマが大好きで、面会すると心が洗われ、刺激を受けて帰ってくるのが常だった。スティーブンスはチベット仏教の勉強にのめり込んでおり、難解な問題にぶつかったり、教義に不明瞭な点があったりすれば、リンポチェに疑問を投げかけ、議論しながら理解していくのだった。スティーブンスは、教義上、あるいは神学上の問題においてはキリスト教はチベット仏教と大きく隔たっているものの、崇高で神秘的な領域に至ると共通点も多いと感じていた。

メアリーは夫とともにポンボ・タゴツァンから贈られた駿馬に乗っている。ゴンポも馬に乗っている。ゴンポは結婚して所帯を持ち、今や三児の父だった。ポールだけは徒歩で出発し、しかも一足先に僧院に到着していた。ポールは歩くのが好きなのだ。でも自分の馬も引いて行ってほしいとゴンポに頼んであった。

タルセル・リンポチェは再会を喜んでくれた。メアリーと牧師はチベット式に化身ラマの前で三度五体投地をして、長い絹の礼布カターを捧げた。ポールは屈んで頭を下げただけだった。そのことについては最初から両親には言ってあった。リンポチェに対しては敬意は表するけど、僕もテンガも、誰しも他者に対してひれ伏すべきじゃないと思ってるんだ。牧師は今やすっかり辛抱強さを身上としており、この申し出を単なる思春期特有の気まぐれとして受け止め、そういう場合はポールの思う通りにさせてやった。そもそも息子がキリスト教徒なのかどうかすら確信が持てない始末だった。

「息子さん、立派になりましたなあ」タルセル・リンポチェはポールを祝福し、肩を揺さぶりながら言った。「背も高いし！　ポーロ・アギャ、もうすぐ追い越されそうですな」

「ええ、来年には」メアリーは完璧なニャロン・チベット語で答えた。「父親が見上げるほどになるでしょうね！」

「なあ、ポーロ」リンポチェは笑みを浮かべて若者に話しかけた。「ニャロンは好きかい？」

「もちろんです、リンポチェ。ニャロンは僕の故郷ですから……」

「でもいつかはアムリカに帰るんだろ？」リンポチェは冷やかした。

「それはありません！」ポールはきっぱりと言った。「僕に必要なものはすべてここにあります。アムリカっていったいどこにあるんですか？　すごくへんてこなところって感じがします……」

老僧は嬉しそうに手を叩きながら大笑いして涙まで浮かべていた。「へんてこなところ！　へんてこなところとな！　聞いたか？　確かに考えてみれば何もおかしなことは言ってないぞ。結局、ニャロンがこの子の故郷だってことだ。ここで宿り、生まれ、育ち……ニャロンの空気を吸って……リチュ川の水を飲み……ニャロンのものを食べてきたんだものな。ポーロ、君は正しい。君がわれわれの一員だってことになんの疑いもない。君のことはいろいろと耳に入ってきてるよ。君のことをみんな高く買っている。病人に親切にするところ、お年寄りに対して礼儀正しくて思いやりにあふれているところ……。ああ、ポーロ・アギャ、息子一人しかつくらないなんて残念なことですな。ポーロみたいな息子をもっとつくればよかったのに！」

「ほめすぎですよ、リンポチェ」メアリーは言った。「調子に乗りますから。おっしゃる通り、もっと子どもがいればと思うこともあります。でも多かれ少なかれ神のみぞ知るというところですので」

「子ども一人しかいないのはお宅だけじゃないものな」リンポチェは言った。「誰のことを言っているかはお分かりかと……」

「お気の毒なことです」メアリーは言った。「もしお嬢さんも息子さんも存命だったら、今頃は孫がいたでしょうね。カルマ・ノルブは本当に素晴らしい青年だった。こんなに年月が経っているのに……いまだに彼の姿がありありと浮かぶし、声もはっきりと覚えています……」

「ああ、なんという痛ましい事件だったことか」タルセル・リンポチェは言った。「そしてリタンツァンに対して行われた復讐劇もなんと残酷だったことか。奥さんのおっしゃる通り、タゴツァンの息子さんは美徳の鑑のような青年でした。どこにも欠点のない完璧な青年だった。ああいった非の打ち所のない人物は、得てして神々の嫉妬を引き起こしがちでしてな……。長生きしないものなんですよ。残念なことですが……」

「あれからずっとお一人でいらっしゃいますね」メアリーは言った。「奥さまとの思い出を大切にしていらっしゃって……。素敵です」

「ポーロ・アマ、聞くところによると」リンポチェは言った。「ポンボの一粒種はもう……子どもというより……テンガでしたな……大人になっているとか。ポーロよりも年は上でしたかな？　いや、違ったか……。ポーロの干支は何でしたかな？」

「丑年です」メアリーは言った。

リンポチェは指先で計算し始めたが、「いやいや、馬鹿だな——年を計算するなんて！」と言って笑った。「もう年ですなあ！　覚えてますよ。テンガが初めてここに両親に連れてこられた年のことを。私は命名を頼まれてね。なんとまあ——ポーロとテンガは同じ年の生まれでしたか！」

「ええ、ほんの数か月違いなんです、リンポチェ」スティーブンス牧師は言った。

「なんと……。いや、でも……テンガの噂も耳に入っているんだが……」リンポチェは驚いたように言った。「何歳も年上なんだと思ってましたよ。酒を飲むというし……。それに……あの……」高僧は一方の手の人差し指を立て、もう一方の手のひらをカップのように丸めるチベット式のジェスチャーをして見せた。それが何を表しているかは明白だった。「それに麻雀ではテンガの右に出るものはいないとか……。天性の勝負師だって。まあ、みんな人から聞いた噂話だがね」

「彼は素晴らしい若者ですよ」スティーブンスは言った。「知らない人はちょっと素行の悪いところをあげつらいがちなんですがね。私は彼が酒を飲んでいるのを見たことはないですし、賭事だって……それに……その……」とそこでスティーブンス牧師もまた、例の誰にでも分かる、指を使ったチベット式のジェスチャーをして見せた。「ポールだってそれは……楽しんでいるんじゃないですかね……。

リンポチェ、ご存知の通り、テンガを取り上げたのは私の妻です。テンガは私の息子も同然です。タゴツァンの旦那にとってのポールと同じです。当主はいつもポールに贈り物をくださって……。いつもポールの幸せを気にかけてくれてるんです。それに」スティーブンスは笑って続けた。「いつもいい子がいないかと花嫁候補を探してくれているんです。ポールはアメリカ人じゃなくてニャロンのチベット人と結婚するべきだと言うんですよ。つい最近のことですが、十八歳になった記念だといってポールに馬と鞍、剣とライフルをくださったんです。これで一人前の男だと……」

「そりゃあ、ポーロは間違いなくニャロンの戦士ですよ」リンポチェはそう言ってポールを誇らしげに見つめたので、アメリカ人の青年は頬を染めた。「指が立派に切り落とされた左手をご覧よ……」

ポールは胡座をかいたまま黙っていた。あまりにほめられたり注目されたりして気まずかったのだ。まったく馬鹿げた話だ！　年寄り連中の暇つぶしのおしゃべりを信じてりゃいいさ……。ポールは左手をさすりながら、数年前のあの日、テンガたちがカンド・ツォモに乱暴しようとした日のことを思い出していた。それに父さんが嬉しそうにしゃべってるこの馬鹿げた話は何なんだよ。タゴツァンの当主が嫁探しをしてくれてるだと。あほか！　父さんだって自分の妻をどっかのじいさんに探してほしいなんて思わなかったくせに！　ましてや自分の親になんか！　きっと目が節穴なんだな！　そんな遠くまで嫁を探しに行かなきゃならないってのか？　サムドゥプ・ダワの家より先に行く必要もないっていうのに。

ポールはカンドのことを思い浮かべていた。ミルクのように白く美しい肌、繻子（しゅす）のようになめらかなバラ色の頬、大きくて温かみのある鳶色の瞳に驚くほど白く澄んだ白目、長くカールしたまつ毛、ニャロンではどこの仏堂や仏壇にもおわすターラー菩薩の鼻のように、誇らしげですっとした形のよい鼻、血色のよいピンク色の唇、白くてきれいな歯、そして、頭をのけぞらせ、長くて黒い編み髪を後ろに勢いよく跳ねさせながらころころと笑う声。彼女は背が高くてスタイルもよく、身のこなしも上品だった。たかが指一本、どうってことない。彼女のためなら腕や足の一本だって喜んで犠牲にするさ！　彼女がツェレクみたいな子じゃなくて本当によかった。ツェレクは賭けで誰とでも平気で寝るし、相手がへとへとになってしまったら別の男を寄越せというのだ。カンドはけがれのない純潔で清らかな女神として崇めたてまつられていて、ポールは彼女がそんな風にいてくれることが嬉しかった。ポールもテンガも谷じゅうのどんな女とも寝ることはできたし、実際味見もたくさんしたが、カンドは遠くから拝むような雲の上の存在で、決して男の卑猥な欲望や妄想で蹂躙（じゅうりん）されてほしくなかった。

ただ一つ不安で心配なのは――ポールにはそれが、体のどこかやっかいで敏感なところに刺さった棘（とげ）のように、それもどんなに身をよじってみても抜くことができない棘のように思えた――テンガと同じ女神を信奉しているのではないかということだ。ポールは心の奥底では分かっていた。タゴツァンの当主はこの地域のポンボとして自分の息子をカンドと結婚させようとしているのだ。今はただ結婚式をするのに縁起の良い日を待っているだけで……。多分それがあるからこそ当主はポールの花嫁を探しているのだ。

カンドはサムドゥプ・ダワの一人娘だ。一人っ子である上に女の子なので、彼女の半分は男で、半分は女という感じだった。彼女がポールに語ったところによると、母親は彼女を尼さんにしたいと思っていたのだけれども、父親が決断を先延ばしにして息子が生まれるまで待てばいいと言っていたのだ。でも結局子どもは授からず、父親は一人しか子どものいない、しかもそれが女の子だという恥さらしな事態に追い込まれた。カムでは息子のいない家庭はヤクや銃や馬がない家と同じで、大黒柱のない建物も同然なのだ。だからカンドはおてんば娘ながら尼僧のように育てられることとなった。厳しく、貞淑に。十代になってからはいつもお目付け役が一緒だった（砂がちな土手とか森の空き地で男の子といちゃいちゃされてはたまらないというわけだ）。そういう経緯で彼女は信仰に篤く、あらゆるお経を唱えることができたけれども、テンガの「軍隊」の一員として馬を乗りこなし、射撃もできた。尼僧とじゃじゃ馬と処女の組み合わせは最高に魅力的だった。日頃から女の子に対して舐めてかかっているテンガにとっても思わず動揺してしまうほどの魅力だった。テンガにとって、この土地のどんな女の子だって落とせるのに、いつか結婚したいと思っているのはカンドなのだとポールは分かっていた。

サムドゥプ・ダワの家に数日間にわたってみんなが招かれたのはあの年の正月（ロサル）のことだった。宴会が延々と続き、常に前の日よりもさらに楽しもうとしていた。麻雀に踊りにさいころ、それに射撃の競技もあった（競泳だってあったらいいのに）。そしてサムドゥプ・ダワが正月のためにわざわざタルツェンドから呼んできた四川人の料理人が用意した、見たこともない料理の数々の何と素晴らしかったことか。そういえばテンガはライフルとリボルバーの射撃の腕前は誰にも負けないというのに競技じゃ全力出してたな。あんちくしょう！　ポールには手も足も出ず……情け容赦なく完璧……。一発も外さなかったのだ！

そう、みんながそこにいた。しかしその場を操る魔術師はカンドだった。ポールは彼女の行く先どこにでもついていった。でも彼女がどこに行ってもそこにはテンガがいた。ポールと彼女を決して二人きりにはさせないのだった。そのうちポールはカメラを取り出した（ジョン・リー・チョウ牧師から去年もらったクリスマス・プレゼントだ）。ポールの撮影技術はかなりの腕前で、現像から焼きつけ、引き伸ばしも習得済みだった。そのときはちょうど着色技術を学んでいるところだった。撮影技術の腕前は父親よりもかなり上で、今や父親はフィルムの現像をタルツェンドまで送らずに、ポールに頼むようになっていた（もちろんお駄賃つきだ）。

ポールはカンドに、大きな家の外の中庭で、ちょうど顔に日が当たるようにポーズを取ってほしいと頼んだ。彼女の顔が遠くの雪山の方を向くようにして、それから笑って、ほら笑ってと言った。切なそうに……夢見心地で……。ああ、彼女が一生自分のものになってくれたらいいのに。彼女はその日、美しく着飾っていた。羊の毛皮を裏地にした絹の着物をまとい、チベットのカムパ式に右腕は袖から出し、腰には小さな短剣をつけていた。首には卵ほども大きさのある珊瑚（さんご）の首飾りをかけ、髪にも珊瑚と琥珀、トルコ石を編み込んでいた。ポールはせめて一枚はいい写真が撮れているように念のため何枚か撮影した。その後、伝道所の自室を暗室にして、ゴンポとカオ・インにも手伝ってもらいながら注意深く現像した。そして胸の高まりを抑えながら、震える指で濡れたネガを光にかざしてみると、どれもきれいに写っていて思わず有頂天になった。それから自分の持っている一番いい紙にプリントしたが、今度はどれを財布に入れようか迷った。それで結局全部まとめて絹布に包んで自分の財布にしのばせておくことにしたのだった。タルセル・リンポチェの足元で静かに座っているときも、財布の端が肋骨にあたってこすれ、大切な写真が脈打つ心臓のすぐそばにあるのを感じていた。

当然ながらテンガはポールが写真を撮っている間、不機嫌だった。実はあの日の夜遅く、男女が順繰りにペアになって踊ったあの輪踊りで、ポールとカンドがほんの束の間手をつないだことがあった。そのときポールは、彼女が確かに力を込めて握り返してきたことを、そしてそれが温かく甘やかなものだったことを、はっきりと――いや、微塵の疑いもなく――感じていた。そのことをテンガがせめて知っていたら。ペアが交代になって彼女とすれ違う瞬間、ほんのちょっとだけ向こうから目配せしてきたなんてテンガは思いもしないだろう。カンドはテンガよりも自分のことを好いてくれているはずだ――そう、いつだって。タゴツァンの当主がカンドを息子のテンガと結婚させることにして、サムドゥプ・ダワが渋々承知したとしても、いや、そうせざるを得ないだろうが、だとしても最終的にはカンドが決めることなのだ……。そしてその瞬間が来たら……自分はきっと……。

「ポール」父の声が息子の夢想をさえぎった。「いったい何をそんなに物思いにふけってるんだ？　もし外に出たかったら出ていいぞ。リンポチェと私は宗教について語り合うから。お前は関心もないだろうし……」

「ポーロ・アギャ」タルセル・リンポチェは笑いながら言った。「ずいぶん寛大になりましたな。初めてここに来たときどんなだったか、覚えてますかな？　今やもうあなたは布教をやめて、自分の息子にすら教えていないんですな！　もちろん彼の年の頃なら肉体や精神や想像力をかき乱すような刺激的なことがたくさんあるでしょう。宗教は彼にとって今一番関心の薄いことでしょうな。ポーロ、宗教には興味はあるかい？」

ポールは笑って、カムのチベット人らしく、きまり悪く申し訳なさそうに頭を掻きながら思わず口走った。「リンポチェ、ぼ、ぼ、僕は……」

「なあに、答える必要はないさ」タルセル・リンポチェはにこにこと笑いながら言った。「気持ちは分かるよ。みんなが宗教の道に進む必要はないんだよ——宗教といっても一番広い意味だがね——もしそうしたくないならの話だ。でもな……いつか君だって、聞、思、修の三つの智慧があらゆる道の中で最も魅力的で、今生において真に追い求める価値のある唯一の道だということを思い知る日が来ないとも言えない。他のあらゆる事象は——単に影を追い求めているに過ぎないんだ。まあでも今はな、馬でひとっ走りしてきて新鮮な空気と日差しを浴びてくるといいぞ」

ポールは立ち上がって、リンポチェに頭を下げると部屋を出た。ポールにはリンポチェの話は雲をつかむような話だったし、両親があの年配のラマと話し合っていることもちんぷんかんぷんだった。とにかく最高につまらない！　自分の人生にはこれっぽっちも関係がないんだもの。外に出て太陽の光を浴びながら、ところどころ毛の赤く染まった放生の羊が草を食んでいるのを眺めたり、首に下げた鈴をチリンチリンと鳴らす心地よい音に耳を傾けたりしているとほっとした。しばらくしてから、ゴンポに頼んで馬を連れてきてもらった。ポンボ・タゴツァンが十八歳の誕生祝いに贈ってくれた馬だ。パマリー・ライフルを肩に掛け（これがないと無防備で、身なりも崩れている気がするのだ）、馬の尻に鞭をぴしゃりと打った。ポールにしっかりとしつけられた愛馬は、弾丸のように駆け出した。ポールは馬と並んで全力疾走して、見物している僧侶たちの歓声を浴びながら、馬の鞍めがけて一発で飛び乗ると、手綱をつかんでぴんと張り、ニャロン式に威勢よく鬨の声を上げながら、急な斜面を駆け上っていった。一瞬にして馬が地面を蹴る蹄の音しか聞こえなくなった。

27

北に向かって狩猟探検の長旅に出て、ゴロクの人びとのいる高原まで行こう。そう言いだしたのはタゴツァンのテンガだった。何か月も帰ってこられないし、狩猟は恐れを知らない狩人にとっても困難なものだ。

テンガは細身のすらりと背の高い若者に成長していた。背丈は父親よりもほんの少しだけ高い。タゴツァンの当主は信仰と歳月のおかげでだいぶ丸くなった。お祈りのとき、こうべを垂れて説法に耳を傾けているとき、自宅で夕方胡座をかいて腰を下ろし、遠くの雪山や、追われて帰ってくるヤクの群れ、放牧地から沈みゆく夕日を背に砂ぼこりを上げながら早駆けで帰ってくる馬たちを眺めているとき。そうしたときに見せる顔は穏やかさと優しさに満ちあふれていた。一方テンガは宗教というものを信じていなかった。神々にはがっかりさせられてばかりだと吹聴していた。テンガの態度や振る舞いには穏やかさのかけらもなかった。彼の顔つきは突如として衝動的に豹変する。身内や友だちのことも忘れて残忍な仮面に変貌し、相手が誰だろうがどうなろうがお構いなしに、敵を震え上がらせ味方を警戒させるほど、攻撃的かつ効果的にやりたい放題やるのだった。少し親しくなりすぎたり、近づきすぎた人びとは次第に彼と距離を置くようになっていった。

そしてポールとテンガの幼なじみのミンマだ。彼は森でツェレクの太ももを無理やり開かせた男だ。

ミンマは中背で肩幅が広くがっしりしており、太くてごつい手足をしていた。驚くほど色白なせいで、たぐいまれな毛深さが際立っていた。背中にはびっしり毛が生えており、さらには胸から腹、肩から腰のあたりまで生え広がっていた――ここまで毛深いのはチベット人でもまれだ。すごいのが彼の手だった。指は斧を使うせいで太く、たこができていた。指と手のひらには無数のまめができている。まめは破れると傷が治り、傷跡が水ぶくれを起こしてまた治る。今やどれだけ斧を振るっても、どんなにごわごわしたロープや革を引っ張ってもまめなどできないのであった。ミンマが手のひらをいっぱいに広げると（左手指の切り落とされたところを含めても）その大きさは成人男性の顔をすっかり覆えるほどもあった。その手で殴られたら命取りになるほどだった。「ミンマに叩かれるよりラバに蹴られた方がまし」と言い伝えられているほどだ。彼の手のひらをよくよく見た者の言うには、手のひらの端と隆起している部分はたこになっていて硬いけれど真ん中は柔らかいのだそうだ。ミンマはニャロンで一番の木こりで、普通の人の倍の速さで木を切り倒すことができた。一方で、指よりも細い木片をぴたりと半分に切る器用さも持ち合わせていた。疲れ知らずで一日中丸太を割り続けることもできるほどだった。「斧に慣れてないやつはさ」彼はあるときポールに言ったことがあった。「一日でまめができちまうんだよ。俺はもう何日やってもまめなんかできないけどな」

猟師のリロは一行をゴロクに連れて行ってくれる案内役だ。物心ついた頃からずっと猟師で、カムなら隅々まで、そしてさらに先まであらゆる土地に行ったことがあり、山々も、大きな川も小さな川も、峠も峰も知り尽くしていた。リロは獣道も、季節による獲物の種類も知っていた。その上、彼は追跡が得意だった。ブラッドハウンド犬のようによく利く鼻で道を歩きながらにおいで獲物を探し当てていく。どの植物が食用なのか毒なのかを知り尽くしており、どれが生で食べていいか、どれが加熱しなければならないかまで熟知していた。道を見ただけでそのまま進んでも安全か、隊列もろとも滑落する危険があるか判断できた。雪崩が起きやすくて危ない場所もよく知っていた。彼ほどの年齢になれば信仰に費やす時間が増え、閻魔大王(シンジェ)との対面に向けて準備に勤しむものだが、リロは銃に夢中で、ますますのめり込んでいる様子だった。獲物のにおいを嗅ぎつけるとすっかり童心に帰ってしまうのだ。この老狩人がターキンやジャコウジカ、バーラルを追いかけて行く後をついて行けるのはポール・スティーブンスだけだった。リロが狩猟に行ったことがあるのはカムだけでない。渡り鳥よろしくインドと雲南の国境付近まで足を伸ばしたことがあり、その辺りの猟場もよく知っていた。たまにポールを連れて狩りに行くと、リロは山の峠で立ち止まり、目の上に手をかざして物思いにふけった様子で遠くを見つめていることがあった。めったにお目にかかれないようなすごい獲物を仕留めたときのことや、角や毛皮を売ったときのことなどを思い出しているようだった。「人間の足ってのは大したもんだよ！」彼は自分の足を見つめてはうそぶいた。「どこにだって行けるんだもんなあ！　俺がこの一生かけて歩いた距離ったらないぜ。この俺の両足でな！」リロには妻がおらず、家庭もないし、親戚もいなかった。そのことについて彼自身が語ることはなかったし、寂しいと思っているふしもなかった。彼は雪豹や狐の毛皮をタルツェンドの市場で売ってはずいぶん儲けていた。もっとも彼はそのお金をたばこや賭け事、銃や銃弾に使ってしまうのだが。彼はいつも二丁の銃を携帯しており、両肩から斜掛けにしていた。一丁は「メイド・イン・イングランド」と刻印された二連式の散弾銃で、もう一丁はロシア製のパマリー・ライフルだった――前者は小さな獲物を狙うときに、後者はターキンや熊、豹を狙うときに使う。リロは骨ばった顔にとがった鼻をしており、あごには無精ひげを生やしていた。右目の上から鼻筋を通って左目の下まぶたにかけては、昔バタンで決闘して剣で切りつけられたときの深い傷あとが残っていた。

スティーブンス牧師はゴロクの人びとに興味を持って調べていた。彼らについてはほとんど知られていない。スウェーデン人で中央アジアを探検したスウェン・ヘディンは彼らのことを「中央アジアの奥深くにおける白色人種」と記述し、彼らのルーツは謎だとしていた。スティーブンス牧師はポールに絶対にカメラを持っていけよ、写真をたくさん撮ってきてくれと頼んだ。

ちょうど峠越えをしたところだった。そこは草一本生えていない岩がちな山。凍てつくような寒さだ。彼らは一列縦隊で下っていた。とそのとき、遠くから鋭く甲高い口笛のような音が聞こえた。まるで人間の出す音のようで、みな一斉に振り向いた。「バーラルだ！」リロは興奮して遠くを指して叫んだ。口笛のような音は偵察役のバーラルの発した警告音だったのだ。ポールが山の方を向いて目を凝らすと、バーラルの群れが狂ったように全速力で駆け抜けていくのが見えた。群れはあまりに遠く、パマリーをもってしても銃弾は届きそうになかった。しかしテンガがとっさにモーゼル銃を構えた。そして長距離射程に備えて革紐を左腕に巻きつけ体を安定させると連射を開始した。ポールの目には銃弾が土埃を蹴立てるのが見えたが、峠を目指してほぼ垂直方向に駆け上がっていくバーラルの群れにはどうにも届かない。テンガが銃を撃ち続けているうちに、銃弾は疾走する群れに少しずつ、少しずつ迫っていった。そして信じがたいことだが、一頭がつまずき、何かためらっているように見えた。歩みもゆっくりになった。テンガがその怪我をした一頭に集中砲火を浴びせているうちに、群れの残りはどんどん斜面を登っていき、ついには峠を越えて姿を消した。テンガとリロとミンマは駆け出し、興奮のあまり岩につまづいたり足を滑らせたりしていた。ポールは他の者たちとともにその場に残り、彼らが戻ってくるのを待った。ポールの知る限り、テンガがあれほどの遠距離にいる獲物を撃ったのは初めてのことだった。あいつらあんなに高いところを狂ったように駆けずり回れるなんてびっくりだな！　とそこへ一発の銃声が聞こえた。しばらくすると、テンガが意気揚々と満面の笑みを浮かべて戻ってきた。服を血だらけにしたミンマが大きなバーラルを背負っていた。その場にいた誰もがあっと驚き、沸き立った。

「こいつが谷間で怪我を負って倒れてたんだよ」テンガが息もつかせずに言った。「二発撃ってさ……最後に一発ぶちこんで息の根を止めたよ」

「あんな遠くから撃って弾が当たったのは見たことがない！」リロは息を弾ませ、信じられないといった様子でかぶりを振った。「これは幸先がいいぞ。テンガのそばにいる限り肉不足に悩むことはなさそうだな！」

その晩、彼らはテントを張り、灯油ランプをともし、みんなでバーラルの肉を堪能した。ポールはその肉の独特の臭みと味があまり好みではなかった。食事を終えるとさいころ遊びが始まった。リロは横笛を吹いていた。星はきらきらと瞬いている。手を伸ばせば手のひらいっぱいにつかめそうだと、ポールは思った。澄み切った山の空気は凍てつくような冷たさで、息を吸い込むと苦しくなるほどだった。

彼らは今、バーラルの国にいるのだ。リロの指示でグループに分かれて狩りをすることになった。テンガはリロと同じグループになり、ポールとミンマは別のグループで行動することになった。

ポールとミンマはその日、山から山へと渡り歩いたが、つきにはほとんど恵まれなかった。荒涼としてさびれたその地は、バーラルか、もしくは洞窟の中で瞑想修行を続けている隠遁（いんとん）行者くらいしか生きていけないようなところだった。ポールは洞窟の中で見つけた蜘蛛の観察に勤しんでいた。こんな標高の高いところにも蜘蛛はいるのだ！　二人は黙々と昼食を済ませた。ミンマはすっかり意気消沈していた。その後再び移動を始め、ほどなくして峡谷にさしかかったとき、ミンマはポールの腕にそっと触れると、寝そべって静かにするようにと身ぶりで伝え、向こう岸の尾根を指さした。すると空を背景に、監視役のバーラルが、不審な侵入者が入ってこないか見張りをしている姿が浮かび上がった。峡谷には靄がかかっている。

「ポーロ、あいつを狙って撃て……」木こりはささやいた。「あいつが群れを見張ってるんだ」

ポールは頷いた。ライフルの安全装置を外し、じっくりと狙いを定めて撃った。銃声が山に轟きわたった。監視役のバーラルは鋭い警告音を発した。するとあれよあれよという間に、バーラルの大群がポールとミンマの足元の、ほんの目と鼻の先をどどーっと猛烈な勢いで駆け抜けていった。群れはずっとそこにいたのに、まったく気づかなかったのだ！　ものすごいスピードで駆け抜けていく群れに向かって、ミンマは闇雲に銃弾を浴びせたがかすりもしなかった。ポールは撃つのをやめた。群れがどっと押し寄せてきた。その群れが断崖絶壁の向こう側に消え去る少し前、ほんの一瞬のことだったが、一頭のバーラルが岩によじ登り、まるで落伍者を捜すかのように立ち止まってあたりを見回していた。ポールにとって絶好のチャンスだ。そして撃った。バーラルはもんどりうったかと思うと視界から消えた。ミンマは興奮してすっ飛んでいった。ポールも後に続いた。そう、ポールが仕留めたのだ。あの巨大な生き物を！　おそらく群れのボスだったのだろう。ミンマは小躍りして手を叩き、有頂天になって目を潤ませていた。剣を抜いて振りかざし、ニャロン流の勝利の雄叫びを上げた。そしてふいに口笛を吹いてポールを驚かせたかと思うと、ゲラゲラと笑い出した。バーラルの発する警告音と完璧なまでにそっくりだった。木の幹のようにがっしりとした体格の木こりはバーラルを肩に担ぎ、野営地まで運んだ。野営地に到着してみると、テンガたちのグループはまだ戻ってきていなかった。

テンガがいつ戻ってきてもいいように食事とお茶の用意が進められた。彼はすでにまわりの男たちによってポンボとして扱われていた。もちろん彼はポンボの息子ではあるのだが、それだけではなかった。男たちはテンガを崇拝し、憧れのまなざしでつき従っている。しかし同時に彼のことを恐れてもいた。まず恐れられよ！　アー・ツェリンの忘れ得ぬ忠告だ。もしテンガが帰ってきたときに食事や飲み物が用意されていなかったら、もし彼が疲れていてそのときあまり運に恵まれていなかったら、すぐさま怒り心頭に発し、激昂したテンガを見てみな血も凍る思いをすることになる。カムでは畏怖はそうそう得られない男の勲章である。

ポールはテンガと一緒に寝泊まりしているテントの中で胡座をかいていた。彼は父親から譲り受けた米軍用の寝袋を使っていた。ミンマは外におり、テントの端に腰を下ろして今日の狩りの話をしていた。彼は媚びへつらう人間ではないが、貧しい木こりで、貧農の息子ということでテンガのテントの中でふんぞりかえっているわけにはいかないのだ。もしテンガが急に戻ってきて、ミンマのそんな姿を目にしようものなら、テンガのお気に召さないにきまっている。ミンマはポールに、今日仕留めたバーラルは弾が首に命中していたぞ、アムリケンの射撃の腕前はたいしたもんだなとほめたたえた。ポールはただのまぐれだよと言って笑った。

彼らは真夜中まで起きて待っていた。しかしいまだにテンガたちが帰ってくる気配はない。ポールがもう寝床に就こうかと思っていた矢先、遠くから声が聞こえた。最初に姿を現したのはテンガだ。疲れ切っているうえ、すっかり意気消沈しているようだった。足を引きずり、召使いに体を支えてもらっていた。次に現れたのは二人の猟師だった。やはりひどく気落ちしてしょげかえっていた。テンガはポールに弱々しく目配せをすると、燃え上がる焚き火のそばにどさっと座り込んだ。

「お茶を――くれないか……」テンガはいつになく懇願するような口調で言った。「ぶっ倒れちまうよ……」

「どうしたんだい？　怪我してるのか？」ポールは慰めるように言った。

「足を滑らせちまってさ」テンガは苛立っていた。「忌々しい岩場だったぜ！　もう俺の足は一生だめかもしれない！　リロはどこだ？　誰かリロを見たやつはいないか？」

「いや」ポールは言った。「僕らはずっと待ってたんだよ。ちょうど寝ようかなと思ったときに君らの声が聞こえたんだ」

「テンガさま」タゴツァンの召使いが恭しくかがみ、両手を両膝の上に置いて言った。「お食事の用意ができています……。温めてありますので……。夕暮れ時からずっとお帰りをお待ちしておりました。お怪我はだいぶひどいんですか？」

「知るかよ」テンガは普段とは違った静かな声で言った。とそのときポールがその日仕留めたバーラルを指さして叫んだ。「ディクパ・コ！　誰の獲物だ？　あんなでかいバーラル、見たことないぞ！」

「僕だよ！」ポールは誇らしげに言った。「でかいだろ？」

「ああ、ばかでかいな！　すげえよ！」テンガはほめたたえた。「あんなでかいの、初めて見たよ！　俺たちは運がなかった。道に迷っちまってさあ！　一頭も見かけなかったんだよ。なんて日だ！」

「ばっちり撃ち抜いたぜ！」ポールは自慢げに語り、テンガの傷口に塩を塗った。

「お前を敵に回したくないぜ、ポーロ！」テンガは言った。

「テンガ、ちょっと足を見せてくれ」ポールは心配そうに言った。

「ああ、頼むよ」テンガは言った。「でもお手柔らかにな……。めちゃくちゃ痛いんだ。我慢できない痛みだよ！　骨……折れてんだろうな……。一生足引きずることになるかな？」

テンガが……一生足を引きずるだと！　ガーターを外してやりながらポールの心に意地悪な考えが首をもたげた。ポールが傷口にそっと触れた瞬間、テンガがなんと跳ね起きたではないか。あまりに突然で、予想もしていなかったので、ポールは動転した。テンガは口に指を突っ込んで甲高い指笛を鳴らした。すると野営地からずいぶん離れたところからものすごい数の応答の指笛や叫び声が聞こえてきた。とそのとき、夜の闇から、ライフルの閃光やカムパ流のキキキキという鬨（とき）の声、馬が狂ったようにいななき、もがく声が聞こえた。まばゆいほどに明るく燃えさかる焚き火の向こう側から、小躍りするリロが姿を現した。だみ声で威勢よくニャロン流の勝利の歌まで歌っている。テンガは飛び起き、まだガーターも着けていないのに足を引きずりもせず、リロと抱き合って祝賀と勝利の踊りを踊り始めたではないか。すると残りの猟師たちも笑い声や雄叫びを上げながら次々と戻ってきた。彼らはなんと三頭もの熊と六頭ものバーラルを担いで帰ってきたのだ。どれも大きくて、ポールが仕留めた獲物が今や悲しいほど小さく見えた。宙に吊られたそのさまはひどくグロテスクでこちらを嘲笑（あざわら）っているかのようだった。みんながテンガのその日の獲物のまわりに集まってきて、盛り上がりは最高潮に達した。ニャロンのチベット人にとっては狩りと戦いは同義であり、名人の域に達するにはどちらも同じ要素が必要なのだ。テンガはやっぱりいい星のもとに生まれたんだな、と誰かが言った。彼はどこへ行っても、誰と一緒でも、幸運に恵まれ（タシバ）、成功し（トゥンドゥバ）、繁栄する（プンスムツォクパ）のだ。テンガは永遠に勝ち続けるチベット人、常に勝利をおさめるチベット人なのだ。その晩、ポールは寝袋にくるまってふてくされていた。テンガから顔を背け、一言も口を利かなかった。テンガはひとりくすくす笑っていた……。くすくす……くすくすと。

リロが、ここから先はいよいよゴロクの土地だと注意を促した。テンガはみなに、ライフルをいつでも構えられるよう、また、油断せず全方位を警戒するように指示するとともに、馬丁には馬の首の鈴を外すように言った。空は澄みわたっている。これほど爽快でうまい空気は吸ったこともなかった。そこには何一つ揺れ動くものもなく、誰にも邪魔されることのない静けさがあった。ただ聞こえてくるのは、馬たちが凍った小川を渡ろうと、石ころだらけの急斜面を必死で登りながら、苦しそうに息をする音や湯気を吐きながら鼻を鳴らす音ばかりだった。透きとおった氷が馬たちの蹄に当たって砕け散った。そして上り斜面を登りきったとき、彼らは下に広がる風景に釘付けになった。

まごうかたなき圧巻の風景に迎えられ、彼らは一様に驚きのまなざしで立ち尽くしていた。吹きさらしの不毛の荒れ地が広がっているかと思いきや、そこは見渡す限り草が生い茂る広大無辺の草原だったのだ。

峠の一番高いところには、二つの大きな石塚が積み上げられ、そこに架けわたされたぼろぼろの祈禱旗が、冷たい風に吹かれてばたばたとはためいていた。テンガたち一行は毛皮の帽子を取り、その土地の神々に敬意をこめて礼拝（らいはい）をし、「神々に勝利を（ラギエロー）！　神々に勝利を（ラギエロー）！」と雄叫びを上げながら石を積んだ。

峠越えのときはきつい風を避けるために、馬を引いて斜面を駆け下りた。しばらく下りたところで、足下にひろがっている地形を確かめるべく一行は歩みを止めた。テンガはたばこに火を点け、魔法瓶のお茶を飲んだ。

ポールは父の双眼鏡を取り出して、さきほどの登りのしんどさをすっかり忘れ、視界に入るものをむさぼるように見た。広大な草原に黒いヤク毛のテントが少なくとも百以上は点在しており、そこかしこにヤクや羊の大きな群れが広がっていた。あちこちに動く小さな点が目にとまり、双眼鏡でピントをあわせてみると、武装して馬に乗った男たちだった。

テンガたちは馬に乗り、一列縦隊になって静かにゴロクの宿営地に近づいていった。ゴロクの言葉が話せるリロが先頭を切って進んだ。リロはゴロクのしきたりや礼儀作法も熟知していた。こちらとしてはあくまでも平和的な訪問であり、略奪に来たわけではないので、いたずらに事を荒立てたくなかった。なにせ遠くニャロンの地からやってきて、食糧も餌も足りないのだ。ゴロクの人びとと物々交換をするのが望みだった。

「馬を降りるぞ」リロは言った。「落ち着いてゆっくり進め。銃には触れるな……」

ポールはさっきの武装した騎馬の男たちが姿を隠したことに気づいた。もはやゴロク人の姿はどこにもない。

「嫌な予感がする」ミンマは言った。「静かすぎる。ぞっとするな……」

「間違いない。俺たちは監視されてる」リロは言った。「心配することはない。ゴロクの連中は後ろから撃ってくることはないし、自分たちの宿営地では銃撃してはこない……」

「それならひと安心だが」テンガは険しい顔で言った。「お前が正しいことを祈るよ」

最初のテントに行き当たった——とそのとき突然——凄まじい吠え声が響きわたり、テンガが見たこともない荒々しく獰猛(どうもう)なマスチフ犬が二十頭も三十頭も突進してくるではないか。馬はいななき、前脚をもたげて体をそらした。一行は思わず剣に手をやった。ポールは真っ先にリボルバーに手をかけようとした。

「動くな!」リロが警告した。「撃つなよ! こいつらを止めるのは無理だ。下手すりゃずたずたに食いちぎられるぞ」

大きなマスチフが容赦なく突進してきて、ポールはたじろぎ、テンガは「ディクパ・コ！」と毒づいた。とそのとき唸り声を上げて飛びかからんばかりのマスチフたちは一行の足元まで来て足を止め、ニャロン人たちを取り囲んだ。一行はまるで牧羊犬に追い込まれた羊の群れのようだった。テンガはもはやこらえきれないといった様子でげらげら笑い出した。「忌々しい畜生どもめ！」彼は小声で言った。「こいつら、俺たちのことを脳たりんの羊野郎だと思ってやがる！」

するとどこからともなく年配の女性が姿を現した。歯の抜けた口でにやりと笑い、ゴロクなまりのしわがれ声で何やら叫んだ。すると魔法使いが魔法の杖でも振ったかのように、獰猛な犬たちは吠えるのをやめてその場を去った。

「それでどうする？」テンガは聞いた。「四つん這いになって草を食えってのか？」

「よし、行くぞ」リロは言った。

黒や焦茶色の、ヤクの柔らかな脇腹の毛を使って精巧に織り上げられたゴロク式のテントが立ち並んでいる。ニャロンのカムパたちがテントの並ぶ村に足を踏み入れると、一つひとつから女たちが姿を現した。男はいなかった。年配の女性がほとんどだったが、くすくす笑っている三、四人の若い娘もいた。ゴロクでは既婚女性は髪の毛をたくさんの細かい三つ編みにして大きな琥珀や珊瑚の頭飾りをつけているが、若い娘は髪先が肩に届かない程度に短くしている。女性を知り尽くした目利きなるものがいるとすればテンガはまさにそれなのだが、その彼にしてこんなに美しい、あるいは魅惑的な女性たちに出会ったのは初めてだった。テンガはさっきは遭遇したこともない凶暴なマスチフに足を食いちぎられずにすんだかと思ったら、今度は自分の魅力にまんざらでもなさそうなゴロクの娘たちを目の当たりにして、股間がうずきだした。彼は狐の毛皮の帽子を斜めにかぶりなおし、裏地が仔羊の毛皮で雪豹皮の縁取りのある絹のチュバの埃を払った。男というものはこんなチャーミングな若い娘たちの前では細心の注意を払わなくてはならないのだ。さあ、そして一行はにことお辞儀をする代表格の年配女性たちに迎え入れられた。リロが一歩前に出た。

「みなさま」彼はゴロクの言葉で話しだした。「われわれはニャロンから来ました。われわれの主人はこちらのタゴツァン家のテンバ・ギュルメ、資産家にして強力な戦士、大群の家畜とともに大量の武器を所有するポンボ・タゴツァンの一人息子。この方の一族は中ニャロンで最も有力であります。われわれはこれからさらに北へ巡礼に向かうところですが、気高いゴロクのみなさま、われわれに肉やチーズ、飼い葉をいただけませんか。さらに二、三日、われわれの滞在をお許しいただけないかと。そのあと何事もなく出発しますので!」

リーダー格と思しき、背が高く、完璧な歯並びの赤ら顔の中年女性がお辞儀をすると、一歩前に出て話し始めた。

「みなさん」彼女は言った。「ようこそ。私らのところにこんな輝かしいお客さまがお越しだなんて歓迎ですよ。ただ、今はうちの男衆がみんな巡礼に出てましてね。ここには女衆しかいないんですよ。物々交換だの、商売だのってのは分からなくてね。肉もチーズも飼い葉も持っていっていいから、明日には発ってくれないかね」

リロはテンガに何やらささやいた。テンガはにやりとした。

「奥さま」リロは言った。「われわれはことを友好的に進めたいんです。盗賊ではありませんので。何せここにいるうちの主人は申し分のない経歴の持ち主ですから」

「みなさん」女主人は言った。「みなさんが盗賊集団なんかじゃないってのは分かりますよ。みなさん素晴らしい血筋のお方たちです。でもね、いいですか、ここには女しかいないんですよ。今日は泊まっていいから、明日には発ってくださいまし」

リロは今度は決然とした顔をして、理知的な雰囲気をまとってこう言った。

「奥さま、私は気高いゴロクのみなさんの習わしに無知なわけではないんです。ゴロクの男衆のやり方はむしろ非常によく知っています。奥さまのおっしゃることは信じられませんね。奥さま、もしよろしければですが……お宅のテントの中の敷物の下を確認させてもらっても？」

代表格の女性は黙っていた。ただリロを、そしてニャロンの男たちを見つめていた。

どこかのテントから咳払いが聞こえた。背の高い、がっしりした年配の男性が姿を見せた。髪は白髪交じりで、顔はしわだらけ。毛皮の裏打ちをしたゴロク式のチュバを着ていたが、厳しい寒さにもかかわらず、胸をはだけていた。老人はそこに立ったままニャロンの男たちを一瞥して、みなライフルを一丁ずつ携えており、リロに至っては二丁持ちの立派な武装集団だということに気づいた。それからポール・スティーブンスをまじまじと見つめた。見たことのない種類の人間だった。ゴロクの言葉で何やらうなるように声をかけると、各テントから男たちが現れた。若い衆は二、三人しかおらず、全員銃を携えていた。ポールが峠で目撃した男たちだ。彼らのライフルには、遠くの獲物を狙い撃つときに銃を安定させるための二脚として、レイヨウの角が据えつけられていた。

「みなさん、ようこそ！」威厳のある老人が、ゴロクの言葉でなく、ニャロンの言葉で言った。

テンガは前に進み出た。「われわれは争いに来たのではありません」彼は言った。「北へ巡礼に向かう途中なのです。肉とチーズ、飼い葉をいただけないでしょうか。こちらからは代わりに布地や銃弾、珊瑚、琥珀を進呈します。二、三日泊めていただきたいのです。そうしたら出発しますので」

かつてこの氏族の族長だった老人は黙っていた。リロがテンガに何かささやくと、テンガは頷いた。リロは次にミンマのところへ行って何か言うと、ミンマは鞍袋を二つ持ってきた。テンガが鞍袋の紐を解くと、赤や緑や青の綾織の反物、小物の装飾品、ライフルの銃弾、そして琥珀が出てきた。それを見ていたゴロクの娘たちからは感嘆と称賛の声が漏れた。彼女たちはこそこそ何やらささやきながら、お互いをつつき合い、ウインクしたり色っぽい笑い声を上げたりしながら、テンガやミンマ、ポールを指さしていた。ミンマは気づかないふりをしている。彼は白い肌の娘が好きなのだ。ゴロクの娘たちは肌が白く、きれいな白い歯をしており、髪は黒く、ばら色の頬をしている。このくすくす笑ってふざけている、肉とチーズとバターとミルクで育った娘たちのお尻を、もみしだいたりまさぐったりしたくてたまらないのだ。

「族長！」テンガは言った。「お近づきのしるしにこれらを差し上げます。われわれは盗賊ではありません。われわれがほしいものと交換していただけたら、立ち去ります。贈り物として受け取ってください」

「贈り物ですと！」族長は到底信じがたいといった様子で息を呑んだ。「しかしこれほどの品々をいただくばかりというわけには……。どうやって返礼をしたらよいのでしょう」

族長はゴロクの人間がやたらと好む滑らかな布地をなでさすり、きらめく琥珀をじっくりと見つめた。老人は他の長老たちにも声を掛け、ニャロンの男たちからこの氏族へと贈られた豪華な贈り物を一つひとつ確認した。女性陣もやってきて息を呑み、若い男たちはライフルの高級な銃弾に大喜びだった（いずれ巡礼に行くときに間違いなく役に立つのだ）。

族長は静粛にと合図した。彼は威厳のある落ち着き払った様子でそこに立った。彼は右手の人差し指を差し出し、テンガにも同じようにしてほしいと頼んだ。そして互いの人差し指を絡めるとぶんぶんと振り、にこやかな笑みを浮かべ、左側にいた可愛い娘たちの方を向いて言った。「こちらのニャロンの男衆と義兄弟の契りを交わした。うちの村はあなた方の村も同じだ。そしてこの……うちの娘たちは……あなた方のものだ！」指を切ると満面の笑みを浮かべた。娘たちは大喜びで叫んだ。族長は「さあ、みなさんをテントにご案内しなさい！」と命じた。

中でもとびきり美しいゴロクの三人娘がテンガに駆け寄り、彼の腕を取って馬も連れて彼を引っ張っていった。ポールのところには二人の娘がやってきて、テントに連れていった。あっという間にニャロンの男衆みんなに世話を焼いてもてなしてくれる女性がついたのだった。ただ一人このお楽しみからあぶれてしまったのが、年かさで顔に傷のあるリロだった。彼は屈辱的でみじめな気持ちで立ち尽くしていた——ゴロクのマスチフ犬から仲間を救い、面倒な交渉ごとではあんなに重要な役割を果たしたというのに。ミンマはわざと近づいてきてリロの乾ききった顔を覗き込み、彼を引っ張って行こうとする可愛い娘たちを見せびらかしながら高笑いをしてみせた。ゴロクの族長はリロが肩を落としているのに気づき、一人の娘に声をかけて、リロの世話とテントの支度を命じた。

ポールは真ん中にかまどのある黒いヤク毛のテントで目を覚ました。昨日寝床をともにしたのは都合三人で、そのうちの一人が火を掻き出し、丸いヤクの乾燥糞——ゴロクの人びとの主たる燃料源だ——を火にくべ、ポールのためにお茶を沸かしていた。彼女は胸まではだけており、早朝の寒々とした空気をものともしないようだった。みずみずしい果物のような彼女の胸のふくらみを見て、ポールはそのかたく引き締まった丸く形のよい胸を愛撫したときの感触を思い出していた。彼女はにっこりとし、おどけた表情をしてみせた。他の二人は裸のままポールと一緒に羊の毛皮で裏打ちした掛け布団にくるまっていた。ポールはこれほどまでに性に開放的で、ありのままの魅力にあふれた娘たちに出会ったのは初めてだった。彼は自分で仕留め、細部にいたるまで観察したあのバーラルのことを思い出していた――誇り高い立派な鼻孔、丈夫そうな白い歯、明るく澄んだ目。そしてニスを塗ったかのように艶やかな光沢のある蹄は、雪山や崖、渓谷からなる急峻な要塞の中で生きていくのにふさわしい、完璧な形をしていた。あの生き物はあまりに清らかで完璧な、一切のけがれのない構築物だった。まるで天才芸術家があらゆる線とあらゆる凹凸に細心の注意を払って技巧の限りを尽くして作りあげた作品のようだった。すべすべとして丸みをおびた肉感的な尻と、蠱惑(こわく)的な秘部と太ももをもつゴロクの娘たちは、あのバーラルと同じ芸術家の手になるものだ。後にテンガはゴロクという土地の唯一の欠点は水不足だが娘たちの太ももの間の濡れっぷりだけは別だと称賛することになる。

娘たちはポールの体にしがみついて太ももにぎゅっと絡まり、恍惚として我を忘れたかのようにまどろんでいた。ポールは横になったままテントの入り口の隙間から夜が明けていくさまを見つめ、朝日の燦然とした輝きと、はるか彼方に雪峰を望み、無限に広がる高原の広大さに感動していた。二人の娘がヤクのそばで大きな木桶にシャッシャッと勢いよく音を立てて乳搾りをしており、他の娘たちはバターづくりのための攪拌作業をしていた。羊の放牧も始まっていた。羊たちはニャロンの男衆が前の日にやられたのと同じように、赤いヤク毛でできた首輪をつけた黒い暴君マスチフの意のままに操られていた。

ポールは、略奪や強盗は――婉曲的に「巡礼」と呼ばれているのだが――ゴロクの人びとにとって主たる収入源だということを理解した。しかし彼らはそうした行為に及ぶにあたって厳しい規律を忠実に守っていた。身内や仲間のものを奪うのは最も卑怯な罪として軽蔑される。略奪や強盗はすべて、馬で少なくとも一か月はかかるところで行わなければならない。女を攻撃することは決してない。理由なく女を殺すなどもってのほかだ。侵入者と最初に相対するのが女性で、男たちが絨毯の下に隠れていたのはそのせいだったのだ。ゴロクの人びとの語り口は上品で――ほぼ洗練されているといってもいい――たいていのカムパに比べてかなり礼儀正しかった。警告もなしに後ろから攻撃を仕掛けるのは臆病の極みだと考えている。彼らは戦いのときにはお茶とバターとツァンパを練ったものを食べる。腹を少し空かせた状態で戦うのが常だ。というのも腹部の怪我を恐れていて、空腹のときは腸がぺしゃんこになっているから腹部の傷が致命的にならずにすむと信じているのだ。

ゴロクの宿営地に逗留して数日経ったある朝、ポールは遠くの方を野生の馬の群れが駆けているのを見たような気がした。馬は宿営地のまわりを遠巻きにぐるぐると回っているようだった。テントから男たちがわらわらと出てきて、興奮して雄叫びを上げ、族長のところにすっ飛んでいって何やら報告すると、族長はライフルを持ってきて空砲を三回撃った。これを合図に馬の群れはテントめがけて突っ走ってきた。そう、その群れは「巡礼」から帰ってきたゴロクの戦士だったのである。テンガとポールたちは、五十人もの戦士がむっつりとした表情で馬を降り、彼らの方に近づいてくるのを見て、戦慄を覚えた。族長は自分の言った言葉どおりに、若い衆に、自分はニャロンの男衆と義兄弟の契りを結び、物々交換をしたという話を伝えた。贈られた品物は受け取ったこともないような物だったとも。その日の午後、さらに多くの馬に乗った男たちがたくさんの戦利品を携えて到着した。人質はいなかった。

族長はテンガとポールに、翌日には発った方がいいと告げた。あまりに多くのよそ者が彼らの土地に逗留しているのがまずもって不愉快だし、連中へのもてなしがあらゆる意味で気前が良すぎると戦士たちが立腹しているという。ニャロンのチベット人たちは素直に助言に従うことにした。ゴロクの人びとが客人を襲撃することを禁じているのを知ったのはせめてもの慰めだった。出発前、族長があらためて将来にわたって友人どうしでいようと力強く言った。彼らの出立をとりわけ悲しんでいたのは若い娘たちで、切なそうなまなざしで彼らを見送るのだった。まだ星のまたたく夜明けで、空気は澄みわたっていた。日が高くなれば北の大地には砂塵が吹き荒れるので、それを避けてできるだけ早く出発しなければならないのだ。

28

ポールとテンガの一行がゴロクの地を出発してから何週間も経った。故郷はもう目の前、もう少しで谷の最奥部のリチュ川にかかる片持ち梁橋にさしかかろうというときのことだった。反対側から馬に乗った一団が近づいてきて、馬一頭分の幅しかない橋を渡ろうとしているではないか。テンガは誰よりも早く橋にたどり着こうと、馬に拍車をかけた。テンガは今、父がポンボをつとめる自分の所領に向かっているのだ。自分の所領の橋を渡り、愛するリチュ川を越えるのに他人に先を越されてはならない。尊大な態度で待ち構えていると、馬に乗った一団が中国国民党の四川人騎兵隊だと分かって仰天した。しかも橋の向こう側で対面した単騎の男は国民党の若い少佐だったのだ。その男はよく磨き上げられた鞍をつけた輝くような毛並みの馬に乗り、モーゼル銃を携えていた。グレーのポンチョのような上着を肩の上できゅっと締め、マチの高い制帽をかぶっていた。上品に手袋をはめた手で手綱をぴんと張っている。部下たちは武装し、ほとんどの者が自動小銃を持っていた。

「そこをどくんだ、カムパ！」その軍人は言った。「その橋を渡らせろ……」彼はニャロンのチベット語で言ったが、どうどうという川の流れにかき消されてよく聞こえなかった。

「それはこっちのセリフだ！」テンガは手をカップのようにして口に当て、叫び返した。

「こっちが先だ！」軍人は自分を指さして言った。

「いや、こっちが先だ！」テンガも自分を指さして叫んだ。「俺たちが渡ったあとに渡れ！」

中国人の軍人は口をとがらせた。「われわれは国民党の騎兵隊だ……」今度は声の限りを尽くして叫んだのでテンガの耳にも届いた。「われわれは蒋介石総統の命を受けてこの地域を踏査し、飛行場を建設するのにふさわしい場所を選定しにきたのだ……」中国人は叫んでいるうちに声が枯れてしまい、一旦しゃべるのをやめた。咳払いをして声が戻ったらまた口を開いた。「われわれは公務でここに来ている。無礼を働くな、カムパ！」

「われわれこそ家に帰るところだ」テンガは同じくらいの大声で叫んだ。「優先通行権はどう考えてもわれわれにある！　あんたたちは不法侵入だ。あんたらにはここでは一切の権利はない！　これっぽっちもない！　ポンボの蒋介石なんて俺には関係ない。俺の髪の毛一本だってそいつのものじゃない！」

「レンイエ・マロカフィ・ヨマ！（お前の母ちゃんとやりやがれ）」リロは自分では北京語だと思っている言葉で悪しざまに罵った。そして木こりの名人ミンマはさらに畳みかけるように言った。「カオ・ルセ・マロカフィ・ヨマ！（お前の母ちゃんとやりやがれ）」

国民党の少佐は忍耐と平静を絵に描いたような人物だった。にやりと笑みを浮かべ鞍にもたれかかったままだった。それから少佐とテンガは馬に乗ったまま互いに歩み寄り、後ろからは双方の部隊が付き従った。両陣営とも一切道を譲ろうとはしなかった。カムパは喧嘩がしたくてうずうずしていた。彼らは中国人が嫌いなのだ。中国人の横柄なところはチベット人なら誰でも腹に据えかねるところがあった。

「おい、カムパ、名前は？」少佐はテンガに尋ねた。

「タゴツァンのテンガ。この谷のポンボの息子だ。軍人さん、あんたの名前は？」

「リウ・ドンホワ。タルツェンドに駐留している国民党の……少佐だ」と言うとテンガを見つめた。「家に帰るところと言ったな？」

「その通りだ」

「お前はニャロンの出身か？」

「そうだ。うちの所領はここから……この橋から先だ。この橋はうちの橋だ。この川もうちの川だ。父の領有権はまさにここが起点だ」

「そうか」リウは言った。「その男もニャロンの出身なのか？」手袋をはめた指で、テンガの脇に控えていたポール・スティーブンスをさして言った。

「やつの父ちゃん、きっと猿とやったんだろうな！」四川人の騎兵が歯をむき出しにしてせせら笑いながら言った。騎兵たちはどっと笑った。

「おい、中国人！」テンガは頭に血を上らせて叫んだ。「口を慎め！　こっちは四川語分かってんだぞ……」

その場が凍りついた。騎兵たちは身を切るような寒さから身を守るため帽子を目深にかぶった。とそのとき国民党の少佐が笑った。「なんだ、四川語、話せるのか。なら初めからそう言ってくれよ。急に腹を立てられてもさ。とにかく……大丈夫だから。四川語で話すとしよう……その方がだいぶ楽だ」

「道を空けろ」テンガはむっとした顔で言った。「何も話し合う必要などない。時間の無駄だ。橋を渡ろう。それで終わりにしよう」

「いや、それはだめだ」リウはそう言うと、馬でタタタッと前に進み出て、鞭でテンガの行く手を阻んだ。テンガは少佐と正面から向かい合った。橋の両側には祈禱旗が掛かっており、早朝の刺すように冷たい風に吹かれてばたばたとはためいていた。

「兵隊さんよ！」テンガは剣の柄に手をかけ、声を張り上げて言った。「死について考えることは？」

リウはにやりとした。「まさか。断じてない！　死について考えるとしたら、もうその時点で軍人ではなくなっている」

「勇ましいな」テンガは嘲るように言った。「でも死について考えたことがないなら――あんたが軍人として多少は優れたところがあるならってことだが――あんたらの目の前にいる敵の数と力量をよく考えた方がいい」

リウは怪訝そうに部下を見回し、テンガの後ろに控えるカムパたちを見やった。そして笑みを浮かべ、言葉を発した。もっとも声が小さくて、祈禱旗のはためく音とリチュ川の轟音のせいでさらに聞こえにくかったのだが、リウの言葉はこうだった。「これはこれは助言をありがとう。でも私の数え方が間違っているのかね。私が対峙する敵の数は私の部下の数より多いということはないようだが……」

「それは大間違いだよ、中国人！」テンガは腹立たしげに叫んだ。「ニャロン人一人いれば中国人五人は余裕で太刀打ちできる――間違いなくな！」

リウは肩をすくめた。「きっと自慢するだけ勇敢なんでしょうな」

「俺が正しいかどうか試してみないか？　なあ、中国人」テンガは迫った。「あんたと俺だけで……部下は周りで見物ってことで……」

中国人少佐は冷静だった。笑みを浮かべて言った。「なあカムパよ――私は強さを披露するためにここに来たわけじゃないんだ。道端で誰が勇敢かを決める勝負にかまけている暇はない。もっと大事な仕事がある。私は軍人だ。サーカスの軽業師じゃないんだ」

「おい、中国人（ギャミ）！」テンガは吐き捨てるように言った。「おい、ギャミども！　あんたらの繰り出すのは口当たりのいい洗練された言葉、お上品な文化、巧妙な策略、そしてご都合主義のようだがな、おれたちニャロン人はこいつで問題を解決するんだ！」そう言い放って自分の剣をぴしゃりと叩いた。

　中国人の指揮官は馬に乗ったままじっとしていた。「なあカムパよ――本当の敵と戦うために怒りは取っておいた方がいいぞ！　誰か分かるか？　共産党（コンデンタン）だ！　やつらは急速に勢力を増している。いつかやつらはお前たちの谷に襲いかかってくるぞ！　これは間違いない。勇敢な友よ、真の敵は北方にいるのだ。私には戦うべきもっと重要な敵がいるのだ。今ここで始めようとしているのは取るに足らない愚かな喧嘩だ。私はニャロンのチベット人との争いで自分の部下を無駄遣いしたくない。共産党がわれわれを待っているのだ――もちろんお前たちのこともだ。やつらは手強いぞ……日本軍よりもはるかにな。そして……」

「テンガ」リロが声を張り上げた。「ばかな中国人がこんなに強情を張るなら俺たちのこの忌々しい橋を渡らせてやれよ。徴税人でなけりゃ、喧嘩するいわれもない！」

「なあカムパ」リウはテンガの苛立ちが収まったのを見て言った。「考えがある。硬貨を投げてどっちが先に渡るか決めよう」

　テンガは中国人を見つめた。リウは根性がある――中国人にしてはましな方だ。「じゃんけんは知ってるか？」テンガは尋ねた。

「もちろん」リウはにこやかに応じた。「言っとくが、じゃんけんは中国のゲームだからな。覚えとけ」

「よし」テンガは言った。「勝った方が先に渡ることにしよう……」

リウとテンガは右手を後ろに回した。「一、二、三！」二人は同時に叫び、手を出した。リウはグー、テンガはパーを出し、テンガが勝った。カムパは勝利の雄叫びを上げ、テンガの期待を裏切らない強運について口々に語り合った。リウは騎兵隊に道をあけるように命じた。カムパたちが橋を駆け抜けたので、橋はぐらぐらがたがたと揺れた。そして彼らはニャロンの地に、ポンボ・タゴツァンの土地に足を踏み入れたのである。

「じゃあな、タゴツァン！」リウ・ドンホワは優雅に手を振りながら叫んだ。「タルツェンドに来たら寄ってくれ！　楽しくやろう。きれいな女の子もたくさんいるし、麻雀もやろう！」

「ああ、そうだな！」テンガは大声で返事をした。「思ったより早くな……」

カムパは笑い声や叫び声を上げながら一気に駆け出した。剣を抜いて天にかざす者もいれば、鬨の声を上げる者もいた。誰もが数か月ぶりに故郷に帰ってきた喜びに沸き立っていた。

29

一九四五年、抗日戦争は中国国民党の勝利で終戦を迎えた。しかし中国の運命を決めることになる本当の戦争が始まったのは一九四六年のことだった。共産党と国民党の戦いだ。一九三四年に始まった長征のあと、中国北西部の延安の洞窟にこもっていた毛沢東と、今やばらばらになり、崩壊寸前のよろよろの国を率いる蒋介石の最終対決である。巨大な国民党軍もよく訓練された人民解放軍には歯が立たなかった。どこから仕掛けられるかも分からないひっきりなしの攻撃に翻弄されて、後ろから迫り来る凄まじい農民やゲリラの暴動により補給路も逃亡路も断たれ、国民党軍は勢いを失っていった。共産党によれば八百万もの軍勢を全滅させたという。一九四九年一月には紅軍が北京を陥落させ、四月には南京、五月には上海に到達していた。

タルツェンドは中国が設置した西康省の省都である。省政府主席であり、軍の最高司令官である人物は狡猾で日和見主義の劉文輝（りゅうぶんき）であった。彼は今、注目を浴びていると感じていた。というのも、西康省と四川省（中心都市は成都と重慶）、雲南省（省都は昆明）は蔣介石の掌中にある残り少ない省で、蔣介石がこの地域を最後の砦としようとしており、すでにカムパのポンボたちと接触し、共産党軍との生死をかけた戦いに支援と協力を求めていた。ポンボには金銭や武器などの賄賂を送ったり、名誉勲章を乱発して操ろうという作戦だった。

馬歩芳（ばほほう）［青海地方を支配していた軍閥の長］と馬鴻逵（ばこうき）［寧夏地方を支配していた軍閥の長］は五千人の国民党軍を引き連れてカム地方まで退却してきており、陝西省からなだれ込んでくる共産党軍と対峙するためにしぶしぶ北へと進路をとっていた。劉文輝は自分だけ無事に逃れようとして自軍を共産党軍に引き渡す密約工作をしているという噂だった。だから、西部の省は不統一と闘争と混乱によってばらばらに引き裂かれ、抵抗する意志すら奪われ、東から北から続々と迫りくる人民解放軍に対して恐怖と不安で恐れおののいていたのである。

タゴツァンの当主はテンガを起こして言った。「テンガ、中国人軍がうちの橋を渡ったらしい。現場に行って本当かどうか見てきてくれないか。誰なのかも確かめてくれ。うちの谷に入らないでほしいと説得してきてくれ」

テンガは起き上がった。「父さん（アギャ）、誰に聞いたんです？」

「サムドゥプ・ダワだ」ポンボは答えた。「やつは信頼できるし、いろいろなところから情報が入ってくる。中国軍の連中が何を企んでいるのか調べてきてほしい。本当に必要でない限り衝突はしないように。分かったな」

テンガは頷いた。

噂はかなりの勢いで広まったに違いない。テンガが部下を引き連れてリチュが原までたどり着いたときには百人もの男たちが雄叫びを上げて集まっていた。彼らはテンガの姿を見つけると歓迎しようと集まってきた。中国軍と最初に対面するにあたって誰が指揮を執るべきかについてはみな心は一つだった。テンガはイギリス製の鞍をつけた立派な馬に乗り、極めて高価な狐の毛皮の裏地と、雪豹の縁取りのついた絹のチュバを身につけ、タルツェンドの中国人の靴屋に特注したぴかぴかの革製の長靴を履いている。腰には剣を差し、肩からはモーゼル銃（彼のお気に入りで、狩りの旅に出たときに使っていたものだ）を下げている。

男たちはみな完全に武装し、戦いになると思って顔を紅潮させていた。ミンマは剣よりもはるかに器用に使える斧を背中にくくりつけていた。馬は男たちの興奮を感じているのか落ち着きがなく、早足でぐるぐると回っては抑えつけられたエネルギーを解放していた。舞い上がる埃が早朝の朝日に照らされてきらきらと幾筋もの弧を描いていた。カムパたちはみな首から護符（ツェスン）を下げ、仏龕（タバン）［原注　小さな神像や守護神像を格納する青銅・銀・金製の箱］を腰につけている。男たちはみなしびれるほど格好よくて、男たちを見送りに集まってきたお年寄りたちは誇らしげに顔を輝かせていた。ニャロンのチベット人はきっと中国軍を痛い目に合わせてくれるだろう。

テンガは部下を全員集めて告げた。「みんな、聞いてくれ！　父の命令でうちの橋を渡って谷に入ってきた連中が誰で何人の軍勢なのか調べることになった。衝突はしてはならない。戦いは禁止だ。国民党も共産党もわれわれには関係ない。われわれはただ邪魔をしないでほしい、それだけだ。これまで通りに暮らしを送れるよう、何もしないでほしい。われわれの土地に無断で侵入したら敵、立ち入らなければ友だ！　実に単純だ！」どっと賛同の声が上がった。年配のカムパたちはうっとりと耳を傾け、嬉しい驚きを味わっていた。ポンボ・タゴツァンのところのあの色魔で酒飲みで博打打ちで喧嘩っ早いことで悪名高い息子がついに持ち前の力を発揮している。「われわれニャロンのカムパには何でもある」テンガは続けた。「だがたった一つ足りないものがある。何だか分かるか？　規律だ！　古いことわざを知っているだろう。ニャロン・カムパは百人寄れば無敵だが、千人寄れば烏合の衆ってなあ。どんな敵とも戦うには規律が必要だ。さもなけりゃ俺たちは頭ばかりの軍団になっちまう。俺の言っていることは分かるよな。動物が一体として機能するためには頭だけでなく尻尾も必要だ。軍隊も同じだ。尻尾であることは恥ずかしいことではない。全員が頭になることはできないんだ。だからこれからみんなを五十人ずつの小隊に分けて、一人にそれぞれの小隊の隊長になってもらう。俺は隊長に命令を出し、隊長は小隊にどういう行動を取るべきか伝える。みんなは隊長に絶対に従わなくてはならない！　覚えておくように。常にだぞ！」

みなテンガの言ったことを了承した。

ポールとミンマとリロは小隊長となった。男たちは五十人ずつのグループを組み、テンガの演説を思い出しながら出発の準備を始めた。

とそのとき、馬に乗った三人組がものすごい勢いでテンガめがけて突進してきた。その三人が誰だか分かった瞬間、男たちはテンガの断固たる演説もすっかり忘れて、隊列を乱して子どものようにはしゃぎだした。男たちが騒ぐ理由ははっきりしている。あんなものを目の前にして誰かの尻尾でいいと思うやつが自尊心の高いニャロンの戦士の中にいるわけがない。そう、現れたのは小生意気だが魅力的で美しい三人娘だった。カンド・ツォモとツェレク、そしてもう一人の若い娘で、三人とも栗毛の馬に乗っていた。毛皮の上着を同じように着こなして、毛皮の帽子を斜めにかぶり、革製のロングブーツを履いている。その中にはもちろんすべすべした肌の、形のいい官能的なふくらはぎが収まっているに違いない。三人とも御守りとして浮き出し模様のついた金の仏龕（タバン）（おそらくは悪霊のみならず色好みの男たちから身を守るためのものだ）を掛け、アメリカ製のM1カービン銃を携えていた。ツェレクは豊満な肉体とはちきれんばかりの胸をした女性に成長しており、どれだけの男たちを食い物にしてもなお飽くことのない欲望を見せるさまはもはや伝説と化していた。彼女が激しく腰を振って秘部をこすりつけると若い男はあっという間に昇天してしまうなどと、卑猥な畏怖の念でささやかれていた。カムの女性の腰の敏捷さおよび激しさは、チベット中の男性に知られていた。しかしツェレクがずば抜けていることは好色家の男たちがみな認めるところであった。

「ああ、俺、カンド・ツォモの鞍になりてえ」若い男がうめくように言った。

「君たち」テンガが三人に声をかけた。「これはこれは優しいじゃないか。われわれを見送りに来てくれるとは……」

「そういうことじゃないわ」カンド・ツォモは冷たく言い放った。「一緒に行くつもりで来たの」

「俺たちと？」テンガは聞いた。「何を馬鹿なことを！　危険な任務なんだぞ。戦いになるかもしれないし……」

「だから武装して来たんじゃない」カンドは軽蔑をこめて言った。

「カンド」ポールは懇願するように言った。「君たちは一緒に来ないほうがいいって。僕は……いや、危ないから……」

カンドは不敵な笑みを漏らした。「ポーロ、気を使ってくれて嬉しいけど、何をしても私たちを止めることはできないから！」

「共産党軍にも女性兵士はいる」ツェレクが割って入った。「どうしてうちらはだめなの？　ニャロンの女の何がだめだっていうの？　共産党の女なんてただの雑草じゃない。うちらの方がよっぽど根性あるし、タフだし、すごいんだから……」

「あらゆる意味でな！」機転のきく若いカムパがつっこみを入れた。

「下品な言葉は慎みなさいよ、馬鹿！」ツェレクはその男の方を睨みつけて咎めた。

「ツェレク」別の男（昔、テンガの「軍隊」にいたことがある男で、あの日……）が声を上げた。「俺たちの隊長になってよ」

「頼むからさ……」もう一人が真剣なふりをして懇願した。「どこまでもついて行くからさあ！」

ツェレクはそいつに唾を飛ばして言った。「あんたたなんてリチュ川より先には行けないさ、この弱虫！　自分たちのことをよく見てごらんよ！　ずいぶんご立派なもんだ！　ちんこも勃たないクズのくせに！　共産党軍にめったためたに切り刻まれて麺と一緒にのみ込まれればいい」

「ポーロ、テンガ」カンド・ツォモはすごんだ。「あたしたちを連れて行くの？　行かないの？」

「テンガ」ツェレクはカービン銃の銃床を叩いて睨みをきかせた。「もしだめだっていうならあんたの股間にこいつをぶっぱなすよ！」

かわいそうなテンガ。彼に何ができるというのだろう？　部下の前でメンツまるつぶれである。大きな集団の指導者よろしく部下たちを煽るような演説を打って、規律について強調し、生まれながらに人を率いる能力のある、生粋の「頭（かしら）」であることを見せつけたばかりだった。それが今や二人の女性、それも一番身近で親密な思い出を育んできた幼なじみの二人に完全に笑いものにされたのだから。すべてがくだらない茶番と化し、テンガは物笑いの種になってしまった。彼は怒りと苛立ちを飲み込んだ。

「分かったよ。でも特別扱いはしないぞ——いいな？　他のやつらと扱いは同じだ」

「そうはいくかな……」さっきの機転のきく男が言った。

「黙れ、ジャムヤン！」テンガは怒りをにじませた。「狩猟の旅に行くのとはわけが違うんだ！　覚えとけ！　これは俺たちが任された重要な任務なんだぞ。俺たちの命がかかってんだ。冗談を言ってる場合じゃない……」

テンガは馬に拍車をかけた。各グループの隊長が配置につき、騎馬集団はそれなりの統制を取りながら出発した。

彼らはリチュ橋から少し離れたところで一旦前進を止めた。テンガは部下に、一旦立ち止まってラバの鈴に草を詰めて音が出ないようにしろと指示した。そして先に偵察隊を送り、慎重に情報収集を進め、何か疑わしいものを見たら戻ってきて報告するようにと告げた。

ほどなくして偵察に行った一人が戻ってきて、サムドゥプ・ダワが言っていた通り、中国の軍隊がポンボ・タゴツァンの領地で野営しているのが見えたと報告した。

「規模は？」テンガは尋ねた。

「五百人はゆうに超えているかと……」

「武器は？」ポールが聞いた。彼は今テンガの副司令官だ。

「かなりの重装備です。詳細をお伝えできるほど見えなかったんですが、精鋭軍のようです」

「見に行こう」ポールは提案した。

「よし」テンガも同意した。「ミンマを呼べ」

テンガとポールとミンマは偵察隊を連れて出発した。しばらくして一人の番兵が、馬を降りて静かにするように言った。「近いぞ……」彼は指を口に当ててささやいた。狩りのときと同様、男たちは音も立てずに馬を降り、草地の斜面を這いつくばったまま登った。狩りのときの興奮と同じだ。しかし、今回は獲物が違う。斜面を上まで登って見おろすと、平原が広がっていた。平原の奥の方にリチュ橋が見えた。そして平原のあちらこちらにテントがきちんと列をなして張られている。すべての方向に番兵が配置され、馬は一か所にまとめてではなく、いくつかの群れに分けてつながれており、野営の焚き火の煙が立ち上っていた。ポールは双眼鏡で野営地をつぶさに観察した。

「ポーロ」テンガが話しかけた。「しっかりした規律のある軍隊みたいだな。共産党軍かもしれない。でも制服はあんまり共産党軍ぽくないな」

「テンガ」ポールは言った。「たぶん国民党軍だと思う……」

「国民党だって?」テンガは驚いたようだった。「まさか馬歩芳や馬鴻逵の一派じゃないだろうな。やつらはもっと北方にいると思ってたが……」

「国民党に攻撃を仕掛けるつもりはないよな?」ポールは聞いた。

「誰とも争うつもりはない」テンガは言った。「個人的には中国人自体にはなんの恨みもないよ。俺たちの土地に入ってこないでくれ、それだけだ。ほっといてくれってんだ。やつらの内輪もめに巻き込まないでほしい」

ミンマはテンガとポールの後ろに一人佇んでいた。二人の話などどこ吹く風で、相手に致命傷を負わせるほどの斧の腕前を持った木こりはとにもかくにも現実的な男だった。「いったいぜんたい何の話をしてるんだよ。あいつらが誰だか調べればいいじゃないか」

「どうやって?」ポールは聞いた。

「話を聞きに行けばいいだろ」ミンマはあっけらかんと言った。ポールとテンガは笑った。「やつらの答えが銃弾だったらどうするんだよ」テンガが言った。

「俺に任せろ」ミンマは言った。「俺が聞きに行ってくるよ。山に木を伐りに行く通りがかりの者だと言えばいいだろ」

斧の名手はライフルと弾帯を外し、斧だけを持って向かった。「気をつけてな」ポールは言った。彼らは腰を下ろし、気を揉みながら待つことになった。

「誰かこっちに向かってきてる」ポールはそう言って双眼鏡の焦点を合わせた。「ミンマだ! 中国人将校も何人かいる。おいおい……なんとまあ……まじかよ! 誰だと思う? お前もびっくりするぜ、テンガ!」ポールはびっくりして、父のスティーブンス牧師がよくやっているように口笛を吹いた。

「誰だって?」テンガは聞いた。

「リウ・ドンホワだよ!」ポール・スティーブンスは言った。「俺たちのタルツェンドの友だよ。びっくりだな!」最後に会ったのは一年前だった。テンガはきれいな中国人の女の子たちと一晩中麻雀をして遊んだときのことを思い出した。

大佐に昇進したリウ・ドンホワは洗練された制服をうまく着こなしている。国民党の徽章のついたマチの高い制帽をかぶり、革製のロングブーツに裾をたくし込んだズボンを履いていた。胸には斜めにサム・ブラウン・ベルト［剣や銃をつけるための肩からかけるベルト］、襟には階級を示すエンブレムをつけている。腰にはリボルバーを携帯している。彼と一緒に二人の士官がついてきていた。二人とも長いバギーパンツを履いており、リボルバーを身につけ、腰には弾帯をつけていた。二人は恭しく少し離れたところに直立不動の姿勢で立ち、リウがテンガとポールのところに斜面を登って近づいていくのを見つめていた。

「你好（ニーハオ）……你好（ニーハオ）！」リウは穏やかに握手を求めてきた。

「你好（ニーハオ）……你好（ニーハオ）！」ポールとテンガもあいさつをした。

「また二人に会えて嬉しいよ」リウは顔を輝かせた。「この間タルツェンドで麻雀をしたときは君らに全部持っていかれたよなあ！　それに女の子たちも君らのことばかり話してるから、嫉妬で頭がおかしくなりそうだったよ！」

「大佐」テンガは問いかけた。「まさかここで麻雀をしようってわけじゃないよな。まあ、まずはお茶でもどうだい。このあたりに腰を下ろしてさ」

　彼らは日当たりのよい斜面の草地に腰を下ろした。夏の昼下がりの平穏と静寂が彼らを包み込んだ。カムパの偵察隊がお茶の用意をした。国民党の若い士官たちは少し離れたところで律儀に直立不動を保っていた。リウは彼らには茶を出す必要はないと言った。

「まるでピクニックだな……」リウは楽しげに言った。彼は銀製の小箱を取り出し、ポールとテンガにたばこを振る舞った――アメリカ製だ――そして三人は黙ったままたばこをふかしていた。

　リウは鼻の穴から煙を吐き出した。「あのときはお宅の領地に入り込んでしまって悪かったな、タゴッァン」彼は言った。「前回やらかしたときのことは昨日のことのように覚えているよ……。ほら、橋のところでさ……。実に盛大に歓迎してもらったよなあ！」彼は笑った。「あのときは蒋介石総統に命じられて、共産党軍と交戦するべく陝西省に向かって北上していたところだったんだよな。実際戦闘もあったよ。ずいぶんたくさんの部下と武器を失ってね。今はかろうじて残ったものでなんとか。そこへ緊急無線が入ってタルツェンドに急行して劉文輝を逮捕せよと命じられたんだ。なんでかっていうと……あの……」リウは機密情報を漏らしていいかどうか迷って口ごもった。でも結局大した問題ではないし、なぜタゴツァンの領地にいるのか説明できるかもと思って続けた。「……やつが共産党に寝返って、西康省と四川省と雲南省を共産党に譲り渡してしまうのを阻止するためにね——そうなったら蒋介石総統が西部各省で展開している作戦はすべて台無しになる。もし劉が寝返りでもしたら、国民党の最後の希望も潰えてしまう。あの西康省の成り上がり指揮官はいけ好かない野郎だよ。完全に二枚舌を使い分けてるんだ。金と自分の首を守るためならやつは自分の母親すら売りかねないやつだよ。タルツェンドには何としても間に合うように行かなくては……」リウはたばこをもう一本、翡翠のシガレットホルダーにねじ込んでから続けた。「しかし部下たちもみんな疲れ切ってしまってね。兵糧も切らしてるんだ。そういうわけで、なあ、タゴツァン、頼みがある。二、三日ここに滞在させてはくれまいか。その後すぐに出発するから。食糧と飼い葉を購入したい。われわれを助けてほしい。先を急がなくてはならないんだ……。でもよろよろの部下を無理に行軍させるわけにもいかなくてね。一日か二日あれば元どおりに元気になるはずだ。うちの部下は優秀な軍人なんだ……。国民党軍の中でも一番精鋭のね」

「でもまっすぐカンゼからタルツェンドへ南進しなかったのはどうしてなんだ？」テンガは尋ねた。「もっと早く行けるんじゃないか……」

「それはだめだ」リウは答えた。「そのルートは先回りした共産党軍に完全に封鎖されてるんだ！　ここがわれわれに残された唯一のルートだったんだよ」

「北の戦況はどうなんだ?」ポールは尋ねた。

リウはかぶりを振った。「ひどいもんだよ! 大変なことになってる……恥ずべき大敗北を喫してるよ。軍勢はどこもかしこも退却中だ……。農民兵とゲリラはわれわれの後ろから切りつけてくるわ、われわれの行く手を遮るわ。信用できるやつは誰もいない……。略奪に喧嘩……完全に無秩序だ……。士官たちは身の回りのものをひっつかんで脱走するわ、部下は士官に向かって銃撃するわ。蔣介石総統も至急の指令を出したかと思うと次の瞬間には撤回……。どんな行動も総統の指示を待たなくてはならないし……もう無秩序もいいところだ……。崩壊寸前だよ」

「聞いた話だと」ポールは言った。「総統は西部各省で決戦に臨むつもりらしいね。総統はわれわれカムパに国民党側についてほしいと言ってきてる。金銭や武器を贈ってきた上、ポンボたちに名誉の称号を授けている。リタンでは飛行場も建設中で、成都には、聞くところによると大きな軍事施設もあるとか」

「でも北京も上海も南京も失ってしまった……」若い大佐は悲しげに言った。「今はもう重慶、成都、昆明しか残っていないよ」

「大佐……」テンガは言った。「二、三日は滞在してくれて構わない。だがその後は速やかに出て行ってほしい。俺たちの方針は徹底的な中立だ。そっちの内輪もめには巻き込まれたくないんでね。国民党と共産党の戦いは……俺たちには関係ないからな。もし国民党を迎え入れたら共産党に付け入る隙を与える。共産党を入れれば国民党に付け入る隙を与えることになる。俺たちはそんなものには巻き込まれない――決してな! 中国人に関する限り、こっちは完全に中立的な立場をとる!」

国民党の大佐は笑った。「タゴツァン、これほど複雑な状況をそこまで単純に考えられるなんてうらやましい限りだよ。本当にそんな風に単純だったらいいんだが……」

30

「蒋介石は」リウ・ドンホワ大佐は言った。「国民党の中で一番まともな人物だよ。優柔不断だとか方針が定まらないとか批判されているが、的外れだ。総統の方針は常に打倒日本、打倒共産党で、その目標を見失ったことはない。最大の失敗は腐敗と無能に抜本的な対策を取らなかったことだと思う——この二つの毒が中国をだめにしたんだ。

「総統に初めて会ったときのことは今でもよく覚えているよ。長沙の戦いのあとだったと思う。あれは国民党軍が日本軍を紛れもなく撃退したといえる唯一の戦いだ。戦闘のあと、俺を含む何人かが叙勲に呼ばれたんだ。グレーの制服にグレーのマントを羽織っていたよ。上品なあごひげをたくわえててね。すごく厳めしい雰囲気をまとっていたな——真っ白な手袋をしていたよ。手袋が好きらしいね。ただ、ひどく疲れていて、不安そうに見えた……そのときでさえね。

「共産党軍は今やどこでも勝利をおさめてる。我が軍の前線では背信行為が横行してるし、どこを見ても敗北主義者と逃亡者ばかりだ。そしてもちろん、腐敗と無能にまみれてる」

リウはたばこを吸って物思いにふけっていた。「それで、アメリカ人のポーロには話しておきたいんだ——時折共産党は新種の人間なんじゃないかとびっくりさせられることがある。何度もやつらと戦って思い知ったよ。やつらは献身的で、団結力があって、規律正しく、道徳的だ。そのうえやつらには自分たちの主張に絶対的な自信を持たせてくれるイデオロギーと思想があって、それによってもたらされる最終的な勝利を無条件に信じているんだ。信念というのは驚くべき強みだ――自分たちが完全に正しいし、戦いの目的は完全に価値があると感じ、究極の勝利を確信している。それは一般の兵卒に至るまで浸透しているとてつもなく貴重な特質だよ。それに指導者も将官もいいのが揃ってる。指導者は一般の農民や兵士と比べるとはるかにひたむきで仕事に打ち込んでる……毛沢東や朱徳、林彪、彭徳懐、劉伯承のような清廉潔白で理想的な指導者がね……」

「あいつらは何もかも持ち合わせてるってわけか……」テンガが言った。「イデオロギーも指導者も、部下も武器も。そして合理的で、清廉潔白だと。もしかすると世界をまるごと引き受ける運命にあるのかもな。俺たちの方はたぶん歴史のごみ箱に放り込まれる運命なんだ。おそらくそれが俺たちの宿命だ。でも俺の個人的な哲学は単純極まりないものだよ。自分の持ってるものを死ぬまで守る。見込みがどうであろうと、敵が誰だろうと、それがどれほどの規模だろうが、どれほどの軍備だろうが関係ない。俺たちを無視して放っておいてくれるやつらには平和を！　俺たちの土地に侵入してくるやつらには死を！　そいつらのケツの穴には銃弾を！」ポールとリウは吹き出した。

「タゴツァン」リウは言った。「いつか共産党軍がここに来るだろう。もう間違いないよ。そのときはさすがに君も違う歌を歌うんだろうな」

「もっと話を聞かせてくれ」ポールが言った。「共産党の話を教えてくれよ。もっと知りたいんだ」

「そんなに話すことはないよ」リウは言った。「たいして説明できることもないんだ。だが一つ言えるのは、将官と一般の兵士の間にほとんど区別がないってことだな。みんな寄り集まってしゃがんで、自分の箸と金属製の容器を取り出して、同じ飯を分け合って食うんだ。やつらの世界はちっとも魅力的じゃないがね。文化ってもんがないいんだよ。やつらは人間にとって最低限必要なもののために戦ってる。そしてあらゆる人間を同じレベルに貶(おとし)めるつもりなんだ。文化を楽しむ時間はなしだ。歌も贅沢な品も、女の子や麻雀を楽しむ時間もなしだ！　娼館もなし、踊り子だっていない。みんながみんな同じレベルで、かつかつで暮らすんだよ。みんなが手かせ足かせをかけられた状態で同じ船を引っ張るってことだ。なんてつまらない退屈な世界かね。このもったいぶったつまらない組織化の結果見せられるものが一杯の飯だけだぜ。念のために言っておくが国民党の世界が天国だってわけじゃない。そりゃあ数え切れないほどの欠点があるさ。でも素晴らしいところもあったんだ！」リウの目に悲しみの色が浮かんだ。

「日本との戦争が終わったばかりの上海が懐かしいよ。みんな浮かれててさ。みんながいい時代を楽しもうとしてた。公式には破壊された都市を復興させるため、厳しい責務を負った緊縮財政の時代っていうことになってるけど、どこもかしこも汚職や贈収賄が横行してて、コネ社会だったね。闇取引も盛んだったし、堕落した人間や節操のない人間が一夜にして王者になれた時代だ。夢にも思わないような贅沢品が手に入ったものだよ。

　当時、高級娼館に遊びに行ってさ。見たこともないほどきれいな女の子たちが入り口で出迎えてくれるわけだよ。特に桂林の子たちだね。それがどうしてっていうくらい、信じられないほど美人なんだよ！　そんな子たちが優しく服を脱がしてくれるんだからこっちは王様気分だよ。ふわふわのタオルを巻きつけてお風呂に連れてってくれるんだ。ビロードみたいな絨毯が敷き詰められてて、落ち着いた雰囲気の素敵な音楽が流れててさ。まるで雲の絨毯を歩いて天国に向かってるみたいだったよ。魅惑的な照明に芸術的な室内装飾、趣味のいい調度品に彩られた部屋でね。長椅子に横たわると、好みのタイプのきれいな女の子たちがやってきて、体を洗ってマッサージをしてくれるんだ。もう何も出てこないくらいよく擦ってくれたもんだよ。それでもまだ少しは垢が取れるんだけどね。そして音楽を聞きながら美味しくてしゃれた軽食を楽しんだあとは閨ごとの時間だ。もちろんお好み次第で男の子とでも女の子とでも、どの穴からでも、どんな体位でもどんな技でも、とにかく性の悦びを味わうものなら何でもござれだ。あるいは一糸まとわぬ女の子たちがセクシーな妙技や想像を絶するようなポーズで風変わりな曲芸を披露するのを見物することもある。そのあとはおいしいワインにアヘン、薬にたばこ、そしてさらなる食事とマッサージだ。疲れたら女の子の膝枕で軽く眠ればいい。帰るときは音楽と楽しい会話で楽しませてもらいながら絨毯の敷き詰められた廊下を歩いていって、控えの間に通されるとそこには着てきた服が用意されている。それもすっかりきれいにクリーニングされて、香水まで吹きかけてあってね。靴も鏡のようにぴかぴかに磨き上げられているんだ。女の子たちに服を着せてもらって、別れのあいさつを交わすと、また来てくださいねとお招きにあずかるってわけだ。そしてだ——突如として——外の世界の目の眩むような光に包まれて通りに立っている自分に気付くんだよね。足を踏み入れたそこは恐ろしいほどの貧困の地、やせ衰えた畸形の物乞いにみすぼらしい犬、大量の蠅。安っぽい商品を売り歩く行商人につきまとわれ、あふれた下水やごみ山から漂ってくる鼻をつくようなひどい悪臭——それはまるで天国から放り出されて、腐臭のする敵の惑星に永遠に閉じ込められたみたいな気分になったもんだよ！

　あの上海には二度とお目にかかれないんだろうなあ！　我が国民党の時代にはひどいものもあったが、共産党は間違いなくそうしたものを根絶して、整理していくんだろうね。でも二度とつくることのできない天国の果実も確かにあったんだよ。最高に魅惑的な花は糞の山にしか咲かないんじゃないかと思うね」

　リウ・ドンホワ大佐は翌日タルツェンドに向かって出発することになり、いよいよポールとテンガとともに過ごす最後の一日となった。その日、国民党の将官はポールに武器をいくつか披露し、アメリカ製のレンジファインダーとともに進呈した。テンガには迫撃砲を二台贈った。カムパの方は馬の曲乗りを披露し、中国人の狙撃のうまい兵士たちと射撃大会を行った。夜にはテンガとポールとリウは麻雀をすることにして、四人になるように、北京語を上手に操るサムドゥプ・ダワも呼んだ。カンド・ツォモも父親と一緒にやってきて、何局か観戦して帰っていった。

　麻雀牌が見えなくなるほど暗くなってくると、灯油ランプの灯りをつけて、銃弾箱と思しき急ごしらえの椅子に座ったままゲームを続けた。

　澄み渡った空に星影さやけき夜だった。向こうには山々の黒い影がうすぼんやりと浮かび、リチュ川の急流がどうどうと音を立てて流れている。中国人たちの野営地には笛や弦楽器、揚琴の物憂いが魅惑的な旋律が流れている。ポールはタルツェンドの宿屋や居酒屋のこと、彼らを大いに楽しませてくれた中国人や日本人のホステスの色香を思い出してほくそえんだ。リウ大佐が部下たちに今宵は楽しむようにと言うと、みなトランプやじゃんけんなどで遊び始めた。チベット人たちの中には読経をする者、数珠をつまぐる者もいる。みなのんびりして、内気で遠慮がちな人びとで、国民党軍の華やかなイメージとはかけ離れていた。カムパたちの中にはショというチベット式のさいころ遊びをやる者もいた。わいわい盛り上がって大きな声を上げ、あたりかまわず馬鹿騒ぎをしている。バクチェンというチベット式のドミノに興じている者もいた。野営地の焚き火を灯りにして剣を研いでいる者もいる。逆さにした鞍の上に剣先を置き、最初は目の荒い砥石を使い、刃に唾を飛ばし、次に目の細かい砥石に切り替え、最後に自身の革製のロングブーツを革砥(かわと)にして研ぎ終えると、指先に当てたり、ひげを剃ってみたりして仕上がりを確かめるのだった。

それは現実とは思えないような不思議な夜だった。ニャロンの空のもと、国民党の兵士たちの歌とチベット人の声が混じり合い、そこに馬のいななきや、谷のどこか遠くから聞こえてくる犬の不気味な遠吠えが加わる。国民党の大佐とアメリカ人宣教師の息子、そしてニャロンのカムパが、シューシューと音を立てる灯油ランプの灯りで麻雀をしているのだ。だが一方、世界で最大の人口を誇る巨大な国家が今まさに生死をかけた内戦を繰り広げており、それぞれの慣れ親しんだ世界がまさに目の前で崩壊しつつあるのだ。

サムドゥプ・ダワはそわそわして、弾薬箱の上でなんとか気持ちを落ち着かせようとしていたが、ついに口を開いた。「大佐、この弾薬箱……弾薬しか入ってないんですか? ちっとも動かないですけど!」

リウはしばらくしてから口を開いた。「銀だよ。銀貨だ……。私の金庫だ……。軍人としてもらった俸給だ。最近では軍人は金のために命を危険にさらす。今や金で気持ちを保ってるようなもんだ。他のものにはすっかり幻滅させられてるからね。この箱は大事にしてるんだ。弾薬よりも価値がある。この箱を勝手にいじるやつは直ちに撃つと決めてる!」

サムドゥプは咳払いをした。麻雀牌をじゃらじゃらとかき混ぜた。「大佐……もうみな寝静まっていますね」彼は冗談めかして言った。「われわれ二人でこいつを一部でも持ち出しても誰にも気づかれないですよ」

リウはにやりとした。「やってみろ、カムパ。まあ持ち出すのは無理だ。みんな寝静まってると思うだろ。それは間違いだ。絶対に眠らない影の番兵がいるからね……」

「影の番兵?」サムドゥプは不思議そうな顔をして、眉間にしわを寄せ、口ひげを撚りながら尋ねた。

「ああ、そうだ」リウは言った。「私を護衛する番兵なんだ。今どき国民党の兵士は誰も上司を信用していないよ。ずっと騙されてきたからね。彼らはうまくいっている限りは命令に従うよ。この箱に自分たちの給料を保証する銀が入っていることを知っているしね。ただし誰もそれに触らなければの話だ。こっちは兵士たちを監視して、影の番兵たちはこっちを監視している。これがわれわれみんなをつなぎ合わせている疑惑の鎖となっているんだ。われわれを生かしているのは不信感だよ。お互いがいないと生きていけないのに、お互いのことを信用していない。それが今の国民党だよ！」

「大佐」サムドゥプは尋ねた。「将来はどうなっていくと思いますか？　国民党が勝利する可能性は？共産党は本当にいつかチベットに入ってくるんでしょうか？」

「正直な意見を聞きたいのか、それとも君を喜ばせるような話をしてほしいのか、どっちだい？」リウは言った。

「正直な意見を聞かせてくれ」サムドゥプは言った。「気を使う必要はないよ」

リウはしばし物思いにふけり、たばこに火を点けた。「うむ……そうだな。私の考えでは国民党はもう終わってる。戦争は二、三か月もてばいい方だろう。共産党の完全勝利だよ。共産党が権力を持てば、やつらはあらゆるものを変えるだろう。この谷にもやってくるのは火を見るよりも明らかだ。チベットもこれまでと同じではいられないよ。君たちのニャロンだってそうだ。みんな赤い星のついた帽子をかぶって『東方紅』［毛沢東や中国共産党を讃える歌］を歌うことになる。間違いないね」

「チベットには触手を伸ばさないとは考えられないのか？」サムドゥプは聞いた。

「ありえないね！」リウは力強く言った。「共産党はわれわれとは完全に違う種族だってのが私の考えだ。やつらは偉大な祖国を統一すると公約しているが、やつらの言葉にはみんな意味があるんだ。チベットはすでに偉大な祖国という概念の中の切り離すことのできない一部と見なされてるよ。連中は武力や説得工作、謀略などあらゆる手を使ってでも、チベットをこの祖国とやらに取り込んでいくだろうね。他の道はない！」

それまで黙ったまま熱心に耳を傾けていたテンガが怒り出した。「もちろん他の道はあるさ！」険しい顔で言った。「人生はいつだって選べる道がある！　中国共産党がこの谷に入ってきたら、俺たちは山に隠れる。やつらが山に入ってきたら、殺す。山が俺たちの新しい家になる。山では俺たちは赤い星の帽子をかぶることも『東方紅』を歌うこともない」

「タゴツァン」リウは笑みを浮かべて言った。「何年か前にあの橋で初めて君に会ったときから君の発する勇ましい言葉にはいつも感銘を受けているよ。間違いなく君は勇敢な男だ。でも毛沢東がこの谷に入ってきたときが正念場になるだろうな」

「リウ」テンガは言った。「俺自身は中国にも中国人にも反感は一切持っていないよ。ここニャロンでこれまで通りの暮らしを続け、自分たちの人生を歩み、自分たちの神々を信仰し、自分たちの食べ物を食べ、自分たちの着物を着る。それだけがわれわれの望みだ。人間誰しもそうやって生きる権利があるはずだろう？　ニャロンの人間は中国に髪の毛一本触れちゃいない。もし俺たちがニャロンの人間を中国に送り込んで家に侵入し、暮らしに干渉してきたらいったいどういう気分になるか想像できるか？

「だから俺が言いたいのはこれだけだ――自分の国で何をやろうと勝手だ。山を掘ったっていいし、畑を耕したっていいし、川から水を引いたって構わない――自分の国ならな。そりゃあそうする権利があるから、どうしようと勝手だよ。でもわれわれには近づかないでくれ！　触れないでくれ！　でももし中国共産党が俺たちの谷に入ってきて、俺たちの食べるもの、飲むもの、信仰、思想に指図してきたら、そのときは……ディクパ・コ！　俺たちは山にこもって、全員が死に絶えるまで戦う！　やつらは俺たち一人ずつを相手にしなけりゃならないんだぜ！」

リウ・ドンホワはポンボ・タゴツァンの息子を見つめていた。中国国民党の将官にありがちな、人をからかうような皮肉った態度は消えていた。「タゴツァン……」彼は切り出した。「君の言ったことは、世界中の何億もの人びとの思っていることだ。ここチベットだけではなく、もちろん中国の中だけでなく、あらゆるところの人びとがそう思っている。われわれは誰しも、誰にも邪魔されることなく自分たちの家で、家族とともに、自分たちの暮らしを営みたいんだ。でもこの狂気に満ちたおかしな世界のやり方は違う。大掛かりで愚かなシステムとイデオロギーが横行し、そうした信条に盲目的に、狂信的に従う野心家の狂った男や女がいるんだ——どこに連れて行かれるか分かったもんじゃないのに！　洪水や地震は人びとにも家にもかまどにもお構いなしに襲いかかる。そこにあるものを容赦なく破壊していく。そういう洪水や地震が今、われわれのすべてを押し流していこうとしているんだ……」

リウ大佐の部下の兵士たちは出発の準備を整えた。彼らはこれからタルツェンドへ向かい、裏切り者の成り上がり指揮官、劉文輝と対決するのだ。彼らは野営地をきれいに片付け、便所の穴には土を詰めた。重機関銃や迫撃砲はラバに積み、負傷者は担架に載せ、そばについた兵士があおいだり、世話を焼いたりしていた。兵士たちはみな賢く、規律正しく、自信にあふれているように見えた。チベット人たちは彼らの馬や武器やラバをほめたたえた。リウと兵士たちは行軍を開始し、徐々に遠ざかっていった。視界から消える前に国民党の大佐は馬上から振り向き、手袋をした手で白いハンカチを振り、ポールとテンガとサムドゥプ・ダワ、そしてカムパたちに別れを告げた。

第4部

31

「中国の命運が人民自身の手に委ねられれば、中国人民は、中国が昇る朝日のごとく輝き、その輝きが全土をあまねく照らし、反動的な政府が去ったあとの汚泥が直ちに干上がっていくのを目の当たりにするだろう」（一九四九年六月十五日、新政治協商会議準備会における毛沢東の演説）

「世界中どこでも、共産主義者は資本家階級に比べてはるかに能力が高い。彼らは事物の存在と発展にかかる法則を理解している。彼らは弁証法を理解し、はるか先を見通すことができる」（一九四九年七月一日、中国における共産党設立二十八周年を記念して毛沢東が著した「人民民主独裁について」）

一九四九年七月八日、チベット政府はすべての中国人をチベットから退去させ、ラサの中国語放送局を差し押さえた。

一九四九年八月、劉文輝はタルツェンドから軍隊を引き上げ、西康省と四川省を共産党に引き渡した……。

「われわれの成し遂げたことはいずれ人類の歴史に刻まれるだろう。そしてそこには世界の人口の四分の一を占める中国人が立ち上がったという事実が明記されるだろう。中国人は常に偉大で勇敢、そして勤勉な民族であった。現代においてこそ他国に遅れを取っているが、これは外国の帝国主義および国内の反動的な政府による抑圧と搾取の結果に過ぎない」（一九四九年九月二十一日、中国人民政治協商会議第一回総会における毛沢東による開会の言葉）

一九四九年十月一日、北京で毛沢東を主席として、中華人民共和国の建国が宣言された。

西南軍政委員会の主席であった劉伯承は、人民解放軍はまもなく米英の影響を駆逐するためチベットに進軍することになると述べた……。（一九五〇年某日）

中国は北京放送で、チベットを解放する工作が開始されたと告げた……。（一九五〇年十月二十五日）

「……チベットの人民は団結してチベットから帝国主義侵略軍を駆逐し、中華人民共和国という祖国の大家族に戻らなければならない」（一九五一年五月二十三日、北京放送）

「あらゆる毛主席の戦略的決定を断固支持する。毛主席の命令にはすべからく従うべし」(共産党の政党パンフレットより)

「ポーロ・アギャ」タゴツァンの当主はスティーブンス牧師に尋ねた。「確かにそう聞いたのか?」

「間違いありません」アメリカ人宣教師は答えた。「ここのところ毎日ラジオを聞いているんですが、今朝の放送で聞いたんです」一九五〇年一月一日のことだった。

「もう一回言ってくれないか?」サムドゥプ・ダワは頼んだ。

「今年の人民解放軍の任務は海南島と台湾、チベットの解放だと……」牧師は今朝北京放送で聞いたほぼそのまま引用して言った。

「どういうことだ?」タゴツァンは当惑しきった様子でサムドゥプ・ダワを見つめた。

「彼らの言葉通りなんでしょう、おそらく」サムドゥプ・ダワは言った。そのときふと国民党のリウ・ドンホワ大佐の警告を思い出した。彼はいったいどうしてるんだろう、今どこにいるんだろうと思った。

「解放という言葉の本当の意味は何なんだ?」タゴツァンはかぶりを振りながら疑問を呈した。

「解放、悟り、救済、解脱」サムドゥプは苦笑しながら言った。「彼らはわれわれを解放することを運命づけられた新しい菩薩なのでは……」

「いったい何から解放するというんだ」ポンボは噛みついた。「われわれはずっと自由だったじゃないか。解放ってのはいったいぜんたい何なんだ」今度はスティーブンスの方を向いて言った。「ポーロ・アギャ、やつらが解放と言っている真の意味は何だと思う?」

今や長老格となり、息子も谷の住人たちに負けないくらい立派なカムパとなったアメリカ人宣教師はポンボ・タゴツァンにそう聞かれてしばし考え込んだ。「そうですね――私の見たところ」スティーブンスは言葉を慎重に選びながら言った。「中国共産党は、中国は完全な独立国家ではなく、ヨーロッパ人を中心とした帝国主義勢力にねじ伏せられ、搾取された国であり、彼らに言わせれば〝超植民地〟なのです。彼らの言う帝国主義や植民地主義はそのことを言っているんです。彼らの考えでは、今共産党は完全な独立国家を目指した新中国の誕生をもたらしたと主張しています。彼らは、海南島も台湾もチベットも、帝国主義者の陰謀により分断された偉大な祖国中国の不可分の一部だと信じています。だから、これらの地域に進軍して帝国主義者を追い出し、抑圧された人民に自由を回復すること――つまりそれが彼らを解放するということであり、それが人民解放軍の神聖な任務だと信じているんです」

「ポーロ・アギャは何でも知ってるんだな。さすがの博識ぶりだ！」タゴツァンはほめたたえた。「私はそんな高度な話にはついていけないよ。いつも言っている通り、これまで通りの生活を送らせてほしい。中国や中国人に何の反感もない。彼らの内戦もわれわれには関係ない。われわれは今のままで幸せなんだ。変化など望んじゃいない。そっとしておいてほしい。こういう簡単なことがわれわれの望みだ」

「でも、今さっきの解放という言葉の解釈が正しければ」サムドゥプは嗅ぎたばこを吸いながら、語気を強めた。「うちらはどこがどう解放されるんだ？　ここニャロンには、清朝と中国人以外、外国人が入ってきたこともないし、外国人に虐げられたこともない。いったいどこに帝国主義者がいるっていうんだ」

スティーブンスは笑って、糾弾の指を自分自身に向けた。「全ニャロンにおける最もやっかいな帝国主義侵略者が今目の前にいるじゃありませんか！　私は過去二十五年間にわたってみなさんを抑圧してきました。みなさんは今、私の支配から解放されようとしているんです！」

「ポーロ・アギャ」タゴツァンは言った。「軽はずみなことを言うのはやめてくれ。これは戦争の予感がする。戦闘と流血は避けられないだろう。たくさんの死者が出るかもしれない。趙爾豊の再来だ……」

「そうとも限りませんよ」スティーブンスは言った。「中国共産党がここにやってきたら、ただ道端に立ってカターを手に歓迎して、解放者として感謝を捧げればいいんです。そして私の首に縄をつけて彼らに引き渡してください。そうすれば流血は避けられます」

タゴツァンはスティーブンスを軽蔑と怒りのこもった目で睨みつけた。「二十五年間もここニャロンで暮らしたと言ったじゃないか。われわれのことをそんな風に思ってたのか？　二度と同じことを言わないでくれ――たとえ冗談だとしても！」

「黒雲が来てるな」サムドゥプは言った。「これは土砂降りになるぞ！　どこか雨宿りできる場所を探さないと」

みなしばらく押し黙り、物思いにふけっていた。

「そろそろ集会をしなくてはな」ポンボは言った。「すべての家の家長と僧院の学堂長たちをリチュが原に招集してくれ。われわれは何らかの確固たる決断を下すことにしよう。自己満足で安心してる場合じゃない。何か恐ろしくて悲惨なものがわれわれを押しつぶそうとしている気がしてならない」

「そうですな」サムドゥプは言った。「早く集まった方がいい。われわれが対峙しようとしている敵はとてつもなく強く、策略に長けている上、冷酷だ。彼らは外交、政治、戦争、どれをとっても百戦錬磨だ。

「だが、ポーロ・アギャ、この一連の展開をどう思う？　中国共産党がチベットに侵攻してきたら、アムリカは助けてくれると思うか？　アムリカは中国よりはるかに強大な国家だよな。日本とドイツを相手に戦って打ち負かしたんだ。アムリケンは街を跡形もなく消し去るという原子爆弾(ドゥルテン)だって持ってるん

だ。共産党を恐れる理由などないよな？　外国の民主主義国家はアムリカの主導で、弱小国家を抑圧虐

待するすべての国と戦う誓いを立てたんじゃなかったのか？　全人類の権利を守る国連憲章が四年前に

アムリカの故郷の街で生まれたって話をついこの間してくれたばかりじゃないか！　アムリカが手をこ

まぬいているわけはないし、中国共産党がチベットを侵略するのを容認するわけがない！　だって何の

罪もない弱者に対するいじめじゃないか。人権を謳う国連憲章に明らかに違反しているじゃないか。実

行したくないならそんな憲章を立案するわけないよな？」

　過去二十五年間ずっとニャロンの地で暮らしてきたスティーブンス牧師は今、自分がまったく異なる二つの世界に属している人間であるという容赦ない現実に直面していた。一方はニャロンのチベット世界――一旦受け入れられれば温かく親密な世界。もう一方はアメリカ合衆国の世界だ。彼はニャロンを愛しているが、サンフランシスコ出身のアメリカ人であるという事実から逃れることはできない。そしてポール。顔立ちや肉体の特徴を除けば完全にニャロンの人間だ。ポールはいったいどこに属するのだろう。中国共産党が入ってきたらいったいどうなるんだろうか。そして彼の生涯の友人たち――友人というより兄弟と言ってもいいかもしれない――タゴツァンの当主やサムドゥプ・ダワ、そしてタルセル・リンポチェ、彼らはいったいどうなってしまうんだろう。

　スティーブンス牧師はふいに、朝の北京放送の自分にとっての意味を悟った。「まあ、分かったもんじゃない」彼は言った。友人たちを騙しても意味がない。「あいにく政治には興味がないんでね。でもチベットが中国共産党の侵攻を受けたとして、アメリカがどう出るか、分かったもんじゃない。私に言えるのはアメリカはここ最近の経験で戦争にはうんざりしているに違いないってことと、よっぽど状況が過激なものにでもならない限り中国共産党と戦争をするような危険な真似は犯さないだろうってことだ。

憲章とか国際的な協約なんてものは単なるうわべだけのことだし、自分の暮らしや関心や故郷が直接的に脅（おびや）かされない限り戦争なんてしないものだと思う。そもそもニャロンのことなど、アメリカ人は誰も耳にしたことすらないんだよ……」

「確かにな、ポーロ・アギャ」タゴツァンは悲しそうに言った。「最後は誰でも一人きりだ。最期のときが来れば、人はたった一人。あらゆることに一人で対峙しなければならない。もし国家の間に本物の敬意とでも呼べるようなものがあれば、敬意にもとづく責務から、お互いを助け合うようになるだろう。でもそうした本物の敬意がない場合は、まず守りに入ってしまうだろうね」

32

リチュが原で開催された集会では、ニャロンへの侵攻の正当化につながりかねないので中国共産党への威嚇は一切しないことが決議された。そのかわり中国の内戦には一切関わらないこととした。厳格な中立性を貫くべしということだ。そもそも自分たちは中国共産党や中国の人民になんの敵対心もないのだから。しかしながら、そうした方針はさておき、もし中国共産党のニャロンを侵略しようという意図が確実になった場合は、女性や子どもたち、年寄りや体の弱い者たちは持てる限りの貴重品を持って西へ、中央チベットの方へと避難することを決めた。ルートはリタンとバタンを通り、マルカム、そしてチベット政府（デバシュン）が東チベット軍総司令部を置いているチャムドへと向かう。若者たちはすべての武器を持って山に入り、様子を窺う。

一方、すべての僧院や仏堂などでは、戦争を回避し、敵を退散させるため、一斉祈願やお祓いの儀式を行い、地元の山神に祈りを捧げる。占星術師兼占い師は、予言をしてもらうため、そして神々を鎮めるためにはどんな祈りがふさわしいか、どんな儀式をするべきかを教えてもらうために召集されることになるだろう。

それから何か月もの間、タゴツァンの所領の谷ではひどく不吉な兆候ばかりが続いた。クンガ・リンチェン僧院では、集会堂の主尊である弥勒菩薩（ギャワ・チャンバ）が涙を流しているのに僧侶たちが気づいた。そして菩薩の足下のバター灯明も、僧侶たちが火を灯すやいなや明滅して消えてしまう。その年は作物も凶作だった。リチュ川が血のように赤く染まったのを見た者もいる。夜になると犬が遠吠えを繰り返した。チベットでは不吉だとされる吠え方だった。クンガ・リンチェン僧院の神降ろしは何度も先を見通す神託を頼まれたが、そのたびに荒々しい呪文を叫び、武器をむやみやたらと振り回し、さらに密教の真言をぶつぶつと唱えながら、侵略の時が迫っていること、そして破壊と流血の恐れがあるという重大な警告を、侍者たちに向かって取り乱した様子で語るのだった。

スティーブンス牧師とメアリー、ポール、タゴツァン、そしてサムドゥプ・ダワは、クンガ・リンチェン僧院のケンポの招きで、僧兵（ドゥプトー）たちが兵としての腕前を披露する会を見物することになった。僧院の裏手には広場（リンカ）があり、そこでは僧兵たちが密かに訓練を行なっている——体の鍛錬、自動小銃による射撃、剣術、乗馬、武器の数々の使い方の習得など、チベットの僧兵が得意とする技能だ。

特別な客人をもてなすための大きなテントが張ってあり、今や白髪交じりになったケンポが出迎えてくれた。披露が始まると、ケンポは客人のところにやってきて腰を下ろした。アメリカ人宣教師と軽いあいさつを交わすと、ケンポは言った。「牧師さま、覚えておられますか？　もうかなり昔のことですが、中国はいつかチベットを侵略してくるだろうと予言しましたよね？　当時あなたは聞き入れてはくれませんでしたが……」

「おっしゃっていた通りでしたね、ケンポ」スティーブンス牧師は初めて出会った日のことをまるで昨日のことのように脳裏に浮かべながら言った。

「あの日武器について知っていることはありませんかと尋ねたとき、あなたは驚いておられましたが、覚えてますか？」

スティーブンスは笑った。「なんたって銃に触れたことすらありませんでしたからね！」

「いよいよそのときが来ました」ケンポはおそらくわずかに勝利の響きを忍ばせた声で言った。「こういう日が来ると確信していましたよ。もはや避けられないのです。これから中国共産党が攻撃してきたとしても、われわれは気丈に振る舞わなくてはなりません……。趙爾豊にやられたときのように、羊のごとくおめおめと殺されてはならないのです」

スティーブンスは押し黙っていた。彼は新中国の勢いと、人民解放軍の――朱徳や劉伯承、彭徳懐の指揮下にある鍛錬されたベテランの軍人たちの――軍事力と、無慈悲なまでの仕事ぶりをよく知っていた。あんなやつらを相手にチベットの僧兵ごときがどう戦えるというんだ。おもちゃの拳銃しか持っていない子どもが自動小銃で武装した獰猛な巨人に立ち向かうなんて！　人民解放軍の軍勢はチベットの全人口よりも多いというのに。でも、最終的な結論は多分こうだ。人生において本当に重要なのは勝ち負けではなく、自分たちの権利のために立ち上がること。勝ち目があろうとなかろうと関係ない。

最初、僧兵たちは厳粛な面持ちで一列に並んだ。みな完全武装の出で立ちで祈禱を行い、守護神に祈りを捧げた。全員がっしりとした、僧院でも選りすぐりの強靭な肉体をもった僧侶たちだ。一対一なら、ケンポが言っていたように、僧兵一人で四、五人の中国人兵士を相手にできそうだとスティーブンスは思った。葡萄色（えびいろ）の僧衣は、普通はくるぶし丈で着るものだが、僧兵は膝丈までたくし上げ、荒々しく勇ましい印象を与えるようにわざと煤で汚して脂でぎとぎとにしていた。左手首には数珠をつけている。むき出しにした右の二の腕の肘に近いあたりには、ツァテムという赤い布を巻いていた。それをつけるとその部位の強さと敏捷性が増すと信じられているのだ。僧兵たちはみな自動小銃と手榴弾の弾帯、そしてカムパ式の幅広の剣で武装していた。僧衣を捲り上げたところからは接近戦で僧兵をとんでもない強敵に仕立て上げる凶器をぶら下げている。ギザギザとした不揃いな歯を持つ、鉄製の重量級の大きな鍵の束と、剃刀のように鋭い三日月形の刃を持つ月鎌（ケウ）だ。僧兵たちは頭は綺麗に剃髪しているが、こめかみのところの毛だけは伸ばして耳にかけている。顔は戦闘に備えてバターに煤を練り込んだもので隈取（くまどり）を施して、額の下の方に並行線を引き、両の頬には月鎌の模様を描いている。

　テンガとポールは僧兵たちの同性愛の性癖についてひそひそ語り合っていた。女っぽいところのある少年僧とつき合っている僧兵たちもいて、中には特定の美僧をめぐって嫉妬に狂い、月鎌と鍵を振り回して死闘を繰り広げる者もいるらしい。

「ポーロ」テンガは真面目くさった顔で茶目っ気たっぷりに目くばせをし、胸を小突くとささやいた。

「あの立派な僧兵を骨抜きにする方法、知ってるか?」

「何だよ」

「桂林出身のお尻がすべすべの人民解放軍の少年兵だよ!」テンガは言った。

　祈禱は終わった。僧兵たちは上半身裸になって徒競走やチベット式の長短の幅跳び、盛り土からのジヤンプなどの運動競技の披露を行った。続いて剣術、ライフルの射撃、馬術が披露された。サムドゥプ・ダワとタゴツァンの当主は信じられないといって歎息を漏らし、喝采を送った。続いて雄牛の死体が運び込まれてきた。僧兵たちは月鎌を出すと、雄牛にナイフを入れ、まるでバターのようにやすやすと切り、最後にギザギザの歯のついた重量級の鍵束をぶんぶん回して頭蓋骨も他の骨もくるみのように叩き割ってみせた。鍵束もこんな凶器になるなら、熟練した者の手にかかれば人間の頭蓋骨もかち割れそうだな、とポールは得心した。あんな尋常でない武器の犠牲者になるかもしれない八路軍［抗日戦争で主力を担った共産党軍。後に人民解放軍と改称］、いや人民解放軍のベテラン兵士のことを思い浮かべるとかわいそうになった。

33

「サムドゥプ・ダワが面会に来てます」ゴンポがスティーブンス牧師を起こしに来て言った。「なにか相当重要なことのようです！」

牧師とメアリーは急いで着替えると、カンド・ツォモの父親を出迎えた。

「牧師先生」サムドゥプ・ダワは言った。緊急事態であることは声の響きで分かった。かなり動揺しているようだった。「至急伝えたいことが……」

「どうした」牧師は応じた。

「今朝、明け方に早馬がうちにやってきたんだ。牧師先生の一家は金曜日にはここを出発するようにと」

「金曜日？　出発？」アメリカ人宣教師は信じられないという表情で言った。「今から四日後じゃないか。誰がそんなことを？　早馬を寄越したのは誰なんだ？」

「間違いない。本当の話だ。状況はかなりひどい。日に日に悪くなってる。中国共産党が間近に迫ってきている。連中は行軍の真っ最中で、数日後にはここに到達するというんだ！　通達はアムリケンの政府から送られてきたものだ。

「ここから一日馬で行ったところに飛行場がある。抗日戦争のときにポンボ・チャンカイシェク（蒋介石）が造らせた飛行場がこの辺りにはいくつかあってね。ここのは特別なやつで一度も使われたことがない。

「アムリケンの政府は金曜に先生たちを本国に連れ戻すために飛行機を一機飛ばすんだと。アムリケンは中国共産党がここに進軍してくるだろうと警告してる。出国する最後のチャンスだそうだ。行くしかないよ、牧師先生」

「本当なの？」メアリーは尋ねた。「情勢はそんなにひどいの？　中国共産党は本当にチベットに侵攻してくるの？　私たちみんなどうなってしまうの？」

「ポーロ・アマ」サムドゥプは悲しそうにかぶりを振って言った。「すべてが崩壊していく時代になったんだ。われらが偉大な聖者グル・リンポチェの聖なる予言にもある通りだ。丑の年――つまり今年だ――チベットの大地は野生の雄牛に鋤を入れられ、赤い旗がはためき、鉄の鳥が上空を飛び、チベットの聖なる宗教は消し去られるだろうとね。これが俺たちの運命なんだ……俺たちのカルマ……俺たちのレー［カルマ、業（ごう）を意味するチベット語］」

「その情報は」スティーブンス牧師は厳粛な顔でサムドゥプを見つめて言った。「本当に信頼できるんだろうね？　その通達は本物なのか？」

サムドゥプは頷いた。

「私たちどうしたらいいの?」メアリーは言った。

「絶対に金曜日に出るべきだ」サムドゥプは助言した。「共産党は完全に反アムリケンだからね。もし捕まったら、鬼の首を取ったように見せしめにされて、アムリケンの帝国主義がチベットに侵入していた例としてやつらの正当化のために使われるのが落ちだ。それに拷問されて殺されてしまうぞ。ここを出て行くべきだ!」

スティーブンスは頭を抱え込んだまま、言葉を失っていた。そしてアメリカ人宣教師は顔を上げるとおもむろに言った。「出て行けるわけがないじゃないか。家族のように大事に思っているみんなを置いて、中国共産党のなすがままに任せるなんて、できるわけがない。そんなの臆病者の極みだ!」

「ええ、私たちは出ていきませんよ」メアリーは取り乱した様子で言った。「私たちはもうこのニャロンに二十五年間もいるんです。みんな兄弟姉妹も同然だし、ポンボ・タゴツァンに至っては兄弟や友人以上の存在だもの。私たちが人生で一番辛かったときに寄り添ってくれた。でも、その友情ゆえに結果的にものすごく苦しめてしまった。私たちのせいでほとんどすべての家族を失ってしまった。今こんなことになって、彼を置いて私たちだけ逃げるなんて考えられない。みんなで一緒になって来たるべき運命に立ち向かいましょう。ただ、もし……もしも……彼ら父子（おやこ）が一緒に来るというなら……私たちもここを出るかもしれない……」

サムドゥプ・ダワは笑った——人なつこいがふてぶてしい笑いだった。

「ポーロ・アマ」カンド・ツォモの父親は言った。「さっき二十五年もわれわれとともに暮らしてきたと言っていたが、ポンボ・タゴツァンが飛行機に乗り込んで逃げようとしていると思ってるなら、それなら……それは……」

「ごめんなさい、ひどいこと言っちゃったわ」メアリーは口を挟むとかぶりを振りながら謝った。「そんなこと、少しでも考えるべきじゃなかった……。ひどいわね、私も……。彼はそんなことをする人じゃない。想像もできないことよ！」それから夫の方を向いて言った。「ねえ、ポーロ・アギャ、私たちどうしよう」

アメリカ人牧師は決然とした様子でかぶりを振った。「飛行機はわれわれを乗せることなく出発することになるだろう」彼は言った。「どう考えても無理だ。われわれはここに残る。何が起ころうともそれがわれわれの運命だ。サムドゥプ・ダワ、伝言を頼む。われわれは行かないと伝えてくれ」

スティーブンスは数日前にラジオで聞いたことを思い出していた。それは中国にいるアメリカ合衆国市民全員に、いかなるルートを使ってでも即刻出国すべし、滞在し続ける場合、アメリカ合衆国政府は市民の安全に責任が持てないという通告を伝えるアメリカからの公式放送だった。実行できる限り、市民救出のために特別な措置を取るということだった。

「ポーロのアマとアギャ」サムドゥプは言った。「勇気ある高潔な決断だ。だが、まったくもって浅はかだ。これは生きるか死ぬかの問題だぞ。この期に及んでそんな決断はするもんじゃない。二人に考えを無理に変えさせることなどできないことは分かってる。でも私も二人に言われたからといって請け合うことはできないんだ。俺には荷が重すぎる。一緒にポンボ・タゴツァンのところに行って判断を仰ごう」

意見が一致したので、みな馬に乗り、タゴツァンの屋敷に向かった。

「その通達の信憑性は間違いないな」タゴツァンの当主はサムドゥプ・ダワと話をしてから言った。「ポーロ・アギャ、ポーロ・アマ、金曜日に必ずここを出てくれ——絶対にだ！」

スティーブンスとメアリーが改めて出発を拒む理由を述べると、タゴツァンはにっこりと笑った。「二人の気持ちや願いは分かってるよ」彼は言った。「これぞ私がかつて話した敬意というものだ。最近の国同士のつきあいでは見られない種類の敬意だ。もしわれわれと一緒に長年ニャロンで暮らしたことで二人が真の敬意について理解が及んだのなら、もし共に暮らしたことでわれわれのために自分の命までも犠牲にしたいと思うような友愛の情を抱くことになったというなら——アムリケンのお二人さん——私は誇りに思うよ……。本当に素晴らしいことだ！　そういうことならわれわれは上を向いて行けるし、毅然とした態度で生きていける……」タゴツァンは感極まって言葉を詰まらせ、涙も抑えきれないようだった。「しかしポーロのアギャとアマ」彼は続けた。「これは分かってほしいのだが、あなた方がここを去ったとしてもそれは絶対に不名誉にも臆病にも当たらない。説明しよう」タゴツァンはお茶をすすり、数珠を繰った。そして袖で涙を拭った。「二日前、村のおもだった連中にテンガも入れて、クンガ・リンチェン僧院のケンポにも来てもらって、ここ我が家で秘密の会合をもったんだ。中国共産党がもうすぐチベットに侵攻してくるのは間違いないという結論に達した。ここはチベットへの東の玄関口にあたるから、まず最初に攻撃を受けることになるだろう。もしわれわれが妥協と協調の方針をとれば平和裏にことが進むだろう。抵抗すれば流血戦は免れない。そうなったらわれわれチベット人は完全に抹殺されてしまうだろう。われわれは妥協と協調の策はとらないことに決めた。それこそ臆病と不名誉の極みだからだ。戦闘は不可避だ。もう時間の問題だ」

「連中は間違いなくチベットに入ってくる」サムドゥプ・ダワは言った。「チベットはやつらの計画に入っているんだ。中国共産党ってのはいったん計画に入れたら情け容赦なく実行していく。古代から中国人というのは虎視眈々と好機を待ち、ここぞというときに急襲を仕掛けてくることで知られてる。連中は何世紀だって待つんだ——それが必要なことならばね。君子のごとき忍耐強さと虎のごとき獰猛さを兼ね備えてるやつらだ。今連中が直面している問題でもあるんだ。世界に向かってチベットを〝解放〟すると宣言した以上、それができなければ面子を失うことになる。もうまもなくこの谷に中国共産党が大挙してやってくると思うとたまらない気持ちになるよ」

「われわれの下した決断はこうだ」タゴツァンは切り出した。「戦闘に参加できない年寄りは西へ進路を取り、まずバタンへと向かい、チャムドへ移動する。そうした方が若い連中が思い通りに戦えるだろう。またそうでもしないと年寄りが共産党に人質に取られかねないからな。われわれ年寄りはすでにニャロンのためにやるべきことはやった。だからこれ以上長居して若いやつらの邪魔にならないようにしないと。年寄りが出て行ったらすぐに、若いやつらはゲリラ戦に備えて山にこもる——もし必要ならね。中国共産党がここに来たときに出迎えるのは、寝たきり老人と体の弱い連中しかいないってことになる。そういうわけで、牧師先生たちお二人とも、ポーロが戦うときに邪魔になりたくはないだろう?」

「テンガ・アギャ」メアリーが話に割って入った。「どうしてポールがとどまるってそんなにはっきりと言えるんですか?」

タゴツァンは笑った。「そりゃあ、こっちが右手でこっちが左手だってくらいはっきりしてるさ! ポーロはニャロンのカムパだ。ここを出て行くはずがない」

方々を旅した経験豊かな商人であり、鋭敏で世知に長けたサムドゥプ・ダワは、これまでの論点や議論の経過を自分なりにまとめて言った。「ポーロのアギャとアマ、二、三日のうちにポンボ・タゴツァン一行は西へ向かって出発する。それは若い連中が年寄りたちのことを気にせずに中国共産党と戦えるようにするためだ。お二人も一緒に西へ向かうかお尋ねしたい。そうすればポールは両親のことを心配せずに戦える。ポンボ・タゴツァンは馬で発ち、お二人は飛行機で発つ。そういう単純明快な話だよ。背信とか不名誉とか臆病という問題ではまったくない。これで決まりだ」

「いつ出発ですか？」スティーブンスはタゴツァンに尋ねた。

「二、三日後だ……お二人を見送った二、三日後に……」

「でもどこへ？　目的地は？」メアリーは聞いた。

「特定の目的地があるわけじゃない」タゴツァンは答えた。「われわれの任務はとにかく敵から遠ざかることだ。何としても追いつかれて捕虜になってはならない」

「なんて悲しいこと！」メアリーはため息をついてかぶりを振った。「どうして？　いったいどうしてこんなことに。あなたもサムドゥプ・ダワもみんなも、中国共産党に何をしたっていうの？　先祖代々暮らしてきた家や土地を捨ててまで逃げなければならないなんて。いったいどんな罪を犯したっていうのよ。お互いのことを干渉し合わなければいいのに。どうして相手を餌食にしようとするの？」

「われわれの運命なんだよ」タゴツァンは言った。「われわれの定め(レー)だ。輪廻(りんね)の輪が容赦なく回り続ける現実ってもんだよ。この世に存在するあらゆるものは無常(ミタクバ)だ。存在するものに実体(ニンボ)はない。私も分かってるわけじゃない。人は自分の運命に諦念と受容の構えで向き合わなければならないんだ。でも運命がどんなものだったとしても、人間というのは敬意と誠実さと尊厳をもって振る舞わなくてはならないということだ――たとえどこへ賽(さい)が投げられようとも！」

　スティーブンス牧師とメアリーは慌ただしく出発の準備に取りかかった。二人が谷を出るという知らせは谷を駆け巡った。たくさんの友人たちが贈り物をもって別れを告げに訪ねてきた。そして客人の来訪もそろそろ終わろうというとき、タゴツァンの当主が現れた。寝室に通された当主はすっかり肩を落とし、意気消沈した様子で、中国製の翡翠の小箱を手に持ち、もう片方に数珠を持ったまま腰を下ろした。と突然、前かがみになったかと思うとアメリカ人宣教師の膝にすがって堰を切ったように泣き出した。

「ポーロ・アギャ……」体を震わせてすすり泣きながら絞り出すように言った。「われわれは……二度と……会えないでしょうな。明日出発したら、もう二度と会うことはない。それだけは分かる」

メアリーも泣き出し、牧師も目に涙をいっぱい溜めていた。

「何があっても」メアリーは言った。「あなたのことは決して忘れません……。いつもあなたのことを思っています。ニャロンのことは決して忘れません。あなたは私たちにとってすべてでした。あなたのしてくれたことすべてに感謝しています。どうか忘れないで。あなたは私たちのためにほとんどすべての家族を失ったというのに……」

「それは言わないでくれ」タゴツァンは胸をつまらせ、なじるように言った。「私の運命だよ。カルマなんだ。リタンツァン家とはずっと確執があってね。私の祖父は一生の間に十人もの男を剣で切り殺してる。そのうちの何人かはリタンツァン家の人間だったんだと思う。それがわれわれの生き方なんだ……。諍いと復讐——それが何代にもわたって続く。終わることがないんだよ。カムを蝕む病の一つだ。われわれはみんなでこの悪しきものが延々と続くことに加担してる」タゴツァンは目には凄まじい苦悶の色を浮かべ、ため息をついた。「今の今まで、妻と娘と息子を……忘れられるもんじゃないですな……。記憶から消し去ろうとしても無理です……。どんなに歳月が過ぎようともね。まだはっきりと覚えてるんです。顔も見えるし、声も聞こえるし、触れることだってできるんです……。あたかも私のすぐそばに座っているみたいに。ああ、なんと素晴らしい息子だったことか！」

「でもテンガがいるじゃありませんか」メアリーは慰めるように言った。「彼は素晴らしい青年ですよ……。あんな子が自分の息子だったら鼻が高いわ……」

「確かにそうだ」タゴツァンは同意した。「でもカルマ・ノルブは全然違うんだ。リタンツァンはどうしてあの子を殺したりなんかしたんだ。テンガには敵が多いし、谷の連中は彼を恐れてる。テンガは人びとを恐怖で支配するんだ。でも長男はそうじゃなかった。みんなに好かれていたし、生き物も殺さない子だった。狩りが大嫌いで罪だと考えてた。純粋で、よく笑う子でね。誰にでも優しかった。テンガはあまりに無慈悲で執念深いところがある。うぬぼれ屋でプライドが高くて傲慢だ。人をいじめるし。何か一ついいところを挙げるとしたら――勇気があること、そして臆病のかけらもないことだ」

「おそらく今のようなときこそテンガのような人物が必要なのでは」スティーブンス牧師は言った。「あまりに人が良過ぎるといい結果をもたらさないこともあるようですよ……」

「確かにな、ポーロ・アギャ」タゴツァンは言った。「でもやっぱり亡き息子が恋しくてたまらないんだ。会いたくてね……。夢にまで見るよ。息子が生きていて、結婚して子どもをもうけているのを夢想することもあるんだ。

私は最期のときまで、リタンツァンの男たちが峠道で息子を撃ち殺したあの日のことを絶対に忘れない。あの日のことだけは、他のすべての記憶が消え去ってぼけてしまっても、覚えているつもりだ。われわれはあのとき峠越えをして下って谷に向かおうとしていた。よく晴れた静かな日だったよ……。みんな家に帰るのを楽しみにしてた。突然銃声が聞こえて、息子が馬に乗ったままどさっと倒れ込んだ。私はすぐに馬を降り、部下たちは撃ち返した。はじめは盗賊にやられたんだと思った。私は息子を馬から下ろして苔むした岩の陰に連れて行ったんだが、もうだめだと分かったよ。ここを撃たれてさ……。

弾はこっちから貫通してた。息子は苦しそうにうめいていたよ。でもなにもしてやれなかった。どうしようもなくて、ひざまずいて息子を抱きかかえ、祈るしかなかった。外出血はほとんどなかった。銃弾が入ったところから血がにじむ程度だった。でもきっと内出血がひどかったんだろうね。みるみるうちに血の気が失せていったよ。『父さん（アギャ）』と息子が言うんだ。『僕は死ぬみたいだ……。父さんのことがよく見えないよ……。父さんの顔がかすんじゃって……』そう言って死んだよ……」タゴツァンの当主はすすり泣きを始めた。「後で息子の鞍袋を開けたら、あなたとポーロ・アマとポーロのためにタルツェンドで買った贈り物が出てきてね。いつも親しい人たちみんなに贈り物を買うようにしてた。そういう子だったんだ。そのあとは悪夢の中にいる思いで峠を下ったよ。家へ帰るまでの一歩ずつがとてつもなく辛かった。いったいどんな顔で妻と娘と対面すればいいんだ。カルマ・ノルブの死をどう伝えればいいんだ。でも心配は無用だった……。私が家に帰ったらみんな死んでいたんだから」

タゴツァンは涙を拭い、嗅ぎたばこを吸い、くしゃみをした。それから分厚いフェルトのハンカチで鼻を拭いた。「分かるかい、ポーロ・アギャ。ときどき私はあの日の出来事がカルマ・ノルブじゃなくてテンガに起こったらどうだったかと考えるんだけど、テンガだったら撃たれなかっただろうね。テンガには不思議と直感が働くんだよ……。危険を察知する直感的な能力がね……。罠とか急襲の兆候を事前に捉えるんだよ。テンガはなかなか仕留められない野生動物みたいに危険を察知するんだ。あの日だって、あいつだったらあの峠道は通らなかったかもしれない。あの道は避けたんじゃないかな……」

「神よ、テンガが生き延びられますように！」スティーブンス牧師は言った。「テンガが来るべき日々を生き延びられますように。彼は確かに聖人君子ではありません――私もそれは分かってます――でもニャロンには彼のような人が必要ですよ」

「テンガには他にも大きな欠点がある」タゴツァンは言った。「やつは宗教心がないんだ。神には失望してるといつも言ってるよ。人間は自分たちを平気で見殺しにするような神々を馬鹿みたいにしつこく信仰してるんだと言ってる。信頼できるのは自分だけ——これが彼の基本的な信念だ。テンガにニャロンの伝説的な戦士、中ニャロンのゴンポ・ナムギェルと多くの共通点があるのは知ってるか？　ニャロンのこの地域のカムパは二つの点で秀でていると言われている——戦闘と宗教だ。中ニャロンのゴンポ・ナムギェルはこの土地が輩出した最も有名な戦士だよ。そしてニャラ・ペマ・ダンドゥル、チベット中に名を轟かせた密教行者だ。二人とも同時代に生きたと言われている人物だよ」

「思うんですけど」スティーブンスは言った。「あなたはテンガに厳しすぎやしませんか？　確かに彼はタルセル・リンポチェとは違いますが、いつか角が取れたころにはあなたにとって誇らしい人物になってますよ。彼は生来のリーダーですし、恐れを知りませんよね。それに彼は物事の複雑さを整理して単純な言葉に落とし込む才能があります。それにあの若さで非常に決断力がある。決断が早いし、有言実行ですよね。無慈悲だという人もいるかもしれませんが、私はそうは思いません。最近リチュが原で会議が行われたとき、彼は非常にしっかりと、筋道の通った言葉で語っていて、何度も驚かされましたよ。年齢よりもはるかに成熟していますね」

「ポーロはどうだ？　私の言った通りだったか？」タゴツァンは聞いた。「一緒に帰国するのか？」

スティーブンスは笑顔を浮かべてかぶりを振った。

「なんて言ってた？」

「なにも」メアリーは言った。「ただ、一緒には行かないとだけ」

「ポールはこういうことに関しては沈黙を守るんですよね」牧師は言った。「なにも言わないんですよ。

われわれには話してもくれませんね……。一緒に過ごすこともめったにないですしね！」

ポンボ・タゴツァンは笑ってかぶりを振った。「ポーロ・アギャ、明日は早く出るぞ。向こうで一泊できるように、飛行場の近くにテントを張るよう頼んでおいた。そして明後日には出発だ。金曜日は縁起もいい。占星術師に占ってもらったんだ」

34

スティーブンス牧師とメアリーは、見送りに来た色とりどりの騎馬集団に伴われて谷を出発した。伝道所を後にしていよいよ出発しようという段になったとき、押し合いへし合いしている興奮した大騎馬集団の中から、カムパの若者たちがライフルを空に向けて発砲し、雄叫びを上げながら飛び出してきた。道には何百人もの人びとがずらりと並んでいる。大半はアメリカ人宣教師夫妻の見送りについていけないお年寄りや病弱な人びとだった。みんな涙を浮かべてスティーブンスとメアリーとの別れを惜しみ、贈り物をねじ込んでくる者もいれば、絹の礼布カターをかけてくる者もいた。メアリーは目を泣きはらしていた。スティーブンス牧師にとっては自分の一部を置いていかなければならないようなもので、しかも愛情と尊敬の念を抱いてきた人びとに別れを告げなければならないという、人生で最も悲痛な時を迎えていた。ニャロンでの日々が終わるんだとしみじみ考えていた。四半世紀前のあの日、この谷にどこの誰とも知られないままにこっそりと入り込んだっけ。谷への外国人の闖入（ちんにゅう）はここの人びとにとっては予想もしない出来事で、当初は無視されていたのだった。それが今や胸に迫るような愛情と温もりを浴びながらここを去ろうとしている。キリスト教に改宗した者はほとんどいなかったけれど、チベット人みんなの心をつかんだのだ。

谷が完全に見えなくなる前に、スティーブンスは馬に乗ったまま振り返り、最後にもう一度、自分の愛した土地——伝道所、そしてリチュが原、クンガ・リンチェン僧院（戦いに備えるケンポと僧兵たちも）、そして岩山の高みにある僧院の主、偉大な心の友であり、導師、相談相手、先生であり、これまで会ったことのある誰よりも気高い聖者、タルセル・リンポチェ。これから二、三週間のうちにこの谷はどんな運命に直面するんだろう。

一行はもうもうと土埃を巻き上げながらきびきびとした足取りで前進し、夕闇迫るころ、ようやくテントと飛行場が視界に入った。

乾いた短い草に覆われた飛行場は起伏がなく平坦だった。タゴツァンの当主は、中国共産党がアメリカの救難機の噂を聞きつけて着陸の邪魔をする場合に備えて、あらかじめ番兵を配置していた（テンガの提案だった）。もし奇跡的にも成功したら、ニャロンに初めて到達した飛行機ということになる。ポールの考えで、実際の滑走路を正確に示すために、男性と女性を並ばせて二列の人間の鎖を作り、全員にまばゆいばかりの白い礼布カターを持たせることになった。

金曜日。とてもよく晴れた日で、驚くほど深い青をした空には雲一つなかった。こんな空はチベットでしか見られないだろう。みんな正午まで静かに待っていたが、飛行機は影も形もない。タゴツァンの当主とサムドゥプ・ダワはスティーブンスを囲むようにして立ち、黙ったまま、むすっとした顔で、不安そうに空を見つめていた。お互い言葉を交わすこともなかった。そんな状況でいったい何を話したらいいのか。共に過ごせる時間が残りわずかしかなく、永遠の別れが迫っていることを三人とも分かっていた。彼らは長らく共に過ごし、語るべきことはすでに何度も語ってきた間柄だ。今何を話そうがどうにもならない。まるで死を目前に控えているかのようだった。

「なんか聞こえるぞ！」斧の名手ミンマはひどく興奮した様子で叫んだ。ポールとテンガとリロは目の上に手をかざし、やきもきしながらニャロンの上空をくまなく見渡した。まるでバーラルでも探している気分だった。

「あそこだ、あそこ！」リロは興奮した様子で上を指して叫んだ。ポールが狩人の指先を追っていくと抜けるような青い空に小さな白い点、それも光に当たって輝く埃のようなものがこっちに向かって動いてきているのが見えた気がした。でも何も聞こえなかった。

「なんかある……なんか……」リロが自分の見たものをもどかしそうに指さしているうちに、テンガが言った。

そしてもう間違いない……。ぶーんというほとんど聞こえないくらいの低い音がして、それが時折聞こえなくなったり……そのうち少し大きくなったりして……今や老いも若きも誰の耳にもはっきりと聞こえるくらいになった……。白く輝く小さなかけらだったのがどんどん大きくなり……鳴り止まない雷鳴のごとき轟音をとどろかせ、みんなの目の前に滑空する機械の鳥が姿を現した。馬はいななき、つながれたロープを引っ張った。鳥たちは驚いて飛び立ち、犬は空に向かって狂ったように吠え立てている。人びとは一斉に空を指さし、その場は一気に沸き立った。お年寄りは祈り、数珠を繰り、ささやき声で繰り返しグル・リンポチェの名前を唱えている。丑年にチベットに鉄の鳥が現れると予言(ルンテン)をした彼のお方だ……。

「みんな急げ！」ポールは叫んだ。「列を作って！　みんなカターを持つんだ！　早く！」みんな朝から練習しておいた通り、走って自分の位置につき、楽しげにわいわい言いながらカターを持って二つの列を作った。カムパたちが鉄の鳥を歓迎すべく空に向けて発砲しようとしたので、ポールは制止した。もし敵対して発砲していると乗組員に誤解されたらまずいからだ。そのかわり岩山や木に登って空に向かって手を振り、叫ぶように言った。みな指示に従った。あまりに元気よく叫んだり囃し立てたり笑い声を上げたりしたので、間近に迫っている別れの悲しみを一時的に忘れるほどだった。

飛行機は轟音を立てて間に合わせの滑走路に何度か着陸を試みたが、もうもうと土埃が舞い上がり、カターを持った人びとは思わず顔を背け、目を閉じなければならないほどだった。そしてようやく風変わりな優雅な鳥のように降下し、完璧な着陸を決めた。回転していたプロペラは徐々に速度を落とし、きしみ音をあげながら止まった。ドアが開いて乗組員が降りてきた。スティーブンスは前に進み出て、アメリカ人の飛行士たちにあいさつをした。握手をし、二言三言交わすと妻と息子を紹介した。ポンボ・タゴツァンはアメリカ人たちにお茶と食事を振る舞った。

飛行士たちは素早く食事を済ませると、直ちに出発するとスティーブンス牧師に告げた。この先、ほとんど敵陣となる非常に危険な地帯の上空を長時間飛行しなければならないからだ。チベット人たちは「アムリケン」たちに贈り物を渡すと、彼らのことを不思議そうに見つめた。天空の馬車に乗って空から舞い降りてきたこの男たちがポーロのアギャとアマを乗せて安心安全の地――「アムリカ」へと向かおうとしている。大切なポーロのアギャとアマ、そしてもちろん二人の息子であり、当然のごとく村の一員であるポーロとこの男たちが同じ血肉をもっているとは到底信じがたかった。彼らにしてみたら、ニャロンの「アムリケン」とこの空の男たちがつながっているということ自体、誇りに思えた。「アムリカ」は何千という鉄の鳥を持っているらしい。そのおかげで揺るがない強さをもった国……想像もつかないような豊かで強い国たりえているのだ！

　いよいよ別れのときが来た。アメリカ人の乗組員たちは側に立って見守っている。まずタゴツァンがゆっくりと前に進み出た。頬には涙が伝っていた。ポーロのアギャとアマの首にカターをかけ、牧師を温かく抱擁したまま一言も言葉を発することなくしがみつき、子どものように泣きじゃくった。次はサムドゥプ・ダワの番。そしてメアリーとジョン・スティーブンス夫妻に取り上げられたテンガ。あれはもう別の時代の出来事だ。別の人生だったのだ。

　スティーブンス牧師はテンガと握手を交わし、肩を抱いた。「テンガ――君は息子も同然だからなあ。無理をするなよ。そして気をつけて。ポールの親友でいてくれ。君の弟みたいなものだからな」

　テンガは微笑んだ。「俺たちゃ父さんのことは心配しないで」彼は言った。「俺たちは大丈夫だから。ポーロのことも心配無用だよ。二人ともどうか気をつけて。どうか安全なところへ行ってくれ。俺たちのことは心配いらないから……」

　そしていよいよポールが両親に別れを告げる番になった。サンフランシスコと中ニャロンのジョン・マーティン・スティーブンスが、それまでの人生で最も攻撃的な言葉を使ったのはそのときだった。「ポール」彼は言った。「もしやつらがうちの谷に入ってきやがったらぶっ殺してやれ！」

　メアリーはポールのチベット式のシャツの長い袖を握りしめたまま離さなかった。「ポール、神さまがお救いくださいますように。お守りくださいますように。分かってるけど……」そう言うと言葉を詰まらせた。

　そして一人ずつ、カムパの男たち女たちがやってきて、二人のアメリカ人宣教師に別れを告げた。みな目に涙を溜めていた。「さよなら（カムサンチョン）！　さよなら（カムサンチョン）！」みな口々にささやいた。柔らかなそよ風が吹いてきて草を揺らし、土埃を舞い上げた。

「牧師さま、そろそろ時間です……」操縦士を務めるアメリカ人大佐が言った。「遅れてはならないのです……」スティーブンスとメアリーは搭乗するため飛行機の方に向かった。カムパたちはその場に立ち尽くしたまま、落胆のあまり言葉を失い、頬を濡らしていた。

タゴツァンの当主が矢も盾もたまらず駆け出してきて、スティーブンス牧師の袖をつかんだ。手を離そうとせず、涙を拭うと、今度は笑顔を見せた。そしてみなに静かにするように合図した。

「ポーロのアギャとアマ」彼は言った。「もうこれで永遠にお別れだな。決して会うことはないだろう。みんなそれぞれお別れの言葉は言った。でも最後の最後に悲しい気分で終わりたくない。涙にくれているわれわれではなく、勝利に沸き立っているわれわれのことを覚えていてほしいんだ。だからここはみんなで神々の勝利の声を上げよう！　さあみんな！　絶対に忘れられないようなとんでもないラギェルの声を上げるぞ！」

チベット人たちは一斉に轟くような賛成の雄叫びを上げた。スティーブンスもメアリーも含め、みな一人ずつ握りこぶしいっぱいのツァンパを手に持った。アメリカ人宣教師の周りを取り囲むようにして輪を作り、タゴツァンの当主がまず朗々と威厳たっぷりにラギェルの朗唱を始め、右手を高く上げると、神への捧げもののツァンパをそよ風に乗せて撒いた。「ソォー、オォー」男も女もみな「ソォォォー」と唱和すると堂々たる不敵な響きの合唱となった。同じことを繰り返した三度目に、突如堰を切ったような雄叫びが始まり、みな口々に「ソォー、オォー、オォー、キキソソ！　ラギェロー！　ラギェロー！　ラギェロー！」と叫び、どんどんその声は大きくなっていった。そして一斉にツァンパをチベットの抜けるような青い空に向かって放り投げ、ツァンパの雲ができた。続いて隣の人と向き合って、結婚式やら収穫祭のときにやるように、楽しそうにお互いの顔にツァンパをなすりつけると、子どものようにはしゃいで大笑いするのだった。そしてテンガとポールに率いられたカムパの若者たちが馬に乗ってやってきて、剣を掲げ、雄叫びを上げ、ライフルを空に向かって発砲しながら、飛行機の周りを三度右回りにぐるぐると駆けてまわった。その後、男たちは馬に乗ったままタゴツァンの当主を先頭にして、威風堂々たる様子でずらりと並び、飛行機に乗り込むスティーブンス牧師とメアリーに喝采を送った。二人は飛行機の搭乗口で振り向き、ポンボ・タゴツァンと後ろに控える馬に乗ったカムパたち、そして隣同士で並んでいるテンガとポールの方を見た。これでいよいよ最後だ。みんな叫んだり手を振ったり、笑ったりしていた。ラギェルをした後では涙もすっかり乾いて、涙を流しては情けないし不吉という雰囲気だった。そこここで「カムサンチョン！　カムサンチョン！」の声が上がった。

飛行機のドアが閉められた。プロペラは回転速度を徐々に上げていった。飛行機が前に向かって動き出し、滑走路を走り出すと、人びとの別れを告げる叫び声はエンジンの唸る音にかき消されてしまった。一旦機体が止まったかと思うとエンジンの回転速度が最高潮に達し、鉄の鳥はついに土埃を撒きあげながら飛び立っていった。スティーブンス牧師とメアリーは窓に顔をぴたりとつけて、波のごとくうねるカターの白い海が視界から消えるまで見下ろしていた。

牧師夫妻を乗せて操縦桿を握るアメリカ人大佐はかなりの経験を積んだパイロットだった。初めはアメリカ義勇軍の一員として、クレア・リー・シェンノート将軍の指揮のもと「フライング・タイガーズ」に乗り、その後は雲南省の省都、昆明に駐在していたのだ。大佐は革製で毛裏のジャケットを着て、四十五口径のコルト拳銃を左肩の革ケースに装着している。彼は南の方を見つめていた。そこは固まってしまった巨大な波頭にも見える山並みが果てしなく続き、まるで凍りついた大海原のようだった。あのあたりが昆明だな……。昆明か。あの戦争の時代……心躍るが胸の疼(うず)くような思い出が走馬灯のように浮かぶ。彼らアメリカ義勇軍が通れば群がってくる悪餓鬼たち。あの連中にはたばこの吸いさしや、Kレーションに C レーション［アメリカの戦闘糧食］、ベビールースにバターフィンガー［チョコバーの一種］、ハーシーのチョコレートをずいぶんとねだられたものだ。多くが戦死や行方不明となってしまった戦友たち。その姿もありありと思い浮かぶ。リタ・ヘイワースやベティ・グレイブル、エスター・ウィリアムズの、肉感的でそそるピンナップが貼られた空軍の散らかった部屋、ヤンキー雑誌が乱雑に置かれた「待機室」のテーブル（そこに家族に向けての最後のメッセージを書き残すものもいた）などが懐かしく思い出された。大佐は背筋をしゃんと伸ばし、帽子を斜めにしていなせにかぶると、往時の流行歌のグレン・ミラー楽団の「イン・ザ・ムード」や、「ピストル・パッキン・ママ」、「ラム・アンド・コーク」などのご機嫌な曲を足でリズムをとりながら歌い出した。でも、心の中では彼の大好きなこの歌が、回転をやめない魅惑のレコードのごとくいつまでもいつまでも流れているのだった。

行くわ私センチメンタル・ジャーニー
だってもう疲れたの
行くわ私センチメンタル・ジャーニー
旅ゆく先はふるさと

35

「アギャ、もう遅いから」テンガは父親に言った。「もう寝る時間だ。明日は長旅になるよ」

タゴツァンの当主は頷いた。「もうすぐ寝るよ。名残惜しくてね――自分の家で過ごす最後の夜になるから。明日は……いったいどこにいるんだろうな」

「悲しいことだね、アギャ。でももう決めたことだし、変更するにも手遅れだよ。中国共産党はすぐ近くまで来てるらしい。年配者は早くここを出たほうがいい。自分の屋敷で捕まりたくはないでしょう」

「それは本当にそうだな！　今朝、サムドゥプ・ダワと話していたのだが、共産党軍はもう北はデルゲに迫る勢いだそうだし、南はタルツェンドも目前というところまで来てるらしい。すぐに移動しないとリタンからバタンへの道も攻略されて、本当にわれわれも捕らえられてしまう。そうなってしまったら北に向かってゴロクの地に行くしかなくなってしまうな」

「それは考えるだけ無駄だ」テンガは言った。「ゴロクは最近は周りをすべて敵だと見なしてるから、ひとたまりもないよ」

「ゴロクの連中は中国と戦うと思うか？」

「さあね。ゴロクの連中は侵入してくるやつは皆殺しにするからな。俺たちと似たところがある」

「でも女性は襲わない……。それに後ろから撃つこともしない」

「サムドゥプ・ダワが行かないって聞いたけど、本当なの？」

「うむ、ここに残るというんだ」ポンボ・タゴツァンは言った。「戦うには年を取りすぎたが、われわれと一緒に退却するほどの年じゃないってね」

サムドゥプ・ダワ……古狐め――テンガは思った。彼は見た目も狐に似たところがある……。それにいつもなぞかけのような話し方をする。「カンド・ツォモはどうするんだよ」テンガは尋ねた。「彼女みたいな若い女がここに残るって……」

「私もサムドゥプに言ったんだ」テンガの父親は言った。「そうしたら自分が残ると言ったら娘も残るだろうと」

「でもそんな馬鹿げたことってあるかよ！」テンガは腹を立てて言った。「サムドゥプはうぬぼれすぎだよ。狐のつもりかよ。谷に残って俺たちのためにスパイをしようとしてるんだ。中国共産党の動きを感知するや山にこもっている俺たちに情報を届けようっていう考えだろ。退却するほどの年じゃないってか？　年取った馬鹿はいったい何を考えてるんだか。娘の命を危険にさらすなんて、馬鹿としか言いようがない！」

当主は息子を睨みつけた。「やつの頑固一徹につきあわされたことでもあるのか？」父親が尋ねたが、テンガはかぶりを振った。「頑固者だからな。一度決めたことは——変えないよ」

「明日お前から言ってくれないか、テンガ。そうしたら考えを変えるかもしれない」

テンガは返事をしなかった。「どうせ何か頼んで断られたんだろ」

「アギャ、遅いからもう寝るよ……」テンガはそう言うと、部屋を出ていった。父は寝室に上がっていく息子の後ろ姿を目でずっと追っていた。一番最後に視界から消えたのは足だった。自分のたった一人の子を寝室に見送るのもこれで最後になるんだな。そう思うとタゴツァンは寂しかった。あと二、三日して別れたら、息子とは二度と再会できないのではなかろうか、そんな予感がして胸が潰れそうだった。

当主は上の階にある仏間へと上がっていった。仏間では年を取って体が弱くなり、視力もすっかり衰えた住み込みの僧侶がまだ起きていた。毛織の僧衣にくるまり、経典を目に近づけ、数珠を繰りながら、読経していた。彼は年を取りすぎて、西へ向かう危険な旅は無理だからとここに残ることにしたのだ。タゴツァンはため息をついて、疲れた様子で僧侶の隣に腰を下ろし、顔に当たってちらちらするバター灯明の灯りを見つめていた。仏間には心安まる穏やかな空気が流れていた。そこは大きな屋敷の中でも一番好きな部屋で、心の慰めと安らぎを得るために瞑想をする部屋だった。

「旦那さま」老僧は言った。「供養のお水はすべて新しくしておきましたし、バター灯明も新しいものに交換して火を灯しました（出発当日は縁起が悪いとされている）。今夜は眠らずに、明日から始まる旦那さまの長旅のために特別なお祈りを捧げるつもりです」

「ゲン［原注　先生を指すことが多いが年配の僧侶への敬称としても用いられる］」タゴツァンは言った。「本当にわれわれと一緒に来ないつもりですか？　中国共産党はすぐそこまで来ています。一、二週間もしたらここまで到達するでしょう。共産党は老人だろうが宗教だろうがお構いなしです。連中には相当苦しめられるかもしれないですよ」

　老僧は笑った。歯のない老人の笑みだ。肌つやは悪く、顔の骨の上に手漉きのチベット紙をぴんとのばして貼り付けたみたいだった。目はうるみ、しわだらけで、まつ毛もほとんどなかった。手は経典をめくるたびに震えていた。

「われわれが出発したらこの家はあなたのものです」タゴツァンは言った。「食糧も一年は持つでしょう。召使いも三人残ってお世話をしますので。テンガはわれわれを見送って帰ってきたらすぐさま武器をもって仲間を連れて山に入ります。本当にここに残るつもりですか？」

「旦那さま」老人は言った。「このお屋敷に住み込むことになったのは、私が三十歳のときでした。もう八十七歳です。お父上も旦那さまも本当によくしてくださいました。もう十分に長く生きましたし、必要なものはすべて手にしました。私はただ感謝……感謝を捧げたいのです……」ここに来て老人は祈りと感謝の意を示すように優しく手を合わせると、「……神々に施していただいたすべての恩恵に、限りなく感謝しているんです。私の心は落ち着いています。今、私にとって、毎日が心穏やかな祈りの日々です。私の望みはただ一つ。すべての衆生が苦しみから解き放たれるよう、そして悟りを得られるよう、意識ある限りすべての時間を祈りに捧げたいのです。私自身はもういつ死んでもいいように備えています。ほんの少し生きながらえるためだけに逃げる必要などありません。中国共産党の何を恐れる必要がありましょうか」と言った。

タゴツァンはこの老僧への愛しさと尊敬の念で胸がいっぱいになった。彼は現世の移り変わりとは無縁に見えた。その姿はまるで、苦しみの最中にある有情と無情が、永遠に回り続けている無益な輪廻世界を超越したところから、穏やかでこの世のものとは思われない表情で時を超えたまなざしを注いでくれる、仏や菩薩のようだった。ポンボは仏間にゆったりと腰を下ろし、あたかも過去という宝の巻物を紐解くかのように、喜びにあふれた出来事を思い出しながら老僧と会話を交わした。

「ゲン、人生が無意味な夢のように思えることはありませんか？　われわれは明け方から夕暮れまで忙しく過ごしていて――ささいなことで争って、絶え間のない職務やら責務やらに忙殺されています。われわれは人を愛し、争い、喧嘩をし、復讐を企て、嫉み、嫌い、望み、欲望を抱き、喜び、勝ち誇り、負け、何かをここに建て、あそこに建て、一方を引きずり下ろし、一方を引き立て、こっちへ行き、あっちへ行き――それでどこへ向かっているというんでしょう？　われわれの人生のあらゆる出来事や経験、行動の総和の究極の意味とはいったい何なんでしょう？　もしあるなら、究極の重要性と目的はいったい何なんでしょう？」

老僧は深遠な面持ちでポンボに向かって微笑みかけると、ぶつぶつとお経を唱え続けるのだった。

タゴツァンは立ち上がって言った。「私はもう寝室に下がります。ゲン、あまり遅くまで起きていたらだめですよ。疲れてしまいますから」

「おやすみなさいまし」老僧は言った。「長い長い旅路が控えていますからな」

タゴツァンは階下に下りていった。老僧は経典を手に持ち、ポンボが仏間に入ってきて読経をやめたところから続きの朗唱を始めた。「……かつて勝者であられる釈迦牟尼仏は王舎城の霊鷲山（りょうじゅせん）で、弟子たちと何百もの菩薩を前にして、万物は生々流転し、存在は無常であることについて説いたとき、愛弟子の舎利弗（しゃりほつ）が、悟りをひらいたお方、仏陀に対し、万物の目的や目標は何なのかと尋ねたところ、こうお答えになった……」

タゴツァンは朝早く起き、身仕度を整えた。尻尾を巻いて逃げる野良犬のように谷を出て行くような真似はしたくなかった。中国共産党に対峙する中ニャロンのチベット人の戦略の一部なのだ。年寄りと体の弱い者は無力な恐怖に震える避難民として逃げるのではない。むしろチベットの独立を守る一員として、誇り高く役割を果たすのだ。

ポンボは長い髪をきっちりまとめ、左の耳には父から譲り受けたタゴツァン家の家宝の大きな銀の耳飾りをつけ、最高級の雪狐の毛皮を裏につけたシルクの着物を身につけ、持っている中で一番いい革製のロングブーツを履いた。髪には銀や象牙の指輪を編み込んだ。頭にはブータン製の最高級ローシルクのスカーフを巻きつけて、堂々たるターバンに仕立て上げた。右肩からは、自らの守護仏である無量寿仏（ツェパーメ）を格納した大きくて精巧な金銀細工の仏龕（タバン）を斜掛けにしていた。左肩には、油を差して装弾し、ぴかぴかに磨き上げたドイツ製のモーゼル銃を、美しい木目の木製ケースに入れて装着していた。腰にはトルコ石や珊瑚、琥珀の散りばめられた長い幅広の剣を差していた。それは彼の一番の剣ではなかったが。パサン・テンジンと呼ばれる鋼（はがね）の刃を備えたそのブータン製の刀（ベン）は、テンガにやってしまったのだ。右の腰には腰刀（ハプティ）を吊るしていた。

まるでチベットの正月（ロサル）かテンガの結婚式かのように立派な装束で着飾ったポンボは、馬には一番いいイギリス製の鞍をつけ、下鞍も一番豪勢なものを敷くよう、馬丁に命じた。それからテンガやサムドゥプ・ダワ、数人の親友たちと共に屋敷での最後の食卓を囲んだ。正月の朝のために用意されるものと見紛うほどのご馳走の数々が並べられた。

タゴツァンとテンガは、出発前の最後の祈りを共に捧げ、仏間を守る老僧に別れを告げるために上の階に上がっていった。父親と息子はブーツを脱ぎ、タゴツァン家で何世紀もの間大切に受け継がれてきた守護仏に三度五体投地をし、仏壇に絹のカターを捧げた。二人は線香を使ってバター灯明をいくつか灯し、お金を捧げた。タゴツァンの当主は立ったまま静かにこうべを垂れ、祈り、必死で涙をこらえていた。テンガは父親の腕を取り、寄り添うように立っていた。

当主は老僧の方を向いて言った。「ゲン……」感極まって声は震え、もはやすすり泣きもこらえきれないようだった。「もう出発です……。われわれのために祈ってください……。お導きとお力をいただけるよう祈ってください。お体には気をつけて。われわれのことはご心配なく。むしろあなたのことが心配です……」

「旦那さま――そしてテンガ」老僧は口を開いた。「カムサンチョン！　カムサンチョン！」

谷を離れる者たち全員がポンボの屋敷の前に集まってきていた。どの馬も立派な鞍と豪華な下鞍をつけ、揺れるたてがみには色とりどりのリボンを編み込み、首からはカランコロンと鳴る鈴を下げていた。

タゴツァンの当主はゆっくりと堂々たる足取りで自分の馬のもとへ進み、そばにいたテンガの助けは借りずにまたがった。食糧や貴重品を積んだラバの長い隊列はすでに出発していた――ラバの首の鈴は低い音で鳴り響き、軍旗がはためき、ラバの額につけられた鏡はきらり、きらりと閃光を放ち、そして隊列に走ってついてくる大きなマスチフ犬は獰猛な唸り声を上げていた。

出発して三日目の午後、タゴツァンと、同行しているお年寄りや子どもたちはもう少し行けばニャロンを越えてリタン平原に到達するというところまで来た。昼食をとるために隊列は止まった。タゴツァンの当主はテンガとポールにリタンまでは自分で行くから、見送りはもうここまでにして引き返してくれと言った。リタンの先は西へと進路を変えてバタンに向かい、中国共産党軍の侵攻の速さと方向に応じて、必要ならマルカムかチャムドに向かおうと考えていた。

「ポーロ、テンガ」ポンボは言った。「もうこの辺で戻った方がいい。二人ともずいぶん遠くまで来てくれたし、これから相当の準備も必要だろう。中国共産党が谷に入ろうとしているという情報が入ったら、すぐに山に向かうんだぞ」

「ミンマに三十人の部下をつけてリチュ橋に配置したんだ」テンガは言った。「ミンマには共産党の姿を捉えたらすぐさま警告をしてくれと言ってある。敵は橋を渡らないと谷には入れないからね。ミンマからの一報が入り次第、武器と食糧を持って山に入るよ。リロも一緒だ。安全に隠れることのできる洞窟とか岩を知り尽くしてるからさ」

「食糧は十分に持って行くんだぞ」当主は助言した。「冬用の服と銃弾もたくさん持ってけよ。野生動物みたいな生き方に慣れないとな」

「野生動物みたいな生き方ではありませんよ、テンガ・アギャ」ポールは笑みを浮かべて言った。「むしろ狩人のように生きるんです。四六時中狩りをすることになりそうですが」

「連中を挑発するなよ」タゴツァンはこの数か月言ってきたことを繰り返して注意を促した。「連中はわれわれに比べて非常に強くて数も多い。もし連中が何もしないで放っておいてくれるならそれが一番だ。戦いになるようなことはするんじゃないぞ。若気の至りの向こう見ずな行動は慎め。こちらに何もしてこなければなにも仕掛けるな。狂犬病の犬と毒蛇は避けるべし——挑発に乗ったらお終いだぞ！」

「連中の数も武力も俺たちには関係ないよ、アギャ！」テンガは言った。「俺たちには山と雪と肝玉と技がある……」

「そして神々もな！」タゴツァンは強調した。「神々のことを忘れるなよ！　中国共産党には神がいないんだ！」

テンガとポールはすぐには反応せず黙っていた。

「とにかく、リチュ橋にミンマを配置したってわけだな」当主はテンガに言った。「いい判断だ。用心に越したことはないし警告は多いほどいい。われわれの谷には二か所からしか入れないのが幸いだよ——北はリチュ橋から入るルート、南はリタンから入るルート」

「父さんが発ったら」テンガが言った。「南ルートの安全を確保するために、リロと何人かを配置しようと思ってるんだ。そうすると安全性が高まるからね」

「テンガ」父親は誇らしげに言った。「お前は見事な策士になりつつあるな！」

「われわれの毛沢東主席ですから」冗談屋の猟師のリロが言った。「本当ですよ。旦那さま、次は北京でお目にかかりましょう！」

「なあ、テンガ」ポンボは言った。「言っておきたいことがある。お前とポーロは兄弟みたいなものだ。それを忘れるなよ！　赤ん坊の頃からの幼なじみだ。ポーロ・アギャとポーロ・アマ――ああ、今ごろどこにいるんだろうね――あの二人もうちの家族も同然だよ。お前たち二人とも助け合ってくれよな。お互いの兄弟としてな。頼むぞ！」

別れのときが来た。「ポーロ」当主は言った。「もしポーロ・アマとポーロ・アギャがどこにいるか分かったら知らせてくれ……。私がどこにいたとしても……伝言が届くまで一年かかっても構わないから。二人ともアムリカで無事に過ごしていることを祈ろう！　そしてテンガ……お前には知らせるからな……。われわれがどこにいるか……。そしてわれわれがどう行動しようとしてるか……。そしてもう……これで……」むせび泣きながら、二人の青年の肩を抱いた。なんだか急に老け込み、やつれた様子で、痛ましかった。それから体をしゃんとさせると自らを鼓舞し、ゆっくりと自分の馬の方へと歩いていき、息子が手を貸そうとするのを断って自分で馬にまたがった。そしてテンガとポールの方を向いて手を振った。ラバの隊列と騎馬隊がリタンへ向かって進み出した。これは隊列の誰にとっても、どこへ向かうとも分からない、終わりのない悲劇の旅――チベット人の離散の始まりだった。

男たちはみな一様に茫然自失のまま立ち尽くし、妻や親、子どもたち、友人たちを見送っていた。これが最後で二度と会えなくなるかもしれないという思いは必死で抑え込んでいた。彼らは身じろぎもせず、隊列がだんだん遠くなり、小さくなって見えなくなるまで見送っていた。突如ポールが衝動的にパマリー・ライフルを構えて空に向かって発砲し、口に手を当ててカムパの雄叫びを上げ、思い切り礼布カターを振った。するとテンガと他の男たちもみな後に続き、悲痛で胸が張り裂けるようなとてつもない声で、ニャロン流の鬨の声を上げ、カターを振った。そしてポンボ・タゴツァン・ソナム・ギャツォと親族友人たちに向かって何度も何度も祝砲を撃ち、ニャロンの伝統的な流儀で賑やかに見送った。隊列がはるか遠くで止まった。カターが風にはためくのが見えたのだろう。年老いてしわがれた雄叫びが微かに聞こえてきた。そしてライフルの音が山々へとこだましながら、寄せては返す波のように届いた。みなが鞘から抜いて掲げた剣も、きらきらと煌めいていた。

ポールとテンガ、リロたち一行はみな一言も口を利かずに帰路についていた。寂しく、憂鬱な気持ちを抱えたまま、人気のない家々の並ぶ空っぽの谷に向かっていた。テンガは険しい顔で口を真一文字に結び、手綱をぎゅっと握りしめたまま物思いにふけっていた。すでに夜になっていた。

とそのとき、暗闇の中から早駆けの馬が近づいてくるのが聞こえた。彼らは立ち止まった。テンガは物音を立てるなとささやき声で言うと、リボルバーを取り出した。一人の人物が他の騎馬に先んじて姿を現した。

「おいおいおい！」テンガはぼんやりとした輪郭を捉えて銃を構え、叫んだ。「お前は誰だ（ホ・ス・イン）［原注　誰何するときのニャロンのチベット語］」

「ミンマ……」それが答えだった。

テンガは心底驚いた様子で鞍に座ったまま固まっていた。鉛のように重たい不安が口の中に広がった。胸がぎゅっと強く締めつけられた気がした。「ミンマなのか？」低いしわがれ声で言った。「いったいどうしてお前がここにいるんだ。リチュ橋にいるはずだろ」

ミンマがそばにやって来たのでテンガは懐中電灯で顔を照らした。テンガは怒り心頭に発していた。ミンマは力尽きて今にも倒れんばかりだった。斧の達人は鞍に座っているのがやっとという様子で、何とか絞り出すようにこう言った。「中国共産党が……われわれの谷に……もうそこらじゅうに……」

「何だって？」ポール・スティーブンスはあまりのことに信じられず、叫んだ。「中国共産党がうちらの谷に入ってるっていうのか？　いつ？　どうやって？　どうしてわれわれに知らせてくれなかったんだ。橋で何があったんだ？」

ミンマは悲しそうにかぶりを振った。「われわれのミスではないんだ……。しっかり見張ってたから……。でも忌々しいことに中国共産党の連中は橋を通らなかったんだよ……。完全に出し抜かれたよ。やつらは西側の山から下りてきたんだ！　橋を迂回して、谷に直接下りてきやがった。もう連中はそこらじゅうにいる……。どの家も乗っ取られちまった！」

ニャロンの夜の闇の中、馬にまたがったまま、みな押し黙っていた。にわかには信じられなかった。

「これですべて失っちまったな」テンガはかぶりを振りながら、苦々しくつぶやいた。「家に残してあった武器も、食糧も、みんな奪われちまった！」

「殺された者は？」一人のカムパが心配そうに尋ねた。

「うちの家族は？　誰か見かけなかったか？」また別の者が聞いた。

「連中は人を殺したりしてないか？　処刑は？　人質をとったりしてないか？」

ミンマは馬に乗ったまま、暗闇の中、押し黙っていた。

36

中国共産党はまったく予想もしない方向からタゴツァンの所領の谷に入った。戦闘は散発的だった。

リタンツァンは一切抵抗しなかった。タゴツァンの屋敷ではほんの何回か銃声が聞かれただけだった。他の家に残っていたのは劉伯承率いる歴戦の軍勢に立ち向かうには年を取りすぎ、体の弱った者ばかりだった。サムドゥプ・ダワの家だけは例外で、夕闇迫るまで屋敷の付近では銃声が響いていた。

徐々に暗くなり、屋敷の最上階の窓からサムドゥプ・ダワは中庭の方を見下ろし、いったいどうしたものかと考えあぐねていた。中国共産党軍からの銃撃は止み、しばらく静かな時間が続いていた。連中は包囲しようとしている。サムドゥプ・ダワは思った。最後の猛攻撃に備えているのだ。部屋の中では怪我をした彼の甥がうめき声を上げており、カンド・ツォモが手当てをしていた。彼女はアメリカ製のM1カービン銃で武装しており、昼下がりの銃撃戦ではきびきびとした身のこなしで窓から窓へと走り、慎重に狙いを定め、てきぱきと撃ち続け、男性とかわらぬ戦いぶりを見せた。中庭で手足がグロテスク曲がった状態で仰向けに倒れているのはサムドゥプの三人のしもべだ。そのうちの一人はまだ剣をしっかりとつかんでいた。もう無駄なことだが。

「カンド……」サムドゥプは言った。決心がついたようだ。カンドは怪我をした従兄弟に毛布をかけて温かくしてやると、父親のもとにやってきた。

「カンド……お前に話がある。もう時間がない。いいか、命令には絶対服従で頼む」

「どうしたの、アギャ」

「もうここでおしまいだと思う。しばらくしたら次の攻撃が始まるだろう。いつ始まってもおかしくない……。そしてわれわれには勝つ見込みはない。お前は脱出してくれ。厩に行って鞍をつけて、裏手から逃げろ……。今すぐにだ！」

カンドは号泣してかぶりを振った。「いやよ、アギャ……そんなのだめ……。いやだってば……。父さんを置いて逃げることなんてできない！　そんな臆病者じゃないもの！　私、逃げないから！」

サムドゥプは娘の腕をしっかりとつかみ、怒って彼女を揺さぶった。「カンド……よく聞きなさい。言うことを聞いてくれ。これまでお前に意見を押し付けたことはない……。お前が嫌だと言えば無理強いしたことはなかった。でも今回だけは従うんだ！　お願いだから、行ってくれ！　金と宝石を持って行ってくれ。もちろん銃と銃弾もだ。山でポーロとテンガを捜すんだ」

「アギャ……無理だよ……。父さんを置いてくなんて。もうこれでおしまいなら、みんなで一緒に死のうよ！　一人で逃げたりできないよ」

「カンド！」瀕死の従兄弟の懇願する声がした。激しく息が上がり、額からは冷たい汗が流れ落ちている。「アギャの言う通りにしろ。お前がここで死ぬ必要はない。まだ明日からも戦いたかったら今すぐここを離れろ。俺たちは閉じ込められちまってる。もう無理だ。山に行ってアムリケンのポーロと、テンガと合流するんだ……」

カンドは父親から鍵を受け取り、家族の財産の入った箱を開け、革袋に金と珊瑚、瑪瑙、トルコ石を詰め込んだ。そしてカービン銃を担ぎ、リボルバーをチュバの懐にしまい込み、父に駆け寄った。カンドは涙に濡れていた。サムドゥプもたった一人の娘を抱き寄せ、肩を震わせて泣いた。「アギャ、安全になったらすぐに帰ってくるからね」カンドは父に言った。父は涙をとめどなく流しながら頷くばかりだった。

「ラクパに乗って行けよ」カンドが父親に従ったのを見た従兄弟が嬉しそうに言った。「やつはスタミナがあるから……。馬の腹帯はしっかり締めるんだぞ……」従兄弟は咳き込み、痛みに顔をしかめたかと思うと、がくっと頽(くずお)れた。彼女はそのままそっと部屋を出た。

夕闇が迫っていたが、中国共産党はまだ攻撃を控えていた。サムドゥプは当惑していた。とそこへ二人の馬に乗ったカムパが家に近づいてくるのが見えた。こっそりと窓のところまで行き、ライフルを構え、狙いを定めた。おそらく中国人の兵士が偽装しているんだろう。どんなに凝視しても暗くて顔が判別できず、正確に狙えそうになかった。

「サムドゥプ・ダワ！　サムドゥプ・ダワ！」一人が叫んだ。間違いなくニャロンのチベット語だった。

「おい！　生きてるか？　家の中にいるのか？」もう一人の叫ぶ声がした。こっちも間違いなくニャロンのチベット語だ。

中国人に包囲されているというこの状況で、あの二人のカムパは公然といったい何をしているんだ？　サムドゥプは不思議に思った。彼は黙っていた。

「サムドゥプ・ダワ」最初の男が言った。「もしそこにいるなら返事をしろ……。もう勝ち目はないぞ！抵抗しても無駄だ。中国人は大砲(メルキョー)も装備してる。投降しないと家を木っ端微塵に吹っ飛ばされるぞ！」

サムドゥプは鼠のごとくだんまりを決め込んでいた。ああ……なんということだ……。驚いたぜ！あの二人は中国人の代弁者かよ！　裏切り者め！　ちょうどそのとき、まるで二人の威嚇のタイミングを見計らったかのように、大砲が一発発射され、サムドゥプの屋敷の裏で爆発した。一瞬遅れて、もっと近いところでもう一発の大砲が爆発した。

「もしそこにいるなら、馬鹿な真似はよせ！」一方の男が、爆発音に驚いて怖がる馬を制御しながら叫んだ。「降伏しろ！　中国人は手荒な真似はしない。処罰されることもない」

「制裁もなしだ……」もう一人の男が約束した。「ただわれわれと一緒に来ればいい……」

サムドゥプは、近づいてくる猟師の足音に聞き耳を立てて心臓を縮み上がらせている狐よろしく、彼らの言葉に耳を傾けていた。なんてことだ……。あの声には聞き覚えがあるぞ……。彼はじっと考えていた……。そうだ、間違いない……。リタンツァンのやつらだ！

「おうよ、分かった！」サムドゥプは叫んだ。「でも、ここには怪我人がいるんだ……」

「心配するな」一人が言った。「手当てをしてもらえるから。こっちへ下りてこい……。一人でだ……。銃は置いてこい」

サムドゥプは甥のもとへ行き、安心しろ、医療救助を連れて戻ってくるから、と言った。彼はゆっくりと階段を下り、中庭に出ると、今朝の戦闘で命を落とした男たちの亡骸をしばし悲しそうに見つめた。外に出てみると、二人の騎馬の男はリタンツァンの親戚だった。この谷の長老であるサムドゥプ・ダワが彼らの方に向かって歩いて行ったにもかかわらず、二人とも強面で傲慢な態度のまま、馬を降りてあいさつしようともしなかった。

「中国人があっちの農家で……あんたを待ち受けてるよ」男の片割れが下手の灯りが点いている方を指さして言った。「ついてこい……」

「家の中にいる怪我人はどうするんだ」サムドゥプは声を荒げた。この二人の青年にはいけ好かないものを感じていた。横柄な子犬野郎め！「甥のリウォがひどい怪我をしてるんだ。急いで助けてやらないと……」

「それは俺たちに任せろ」リタンツァンの親戚の片割れが言った。「あんたはただついてくればいい。俺たちはあんたを連れて来いと命令されてるんだ」

「生きたままな……」片割れが言葉を継いだ。「行くぞ」

サムドゥプは二人の騎馬の間を歩くように命じられた。二人ともサムドゥプの半分の年齢なのに、馬を譲ろうともしなかった。長老は真っ暗闇の中、石のごろごろした埃っぽい道をつまずきながら歩いて行かねばならなかった。息が上がってしまい、馬の歩みにはまともについて行けなかった。馬が歩くたび、鞍はいらいらさせられるきしみ音を立て、蹄鉄は火打石の表面から発するような火花をあげるのだった。農家に着いたころにはサムドゥプは疲れ果て、汗みどろで動悸もひどかったが、まるで人間に捕らえられ、山から無理やり引きずり降ろされて暴れる熊のように、不敵な目を露わにしていた。

農家の外には中国人の見張りが立っていた。サムドゥプが人生で初めて見る共産党軍の兵士たちだ。彼は埃まみれになった着物をはたいて身なりを整えた。剣は決闘で相手を威嚇するときのように腰からぶら下げた。この忌々しい中国共産党の連中にニャロンのチベット人がどんな人間なのか思い知らせてやる。こけおどしじゃない。俺は勇敢さではどんな男も敵わない、我が娘カンド・ツォモの父親だ。ああ、娘は今どうしているのだろう。こんな暗闇の中で、たった一人きりで。

リタンツァンの二人はサムドゥプに外でしばらく待っているように言って中に入っていった。しばらくすると一人が出てきた。「中へ入れ……。ついてこい」彼は言った。サムドゥプは姿勢を正し、堂々とした足取りで中へ入ろうとした。そこへ中国人の見張りが猛然とつかみかかってきてサムドゥプを止めた。剣は押収され、武器を隠し持っていないかどうか確かめるために着物の中を引っ掻き回された。「おい、そこの兵士!」サムドゥプは怒気も露わに叫ぶと、完璧な北京語で言った。「剣は預かってもらうだけだ。後でちゃんと返してくれ」

「こっちだ……」リタンツァンのカムパは言った。長老が中国人の見張りに何を言ったかは分かっていないようだった。

サムドゥプは灯油ランプで明るく照らされた大きな部屋に入ると、目をしばたたいた。正方形のテーブルの周りに設えられたチベット式の長椅子に座っていたのは六人の中国人だった。サムドゥプが初めて目にする共産党の幹部だ。全員サイズの合わないカーキ色の制服を着ていた。そのうちの二人は、赤い星のバッジが真ん中についた、毛裏の耳当てつきの帽子をかぶっていた。他の男たちは赤い星の中に「八一（パーイー）」［原注　八一とは人民解放軍の設立された一九二七年八月一日を指す］という文字の入った人民解放軍の紋章つきの布製の帽子をかぶっていた。みな痩せこけて薄汚く、疲労困憊しているようだった。顔は日に焼けて皮が剝け、目は血走り、唇はひび割れ、腫れていた。こいつらが西側の山から下りてきてタゴツァンの所領に入った連中か。サムドゥプは立ったまま軽蔑のまなざしで彼らを見つめていた。

「中国語を話せるのか」一人が聞いた。

サムドゥプは頷いた。「話せるさ」声ににじみ出る怒りや大胆な皮肉を隠そうともせずに言った。「北京語と四川語、あとは必要に迫られたとき、広東語を少し」

「なあ、カムパ！」毛裏の帽子をかぶった幹部が北京語で言った。目には涙を浮かべている。「あんたは馬鹿だな……。抵抗するなんて馬鹿だよ！　俺たちはあんたたちとの銃撃戦でいい部下を何人か失っちまった。いったいなんのためだよ。完全に無意味な戦闘だった……。戦う必要などなかったのに！　なんで攻撃してくるんだよ！　そっちには勝ち目なんてないのに。威嚇できたつもりだったのか？　こっちは虱（しらみ）のように潰すことだってできたんだぞ！　しかしわれわれがここにきた目的はあんたたちを殺すためじゃない……。解放するために来たんだ。あんたたち領主はみんな同じだ——中国どこでもな。あんたは本当に馬鹿な年寄りだよ！」そう言って、怒りと不信感と嫌悪感も露わにかぶりを振り、涙を拭った。

サムドゥプはため息をついた。そのときようやく、自分が中国共産党の捕虜になってしまったことに気づいた。囚われの身となることで何が辛くて耐え難いかといえば完全なる屈辱とどうにもならない無力感だった。どっと疲れが押し寄せた。

「人民解放軍の軍事力に対抗できるとでも思ったのか？」もう一人の幹部が尋ねた。「解放するために来たんだぞ。こっちは殺すつもりなんかなかった。そっちから先に撃ってきたんだからな。覚えとけよ！」彼もまた涙を浮かべていた。

「おい、座れ！」最初に話しかけてきた、毛裏の帽子をかぶった高飛車な態度の中国人が叫んだ。サムドゥプが幹部たちと向かい合わせの長椅子に座ると、彼の顔を照らすランプからシューシューと音がした。

「あなたはこの地域の長老の一人だとお見受けするが」偉そうな男は言った。怒りはおさまったようで、なだめすかすような口調で語り出した。「あなたは責任ある立場の教養のある人物として知られている方だと思う。だからこそあなたは人びとの模範となるべきだ。なあ、カムパ——われわれは兄弟だってことを信じてほしい。心からの言葉だ。この土地は偉大な祖国、中華人民共和国の一部だ。あなた方は帝国主義勢力とファシストたちによって偉大な祖国から引き離されてしまったんだ。でもこれから共に——新しい中国を作っていこうじゃないか！　チベットは間違いなくこの偉大な祖国の不可分の一部である。これには疑念を挟む余地はない。議論の余地もない！　われわれ漢民族はあなた方の真の同胞だ！　チベットの同胞から糸一つ針一つ奪うつもりはない。繰り返すが——われわれはあなた方を解放するためにやって来たのだ。われわれが言っていることはすべて真実だ！」

サムドゥプは不満げに鼻を鳴らしたものの、口をつぐんでいた。中国人の幹部、あるいは政治委員

（サムドゥプにはこの男の地位や称号は分からなかった）は八一帽をかぶった兵士の一人にお茶を持ってこいと命じた。兵士はチベット式のお盆にきれいな色の模様のついた琺瑯のマグカップと大きな魔法瓶を載せて戻ってきた。サムドゥプはお茶を供された。たばこも勧められたが吸わないのでと断った。そのかわりチュバの懐から嗅ぎたばこ入れの小箱を出して、ほんの二、三つまみ鼻から吸い込むと、えも言われぬ心地よさが訪れて、心が落ち着いた。中国人たちはお茶を飲みながらおしゃべりに興じている。彼らはどうも上司の登場を待っているらしい。サムドゥプはそう感じた。

とそこへカーキ色の制服に身を包んだ痩せて背の高い男が入ってきた。制服は薄汚くもつんつるてんでもしわくちゃでもなく、ぱりっとして染み一つなく清潔だった。自信をみなぎらせたその男の、雪狐の毛皮を裏打ちした帽子には赤い星が輝いていた。部屋にいた中国人幹部は全員立ち上がり、彼のために道を空けた。彼はサムドゥプと向かい合わせに座り、幹部たちに座るように言った。彼の顔は風雨にさらされた様子もなく、日焼けもしていなかった。唇もひび割れたり腫れたりしておらず、憔悴しているようには見えなかった。サムドゥプにはこの男が西側の山を下りてこの谷に入ってきたのではないことが分かった。彼はゆったりと腰かけると、サムドゥプ・ダワに微笑みかけた。

サムドゥプはその人物をまじまじと見つめると、少し視線をずらし、もっとよく見えるように身を乗り出した。パチパチと音を立てるランプのまばゆいばかりの灯りに邪魔されてよく見えなかったので、老カムパは額に手をかざした。

「私のことが分かりませんか？　長老」男は完璧なニャロンのチベット語で言った。「びっくりしたでしょう？」

サムドゥプは信じられないという様子で何度も目を凝らした。生まれてこの方こんなに驚いたのは初めてだった。疲れが一気に吹っ飛んだ。

「これはこれは」サムドゥプは言った。「確かにたまげたよ！　こんなに驚いたのは初めてだ。いったいどこから湧いて出てきたんだ。いや、疲れすぎて幽霊でも見てるのかな」

男は頭をのけぞらせ、完璧な歯並びを見せて高らかに笑った。「長老……私は幽霊じゃありませんよ。保証します。何年振りでしょうね……。ねえ、長老」

サムドゥプはどうにも信じられずかぶりを振った。「今日は驚くことばかりだな……。それにしても……お前、いったいどこから出てきた？　俺には……まったくもって信じられないよ」

「ニャロンから姿を消して十五年になります」男は言った。「完全に忘れられて……」

リタンツァンのタシ・ツェリンは中国人の方を向いて完璧な北京語で話しかけた。彼らは何やらひそひそと話し合っている。サムドゥプはリタンツァンがどれだけこの隊を支配しているのか、また隊員たちがどれほど彼の言うことに忠実に従っているのか、思い知らされた。ランプのシューシューパチパチいう音のせいで、なにをこそこそ話しているのか聞き取ることはできなかった。

「長老」リタンツァン・タシ・ツェリンは周りの幹部が理解できるように北京語で言った。「あなた方が人民解放軍に向かって発砲したのは大変残念でした。尊い命が失われたんです……。双方とも！　抵抗していったい何をしたかったんですか？　われわれがここへやって来た目的は、チベットを解放し、外国の帝国主義勢力を駆逐し、チベットを偉大な祖国中国に再び迎え入れることです。この谷を解放するために一発の銃弾さえ使おうと思っていなかったのに。そっちが先制攻撃を仕掛けて来たんです。その点お忘れなきよう。まったく無駄な戦いでしたよ、長老……」

「私に何をさせようというんだ、タシ・ツェリン」

「取り調べです……」リタンツァンは答えた。「形式的なことが済んだら釈放しますよ……」

「形式的なこと？　形式的なことってなんだ？」

「まあ、そのうち分かりますよ……。すぐにもね……」

「ということは……俺はあんたの捕虜ってことだな」

「そこまで言うつもりはありませんが……形式的なことが完了するまで拘留します」

「うちに怪我人がいるんだ。俺の甥っ子のリウォだ。かなりひどい怪我をしていて死にかけてる。急ぎ救護に行ってくれないか？」

タシ・ツェリンは中国人兵士の方を向いて指示をした。たばこに火を点け、一服すると長椅子にもたれかかるように座り、笑顔を見せた。それからお茶をすすった。

「さて、長老」彼は礼儀正しいが説得力のある声で話し始めた。「もうずいぶん長いことお会いしてませんな。人生ってのは不思議なもんだと思いませんか？　たまにありえないことが起きるもんです。長老はお元気そうですね……。まったくお変わりなく。昔のままじゃないですか……。お嬢さんは大人になったでしょうね」

サムドゥプは娘のことが話題になった瞬間、思わず顔をしかめた。不安に駆られ、たまらない気持ちだった。リタンツァンに真っ赤に焼けた火かき棒でひどく敏感なところを突かれたような気がした。こいつはカンド・ツォモの居場所を知っているのだろうか？　まさか殺されたか？　あるいは今まさに囚われの身となっているのかも……。「取り調べ」と「形式的なこと」のために拘留されているのだろうか？　もしかするとすぐ隣の部屋に囚われの身となっているのかも……。麻雀で言えば、その一手でどっちが巨額の賭金を手に入れるか決まってしまう決定的な場面で、どの牌を捨てようか考えている相手の表情を相手に悟られずに読む凄腕の雀士のように、サムドゥプはリタンツァンの表情を読んでいることを悟られないようにしていた。

「ああ、そうだな」サムドゥプは声の調子もごく普通に、ざっくばらんに答えた。「ずいぶん久しく会ってないものなあ。生きてるのかどうかも分からなかったからね。娘はここにはいないんだ。リタンに行ったよ。おばと一緒にね」

二人とも黙っていた。視線も逸らしていた。

「ところで長老」タシはおどけた調子で言った。「今日は驚きの連続だったということですが」

「ああ……まったくだよ……」

「ミンマもかわいそうに。リチュ橋でね、やつが一番驚いたんじゃないかな……」タシはのけぞって大笑いした。そういうことか。サムドゥプは思った。やつはすべて分かってるんだな……。

リタンツァンは中国人幹部の方を向いて気楽に会話を交わし、さらにお茶を飲むと、軽口を叩いて笑った。それから彼は言った。「長老、今日は長い一日でみんなへとへとになってしまいました。兵舎に案内しますよ。ゆっくりくつろいでいただけるかと。明日またお目にかかるのを楽しみにしています」

タシが立ち上がると、中国人幹部たちはみな一斉に立ち上がった。タシは中国人の幹部や八一(パーイー)帽をかぶった人民解放軍の兵士たちとともに部屋を出ようとしたとき、振り向いて言った。「長老、それはそうと、二、三日はこちらの指示通りにしてくださいよ」

サムドゥプは二人の中国人の見張りに腕をつかまれ、連行されていった。

37

サンガ・チューリン僧院の外では、暗闇の中、一人の老僧が谷を見下ろし、夏の夜空を走る稲妻のごとき大砲の閃光を見つめたまま、立ち尽くしていた。ライフルや機関銃が発砲されるたびに浮かんでは消える光も視界に入っていた。静けさを破る爆発音が波のように押し寄せてきては、鋭いタッタッタッタッという音が徐々に大きくなっていき、その後徐々に弱くなってこだまが残響となっていく。その響きは山並みから山並みへ、峰から峰へと伝わっていく。老僧はそこに立ったまま、数珠を繰り、祈り続けていた。タルセル・リンポチェは自室で経典を丹念に読みながら沈思黙考していた。リンポチェに三十年仕えてきたその老僧は、部屋に戻って、見たことと聞いたことの一部始終をリンポチェに報告した。ランプの灯りに照らされたリンポチェの顔は穏やかで聖人そのものだった。彼のまなざしはニャロンをはるかに超えて精神世界を見つめていた。あたかもおつきの老僧から、外で吹き荒れている嵐、あるいは北方の荒涼としたチャンタン高原からやってきた風変わりな巡礼者についての報告でも受けているかのように顔色一つ変えなかった。

クンガ・リンチェン僧院には飾り紐のついた青銅と真鍮でできた半球型の取っ手つきの大きな門扉があるが、ケンポの命で、ギギーッという軋み音を立てながら閉められた。そして閂（かんぬき）と南京錠（ドゥプトー）がかけられ、中国共産党が一歩たりとも入ってこられないようにした。もし彼らが突入でもしてきたら、僧兵たちは銃撃してもよいことになっていた。僧兵たちは戦いに備えて武装して闊歩していた。殺気立ち、闘志で燃えたぎっている。勇猛にして果敢、いつでも戦闘できる状態で、共産党軍と早く身体能力と戦闘能力を競い合いたいとでも思っているようだった。みな自動小銃と手榴弾を持っており、僧衣の襞（ひだ）の中には殺傷能力のある鍵束と月鎌（ケウ）を隠し持っている。顔には隈取を施し、右腕には赤いツァテムを巻いている。

楽し気にお互いに肘で小突きあっているかと思ったら、人民解放軍の兵士どもはまだ坊やで毛も生えてないしなめらかな白い肌をしているなどとここぞ軽口を叩いているのだった。

他の僧院からやって来た大勢の僧侶たちが、何百もの一般人たちと同様に、僧院の広い集会堂(しゅえどう)に避難していた。集会堂には壁一面に書架が設えられており、声明(しょうみょう)［音韻・文法・文学］、因明(いんみょう)［論理学］、内明(ないみょう)［教理学］、工巧明(くぎょうみょう)［工芸・数学・暦学］、医方明(いほうみょう)［医学］など、古くから伝わるチベット仏教の万巻の書物がきちんと並べられていた。何世紀もの間、聖人や行者たちによって書き継がれてきた難解で深遠な注釈や、千年以上もの間ずっと途切れることなく受け継がれてきた精神修養の成果も含まれているのだ。お堂の中には厳かな仏像や菩薩像が立ち並んでいる。色彩豊かで意匠を凝らした曼陀羅（密教を図解したもの）の描かれた高い天井からは素晴らしい仏画(タンカ)が吊るされ、虹色に彩られた高い柱は優美な錦や幢幡(どうばん)などで覆われている。集会堂の両壁の真ん中あたりには何百ものバター灯明が並び——手のひらに乗るほどの小さいものから、五歳児ほどの高さのある純銀や純金でできたものまである——まるで夏の爽やかな風が収穫間近の小麦畑をさわさわと揺らすように、黄金色の灯りをちらちらと明滅させていた。これらのバター灯明と何百本もある線香のおかげで集会堂は温かく、また独特の匂いが立ち込めていた。

僧侶たちは幾重にも列をなして規律正しく静かに座り、襞をつけた毛織の衣をゆったりと肩に巻きつけ、坊主頭を前後に揺らしながら大きな声で一斉に読経をしている。きらきらした瞳をしたよく気のつく紅顔の少年僧たちが、お茶の入った大きな銅製のやかんを持ってきびきびと歩き回り、僧侶や一般の人びとの木椀にお茶を注いで回っている。

ドルジェ・サンペル・リンポチェは厳粛かつ堂々たる姿で絹と錦のあしらわれた玉座に座り、読経を先導していた。目の前の雷文模様の描かれた美しい木彫りのテーブルには、いつも使っている法具の数々――人間の頭蓋骨で作られた小さなでんでん太鼓、銀の台の上に載せられ、御神酒（おみき）で満たされた人間の頭蓋骨製の鉢、銀製の金剛杵（ドルジェ）、金剛鈴（ティルブ）、注ぎ口に孔雀の羽をあしらった聖水瓶、あらゆる方向に撒くための聖米を盛った銀の鉢――が並べられている。リンポチェは滅多に行われることのない、珍しい儀式を始めるようだ――谷を守る山神たちの怒りを鎮め、中国共産党という侵入者たちを駆逐し、殲滅（せんめつ）させるために行うものだ。

ケンポはリンポチェの玉座のそばに直立不動で立っていた。時折裸足のまま摺り足で移動し、年配のリンポチェの耳元に何やら密談事項をささやいたり、読経の最中に船を漕ぎ出した少年僧を優しく叱ったり、トミーガンで武装して集会堂の入り口で見張り番をしている僧兵と抑えた口調で言葉を交わしたりしている。

集会堂の両端を埋め尽くしているのはお年寄りや体の弱い人、病人、それからタゴツァンの当主一行が谷を去ったときに自主的に残った者たちだった。今やみな僧院に避難してきているのだ。みな寝具や絨毯を持ち込んでひろげていた。こちらでは背中の曲がった老夫婦が潤んだ目でマニ車を回しながらお祈りをし、数珠を繰っている。あちらでは男性が経文を唱えながらリンポチェに向かってひたすら五体投地を繰り返している。若い母親の羊皮のチュバに心地好さそうにくるまって穏やかにおっぱいを飲む赤ちゃん。精巧な彫刻を施された大きな木の柱の陰に隠れて大はしゃぎで遊ぶ二人の子どもたちと、行儀の悪い子どもたちを厳しくたしなめる親たち。親からすれば、リンポチェがすぐ近くにいらっしゃるのだし、自宅が中国人の兵舎にされてしまっているのだから、こんなときは子どもといえども遊んだりはしゃいだりしてはならないのだ。老齢の病気の女性はその日の出来事に圧倒されて、起きて祈禱に参加することもかなわず、ぐっすり眠り込んでいた。村の三人のお年寄りたちは、谷に突如襲いかかった運命と翌日どんな恐怖が待ち受けているのかについてひそひそと語り合い、僧侶たちの祈禱と玉座におわす聖なるお方の存在に慰めを求めていた。

ドルジェ・サンペル・リンポチェも含め、集会堂にいるあらゆる人びとの前にそびえ立ち、注目の的となっていたのはギャワ・チャンバ、すなわち慈悲の仏であり、現世仏である釈迦牟尼仏の後を継ぐ未来仏である弥勒菩薩の像だった。全宇宙が暗闇のどん底に落ちていき、心の灯火が分裂と冷淡と堕落という無限の大海の中で今にも消えんとして明滅しているときに現れて、すべての衆生に救済をもたらしてくれる仏だ。中央にそびえるその仏像は、澄みきった青い眼で救いを求めるすべてのものたちを見渡し、唇には笑みを浮かべ、時と運命を乗り越え、愛と平和と慈しみと憐(あわ)れみの時代の幕開けを告げようとしているのだ。

38

谷の最奥部に位置するリチュ川の片持ち梁橋はすでに中国共産党に占拠され、人民解放軍の派遣隊が警備に当たっている。谷は開放された状態となり、北から南へとなだれ込んでくる侵入者の数はいや増しに増すばかりだった。共産党はポンボ・タゴツァンの屋敷を軍の司令部にした。リタンツァンのタシ・ツェリンは自邸に滞在し、かつては祈禱旗がはためいていた長い旗竿に五つの金の星が並ぶ大きく目立つ赤い旗を堂々とくくりつけた。カーキ色の軍服を着て、帽子に赤い星のバッジをつけた人民解放軍の兵士たちは高めの控え銃(つつ)で自動小銃を構えて警備に当たっている。

侵入してきた軍勢は奇妙な取り合わせだった。かつての軍閥の配下にいた兵士たちもいれば、最近になって劉文輝将軍に寝返った四川人の裏切り者たち、馬歩芳や馬鴻逵に率いられていた国民党軍の兵士たち、そのうえ盗賊や追い剝ぎの集団もいた。この連中はみな、生き抜くためだけでなく、戦利品や酒や女をあわよくば掠めとろうという欲望から、劉伯承将軍率いる中国共産党の人民解放軍に寄生しているのだ。連中は赤い星を帽子につけ、意味のないスローガンを叫ぶという戦略を受け入れさえすればよいのだった。アヘン中毒やアルコール中毒、セックス中毒だらけで、そうした連中は快楽の費用を賄うために金や宝石を欲しがるのだった。確かに、チベットで私腹を肥やす千載一遇のチャンスを逃したら大間抜けかもしれない。だが、侵入者の中には頑固な青年農民兵もいた。農村ゲリラの申し子である。人民解放軍の根幹を形作った一九三四年からの長征に参加した強健な古参兵もいた。蒋介石による掃討作戦を生き延び、有名な日本の関東軍の猛攻撃にも耐え、最終的には国民党を滅ぼし、一九四九年十月一日に北京の天安門前の階段の上で中華人民共和国の成立を宣言した者たちだ。

それに加えて人民解放軍の各隊には政治委員がついてきていた——偉大な祖国、新中国の番犬であり、魂と良心である。彼らは中国共産党における神のごとき絶対真理である三巨頭、マルクス、レーニン、毛沢東の経済・社会・政治哲学によく通じていた。政治委員たちの多くは長征の厳しい試練に鍛え抜かれ、延安の洞窟での苦難の日々や、日本軍、国民党軍との戦いを耐え抜いた者たちだった。みな優れた知識人であり、弁証法的唯物論の微細なところにまで通じたマルクス主義者だ。彼らは自分たちの信条に身を捧げ、完全な勝利をおさめることに絶対的な自信を持っていたし、さらには怯むことなく信条に身を投じる実際的かつ実践的、無慈悲なまでの能力を持ち合わせてもいた。彼らはチベットに入る前、なぜチベットに進軍するのか、その理由を部下たちに一つ一つ説いてたたき込んだ。毛沢東主席自身が中華人民共和国の中の「チベット地方」に関連した「三つの実践」について説いていることだ——

「洗脳せよ。指導せよ。粛清せよ」（「チベット人民を洗脳せよ。チベット少数民族を指導せよ。帝国主義者、貴族、宗教指導者、領主、資本家、反動主義者を粛清せよ」）

中国共産党がポンボ・タゴツァンの所領の谷に入ってきて数日後、公衆演説があるからとすべての住民がリチュが原に集められた。秧歌踊り（ヤンコ）［漢人の田植え踊りから発展した踊りの一種］を踊る共産党の舞踊団が集まった人びとを楽しませた。もっともそこには若い男女はほぼおらず、大半が数珠を繰り、経文を唱えながらマニ車を回すお年寄りで、あとは笑ったり叫んだり、騒いだりしている子どもたちだった。

人びとの前で演説を行ったのは、今回は赤い星のバッジをつけた毛皮の帽子以外はニャロン式の正装をしたリタンツァンのタシ・ツェリン、政治委員のタン・ヤンチェンと、人民解放軍の軍司令官のワン・ツァオウェイだ。タシは二人の演説をチベット語に通訳する役割も担った。

タシはまずチベットに新しい時代が到来しつつあるのだから、今後は今までのように自分たちのことをニャロンのカムパだと、次にはカムの人間だと、そして最後に自分たちはチベット人だなどと考えていてはだめだと言って口火を切った。今後は偉大な祖国中国の一員であるチベット人だと認識しなければならない。なぜなら新中国はミャオ族、回族、モンゴル族、新疆のカザフ族、ウイグル族など、さまざまな少数民族から構成されているからだ。従って男も女も子どもも、すべてのニャロンのチベット人の運命は、完全無欠なる毛沢東主席の指導のもと、偉大な中華人民共和国と切り離すことのできない密接な関係になっていくだろう。毛主席は父であり、太陽であり、偉大な中国の民族集団の領袖（りょうしゅう）である。ニャロンの命運（レー）は今後永遠に、偉大な祖国中国と結ばれるのだ。今後はカムという小さな地域の中のさらに小さなニャロンという土地のさらに小さな谷の中しか見えていない彼らの古い陋習（ろうしゅう）という蜘蛛の巣、すなわち狭く排他的で井の中の蛙的な考え方を剝ぎ取らなければならない。中国は世界一の人口を擁し、世界一大きな軍隊に守られ、有史以来最も長く連綿と続いてきたことを誇る最も古い伝統を持つ巨大な国家である。チベット人はこのような強力な国家に所属する特権を有していることを誇りに思い、感謝しなくてはならない。チベット人と漢民族の同胞の絆は同じ一族の親戚の絆そのものである。千年以上前にチベットの最も偉大な王であるソンツェン・ガンポに嫁ぎ、仏教をはじめ、文化や芸術をチベットに紹介したのは、唐王朝の皇女、文成公主ではなかったか。今後はこの谷の人びとはわれわれのこの谷も、ニャロンも、カムも、チベットも超えて、新しい運命、新しいレー、すなわち偉大な新中国を見なければならないのだ。みな緑色の脳みそ（レバ・ジャング）［保守的なものの見方］を捨てて、革新的で革命的なものの見方を獲得し、カムの一部であり、チベットの一部であり、偉大な新中国の一部である新しいニャロンを創造しなければならない。中国共産党は大きな苦難と莫大な犠牲を支払って、自発的に、苦労もいとわずチベットにやってきたのだ。すべてはチベットの同胞を解放すること、封建領主と僧院と帝国主義者による搾取と抑圧から解放するためだ。中国共産党は新しい中国人であって、趙爾豊のような満洲人や国民党の詐欺師とは天と地ほども違う。これから始まる二、三か月のうちに、谷の人びとはみなその目撃者となるだろう。しばらくすれば、新中国の漢民族の同胞たちと全面的に協力して、平和と幸福と繁栄の時代の到来を告げることになる。それは雪の国チベットが長い歴史を通じていまだかつて経験したことのないものだ。

　政治委員のタン・ヤンチェンも基本的に同じ論法で演説した。彼は人民解放軍が全身全霊でチベット人を助け、支援すると約束した。さらに、中国共産党は同胞たるチベットの人びとからただ一本の糸も針も盗むことはないと厳粛な面持ちで約束した。

農民兵出身のワン・ツァオウェイは冷酷で、単刀直入な物言いをする人物だった。彼は長広舌で雄弁をふるうことが好きではないのだ。彼によれば人民解放軍は極めて規律正しく献身的な軍隊であり、チベットを解放し、偉大な祖国新中国に抵抗するすべての反革命勢力はもちろん、帝国主義者や貴族、宗教的権威、封建領主、地主、資本家、反動主義者らを粛清するために、志願してチベット入りしたのである。身に覚えのある者はすぐさま前に進み出て罪を告白し、自らの信念を撤回し、自発的に「精神的更正」を受け、脳みその色を変えなければ、粛清がただちに――実際、そのまさに翌日に――実行されるであろう。偉大な新中国には――もはや人口過密の様相を呈しているが――農民と労働者と兵士の居場所しかないのだ。残りの者たちはすべて「労働者階級の純粋で新しい作物の成長」を妨げる雑草である。彼らは容赦なく、一も二もなく根こそぎにされるだろう。チベットの農奴たちは人民解放軍からあらゆる面で庇護を受けるだろう。軍隊を恐れることはない。完全に馬鹿げたことだ！　労働者と農民が、同じ労働者と農民からなる軍隊を恐れる必要などないではないか。人民解放軍は完全に人民の軍隊なのだ！　しかしこの言葉が資本家や反動主義者に適用されることは決してない！　彼らは責めを受け、容赦なく、あっという間に粛清されるだろう。これまで農奴を搾取・抑圧し、無知と迷信にしがみついてきた僧院は真っ先に見せしめにされるだろう。農民たちの労役に寄生して生きてきた若くて健康な僧侶たちはみな、今後は労働せねばならない。彼らがこれまで送ってきた怠惰で非生産的な生活はもう続けることはできないだろう！　彼らには楽をして生活する権利などない！　引きこもっていた僧院を出て、農民たちとともに農作業をしなければならない。ちんぷんかんぷんな経文を延々と唱えているのは完全に時間の無駄だ。経文を唱えたとて大麦一粒産み出せやしない。そして最後に、人民解放軍に抵抗するなどというおかしな事態が起きているようだが、そのような馬鹿げた態度はねじ曲がった精神の産物だ。人民解放軍を攻撃したり、一発でも銃弾を撃ち込んだ者は間違いなく帝国主義者の犬、あるいは地主や領主、反革命勢力に雇われた報酬目当ての人間だ。人民解放軍は世界最大の軍隊だ。日本軍と国民党軍に打ち勝ったのだ。世界中のどんな軍隊も敵わない。チベットの全人口の二倍以上の兵士を擁する真に無敵の軍隊だ。人民解放軍に刃向かう者は帝国主義者、資本主義者、封建主義者に魂を売った者と見なされるだろう。そういう無謀な策に打って出れば虱のごとく潰されることだろう。谷の住民が保持している武器はすべて、ただちに軍司令部に供出するように。個人が「お山の大将」となって好き放題のことをして、どのカムパの世帯も自主独立かつ自分たちが法を担うと思っていたかつての「封建的略奪主」の時代のように誰もが武器を携える必要はないのだ。今後は人民解放軍が司法、法律、命令のいずれにおいても責任を持つ。決められた日になっても——正式な日取りはすぐにも公表する——武器を所持していた者は反革命思想を持つ人物として有罪と見なされ、処罰される。

お年寄りたちは聴いているふりをしていたが、中国共産党の政治用語はほとんど理解できなかった。タシ・ツェリンが通訳の労をとるまでもなかったのかもしれない。彼らは黙ったまま腰を下ろし、慣れ親しんだニャロンの世界の中にこもり、昔ながらの見えない殻で身を守っていた。しかしそんな彼らにも分かったことは日常生活に直結することだった。共産党は谷に留まり続けるのだ。彼らは単に「帝国主義者」疑惑の人びとを「粛清する」ためにチャムドへ、そしてラサへと向かう途上で谷を通過するだけではなかったのだ。僧院も金持ちも、もう終わりだと感じていた。僧侶たちは労働。すべての武器は没収。これはカムのチベット人にとっては右腕を切断して中国共産党の軍司令部に差し出し、領収書を受け取れと命じられているようなものだった。そして山に潜伏している彼らの息子や親戚たちには厳しい試練のときが来る。彼らは今後、自分たちを制約し、息苦しくさせる新たな太陽のもとで生き、呼吸をし、信仰を続けていかなければならない。

39

人民解放軍の先遣隊と裏切り者の四川人の兵士、国民党軍から寝返った兵士たちは不服そうな面持ちでタルツェンドに入っていった。四川人の兵士たちは当然のごとく、金目のもの、酒、アヘン、女を求めて街に出たが、そこはほぼもぬけの殻だった。あの伝説的なタルツェンドのもてなしはどこへいってしまったんだ？　そんな彼らの前に一人の小柄で風変わりな老人が現れた。奇妙な形をした外国製の帽子をかぶり、手には本と杖を持っている。彼は盛んに身振り手振りを交えて何やら叫んでおり、足を踏みならし、空に向かって杖を突き立てていたが、通り過ぎる騎馬隊には関心もないようだった。強面（こわもて）の傲慢な四川人がその老人に向かって唾を吐き、笑いながら下卑た淫らな身振りをしてみせた。みな街に娼婦が一人もいないことを知ってがっかりしていた。チベット人の娼婦（シャンツォマ）はリタンやバタンなど西の方へと逃げ、中国人の娼婦たちはみな街を離れた後だった。タルツェンドの優美でたくましいあの娼婦たちはみな成都という巨大な土地の、匿名のるつぼの中に消えていったのだ。

リウ・ドンホワ大佐は深い渓谷と険しい山々に囲まれた森の端に投宿していた。近くの峰には偵察隊を配置してある。テントの外に気に入りの折り畳み式の椅子を出して腰を下ろし、翡翠製の長いシガレットホルダーに紙巻きたばこを挿して紫煙をくゆらせていた。彼の膝丈のブーツはぴかぴかに磨き上げられている。テントの隅には双眼鏡が吊るしてある。見るからに威嚇的で重厚なモーゼル銃——もはや彼の体の一部と化している――を腰に下げていた。彼は孤独感と寂しさに苛（さいな）まれていた。孤独感とは最高責任者の立場に立つ者なら誰しも逃れられないものだと思っていた。だがまた、人生の危機、死の淵に立つと、人は孤独を感じるものだ。彼はため息をつき、たばこを吸った――たばこはそんなときでさえ、えも言われぬ慰めを与えてくれる。彼は仲間同士連れ立って腰を下ろしておしゃべりに興じたり笑ったりしている兵士たちや、偵察の任務についている機敏で頼もしい兵士たちを見つめていた。この日まで残ってくれたこの部下たちと一緒で彼は幸運だった。

　リウ大佐は出し抜けに立ち上がり、部下に全員召集を掛けるように命じた。彼らに伝えなければならないことがあるのだ。

　リウは兵士たちに中国を離れる決意をしたと言った。国境を越えてビルマへ行く。同行を望まない者たちはどこへ行こうと自由だ。三か月分の給料を渡す。自分の武器はそのまま持って行ってよい。共産党との戦いは終結した。国民党は終わりだ。希望も野心も夢も終わりだ。自分たちのためだけに生きるときが到来したのだ。ここまでよく戦ったな。リウは部下たちに称賛と感謝の言葉を述べた。

　しんと静まり返った。男たちはみなうなだれて立ち尽くしていた。若い兵士が口を開いた。「大佐……われわれは……私は……」大佐の話に耳を傾けていたときには、彼の心の中に、栄光を称賛する言葉、永遠の忠誠を誓う言葉、最後まで戦う決意、栄光の結末であろうと死が待っていようとリウ・ドンホワ大佐について行くといった言葉など、勇気を奮い立たせる気高い言葉の数々が渦巻いていた。殺せ、さもなくば殺される、だ！　ところが今、その言葉は一つも出てこなかった。喉を詰まらせ、むせび泣き、体を震わせていた。ライフルをしっかりとつかみ、こうべを垂れたまま何も言えなかった。

「これにて解散だ……」大佐は言った。「明日キャンプを畳んでここを離れる」

部下たちは言葉もなくその場を去り、思い思いにグループに分かれ、大佐が言った言葉をめぐってひそひそと話し合っていた。疲労困憊だったがその晩はそわそわして眠れなかった。

翌朝兵士たちが整列すると、大佐は毎日欠かさずやってきた点呼を行った。去りたい者たちは隊列から離れて別のグループを作るように指示した。ほとんどの者は隊を離れる決断をしていた。リウは彼らのもとへ行き、笑顔で兵士たちの背中をさすった。兵士たちはすまなそうな顔をしていた。「大佐……」一人が口を開いた。「われわれもこうしたかったわけではないのです。でも……」「分かってるよ」リウは言った。「家族もいるし帰らなければならない家もある――それに子どもたちだって……。他の何より優先させなければならないときだってあるさ。これまで誠心誠意尽くしてくれたことに感謝するよ。これまで何年も一緒にやってきたなあ……。よく耐えたよ。恐ろしい戦闘も乗り越えてきた。苦しかったなあ。君たちは私の誇りだ。そして……そして……君たちのような部下を持てたことは私にとってたいへんな名誉だと思ってるよ……」リウは声を詰まらせ、涙をぐっとこらえた。「おそらく……人生には戦争の勝ち負けとは何の関係もないことがあるんだ……。誠実さとか忠誠心とか、名誉とかね。君たちが立ち向かう最悪の敵だってこうした美点を備えていないとも限らないってことは、よく覚えておいてくれ。君たちとそうしたものを分かち合えたことは私の誇りだ。たぶんこういうものは戦争でどっちが勝ったかすら忘れられた後も、人びとの記憶に留まり続けるものだよ。君たち全員の幸せと幸運、そして繁栄を願っているよ。将来の中国で……誰が権力を握ろうともな！」

部下たちは銃口を下にして立てたライフルにもたれてその場に立ち尽くし、こうべを垂れ、体を震わせて泣いた。

「最後に勝利を（ツイホウ・サンリー）！［原注 第二次世界大戦中の国民党の中国語スローガン］」目にいっぱい涙をためた老練な兵士が叫んだ。

「最後に勝利を！（ツイホウ・サンリー）」兵士たちはみな銃を掲げて口々に叫んだ。

リウ大佐は同行すると決意を表明した者たちの方を向いた。彼らは規律正しく身じろぎもせず、冷静にその場に立っていた。「一時間以内に進軍を開始する。解散！」

国民党の大佐は尾根に一人静かに佇み、遙か先は霧や雲に覆われるまで連なっている巨大な山々に挟まれた渓谷を見下ろしていた。渓谷の谷底には銀の糸のような川がうねうねと蛇行し、遙か向こうの広大な大地に向かって果てしなく流れていた。あらゆるものがひどく荒涼として近寄りがたく、見知らぬものに見えた。あの川はビルマに流れ込んでいく。大佐と部下たちはあの川沿いをずっと進んでいくことになる。彼らはなじみのあるものすべてと――中国も夢も過去も、野心も戦いも野望もみな――永遠におさらばすることになる。リウは時計をちらりと見て、出発の時間を待った。

40

サムドゥプ・ダワはリタンツァン家の納屋で中国共産党に拘留されていた。リタンツァン家はかつてアドの子どもたちがはしかで亡くなったところだ。そしてスティーブンス牧師がリタンツァンのタシ・ツェリンと初めて話をした場所でもある。数日間は召使いの面会が許されたので、差し入れを頼んだ。服やマニ車、好きな経典をいくつか、そして一番ありがたかったのが嗅ぎたばこのたっぷり入った革袋だった。タシ・ツェリンはすぐ隣の母屋に滞在していた。タシは仕事がずいぶん忙しいようで、サムドゥプは数日間彼の顔を見ていなかった。ある朝、タシは人民解放軍の兵士を送り込んできて老カムパを召喚した。

サムドゥプはわざとゆっくり時間をとって身支度をし、翡翠の小箱に嗅ぎたばこを詰めると、新しいブーツを履いた。建物から踏み出し、陽光の降りそそぐ中、袖の長い絹のチュバを片肌脱ぎにした彼は、胸を張って右腕をぶんぶん振り回しながら堂々とした足取りで歩いて行った。彼は二人の番兵に挟まれて、わざと嘲るようにブーツで石畳をダンダンと踏み鳴らしながら、大股で軽快に歩いていった。そよ風にはためく中国共産党の旗と行き交う番兵たちに軽蔑のまなざしを送った。時代は確実に変わっていた。タシ・ツェリンの言葉を借りれば、ありえないことが起こったのだ。谷の新しいポンボが誰なのか、火を見るより明らかだった。

タシは大きな広間に座っていた。開いた窓からは陽光が注ぎ込んでいる。番兵はサムドゥプを入り口まで案内し、対峙する二人の男をその場に残して立ち去った。タシは立ち上がることなく、サムドゥプに腰を下ろすように身振りで促した。そしてリタンツァン家の召使いにお茶を持ってくるよう命じた。

サムドゥプは翡翠の小箱を取り出し、蓋を開けると、左手の親指の爪の上に嗅ぎたばこを載せた。蓋を閉じて小箱をしまい込むと、たばこを指先でそっとつまんで心ゆくまで吸い込み、快楽のあまり目を潤ませるのだった。あばた面でゴツゴツした顔のあちこちに傷跡があった。嗅ぎたばこにまみれた大きな団子鼻の下にはぼさぼさの口ひげ、顎には白髪交じりの無精ひげがびっしり生えていた。髪の毛は短めで髪質は硬く、やはり白髪交じりだった。眉毛は濃く太く、瞼を半ば閉じた目は用心深く周囲を警戒していた。頑固で強靭なこの男は、ごまかしたり、騙したり――あるいは説得するのが難しい男だ。指先で嗅ぎたばこをつまみ、頭を一方にかしげ、すべての動きを観察し、すべての言葉に耳を傾けて理解につとめているサムドゥプは老獪なセイウチのようだった。

タシは自信を漲らせている。チベット服をカムパ流に着こなし、赤い星のついた中国共産党の帽子はテーブルの上に置いてある。後ろには毛沢東の大きな肖像が置かれ、上質な絹の礼布カターが掛けられていた。タシは印象的な顔立ちをしている――頬骨が高く彫りの深い顔に、縮れた黒髪は中国人風に短く切りそろえ、もみあげを伸ばしていた。ひげはきれいに剃っている。彼の顔でとりわけ特徴的なのは下唇のすぐ下にある逆U字型のくぼみだった。大きな目立つ歯をしているので話をしたり口を開けたままにしていると、粗野で愚鈍な印象を与えてしまう。しかしこれはそう見えるだけで、しっかり口を閉じれば、薄い唇と深くなったU字型のくぼみから、厳格で断固とした態度が窺える。容貌全体から残酷なまでの強さと狡猾な厳しさを醸し出しており、見た目以上に鋭敏な知性を感じさせた。

二人は慎重に腹の探り合いをしつつ、自分からは重要な話題に触れまいとして、どうでもいい話を続けていた。タシはリタンツァン家の四人が首を刎ねられる前の晩に谷を逃げ出してからどんな人生を送ってきたか語り出した。

「……リタンツァンの当主が中国人判事(ギャサゴ)に逮捕された日、一人の兵士がやってきて翌日リチュが原に出頭せよと言われましてね。もうわれわれの命運は変えられないんだと分かりましたよ。翌日出頭しようが逃亡しようが同じだと思いました。リタンツァン家はおしまいだ――少なくともしばらくの間は。でも誰かが生き延びれば、いつかまたわれわれの時代が来るかもしれない。私はその役回りを自ら選びました。もちろん臆病者の烙印(らくいん)を押されることは重々承知していました。私が逃亡すれば罪を認めたことになるってことも分かっていましたよ。私のせいで家の者の多くが死刑に処されることになる。でもどうしようもなかった。目下の問題はどこへ逃げるかということでした。

もしゴロク方面へ逃げたら確実に死が待っている。もし西へ行ってチベット政府に身を寄せたら、中国に売られてしまうかもしれない。もし国民党のもとへ行けばリタンのギャサゴに引き渡されるに違いない。選択肢は一つしかありませんでした。陝西省に行けば、蒋介石と戦っている共産党の農村コミューンや農民ゲリラの基地がたくさんあるのを知っていましたからね。私はタゴツァン家が我が一族にしてきたことを知って以来、絶対に復讐しようと心に誓っていました。もう一度タゴツァンに会うまで生きていると誓いを立てたのです。教えてあげましょうか。復讐への渇望は生き続ける一番の動機になるんですよ！　私が陝西省にたどり着くまでどれだけひどい辛酸を舐めたか、信じてもらえないでしょうけど！　でもね、私はこの両手で死を押し退けたんです！

それでようやく延安の近くのコミューンに着きましたよ。共産主義については何にも知りませんでしたが、領主を殺害して逃げてきたチベットの農民ということにしました。彼らは私を信じて受け入れてくれました。何年か一緒に過ごしましたよ。一瞬たりともタゴツァン家のことを忘れたことはなかったけれども、徐々に農民と労働者の考え方と、彼らの新中国への強い思いに興味が湧いてきました。リタンに行くつもりがラサに着くっていう古いことわざがあるでしょう？　それに似たことが私の中で起こったんですよ。私はタゴツァンに復讐するのが目的で、生き延びるために逃亡しました。でも今は何かもっと別の……何かもっとはるかに広い視野の何かに……夢中になっています。チベット人として、中国とチベットの歴史的、文化的、宗教的、社会的、政治的な関係にはとりわけ興味が湧きました。

それである日、私は毛沢東主席が本拠地にしている延安に移ったんです。中国語を学び、マルクス・レーニン主義と毛沢東思想を学びました。でも、何よりも毛主席自身から直接受けた刺激がすごかった。何という大人物だろうか！　何と素晴らしいお方か！　あんなに偉大で素晴らしい人物に出会ったことはない。幹部や労働者や農民向けに演説をしに来たとき、たまに会うことができましてね。私がチベットから来たと知って非常に関心を持ってくれましたよ。それに北京で会ったこともあるんです！

もちろん、北京では別人でしたよ――時代の先覚者であり、予言者、世界的革命家。完全なる成功をおさめた人物でした！　何か偉大なこと、夢のような、なしえないことを目指し、そのありえないゴールにたどり着くというのがどういうことか分かりますか？　夢を実現するためにね！　いったい何人がそんなことを実現できたと思います？　目標として掲げたことをすべて達成した男がどんな風に見えるか知ってますか？　望んだものの頂点を踏みしめ、夢を越えて行ったんですよ。そういう人間は言葉では言い尽くせないオーラを放っています。でも確かにそこに存在していて、指先で手触りを感じることができるんです。そうした人物というのは実に冷静で穏やかで、この上なく落ち着いているんですよ。波乱万丈の人生を送ってきたというのに本当に驚くべきことです。毛主席は大男で――カムパみたいにね――でもびっくりするほど高い声の持ち主なんです。少しずんぐりとしていてね……ちょっと女々しいくらいで……赤みがかった柔らかくて大きな手をしていましたよ。でもこういう……こうした人物の面前では……そばにいる者は息をすることもできないんですね。目の前で口を利ける人間となるとごく少数です。あるとき、チベットを自治区にするという構想を聞かせてくれたことがありましたよ。チベット人は少数民族の中でも最も先進的な中国人だと言っていました。自分たちの言語や食習慣、衣装、伝統や習慣を保つようにという助言もありました。しかしわれわれは、それぞれの言語と文化を持ったたくさんの少数民族がたくさん集まった大きな家族、偉大な祖国新中国の一部であることを忘れてはならないのです。

われわれは北京を出て、中国の大都市を訪ねて回り、新中国の大きさや人口、可能性を目の当たりにしました。われわれニャロンのチベット人の旧態依然とした考え方がいかに愚かか思い知りましたよ。われわれはこの小さな谷という極めて偏狭な世界で生きてたんです。われわれは自分たちがチベットはおろか、カムの一部だとすら考えたこともなかった。自分たちのことをこの谷、あの土地の住人、このポンボ、あのポンボの領民だとしか考えていなかったのです。自分たちの愚かさに気づくまでしばらくかかりました。われわれが本当に偉大な祖国、新中国と言われる広大な国家の一部なのだと気づくまでね」

「まるで狂信的な新興宗教の説法師にでもなったみたいだな」サムドゥプはタシの長広舌をさえぎるように言った。

「いや、宗教以上ですね」タシは言った。「宗教の説いていることはほとんどうわべだけで意味がありません。でも毛主席の教えはわれわれが植えた木や耕した畑と同じくらい確実に実を結ぶんです。共産主義者は物質の存在と発展を司る法則を理解しているからですよ。われわれは誠心誠意、労働者と農民を助けるためにチベットにやってきたんです。だから心から強調しておきたいんですが、これは侵攻ではないんです。われわれは趙爾豊の清朝軍とは違います。国民党の無法者とも違います。われわれはチベットを帝国主義と農奴制から解放し、われわれの偉大な祖国に再び迎え入れるためにやってきた新しい中国人なんです。これだけは言っておかないと……」

「なあ、タシ・ツェリン、分かるか?」サムドゥプは再び話に割って入った。「俺はあんたが金目当てとか殺し目的とか、略奪のために俺たちの谷にやってきたんなら理解できるよ。タゴツァン家に復讐するために戻ってきたと言うなら、それも分かる。でもあんたの口から出てくる新しい言葉はうまく理解できないよ。俺は新しい言葉を学ぶには、いや、もっとはっきり言えば……洗脳する相手としては、年を取りすぎているし、頭が固すぎるんだ」

タシは黙っていた。お茶をすすり、紙巻きたばこをもう一本取り出して火を点けた。

「ところで」タシはさり気なく言った。「あなたにお願いがあるんです……」

「お望みなら何でも……」サムドゥプは笑みを浮かべ、頷きながら麗々しく言った。

「あなたは……」リタンツァンは静かだが説得口調で切り出した。「あなたは谷の中でも一番尊敬されている長老の一人です。そしてあちこちを旅して、知識も教養もある……」（この男はいったい何を狙ってるんだ？ サムドゥプはつかみかねていた。）「それにあなたはこの谷を逃げ出さなかった……。臆病者のタゴツァンと違うところだ」

「あんたが俺に頼みたいことっていったい……何なんだよ？」サムドゥプは無愛想に尋ねた。

「演説を準備してましてね……。歓迎の演説といってもいいかもしれません。新中国の仲間入りをすることへの歓迎の言葉をね。小冊子にしてあちこちで配りたいと思ってるんです……。それに、一通は北京の民族事務委員会に送るように指示されているんです。この谷の指導的立場にある長老たちに署名をしてもらって、この演説を支持してもらいたいんです。まず最初にあなたの署名をいただきたいんです」

「読ませてもらおうか」

「もちろんです……」

リタンツァンは立ち上がり、テーブルの上に置かれた書類をあらためて、そのうちの何枚かをサムドゥプに渡した。「まだ草稿なんです。加筆修正したほうがいいところがあれば遠慮なく言ってください」

タシはまたたばこに火を点け、何食わぬ顔で腰を下ろした。

サムドゥプ・ダワは慎重かつ念入りに読みすすめ、何度も繰り返し読んだ。「……われわれチベット人と偉大な祖国中国は最も親しい親族関係にある……チベットは中国の不可欠かつ不可分の一部であり……帝国主義者の陰謀によってこの団結は破壊されたのである……。悪名高いタゴツァン家のような帝国主義者と結託した反動主義者や封建領主たちも同様である……。ニャロンの農民と労働者たちは僧院や領主、そしてポンボによって搾取されてきた……。ニャロンの人びとは漢民族の同胞を歓迎する……。チベットの解放も……人民解放軍の同胞も……われらが親愛なる毛沢東主席の揺るがぬ指導のもと……チベットにとって新時代の幕開けである……」

サムドゥプは草稿を空中でひらひらさせ、激しくかぶりを振った。

「何か問題でも?」リタンツァンは尋ねた。

「こんなものには署名はできない!」サムドゥプは言った。

「どうして?」

「署名なんてできるわけがない。仲間たちに頭がいかれちまったと思われるわ! まさか本当に真剣にこんなことを考えてるのか? 正気の沙汰じゃないぞ! 嘘八百ばかり並べて!」

タシはうっすら笑みを浮かべてサムドゥプの方を見た。やつは自分で書いたことを本気で信じてるんだろうか? 同僚や上司を喜ばせ、ご機嫌をとるために、そして自分の地位と力と特権を維持し、また高めるために、中国共産党の専門用語を詰め込んで書いてるんじゃないのか?

「リタンツァン」サムドゥプはささやき声で言った。「もしあんたがこの文章を大真面目に書いているというなら、署名は断る。本題はどこから始まるんだ? 嘘ばかり、おべっかばかり並べ立てているじゃないか。ニャロンのチベット人の誇りと名誉はどこへ行った? 俺たちの真心、勇気、高潔さはどこへ行ったんだよ。共産党は俺たちの土地に侵攻し、家族を離散させ、この土地の昔ながらの暮らしを破壊するやつらだ。そういうやつらを歓迎する文章を配るつもりなのか。われわれの故郷と宗教を壊すやつら——あんたが解放者として称賛し歓迎しているやつらだ。ありえない! お前の誇りはどこへ行ったのか？　どこへ……」

「まあまあ、落ち着いてください。ね、落ち着いて！」タシは笑いながら諌（いさ）めた。「いきなり興奮しすぎですよ！　それにいつも同じ反応ばかり。ニャロンのチベット人の名誉……ニャロン人の高潔さ。まるで一曲しかかからない蓄音機（グラモフォン）じゃありませんか。冬にかけても同じ曲。夏にかけても同じ曲。結婚式でも葬式でも同じ曲！」

「いったい何が望みなんだ、リタンツァン」サムドゥプは嘲るように言った。「しかしもしこのパンフレットとやらが真剣に作っているもので、広く配布されるものならば、私としては署名は拒否する！　それに――あんたがタゴツァンの当主について書いていることは間違っている！　あんなに勇敢で誠実で誇り高い人間は他にいない。ああいう男は希少な宝石だ。もしあんたが伝説の商人ノルブ・サンボだったとして、果てしない海の底をすべてさらったとしても、あんな宝石を網にかけることはできないだろう！」

「じゃあ、その希少な宝石はいまどこに？」タシはせせら笑った。「荒野をさまよい、不正に取得した財産の上で窒息死寸前、彼を待ち受ける避けがたい運命から逃れようとしているんでしょうね。彼は捕まるでしょう――間違いなく！　すでに多くの人民解放軍の部隊が彼を追っていますからね。こそ泥の野良犬よろしく逃げ回っているでしょうな……」

「ともかく」リタンツァンは続けた。「タゴツァンも他の連中も遅かれ早かれ捕まって殺されるでしょう。でもそれはもうどうでもいいんです。私は些細な復讐を実行するためにニャロンに帰ってきたんじゃありません。求めるべき遙かに広大で拓けた地平線があるんです。過去の狭い氏族社会は私にはもう過去のことです。革命的な変動が起きています。帝国も国家も消えていくでしょう。世界の新しい地図が毎日のように描き換えられています。灰燼に帰した過去からは想像もできない新しい中国が立ち現れてきているんです。この二、三年のうちに、必ずや地球上で最も偉大で強力な国家となるでしょう。間違いなくね。マルクスとレーニン、そして毛沢東主席の思想と理想によって突き動かされた共産主義革命はすべてを一掃していきます。われわれはその波に飲み込まれている真っ最中ですが、もし生きて抜け出すことができれば、完全に新しい人生が待ち受けていることでしょう。チベット人は皮膚の裏表をひっくり返さなければならないのですよ。もう選択の余地はないんです、分かりますか？　チベットにはもう他の選択肢はありません……。過去にしがみついている場合じゃありません。

　われわれのかつての小さなニャロンは、古い社会でしか通用しない忠誠心や誠実さ、名誉もろとも消え去りました。新しいイデオロギーが洪水のごとく押し寄せてきている今、この潮の流れを泳ぎ切った者だけが生き残るんです。他の者たちはみな溺れ死ぬ運命です！」

　サムドゥプ・ダワは座ったまま手にかけた数珠を淡々と繰り、経文を唱えながら、耳を傾けていた。

「なあタシ」彼は呼びかけた。「あんたの言うことは正しいのかもしれない。確かめるすべはないがね。あんたは深遠で洗練された知識を持っているようにお見受けする。だがね、俺にはあんたの話している言葉が一切理解できないんだ」

　サムドゥプは口をつぐみ、考え込んでいた。嗅ぎたばこを一つまみ吸い込むと、再び口を開いた。「俺にとっては単純明快な事実なんだよ。俺は単純明快な事実にこだわるのが好きな男だ。俺たちは谷で幸せに暮らしていた。自分たちで汗水垂らして畑を耕し、収穫をしていた。商売はさして特別なことは何もないけれど——ここで何かを買って、あそこで何かを売ることの繰り返しだよ。自分の才覚で懸命に働き、リスクも負う。利益を上げたら何かを手放そうとする。われわれには伝統があり、何が適切で正しいか、何が卑しむべきで間違っているか、自分たちの尺度を持っている。未熟で単純だが、自分たちなりの正しさの基準を持っているんだ。その最大の美徳は、それがきちんと機能し、調和と秩序、公正の精神を生み出していたことだよ。僧院や仏堂で礼拝し、宗教を人生の一番価値のあるものと見なしている。宗教がなければ人生は意味のないものになってしまう。ただ影を追うだけのね。われわれは家族や親戚、友人たちとともに過ごすことに幸福を覚えていた。食べ物に飲み物、着るものにも満足していた。昔からのお祭りや儀礼の数々、単純だが伝統的な習慣を積み重ねてきた。正直言って、うちの谷での暮らしが不幸せで不満でたまらないという者がいたとは思えない。

本当に、どうして俺たちを放っておいてくれないんだよ。俺たちの方から生活を変えてほしいから来てくれと中国共産党を招いたとでも？　そして今――俺たちに何がある？　ここは中国共産党だらけ……人民解放軍の兵士だらけ……うちの若い衆は山に隠れ、年寄りたちは見知らぬ荒野へと逃げ出した……。俺たちの畑は外国製の鋤で好き放題掘り返され、古代からの土壌に外国製の種が蒔かれている。これはいったい……何のためなんだ？　なぜだ？　あんたの深遠な教養も俺の疑問に対する答えになっていない！

それにこれは序の口だよな――俺には分かるさ！　これは清朝による侵攻とは明らかに違う――お前がいみじくも言っていたようにな。清朝は雹が降るがごとくやってきて、略奪と破壊をして去って行った。しかし共産党はまったく違う。連中は思想を、新しい宗教をもってやってきた――完全武装してね。やつらは自分たちが説くものは絶対的な真理だと信じて疑わないし、狂信的な兵士たちはその新しい宗教を普及させるためなら何でもやる連中だ。説法していることを決然と実行してる。

俺たちの暮らしが、俺たちのまさに目の前で破壊されているんだ。でも――あんたはこの侵入者たちを歓迎し、指導者たちを称賛する言葉を書き連ね、自分たちの行為を正当化する書類に署名しろと言うんだな！　どうして俺にそんなことができるっていうんだ！　お前のこの書類に署名をするくらいだったら、この俺の右腕を切り落とした方がましだ！」

リタンツァンはお茶をすすり、黙ってたばこをふかしていた。

「いやはや、率直な物言いには恐れ入りました」タシは静かに言った。「うちの家の者が言ってましたよ。あなたは遠慮のない率直な態度で有名だとね。私の考え方をあなたに無理やり受け入れてもらおうとは思っていませんよ」

タシ・ツェリンは咳払いをして窓の外を見つめた。離れでは……アドが……ずいぶん昔……子どもたちが……。あのアムリケンの宣教師は……。キリスト教……狂信的な信者が……。そして続けた。「私が延安で何かを学んだとすれば、人間は変わることができる、ということです。ひどく頑固な地主と資産家が、考え方を変えて、新しい目と脳を獲得し、あなたがさっき言っていた新興宗教の熱狂的な支持者となった例を知っています」

サムドゥプはぶっきらぼうに軽蔑を込めて笑った。「いったいどんな手を使って説得したんだか。満洲人の大好きな、爪の下に竹の破片を入れるやつか？　それともお天道さまのもとで生きた人間の皮を剝ぐってやつか？」

リタンツァンは思わず笑って、上品にかぶりを振った。「拷問なんてしませんよ。そんなの古いやり方です。われわれには独自の洗脳手法があるんです。散々試された効果の高い手法です……。そして予言できます——あなたもいつかはわれわれの思想を認めざるを得ないでしょう。本と小冊子を差し上げるので読んでみてください。暇なときに楽しんでいただくくらいでいいんです。いい読み物ですよ。保証します。それからわれわれのニャロンについてはなんと言えばいいでしょうか。ああ、そうだ。私も故郷がただただ懐かしいですよ。それは否定しません。でも、革命というものは誰か個人が望むから起こるものなのでしょうか？　それとも、四季の変化のように世界の歴史の避けがたい力ゆえに起こるものなのでしょうか？　われわれ誰しも夏がずっと続けばいいと思ってますよね？　でもね、冬は容赦なくやってきます。われわれチベット人はまさに今このとき、自分たちが歴史的な変化の力から生み出された子と化していることに気づくのです。その力というのは、新しい子を宿した古い世代の者たちのお産を助ける産婆なのです。そして覚えておいてください。革命は民衆を喜ばせるための娯楽ではありません。否応なく痛みを伴うものです――人びとを慰めてきた心温まる伝統も、大切にされてきた仕組みや原則も消えていきます。革命とは客を招いて宴会を開くことではない、とは毛主席自身の言葉です」

「それじゃあ、俺はこれから瞑想修行をさせられるってことでいいかな？」サムドゥプは聞いた。「三年と三か月と三週間と三日の？［原注　チベット人が籠もって行う瞑想修行の期間］　それとももっと長いやつか？　それで俺がいつか政治的悟りを開いて孤独の刑を脱却し、ニャロンの毛主席となった暁にはあんたに感謝しなければならないってことか？」

　タシ・ツェリンは頭をのけぞらせて笑った。「そうなったら私が一番にお祝いに駆けつけて、カターを捧げますよ！」

　サムドゥプは人民解放軍の兵士に付き添われて離れに戻った。もうブーツで石畳を踏み鳴らすこともなかった。心ここにあらずで、胸騒ぎがしていた。寝床に腰を下ろして嗅ぎたばこ入れの箱と数珠をいじりながら、タシ・ツェリンと話したことを振り返り、ため息をついた。考えなければならないことが山ほどある。

41

タン・ヤンチェンはタゴツァンの谷に派遣された中国共産党の政治委員である。彼は中国南部の江西省で生まれた。延安を中国における共産主義革命の心臓もしくは魂とするならば、江西省は間違いなく子宮である。なぜならばまさにその地で革命が孕まれ、育まれたからだ。しかし生まれたばかりの赤子は蔣介石と国民党に首を絞められて死にかけた。一九二八年、江西省にいた約一万人の共産主義者が朱徳将軍を司令官として紅軍［中国工農革命軍］第四軍を組織した。当時三十五歳だった毛沢東はすでに政治的指導者となっていた。誕生したばかりの共産党と江西の紅軍によって国民党が瀕死の状態に追い込まれていることを実感していた蔣介石は、一九三〇年以降、「囲剿」と呼ばれる包囲殲滅作戦を展開し、その作戦は年を追うごとに残忍さと激しさを増していった。一九三四年、紅軍は完全に包囲されて崩壊寸前となり、江西の紅軍基地は維持できないほど絶望的な状況に陥った。一九三四年十月十六日、瑞金で、第五次囲剿作戦の真っ只中、紅軍第一方面軍が包囲網を抜け出し、伝説的な長征が始まったのだ。タン・ヤンチェンはそのとき第一前線軍にいた十八歳の兵士だった。

長征は一九三五年十月、ぼろぼろになった紅軍のうち生き残った者たちが中国の北西の果て、陝西省の延安にたどり着いたところで終わりを迎えた。タン・ヤンチェンは六〇〇〇マイル［九六五六キロメートル］近くを歩き切ったのだ。江西省を出発した時点で十万人いたうち生き残った二万三〇〇〇人の一人だ。タンは言葉には言い表せないほどの苦難を辛うじて乗り越えてきた。毛主席や周恩来首相の例でよく知られているように、雑草を食べるのはもちろん、チベットに入って以降、西康省を進軍している間ずっとチベットの軍閥や国民党軍が迫ってきて、何度も餓死寸前にまで追い込まれた。

延安ではタンは政治学、歴史、哲学、そしてマルクス・レーニン主義の理論面に関心を掻き立てられた。これらの科目を履修したあと、学んだことを解説するという面で天才的な才能を発揮したため、タンは共産党幹部に対する講義を担当することになった。タンは、毛主席に賞揚されるような人物となり、模範的な人物として見習うべき手本とされた。すなわち党と大衆のために極めて厳しい状況を耐え忍んだ人物で、マルクス・レーニン思想を幅広く明晰に、かつ「正しく」理解した上で、知識があり、理論も兼ね備え、さらに革命闘争のるつぼの中で鍛え上げられた人物である。タンはマルクスの『資本論』やマルクスとエンゲルスの『共産党宣言』、レーニンの『何をなすべきか』、毛主席の『実践論』、劉少奇の『共産党員の修養を論ず』を念入りに熟読した。彼は研ぎ澄まされた共産主義者は実践のみならず理論に精通していなければならないという毛主席の助言に熱心に従おうとしていた――新しい思想の世界へと導き、発見と探索をするための理論と、理論を実地で検証するための実践、そしてそれを繰り返すことで労働者階級にとって不可避の革命的行動と闘争に勢いがつくという循環だ。

タン・ヤンチェンのバイブルは毛沢東主席の著作集であり、彼の信仰している宗教は弁証法的唯物論である。彼はシンプルで小ざっぱりとした服を身につけ、一点の曇りもない、明哲かつ明晰な思考の持ち主だった。弁証法的唯物論はあらゆることを説明でき、歴史上のあらゆる現象や事象を扱うことができる。タンの冷静沈着な精神においては、不明確なもの、不可解なもの、曖昧模糊としたもの、議論を呼ぶものが潜んでいることは一切なく、彼の知的、哲学的冷静さが、難解で精神的な疑念や推測、不安によって掻き乱されることもない。

ワン・ツァオウェイは中国人民解放軍の地区司令官である。痩せているが強靭な肉体を持った男だ。顔は土気色で、歯並びは悪い。襟につけた赤い徽章が彼の自慢だった。どこへ行くにもくたびれた革ケース入りの拳銃を携帯していた。彼は山西省の出身で、極貧農家の四男坊として生まれた。物心ついたころから裸足にボロの服で歩き回っていた。最初の記憶はとてつもない空腹と、とてつもない寒さだった。共産党に入党して農村コミューンの一員になるまで、空腹でないのがどういうことか、そしていじめられたり、辱められたり、搾取されたりすることのない暮らしがどういうものか、知らなかった。

ワンは軍閥配下の兵士たちが村にやってきて略奪し、村人を殺害し、女性たちを強姦するのを目撃した。そして蒋介石の国民党の兵士が村にやってきて略奪し、村人を殺害し、女性たちを強姦するのも見ていた。村に来て略奪も殺害も強姦もしなかったのは共産党の紅軍の兵士だけだった。彼らは農民と労働者からなる軍隊だと力説していたが、それはどうも真実であるように思われた。

妹が生まれると、ワンは可愛がっていたのだが、妹たちは少し大きくなると売られてしまった。そのうち売られることとすらなくなった。ただでやるからと言っても誰も欲しがらないので、女の子は生まれるとすぐに父親が捨てに行った。息子たちが飢え死にしないように殺すのである。

畑を耕せるくらいの年齢になると、ワンは、すでに農村コミューンとなっていた小さなグループに加わった。彼らの目的は村を守ることであり、特定の政党を支持しているわけでも政治的野心があるわけでもない――ただ略奪者や兵士たちから村を守るためだった。後に彼らは統制の取れた強い核となり、地主や商人たちによる不実な搾取に抵抗した。ワンの村では地主や商人たちが盗賊や兵士たちと結託して悪事を働いてきた。ある日、搾取や強奪にいよいよ耐えきれなくなったとき、コミューンの武装した農民たちが暴動を起こして地主と商人を殺害し、農民自身のコミューンを打ち立てた――この時点でもまだ政治的な関係はなかった。しかし彼らには分かっていた。反乱し、殺人という手段をとった農村コミューンは国民党によってすぐさま「革命派」の烙印を押され、たちまち蒋介石の「囲剿」勢力に襲われ、腐ったパルプのごとく磨り潰されるのが落ちだということを。だから次に共産党のゲリラが村にやってきたとき、このまま自分たちの村に滞在して辺境攻撃の基地にしてほしいと懇願した。紅軍の兵士たちは同意した。彼らは盗みも殺しもレイプもしなかった。むしろ農民たちの手助けをしてくれた。土地を耕し、種を蒔き、収穫した。農民たちに簡単な保健衛生を教え、共に働くことと作物を共有することの利点を強調した。そして戦いの場面では、国民党が攻めてきたとき、紅軍の兵士は――ほとんどがワンと同じ農民出身だった――決然と果敢に足を踏みしめて挑み、数では圧倒的に負けているにもかかわらず、敵を撃退したのである。後に死んだ国民党軍兵士の武器を検めたとき、あまりに精巧で優れたものだったので驚いた。それでも蒋介石軍は単純で旧式の武器しか持っていない共産党軍にかなわなかったのだ。攻撃を終えるたびに紅軍の兵士たちは自信を漲らせていった。

ある日、ワン・ツァオウェイは、紅軍への入隊を申し込み、一般の兵士として受け入れられた。軍事教練といった贅沢なことをやっている暇も機会も設備もなかった。彼が戦い方について学んだとすれば、実際の厳しい戦闘の中で痛い目に遭って学んだことばかりだ。ワンは勇猛で臨機の才があり、頼もしく、辛抱強く、献身的で、実にいい兵士だった。彼は生まれてこのかた苦しみというものに慣れっこだった。飢えと痛み、病気にも慣れていたし、可愛がっていた妹たちが売られていき、二度と会えないと分かったときの心の痛みもよく知っていた。ワンは、恥知らずな人身売買の商人が、商品の身体的欠点をいちいち指し示しながら、両親に値切っている姿を目の当たりにしても、ひたすら我慢して、拳を固く握り締め、涙をこらえていた。そして大切な妹が泣き叫び、抵抗しながら連れ去られた後、ワンは小屋を飛び出して、堰を切ったようにおいおいと泣くのが常だった。妹たちが生まれてすぐに殺される方がまだましだった。少なくとも売られる時点ではその子のことをまだよく知らないし、一緒に遊んでもいないし、まだ愛情も湧いていないからだ。彼の人生を明るく照らしてくれた太陽は、まさに売られていった妹たちだったのだ。

ワンはとんとん拍子で昇進し、ほどなくして、もとは彼と同じように農民で、のちにゲリラとなり、最終的に共産主義者となり、人民解放軍の歩兵となった百人ものベテラン兵士たちからなる部隊の隊長となった。その後、ワンは専門的訓練と洗脳教育を受けるために延安に送り込まれた。彼にしてみれば洗脳教育は馬鹿げているとしか思えなかった——完全に時間の無駄だ。彼にはそんなものは一切必要なかったから馬鹿だ。共産党の兵士は一発で見分けられる。盗賊集団がどんなものかも知っていたし、国民党の兵士たちの手口にも通じていた。地主だって、裕福な商人だって分かる——知っているのだから当たり前だ——資本家がどんなやつらかも。それに宗教が卑劣な偽善だということも、あるいは「宗教はアヘンだ」ということも教わる必要などなかった。もしこの世に情け深く優しい、慈悲深く憐れみ深い、あらゆる人びとに手を差し伸べる神がいたとしても、ワンの村には間違いなく存在しなかった。女の子が生まれればすぐに首を絞めて殺すか生き埋めにする村、ほんの少しの米を求めて物乞いに来た餓死寸前の老婆を地主が足蹴にする村、裕福な商人が米倉を満杯にして米の値段が上がるのを待っている間に周囲の百姓の子どもたちがゆっくりと飢え死にしていく村、そして罪のない天使のような女の子たちが縄で縛られ、泣き叫びながら引きずられていく村である。憐れみ深く情け深い神など、まったくの迷信的な架空の存在か、あるいはいたとしても姿をくらました悪党のどちらかだ。まさに職務怠慢！

ワンの心は澄み切っており、それがゆえに彼は自由かつ潔癖でいることができた。彼は日夜、社会のくずや害虫のいない世界のために、農民、労働者、兵士のための真新しい汚れのない世界を作るために身も心も捧げて働いていた。あらゆる地主や商人、宗教者、人身売買者たちがこの世から駆逐され、一掃されますように。ワンは求められればたった一人でもやるつもりだった。新しい世界には労働者と農民と兵士しか存在しない。穀物は米と大麦と小麦の三種だけ。ほかはすべて、農民が畑から抜き取り、山と集め、肥やしにするために焼く雑草のように、根こそぎにされ、消し去られるだろう。資本家も商人も地主も僧侶も、せいぜい肥やしにしかならない。

ワン・ツァオウェイは有名な八路軍の第一二九師団の配属になった。この団を率いるのは片目を痛めた四川人で、戦闘ではめったに負けたことがないゆえに「常勝将軍(ツァンサン・チャンチュン)」の異名をとる、劉伯承将軍であった。ワンは分厚い眼鏡をかけたこの司令官が蒋介石軍を壊滅させるに至った国民党軍への最後の攻撃の前に、兵士たちを集めて演説を行ったときのことをよく覚えている。劉伯承将軍は今や西南軍政委員会の主席であり、チベットを解放するための最初の師団の指揮をとるよう命じられていた。ワン・ツァオウェイはチベットに入る最初の人民解放軍に配属されていたのである。

42

クンガ・リンチェン僧院のケンポはドルジェ・サンペル・リンポチェの前で三度五体投地をした。こんな朝早くにリンポチェの寝室に入ることは滅多にないことだった——しかも予告もなしに。

「どうかしたのか?」リンポチェは尋ねた。

「いいえ、リンポチェ。ただ、リタンツァンのタシ・ツェリンからの伝言が届きまして……」

「いったい何を？」

「中国人がリンポチェにお目にかかりたいと」

「彼らを訪ねて行かなくてはならないのは私の方じゃないのかい」リンポチェは笑いながら言った。「最近はわれわれも彼らの音楽に合わせて踊らなければならないからね。それでいつ来ると？」

「明日です、リンポチェ。午前中にと」

「じゃあ、来るように言ってくれ。これまで彼らはわれわれと距離を保ってきた。こうやって放っておいてくれるなら、われわれには好都合だ。おそらく嵐も去っていくだろう。中国共産党は〝帝国主義者〟という者どもを一掃するためにラサへと向かっているんだ。その途中この谷を通過するだけで、事をなし終えたらチベットは元通りにしたまま中国に戻るという噂がある。もしそれが本当なら、壊れやすい平和を維持しようじゃないか。危害を加えず穏やかに振る舞おう。お安い御用じゃないか。うちの僧院を無事守ることができるなら……」

「その噂が本当であることを祈ります」ケンポはそんな素朴で楽観的な噂には何の根拠もないことをよく分かっていた。「どのように受け入れましょうか？」

「どういう意味だ」

「どう受け入れるべきでしょうか？　賓客としてもてなしますか？」

「ふむ。ケンポ、現時点で最良で最も賢いやり方はできる限りの宥和策をとることだろう。結局のところ、彼らが優位な状況だ。獰猛な犬や毒蛇をむやみに刺激することはない。ラサとかデルゲから来たリンポチェをもてなすくらいの正式な歓迎をするとしよう……」

「幟(のぼり)や音曲などはどうしますか？」

「そうだな、ケンポ。最大限のもてなしをしよう。われわれがそれで失うものは何もあるまい。そつなく、できるだけ丁寧にこなそう。盛大に歓迎してくれ……」ドルジェ・サンペル・リンポチェはしばし考え込んだ後で、慌てて付け加えた。「……香を焚くのと傘蓋（ドゥク）・幢幡（ギェンツェン）［原注 いわゆる「勝利の幟」で化身ラマの頭上に掲げられる天蓋］はやめておこう……」

翌朝、警備に当たっていた僧兵（ドゥブトー）が、馬に乗った集団が僧院に近づいてきたと報告した。リタンツァンのタシ・ツェリンと中国共産党の人間なのは間違いないようだ。僧侶たちはにわかに活気づいて、帽子をひっつかんで慌ててかぶる者、幟を揚げる者、太鼓やシンバル、ラッパを持ち出す者、錦の上衣を羽織る者、儀式の衣装を整える者などの姿があちらこちらに見られた。僧兵はベルトから剣を下げてはいるが銃は持たぬままのしのしと歩き回っていた。戦闘用に顔に隈取を施し、月鎌（ケウ）と鍵束で武装していた。重量級の棍棒を携え、少年僧を列に並ばせたり、詮索好きの群衆を門の外に追い出したり、きゃんきゃん吠える野良犬を追い立てたりするのに、棍棒で殴りかかって規律を保っていた。

中国人一行が僧院に近づいてくると、僧侶の楽隊はラッパを吹き鳴らし、太鼓を叩いた。トゥンチェンという巨大ラッパは谷じゅうに響き渡るような音を轟かせた。そこへタシ・ツェリンと政治委員のタン・ヤンチェン、そして人民解放軍の司令官ワン・ツァオウェイと、自動小銃で武装した二十人ほどの人民解放軍の兵士が現れて、土煙をあげながら馬を降りた。迎えに出ていたケンポがあいさつをし、指導者たちに白い絹のカターを捧げ、歓迎の辞を述べた。楽隊は向きを変えて一列に並び、来客一行をドルジェ・サンペル・リンポチェの謁見の間へと続く石段に誘（いざな）った。

タン・ヤンチェンは僧院の豊かさ、そしてあまりに絢爛（けんらん）豪華に飾り立てられたさまを批判的なまなざしで見ていた——仏画（タンカ）、金、錦、豪華な絨毯、輝かしく金銀で飾られた仏堂、そしてリンポチェの謁見の間の、鏡のごとく磨き上げられた床。質素な僧侶はいずこ！　五人の軍人が広々とした部屋に入り、残りの者たちは外で警備に立っていた。

ドルジェ・サンペル・リンポチェは玉座についていた。威風堂々として、絹地と錦の法衣に身を包み、ニンマ派の化身ラマ用の蓮華帽（ベシャ）という、たくさんの房の垂れ下がった大きな絹の帽子をかぶっていた。正式なきっちりとした胡座をかいていた。玉座の脇にはだぶだぶの僧衣を身につけ、つま先が反り返った大きな革靴を履いた、図体の大きな男たちが控えていた。リンポチェの秘書、執事、倉庫管理、風紀担当、財務担当の僧侶たちである。彼らはその場に立ち——それも身動き一つせず、厳粛な面持ちで——両側に武器をぶら下げ、数珠を手に、葡萄色（えびいろ）と金色の絹のシャツを身につけ、かつての中国皇帝の装束のような手が隠れるほどの長い袖の衣をまとっている。この、壁のように固く、剃髪した頭、大きな耳、賢そうに輝く目、ワックスで固めて両端をカールさせたひげを蓄えた僧侶たちの姿は、敏腕で俗物的な印象を与えた——タン・ヤンチェンには興味深く、まるで記念写真用にポーズをとっているみたいだなと思った。彼らは静かに並んで銅像のようにじっと動かずに立ったまま、リタンツァンと中国共産党の一行を見つめていた。

ケンポは要人たちをリンポチェの玉座まで案内し、晴れやかな笑顔で腰をかがめ、一人ひとりの首に絹のカターをかけた。

「どうぞお掛けください」リンポチェはタシ・ツェリンに最大限に恭しい態度で言った。彼らは美しい模様の敷物が掛けられ、柔らかく座り心地のいいソファに腰を下ろし、最高級の絹のカバーをかけたクッションに背中をもたせかけた。特別な賓客へのもてなしとして、金銀の高坏に載せた上品な翡翠のカップに注がれたチベット茶が振る舞われた。サフランで色付けをして干しぶどうと甘い小芋を混ぜ込んだバターライスも、優雅な磁器の茶碗に盛りつけられて運ばれてきた。ケンポは中国の軍人たちの間に座り、黙ってお茶をすすった。

「家族はみんな元気かい、タシ・ツェリン」リンポチェは会話の緒（いとぐち）として聞いた。

「おかげさまで、リンポチェ」

「みんな喜んだだろう……。こんなに何年も経ってからなあ……」

「そうですね、リンポチェ。ずいぶん長かったですね」

「中国のポンボたちはチベット語を話せるのか？」

「いえ、リンポチェ」

「そうか。私はほんの少ししか中国語が話せないから……」リンポチェはきまり悪そうな作り笑いを浮かべて言った。「もっとお茶をどうぞ……。もう少しでも、どうぞ……。お願いですから……」リンポチェは、玉座の上から笑みを浮かべて賓客たちを見下ろし、特に政治委員と司令官には特別な配慮をしながら、たどたどしい北京語で言った。彼らは単に頷いただけで食べ続けた。サフラン色のバターライスは大変美味だった。人民解放軍の司令官は——僧院ではたばこは吸ってはいけない、とりわけリンポチェの御前ではご法度（はっと）であるのを知りながら——わざと紙巻きたばこに火を点け、お茶のおかわりは固辞して、塵一つないガラス面のように磨き上げられた床に灰を撒き散らしながらたばこを吸い、同じ床に吸い殻を捨てると、軍靴で踏みつぶした。司令官はこんな息も詰まるような富とけばけばしいほどの贅沢ですっかり気分が悪くなっていた。ケンポはたばこに気づかないふりをして顔をそむけていた。

「ケンポは完璧な北京語を話すんですよ」リンポチェはにこにこと愛想よく、たばこの件は一切触れずに言った。

「この僧院には何人の僧侶がいるのですか？」タンは出し抜けにケンポの方を向いて尋ねた。

「三千人以上です」

「何人が労働を？」

「どういう意味でしょう？」

「いやだからこういうことだ——畑で働いているのか？　畑は耕すのか？　土をひっくり返すのか？　収穫するのか？」

　ケンポはリンポチェの方を向いて通訳をした。

「僧侶は働く必要はないんですよ、ポンボ」リンポチェはすまなそうな声で言った。「われわれ僧侶は宗教に人生を捧げています。読経をしなくてはなりませんし、儀式をしたり、経典を読んだり、後輩たちに教えたり、訓練を施したりしなくてはなりません。これをやっているだけで、時間もエネルギーも使い尽くしてしまうんですよ、ポンボ。畑を耕したり、収穫したりするのに費やす時間やエネルギーと同等なのです」

「もし僧侶が働かないのなら」農民出身の兵士であり、あらゆる僧侶と僧院を憎み、一掃すると誓ったワン・ツァオウェイは言った。「誰に食べさせてもらうんですか？　なんだかんだ言っても……チベットの僧侶だって食べたり飲んだり、服を着たりしなければなりませんよね……われわれ庶民と同じで」

「巡礼者の方々から施しをいただくんです」ケンポが説明した。「信者の方々、情け深い檀家の方々からたくさんの寄附をいただいています。われわれ僧侶は各家庭に出向いていって、お経を上げ、儀式をします。こうした活動に対して報酬をいただいています」ケンポは僧院の収入の多くを占めるのが高利貸や商売による収入、あるいは広大な僧院所有の土地を農民や小作人、商人たちに貸し出したところから得られる現金その他の税収であることは言及するのを控えた。

「そんなにたくさんの若くて健康な男性が読経で時間を無駄にしているなんて間違っていると思いますよ」タンは言った。「畑に出て労働した方がよっぽどましだ。僧院が精神修養のための機関であることを標榜して莫大な寄附や布施を受け取るのは不適切だと思う。本当はその逆――僧院こそが慈善活動や施しを率先して行うべきじゃないのか。今後はこの僧院にはチベットの他の僧院の手本を示してほしい。僧侶たちは読経をするのではなく、労働と農業に従事して、生活費は自力で稼ぐのだ。寄附や布施を受け取るのも中止すべきだ」

中国語の分かる僧兵が僧衣をたくし上げ、腰に吊るした月鎌を威嚇するように回してみせた。この無礼な共産党の中国人めが――われらがリンポチェにこんな物言いをしやがって！　月鎌で豚みたいな間抜け面をぱっくり割られてしまうがいい。いつか俺さまが連中にお見舞いしてくれよう……。手足も頭も粉々にしてやる！

「私もタン同志に賛成です」ワン・ツァオウェイは強く頷きながら言った。

「リンポチェ」タンは再び口を開いた。「われわれはチベットを解放するためにやってきました。われわれは偉大な祖国を――封建的な地方政府を支持する帝国主義者や反動主義者たちによって分裂状態にある祖国を――統一するためにやってきたのです。そもそも漢民族とチベット人は真の同胞なのです。われわれは帝国主義者や資本家、地主を一掃するため、そしてチベット人の小作農を解放するために来ているのです。われわれは宗教に対しては反対でも賛成でもない。だが、チベットの人びとが重要な一部をなす少数民族の伝統は尊重しています。もし宗教がチベットという少数民族の文化と伝統の一部であるならば、許容される。しかし――このことはどれだけ強調してもしきれないことだが――宗教機関は例外なく、中央の指示と党の政策に従ってもらわなければならない。これは無条件に厳密に従わなければならないものです――常にどんなときも。完璧に、間違いなく、明確に理解していただきたい！」

タンはリンポチェかケンポが何か発言するのではないかと間をおいた。二人が黙っているのを見届けてから続けた。「一切の逸脱は認められない。分裂主義はありえない！　われらが新中国には〝お山の大将〟の居場所はない！」

「ポンボ、どちらのお山の大将についておっしゃっているんですか？」リンポチェは無邪気に尋ねた。彼はタンの言っていることの半分も理解することができなかった。

政治委員は怒りの籠もった目でリンポチェの玉座を睨めつけた。この愚かで堕落した僧侶よりも低い位置に座らされていることが腹立たしかった。「それは一部の共同体や地域に見られる、氏族第一主義的な、視野の狭い態度を指して言う表現です」タンは説明した。「山の頂上で他の世界から孤絶し、切り離された状態で暮らしている人びとになぞらえた言葉です」

「リンポチェ、言い方を変えればですね」ケンポはリンポチェの方を向いて言った。「他と合わせようとしない人びと……自分たちの暮らし……自分たちの伝統や習慣、宗教を続けようとする人びとのことです」

「でもそのことには何の罪もないじゃないか」リンポチェは手をひろげ、かぶりを振りながら抗弁した。

「誰しも自分の望む通りに生きる権利がありますよ……」

「それが間違いなのですよ、ラマ」タンがさっと割り込んできた。「みんなが自分のやりたいようにやって、自分の欲望のおもむくままに勝手なことをしたら、統一や中央集権化、団結、組織化はいったいどうやって進めるんですか？　完全な混沌と非効率に陥りますよ。馬が馬車を好きな方向に引っ張りたいといって一方が西へ引き、一方が東へ引いたら馬車は動けますか？　われわれ新中国の揺るぎない強さは一つの党のもとでこうした統一、組織化、完全な中央の指揮管理が行われるところに依拠しているのです。説明しましょう。偉大な祖国、新中国と呼ばれる機構全体のトップに中央委員会を据えています。国家のあらゆる部局はこの中央委員会の命じた通りに動かなくてはなりません。新中国は人民――すなわち農民、労働者、兵士のものです。すべての個人が平等の権利と平等の地位をもつという意味で民主主義です。この民主主義が地域の首長を選出し、その首長らが省の代表を選出し、その代表が中央委員会のメンバーを選出するのです。この中央委員会は――つまるところ新中国のすべての個人の代表であるわけですが――人びとが無条件に従い、履行しなければならない最高レベルの決定、または中央からの命令を出すところです。だから結局中央からの命令は中国人民の総意に他ならないわけです。それゆえ、われわれは人民民主専制であり、それは偉大な祖国、新中国の政府の別名でもあるのです。中央委員会の指示に完璧に例外なく従えば、絶対的な幸福が保証されているのです！」

ケンポはつい最近読んだ、中国共産党の冊子にこんな風に書かれていたことを思い出していた。「毛主席による戦略的な決定はすべて断固として支持しよう。毛主席の示す道にはどんなときもついて行こう」

「リンポチェ、私の考えでは」タシ・ツェリンがさらに付け加えた。「よく考えればこれは格別新しいことでも奇妙なことでもありません。この僧院を例にとってみると、リンポチェやケンポが指示したことには無条件に従いますよね。僧侶一人ひとりが好きなように振る舞った場合、リンポチェやケンポはどう感じますか？　僧院は機能や秩序、規律を維持しようとするんじゃありませんか？」

リンポチェは考え込み、顎に手を当て、同意して頷いた。「確かに……そうですな……」彼は言った。

「他にも伝えたいことがある」ワンが言った。「個人や機関が所有するすべての武器は一か月以内に人民解放軍の司令部に引き渡すことが決まっている。許可された義勇軍と合作社以外は、公私を問わず武器を保持してはならない。どの組織が武器を保持してよいかについては人民解放軍が決定する。それまでの間は個人所有にしろ隠し持っているものにせよ、すべての武器を即刻引き渡すように命じる。僧院も例外ではない。もしこの僧院に武器があるなら——この点が一番強調したいところだが——即刻人民解放軍に引き渡しをするように。とにかく例外は認めない！

「そして、ラマ、もう一点……ここには僧兵という制度があるな……」

中国語の分かる僧兵は耳をそばだてた。

「まったく恥ずべき制度だ！　世界中を見渡してもこんな制度はない。僧侶が武器を持ち、戦闘訓練をしているとは！　こちとら宗教だの僧侶だのにかかずらわっている暇はない！　だが、もし僧侶も僧院もチベットの文化と伝統の一部だというなら、せめて僧侶らしく振る舞え！　さもなければ……」

ケンポは首を傾げた。何か問題があるときや苛ついているときにいつもする仕草だ。リンポチェは押し黙ったまま玉座に座っていた。生まれてこの方、こんな物言いをされたことはない。単に物を言うだけでなく、まるで教育係が新米の僧侶にするような叱責と狼藉（ろうぜき）だった。

ワンはリンポチェとケンポに対して脅すように人差し指を突きつけ、ずけずけと言った。「ラマ……二、三日のうちにこの僧院と各僧侶が所持しているすべての武器を徴収しに来るからな。今日から一か月後にもまた来る。その日はこの敷地内で僧兵とやらを一人として目にしたくないものだ。もし一人でも見つけたらその場で射殺する！　以上だ——ラマ、分かったか？」

僧侶たちは困惑した様子で黙り込んでいた。中国共産党の武力による威圧。ケンポは何も言わなかった。ドルジェ・サンペル・リンポチェは慎重に、さらりと話題を変え、軽く会話を続けた。しばらくすると、タシ・ツェリンと中国人の一行は立ち去った。だが、今回は賓客を見送る音曲の演奏はなく、幟が掲げられることもなかった。みな憮然とした様子で彼らを見つめていた。僧兵たちは砂埃に向かって唾を吐き、不遜な態度で一行に向かって手を叩いた。それは悪霊を退散させるチベット式の儀礼だった。

43

中国共産党はポンボ・タゴツァンの屋敷を司令部とし、駐屯隊が警備に当たった。

ある朝、三人の年配のカムパが司令部の外で待っていた。中国人のポンボに急ぎの用件があるという。番兵が三人をリタンツァン・タシ・ツェリンと、タン・ヤンチェン、ワン・ツァオウェイに面会させるために大広間へと通した。

カムパたちは俯いたまま大人しく立っていた。タシは三人を温かく迎え入れ、友好的に声をかけ、用件を尋ねた。一人がひざまずいて恭しくカターを捧げた。タシはポンボのように扱われるのが気まずくて、その男の手を引いて立ち上がらせると「こういうのはやめましょう。頭を下げたりひざまずいたりなどしないでください。われわれは今やみな平等です。ポンボもいないし農奴もいないのです。こちらへ来て腰を下ろしてください。こちらに……どうぞ……私の隣に」と言った。男性は不承不承腰を下ろし、ぎこちなく、もじもじしながら、長椅子の端に尻を載せた。タシは他の二人も座らせたが、こちらの二人もずいぶん気後れしているようだった。お茶を運ぶよう指示があった。

「さてと、みなさん」タシは言った。「どうしたんです?」

「お伝えしなければならないことがあります、ポンボ……」村人の一人がためらいがちに切り出した。

「ポンボと呼ぶのはやめてください……頼むから」タシは抵抗を示した。「それは過去の遺物です。われわれはみな労働者であり、農民であり、兵士なんです。ポンボの時代は終わったんですよ」

「はい、旦那さま」もう一人の男が思い切って言った。

「いや、旦那さまもやめてください」タシは笑ってそう言うと、男の背中を叩いた。「兄弟とか、もしくは同志と呼んでくれませんか」

村人たちは黙っていた。彼らはこれから伝えることを練習してきたのだが、タシに咎め立てされて敬語を取り除かなければならなくなり（カムの言葉には上品な中央チベットの言葉とは違ってそれほど敬語はないのだが）、首尾一貫するように言い回しを調整したり単語を変更したりするのにしばらく時間がかかった。

「何でしょう、みなさん。みなさんの言いたいことというのは」リタンツァンは尋ねた。

「あのですね、ポンボ……いや、旦那さま……いや同志……兄弟……お伝えしたいことが……訴えたいことがありまして……」一人がぶつぶつと言った。

「訴えたいこと？」タシは聞いた。「覚えておいてくれ——われわれはあなた方を助けに来たんです。恐れずに言いたいことを話してください」

「われわれはラギェルガンの者です。どこかお分かりですか？」

「ああ、もちろん」タシは愛嬌のある笑顔で答えた。「ご存知の通り、この谷は私の故郷ですからね」

「そうですよね……ご存知と思いますが……ラギェルガンには聖なる鷲が棲んでいます。われわれは聖なる鷲たちの世話をしていて……給餌をして……占いごとをお願いしています」

「聖なる鷲はかのグル・リンポチェの天の鳥なのです」もう一人の男が言った。「もしあの偉大なお方が、今調伏（ちょうぶく）に行っておられる食人鬼の国からいつかお戻りになることがあれば、かの聖なるお方はこの神授の鷲たちの護衛でお戻りになるのです」

「聖なる鷲たちは、ご存知の通り、この谷の人びとみなに信仰されています。彼らはキュン〔原注　キュンとは、魔の蛇を打ち砕くとされる神秘的な天の鳥〕なんです」タシにカターを捧げた男が言った。「共産党はわれわれを助けにきてくれたそうですね。それに針一本糸一本たりとも手を触れないとも……」タシは頷いた。この男はいったい何が言いたいんだ？「……なのに……なのに……おたくの兵士二人が、今朝、神授の鷲たちを撃ち殺したんですよ！」

「本当か？」タシはひどく驚いた様子で言った。

「間違いありません。ラギェルガンで見張りをしていたおたくの番兵たちに撃ち落とされたんです！」

「確かなのか？」タシは聞いた。

男は頷いた。「われわれの目の前で天翔ける聖なる鷲が撃ち殺されたんです！」

「鷲が聖なるものだってことは番兵には言いましたか？　もし撃ったら村人からものすごい反発があるだろうとは？　本当のことを話してください！」

「言いましたとも！　この鷲たちは神授の鳥だと。もし傷つけたら、この谷に洪水や飢餓、疫病が起こるだろうとも言いましたよ。でも聞く耳を持ちませんでした。ただ笑って軽口を叩き合ってました」

「その男たちが誰か分かりますか？」リタンツァンは尋ねた。

「もちろんです、ポンポ同志。お伝えしたように警備に当たっている中国人兵士です」

タシは三人に一旦外してほしいと伝え、番兵を呼んで食事と飲み物でもてなすように命じた。タシと二人の中国人幹部はその件についてしばらく話し合っていた。一様に動揺を隠せないようだった。その後、二人の番兵を逮捕するため、人民解放軍の兵士が送り込まれた。

昼近くになって、人民解放軍の一団が容疑のかかっている二人の兵士を連れて戻ってきた。二人とも陝西出身の若い農兵だった。二人はタシとその同僚たちに念入りに尋問され、そのまま拘留された。

全員参加が義務付けられた会議が招集され、タシと政治委員、軍司令官、さらに人民解放軍のその他の幹部たちは夜遅くまで議論を続けた。タン・ヤンチェンは、二人の兵士が中華人民共和国の少数民族の伝統と文化を故意に冒瀆（ぼうとく）したのは恥さらしだと公言した。しかも罪をさらに重くしているのは、より深く理解しているはずの、そして同志であるチベットの人民の模範とならなければならないはずの人民解放軍の二人の兵士が犯したという事実である。全会一致でそのような罪にはしかるべき罰が処せられるべきだという合意に達した。

翌朝、みながリチュが原に集められた。タシは当初の約束について再度繰り返した。人民解放軍は人民を解放するためにチベットに来たのである。人民の所有物は針一本糸一本たりとも奪うつもりはない。中華人民共和国のチベット地区の少数民族の文化、言語、伝統を尊重し、保護し、促進する。偉大な祖国、新中国が何のために戦っているのかは空虚な言葉ではなく、行動をもって証明されるだろう。われわれは趙爾豊の清朝軍とは違うし、蔣介石の国民党軍のような盗賊でもない。人民解放軍の二名の兵士が極めて不適切で人民解放軍の精神に悖（もと）る愚行を犯した。彼らの行為はマルクス・レーニン主義の信条と毛沢東の思想を汚すものだ。その腐敗した発想は清朝と国民党の連中と同じだ。

二人の兵士は柱にくくりつけられた。そして――村人や僧侶らが恩赦を申し立てたのだが聞き入れられず――人民解放軍の射撃隊によって射殺された。

中国共産党がタゴツァンの谷に入って二、三か月後、大勢の医師と看護師からなる、設備の整った医療チームが到着した。すぐさま近代的な病院の建設が始まったが、一時的な処置として、豪商の所有する屋敷が徴発され、病院として利用されることになった。

医療の実践もまた、マルクス主義の哲学と毛沢東の思想と足並みを揃えていた。チベットに送り込まれた医師たちは、仕事より政治的信条を優先させる選り抜きの熱心な中国共産主義者だった（仕事より金を優先させる多くの非共産主義者の医師とは違うのだ）。彼らは弁証法的唯物論（フリードリヒ・エンゲルスの『自然の弁証法』や『反デューリング論』は必読書だった）、毛沢東の『人民民主専制を論ず』、ウラジーミル・イリイチ・レーニンの『国家と革命』、劉少奇の『党を論ず』を、専門の泌尿生殖器系の生理学・病理学や、腎不全の生化学的特徴と同じくらい熟知しているのだった。

医師たちはチベット入りする前にしっかりと教育を受けてきていた。チベット、もとい中華人民共和国のチベット地区は、偉大な祖国、新中国の不可分の一部である。この地区にはチベット族という未開の少数民族がいる。大半が農奴で、英領インド及びアメリカの帝国主義と結託した貴族による土地所有と僧院による封建制度に支えられた政府の支配下にある。チベット人は経済的な圧迫のせいで栄養状態が極めて悪く、不健康で、そのうえごく基本的な衛生の知識もないために状況は悪化している。さらにはチベット人が世界的にみて最も性に奔放な民族の一つであるがゆえに蔓延している性病も、事態をさらに悪化させている。文明化した近代社会は彼らに対して「世界で最も不衛生で汚らしい人びと」という好ましくない称号を与えた。標高一万四〇〇〇フィート［四二六七メートル］にあるチベット南部の街パーリ［現在のチベット自治区亜東県の、ブータン西部と国境を接する街〕に至っては「世界で最も標高が高いところにある最も汚い街」という不愉快なレッテルを貼られたこともある。偉大な祖国、新中国は素晴らしいものは喜んで受け入れるが、この種のものは当然お呼びでないのだ！

チベットの古い世代は見込みがないが、今の若い世代の男女を助けて完璧に健康な子どもという新鮮な作物を生産しなくてはならない。したがって、一人ひとりに性病や血流感染症がないかを調べるのが医療チームの任務であった。また、漢民族とチベット族は同じ偉大な祖国に所属する民族であるから、人民解放軍の兵士たちが解放された地域において愛を育むこともあり得るだろう。したがって性病を根絶することは急務である。人民解放軍のベテラン兵士が――漢民族式の善意の性交渉の結果として――北京や漢口〔現在の武漢市〕にまだ治療薬もない菌をチベットの山から持ち帰るようなことはしてはならないのである。もしそんなことが起きたら劉伯承将軍にとってはあまり嬉しくないことに違いない。

中国当局はニャロン各地に人民代表を立て、その人物がすべての男性、女性、子どもが医院を受診したかどうか責任をもって確認することになった。人びとは「健康証明カード」を発給され、監査の役人が「医療識別状況」の強制的な視察にやってきたら常に見せなければならないのだった。

いかめしい顔つきをして眼鏡をかけ、熱心で厳格な性格のツァオ・フンシャン医師と、女性の同僚で魅力的かつ蠱惑（こわく）的で明るい性格のリン・イン医師は、ニャロンの清々しい早朝の空気の中、色鮮やかなマグカップで白湯（さゆ）をすすりながら、その日の診察の準備をしていた。二人とも婦人科と性病科の専門家だった。外からは「健康証明カード」の発給のために行列させられたカムパの患者たちの動揺の声が聞こえてくる。診察後、そのカードの持ち主が伝染病や性感染症にかかっていなければ、それを証明するスタンプが押されるのだ。カムのチベット人たちが二人の医師のいる診察室に入って来るたびにどうしてそこまで不安そうにしているのか不可解極まりなかった。ツァオ医師は、この状況の一因は、チベットで民族浄化を展開する計画の一環でチベット人を種なしにしようとしているとして、中国人医師たちを攻撃する悪意のある誤った風評がひろがっているせいかもしれないと疑っていた。おそらく反革命派や反動主義者の卑怯な仕業だ。誠実でひたむきな中国人医師や看護師たちの善意がそんな風に曲解されるとはなんと悲しいことだろうか。そうは言っても、自分たちは、野蛮で原始的な宗教的迷信にどっぷりつかった知的に遅れた人びとを相手にしているのだ。さらに医師たちの前にはチベットの伝統医学の教えにもとづく生理学や解剖学といった中世の考え方が立ちはだかっているのである。

白衣とマスクをつけた二人の医師は手を洗い、手袋をして、検査室に入った。患者は性別関係なしにまとめて送り込まれてくる。見識の高い熱心な共産主義者である医師たちは男女を差別しなかった。それがゆえに、巨漢で立派な一物を持った無骨なカムパの男が、自分の一物を可愛らしい顔をしたリン医師に丁寧に扱われるという一幕もあれば、おりものの出るようになったばかりの、ころころよく笑う十代の少女が、いかめしい顔つきのツァオ医師と対面するという一幕もあった。

リン医師は若いカムパの男の性器の検査を行った。まず梅毒に罹患（りかん）している痕跡がないか確認してから、ペニス全体が露わになるように包皮を下ろさせた。リン医師は陰嚢（いんのう）を見て、睾丸（こうがん）が何らかの病気に感染しているらしいことを見抜いた。そこでペニスをマッサージして、尿道から淋病（りんびょう）を疑わせる分泌物が出てこないかどうか見ることにした。もし出てきたら慎重にスライドガラスに取り、染色して顕微鏡検査をするのだ。そこで彼女は男性を四つん這いにさせ、前立腺と精嚢を触診するために肛門管に指を挿入し、尿道から分泌物を出させるために前立腺をマッサージした。

もし男性に排尿を阻害する淋菌性の尿道狭窄（きょうさく）の症状が見られたら、リン医師は——もちろん局所麻酔は施すのだが――狭窄を起こしている部分を金属製の拡張器具を使って広げるつもりだった。しかし時々局所麻酔がうまくいかず、激痛を引き起こしてしまうことがある。そのカムパは幼いころから痛みには慣れっこだったが、性器がかちゃかちゃ音のする器具やゴム手袋で取り囲まれたら、思わず鋭い叫び声を上げてしまうだろうし、なぜ痛いのか分からないという謎ゆえに苦しみは倍増してしまうだろう。こうなると経験したことのない恐ろしげな体験が待っていると分かって外に並んでいる人びとは、恐怖に震え上がるしかない。

一方、ツァオ医師は診察台に横たわった若い女性を慌ただしく診察していた。膝を立て、太ももを大きく広げた状態で、両足を金属の棒の上に掛けさせられた女性は恥ずかしくて陰部を手で隠したが、ツァオ医師は穏やかながらしっかりとした手つきで手を退けさせた。医師は彼女の外陰部を一瞥すると、陰唇を広げ、膣口を検査した。そして人差し指を膣に入れ、尿道をマッサージし、淋菌性の膿が出てこないか確認した。続いて膣内に金属製の検鏡を挿し込むとカムパの女性は金切り声を上げ、その器具が陰唇を押し広げると驚愕のあまり叫んだ。ツァオ医師は不思議でたまらなかった――なぜこのチベット人女性は叫ばなくてはならないのだろう。この方法は痛みを伴わないものだ。中国人女性はこんな風に叫んだりしない。チベット人の思い過ごしなのだ。もし膣内に深刻な分泌物が認められれば、膣に太いノズルのついたゴムの洗浄器具を入れて分泌物を洗い流そうと考えていた。だがこれがまた金切り声を誘発し、良心的な医師であり、共産主義者らしい自己批判の熱心な信奉者を困惑させるのだった。自分の技術に何か問題があるのだろうか？　もしかすると不器用なのか――あるいは手荒かっただろうか。もしかすると性急に進め過ぎて、カムパの若い女性に手順を分かりやすく説明しなかったせいだろうか。診察が終わったあとにでも、じっくりと考えなければ。今はとにかく自分の専門として取り組んでいるこの仕事を進めていくしかない。

女性は足を固定していた器具を外された。「健康証明カード」にスタンプを押す前に梅毒と肝炎の検査のための採血が行われた。ツァオ医師はゴムの洗浄管を好んで使ったため、タゴツァンの谷の若い娘たちから「ゴムのペニスを持った人民解放軍の医者」というあだ名をつけられた。

ある日、朝の忙しい診察のひとときを終え、ツァオ医師とリン医師はもう一人の患者がやってきたことを知らされた。地域の僧院からやってきた可愛い顔をした少年僧で、聖人然とした堂々たる顔立ちの中年の僧侶が同行していた。僧侶は二人の医師に、少年僧の尻に発疹が出ているのだと説明した。ツァオ医師は気の進まない様子で少年僧の診察を開始した。発疹に関する僧侶の説明は不正確だっただけでなく、病変のある箇所の解剖学的な位置も大幅に外れていた。ちょうど少年僧の肛門に典型的な梅毒の初期症状を示す赤い腫れが見られた。二人の医師は当惑した表情で顔を見合わせ、リン医師に至ってはマスクの下で思わず顔を赤らめた。しかしながら、極めて冷静沈着に、女の勘を働かせて、聖人然とした僧侶に健康状態に問題がないか尋ねた。もしかして……具合の悪いところでもあるのでは？　僧侶はしばし考えてから、実は自分にも発疹が出ていて……しかも尻のあたりなのだと告白した。僧衣を脱ぐように指示がなされた。ツァオ医師が診察を担当した。威厳のある僧侶の、まさにペニスの先端に典型的な梅毒の初期症状を示す赤い腫れを確認した。ツァオ医師とリン医師は思わず目を逸らした。チベットにもっと啓発的な医療の導入が必要なのは確かだった。

45

政治委員のタン・ヤンチェンはタルセル・リンポチェに会いに僧院まで出向いた。彼は磨き上げられた廊下を歩きながら、塵一つない清潔な部屋を眺めていた。壁は意匠を凝らした壁画が描かれ、柱はさまざまな色で鮮やかに彩られていた。壁には見事な仏画(タンカ)が掛かっており、立派な絨毯の上には豪奢な長椅子と凝った装飾のテーブルが置かれ、その上には金銀の施された蓋つきで高坏の上品な翡翠の茶碗が置かれていた。リンポチェには大勢のおつきの僧侶がおり、あちこちに控えていた――慇懃で追従的な態度でじっと様子を窺っている者もいれば、物言わぬ影のごとく裸足で素早く動き回る者もいた。

タルセル・リンポチェは質素な僧衣を身につけ、玉座に腰を下ろしていた。顔に差し込んだ一条の光のせいか、リンポチェは一際目立っており、まるでこの部屋にただ一人存在しているかのようだった。政治委員はリンポチェの命で特別に用意された中国式の椅子に腰を落ち着けた。タンは小ざっぱりとしたカーキ色の制服を身につけていた。彼のおつきの四人の兵士は自動小銃を携え、控え銃(つつ)の構えで外に立っていた。四人ともむっつりとした顔で、不遜な、また落ち着かない表情をしていた。というのも彼らはみな農民兵であり、これほど立派で豪華絢爛な部屋は見たこともなかったからだ。

チベット式のお茶が供された。「ラマ、私の見たところ」政治委員はゆっくりと目を凝らして辺りを見回しながら言った。「あなたの暮らしぶりはまるで王様ですね！　宗教的な生活は貧しく厳しいものだと想像していましたよ。解脱への道はそれなりの代償を伴うものだと……」

リンポチェは大笑いして言った。「政治委員(ポンボ)、おっしゃる通りですよ。ただ、われわれチベット人は生来の派手好みでしてね。色彩や装飾が豪華で絢爛なものが大好きなんですよ。でもね――断言しますが――この僧院のすべての部屋にあるものは巡礼者や弟子、檀家から自主的に提供されたものや寄附されたものばかりです。こちらから強要したり搾取したりしたものでは決してありません。私自身は何も買ったことはありません。私にとっては何の意味もありませんから。もしこの僧院にあるあらゆるものが一晩で消えたとしても——この不確実な時代には十分起こりうることですが——私は個人的に失うものは何もありません！」

「われわれ共産主義者は」タンは言った。「無宗教ですが、われわれは少なくともわれわれ自身に矛盾はありません。ですがあなたは！　清貧を説きながら……このような絨毯の上を歩き、錦の玉座に座り、金の高坏に載せた翡翠の茶碗でお茶を飲むわけですか！　われわれの方は説いていることをその通り実践しているというのに！」

「それではお尋ねしますが、あなた方は何を説いておられるのですか？」リンポチェは尋ねた。

「あらゆる人びとの平等です」タンは一瞬の躊躇もなく答えた。「偉大な祖国、新中国はすべての人びとが平等の権利を有し、平等を享受できる国になります！」

「それは実に素晴らしい！」リンポチェは評価した。「われわれのかつての王ムネ・ツェンポが提唱した思想とまったく同じです」

「誰です？」タンは尋ねた。

「千年ほど前の古代チベットの王です。この王は——少なくとも当時にしては——社会正義の鋭い感覚を持ち合わせていた人物でした。彼は帝国内に蔓延していた不平等——裕福な者はほんの一握りで、残りはほぼ極貧状態——そんな状況を忌み嫌っていたのです。それで彼は全土を臣下の間で平等になるように、もちろん王自身にも同等に分割したのです——お金も、土地も、牛もその他もすべて等しくなるようにね。それから何年か経つと、自分たちの土地を抵当に入れたり、売却したりする不届き者や怠け者が現れました。商売っ気があって抜け目のないやりくり上手な者たちは莫大な財産を得ました。その一方で運に恵まれず、すべてを失う者もいたんですよ。帝国はかつての不平等な社会に完全に逆戻りしてしまいました。ムネ・ツェンポは再度あらゆるものを平等に分配しました。そして再び、数年後に同じ状況に陥ったのです。そして王は三度目の分割を行いました。王が亡くなる前、帝国はまたしても同じ状況に陥っていると首席大臣が伝えました。王宮の門前には施しを求めて手を伸ばす乞食の群れが集まってきていました。同じことを引き起こさないように王は殺害されたのだろうと思います」

タンは冷笑を浮かべたまま黙っていた。それから二人の議論は哲学、形而上学、宗教、神秘主義へと発展していった。リンポチェはあらゆるものがそれ自体では存在しないということや、聞、思、修の三つの智慧こそが現世において追い求めるべき価値のある唯一のものだということ、そして空とその向こう側について……。

タンは金属製のたばこ入れから紙たばこを一本取り出し、一服してから言った。「ラマ、ちょっといいですか」彼はタルセル・リンポチェに向かって指を突き出して言った。「あなた方ラマは最高の三つの智慧やら何やらとか空の理論について、深い学識に基づいて語るのを得意としていますね――ですがみんな空虚な意味のない言葉ばかりです。実体のない無意味なものに過ぎません！　あなたは現実世界の知識や経験はあるんですか？」タンは力を込めるあまり、ニスを塗られた雷文模様のチベット式テーブルを骨ばった拳でどんと叩いた。「あなたの知らない世界を教えてさしあげますよ！」

清らかな僧院の空気の中にたばこの煙を吐き出すと、タンは続けた。「ラマ――中国のどこか暑くて悪臭の漂うところを思い浮かべてください。大変な暑さです！　空気はひどく汚れ、悪臭が漂っています。そこに何か臭いがするのです。あなたの鼻の奥にとどまったまま消えてくれない臭いが――腐りゆく魚の臭い、澱んだ排水や腐りゆく野良犬の死体、人間の糞尿の臭い。その悪臭のど真ん中に魚市場があり、そこでは魚屋が目の前の箱に魚を並べ、一日中しゃがんだままあおいでいる。時折こうやって箱を揺するんです……。こんな風にね……。死んでる魚がいるか確認するんですよ。死んでるものがあればつまみ出して別の山に分けておきます。店には大量の蠅がたかっていて、あまりに多いので……こんな風に……容器を揺すると、蠅が飛び立つんですが、蜂の群れみたいにものすごい唸り声を上げるんですよ。

「お客の中にはあまりに貧乏で新鮮な魚を買えない者もいて、死んだ魚を安く買うんです。それでも拝み倒して交渉しなければならないんですけどね――痩せこけた骨と皮ばかりの女性たちが病気で弱った赤ん坊を抱えて、とんでもない暑さと悪臭の中、一番安い死んだ魚を求めて店から店へと訪ねてまわるんです！

「ラマ、これが今の新中国の典型的な魚市場の現状です！　こんな市場がごまんとあります。これこそがわれわれ共産主義者が戦っている悪しきものです。われわれが求めている救済は――あなたの言う三つの智慧と同じものでしょうが――中国の飢えに苦しむすべての母親に新鮮な魚をたっぷりと分け与えるということなのです。われわれは蠅一匹いない魚市場を目指します。あらゆるものがそれ自体では存在せず空であるだのなんだのとあなたが並べ立てた御託は、新中国においては何の意味も妥当性もありません。われわれは現実的なゴールを目指しています。何百万という女性や子どもが餓死寸前で生きているというのに、空について語って何になるんですか？　むしろ本物の空はあなたの宣っている戯言ですよ！　われわれ共産主義者は偉大な祖国、新中国からあらゆる貧困が消し去られるまでたゆまず働きます」

　タルセル・リンポチェは袈裟を胸の位置まで引っ張り上げて前のめりになると、親密さのこもった表情で、わずかに笑みを浮かべ、話し始めた。

「ポンボ、あなたが魚市場の話をするなんて奇遇ですな。何年も前のことですが、私は成都で暮らしていたことがあります。実は寺を建てたんですよ。たぶん今もあると思いますがね。毎月ナムカンになると——晦日のことです。チベット人には吉日でね——私は魚市場に出向き、魚を買ったものです。もちろん食べるためではありませんよ。私は完全な菜食主義者ですから。もう随分長いことね。でもそこはあなたが具体的に説明してくれたところと比べて半分も悪くありませんでしたよ。あなたのところは相当ひどいようですね！　でも臭くない魚市場なんてものがあるなら教えていただきたいものですな。私は弟子を何人か連れて、大きな甕をきれいな水でいっぱいにして運んでいくんです。それで魚を買って甕に入れて、川べりまで運びましてね。魚がよりよい境界に生まれ変われるように祈り、徳の道を追い求めて行けるよう励ました後、川に放流するんです。魚たちは全身で喜びを表現していましたよ。電光石火のごとく川に飛び込み、深いところまで泳いでいって……。解放——あなたならそう言うかもしれませんね。われわれもそれを見て心が軽くなる——解放されるんですな——まあ、われわれの財布も軽くなっているわけですがね！

私はこれを晦日のたびにやっていました。成都の魚屋連中がそれを聞きつけてね。今度は晦日になると夜明け前にもかかわらず門の前で待ち構えているんですよ。連中が荷車いっぱいの魚を持ってきてね。私は買える限り買って川に放流しました。これがしばらく続きました。ポンボ、私が魚を解放するのに使ったお金で、ここと同じような部屋いくつ分もの調度品を揃えることができますよ。私のことを馬鹿な年寄りだと思ってませんか？　実際、中国人の友人にもそう言われたことがあります。その友人の言うには魚は痛みも喜びも感じることはないし、自分たちの運命についても理解していない。それに漁師たちはたぶん同じ魚を獲ってきて、また売りつけにきているんだそうです。それを聞いて動揺しましたけど、じゃあどうしたらいいんです？　私はただ器いっぱいの魚がただ死ぬのを待っているだけという光景に耐えられなかったんです。魚を逃がしてやり、魚たちが飛び出して自由の身になっていくのを見て、ただただ嬉しかった。私は魚たちを解放することにこだわった――そう言っても過言ではないでしょう。

　ですが落胆が訪れます。魚をどれだけ買っても、すべての水槽分の魚を買えるだけの財力はありません。もし成都中の魚を買うことができたとしても、北京や上海の魚はどうするのか？　そして世界の他の地域の魚は？　この地球上すべての魚は？　結局、魚を買うのは諦めました。

　そうして眠れない夜を過ごしていたある晩のこと、答えが閃いたんです！　明確な、納得のいく、それ以外にない答えです。私の問題は魚を死から救うというだけの単純なものではなかったのです。不幸と苦しみ、痛みにまつわる問題だったのです。捕らえられた魚が殺される苦しみだけでなく、もっと普遍的な苦しみです。それ以来、私は何年にもわたって苦しみと不幸の問題について考えてきました。そしてそれは本当に根深い問題です。釈迦牟尼仏はかつて、自分の説法はほぼ、生きとし生けるものの苦しみについての問題と、その苦しみから脱することについて語っているだけだとおっしゃったことがあります。私個人としては、それがわれわれのこの現世の本質的な部分――特性と言っていいかもしれません――だと確信しています。光と闇、火と水、空間と時間のようにね。この宇宙がある限り存在するのです」ここでリンポチェは話すのをやめて、大笑いしながら、まるで父親が息子に愛情を示すかのように、タンの膝にいたずらっぽく触れた。「ですがね、ポンボ、われわれ二匹の魚はとてつもなく深い、深遠で複雑な哲学の水の中へと進んでいこうとしています。われわれ二人はここで何か月も座って議論し、討論することだってできますよ。チベットの神秘主義者たちは――哀れにも――何世紀もの間倦むことなく、そうした論証の海の中で苦しみ続けているのです。われわれはもっとちょくちょく会った方がいい」

それからリンポチェは厳粛な顔つきになると、中国共産党の若き政治委員を見つめる穏やかなまなざしに、大いなる憐れみとかすかな悲しみの色が宿った。「政治委員、あなたはさっき悪臭漂う魚市場をなくすのが夢だと言いましたね。蠅の大群を消し去りたいと。そして飢えに苦しみ痩せ細ったすべての母親たちに新鮮な魚をたっぷりと食べさせてあげたいと言いましたね。たいへん立派な目標です。でもね、ポンポ、仮に世界中から腐った魚と飢えた母親を消し去ったとしても、このわれわれの世界のどこかしらで、いつかまた、腐った魚を買い求める飢えた母親が現れるのです。ですから、私が言ったように、悪しきものと苦しみとは、われわれのこの現世において――空に浮かぶ雲のように――本質的な部分なのです。悲しいことですけどね。でも果たして戦いに勝ち得るでしょうか？　現世における行動の秘訣は悪しきものと苦しみに戦いを挑むことではありません。なぜならこの世の終わりまで続く戦いだからです。その秘訣とは――もしあなたに矢のように真っ直ぐに価値のある道を追い求めたいという思いがあるならですが――最大限の熱意でもってその道を追い求めることで……」リンポチェは何かささやいた。あるいは明言した――タンにはそう思えた――のだが、あまりに声が小さくて、タンは最後の言葉をなんとか聞き取ろうとして思わず前のめりになって耳をそばだてたものの、結局リンポチェが何と言ったのか分からなかった。

タンは黙って深く腰掛けると、お茶をすすり、たばこを取り出して火を点けた。年配のラマの話に同意するわけでも、きちんと理解できたわけでもなかったが、ラマを目の前にすると妙に落ち着かなかった。幼い頃、母や姉の前に裸で立たされたときに感じた気持ちと同じだった。そしてそれ以上の何かがあった。この世のあらゆる種類の音楽を聴いてきたと自負している偉大な音楽家か作曲家が、ふとした瞬間、聞いたこともない異国の独特な音楽を耳にしてしまったかのような感覚に陥っていた。彼は何か不穏な感じがして、心をかき乱されるようなはっきりとした不安を感じていた。いらいらが募り、怒りの感情まで湧き上がってきた。頂上に到達して、これ以上高い山はこの先にはないと信じ切っていたのに、目の前にぼんやりと、いくつもの巨大な峰を擁する山脈が立ち現れてきて、さらにその先へと果てしなく続いていたのだ。彼はそわそわして、染み一つない上着の上に落としてしまったたばこの灰を、あたふたと払った。

政治委員はさらにお茶を飲み、しばらくその場にとどまった。そしてついに立ち去ろうとすると、リンポチェは玉座を降り、詮索好きの僧侶たちが見つめる中、政治委員の腰に手を添えて僧院の正門まで見送って行った。二人は心からの別れのあいさつを交わし、ラマはタンにいつでも来たいときに訪ねてくるように言った。中国共産党のポンボは大歓迎されたのであった。

タンは黙ったまま馬にまたがり、ポンボ・タゴツァンの屋敷に向かって山を下っていった。それはかつて何年も前に(もはや別の時代の出来事だが)、アー・ツェリンがタルセル・リンポチェから名前をもらったばかりのテンガを胸に抱いて下っていったのと同じ道だった。タンがタゴツァンの屋敷に着くと、番兵が敬礼をした。そして人民解放軍の司令官ワン・ツァオウェイとタシ・ツェリンが憂慮すべき事件について報告すべく待ち構えていた。「無法者」と「反革命派」が山中で人民解放軍の巡視隊を待ち伏せて襲撃し、殺害したというのだ。遺体は持ち去られた挙げ句、八つ裂きにされ、武器はすべて消えていたという。

46

ポール・スティーブンスと年配の猟師リロは岩陰に隠れて偵察をしていた。タゴツァンのテンガとミンマ、その他のチベット人ゲリラたちはその日の「狩り」に行くため、別のルートをとっていた。まるでかつてゴロクの近くまでバーラル猟に行ったときのようだった。あのときはテンガは足を怪我したふりをしていたのだった。ポールはいまだにテンガとリロが凍てつく山の中腹で揺れる焚き火の明かりのもと、勝利の舞を舞ったのを覚えていた。ずる賢いぺてん師め！　今、彼らが狩っているのは、人びとを「解放」するためにやって来たという人民解放軍の中国人兵士たちだ。リロはすでにバーラルや熊の狩りと同じくらい、この獲物の跡をつけ、匂いを察知し、仕留めるのがすっかり上手くなっていた。ポールは双眼鏡を取り出したが、リロは押しのけると、「反射したら……中国人に見つかっちまうかもしれないだろ……」と言った。

「リロ、何か見える？」スティーブンスは尋ねた。

「中国共産党の連中だ」猟師は目に手をかざして言った。「十人……いや十二人いる。すげえ宴会ができるぞ！」

ポールは目を凝らして斜面を見たが、確信はできなかった。

「ポーロ、あの藪の中へ行こう。連中はあっちの方を目指してるんだと思う。待ち伏せするのにちょうどいい」

「了解……」アメリカ人青年は応じた。

スティーブンスとリロ、そして七人のカムパたちは大急ぎで斜面を下りて行き、藪の中へ駆け込むと、丸太や大きな岩の陰に身を隠した。

「ポーロ……お前が最初に撃て」リロは指示した。「隊列の最後のやつを狙えよ」

しばらく待機が続いた。凍てつく寒さと雪にもかかわらずポールの額からは玉のような汗が滴り落ちてきた。口は乾いていた。一人のカムパが岩陰にしゃがんで雪の中に放尿しているのが見えた。

待っている間、ポールの心臓は高鳴り、手も震えてきた。声が近づいてきた。彼はライフルの安全装置が外してあるか、何度も何度も確認した。木の切り株の陰に隠れているリロが、中国人たちが近づいてきたことを身振りで知らせてきた。カムパたちは全員、いつでも敵を射殺できる態勢で、張り詰めた様子で待ち受けていた。

中国人の小隊が一列縦隊で近づいてきた。みなライフルは背中に担いだまま、無頓着な様子でおしゃべりに興じており、カムパ・ゲリラの罠に向かって歩を進めていることに気づいていないようだった。空気がぴんと張り詰めたような寒さだった。時折、雪の重さでしなった木の枝から雪のかたまりがどさっと落ちてきて、雪しぶきがあたりにきらきらと光を放った。太陽が照りつけると雪の反射が眩しいようで、一部の人民解放軍の兵士は雪眼鏡をつけていた。冷えないように手袋をした手を懸命にばんばん叩いている者もいた。兵士たちは赤い頬をしており、チベットの冷たい朝の空気の中では、笑ったり、お互いを見合って冗談を言ったり、小突いたりするたびに、白い息が立ち上るのだった。

ポールはライフルを構え、列の最後にいる人物を注意深く狙った。森の中の小道を上がってくるその人物を照準器で追いかけていった——まだ少年のような見た目の若い兵士だった。ポールが銃を発射すると、兵士が体を回転させて倒れた。山の静寂はライフルの銃声で打ち破られ、それにつれて中国人兵士たちがばたばたと倒れていった。しかし全員が死んだり重傷を負ったわけではなかったようで、すぐさま中国人たちも撃ち返してきた。一部のカムパたちが木から木へと身を隠しながら素早く飛び出していくと、ほとんどが自動小銃と思しき敵の射撃を誘発した。しばらくすると銃声が止んだ。

「ポーロ！　ポーロ！」大きめのささやき声が近くで聞こえた。振り向くと、ほんの数フィート離れたところにリロが腹ばいになっていた。笑顔を見せ、意気揚々としていた。よくやった……。「あの丸太の陰に何人か共産党の兵士がいるぞ……」リロはささやき、遠くを指さした。

「どこだって？」ポールは小声で言った。

「あの丸太だ……。あの丸太の陰に……」リロはしわがれ声で言った。「ポーロ……俺は奴らの背後から行く。お前はここにいろ。動くなよ……。見栄を張るんじゃないぞ……」ポールは頷いた。リロは雪の中を体をよじらせながら進んでいった。彼の顔に斜めに刻まれたギザギザの傷跡が赤ら顔の上に白く浮かんでいた。ポールはじっと待っていた。とそのとき、何かが彼のすぐそばにどさっと落ちた。彼の気を引こうと誰かが石を投げてきたかのようだった。仲間のカムパが危険が迫っていることを知らせてくれたのかも、いや、雪のかたまりが枝から落ちただけかも、と思いながら振り返った。だがすぐにそれは手榴弾だと分かった。ポールは腹ばいになって顔を伏せ、無意識に両手で頭を庇った。とその瞬間、手榴弾は轟音を立てて爆発し、雪や土塊が大きな弧を描くように飛び散った。次の瞬間、全方位から自動小銃による射撃が始まり、ポールが見上げると、一人の中国人兵士が自分の方へと走ってくるのが見えた。手を伸ばせば届きそうなくらいの近距離だった。ポールが発砲すると、兵士はよろめいて倒れ、斜面の向こうに消えていった。するとあらゆる方向から仲間たちが発砲し、喜びの声を上げながら駆けてくるのを見た。ポールはそこで初めて共産党軍を打ち負かしたらしいことを知った。

ポールはライフルを構えたまま斜面を下り、太ももに傷を負った兵士が止血しようとしているところへと忍び寄った。ポールは数フィート離れたところで立ち止まった。怪我した獣にご用心……。

「達頼喇嘛（ダライ・ラマ）！　達頼喇嘛（ダライ・ラマ）！」男は今にも泣き出しそうな声で懇願するように言った。そこへリロがすっ飛んできて負傷した男を見ると、不気味で残酷な叫び声を上げ、ヒステリックに笑うと、雪の中を踊り歩き、怯える人民解放軍の兵士に向かって意地の悪い、嘲るような顔を見せた。あのときの……バーラルを撃ったときのミンマみたいだな。ポールは思った。

「達頼喇嘛（ダライ・ラマ）！　達頼喇嘛（ダライ・ラマ）！」男は叫び続けた。

リロは両手を腰に当てて中国人の男に近づき、首をぶんぶん振った。その姿はまるで、いたずらな少年が自分がいかに恐れていないかを示すためだけに、籠に捕らえられた獣にちょっかいを出しているかのようだった。

「ポーロ！」年配の猟師は言った。「呪われた中国共産党（ギャ・コンデン）を始末するんだ！　さあ、始末しろ！　誰にとっても何のいいこともないからな！」

「でもリロ……」スティーブンスは抗った。「怪我をしてるし……」

「だから何だ！」リロはケッケッケッと笑った。「始末しろってば！」

カムパたちがまだ少年のような人民解放軍の兵士を囲むように立った。ポールはためらった。冷静な精神状態で人を殺した経験がなかったのだ。

「分かったよ！」リロは剣を抜きながら叫んだ。「もしお前がそこまでひどい臆病者なら、俺がやる」

若い兵士は恐怖のあまり悲鳴を上げ、顔を覆って震えながら叫んだ。「達頼喇嘛（ダライ・ラマ）！　達頼喇嘛（ダライ・ラマ）！」

「分かったよ、リロ」スティーブンスは言った。「僕に任せてくれ……」周りを囲むように立っているカムパたちに退くように言って、ライフルのボルトを引いて銃弾がまだ残っていることを確かめると、狙いを定めて撃った。リロは死んだ兵士のもとにすぐさま、誰よりも早く駆け寄り、自分の足を男の足と合わせて靴のサイズを確かめると、大喜びでブーツを脱がせ、両方の靴紐を結び合わせると肩にかけた。だらりとした頭を持ち上げ、雪眼鏡を取り、毛皮の帽子を脱がせると、自分のチュバの懐に押し込んだ。リロは男の血に染まったキルティング・ジャケットを見ておどけた顔をすると、慎重にポケットの中を確認して、興味を惹かれないもの——手帳やペン、数葉の家族写真、干し果物など——は雪の上に投げ散らかした。ポールは一人立ったままたばこを吸いながらリロの悪ふざけを見つめていた。チベット人ゲリラたちは中国人の死体の物盗りに精を出し、片っ端から使えそうなものを取っていった。侮蔑しきった態度で死体に放尿する者もいた。短剣を取り出して眼球を抉り出したり腹を裂いたり、ペニスや睾丸を切断して怒りをぶちまける者もいた。そうこうするうちに住処にしている洞窟へ戻る時間になった。それにしても完璧な待ち伏せだった。共産党側は全員死亡したがチベット人側に死傷者はなく、大量の戦利品や武器を手に入れたのだ。リロは先頭に立って隊を率い、時には気取ったステップで踊りを披露し、お気に入りの一曲——血湧き肉躍る中国共産党の歌、「東方紅」を楽しげに口笛で吹くのだった。

47

タゴツァンの谷のチベット人が、中国共産党の「解放」という言葉が何を意味しているのか、そして自分たちの日々の暮らしが、毛沢東主席という穏やかで心地よい太陽のもと、いったいどんなものに変わっていくのか、それを知るのにさほど時間はかからなかった。彼らの皮膚は今や裏返しにされようとしている。そして彼らの脳みその色も変えられようとしているのだ。すべての土地は「農奴」、すなわち人民のものであるという宣言がなされ、まもなく公平で平等な分配が行われると公約された。毛主席はまるで現代のムネ・ツェンポ王よろしく降臨した。共産主義者は——自らを労働者階級だと自認していたので——前科者（封建主義的で資本家の保守勢力の犠牲者）、娼婦（地主や富裕な商人の妾として奴隷の扱いを受けていた）、鍛冶屋（チベット社会ではかつて社会的に下級のものとみなされていた労働者）、そして乞食（労働者階級と農民の申し子）に特に目をかけていた。僧院は過保護にされた寄生生物の巣窟と嘲られ、サナダムシや回虫といった蠕虫のたぐいに貶められた。化身ラマはチベット仏教における卑しく悪辣で迷信的なあらゆるものが詰め込まれた偽物の偶像神だと非難された。僧侶は攻撃的で堕落しており、怠惰で傲慢であり、さらには恥知らずの同性愛者までいるとこき下ろされた。僧侶はすぐさま僧院を出て畑を耕し、労働者と農民による「物質的に近代化され、政治的に民主的で、高度に文明化した社会主義チベット」の建設に参加せよと命じられた。政治委員のタン・ヤンチェンは、隠匿している武器を供出せず（ケンポは一切所持していないとあからさまな嘘をついた）、また札つきの僧兵制度を解体しなかったので、クンガ・リンチェン僧院を特に要注意扱いにしていた。

政治声明では、谷の幼児や児童は未来の指導者を担うものと端から規定されていた。「……解放されたカムの社会主義地区は、中華人民共和国におけるチベットの少数民族自治区の一部であり、かつての封建主義的なチベット地方政府とは完全に異なるものである」この地の児童が自分の家族——古い考え、気風、信念、伝統、宗教という病魔に侵されている人びと——に育てられた場合、「毛沢東の思想」を「正しく」実践することはまず不可能である。親はこう説得された。子どもたちが偉大な祖国、新中国へ行き、そこで生活しながら学べば子どもたちにとって一番の利益になるだろう。彼らは将来、新チベットの建設のため、理論家、科学者、指導者となって戻ってくるからだ、と。従わない親は、直ちに思想改造を施す必要のある「反動主義者」あるいは「反革命主義者」として厳しく非難されるのだった。中国当局によれば、かつて封建主義の時代にはチベットの児童が強制的に僧侶にさせられても親たちは異議を唱えなかった。実際、多くの場合は僧院に何とかして自分の息子を送り込むべく親の間で競争が展開されていたほどだった。しかし今、人民政府（人民に選出された政府）が児童に教育と近代的な社会主義的啓蒙を無償で提供すると言っているのに、その同じ親たちが抗議をしているのだ！　共産主義者たちは信じられず、かぶりを振った。考えられないことだ！　まさしく緑色の脳みそ（レバ・ジャング）、すなわち腐敗した保守的な考え方で、狭量な「お山の大将」でしかない。当局は自分の頭で物を考えることのできる年長の児童に、新中国に留学するといいことづくめだとアピールした。その気になった子どもたちには反対する親を告発するように煽った。子どもたちはさらに必要があれば親を打ちのめすよう焚きつけられた。そうした子どもたちは新中国における新チベットに向けての「模範的愛国主義者」として取り立てられた。ほどなくしてトラックに積み込まれた子どもたちが中国へと運ばれていった。親たちは「緑色の脳みそ（レバ・ジャング）をした反革命派」の烙印を押され、すぐさま思想改造送りになるのを恐れて何とか涙をこらえていた。思想改造はひどく悪辣（あくらつ）なものと化し、この刑に処せられた者で生きて帰ってきた者は誰もいない――つまり死んだも同然ということだ。

　地主や資本家や「保守勢力」の懺悔や公開裁判は、山でのゲリラ攻撃が増えるに従って、その報復として日常茶飯事となっていた。人民解放軍の巡視隊は毎日のように襲撃を受けており、攻撃の回数も、大胆さ、残忍さも増すばかりだった。軍司令官のワン・ツァオウェイはもう手に負えないと、援軍と精密兵器の必要性を訴え、政治委員に対してもあまりに手緩く軟弱路線に過ぎると非難するのだった。ワンは資本家と僧院と山にいる「盗賊連中」が結託している「決定的な証拠」を握っており、「盗賊連中」

を「根絶」する唯一の方法は谷にいるスパイや情報屋と容赦ない取り引きをすることだと主張した。彼によれば僧院は間違いなくゲリラたちの武器庫であり、あらゆるスパイのアジトだった。彼は、新しい法に歯向かうすべての資本家と保守勢力、反革命派、そして僧侶らを「粛清」すると宣言した。

48

その日はタゴツァンのテンガ、そしてポール・スティーブンス、ミンマとリロにとって「獲物」の多い一日だった。今はみんなでゆったりとした広い洞窟の中で、赤々と燃える焚き火を囲んでくつろいでいた。火は煙がほとんど立たないようにチベット式の皮製のふいごをつかって保ち続けていた。年配のゲリラたちの中には、羊の毛皮の敷物の上に寝そべって読経をする者もいれば、胡座をかいて仲間と車座になり、羊の毛皮を裏地にした袖なしのマントを羽織り、数珠を繰りながら声を低くして会話を交わす者もいた。

ポールとテンガとリロは焚き火のすぐそばに腰を下ろしていた。ポールはお茶をすすり、リロは獲物である人民解放軍の自動小銃の手入れをしていた。ミンマは斧を研いでおり、その刃は焚き火の明かりできらきらと輝いていた。斧は接近戦のときや、人民解放軍の負傷兵を絶命させなければならないときに活躍する、木こりのミンマのお気に入りの武器だった。この斧で貴重な銃弾を大いに節約できたし、人民解放軍の兵士の脳みそは白い、つまり開明的で進歩的だという共産党の主張を裏付ける役割も果たした。

一人の見張り番が体を温め、食事をしようと洞窟に入ってきた。かじかんだ手に息を吐きかけている。

カムの人間はめったに手袋をしないのだ。毛皮の帽子の耳あてを下ろして耳をすっかり覆い、ブータン製のローシルクのスカーフを顔と首に巻いていた。羊の毛皮を裏地にしたカムパ式のチュバを着て、革製のブーツを履き、腰には幅広の長剣を斜め差しにし、腰脇には短剣をぶら下げていた。彼は焚き火の前で身をかがめると、外の状況は問題なく、馬の給餌を終え、見張り番も交代済みだと報告した。彼は仲間の一人からヤクの角製の嗅ぎたばこ入れを受け取ると、親指の爪の上に少し出したたばこの粉を心ゆくまで吸い込んだ。

ミンマはリロと違ってわいわい騒ぐタイプではなかった。彼はただ座って斧に唾を吐きかけつつ、刃を研ぎ続けていた。

「なあ、ミンマ」リロはからかうような調子で言った（彼は気難しい斧の達人をしょっちゅうからかって遊んでいた）。「そんなに研いでるとそのうち刃がなくなっちまうぞ」

ミンマは笑った――それも子どもみたいにゲラゲラ笑うのだ。昔からちっとも変わらない笑い声だなとポールは思った。テンガの家の屋敷で隠れんぼをして遊んでいた少年時代からずっとだ。あれからずいぶん経つんだなあ。もはや別世界の出来事って気がする。ポールが隠れているミンマを見つけるといつもこうやって笑ったものだ。まるで誰かに後ろからおどかされて、こちょこちょくすぐられたみたいに。ミンマがツェレクの太ももを押し開いたんだよな……。森の中で……。カンド・ツォモは……。

「信頼できる武器を持ってないとさ」ミンマは言った。「だって共産党の連中の中にはぶっとい首とか、ごっつい頭蓋骨を持ったのがいるからさ……」

リロはしかめっ面でよく日に焼けた無骨な手で首を擦ると言った。「いやあ、おいらはその刃を受ける側じゃなくて助かったよ！　その斧を持ったミンマさまに狙われたらおいらなんてあっという間に血だるまにされちまうよ！」ミンマはまた笑って、斧を研ぎ続けた。

テンガはいつも通り洒落た洗練された装いで洞窟の壁に寄りかかっていた。足には革製の長いブーツ（ユリン）を履いていた。中国共産党が進軍してくる何年か前に、タルツェンドにあった新疆出身の中国人の靴屋に作らせた特注品だ。そして中国製の絹の房つきの、意匠を凝らした水パイプを口にくわえ、吸い込むたびにぶくぶくと心地よい音を立てながら、たばこをふかしている。彼は長い足を伸ばしてのんびりとくつろいでいた。

「ミンマ」テンガは言った。「お前は正しい。持つべきものは絶対に信頼のおける武器だよ。人間は一生の友だと信じていても裏切られる。女を信じれば他の男と逃げられる。神を信じればひどい目に遭わされる。信じなければ――心は希望だとか関係のもつれだとか幻滅から自由でいられるし汚されることもない。俺が信頼しているものはほんの一つか二つだ……。一つはこれだよ」彼は肩の革ケースに手を伸ばし、磨き上げられてつややかなイギリス製のウェブリー＆スコットのリボルバーを取り出し、愛おしそうに銃身の溝に人差し指を何度も滑らせるのだった。「きれいに保ってさ……オイルをちょいと入れてさ……銃弾が新しいか、錆びていないか確認するんだ……。こいつこそ信頼できる真の友人だ。決して裏切られることはない。特に危機迫ったときにね。危機のときこそ誰が真の友人か分かるのさ。ああ、この美しいこいつこそが……真の友人だ」彼はリボルバーをもとのケースにそっと滑り込ませた。「そしてもう一つはこいつだ……」彼は父から譲り受けたブータン製の刀（ベン）を鞘から抜いた。片刃で、根本は幅広で重厚、切っ先は髪の毛ほどの薄さだった。刀を収める銀の鞘には優美な細工が施されていた。テンガは誇らしげに刃の端を親指の爪で弾いて音を鳴らすと、儀礼用の青銅製の小さな鈴のような、澄んだいい音がした。「この鋼はブータンでパサン・テンジンと呼ばれている希少な種類のものなんだ。他のあらゆる鋼を切るほどの鋼だ。あらゆる刀剣の王者——真の素晴らしい友だよ。こいつと寝ることができないのが残念だね」

「なあ、テンガ」数珠を繰り、祈りを捧げていた年配のカムパが言った。「信頼について語るならよ——まずは俺たちの宗教、俺たちの神々を信じるべきじゃないか。俺たちの神々には絶対的な信心、信頼を置かないと。これは俺たちが中国共産党に比べて勝っている点だよ——貴重で計り知れないほど有利なんだ。共産主義者は無宗教だ。宗教がなければ人生なんて意味がない。やつらはただの空っぽの人間さ。連中は破滅へと至る道を進んでいるんだ。どれだけ数が多かろうと、どれだけ強大な力を持っていようと、砂上の楼閣みたいなんもんで、いつか崩壊するに決まってる」

テンガは笑った——吐き捨てるような侮蔑的な笑いだった。「俺は神も宗教も信じない。俺たちチベット人の過ちは——致命的な過ちだが——神々に信頼を置きすぎるってことだよ！　俺たちはさ、何の慈悲もかけてくれないし、祈りに答えてもくれないし、挙句の果てには殺しにかかってくるような神々を信奉してるんだぜ。願いごとを言ってみればいい。古いことわざにあるだろ。人間は絶望したら神頼み、神は絶望したら嘘頼みってな！　俺たちの神々も神託も中国共産党の前ではまったくの役立たずだってことだ。俺たちの味方になって武器を持って戦ってくれた護法神なんて、いやしないじゃないか。俺たちが中国共産党にぼこぼこにされたときだって神々は突っ立ってるだけだった——完全にでくのぼうだ。まやかしだよ、すべて。そう思わないか？　仏像を叩いたって叩き返してこないだろ。音楽を流したって踊りゃしない……」

テンガはぷくぷくと音を立てながら、たばこをぱっぱとふかした。みな黙り込んでいる。テンガは大きな声で笑った。「今、あんたが宗教って言ったからさ……。変な話だけど……いや、その前に俺が考えてることを当ててみろよ……。俺みたいな人間にしてみたらちょっと滑稽かもしれないな。というのもさ……」テンガは洞窟の壁をに寄りかかったまま、ずるずると体を下げて、横向きに寝そべると、楽な体勢をとった。イギリス製の鞍を枕代わりにして、アヘン中毒者のように丸くなってランプを抱き寄せた。「俺が時々懐かしんでるものって何だと思う？　笑うなよ……。そんな変なことじゃない。俺、声明（しょうみょう）が懐かしいんだよね。随分前のことだけど、はっきり覚えてるんだ。ある日の夕方の出来事だった。父さんに連れられてクンガ・リンチェン僧院に行ったときで――確か正月の祈願祭の期間だった――俺たちは僧院に数日間逗留したんだ。ある日、俺、とんでもない歯の痛みに襲われてさ。それがもうひどい痛みだったわけよ。ずっとうめき声を上げてのたうち回ってたんだ。かわいそうに、父さんはずっと俺のそばにいてくれてさ、儀式には参加できずじまいだったよ。そうしたらお坊さんたちが痛みを抑えるには煙管を吸うといいって教えてくれたんだ。その通りにしたよ。それが初めてのたばこだった。確かに効いたんだよね。俺は至福の気分でさ、夕日が沈みゆく中、横になって、ただひたすら僧侶たちの声明を聞いてたんだ。一人の僧侶が詠唱を始めると、全員がついていって合唱になるんだ。それがずっとずっと続いてった。日が暮れると、夕闇が迫ってきた。仏壇に並ぶ灯明の明滅、そして僧侶の読経の声がすごく近くて癒やされるんだ……。母さんに抱きしめられてるみたいなさ……。それも直に迫ってくるみたいな感じで。子どもの頃、お腹が痛いとき母さんがお腹に油を塗ってさすってくれた、あの感じだよ。あの声明はまだ耳に残ってる……」テンガは目を閉じて、鞍に頭をのせた。線香で灯されたバター灯明の明滅する明かりに照らされた両親やきょうだい、おばの姿が、そして優しく、情熱的な様々なポーズをとった仏像の穏やかな表情にかかるちらちらとした影が思い出されるのだった……。

「テンガ！　テンガ！」一人のカムパが叫びながら洞窟に駆け込んできた。「北側の見張り番から、誰かがこっちに向かって来てると報告が」

テンガはすぐさま立ち上がった。「何人だ？」

「一人だけです……」

テンガはため息をついて再び横になった。「どうしてそんなに警戒してるんだよ」彼は尋ねた。せっかく楽しい気分で昔を懐かしんでいたのに台無しにされたのでいらついているのだ。

飛び込んできた見張り番は紅顔の十代のカムパだった。「ただお知らせしようと思って……」きまり悪そうに言った。「うちらがのうのうとしてると思われるかと思って」

「よし分かった」テンガは言った。「侵入者を捕まえろ……。誰だったとしてもな……。生かしておけよ。あと、覚えておけよ……。騒ぎ立てたらだめだ」

洞窟の中にいた何人かが武器をつかみ、その場の空気は張り詰めた感じになった。テンガは横になったまま足を投げ出してたばこをふかしていた。

「ノルブでした！」若い見張り番は洞窟に戻ってきて言った。一緒に入ってきたのは針金のように細い中年の男で、お腹を空かせ、疲れ切っていた。まっすぐに焚き火をめがけて駆け込み、一言も口を利かずに座り込むと、体を温めた。誰かが食べるものと飲みものを持ってきてやった。彼は空腹のあまり貪るように食べた。テンガはノルブが食べ終わるのを待って尋ねた。「何か知らせは？」

「そりゃあもう……」ノルブは激しく頷いた。

「どんなことだ？」

「ツォンポン［原注　チベット語で「商人の頭」の意味。有名な商人は個人名ではなくこの職業名で呼ばれることがある］のことです……」

「ツォンポンがどうしたって？」ポールは問い返した。

スティーブンスはツォンポンのことをよく知っていた。彼の名前が話題になるだけで、ずいぶん昔の子どものころの、楽しく心地よい夏の出来事が蘇ってくる。ツォンポンは谷で一番成功した商人だった。彼はしょっちゅうタルツェンドに買い付けに出かけていて、ポールもテンガも他の子どもたちも、ツォンポンがタルツェンドから帰ってきたという知らせを聞きつけると、店にすっ飛んでいって、どんな珍しいものが届いたのか知りたくてわくわくして待つのだった。正月（ロサル）の前になると、ツォンポンは決まってタルツェンドに特別な買い付けに行くので、帰ってくると、店は素敵なもの――爆竹、ピンナップ、外国のお菓子、中国製や日本製、ドイツ製の魅力的なおもちゃの数々――でいっぱいになった。子どもたちはツォンポンが作り出す世界に釘づけだった。広々とした店内の壁には、外の世界の夢幻をふりまき、子どもたちに魔術的な白昼夢を見させて想像の世界へと誘う艶やかなポスターが何枚も貼ってあった――羽飾りをつけた上海のサーカスの馬が後ろ足で立っているもの、アクロバットや空中ブランコの技、船や飛行機、戦車、麻雀に興じる優雅な制服姿の国民党幹部、そしてその様子を祝福のまなざしで見下ろしている蔣介石の肖像画もあった。そして息をのむほど美しい官能的なポーズの美人画。その美しいエロティシズムは子どもたちをとりわけ夢中にさせた。ツォンポンの店では何でも買うことができた。もし店になくても、子どもたちをがっかりさせないように、決して「ない」とは言わなかった。そのかわり、一日か二日で届くからと言い聞かせた。子どもたちにお金がなくて買えないときは、その商品はたいしていいものじゃないと言って貶めて、安価な代替品のいいところを讃えるのだった。そうすると子どもたちは安い値段でよりいいものが買えたと信じてほくほくして帰っていくのだ。ツォンポンは子どもたち全員にただでお菓子を配った。中でも貧しくて何も買えないミンマには特に優しくしてやっていた。正月になるとミンマはいつもただでおもちゃを一つもらっていた――万華鏡や、日本製のおもちゃの双眼鏡（日本の製品は当時一番安くて一番粗悪だった）、そしてカラフルな風船のパックなど。ポールはかつてつけひげをもらったことがあったのだが、早速そのひげをつけて歩きまわり、お説教をする「プレスター・ジョン」の物真似をして見せたら、両親が涙が出るほど大笑いしたことが懐かしく思い出された。

「それで、ツォンポンがどうしたって？」ポールは言った。

ノルブは腰を落ち着け、お茶をすすり、煙管に火を点けた。ゲリラたちはみな彼のまわりに集まってきた。

「われわれ全員、中国共産党による集会に召喚されてる。欠席者は全員罰せられるそうだ。共産党はツォンポンのことを谷で最もひどい悪徳資本家だといって糾弾してる。連中の言い分では、ツォンポンは国民党のスパイだっていうんだ。店に蒋介石のポスターが貼ってあったのを見つけたんだな。やつらはツォンポンの首に罪状をいくつも記した札をかけてさ。後ろ手に縛り上げてリチュが原に連行して、軍司令官のワン・ツァオウェイの仕切りで裁判にかけたんだ。そこには指名を受けた五人の〝人民代表〟からなる陪審員もいて、そのうち三人はリタンツァン家の人間だった。ワンがツォンポンが犯した罪状の長大なリストを読み上げて、罪を認めるかどうか聞いたんだ。ツォンポンは自分が罪を犯したとは思ってないと答えたよ。それから長年うちらの谷で貿易商を営んできたが、いつも誠実に真っ正直に商売をしてきたと付け加えたんだ。

ワンは集まっていた村人たちから適当に十人を選んで、ツォンポンに罪があると思うか尋ねた。ワンは恐れることはないと言った。人民解放軍はいつでもみんなの味方だとね。みんな地主と資本家とポンボの時代は終わったことを理解しろとも言った。人民は今や法律を自分自身で扱い、正義を行使すべきそれでサムテンがさ——一歩前に出て、ツォンポンなんだと。不正があれば必ずや報復を受ける。それって仏教の教えだよな？　それでサムテンがさ——一歩前に出て、ツォンポン

ポーロはよく知ってるだろ、伝道所の近くの農家に暮らしてたあいつが——一歩前に出て、ツォンポンはいい人で、優しいし思いやりのある人で、自分の知っている限り、誰も騙したことなどないと言ったんだ。それを聞いてワンが激怒して、サムテンを口汚く叱りつけると、〝資本家の同調者(シンパ)めが〟と非難を浴びせて横に立たせたんだ。結局、思想改造送りになったよ。他の連中もツォンポンの罪を糾弾しなかったからみんなサムテンと一緒に立たされたんだ。

ワンはさらに十人を選んで前に出るように言った。おばあさんが出てきて、自分の夫が死んだとき、お金を貸してほしいとツォンポンに頼んだけれども断られたという話をした。ワンは大喜びだった。彼女の髪の毛は灰色でも、脳みそは白いと言った。ワンは彼女の〝愛国的革命精神〟をほめたたえ、リタンツァンに彼女の名前を書き留め、小さな土地と特別配給を与えるように指示した。するとこんどは安っぽい娼婦が出てきて証言した。飢え死にしそうだったとき、ツォンポンに体の関係をもってもいいから大麦をくださいと頼んだのに断られた、純真な農家の娘の、慎み深い心が踏みにじられたと訴えた。あんな女、飢え死にすりゃよかったのに。ワンは彼女を〝愛国的な女性〟だと持ち上げるとともに、ツォンポンのことは、不正に得た資産——〝農奴〟から強制的に取り立て、搾取した富——を欲望を満たすために使っていると責め立てた。彼女の名前も記録され、ヤクと羊の配給が確約された。それも、『あの臆病なポンボ・タゴツァンを筆頭とするかつての封建領主制のもとで、彼女が耐え忍んできたすべてのつらい出来事の埋め合わせのため』だそうだ。証言を拒んだやつらは全員サムテンと一緒のグループにされちまった。

これがしばらく続いてさ——ツォンポンを糾弾するために前に引っ張り出された連中がまとまった数

になった。最後の方ではみんな思想改造（実質は死刑宣告）を恐れて、あるいは土地や報奨がほしいという欲を掻く者もいたが、みんなでありとあらゆる告発をおっ始めた。馬乗りになって拳をツォンポンの顔に振りかざし、唾を吐きつける者さえいたよ。すると中国人の一団が写真や動画の撮影を始めたんだ。告発の一部は信憑性の疑わしいものもあったけど、ワンや陪審員は告発者に温かい拍手を送って握手を求めてた。非常識な告発であるほどワンは喜んだ。

それからワンは思想改造送りになった一団の方を向いてもう一度だけ最後にチャンスを与えると言った。思想改造は場合によっては時間のかかる辛い経験になるかもしれない。お前たちの脳みその色を変えるには時間がかかる。変わらない者もいる。そういう人間は〝粛清〟されるだろう。村人たち自身が前に出てツォンポンを糾弾したのだと強調してた。罪は疑う余地もないと。今度は罰を与えるときだと。罰を決めるのは村人自身だと。彼らの決断はどうだったと思う？　ワンがサムテンたちに向かって聞いた。誰かが懲役一年くらいかと言った。ワンは笑った。あんなひどい罪を犯したのにたったの一年！　笑わせてくれるよ！　そういう生易しいことを言った者には――資本家に同情する資本家だと言って――ワンは〝無期限の思想改造〟を命じた。ワンはツォンポンの罪の重大さを推し量って判定しろと言った。ある者は懲役十年と言い、ある者は手首切断の刑だと言ったが、どれもワンを納得させることはなかった。発言した者は全員〝無期限の思想改造〟を宣告された。

「すると一人のばあさんが叫んだんだ。『死刑だ！　射殺しろ！』とね。ワンは大喜びだったよ。ワンはそのばあさんの手を握ってさ、抱きしめてたよ。やつは目に涙までためてた！　ばあさんは〝無期限の思想改造〟は免れて、代わりに土地とヤクと牛をもらうことになった。

「ワンは最終審判を下した。ツォンポンは〝人民裁判〟の結果、村人たちに対して重大な罪を犯していることが明らかになったと言った。さらに人民により死刑に処すべしと宣告を受けてもいる。その様子は中国人がずっと撮影してたよ。ワンは何人かの兵士にツォンポンを少し離れたところに連れて行くように指示した。歩き出す前に罪状と判決を新たに書き換えた札を首から掛けさせた。村人たちの中には——恥ずべきことだが——ツォンポンに呪いの言葉をかけるやつ、目の前を通り過ぎるときに唾を吐きかけるやつ、からかったりするやつもいた。その間ずっとツォンポンは何も言わず、ぶつぶつと経を唱えた。ワンはツォンポンをひざまずかせた。ツォンポンはぶるぶると震えてたよ。ワンは拳銃を取り出して後頭部を狙って撃った。やつは笑って、ツォンポンの脳みそが飛び散ったさまを『花が咲いたみたいだ』と言いやがった」

チベット人ゲリラたちはため息をつき、かぶりを振った。

「ディクパ・コ！」テンガは罵った。

「気の毒なツォンポン！　何て気の毒な！」ポールが口にできたのはそれだけだった。

「次に中共［中国共産党の略］の巡視隊を捕まえたら」テンガは言った。「トップのやつの首を切り落として串刺しにして、連中の司令部の外でさらし首にしてやろうじゃないか。やつらが公開裁判をやって処刑するたびに、こっちは中共の首をさらし首にして俺んちの外に立ててやるぜ！」

「俺に任せろ」ミンマが言った。「首を切り落とすのとさらし首にするのは俺がやる」

「なあみんな、首が足りないよな」リロが言った。「もっと狩場をひろげて、もっと回数を増やさないとな」

49

リタンツァンのタシ・ツェリンは長椅子の背もたれにゆったりともたれかかり、足を伸ばしてサムドゥプ・ダワを見つめていた。

「タゴツァン家もおしまいだな……」彼は言った。

老人の目にちらりと不屈の色が浮かんだ。彼は何度も繰り返し「尋問」や「手続き」を受けさせられてきたが、文書への署名は一切しなかったし「公式声明」を出すことも、「懺悔」の場に参加することも拒んできた。

「なあ、リタンツァン、あんたはタゴツァン家がもう……すでに……消し去られたと思っていると、そういうわけですな？　そして今、リタンツァン家が実権を握ってると思ってるんだな？」

タシは何の関心もなさそうに肩をすくめた。そんなことはじっくり考えたこともないようだった。

「だがな、お前は間違ってるぞ、タシ……間違ってる……」サムドゥプは続けた。「まだ生きてるやつがいる。お前が無視してるか、忘れたふりをしてるやつがな。お前がタゴツァンの一家を皆殺しにしようとしたときにやつを亡き者にしておくべきだったな。古いことわざにあるだろ。火は火花のうちに消せってな！　あのときの火花にいつか焼き殺されるかもしれないぞ」

タシは鼻であしらった。「誰のことか分かってますよ。あんな男、ただの女たらしの飲んだくれの博打打ちじゃありませんか。タゴツァンの旦那の悪いところは全部受け継いで、その欠点を補っていた父親の威厳や性格は一つも受け継いでない。あんなやつ、恐れるに足りませんよ」

カンド・ツォモの父親は笑みを浮かべて、嗅ぎたばこ入れを探して懐に手を入れたが、仕草をしただけだった。というのも嗅ぎたばこは何か月も前に尽きていたし、箱は毒を隠し持たれては困ると押収されてしまったのだ。たばこが恋しくてたまらなかった。彼はテンガの顔や声を思い浮かべると、自ずと誇らしい顔になった。

「確かにな」サムドゥプは言った。「ほぼあんたの言った通りの人間かもしれないな。やつは一晩で、お前さんが一か月でこなす人数より多い数の女の子と寝ることができるやつだからなあ。一晩で五人ものたくましいゴロクの女を相手にしたのは語り草だよ——ゴロクの女がどれだけ強いか知ってるだろ？なんたって絶倫だからな——断言するよ。それにあいつに酒を飲まされたら確実に死ぬぜ。もしそんなことになればだけどさ。あとな、あんなに麻雀の強いやつには会ったことがない。馬鹿なやつらは麻雀は運の勝負だっていうけど。そいつらはテンガの麻雀を見たことがないんだよ！　なんたる策略……。牌の捨て方も的確でよく練られてて見事なもんだよ……。絶対にミスをしないしね。『麻雀ではミスは禁物』ってあいつは言うんだよ。ミスは命取りになるからね。まあさ、確かにあいつはお前さんの指摘した悪いところは全部持ち合わせてる。だがな、そうした特質は、失われつつある古き良き時代では、ニャロン・カムパの勇者や男らしさのあかしとして通用してたものだよ。お前さんはさ——幸いにも学があるから——そういうしきたりを〝封建社会の退廃〟とか〝資本主義的地主制度〟とか呼ぶわけだろ」

サムドゥプは一呼吸置いた。リタンツァンは一言も口を利かなかった。「だがな……テンガはほんのちょっと抜きん出てるんだよ……。ほんの少しだがね……」サムドゥプは小指を少し上げて——それもほんの少しだけ——本当に微かで繊細な動きで、小刻みな動きをしてみせた。「ほんの少しだがね……。そのわずかな差がやつに有利に働くんだよ。いつかやつとあんたが山で一対一で鉢合わせしたときにな。それも昔の、古きよきニャロンの伝統だったたな。あるいは〝封建社会の退廃〟にあたりますかな？　お前さんはもちろん現代の共産主義の時代を生きてる人間だ。うちらの古い伝統や価値観、文化に付き合ってる暇などないだろうな。時代錯誤だよな！　いよいよ奇襲攻撃と機関銃の出番かい。奇襲攻撃はリタンツァン家の十八番だったな……。俺の記憶が正しければ」

タシは口を真一文字に結んだまま黙っていた。彼の目には断固とした冷徹な決意が宿っていた。

「いずれそのうち」彼は静かだがきっぱりとした声で言った。「テンガの首と手足は袋詰めにされて山から運ばれてきますよ。そのときは私が手ずからあなたにお贈りします。そうしたら私は地面に唾を吐き捨て、それが乾いてなくなったとき、タゴツァン家も消滅です！」

50

中国共産党からクンガ・リンチェン僧院に対して、護法神の像についている装飾用の武器も含めて、すべての武器を引き渡すよう最後通牒があり、その最終期限からすでに二日が経過していた。ドルジェ・サンペル・リンポチェの謁見の間では緊急会議が行われていた。ケンポと学堂長、各部署の長をはじめ、年配の僧侶たちが集まっている。リンポチェは厳粛な面持ちで玉座に座っており、その他の者たちは前から年齢順に二列に分かれて向かい合わせに並んでいた。係の者が腰をかがめてお茶を注いで回っていた。四人の僧兵（ドゥプトー）が自動小銃で武装して入り口を守っていた。

「それでケンポ、報告というのは？」リンポチェは尋ねた。

ケンポは咳払いをし、そわそわした様子で身なりを整えた。僧衣の下衣（シュムト）の襞（ひだ）の中にリボルバーを忍ばせているのはきまり悪く、気が咎めたが、心にやましいことはなかった——自分のやっていることはすべて仏教（テンパ）の教えのためであり、リンポチェのため、僧院のためなのだから。

「リンポチェ」ケンポがしっかりとした澄んだ声で切り出すと、注目が一身に集まった。「こういうことです。中共はわれわれ僧院の持っているすべての武器は新旧を問わず——武器庫にある僧兵が持つような武器だけでなく、僧院の一番奥の秘仏堂にある護法神の聖なる装束に添えられた武器までも、引き渡すよう要求してきました。ライフルから機関銃、手榴弾、刀剣、槍、投石紐、鍵束と月鎌（ケウ）に至るまで、僧兵たちのあらゆる武器は、二日前までに引き渡すように言われていました。

「中共はさらに、僧兵制度の解体と降伏を要求し、さらには道路工事の人夫や連中の山での移動の人足に従事させるよう要求しています。

「若い僧侶には全員僧院を去り、妻帯して農夫や人夫、職人、あるいは人民解放軍の兵士になるよう求めています。

「中共はリンポチェにも党中央委員会の指示と政策に従い、厳守すること、あらゆる宗教的活動はチベットにおけるいわゆる〝民主政策と民主改革〟の下位に位置づけることを要求しています。

「われわれの僧院が巡礼や後援を受け入れることも、お布施や供物を現金でも何でも受け取ることは禁止すると言ってきています……」

リンポチェは手を挙げて話を中断させた。「よく分かりましたよ、ケンポ。彼らの要求にすべて従えば、クンガ・リンチェンはもうなくなります。リンポチェもいなければ、僧侶も、僧院もなくなる。私など、喉に長い絹のカターを詰め込まれる［原注　化身ラマを暗殺するときのチベット式の方法］可能性もあるな。だが……しかし……もし要求に同意しなかったら、彼らはこの僧院を破壊し、われわれを殺すんですよね。それもまたクンガ・リンチェンの最期ということになる」

「そうなりますと、リンポチェ」白髪の老僧が尋ねた。「われわれはどうすべきなのでしょうか。他の選択肢はないのですか？」

リンポチェがケンポの方を見ると、ケンポはぐっと見つめ返した。彼は僧院の長たるリンポチェが自ら口を開き、合意に達するまで何日もかけてともに議論をした問題について回答するのを待った。

リンポチェはあたかも説法をしているかのように、あるいは経典について講義でもするかのように、静かにゆっくりと語り出した。

「他の選択肢はありません。どの選択肢を取ってもわれわれは根絶やしにされるだけです。これがクンガ・リンチェンの最期です。救済の方法はありません。われわれは病気で言えば末期、死が目前に迫っているのです。われわれはほどなくして離れ離れになり、それぞれが俗世間の道を歩まなければなりません。死の瞬間を迎えるのと同じような心構えで、われわれは穏やかに、かつ冷静にこの状況に向かい合わなければなりません……」ケンポはリンポチェの玉座のすぐ隣に立ったまま葡萄色（えびいろ）の袈裟の端を持って、静かに頬をこぼれ落ちる涙を拭った。僧侶たちもみな涙している。入り口で警備をしている僧兵たちはまるで武装した立像のようにじっと感情を抑えて立っていた。「死はあらゆる者に訪れるものです――神々も、リンポチェも、僧院も家族も、氏族だって、国家だってそうです。釈迦牟尼仏すら亡くなったのです。仏陀すら亡くなるというのにわれわれが死を免れるはずがありません。死の雲は地球上のあらゆる農地に雨を降らすのです。

しかし重要なことは死そのものではなく、われわれが死にどう立ち向かうかです。自分の命を犠牲にして、死の雲を受け入れなくてはならないのなら、われわれが正しく、気高く、高潔だと信じる大義のために行動しましょう。今そのときが来たのです。もし中共の命令に屈したら、われわれが大切に守ってきたあらゆるものが葬り去られる——それは屈辱的で、不名誉で臆病な死です。だからわれわれは要求に屈しないつもりです。もしわれわれが最後まで抵抗すれば——言っておきますが、抵抗と言っても精神的な意味であって、肉体的な暴力や武力に頼るつもりはない……」（ケンポは顔を背けた。）「……そうすれば勝利はわれわれのものです！　われわれが滅亡させられようとも……消し去られようとも……それはわれわれの宗教の大勝利となるでしょう。

それから言っておきたいことがあります——大きい問題とは関係がないかもしれないし、私が虚勢を張っているように聞こえるかもしれませんが。うちの僧院はチベット国内で唯一の僧院ではない。もしわれわれが精神的に抵抗し、彼らの要求を呑まなければ、チベットの他の僧院の模範を示すことができるかもしれない。われわれは自分のことを宗教者だと言っています。僧院はわれわれの宗教が入っている器だと考えています。われわれは農民や労働者、兵士より劣っているのでしょうか？　僧院は農場や工場、要塞と同じなのでしょうか？　こんなときこそわれわれは排除と破壊に対して超然とした態度を貫くべきです。

われわれは模範となろうじゃありませんか。今後中共がチベットで僧院に立ち向かうたびに、クンガ・リンチェン僧院と、打ち勝たなければならないものについて思い出せるように」

ケンポはお辞儀をして、金と銀でできた高坏の上に置かれたリンポチェの翡翠の茶碗の蓋を取り、お茶を勧めた。化身ラマはお茶の上に浮いたクリームの膜を息で吹いてからお茶を飲んだ。すると間髪を入れずにお茶係が注ぎ足すのだった。

「何か言いたいことは？」リンポチェは玉座から学堂長たちや老僧たち、そしてケンポを見下ろして尋ねた。みなじっと黙って俯いたまま身じろぎもしなかった。

「今のは私の考えです」リンポチェは言った。そして少し笑みを浮かべると、内心思いついた冗談が面白くなってしまったかのように、くすくす笑い出した。「これまで何年もの間、みんなは暗黙のうちにあらゆる面で私に服従してきた。私は要求も厳しいし、尊大で頑固で、傲慢だった。どんな封建領主や資本家や帝国主義者よりもひどい。どんな横暴なポンボよりもひどかった。中共と同じくらい要求が多く、尊大だった。私はこれまでみんなに何をすべきか、どう振る舞うべきかについて説いてきた。考えてみれば——最近流行りの言葉で言えば——私はみんなにずっと洗脳教育を施してきたというわけだよ。今この別れの瞬間に、みんなに完全に自由になってもらおうと思う。私は……私は……」リンポチェはあどけない少年のように笑った。笑いすぎて自制できなくなり、大喜びで手を叩き出した。しかし他の僧たちは誰も笑わなかった。その代わりにみな泣き濡れていた。「私は……私は……みんなを解放する！　中共はわれわれを解放するためにチベットに来たのだと主張しているが、今度は私がみんなを解放する！

私はこれから集会堂（しゅえどう）に行って祈禱を執り行う。ついてきたいという者がいれば来てもいい。私が許可をする。そしてこの中に、心の中で、それも本当の心の奥底の芯の部分で、武力に訴えるべきだと信じる者がいるなら、その者たちにも私が許可を与える。刀剣や銃を使う許可を与えたわけではないぞ。私はいつ如何なる目的であろうと暴力には絶対に反対の立場だからね。しかしみんなには私に従わないという許可を与える——まったくの別物だ。違うよな？　このことは自分で明確にしておきたいんだ。心配なんだ。私も頭の中で何度も自問自答してきたよ。繰り返す——一人ひとり、自分の信じる道を進んでいいし、そして私が過去に述べたかもしれないあらゆる言葉を無視していい。自分には徹頭徹尾正直でいなさい。どんな状況でも自分の心底信じている道を進みなさい」

ドルジェ・サンペル・リンポチェは、謁見室にいる全員に自分の言いたいことが正確に伝わるよう、しばし間を置いた。質問もあるかもしれないと思って待っていた。しかし誰も口を開かなかった。

「お別れのときが来た」リンポチェは静かな落ち着いた声で言った。「もう私に従う必要はない。だが、これだけは言っておく！　私とともに集会堂に来ることを希望する者は、何があろうとも中共に指一本触れてはならない。屈辱的な降伏もしないが、同時にどんなに状況が悪化したとしても、暴力は行使しない。最も高度な精神修養を伴うことになるだろう。さあ、みなさんを肉体的にも精神的にも私のもとから完全に解放します。みんなを一切の誓いから解除します。みなさん、さようなら！　また遠くない将来にもっと幸せな境界（きょうがい）で再会できるよう祈ります」

リンポチェが立ち上がると、謁見室にいる者全員が起立した。リンポチェはケンポが手を差し伸べてきたが固辞し、自ら玉座を降りると、集会堂へと向かった。一緒に行きたいと希望する者はみなついて行った。ケンポは玉座の脇に一人立ち尽くしていた。

リンポチェの言葉はたちどころに僧院中に広まった。ただの一人として僧院を去ろうという者はいなかった。集会堂は老若の僧侶でごったがえし、中には六歳か七歳の少年僧もいた。ケンポはその場にはいなかった。僧兵も一人もいなかった。ケンポは僧院の門に閂（かんぬき）と南京錠をかけるよう指示をし、僧兵たちは胸壁や見通しの良い場所に各々陣取ることになった。ケンポは僧兵たちに、僧院に立ち入ろうとする者は許可なく銃撃してよいと伝えた。共産党軍の到来を待つ間、クンガ・リンチェン僧院は静寂に包まれた。

昼近くになって、僧兵（ナムル）たちから、何百人もの共産党軍が僧院に向かってきていると報告があった。その後、大砲と迫撃砲が設置されるのを確認した。すると、馬に乗った三人の男たちが僧院の門に近づいてきた。ケンポにはタシ・ツェリンとその部下だと分かった。彼らがすぐ近くまでやってきたとき、ケンポは叫んだ。「タシ・ツェリン！　これ以上近づくと撃つぞ！」

「われわれは交渉に来たんだ……中に入れてくれ！」タシはしわがれた声で叫んだ。

門が開き、三人は中に招き入れられた。しかしケンポはあらゆる交渉を拒否した。タシはリンポチェに会わせてほしいと強弁して、集会堂に案内させた。僧侶たちは一斉に祈禱を止めた。タシは玉座に向かって近づいて行った。彼は五体投地をしなかったが、二人の部下はリンポチェに向かって五体投地をし、隅の方に移動して恭しく立っていた。

「どうした、リタンツァン」リンポチェは問うた。タシはチベット服を着て、真ん中に赤い星のついた共産党の帽子をかぶっていた。

「リンポチェ」タシは言った。「われわれはあなた方にすべての武器を引き渡すよう指示した。でもあなた方は無視した。最後通牒で定めた日から二日間が経過している。人民解放軍の司令官と政治委員はこの僧院にすぐさま突入するよう求めているが、私が説得してそのような極端な行動は思いとどまらせた。中華人民共和国の中央委員会のあなたの権限を行使して中華人民共和国の中央委員会の命令がすぐさま遵守されるようにした方がいい。あなたは今罪のない僧侶たちの命を危険にさらし、われわれの古から　あるこの僧院も完全に破壊される危険にさらしているんですよ。この僧院は、言っておきますが、あなたの個人の所有物ではありません」

「リタンツァン」ラマは言った。「ことはそれほど簡単ではないことはお分かりでしょう。武器を引き渡すという問題だけではないのはご存知のはずだ」

「でもまずそこからでしょう！」タシは言った。「僧院全体を要塞に変えてしまった後でどうやって信仰を説くことができるんですか？　僧兵はどうです？　あんな傲慢な悪党を抱えて、僧院が誇りなど持てるのですか？　自らを求道者だとしている僧院があんな悪党やごろつきの軍隊をいったいどうやって維持できるんです？　われわれはすべての武器を引き渡し、僧兵制度を解体することを要求しているだけだ。これ以上理にかなっていることはありますかな？」

リンポチェはかぶりを振った。「中華人民共和国の中央委員会からの命令には絶対服従だと言ったのをお忘れですよ。僧侶に結婚を強いる話や、彼らを人夫や兵士に変える話はどうしたんです？　参拝の禁止はどうです？　そしてお布施や贈答品、供物の禁止は？　こうしたものがすべて禁止されて、この僧院が存続していけると思いますか？　僧院は消滅するでしょう……。ただの抜け殻です……。博物館ですよ。リタンツァン——あなただって、この武器と僧兵の問題が遙かに大きくて根深い問題のほんの小さな一側面に過ぎないことをご存知でしょう」

タシは玉座の側に立ったまま、錦織の敷物の端の絹の房をいじっていた。

「タシ」リンポチェは言った。「われわれには一切手を触れないという合意書にサインしてくれるなら、参拝したい人がこの僧院に来ることを許すというなら、お布施や供物を無制限に受けていいというなら、党中央指導部がわれわれに手を出すことなく、われわれの自主的な決断と行動を重んじてくれるというなら——もちろんすべての武器を引き渡しますし、僧兵集団を解散しますよ」

タシはため息をついた。大勢の僧侶が居並ぶ集会堂を見つめた。そして突如決断を下した。彼は一歩前に出て、リンポチェに背を向けて声を張り上げて言った。「僧侶のみなさん！　同志よ！　聞いてくれ！　馬鹿なことを考えるのはやめるんだ！　外には……」彼は窓の外を指さして続けた。「偉大な祖国であるわれわれ新中国の人民解放軍が集結している。最新鋭の武器を装備した何百人もの兵士からなる軍隊だ。あの兵士たちは立ち向かった敵をすべてなぎ倒してきた……日本軍も……蒋介石も……。彼らはみなさんの軍隊だ。みなさんの暮らしをよいものに変えるために——それこそ利他の心で——やってきた農民や労働者の軍隊なのだ。みなさんを解放するためにやってきたのだ！　彼らは敵ではない……」

「リタンツァン！」年配の僧侶が口を差し挟んだ。「われわれはあんたとは何の関係もない！」

「リタンツァン！　お前の話など聞きたくない！　出て行ってくれ！」「リタンツァン」一斉に怒号が湧き起こった。

リンポチェが手を挙げると、たちどころに静まり返った。「リタンツァン」リンポチェは言った。「どうぞ続けて。邪魔しませんから」

タシは続けた。「同志よ！　僧院が武器庫を保持するのは正しいのか？　みなさんは仏道修行のために誓いを立てた身ではないのか？　それに僧兵のようなものが存在していてよいのか？　僧侶が武器を持ち、人を殺す訓練をしているなど、実に冒瀆的な矛盾だ！　僧兵制度はここのケンポが中央チベットの腐敗した封建主義的なゲルク派の僧院に流布している風習を真似て導入したものだ。カム中を見渡しても、クンガ・リンチェン僧院の僧兵のような横暴な無法者集団の軍隊を持っている僧院は一つもない！　この僧院の評判損なうし、みなさんの崇高な精神に汚点を残すことになる。中国共産党は武器の引き渡しと僧兵制度の解体のみを要求しているのだ。それだけだ——他にどんな発言があったとしてもだ。

ここニャロンはわれらが中華人民共和国のチベット族自治区［一九五〇年から五五年まで設置されていた西康省チベット族自治区を指す］の一部だ。外にいる漢民族の兵士たちはあなた方の同胞だ。彼らはここニャロンに存在する暴虐的で腐敗した封建制度からみんなを解放するために遙か遠くからやってきたのだ。彼らはみんなに新しい暮らしを提供するために、極めて過酷な状況を乗り越えてやってきた。彼らは蒋介石率いる盗賊集団や趙爾豊率いる清朝軍とはやり方が違うのだ。われわれは——ここにいる全員——偉大な祖国、新中国の市民なのだ。われわれ新中国においては協調が、われわれ全員を前進させるための協調が必要だ。われわれ全員が新中国を建設するのであれば、われわれは中華人民共和国の中央政府に絶対的な信頼を寄せる必要がある。われわれ自身が選び、われわれの代表が居並ぶわれわれ自身の政府なのだ。われわれの政府の指示はわれわれ自身の意識が命令したも同然だ。われわれは中央の命令には絶対的に従わなければならない。命じられている内容は——これは私の個人的な命令でも軍の司令官や政治委員の命令でもない——おたくのケンポがすべての武器を引き渡すことと僧兵制度の解体だ。それがすべてだ。

みなさんはケンポとその反動的な一派が中央の命令に従わないようにしようという方針を許すつもりですか？　ここにじっと座ったまま、彼らのために尊い命を犠牲にするつもりですか？　芸術的な文化財、何千もの貴重な版本や写本からなる豊かな蔵書、独自の印刷所、極めて貴重な仏像やお堂——すべては何世紀にもわたり、農民や労働者が数え切れないほどの労働とお布施を捧げることでもたらされたものであるわけだが——それらとともに、チベット中に知られたわれわれのこの名高い僧院が、ケンポとその反動的な一派の利己的でゆがんだ一時の気まぐれと気違いじみた野心を満足させるためだけに、たった一日で灰燼に帰してしまってもいいのか？　なぜなら——私は自分の発する言葉にはあらん限りの誠意を尽くしているつもりだが——もしこれから二、三時間以内に僧兵が降伏せず、武器の引き渡しも行わない場合……軍司令官は容赦なく大砲と迫撃砲、銃による攻撃を命じ、それはクンガ・リンチェン僧院が瓦礫（がれき）の山と化すまで続くことになるんだぞ。

みんな、お願いだから聞いてくれ！　尊い命を盲目的に犠牲にしないでほしい！　われわれの愛する僧院をみすみす破壊させるような真似はやめてくれ！　この僧院はわれわれの祖先の、われわれの親の、そしてわれわれ全員のものだ。頭のおかしい馬鹿な連中の言うことなんか聞くな！　決断は自分の手に委ね、守れるうちに愛する僧院を守るんだ！」

　その場はしんと静まり返り、少年僧たちがもぞもぞしていたり、あちこちから抑えた咳が聞こえてくるばかりだった。誰かがうっかり卓上の鐘を倒してしまい、尋常でなく大きな音がした。ドルジェ・サンペル・リンポチェは根気よく、一言も言わずに動静を窺っていた。誰かの決断に影響を及ぼしたくなかったのだ。

　とそのとき、居並ぶ僧侶たちの中から、玉座手前の最前列の先頭にいた一人の年配の僧侶が立ち上がり、僧衣を整え、咳払いをしてから、よく通る大きな深い声で語り出した。彼は読経を先導する役を長年にわたって勤めてきた僧侶で、白髪の、凛とした威厳ある人物だ。

「リンポチェ」彼はリンポチェの方を向いて言った。「僭越ながら、許可をいただく前にこうして立って話をすることをお許しください。でも、集まっている我が同胞たちに語りかけなくてはならないのです――われわれがこうして集まるのも今生で最後の機会でしょう――そして彼らのために発言するための許しを求めなければならないのです」それからこんどは僧侶たちの方を向いた。彼の目の前にひろがっていたのは、厳粛に規律正しくきちんと並び、表情を見せずに胡座をかいて座っている葡萄色の僧衣を着た坊主頭の海だった。「みなさんのかわりに発言していいでしょうか？」坊主頭の海には一斉に密やかな賛同の声と首肯する静かなさざ波がひろがった。もう一度同じ質問をして返事を待った。でも、何百もの灯明の揺らめき以外、動くものはなかった。年配の僧侶はあたかも儀礼用の読経でも始めるかのようにもう一度咳払いをした。こうべを垂れ、リンポチェの方を向いた。まるで長寿を祈願する厳粛な読経を捧げようとしているかのようだった。

「この僧院に入ったとき、私はまだ六歳の少年だった。それ以来、ここだけが私の家であり、仲間の僧侶たちだけが兄弟であり、ドルジェ・サンペル・リンポチェだけが父親であり母親だった。リンポチェは私が初めてお姿を見たときは少年で、まさに同じ玉座に座っておられた。でもわれわれにとっては仏の化身であり、年齢は関係なかった。これから私が話すことはここにいるすべての者に当てはまると思う。この僧院はわれわれの家であり、仲間の僧侶たちこそ親戚であり、ドルジェ・サンペル・リンポチェ六世は仏の化身であり、われわれ全員の父親であり、かつ、最も権威のあるお方だ。リンポチェの決断にわれわれはみな従うつもりだ。どんな道を行けと言われてもわれわれはその道を行くまでだ。

今日こうして中共と対峙しているのは決して突発的な出来事ではない。これまでに積み重ねられてきたたくさんの交渉と議論の総決算なのだ。リタンツァンと中共は何度かここにやってきて、リンポチェやケンポ、そして年長の学堂長たちと話し合いの機会を持った。私自身そのうちのいくつかの議論の場に列席したことがある。みんなに誠意を込めて断言したいのは、僧兵制度の解体と武器の引き渡しだけが問題の論点ではないということだ。リタンツァンのタシは問題を薄めてぼやかし、極度に単純化したりしているということは強調しておきたい。そうは言ってもやはりこの大事なときに細かい問題に立ち入るのは不毛だ。

リンポチェは中共に屈したが最後、仏教は抹殺されるから服従できないと決断された。だが、われわれがリタンツァンの言う中央の命令とやらに従わなければわれわれの僧院は完全に破壊されるだろう」

彼は顔を窓の方に向けた。「リンポチェは中共の命令に屈することなく、その決断によってもたらされるあらゆる出来事に対峙すると決断されたのだ。

偉大な庇護者(リンポチェ)は寛大にもわれわれのあらゆる戒律を免除してくださり、もしこの僧院を離れたければそうしてよいという自由をお許しくださった。誰でも中共の襲撃が始まる前に考えを変えてここを直ちに離れても構わない。みんなここではまったく何にも縛られていないのだ――精神的にも、権力的にもだ！　タシ・ツェリン……あんたはケンポがわれわれの命を危険にさらしていると言ったがそれは間違いだ。われわれは一人ひとりの意思でここに残っているのだ。

まだ言うべきことはあったかな。そうだ、これだけは言っておく――私はリタンツァン家のことを知っている。ずっと昔からな。彼らの中から裏切り者が出たことは残念だ。自分の同胞を裏切り、われらが愛するニャロンの伝統も人びとも神々も欺いた男……。いったい何のためなんだか」

老僧が腰を下ろすと集会堂は再び静寂に包まれた。リンポチェはささやき声で経文を唱えながら数珠を繰っている。タシは意気消沈した様子で玉座のそばに立ち尽くしていた。その場を離れるのをためらっていた。中国人の同僚たちのところに戻ったら、僧侶たちが下した、自尽も破壊も辞さないという恐ろしい決断を伝えなければならないからだ。

リンポチェはタシの方に顔を近づけ、穏やかな笑みを浮かべて丁寧に言った。「リタンツァン……読経を続けても構わないですかな？」タシはゆっくりとした足取りで立ち去った。部下の二人のカムパはリンポチェの玉座に近寄ってこうべを垂れ、リンポチェの祝福を受けると、三度五体投地をしてからタシの後をついて集会堂を出て行った。

リンポチェの合図で僧侶たちは『極楽誓願』を唱え始めた。極楽は悠久の彼方にある阿弥陀仏の浄土であり、すべてが光明赫灼（こうみょうかくしゃく）と輝き、そこでは一瞬一瞬がまさに至福そのものである。リタンツァンと部下の耳には延々と続く読経が聞こえていたが、彼らの後ろで僧院の門が閉められ、施錠され、閂が掛けられると、その声はぐっとかすかになった。

僧兵たちは胸壁に沿って歩き、他の者たちは見張りの任務に就いた。僧院のあらゆる場所は静まり返っており、集会堂で行われている読経以外には何も聞こえなかった。ケンポは首から双眼鏡を下げ、脇にはリボルバーをケースから覗かせ、防衛状況を監督するとともに、穏やかで静かな声で祈りを捧げ、よく磨かれた白檀の数珠を繰り続けていた。

チベット人たちの目に共産党軍の山砲が弧を描くように並べて設置されているのがはっきりと見えた。人民解放軍の兵士たちは銃に弾を装填したり、双眼鏡で僧院を舐めるように見渡したり、明らかに伝達事項や指令を伝える目的で走り回ったりしていた。別の場所では機関銃や迫撃砲が設置され、兵士の集団が直立不動の姿勢で上官からの指示に耳を傾けていた。クンガ・リンチェン僧院は、断崖絶壁に阻まれてどんな侵入も許さない背面を除いては、完全に包囲されていた。両陣営ともどちらが先陣を切るか様子を窺っている。

夕方近くなって、一人の士官に率いられた人民解放軍の歩兵たちが視察といった風でさり気なく僧院に近づいてきた。一行は施錠され、閂の掛けられた正門に向かってまっすぐ行進してきた。

「共産党軍！」ケンポが北京語で叫んだ。「警告する！　これ以上近づいたら発砲するぞ」

歩兵たちはぴたりと立ち止まった。中国人兵士たちは塊となってその場に立ち尽くしている。怖気付いているのだ。

「坊主ども！」士官が叫び返してきた。流暢なチベット語だ。「われわれは中華人民共和国の人民政治協商会議の党中央指導部の指示を実行するよう命を受けている。これから僧院に突入し、隠し持っている武器を捜索し、発見した武器はすべて没収する。もし武器を引き渡すつもりがあるならただちに供出せよ！」

「共産党軍！」ケンポが叫んだ。「この僧院は人民政治協商会議とやらの支配下にはない。われわれに対して何の権限もない。われわれが従うのはドルジェ・サンペル・リンポチェの指示だけだ。もしこの僧院に強制突入したら不法侵入と見なし、銃撃を開始する！　帰ってくれ」

「ライフルを寄越せ……」ケンポが隣に立っている僧兵に声をかけると、僧兵は長距離射撃で無比の正確性を誇るイギリス製のリー・エンフィールド303を手渡した。

中国人士官は部下と話し合っているようだった。そして肩からかけていた銃を外した。と思ったら突然僧院の門めがけて駆け込んできた。ケンポはチベット語を話す士官にきっちりと狙いを定めて発砲し、すぐさま塀に張りついていた全僧兵が単発銃による銃撃と機関銃による掃射を開始した。共産党軍の歩兵の誰一人として、重厚な石壁に近づくことはできなかった。

とそのとき、空が爆発したかのような、地震で大地が揺れたかのような衝撃が走った――噴煙、爆発、飛散する榴散弾――共産党軍の大砲と迫撃砲、機関銃による弾幕砲火を浴びせられたのだ。僧兵たちは身を隠し、ケンポは噴煙に包まれて姿が見えなくなった。「身を守れ！　自分の身を守るんだ！」ケンポはしゃがれ声で叫んだ。「やつらが攻撃を止めるまで待て！　むやみに姿をさらすな……」攻撃は一層激しくなり、いつ果てるともなく続いた。それはまるでものすごい速さの太鼓の連打のようで、速さも音も勢いを増していった。同時に迫撃砲のタッタッタッという音もいつまでも続いていた。あたりを見回すと至るところに死傷した僧侶が倒れていた。僧兵たちはやり場のない怒りに歯を食いしばり、挑発的な雄叫びを上げ、護法神に祈りを捧げながら共産党軍に対して拳を振り上げていた。

そのとき急に攻撃が止んだ。ケンポと僧兵たちは胸壁に駆け寄って見下ろすと、そこにはカーキ色の軍服を着た何百人もの人民解放軍が集結していた。すでに大勢の兵士たちが僧院の壁までたどり着いており、一部の者たちは門を壊しにかかっていた。次の戦いが玉砂利の敷かれた中庭で勃発するのは時間の問題だった。中庭には大砲も迫撃砲も持ち込めないので、僧兵たちにとっては有利な展開となるかもしれなかった。するとそのとき、リタンツァンのタシ・ツェリンが拡声器でがなり立てる声が聞こえてきた。

「クンガ・リンチェン僧院の僧侶たちよ！　最後に聞いてくれ！　君たちに勝ち目はない……。そんなことをしても無駄だ……。すぐに攻撃を止めろ！　武器を置け！　そうすれば命は助かる……。リンポチェの命も……」タシ・ツェリンのもとに届いた答えは、雨と降りかかる怒号と呪い、雄叫び、そして僧院の門前に群がっている人民解放軍の中に投げ込まれた手榴弾の爆発だった。共産党軍は反撃を開始し、とてつもない大砲の集中砲火を浴びせ、機関銃を容赦なく一斉掃射してきた。兵士たちは今や中庭に入り、二階を守っている僧兵たちを銃撃し始めた。

　集会堂の中ではドルジェ・サンペル・リンポチェが落ち着き払った様子で玉座に座り、時折小さなでんでん太鼓（ダマル）や金剛鈴（ティルブ）を高らかに鳴らしていた。銀の鉢から米を手に取り、僧侶たちを祝福するためにあらゆる方向に撒いた。リタンツァンの前で演説した老僧は仏像のようにじっと座ったまま、さまざまな読経を先導していた。シンバルの打ち鳴らされる音、人間の大腿骨製のラッパから響き渡る、一度聞いたら忘れられない薄気味悪い音色、大きな法螺貝から悲痛と哀悼のこもった唸りで空気を震わせる音が響き渡った。八フィート［二・四三メートル］をゆうに超える長さの大ラッパ（トゥンチェン）の周囲を揺るがすような大音量は、僧院を取り囲んで無差別に砲撃を繰り返している人民解放軍の砲兵隊の耳にも届くほどだった。僧侶たちが三日月状の撥（ばち）で、細い支えに載せられた大きな二面の太鼓を穏やかな音で叩いており、集会堂ではそのリズムに合わせて読経が続けられていた。何百という灯明が集会堂を取り囲むように揺れており、壁面を埋め尽くす経典とお堂に安置された聖人や菩薩、宗教改革者たちの像を照らしていた。

とそのとき、砲弾が集会堂の真上で爆発した。天井の一部が崩落して大量の砂塵や瓦礫が降り注ぎ、灯明が消えていった。少年僧が瓦礫の下敷きになっており、折れた梁の直撃を受けた僧侶たちが痛みに悲鳴を上げていた。リンポチェは祈り続けている。さらに続けざまに爆発が起こり、手榴弾の爆発音や自動小銃の銃声が聞こえてきた。中国人の発する甲高い指令やさまざまな声がどんどん近づいてきて、二人の少年僧は恐怖のあまり泣き出してしまった。二人の先生である威厳のある年配の僧侶がゆっくりと近づいていき、坊主頭に優しく触れてやると、二人はすぐさま落ち着きを取り戻し、再び祈り始めた。

これが人民解放軍のベテラン兵士たちが自動小銃を構えて集会堂に押し入ったとき、目にしたクンガ・リンチェン僧院の僧侶たちの姿だった。彼らがいくら捜しても武装した僧侶は見つからなかった。そのかわり視界に広がったのは、瓦礫が散乱した光景と、崩落した屋根や壁の下敷きになった僧侶たち、そして、まだ玉座に就いたまま――微動だにせずにいる――ドルジェ・サンペル・リンポチェの指示のもと、列を乱すことなく読経を続ける僧侶たちの姿だった。リンポチェは共産党の軍人たちが駆け込んできて、柱の陰に陣取って僧侶たちに銃を向けたときも読経を中断することはなかった。

戦闘はまだ続いていた。僧兵たちは僧院の裏手の屋根に近いところで粘り強く抵抗していた。

司令官のワン・ツァオウェイは集会堂に乗り込んできて、禁欲的で規律正しい僧侶たちが列をなして読経しているさまと、リンポチェが目を閉じたまま落ち着き払った様子で玉座に座っているさまを怒りと軽蔑に満ちた目で一瞥した。ワンは僧侶たちによる抵抗に怒り狂っていた。彼はすでに多くの人民解放軍の立派なベテラン兵士を失っていた。まだ戦闘は続いている。ワンは集会堂の中にそびえ立つ慈悲の未来仏、弥勒菩薩（ギャワ・チャンバ）の巨大な像のところまでぶらぶらと歩いていった。ワンはこうしたチベットの仏像には戦利品や武器、爆弾が隠してあることが多いと聞いていた。拳銃を出して後ずさりし、安全な距離を保ってから菩薩像に向かって計画的に狙いを定めて発砲した――最初の一発はトルコ石でできた眉間の智慧の目を粉々に打ち砕き、二発目は左右の胸の乳首を狙って撃ち抜き、丸みのある腹部には二発、それけら折り曲げた左右の膝にそれぞれ撃ち込んだ。もっとたくさんの仏像を撃ちたいと思って、拳銃の弾倉を交換した。

とそこへ、一人の兵士がワンに事態の急を告げにやってきた。僧兵が全員で屋上に立てこもっているというのだ。頑として降伏しないと言っている。ワンは吸っていたたばこを口から離し、居並ぶ僧侶たちを見渡して嫌悪感を露わにした。一人の若い僧侶が睨みつけてきたので、ワンは吸いさしのたばこをその顔めがけて弾き飛ばし、その場を立ち去った。個人的には僧兵に最後の猛攻撃をかけたいと考えており、負傷者を捕虜にするのを楽しみにしていた。この野蛮なチベット人僧侶たちに、人民解放軍が反革命派をどう扱うかを思い知らせてやりたかった。集会堂にいる兵士たちに僧侶たちの見張りをするように命じた。僧侶たちは排泄を禁じられた――それが小便であろうと大便であろうと許されなかった。何の食べ物も飲み物も与えられない。抵抗する者がいれば銃剣を突きつけられて殺される。声明や読経、太鼓を鳴らすのはいくらやっても自由とした。ワンはこれでうまくいくだろうと踏んでいた。遅かれ早かれ疲れ切って耐えられなくなるだろうし、そうなったらみんな諦めるだろうと。

ワンは僧院の傾斜のきつい、バターでべとつく階段を上っていき、瓦礫の散らばった胸壁を何とか通り抜け、僧侶や僧兵のずたずたになった死体をまたいで行った。彼は人民解放軍の死傷者が担架に載せられて、あるいは毛布に包まれてどんどん担ぎ下ろされてくるのを見て、胸が詰まると同時に怒りがこみ上げてきた。屋上の近くでは担架が通る余地もないという有様だったのだ。あたりはすでに暗くなってきており、ワンは部下に懐中電灯を借りなければならないほどだった。僧兵たちは金色屋根の頂塔のすぐ下の狭いところに立て籠もっており、包囲することが不可能な状況だった。武器が多かろうが上等だろうが、専門的な軍事訓練を受けていようが何の役にも立たないし、戦術も使いものにならなかった。共産党軍のベテラン兵士たちは一歩一歩前進しながら、僧兵を一人ずつなぎ倒していかなければならなかった。屋上での戦闘は何時間も続いた。僧院内の他の場所での抵抗戦は途絶えた。あちこちで火の手が上がっており、タシ・ツェリンは僧侶たちが消火活動をするのを許してやっていた。ワン・ツァオウェイはリンポチェも僧侶たちも全員集会堂に監禁すべきだという意見だった。彼はほくそ笑み、ひょっとするとかなりの見ものになる愉快な方法を思いついたと言った。というのもあの連中はもはや屋上の僧兵たちとなんら変わりはない「頑強な反動勢力」であり、抜かねば痛い棘になりつつあるからだ。ワンにはふいに思いついた作戦があった。もしかするとうまくいくかもしれない。彼はタシ・ツェリンに屋上に上がってくるように伝えた。

ケンポは僧衣をぎゅっとたくし上げた。衣もブーツも血まみれだった。まだ百人以上の僧兵たちを抱えていた。弾薬は極めて不足していた。みな飢えと渇きに苦しめられ、疲労困憊だった。共産党軍は彼らに一刻の猶予も与えなかった。とにかく絶え間なく襲いかかってくるのだ――一人を殺すと代わりに五人やってくる。五人殺せば二十人以上が控えている。間違いなく勇敢で驚くほど優秀な兵士たちだった。中国人が残酷で執念深く、狡猾なことはよく知っていたが、この人民解放軍の若い兵士たちのような勇敢さは見たこともなかった。でも彼は僧兵たちを誇りに思っていた。彼らは獅子のごとく戦い、一人で十数人もの敵を撃退してきたのだ。ただこの際限なく押し寄せる共産党軍の兵士たちの波に、いつかは破滅させられる。勝てっこない！　一刻の途切れも、息をつく暇もない。でも今――突然に――静まり返った。

「ケンポ！　ケンポ！」タシ・ツェリンだ。「われわれはリンポチェを確保した……。ドルジェ・サンペル・リンポチェは生きている！　よく聞いてくれ、ケンポ！　まだ生きているなら。もしケンポと僧兵が即刻降伏しないのであれば……軍司令官がみなの目の前でリンポチェを撃つぞ！　司令官は本気だ！ケンポ！　すぐに降伏しろ！」

　ケンポと僧兵たちの耳にはしっかりと届いていた。「降伏しないと……」ある僧兵が小声で言った。

「リンポチェを死なせてしまうわけにはいかない……」

「罠かもしれないぞ……」別の僧兵が言った。

「俺はそうは思わない……」暗闇から声がした。「ほら、読経の声が聞こえるか？　まだ続けてるじゃないか。リンポチェが亡くなってるか、あるいは亡くなろうとしてたら、あんな風に読経は続けられないだろ！」

「確かに」ケンポは言った。「共産党が言った通りなんだろう……」彼は絶望感を抱えたまま……浮かんでは消えるとりとめもない考えを……あれやこれやと素早く思い浮かべていた。「こっちへきて聞いてくれ」彼は僧兵たちに言った。「壁伝いに下に行ける道があるだろ……。小川の側に出る道だ……」屋上から下へ向かう曲がりくねった石の階段があって、それを下りると僧院の裏手にそびえる断崖のすぐ脇を流れる小川に行き着くようになっている。趙爾豊率いる清朝軍に攻め込まれた後に造られたものだ。当時、僧院は包囲されて水の供給ルートを断たれてしまったので、先代のケンポは再び包囲された場合に備えて隠し階段を造ったのだ。「私と一緒に十人だけ残ってくれ。それ以外の者は山へ逃げてくれ……。

そしてアムリケンのポーロとタゴツァンのテンガに合流してくれ……。彼らを捜すんだ！ 今すぐに行け！ ぼやぼやしてる暇はないぞ……。さあ！ 行くんだ！」ケンポが残る十人を選ぶと、残りの者たちは暗闇の中に消えていった。

ドルジェ・サンペル・リンポチェが屋上まで連れてこられ、暗闇の中に立たされた。共産党軍の兵士がランプを持って駆け寄り、頂塔の下に隠れている者たち全員によく見えるようにリンポチェの顔を照らした。両隣にはタシ・ツェリンとワン・ツァオウェイが立っている。ワンは芝居がかった仕草で手持ちの懐中電灯で遠くを照らしたかと思うと、今度はリンポチェの顔めがけて、まるで主役を照らす舞台照明のように光を当てた。

「ケンポ！」タシは叫んだ。「もし生きてるなら聞いてくれ！ 僧兵たちよ、俺の話を聞け！ お前たちのリンポチェがここに立っている。すぐに降伏しないと、この場でリンポチェを撃つぞ！ 命を救って欲しければすぐに下りて来い。お前たちの命も保証する。それは俺が誓う！ 負傷者がいるなら担いで下りて来い。手当てしてやる。お前たちに勝ち目はない！ 無駄な抵抗は止めろ」

しんと静まり返った。

「今から十分やる」ワンは北京語で叫んだ。ケンポが完璧な北京語を話すのを知っているからだ。彼は懐中電灯で腕時計を照らした。「きっかり十分以内に降伏しなければ、お前たちの目の前でリンポチェを撃つ」ワンは拳銃を引き抜いて芝居がかった仕草で撃つ真似をした。リンポチェは身じろぎもせず、一言も発さなかった。リンポチェはケンポの――まだ生きているならば――、そして僧兵たちの決断に委ねた。みな待っていた。

とそのとき、一発の銃声が響いた。ワンは驚いて振り返った。さらに発砲が続いた……僧院の屋根の下からだ。続けてまた何発もの銃弾が撃ち込まれた――明瞭でよく聞こえるその音には不規則な間があった。夜空を見上げれば星々が間近に瞬いている。さしづめ何千もの星を集めた煌めく絨毯を広げたかのようだった。そしてまた、穏やかな静けさが訪れた。

　ワンはリンポチェを下の階に連れて行き、玉座に就かせ、読経を続けるように命じた。人民解放軍の兵士たちにはラマと僧侶たちを監視するように言い、何かを口にしたいと請われても、水一滴、食べ物一口も許可してはならないと指示した。器楽演奏や読経、声明は許すが、一睡もしてはならない。うたた寝をする者がいたら、銃剣を突きつけて起こすべし。どんな理由であれ、小便や大便をするために集会堂の外に出てはならない。いかに聖なる方々であろうと下着の中でさせろ!

　兵士たちは腰を下ろしてくつろいでいた。たばこを吸い、語らい、お茶やお湯を飲みながら、囚われのチベット人僧侶たちへの監視の目を光らせていた。しばらくして、幼い少年僧がもじもじしだしたかと思うとたちまち目に涙をいっぱいに溜めている。少年僧の先生は弟子の側に歩いて行って静かに何か言い聞かせてから、中国人の監視兵のところへ行って懇願した。すると監視兵は勢いよくかぶりを振って笑い、年配の僧侶を押しのけると、許可なく立つなと警告した。この一件は少年僧をすっかり落胆させ、不安感が徐々に他の者たちにも広がっていった。すると声明を先導していた白髪の老僧が監視兵のところへ行き、司令官に会わせてくれるよう要求した。兵士は出て行き、ワン・ツァオウェイを連れて戻ってきた。ワンは憔悴しており、眠たそうで、かなり苛立っている様子だった。

「何が望みか」彼は尋ねた。

「ポンボ……おたくの監視兵はうちの僧侶たちが用を足しに行くのも許してくれないのです……」

　ワンは冷笑した。「そうかね?　うちの兵士たちは私の命令に従っているだけだが」

「でも相当辛い思いをしている者もいるんです！　まさか……われわれにその場で用を足せというのではないですよね！」

「率直に言って――あんたたちがどこで何回しようが私にはどうでもいい！」ワンは叫んだ。「だがおたくらのあの物言わぬ像みたいにただじっとしていてほしいんだ……」そういって爆笑した。「おたくらチベット人ラマは奇跡を起こすのが得意で有名だったな！　他の人間より自分たちの方が優れているとでも思っているんだろう。少なくともあんたらが何世紀もの間そう説いてきた。なあ、どんな奇跡でも起こせるんだろ。伝説にあるようなことを実演するときがきたんだ。信じられないことだが、おたくら高貴な方々も普通の人間みたいに大小便をしなけりゃならないのか？　それは信じたくないね！」

「われわれは人間だ」老僧は言った。「われわれだって大小便をする」

ワンは信じられないというふりをしてかぶりを振った。「いやしかしご老人、それは信じがたいことですな！　自分たちは空をも飛べると一般大衆に説いてきたわけだろ。トゥンモとやらの行をやっていると疲れることもなくとんでもない距離を走れるとか、冬の最中に体の熱で氷を溶かせるとか、死んでも生き返れるとか。それでもなお、われわれと同じように小便やら大便をしなきゃならないってのか！もちろん――冗談だよな！　チベット人の僧侶ってのは人間離れしてるっていうじゃないか。さあ、奇跡を披露するときがきたぞ。僧侶同志！　今宵は存分に奇跡を見せていただこう――頼むよ！」

ワンは僧侶に集会堂の一番前にある自分の席に戻るように言った。つまらないことで二度と起こしてくれるなというのだ。自分はごく普通の人間であって、チベット人の坊さんみたいな超人じゃないんだと言った。そのときはもうくたくたで、ただ眠りたかったのだ。

幼い僧侶たちはついに耐えきれず小便を漏らしてしまった。ほどなくして年上の僧侶たちも同じ状態になった。ドルジェ・サンペル・リンポチェ、六代目の化身ラマでさえ、意匠を凝らした絹と錦のあしらわれた玉座に座ったまま、僧衣の中にいたすという辱めを受けなければならなかった。

夜が明けたが、銃剣でさえもほとんどの僧侶たちを起こしておくことはできなかった。そして今や、大きな集会堂のそこここから糞尿の臭いが漂っていた。人民解放軍の兵士たちは顔をしかめ、ハンカチで顔を覆い、汚れたチベット人僧侶に対する侮辱と嫌悪で顔を背けた。もうこんなにくさい超人的な僧侶や奇跡などたくさんだ！　監視兵たちは交代の時間になり、食事をとり、排便し、睡眠をとるために外に出て行った。新しい監視兵たちが入ってきた。

リンポチェと僧侶たちは終日監禁されていた。晩になると年配の僧侶たちの中には飢えと渇きのため気を失ってしまう者も出て、幼い者たちはこらえきれずに泣き出した。昨晩と同じような状態で夜が更けていった。

ワン・ツァオウェイがリンポチェと僧侶たちの様子を見にきた。集会堂には強烈な悪臭が漂っている。ワンはラマに上機嫌であいさつをした。

「司令官……」リンポチェは懇願した。彼の声はしゃがれ、はっきりと聞き取れなかった。すでに消耗しきっており、舌はなめした革のように渇ききっていた。「われわれは二晩も眠っていません。飲まず食わずで三日が過ぎようとしています。われわれが死ぬまでこうして監禁するつもりですか」

ワンは高笑いして、集会堂にいる全員の耳に届くような大声で話し始めた。「いやいや、リンポチェはチベットの化身ラマですよね。奇跡的なお生まれのお方だ。あなたを信じる何千人もの巡礼者に加持を与えてきた。チベット中の誰もがあなたの起こした奇跡を聞いたことがあるという。あんたは伝説の人――魔術師だ！　さあ、これまで長年にわたり受けてきた信仰と崇拝が正しかったことを示すときが来たぞ。あんたがチベットの化身ラマであることをわれわれみんなに証明してくれ。この僧侶たちに食べ物を食わせてやってくれよ。喉の渇きを癒してやってくれ。もしそれができたならあんたは本物の神だ。そしてチベットの宗教は何がしかのものだといえるだろう。もしできないなら――あんたは単なる偽物で、ぺてん師で詐欺師だな！　民衆と僧侶たちを長いこと騙してきたってことになる。なあラマ、一つだけでいいから、奇跡を見せてくれよ、一つだけでいい……。そうしたら一人残らず自由にしてやると約束する！　いいな、約束だ！」

クンガ・リンチェン僧院の僧侶たちはみな、ドルジェ・サンペル・リンポチェを見つめた――六代目の化身ラマであり、奇跡的なお生まれにして、全知全能の、偉大な庇護者――中国共産党の軍司令官の口から発せられるこうした挑発の数々を聞きながら、自分たちのラマを見上げていた。みな奇跡が起きるよう熱心に祈っていた。敬愛するわれらがリンポチェが中国共産党の化け物たちに対して何がしか見せてはくれまいか。幼い少年僧たちはリンポチェに手を合わせて何か食べるもの飲むものを恵んでほしいと請うた。ワンは出て行った。監視兵たちには、チベットの高僧が奇跡を見せるかもしれないから、そして奇跡は毎日起こるとは限らないから、眠らずによく見張っているように指示した。見逃せないぞ。故郷への土産話になる。僧侶たちが疲労困憊でぼろぼろなのは分かっていたが、リンポチェは祈りを続けるように指示し、ターラー菩薩に救済と庇護を求める声明を先導した。続いて八世紀のチベットに初めて僧院を建て、その年譜にはおびただしい数の神変と奇跡が記録されている魔術的な聖者グル・リンポチェに対する声明を唱えた。僧侶たちはチベット仏教の聖なる教えが危機に瀕している今、これまでにないほど祈りと声明を捧げた。心の底から信仰と熱意をありったけ奮い起こして祈り、僧院で最も霊力のある護法神に懇願するのだった。護法神の像は立派な仏壇から睥睨（へいげい）するばかりで、なんの奇跡も起こらなかった。水の一滴も、お茶の入ったやかんも天から下りてくることはなかったし、一握りのツァンパも、一切れのヤクの干し肉も、窓から宙を舞って届けられることはなかった。むしろ空腹と喉の渇きが増すばかりで、悪臭はますますひどくなった。そしてもはや人民解放軍の銃剣さえも、痺れるほどの眠気に襲われた僧侶たちを起こすことはできなかった。読経も声明もからからに乾いた喉で干上がってしまった。奇跡が起こらないまま、また一晩が過ぎた。

翌朝、ワンがタシ・ツェリンと政治委員のタン・ヤンチェンを伴ってやってきた。彼らは軽蔑しきった態度で僧侶たちを睨みつけた。

「おいこら」タンは、ドルジェ・サンペル・リンポチェの肩を乱暴に揺さぶりながら言った。リンポチェはもはや目を開けていることすら難しい状態だった。「おい、この派手な玉座から降りて、僧侶たちの前に立て」リンポチェは力尽き、喉もからからの震える体で、糞尿の臭いをふんぷんと振りまきながら、玉座を降りた。二人の僧侶がリンポチェに寄り添おうと立ち上がったが、タンは手荒く押しのけ、このラマが僧侶たちを失望させ、尊敬の念を抱けなくさせたのだと言った。リンポチェは足の震えがあまりにひどく、硬直してしまっていて、玉座を降りることも立っていることもままならなかった。

「そこに立て……」タンはリンポチェを指さし、鋭い口調で命令した。あたかも厳しい教師がふざけている生徒を鞭で叩こうとしているかのようだった。「僧侶たちに食事を与えることはできたか？　何か飲ませてやったか？　うちの軍司令官がやってほしいと頼んだことはほんの小さな奇跡なんだがな」

ワン・ツァオウェイはリンポチェの玉座の側に立っていた――ただし少し距離を置いて。死ぬほど臭いからだ！　聖なるお方の腸（はらわた）が腐りかけてるんだろう。未開で野蛮なチベット人の腸がな。ワンはタンにこれほど愉快に話せる話術があったのかとたいそう喜んでいた。リンポチェは生気もなく、がっくりと肩を落としていた。ひどく弱っていて、消耗しきっており、体を震わせており、もはや立っていることすら難しく、玉座にしがみついていなければならないほどだった。

「いや、僧侶たちに食べ物を食べさせてやることはできませんでした」かすれ声で言った。目を開けているのも大変そうだった。

「奇跡を起こせないということなのか、それとも奇跡を起こすのを拒否しているのか、どっちなんだ」タンは問い詰めた。

「ポンボ!」リンポチェは悲痛な声で懇願した。「私を弄ぶのはやめてください。こんな年寄りですよ。それよりわれわれを追い出して、殺してください。こんな風に辱め、こけにするのはもうやめてください! 趙爾豊から受けた仕打ちなど、今われわれが受けている責め苦に比べれば何でもない……」

「聖者よ! 全知全能者よ!」タンは言った。「極めて単純な質問だ。極めて単純に答えてくれ。奇跡を起こす能力がないのか、それとも苦しんでいる弟子たちのために奇跡を起こすことを拒否しているのか、どっちだ」

「私は宗教者です」リンポチェは言った。「神ではありません。奇跡を起こすことはできません」

タン・ヤンチェンはにやりとしてドルジェ・サンペル・リンポチェを馬鹿にしきった目つきで睨めつけた。「この老いぼれ坊主が!」タンは指を突きつけ、みなに聞こえるようなはっきりとした声で言った。「それはこれまでの人生で初めて言った嘘のない言葉だろうな! 初めて真実の言葉を話せたのは中国共産党のおかげだったってことを覚えておくがいい!」

上品できちんとした染み一つない清潔な服装をしたタンは、手を後ろ手に組んで背筋を伸ばして立ち、勝利を楽しんでいた。「なあ、ラマ」彼は揶揄するような口調のまま続けた。「あんたは坊さんたちに奇跡で食事を与えられるのか？」

「無理です……」リンポチェはかすかな声で言った。

「もっと大きい声で！　みんなが聞こえるように！」

ラマは言われた通りにした。

「坊さんたちが眠気に負けてしまいそうなとき、眠らせないことはできるか？」

「いいえ……」

「全知全能者よ！　連中が小便も大便も我慢できないってときに、我慢できるようにさせてやれるか？」

「無理です……」

「それなら、聖者さん、あなたは偽物で、偽善者で、ぺてん師じゃありませんか。聖者さん、あなたは偽物で、偽善者で、ぺてん師なんですか？」

「そうです……」

ワンは長椅子にどっしり腰を下ろして足を組み、たばこを吸いながら、くすくす笑っていた。タンは確実に腕を上げたな。あの男は天才だ。ここは一つタン同志の披露するショーに身を任せてみよう！

「僧侶のみなさん！」タンは僧侶たちに向かって大声を上げた。「みなさんはもうこの場を離れて構いません。体を洗ってきれいにしてください。みなさんは今、この世で一番汚い豚よりももっと臭いますよ！　でもそれはみなさんの落ち度ではありません。誰の落ち度かと言えば、この奇跡を行う人物です……」今度はリンポチェの方を向いて嘲るような身振りをした。「みなさんに食事と温かいお湯とお茶をお出ししましょう。その後は宿舎に戻って用も足し、好きなだけぐっすりとお休みください。

目が覚めたら私の指示通りにするように。これ以降、この詐欺師……偽善者、ぺてん師を自認するこの男ではなく、われわれの命令に従うんです。分かりましたか？
それから体を洗うとき、食事をするとき、飲み物を飲むとき、寝るとき、便所を使うとき、それができるのは敬愛する毛沢東主席の寛大さと慈悲のおかげだということを思い出すのです。それこそが奇跡だということを胸に刻むのです……。毛主席の起こした奇跡だと！」

僧侶たちは座ったまま押し黙っていた。誰も動く者はいなかった。政治委員は人民解放軍の兵士たちにリンポチェを連行し、逮捕するように命令した。リンポチェは荘園領主や資本家、反動主義者らに比べてはるかにひどい扱いを受けることになるだろう。彼は僧侶たちに向かって、この場を去れと叫んだ。ほとんどの者たちは体が硬直し、また消耗しきっていたので、立ち上がることすらできなかった。多くの者が銃剣を受けた傷で流血していた。しかし、なんとかお互いに支え合いながら、自分たちがこの間に肉体的かつ精神的に経験し、耐え忍んだありとあらゆることに当惑したまま、みな足を引きずりながら集会堂を後にした。

51

クンガ・リンチェン僧院はかくして中国共産党に制圧された。ドルジェ・サンペル・リンポチェは独房監禁を言い渡され、「無期限の思想改造」に処せられることになった。僧侶たちはあちこちに分散させられ、強制労働をさせられた。従わない者は「反動主義者」というレッテルを貼られ、「特別な刑罰」を受けさせられた。僧侶たちは妻帯を命じられ、僧侶を口説き落とした娼婦には褒賞が与えられた。

リチュが原では僧侶たちが蔑まれ、辱められ、「特別な刑罰」が執行されている光景がしばしば見られるようになった。僧侶たちは割れたガラスを敷き詰めた上に四つん這いになって這い回るように命じられた。しかも、鞍と馬勒をつけられ、乞食や前科者や娼婦に跨がられ、草まで食べさせられた。数多の稀覯書（きこう）が巨大な焚き火に投じられ、塼仏（せんぶつ）［型に粘土を押し込めて作るレリーフ式の仏像］もリチュ川に放り込まれた。意匠を凝らした彫刻の施された真鍮製や銀製の仏像も、クンガ・リンチェン僧院で何世紀にもわたり大切にされてきた宝物も溶かされ、ぐしゃりと踏み潰され、リチュ川に流された。

ラギェルガンの聖なる禿鷲はすでに去ってしまった後で、一羽も残っていなかった。しかしラギェルガンの上手には瞑想修行に勤しむ隠遁（いんとん）行者たちがまだ暮らしており、敬虔（けいけん）なチベット人の信者たちが彼らのもとを訪れ、食べ物を届けては、加持をお願いしていた。

　こうした隠遁者たちは俗世間から完全に離れて、生涯を瞑想修行に捧げる誓いをした人たちだ。彼らは岩がちな山の斜面などにつくられ、扉も窓も閉ざした小さな瞑想窟に暮らしている。食べ物と水は一日に一回届けられ、回転式の窓のところに置かれるのだが、食べ物を引き取らない日が四日間続いたら「悟り」と「解脱」を得て「浄土」へと旅立ったのだと見なされる。窓は封印され、その瞑想窟は新たな「永劫」へ、そして「虚空（こくう）」へと旅立ったお方のかつて暮らしていたところとして信仰の対象となるのである。

　修行者の中には自ら窓も扉も完全に密封して永遠に出られないようにする者もいる。岩窟の中に生きながら埋葬され、石や土を食べて生き延び、極度に集中した瞑想と秘密ヨーガ（トゥンコル）の実践を終えると、最終的な解放を獲得し、この世に残った肉体は髪の毛と爪だけになると信じられている。こうした特別な瞑想窟にチベット中の信心深い仏教徒が巡礼に訪れるようになり、「虚空世界」へと旅立った聖者の遺物や神秘的な逸話が閉じ込められた聖地として信仰の対象となるのだ。

　ある日ワン・ツァオウェイは人民解放軍の兵士たちにつるはしや鋤、シャベルを持たせてラギェルガンまで連れて行き、そうした岩窟の中がどうなっているか確かめるよう命じた。百聞は一見に如かずというわけだ。村人たちがあまりの冒瀆ぶりになすすべもなくただ見つめている中で、ワンの部下たちが壁面を破壊した。まず最初は、ワンが永久封印の瞑想窟を開けた。ワンはほくそ笑み、見物人に「陳列品」を披露した。それは経典に真鍮製の仏像、脂と埃にまみれた汚い木椀、そして「旅人」と大いに持ち上げられた修行者の亡骸だった。そのさまはグロテスクで不気味だった。亡骸には皮膚片がところどころ残っていたが、すでにミイラ化していた。修行衣や帽子は身につけたままだったので、あたかも手漉きの紙に包まれているかのようだった。ワンの見たところ、髪の毛と爪以外何も残っていない岩窟は一つもなかった。続いてワンはまだ生存している修行者のいる別の岩窟に行って扉を叩き、地下に棲むもぐらを扱うかのように引きずり出した。彼らはよろよろとした足取りで歩き、外界の痛いほど眩しい光に目を瞬（しばたた）かせたり、額に手をかざしたりしながら、いったい何が起きているのか分からぬまま、チベット人の群衆と、自動小銃やつるはしを抱えた見慣れない中国共産党の兵士たちを見つめていた。修行者たちが向かっている、あるいはそこへ至る道を探し求めている宇宙は、毛沢東やマルクス、レーニンが求めている世界より遙か遠くの彼方にあるのだ。だから彼らにしてみたら、自分たちが永遠に断ち切った、世俗的な世界へと無理矢理引きずり出されるなど、不可解極まりないことであった。修行者たちはみな一様に長い髪と長いひげをたくわえ、汚れた爪を長く伸ばしていた。彼らの顔はみな垢まみれ埃まみれだったが、肉づきもよく元気そうで、すっかり色白になっていた。

「この太った豚どもを見ろ！」ワンは呆れ顔で言った。「この連中は虫や寄生虫よりひどい。人におまんま食わせてもらってるんだ。現実の世界から逃げ出して、責任逃れをしている。われわれが汗水垂らして働いている間、連中はただ何もせずこの岩窟の中に座っているだけだ。それが証拠にあんなに太って、実に健康そうじゃないか！」

そうした修行者が三人いた。三人とも腰が曲がっており、目を瞬かせ、戸惑った様子で、額に手をかざしていた。その姿はまるで真昼の太陽に照りつけられて雪山が解けつつある、チベットのチャンタン高原を行く旅人のようだった。

「この連中はな」ワンは続けた。「空を飛べるらしいぞ。それにほんの小さな裂け目とか穴を通って別の宇宙へと行くこともできると。ほんのちょっとした瞬間に、肩をすくめる間に、姿を消すことができるんだとさ。今日は一つ、ここにいるみんなが私の証人になってくれ。連中に何ができるのかしかと見せてもらおうじゃないか！　これまでみんなこの連中や、喧伝されてきたその力を恐れていたよな。こいつらに直接口を利くこともできなかった。やつらの力で消されちまったり、山猿の姿に変えられてしまうかもしれないし、奈落の底に突き落とされるかもしれないからなあ。しかし、偉大な祖国新中国の国民であるわれわれは、保守的な人びとの恐怖や迷信を餌にしているこけおどしの寄生虫など信じない。だから今日はわれわれの目の前で、この連中がどんな奇跡を披露してくれるのか見てやろうじゃないか！」

まずワンは三人の修行者たちに廃墟となったクンガ・リンチェン僧院の方へと下りて行くように命じた。何年も歩いていなかった修行者たちの足取りはぎこちなく、僧院に着くまでに何度も転んでしまった。三人ともひどく息を切らし、消耗しきっていた。三人は打ち捨てられた集会堂の弥勒菩薩（ギャワ・チャンパ）の像の前で三度五体投地をした。まるで地震にでも遭ったかのように、彼らの大切な僧院が今や骨ばかりとなり、すっかり荒れ果てていた。像にはワン・ツァオウェイが拳銃で撃った丸い銃痕があちこちにあった。

ワンはテーブルの上に腰を下ろし、足を組んだ。そして修行者たちを自分の前に立たせると、銃痕を指さした。

「行者のみなさん……敬愛する行者のみなさん……」ワンは言った。「私のために小さな奇跡を起こしてくれないか。何もきついものじゃない。空中浮遊をやってくれと頼むわけじゃない。そういうのは後でいい。あの像をラギェルガンまで運んでほしいんだ」

修行者たちはワンが何を言っているのか理解できず、茫然としていた。人民解放軍の司令官は同じことを繰り返した。すると修行者の一人が口を開いた。「ポンボ、この三人でどうしてそんなことができましょうか。少なくとも五十人は必要です……」

ワンは笑ってその修行者のところにやってきて背中を叩いた。彼はけたたましく笑って、その修行者の背中をさも面白そうに何度も叩いた。「行者同志！　敬愛する行者同志！　あなたは結局ただの人間なんですね……。あなたが空中に消えて逃げてしまうんじゃないかと心配だったんですよ……」

ワンは証人として集会堂に集められていたチベット人たちに弥勒像を運ぶように言った。ワンは、立ち尽くしたまま信じられないといった様子で変わり果てた集会堂を茫然と見つめている修行者たちを見て、手を貸すように叫んだ。「馬鹿で怠け者の豚野郎が！　ぼーっと立ったまま人に仕事を押しつけやがって！」三人は命令に従いながらも、破壊され尽くした僧院と空っぽの廊下にいつまでも目を奪われていた。

ラギェルガンへと至る登り坂は険しく、弥勒像を運び上げるのは一苦労だった。頂上に着いた頃には頭髪もひげもぼさぼさの修行者たちは疲弊しきっていた。物見高いチベット人の群衆は軍司令官がいったい何を企んでいるのか気になって群れをなしていた。

一人の兵士が太いロープを取り出し、弥勒像の腰の周りにくくりつけた。かつてはクンガ・リンチェン僧院で最も古く、最も聖なる像として崇め奉られており、チベット中から集まってくる何千人もの熱心な巡礼者たちにとって尊崇の対象だった。三人の行者たちは横になるように命じられ、手足を縛りあげられた。そして弥勒像にくくりつけられたロープは彼らの首に巻きつけられた。人びとはそのときようやく死刑が執行されようとしていることに気づいた。彼らは叫び、抗議をした。ひざまずいて、両手の親指を立てるチベット式の屈辱的な哀願の仕草をする者もいた。だが、今や百人を超える兵士たちに押しのけられてしまった。

ワンは群衆に向かって黙るようにと叫んだ。「何をそんなに心配しているんだ。何も起こりやしないよ！　なんでこんなに喚き散らすんだ。みんなこの三人の行者さんたちの奇跡的な能力を信頼してないのか？　この方々は飛べるんだ。空中を移動できるんだぞ。鍵穴だって通り抜けられる。この敬愛する行者さんたちはわれわれに空の旅をご披露くださるというんだ。お代のいらない見世物だぞ。前列の座席もお代は不要だ。さあ、注意深く見届けるんだ！　お見逃しなく」

女性たちは泣き崩れ、慈悲を乞い願った。ロープの端は木の幹にくくりつけられた。ワン自ら、すべての結び目の状態を確認した。木の根本の部分を確認すると、三人の兵士に思い切り押すように命じた。彼らが押しながら笑ってワンに何か言うと、今度はワンが大笑いしだした。おかしくてたまらないといった様子で腿をばんばん叩いていた。兵士たちは金てこを使って、断崖の際まで弥勒像を押していった。女性たちは泣き叫び、顔を覆った。男たちは声を上げて祈りながら、手を揉み合わせていた。兵士たちがとどめの一突きをすると、弥勒像は三人の行者もろとも断崖を転げ落ちていった。

52

タゴツァンのテンガとポール・スティーブンス、数人のカムパ・ゲリラ、そしてクンガ・リンチェン僧院から逃げてきた僧兵(ドゥブトー)たちが、洞窟の外に出て山の日差しを浴びていた。

「われわれは十分強いんだろうか」中年男のクンサンが言った。

「そりゃそうさ」テンガは答えた。

「昼日中に連中の司令部を襲撃できるくらい、強いんだろうか？」

「ああ……うちの屋敷を攻撃できるくらい強いさ」

クンサンはチベット人ゲリラの中では賢くて学のある政治家タイプで、じっくり考えて結論を出す必要がある問題についてはみんなに頼られる存在だった。彼はもともと僧侶だったが、リタン出身の女の子にと恋仲になって還俗し、後にその女性と結婚していた。彼は生来口数が少なく、陰気で悲観的、かつ疑り深い性格で、どんな企てに対しても否定的な敗北主義的な見方をするのだった。でも彼は、向こう見ずで虚勢を張った人間ばかりがいる中で、手綱を引く重要な人物だった。彼が沈鬱な面持ちをしていたら、それは少なくともカムパ流の恐れを知らない突進力や、使い切れないほど戦利品を欲しがるリロの飽くことのない欲求に待ったをかける錘(おもり)になる。

「これは今までで一番の狩りになるぞ！」リロは手のひらを擦り合わせながらほくそ笑んだ。

「一発勝負になるな」テンガは言った。「中共はさんざん悪さをして逃げ切ろうとしているんだ。ノルブの報告を聞いていれば分かる。俺たちの山に巡視にやってくる連中を襲撃するだけじゃあ足りない。思い知らせてやらないと。一生忘れられないようなやり方でな」

「テンガの言う通りだ」ポールは言った。「人びとは落胆してるに違いない。僕らが生きてるってことを見せてやろう。まだ戦いは終わってないと……中共が主張している通りな……」

「襲撃して、できるだけたくさんの中共を殺そうぜ……。ズボンだって脱がしてやる……」リロは言った。

「おい、リロ」クンサンがたしなめた。「俺たちがこの山でやってる奇襲攻撃とはわけが違うぞ。不意打ちも潜伏攻撃も使えない。今回は昼日中に防衛態勢の中共に攻撃を仕掛けるっていうんだ。奇襲はわれわれの主たる攻撃手段なんだから、そこにこだわった方がいいんじゃないか？　間違いなくたくさんの仲間を失うことになる。武器よりも戦利品よりも遙かに大事な仲間をな。われわれは正面突破できるほど強いんだろうか？　われわれが生きてるってことを証明する必要なんてあるか？　中共は当然気づいてるぞ」

「だがな、クンサン」テンガがなだめるような口調で言った。「俺たちはそんなに弱くない。ここ二、三か月で人数も増えた。経験も技も磨いてきた。クンガ・リンチェン僧院の僧兵たちも擁している――接近戦なら中共十人分のパワーがあるやつらだ。それに武器のストックも十分だし、いい馬もたくさん抱えてる。みんなで考えてこの計画をしっかり練ろうじゃないか。もし戦闘中に戦況が悪くなってきたら撤退しよう」

　クンサンの意見は少数派で、中国共産党軍の司令部に攻撃をすることが決まった。占星術など各種占いに長けた僧兵が、複雑な計算をして、戦闘に一番いい日をはじき出し、時間や方角も割り出した。テンガはこうしたことには懐疑的だった。そんなものは単なる迷信だと思っていたし、戦争中は戦略や戦術は遠くの星々の位置ではなく、事実に基づいて指示されるべきだと思っていた。だからこそノルブをスパイに送り込んで情報収集をさせているのだ。リタンツァンの屋敷はタゴツァンの屋敷の反対側に位置しており、テンガはタシ・ツェリンがどんな武力を使える状態なのか知りたかった。ポールはゲリラたちに、タシと共産党は無線通信を使っている可能性があり、攻撃が開始されたらただちにリタンから援軍が送り込まれてくることは確実だと言って注意を促した。

リロは、卵売りのおばあさんのように、手榴弾をチェックし、数を数え、日向にきれいに並べた。その後、リロは何人かの僧兵と一緒に革袋に弾薬を詰めてチベット式の爆弾を作った。ポールは中共から分捕った迫撃砲と機関銃のクリーニングや注油をした。カムパたちは剣を研ぎ、ミンマは丸太で斧の切れ味を試していた。僧兵たちは防弾用のお守り（ツエスン）を配った。中でも特別なものを一人がスティーブンスに渡してくれた。僧兵たちは木の幹に向かって鍵束をぶんぶん振り回し、確実に相手を殺せる長さになるように革紐を捻ったり結び目を作ったりして調整していた。鍵束は殻竿のように振り幅が大きく、リロに言わせれば人間の頭くらい簡単にかち割れるらしい。彼らはさらに月鎌（ケウ）をよく研いで、ミンマなどは前腕の毛を剃れるほどまでにするという凝りようだった。すべての準備は翌日夜明け前に北から仕掛ける予定の奇襲攻撃のためだった。この時間帯と方角は占星術で攻撃に出発するのに最も縁起がよいと算出されたものだった。

夜になり、僧兵たちが厳粛な面持ちで祈禱を行った。後から一部の者が非常に冒瀆的な儀礼を行ったので年配のゲリラたちは度を失った。一人の僧兵が儀式の一環として『ドルジェ・チョパ』という極めて貴重な経典を火にくべて、その灰をツァンパと混ぜてこね、団子状にして食べたのだ。その灰は全身を回って胸板に蠍の形の刺青のようになって現れ、それが弾除けとなって全身を守ってくれると信じられていた。しかしそのような冒瀆的な行為に及ぶ者は、二十代先まで無間地獄に堕ちることになる。

ゲリラたちはその晩は細切れにしか眠れなかった。テンガは正月の雰囲気にそっくりだなと思った――誰もが夜更かしをして、夜明け前に起床、馬に鞍をつけ、まだ暗いうちにお茶とツァンパ、トゥクパ［汁物の麺または粥］が振る舞われ、みながそれぞれの役割をまっとうするために立ち働いている。僧兵たちは右腕にツァテムをくくりつけ、左手首には数珠を巻きつけ、お互いの両頰に黒い煤で月鎌の模様を描き、額には縦線を引いた。彼らは黒々とした太いもみあげを残して頭を完全に剃り上げた。腰帯には手榴弾を固定し、銃弾を込めた自動小銃と弾帯を持った。そしてもちろん、月鎌と鍵束も携えている。

ゲリラたちの準備が整ったところで、ミンマがテンガとポールのところに報告にやってきた。彼はリタン・ルートの監視役を担当しているのだ。テンガはミンマにくれぐれも油断ないようにと伝えた。もっと賢く、抜け目なく立ち回ってくれ。前回はリチュ橋で防御していたつもりが劉伯承の軍勢に出し抜かれ、西側の山から谷に入るのを許すという失態を演じてしまったではないか。ミンマは恥ずかしさのあまり目を瞬かせ、こうべを垂れるしかなかった。

「さて、ポーロ……」テンガは言った。「出発するか。段取りは分かってるな」

ポールの指揮で百人を超える軍勢を南へと向かわせ、攻撃を開始することになっていた（これもまた占星術で決められたことだ）。一緒に行くのはリロとごく少数の僧兵だった。ポールのところにはすべての迫撃砲が集まってきていた。というのも、弾道の計算やレンジファインダーの複雑な操作ができるのは彼だけだったからだ。クンサン率いる別の部隊は、ポールたちが攻撃を始めたらすぐに北からの攻撃を開始することになっていた。テンガと僧兵の大半は、共産党軍司令部のすぐ裏手の山のど真ん中にある岩陰や山襞に身を隠すことになっている。その辺りはテンガの実家の領地の一部だった。子どもの頃、軍隊ごっこやら戦争ごっこやら、いろんな遊びをしたところで、テンガにとっては勝手知ったる庭だ。彼は軍勢を温存して戦いの成り行きを見守る役割だった。谷の北の端では少数の軍勢がリタンツァンの敷地を監視することになっていた。もっとも、ノルブの試算ではタシ・ツェリンのところにいる軍勢はたかだか二、三十に過ぎないという。

「ポーロ、くれぐれも気をつけてくれよ……」テンガは言った。

ポール・スティーブンスは笑顔を見せた。「心配なんていらないさ」笑いながら言った。「これを持ってるしさ……」と言いながら、僧兵にもらった特別なお守りを見せた。

テンガは笑った。「それが何の役に立つのさ、ポーロ。首にちょっと重みが加わるだけじゃないか。つまらないことに惑わされるなよ。とにかく無事でいてくれ。もしお前が中共に捕まったら、迫撃砲は誰が操作するんだよ」

「お前の心配はそれか、テンガ」

「もし秧歌（ヤンコ）の女の子を捕虜にしたらさ」テンガは言った。「何人かは俺のためにとっておいてくれよな。山にお持ち帰りするからさ。素晴らしいお客さまだぜ！」

「覚えておくよ、テンガ」

テンガが知らないのは、ポール・スティーブンスが実はもう一つのお守りを持っていることだった。絶対に秘密の、そして僧兵がくれたお守りよりもはるかに強力なお守り——心臓に近いポケットに入れたチベット式の財布の中にしまってある、カンド・ツォモの写真だ。

ポール率いる軍勢が静かにタゴツァンの屋敷へと至る道に入って行った頃、谷は夜が明けようとしていた。リロはすぐ側にいた。二人とも黙ったまま、物思いにふけっていた。ポールは何日も前から奇襲攻撃の策を練り、部下にすべてを説明してきた。計画ではまずカムパの流儀で仕掛けることになっていた――最初に馬で静かに近づき、続いて雄叫びを上げ、剣を振り回して、その地を急襲するというものだ。それは彼らにとって血湧き肉躍る戦い方であり、一番得意な戦い方だった。しかしポールはその戦術では貴重な人命の無用な損失につながりかねないと言って仲間を説き伏せた。チベット人ゲリラは誰しも自分の命を最も高値で取引するべきなのだ。隠密と奇襲、そして悪知恵を駆使しなくてはならない。

「頭を使って戦え。気合だけではだめだ……」ポールはそう言ってカムパ戦士と僧兵たちを諭した。

今や廃墟となったクンガ・リンチェン僧院の後ろから太陽が昇り、谷を照らし始めた。太陽の光が山々の峰から峰を次々と照らしていくさまは、まるで、流浪の語り部の僧侶が話の流れに合わせて、仏画(タンカ)の中の関係する登場人物をそっと指していくのに使う細い竹の指示棒を見ているようだった。ポールの目には、まだ中共の魔の手が及んでいないタルセル・リンポチェの僧院、リチュが原、カンド・ツォモの空っぽの自宅、そして最後に父親の建てた伝道所、ベツレヘム聖霊ルーテル教会が見えた。自宅を見るのはものすごく久しぶりな気がした。あまりに多くの出来事が起こり、彼自身もひどく変わってしまい、もはや別の境界を生きているような気さえした。

ポールはしばし立ち止まり、双眼鏡で自宅を眺め、カオ・インやゴンポなど使用人たちの亡霊の面影を探した。その姿はまるで別の時代のフレスコ画を綿密に調べている人物のようだった。中国共産党が伝道所の周りに建物をいくつか建てていたが、それ以外は驚くほど手つかずだった。もし両親が暗がりからふいに現れても驚くことはなかっただろう。あたかもリロと山に狩りに出かけた帰りのような気がした。しかし、教会の上にあるものは十字架だろうか？　屋上にはためいているのはアメリカの国旗！　いやまさか……。ただの空目にすぎなかった。ポールは悲しくなって双眼鏡を下ろした（ポールは知るよしもないが、中国共産党はチベットにおけるアメリカの帝国主義に対する非難を正当化するための、谷での第一号の展示物として供するために、伝道所を無傷のまま残したのだ。アメリカ人の教会がこんなチベットの奥地で、スパイ活動でもなく、帝国主義の種を蒔くのでもなければ、いったい何をやっていたというのだ。アメリカ合衆国はそうした非難はあたらないと否定したが、アメリカの機関が東チベットの奥地に入り、スティーブンス牧師の純粋な愛国心からとはいえ、星条旗をはためかせるという行為は、簡単には言い逃れできるものではなかった。外国の共産党高官や中国共産党の中央委員会の要人がチベットを訪れることがあれば、伝道所はアメリカ合衆国のチベットにおける露骨な帝国主義の、また偉大な祖国中国を分裂させようとした試みのゆるがぬ証拠を見せるための視察ルートとして組み込まれることとなった）。

とそのとき、タゴツァンの屋敷が視界に入った。ポールはゲリラたちに馬を降りるように言った。彼は双眼鏡で注意深く観察した。テンガの家はポールにとってもう一つの実家のようなものだったから、どの部屋も見ると過去の出来事がありありと思い出された。テンガがかくれんぼで身を隠した納屋、テンガと一緒にアー・ツェリンの面白い話に耳を傾けながら寝た部屋、あの恐ろしい朝、テンガの母親とアー・ツェリンがリタンツァンのワンディに殺された中庭。屋根裏部屋に至るまで、どの部屋にも過去の面影や名残があった。

ポールは迫撃砲（ナムル）担当の部下たちに準備をするように指示した。彼はいつもリウ・ドンホワ大佐のくれたレンジファインダーで距離を目測して砲撃をしていた。あの国民党の大佐はどうしているだろうか。

カムパたちは三丁の機関銃の照準器をチェックし、弾帯を整えた。ポールは四十人を斜面の陰に待機させ、馬をつなぎ、見守る役に当たらせた。残りのカムパと僧兵は——特に後者の者たちは馬の番などもってのほかと拒否した——タゴツァンの屋敷への攻撃を仕掛け、チベット式の手作り爆弾を使って突破しようとしていた。

すべての準備が整ったとき、ポールはリロたちに出撃の合図をした。リロはいつも獣の足跡や獲物の匂いを追って行くときと同じように、頭を少し低くして周囲を見回しながら駆け下りていった。半分ほどまで気づかれずに距離を縮めたのだが、その直後、人民解放軍の機関銃掃射が始まった。何人かがばたばたと倒れた。リロはうつ伏せになっていたが、立ち上がって、半狂乱になって部下たちに身振りで合図しているのがポールの目に映った。年配の猟師の友人が怪我をしていないか心配だった。ポールは迫撃砲を発射するよう命じた。砲弾が狙ったところの手前に着弾したのを確認すると、駆け下りていって軌道を修正した。味方の機関銃が火を噴いた。ポールは息も切れ切れに戻ってくると、今度は砲弾が狙い通りに着弾していた。一部の僧兵たちは爆弾を抱えて走っていったが、壁や門にたどり着く前になぎ倒されてしまった。リロと部下は銃撃を続け、僧兵たちを援護射撃しようとしていた。わずかな人数の僧兵が建物までたどり着き、爆弾を投げつけると、ものすごい勢いで爆発した。

つないである馬の面倒を見ていたカムパが、もう我慢できないといった形相で斜面を駆け上がってきて、この仕事は五人もいれば十分だから、残りの者たちで騎馬で突入したいとポールに訴えてきた。ポールは頷いた。カムパたちは一気に燃え上がり、馬に駆け寄っていった。剣を鞘から抜くと、早朝の朝日に反射してきらきらと光った。そうして雄叫びを上げながら猛烈な勢いで駆け下り、建物の正門に向かって突進していった。建物の胸壁の下や軒下には僧兵たちが退避していた。人民解放軍の重迫撃砲がカムパの突撃隊に向かって正確に撃ち込まれた。それは強烈で恐ろしい爆発を引き起こし、男たちは馬もろとも宙に吹き飛ばされてしまった。ものすごい勢いで発砲しながら突進していった騎馬隊は正門に近づいたものの、ぐるっと回って引き返さざるを得なかった。馬は汗みどろで、馬銜(はみ)の間から血の混じった泡があふれ出ていた。ゲリラたちは汗と埃がこびりついた顔のまま、一息ついて銃弾を装填しようと馬を降りた。

「横に広がれ!」ポールはしゃがれた声で興奮気味に手を広げながら叫んだ。「広がれ! 間隔が狭すぎる!」肩で息をしているカムパたちは頷き、雄叫びを上げながら、剣を鞘に戻し、再度攻撃態勢をとった——ただし、もっと間隔を広げた。今度は数騎が正門前までたどり着いた。馬を降りて爆弾を投げつけると、重い木の門扉が爆破されて開いた。カムパと僧兵は勝利の雄叫びを上げながら、中に入り、剣を引き抜き、自動小銃をぶっ放し、手榴弾を投げ込んだ。

とそのとき、妙な音がしたのでカムパと僧兵はみな銃撃をやめた。共産党軍もしばし攻撃をやめてその妙な音に耳を傾けた。それは外科医が瀕死の患者の心拍数が急に悪い方に振れたのを見て思わず取り乱し、しばし救命救急の手を止めてしまう瞬間に似ていた。

斜めに差す早朝の陽光の中からもうもうたる土煙をあげて、どどどどという雷鳴のごとき何百もの蹄の音が迫ってきた。谷の北側から、剣を光らせ、銃を荒々しく発砲しながら、ポールが聞いたこともないような凄まじい、ぞっとするような雄叫びを畳みかけてきた。それを耳にしたポールとリロはあらゆる危険も顧みずに立ち上がり、勝ち誇ったようにライフルを振り上げ、歓喜に沸き立った——クンサンの軍勢が攻撃に加わったのだ。人民解放軍は死の恐怖、八つ裂きにされる恐怖を感じとったのか、めったやたらと発砲してきた。ポールとリロはタゴツァンの屋敷に駆け込み、中の部屋へと通じる慣れ親しんだ木の階段を駆け上がった。目は血走り、口から泡を吹いたリロは、残酷で執念深く、容赦のない狂戦士（ベルセルク）のようだった。

　ここにきて戦況が大きく揺れ、チベット側に少し有利になったちょうどそのとき、ポンボ・タゴツァンの屋敷の裏手から何か恐ろしいものが姿を現した。それを察知した共産党軍は震え上がり、破滅が近づいていることを悟った。岩陰に身を潜めてずっと攻撃の機会を窺っていたテンガが奇襲攻撃の合図をしたのだ。人民解放軍にケンポや仲間たち、そして大切な僧院が蹂躙され、復讐心に燃えていたクンガ・リンチェン僧院の僧兵たちは、斜面を一気に駆け下りていき、タゴツァンの屋敷を裏から襲撃した。共産党軍は振り向いて新たな脅威に立ち向かおうとしたが、その人数を見て肩を落とし、もはや二進（にっち）も三進（さっち）も行かない状態だと悟った。何の慈悲も期待できない絶望的な状況で戦わざるを得なかった。

　血みどろの接近戦が執拗に続けられた。ワン・ツァオウェイ率いる人民解放軍や八路軍のベテラン兵士の戦闘方法では、チベット人ゲリラや僧兵たちに到底歯が立たなかった。テンガとポールが軍勢を操り、リロは神出鬼没だった。テンガは隠れ部屋に至るまであらゆる部屋を知り尽くしていた。チベット人たちは群れをなして敵を捜してうろつき回っていた。「達頼喇嘛（ダライ・ラマ）！　達頼喇嘛（ダライ・ラマ）！」人民解放軍の若い兵士たちの一部が手を挙げて叫んだ。一部はまだ年若い少年兵だった。ぎらぎらと光る剣や見たこともないような月鎌（ケウ）と鍵束に恐れおののいて、顔を覆って泣く者や女の子のように金切り声を上げて逃げ回る者もいた。しかしほとんどの者はその場で戦って死を迎えた。僧兵たちは頭蓋骨や四肢を叩き潰した挙げ句、原始的な生贄（いけにえ）の儀式よろしく、野生の熊の鉤爪のような月鎌で、兵士たちの顔の皮を剥いだり、心臓が露わになるまで胸を切り裂くなどした。兵士たちはみなもがき、抵抗しながら、本能的に手を挙げて自己防衛の姿勢をとっていたが、引きずり出され、頭を切り落とされるか、手足をばらばらにされてしまった。

共産党軍司令部での抗戦は止み、もはや誰も生き残っていなかった。カムパたちはすべての部屋を虱(しらみ)潰しにして、山に持ち帰れるような武器や戦利品を探して回った。だが、死体の中に軍司令官のワン・ツァオウェイと政治委員のタン・ヤンチェンの姿はなかった。タシ・ツェリンの姿もなかった。彼らはみなリタンに避難した後だった。

テンガは懐かしい中庭に佇んでいた。ふと思い立って、リロに部下を何人か連れて来させた。たった一つだけ、彼らが調べるのを忘れている部屋があるのだ。それはリタンツァンに家族を惨殺された後、テンガの父がつくった秘密の部屋で、将来同じような出来事が繰り返されたとき、隠れるための隠し部屋だ。その部屋の扉は上の階に隠してある棒を引き上げないと開かないようになっている。テンガが上階に上がって見たところ、棒はまだあった。それをぐいっと引き上げて下の階に下りていき、扉を足で蹴った。するとぎぎーっという大きな音を立てて扉が開いた。

「誰かいるなら出てこい！」テンガは北京語で叫んだ。返事はなかった。

「手榴弾を投げ込むぞ……」テンガは脅した。

今度は足を引きずる音がして、大きなポケットのついた青い綿入れのつなぎを着た三人の共産党軍の文官が手を挙げたまま、陽の光の中に姿を現した。

テンガは嘲笑った。「鼠どもめが。俺の穀物倉に隠れていやがったか。うちでかくれんぼして俺に適うと思うなよ！」彼はポールにウインクをした。

文官たちは横一列に並ばされた。一人は眼鏡をかけており、神経質そうに目を瞬(しばた)かせ、手を挙げたまま、自分たちを待ち受ける死と破滅を想像して愕然としていた。カムパたちはまるで収穫祭の踊りでも踊るかのように足を踏み鳴らし、叫び声を上げながら文官たちに向かって卑猥な身振りをしてみせた。

「鼠のみなさんに特別なおもてなしを用意したんだ」テンガは言った。「リロ、こちらの殿方たちを護衛してお連れするように。誰にも指一本触れさせるな」

「ポーロ」テンガは言った。「馬を用意しろ。一走りしてこようぜ」

「一走り？」

「ああ。昔の場所を見に行こう」

二人は連れ立って出かけた。懐かしい岩や木々――やんちゃな子どもだったころ、よく腰を下ろして涼んでいた木陰や、みんなでよじ登った岩が見えてきた。夏にピクニックをした桃の木も見えてきた。その木陰で蓄音機(グラモフォン)をかけると、ポールの母親がみんなの手拍子に合わせてダンスを披露したっけ。それから、子どもの頃の遊び場で、時には雪宿りをしたり、またひどい嵐のときには拳を突き上げて風雨に対抗する歌を歌ったりして過ごした納屋にも行ってみた。二人は馬を降り、かつてアー・ツェリンがポンボ・タゴツァンのイギリス製の鞍を磨いていた厩(うまや)で一休みした。テンガは空気の匂いを嗅いだ。まだあの缶入りの、イギリス製の革磨きクリームの香りがした。

テンガとポールは家の周りを見て回り、破壊されていない場所を確認していった。古い台所は大きな水瓶も含めて無傷だった。台所は子どもの頃しょっちゅう入り浸っていた大好きな場所だ。二人はそこでこっそり先に小さな金属製の皿のついたチベット式の長柄の煙管(キセル)をふかしたものだ。そこでは男の召使いたちが色っぽい話をして、二人の目の前で召使いの女の子を愛撫し、大きく屹立(きつりつ)したペニスをぶんぶん振って見せびらかしたりしたこともあった。

玉砂利の敷かれた中庭で、テンガはふいにせむしの乳母のアニを思い出した。彼女のにっこり笑った顔やへんてこな顔が脳裏に浮かんだ。病気のときには奇怪なお面をかぶって踊り、テンガを楽しませてくれた。ずいぶん昔のある一日のことをはっきりと思い出した。それはアニがクンガ・リンチェン僧院で行われる儀式に参加を許された日の出来事だ。彼女にしてみれば滅多にない休日だった。夕方に戻ってきたアニはテンガに爆竹を三つプレゼントしてくれた――お金はほとんど持っていなかったはずだが――それは踏めば爆発する種類のものだった。テンガが踏みつけて爆竹を鳴らしたとき、アニはぎょっとして顔をしかめ、手で耳を覆った。それがちょうど今テンガが立っているところだったのだ！　不思議なものだ。十歳を過ぎてから、アニはテンガにとってたった一人の母であり、姉であり、おばだった。テンガはその場所に足を載せ、何度かブーツを擦りつけた――そのさまはあたかも彼がアニとそのぬくもりを山へと持ち帰ろうとしているかのようだった。そしてあの悪魔のような朝、アニが二人を中に隠してくれたあの長い木箱は……まだ元の場所にあった……。鍵穴もそのままだ！　ポールは木箱に触れると、過去がしばし蘇ったような気がして、悲しみに胸が痛んだ。テンガの母や姉、そして兄のカルマ・ノルブの声が聞こえるような気がした。ポールは蓋に優しく触れ、ざらざらした木目を感じていた。革紐も昔のままだ……。

「さてと、三人のポンボのみなさんと取り引きのお時間だ」テンガは言った。

三人はテンガの前に連れて来られた。一人は傲慢で恐れを知らず、テンガを軽蔑しきった様子で睨みつけている。眼鏡の男はぶるぶる震えが止まらない様子だった。

「おい、中国人！」テンガは言った。「祈れ。そんなに焦るな。命は助けてやる。それどころかこのあと釈放するつもりだ。俺の使者になってほしい。おたくのポンボたちに伝言を伝えてくれ。足元に気をつけろとな！　俺たちをあんまり手荒に扱うなと言っておいてくれ。俺たちは何度でも戻ってくる――

こっちの都合が整ったらいつでもな。俺たちに残虐な行為を働いたやつらのことは絶対に忘れない。俺たちカムの人間は執念深いんだ。決して忘れない。決して許さない。仕返しをしない人間は女も同然だ。喜びも幸せも仇討ちに燃えている間は何の意味もない。この伝言は誰からだと聞かれたら、タゴツァンのテンガだと言え。かつてこの谷のポンボだったタゴツァンの息子だ。これはただの始まりに過ぎないと言っとけ。俺たちはあんたらが干渉を止めるまで何度でもやるからな。さてと、餞（はなむけ）にカムの礼儀ともてなしの印として——客人を手ぶらで帰すわけにはいかないからね——みなさん一人ひとりに、俺たちのことが一生忘れられなくなるささやかな贈り物を差し上げよう！」

カムパと僧兵が三人を取り囲んだ。

「リロ！」テンガは冷酷な声で叫んだ。「この殿方の手を背中でしっかり押さえておいてくれ」リロはにやりと笑みを浮かべて頷いた。青いつなぎを着た文官は何が待ち構えているのだろうと思いながら立っていた。とそのとき、テンガが剣を引き抜き、男の鼻をつかみ、すぱんと切り落とした。血がどっと噴き出し、男の鼻からは哀れな声がした。リロは男を立たせ、さっさと行けとぶっ飛ばした。「次の方、どうぞ」テンガは言った。文官は抵抗して泣き叫んだ。テンガはべっとりと血糊のついた剣を手にしたまま、顔にかかった血しぶきを袖で拭った。

「達頼喇嘛（ダライ・ラマ）！　達頼喇嘛（ダライ・ラマ）！」男は懇願した。

外科医なら得意に思うであろう正確さと手際の良さでもって、テンガは男の両耳を削ぎ落とし、「毛主席に新しい耳をくださいと言えよ」と言い放った。

最後の男は剛毅な人物だった。傲慢にもこう言った。「おい、カムパ！　お前らをいつか同じ目に遭わせてやるからな……。愚かな蛮子（マンズ）どもが！」

テンガは男の口元をぶん殴った。痛めた拳骨を振ったりなでたりしながら、「おい、中国人！」と言った。「しゃべりすぎだぞ！　これをやられてからしゃべってみろ！」テンガは男の下唇をぐいっと引っ張って切り落とした。同じことを上唇にもやった。血が噴き出して、首や胸は血まみれになった。歯と歯茎が剥き出しになって、まるで骸骨のようだった。リロは男を自由にすると、こてんぱんに叩きのめした。

　三人の共産党の文官はぶるぶると震え、うめきながら立ったまま、帽子や袖で止血しようとしていた。テンガは怒りに震えていた。馬用の鞭を持ち出し、「さっさと出て行け！　おい！　餓鬼(イダー)めが！」と声を張り上げて三人を追い出した。文官たちはよろめいたりつまづいたりしながら、切り落とされたところをスカーフや帽子で押さえながら、リタン方面に向かって駆けて行った。

　テンガは大部分が破壊されてしまった自分の実家を見つめていた。「俺は二度とここで中共の野郎どもに大小便をされたくない！」そう言うと、リロとゲリラたちに屋敷を焼き払うように命じた。テンガは丸太に一人腰を下ろし、血がこびりついてしまった革製のブーツ(ユリン)に煙管をこつこつと叩きつけ、静かにたばこをくゆらせながら、屋敷が炎に包まれていくさまをぼんやりと眺めていた。

　とそのとき――高いところからだった――まるで見張り役のバーラルの鳴き声のような警笛が聞こえた……また一回……また一回と。ポールが双眼鏡で確認すると、よく晴れた夕空にミンマの姿が黒く浮き上がった。谷のリタン方面に向かって合図を送っているのだ。テンガはすぐさま立ち上がり、モーゼル銃を五発撃った。一発ごとに四カウント間が空く――山に撤退せよという合図だ。みな馬に飛び乗って一斉に駆け出した。山の安全なところから見下ろすと、人民解放軍の援軍がリタン方面から砲兵隊とともに谷になだれ込んでくるのが見えた。タゴツァンの屋敷からはもうもうと煙が上がっている。

太陽は今や、遠くの雪山や峰々の向こうに沈みゆくところだった。

53

人民解放軍の番兵が独房の中で犬のように丸まって眠っているサムドゥプ・ダワを起こしに行った。番兵は年配のその男を見下ろし、少しうめき声の混じった、苦しげで不規則な寝息を立てている様子を見つめていた。髪の毛も頬ひげも真っ白になり、すっかり痩せてしまった顔の真ん中で大きな鼻だけが堂々としていた。目を少し開けたまま眠っている彼の目は輝きを失っていた。彼は目を覚ますと、足を引きずりながら番兵の後についていった。

サムドゥプは長椅子にくつろいだ様子で座っているタシ・ツェリンの前に立った。タシの頬はつやつやと健康そうだったが、ほんの少し、苛立ちと怒りの表情を浮かべていた。彼はチベット式の煙管でたばこをふかしていた。サムドゥプはサイドテーブルの上に鎮座している翡翠の嗅ぎたばこ入れを見た瞬間、吸いたい気持ちが募った。床には絨毯が敷かれている。テーブルの上には茶菓が用意され、温かで穏やかな空気が流れていた。大きな窓からはいつも通りリチュ川が流れているのが見えた。サムドゥプは具合が悪く、疲労困憊しており、今にも倒れそうだった。人間の忍耐には限界があるのだろうか、その人物がどんなに粘り強くても？　最強の人間でもそこを突けば屈服するような場所があるのだろうか？

「座ってお茶でも飲んでください」リタンツァンは言った。

サムドゥプは言われた通りにした。タシは気取った様子でどっしりと構えている。そんな裏切り者の姿を見るだけで、サムドゥプは腸の煮えくり返る思いだった。あの男を困らせ、揺さぶり、苛つかせることを言わずにはいられなかった。

「噂を聞いたんだがね、リタンツァン。もうあんたらには司令部がないそうじゃないか」サムドゥプはくっくっと笑った。「タゴツァンのテンガとアムリケンのポーロとクンガ・リンチェン僧院の僧兵たちがあんたたちの要塞を完全に叩きのめしちまったんだろうなあ。いや、でもただの噂だがね。もし本当なら――もちろん同情するよ！」

「テンガは馬鹿なんですよ！　余計なことに首を突っ込みすぎです。いつか人民解放軍に首を切られますよ」リタンツァンはたばこをふかし、お茶をすすった。「人民解放軍はこれからパラシュート部隊と砲兵隊、偵察機を送り込んできます。上ニャロンからもリタンからも罠を仕掛けてるんですよ。テンガもアムリケンの宣教師の息子も罠にかかるでしょうね。そしたら約束通りの贈り物をお見舞いしてやるつもりですよ！」

サムドゥプは口をつぐんでいた。

「こんなことになってしまって悲しいですよ」タシは続けた。「われわれは誠心誠意でここにやって来たんです。ほんとうです！　タゴツァンへの復讐も念頭にありませんでした。われわれはみなさんを帝国主義と封建主義から解放するためにやって来たのです。新しいチベットを建設するためにやって来たのです。私は今もかなうと信じてますよ。今のわれわれはどうです？　誤解に次ぐ誤解ですよ！　私が何も感じていないなどと思わないでください。こっちは心臓をぐさぐさやられてる気分ですよ！

でもテンガやアムリケンのような連中はこれがもはや勝つ見込みのない戦いだと気づいているはずです。こっちは歴史もあるし、運命が味方してくれてます。我が軍はすでにラサに入り、全チベットを掌握しているんですよ。テンガもアムリケンのポーロも微々たる連中です。ただの虱です。いつぶっ潰されるか分からない。新しい師団がまもなくタルツェンドとリタンからやってきます。師団ですよ。小隊なんかじゃなくて！　虱どもはしばらくの間、われわれの血を楽しく吸ってりゃいいんです。こっちは涸れることもありませんから。

　そして――まだ意地を張り続けるつもりですか？　いったいいつまでこうしているつもりですか？　老子の『道徳経』の『兵を以て天下に強いず。其の事、還るを好む』［第三〇章。「武力で天下に覇を唱えるべきではない。武力は報復を招く」の意］という一節はご存知ですか？　最も強い鋼ですら割れるし、最もしなやかな弓も折れるんです。個人的なことを言えば、あなたと対立するようなことは何もありませんよ。あなたのことは子どもの頃から知ってますしね。

　今日は私がまもなくこの谷を離れることになるのでそれをお伝えしようとお声掛けしたんです。われわれは全チベットを掌握して、帝国主義の痕跡を廃絶しました。チベットは三つの地域――上チベットと中央チベット、西チベット――に分割されています。私は中央チベットの副主席に任命されるかもしれないんです。ですから、私の助言に耳を貸してください。心から納得はしていなくても、少し譲歩した方が……表向き賛同するだけでも……和解を……ともかく、生き延びることです！」

「助言はありがたいよ」サムドゥプは言った。「お祝いを言うにはまだ早いかね？」

　リタンツァンはただ肩をすくめただけで、窓の外に目をやり、彼方まで広がる野山を見つめていた。

　サムドゥプは暖かく居心地のいいこの部屋から自分の寝ぐらへと帰らなければならないのが恨めしいと思いながら立ち上がった。リタンツァンは彼に笑顔を向け、煙管に火を点けた。老人は重い足を引きずり、よろよろと自分の独房へと歩いていった。門番が施錠し、一人きりになると、再び空虚と絶望が蘇ってくるのだった。

54

チベット人ゲリラたちは勝利に沸き立っていた。タゴツァンの屋敷への襲撃は大成功を収め、略奪品、高性能の武器をたんまりとせしめ、無敵を誇る人民解放軍の化けの皮を剝いでやったのだ。今はみんなで赤々と燃える焚き火を押し合いへし合いしながら囲み、チベット人たちが「ダチュ」と呼ぶ中国製の米酒を酌み交わしている。酒が回ってくるとみなおしゃべりになった。

「俺が今行きたいところ、どこだと思う?」若いカムパが懐かしそうな面持ちで言った。「タルツェンドだよ……。日本人娼婦の腕に抱かれてえ……」

「何くれとなくもてなしてくれる宿に泊まりたくてたまらないよ」もう一人が言った。「いつもの連れと麻雀やってさ……勝つんだ!」

「俺がどこに行きたいと思ってるか当ててみろよ」テンガが聞いた。

「どこだよ」陰鬱な面持ちのクンサンが尋ねた。

「遠いところだ……」テンガは謎めいた口調でささやいた。

「何だって?」好奇心に駆られたクンサンが、いつにも増してくそ真面目な顔で聞いた。

「丸刈りの尼さんが輪踊りをしてるところ!」

「タルツェンドと娼婦と言えばさ」若いゲリラが口々に言った。「ノルブの話、聞いただろ? 共産党の男女の医者が器具を使ってケツの穴やちんちんをいじくり回した件だよ。連中は俺たちを種なしの不能にしようとしてるんだ。やつらは女もいじくり回してたぜ。この地球上から俺たちチベット人を消し去ろうと躍起になってるんだ！」

「いやいや……それは……」クンサンは反論した。「連中はただ……」

「俺は兵士より医者の方が怖いよ」もう一人が話に割って入り、クンサンを遮った。「俺は砲兵隊にはいつだって立ち向かえるけど、ケツの穴やちんちんをいじくりまわされた日には血が凍っちまうよ！」

「言っとくけど」今度はクンサンが遮った。「連中は俺たちを種なしにしようとしてるわけじゃないし、皆殺しを企ててるわけでもない。あれは梅毒と淋病の治療だよ」

「淋病なんて治るもんか」若者が口を挟んだ。

「そうとも言えないぞ」別の男が言った。話上手な男だ。「いいか、どうやったら淋病が本当に治るか教えてやろう。あそこの締まりがすごく良くてさ、まるで子牛が乳に吸いつくみたいにきゅっと締めつけることができる女がいるんだよ。そういう女に膿を全部吸い出してもらうんだ。俺、知ってんだ。うちの村にそういう娘がいたからさ。その子はあそこでちんちんをしっかりつかめるんだぜ……こうやって」男はポールの手首を握って膣でぎゅっと締めつける動きをやって見せた。「うわあ、きつい痛みに快感が合わさってえも言われぬ感覚！」

「誰かやってみたいやついないか？」ポールがみんなの方を向いて言った。陰気なクンサンでさえ腹を抱えて大笑いだった。

ぽかぽかとした心地のよい日差しのなか、ゲリラたちは休憩をとっていた。その日は誰も「狩り」には行かず、見張りからも警戒すべき知らせはなかった。テンガは見張りの数を増やし、同心円状に配置して、定期的に状況報告をさせていたのだ。二、三日前、偵察機が上空に飛来し、リタンに向かっていった。チベット人ゲリラが初めて見る飛行機だった——ポーロのアギャとアマを救助しにきた飛行機を除いてだが。

リロは気に入りの中国共産党の歌を歌っている。一つは「共産党なくして新中国はない」で、もう一つ気に入っているのはこの歌だった。

東方から太陽が昇る（シャルチョー・ネー・ニマ・シャル）
この太陽こそ我らが毛沢東！（ニマ・ディニ・ンガンツー・マオ・ツェトゥン）

リロはゲリラの中で一番陽気な人物だ。彼には家族も家もない。狩猟こそ彼の人生であり、今、彼は心ゆくまで狩りができる。人民解放軍のおかげで素晴らしい武器はあるし、銃弾も袋にたっぷりある。そして今彼はあらゆる動物の中で最も危険で悪徳かつ狡猾で高等な知能を持つ生き物を狩っているのだ。ポールは新しく手に入れた重迫撃砲と機関銃の確認に余念がない。リロは恐ろしい見た目の弾薬筒にチベット式の火薬を詰め込み、水平二連の猟銃で使うべく準備に勤しんでいる。「もしこのどれかが毛主席のケツの穴にぶっこまれたらよ」リロは気の毒そうにかぶりを振りながら言った。「神様にも見つけてもらえないだろうな」

ポールはふいに立ち止まり、耳をそばだてた。リロに静かにしろと身振りで合図した。「飛行機（ナムドゥ）だ！　飛行機（ナムドゥ）だ！」ポールは叫んだ。「みんな洞窟に隠れろ！　身を隠すんだ。外に姿を見せるな！」テンガは騒動の全容を確認しようと外に出た。今ははっきりと見える。共産党軍の急降下爆撃機五機が旋回している。

「何があってもあの飛行機(ナムドゥ)に発砲するなよ！」ポールは警告した。「連中に危害を与えることは不可能だし、むしろ狙われるぞ。身を伏せてじっとしてろ」

飛行機は一直線になって機関銃掃射と爆弾投下をしながら洞窟に向かって急降下してきた。しかし被害はなかった。近くで同じことを繰り返してからリタンに向かって飛び去っていった。

「今度は何だよ」クンサンが飛行機が飛び去るときの雷が轟くような轟音を聞きながら、悲しそうにかぶりを振り、ため息をついた。

「怖がることはないさ」リロが慰めるように声をかけた。「こっちは何の被害も受けてない。あんなのただの正月の爆竹みたいなもんじゃねえか……。煙と音はすごいけど、ひっかき傷すらつけられねえ」

ポールはかぶりを振った。「やっかいなことになったな、リロ。これは始まりに過ぎない。今や連中はリタンと成都から俺たちのところまで一足飛びだ。連中はタルツェンドからも俺たちのことが見えてる。連中は俺たちよりもいい視界と捕捉力があるんだ。ああいうのは敵として厄介だ。連中はすでにわれわれを支配できる状況だ」

「そんな詭弁はやめろ！」僧兵の一人が怒りに任せて叫んだ。「簡単なことだ！　攻撃して連中を殺す！　連中が攻撃してきたら、俺たちがぶっ殺す！　俺たちは連中を攻撃して、殺す！　連中に攻め込まれたら――俺たちは全滅するまでだ！」

「一人でも殺されたら俺たちはおしまいだよ」クンサンは言った。「チベット側は人数がめちゃめちゃ少ないんだ。あっちは何百万もいる。兵士の数だけで俺たちの全人口を上回ってるんだぜ。俺たちは出来るだけ長く生き延びなきゃだめだ。最大限慎重にしろ。ポーロの言うことを聞くんだ。現代的な科学とか最新鋭の兵器に詳しいからな……。ポーロにはアムリケンの血が流れてるんだ」

テンガはせせら笑った。「ポーロは科学だろうが最新鋭だろうがミンマ程度にしか知らないんだぜ。どうしてやつの言うことを聞かなきゃならないんだよ」

「そりゃあポーロだって、この土地を離れて知識を身につけたわけじゃないさ」クンサンは食い下がった。「ただな、ポーロの血の中には科学と現代ってもんが流れてるんだよ……。俺たちの血の中に仏教が流れてるのと一緒だ」

55

リロと二人の見張りがポールとテンガのところにすっ飛んできた。

「ご馳走だ！」リロは喜びいっぱいで、興奮を抑えられないようだった。「新たなご馳走だ！」

「何のご馳走だって？」ポールは尋ねた。

「俺たちこの二日間、中共の隊列を追跡してたんだ……。でかいけどどんくさいな隊列でさ、ラバと馬と荷物と、それから四百人くらいのまとまりのない兵団だよ。まるで屠（ほふ）られるのを待つばかりのぱんぱんに太った家畜みたいなもんだ。やっちまおうぜ、テンガ！　一、二、三、かかれーってさ！」リロは喜びに浮き足立っていた。

「今その連中はどこにいるんだ」テンガが聞くと、リロと見張りたちが答えた。

「四百人くらいの兵団って言ったよな」ポールは尋ねた。

「その通りだ」リロは答えた。「でもな、ポーロ、分かってるだろ。俺たちは前よりもっと大勢の中共を相手にできるようになってるぜ。カムパ一人は十人の軍勢に等しい」

「でもその兵団は俺たちの山でいったい何をしてると思う?」ポールは尋ねた。

リロは頭を掻いた。「それが謎なんだよ。大量の荷物を運んでるし、ラバの数もすごかった。あれを見たら呪われた巡礼かなんかだと思うだろうな」

「それ、罠だぞ……」ポールが言った。

「かもな」リロは言った。「でもその場合は尻尾があるはずなんだ——予備部隊か支援部隊がさ。でも慎重に調べたけど、尻尾はなかった。単独の部隊だったんだよ。もしあれが罠なら、仕掛けた罠に自らはまりに行ってるようなもんだぜ」

「それはたぶんおとりってやつだ……」テンガが言った。

「おとりだって?」リロは問い返した。「テンガもポーロもさ……これはすごいチャンスなんだぞ！ 連中はこの谷の駐屯隊を十倍に増強して、大砲（メルキョー）まで持ち込んでるから、直接攻撃は無理だ。俺たちにチャンスがあるとすれば山の中だけだ。われわれは今こそ思い切って攻撃すべきだ！ 荷物を積んだラバを見れば分かるさ。あれだけの物資があれば何か月ももつぞ！ 俺の猟師としての勘じゃあ、これは滅多にないいいカモだ！」

「お前の猟師の勘が正しければいいがな」テンガは言った。「ちょっと見に行ってみるか。害はないはずだ。リロは恐らく俺たちに鹿肉でも用意してくれてるんだろうからな……」

ゲリラたちはみな、その部隊に奇襲をかけたくてたまらない様子だった。みな準備を始め、一週間はもつ十分な食糧を用意した。リロは「何か月も宴会ができるほど」の食糧を持ち帰るぞと請け合った。

ゲリラたちが中共の大部隊の追跡を始めて三日が経過していた。リロが語った通り、その部隊はあてどなくだらだらと進む不格好な虫のようだった。長い百足がでこぼこした地面をゆっくりとあてもなく進んでいくさまに似ていた。まさに捕食者の気をそそる餌食だ。そしてリロは正しかった。確かに尻尾がない！

ポールは双眼鏡で隊列をつぶさに観察した。四百名ほどの軽装備の兵団だった。軽機関銃と迫撃砲がちらほら、そして荷物と食糧を積んだラバ。時折部隊は進軍を停止し、ラバをつなぐと、みすぼらしい兵士たちがしゃがんで煮炊きをして休息をとっていた。その様子を見たテンガは中国の正月のときに成都で見た巨大な龍の踊りを思い出した。踊り手たちは、太鼓や銅鑼やラッパに合わせて熱狂的でうねるような動きで天空の火の玉を追い求める踊りをしたあと、地面に置いて形の崩れた絹地の龍の側に腰を下ろし、汗だくで疲れ切った様子で、呼吸を整えたり、たばこを吸って休んでいたものだ。

部隊が今進んでいる道は急な下り斜面に差し掛かり、両側は鬱蒼とした森だったため、時々部隊を見失った。リタンにだいぶ近づいている。リロはいらいらし始めていた。ここ二日間というもの、彼はテンガとポールに襲撃するのに理想的な場所を見つけるたびに知らせていた。しかし二人ともぐずぐずして手をこまねいていた。

「テンガ」リロは言った。「今すぐに攻撃すべきだ！　そこだ！」彼は平坦で草木があまり生えていない土地を指さして言った。「最後のチャンスだ！　この先まで行くとリタンに近づきすぎる。今攻撃しなけりゃ、みすみす大量の戦利品を逃すことになる。ご馳走だっていうのに！」

「ご馳走ったって喉に詰まって窒息させられるやつだろ」テンガが言った。「好かんな……。何か間違ってる……。何かこう、全体に嘘くさいというか。あまりにきらきらしてるんだ……。俺の好みからするとあまりにそれらし過ぎるんだよ！　おとりだよ……」

「お前はまったく、おとり、おとりって！」リロは嚙んで吐き出すように言った。「テンガ、疑り深いにもほどがあるぞ。お前には存在しないものが見えてるんだ。どの茂みにも豹が隠れてるような気がするんだろ」

「いや、違うよ、リロ」テンガは不気味な笑みを浮かべて言った。「時々さ――みんながただの藪だと思ってるところに豹が見えるのさ」

「ポーロ」リロはほとんど狩猟のパートナーと化している若いアメリカ人に向かって懇願するように言った。「お前はどう思う？　テンガに攻撃しようと言ってくれよ。それともお前にも豹が見えるのか？」

「テンガのことはよく分かってる」ポールは言った。「やつの判断を信じるよ」

「テンガ」ゲリラの一人が言った。「みんなあんたが慎重すぎると批判してるぞ。すでにチャンスをいくつか逃してる。狩猟に関してはリロに敵うものはいない。熟練した猟師としての的確な直感がある。リロに言わせればこれが俺たちの最後のチャンスだ。もしここで攻撃しなければ何も手にすることなく帰ることになるぞ。宝の国（テルユル・ネー・ラクトン・ローバ）から手ぶらで帰るってやつだ！　これ以上進んでどうする。まさかリタンを攻め落とすつもりなのか？」

「分かった」テンガは言った。「俺は攻撃には反対だ。あれはおとりだろう。退却すべきだと思う。でももしかするとリロが正しいのかもしれない。これについては俺は全責任を負うことができない。多数決をとろう」

　全員が召集された。僧兵たちは全員で今この場で襲撃をすることを望んだ。彼らはテンガのここ二、三日の優柔不断な様子を鼻で嘲笑っていた。結局ゲリラ部隊の大半がリロの狙い定めた場所で即座に攻撃を開始することに賛成だった。テンガも多数決を受け入れることに同意した。

人民解放軍の部隊が木々の鬱蒼と茂る斜面にはっきりと見えた。まだ幼さの残る顔をした若い兵士たちが――この先まで下りて行くとリタン近くの山麓の丘へと至る、艶やかな草の生い茂る湿った斜面を、ずるずると滑り落ちそうになりながら――ラバを引いて進軍していた。

ポールは迫撃砲と機関銃を発射するよう号令をかけた。共産党軍のど真ん中で砲弾が炸裂すると、兵士たちは散り散りになって避難した。するとチベット人たちの耳に軍隊ラッパと銅鑼の音、金切り声の指示や叫び声が聞こえてきた。兵士たちはじたばたするラバを必死で引っ張って木陰に逃げ込もうとしている。しかしパニックになっている様子はなかった。ポールの部下たちは整然と砲撃を続けていたが、共産党軍が全軍退避してしまうと機関銃掃射を停止した。むやみに砲撃して砲弾を無駄にすることはない。今度はライフル――イギリス製の303リー・エンフィールド、第二次世界大戦中にアメリカで開発されたM1カービン、そしてパマリーと呼ばれるロシア製の長い銃身を持つ軍用ライフル――を使った慎重な狙撃に切り替えた。連絡を取り合っていると思しき中国式の軍用ラッパのよく通る長い音が聞こえた。そして静寂が訪れた。人民解放軍の部隊は、ちょっと触れただけですぐさま身を守るために頭も手足も引っ込めてしまう亀と化していた。

リロと僧兵たちは亀に戦いを挑むことにした。木から木へと素早く移動しながら、草の生い茂った斜面にたどり着き、腹ばいになって徐々に近づいていった。ポールは心配して双眼鏡を覗き込んでいる。そして突撃の時が来た――チベット人たちが宙に飛び上がり、剣が光った。そして自動小銃による射撃、手榴弾の投擲、雄叫びとともに、森の開けた場所を、続いて草地を駆け抜けていった。しかし人民解放軍からは何の反応もなく、ポールと部下たちはしばしの間、のろまな共産党の百足が恐怖で身動きできなくなってしまったのではないかと勘ぐっていた。ところがそのとき、重機関銃による猛烈な連射攻撃が始まった。ポールもテンガもこれほどまでに破壊的で正確無比な機関銃の掃射音は聞いたこともなかった。それはまるで真冬にニャロンの北側の山で起きる雪崩がすべてを押し流していくさまに似ていた。リロも僧兵たちもなぎ倒され、誰一人として人民解放軍に拳銃の弾が当たる範囲に到達できなかった。そして再び静寂が訪れた。

一命をとりとめたゲリラたちは茫然として、恐ろしい銃撃に震えていた——中国人兵士たちはみな重機関銃を携えていたのだ——そして、草地を通って這いつくばって戻ってきた。膝を怪我したリロは僧兵に支えられ、足を引きずるようにして歩いている。中国の亀は退避したまま、次の攻撃に備えていた。そして再びラッパと銅鑼が鳴った——今やそれはひどく邪悪なものにしか聞こえなかった。

ワン・ツァオウェイは愉快そうににんまりとして歩兵隊の指揮官たちに向かってささやいた。「食いついてきたな！ ついにきたな……。いやあ、連中は攻撃してこないんじゃないかと思ったよ！」八路軍の猛者(もさ)たちからなる歩兵隊の指揮官たちは頷き、嬉しそうに笑みを浮かべた。負傷者も出たが極めて軽傷だった。彼らはこのチベットの蛮子(マンズ)たちの士気をくじき、二度と人民解放軍に近づかせないようにするつもりだった。彼らの任務は、じっと動かずに統制を保ち、この未開の馬鹿どもがサーカスの道化師よろしく叫び声を上げながら飛びかかって来たときに、ただひたすらなぎ倒すだけだった。そしてこの後まもなく、この未開で馬鹿なチベット人どものために新式の美味しいお薬が届くことになる。ワンの部下の通信兵たちは森の中に隠れて、慌ただしくリタンに指示を送っていた。

「もう一度攻撃するぞ！」テンガは部下に言った。「しかしすぐ近くに到達するまで突撃するな！ 連中を山懐に孤立させて少しずつ分断していくんだ……。手榴弾を使ってな！」彼らは出発した。ポールも加わろうとしたが、テンガが引き止めた。

　今度はチベット人ゲリラたちは恐れ知らずの性急さを抑えて慎重に攻撃した。しかしそれは極めて困難な任務だった。人民解放軍のベテラン勢は機動的な小隊に分かれ、あらゆる侵入路をカバーするよう交錯させた射界をつくっていた。ラッパの号令のたびに彼らは配置を変更し、秧歌（ヤンコ）踊りの踊り子のように再編成を繰り返すのだった――カムパと僧兵たちの進路を阻む正確無比な振り付けだった。

　とそのとき、疲弊しきって士気も下がり、気も動転していたチベット人たちの耳に飛行機の飛来音が聞こえた。陽光輝くチベットの空に、矢のように突進してくる五機の飛行機がリタン方面から飛来してきた。再びあの忌々しいラッパと銅鑼の音が響いた。照明弾が打ち上がった。ワン・ツァオウェイが発射したものだ。そしてまた別の色の照明弾が上がった……。そしてまた別の色の……。それはまるで春祭りのときにニャロンの空に投げられる色とりどりの絹のカターのようでもあり、タルツェンドの中国正月のときに星空に打ち上げられるロケット花火のようでもあった。ワンの部下の通信兵たちは飛行機に対し、機関銃で絨毯爆撃すべく、急降下を指示した。むき出しの度胸も肉体を駆使した武芸も雄叫びも、このような戦闘方式の前では無力だった。飛行機は無慈悲にも執拗に、轟音を上げながら急降下を繰り返した。クンガ・リンチェン僧院の僧兵たちは湿った草地に腹ばいになって、地面を拳骨で叩きながら、やり場のない怒りをぶちまけていた。もうこれ以上我慢できなかった。彼らは立ち上がり、突撃を開始した――これぞ、ご満悦のワンが待っていた瞬間だ。すべての機関銃が火を噴いた。

「戻れ！　戻れ！」テンガはしゃがれ声で叫んだ。「退却！　山に戻ってこい！　てんでんに逃げろ！」テンガはミンマに命じて、全員どの経路でもいいから可及的速やかに退却するよう指示した。ミンマは飛行機が急降下してくるたびに木陰に身を隠しながら、指示に従った。斧はまだ彼の背中に括りつけられていた。

テンガは熱いスープをすすった。隣にはクンサンが座っており——沈黙を保ったまま——ただ経文をぶつぶつと呟き、数珠を繰っている。あれほどの大惨事の後で語るべきことなど何があるだろうか。カムパたちは一人ずつ、あるいは連れ立って、徐々に戻ってきた。多くの者は致命傷を負っており、翌日までもつか危うい状態だった。

　リロは足を引きずりながら洞窟に戻ってきた。目は落ちくぼみ、血走っている。テンガの側に腰を下ろした。

「お前の猟師の勘もそんなもんだったか！」テンガは辛辣な軽蔑を込めて叫んだ。「我が軍は半数の命を失ったし、僧兵たちはほとんどやられた。かけがえのない命をな！　気の毒な愚か者どもが……。防弾用のお守りもろとも撃たれて吹っ飛んじまった！」

「呪うなら中共の連中を呪えよ！」リロは目に涙を溜めて、しゃがれ声で喉を詰まらせながら毒づいた。「でもな、テンガ！……テンガ……俺が最初にお前に今だと言ったときに攻撃してたら！　連中を壊滅させてやったのに。くそっ！　でもお前が判断を遅らせたんだ——テンガ——遅すぎたんだよ！」リロは忸怩(じくじ)たる思いでかぶりを振り、しゃくりあげて泣いた。

　テンガは口元をきゅっと引き締め、冷酷な口調で言った。

「つけいる隙などなかったんだよ、一つもな！　連中が運んでいたものは機関銃(バクバー)だったんだ……。それも俺たちが見たこともないような機関銃だよ。尻尾はないと言ったよな。ところがどっこい、尻尾はあったんだ。俺たちを一網打尽にするような尻尾だ！　あの飛行機は成都から来たやつだ。あの尻尾は俺たちがいつ、どこにいても、仮に俺たちがその場で——俺たちの洞窟の外で——攻撃したとしても、連中は狙い撃ちしてくる。あの兵士たちは並外れてる——特別に訓練された部隊だ。お前が想定していたようなぼろぼろの集団じゃなかったんだよ。俺たちは中共に腸まで蹴りを入れられたんだよ！　紛れもない事実だ。そして今後ずっとこの状態が続くんだ！」

リロは譲らなかった。「もっと早く攻撃してれば勝ち目はあったんだよ！　あの忌々しい飛行機が来る前にあの部隊を殲滅してしまえたはずなのに……」

ポールはかぶりを振り、リロの肩にそっと触れた。「膝の具合はどうだ？　ちょっと診てやろうか」リロはガーターを外すと、老体を震わせてほろほろと悔し涙を流した。膝は深く裂け、膝の骨が露わになっていた。ポールは患部にヨードチンキを垂らした。リロは顔を歪めもしなかった。

「リロ」ポールはしばしば連れ立ってゴロクの地まで行ったり、ニャロンの山々を旅した猟師の友人を慰めるように言った。「中共はその場にいながらにしてリタンや成都と会話を交わすことのできる機械を持ってるんだ。連中は飛行機とも会話を交わして、射撃の指示をすることができる。ここで僕ら二人が会話を交わしているのとまったく同じようにね。どこから攻撃をしかけたとしても、あの飛行機は追いついてくる。それこそお茶を沸かすよりも早くね」

「そういうことなら、全部俺のせいじゃないか！」リロはそう言ってすすり泣いた。「あいつらを死なせてしまったのはこの俺だ……気の毒なツェワン……テンジン……ツェリン……サンゲ……リガ……みんな……。俺のこの愚かな行動のせいで！」

テンガはリロの肩に手をやって言った。「リロ、全部自分のせいにするなよ。だって俺たちは襲撃の前に全員で合意しただろ。誰も悪くないさ。あのくそ忌々しい飛行機としゃべる機械のせいでこんなことになったんだ」

56

サムドゥプ・ダワはすっかり無表情になり、覇気は失せ、腹を空かせ、痩せこけていた。彼の目からは輝きも、反発心も狡猾さも消え失せていた。犬小屋で何もせず寝そべっている老いぼれ犬のように、ほとんどの時間、体を丸め、ろくに息もせずに眠りほうけていた。そして今、うとうととして眠りに落ちようとしていたとき、番兵がやってきて出頭するように言った。またか。最近、しょっちゅう寝ているところを起こされて、何度も同じ不毛な尋問をされる。眠らせてもらえないのだ。

今回、リタンツァンのタシはワン・ツァオウェイがテンガとポールと戦って勝利を収めた話をした。山中の大半はすでに人民解放軍の手に落ちている。どの戦闘でもチベット人ゲリラは大敗を喫しており、勢いづいた人民解放軍はチベット人ゲリラを粉砕した。サムドゥプの脳裏には、テンガとポール、そしてゲリラたちが、連日連夜邪悪な鷹のように急降下してくる飛行機に追い詰められるさまが、恐ろしい悪夢のように映った。無慈悲かつ執拗に隅々まで追い回され、奇妙な科学的装置で狙われ、孤立させられ、撃破されていくさまが。彼の脳裏にはまた、ゲリラたちがあらゆる方向から追われ、雪の中を、山の中を蟻のように走り回る様子がありありと浮かんだ。彼らは取り囲まれ、虐殺されていく……。そして、目の前に立ちはだかるリタンツァンが勝ち誇ったように……手を差し伸べてきた……。

「サムドゥプ・ダワ」タシはさりげなく声をかけた。「娘が一人いましたよね」

サムドゥプはぎくりとした。「ああ……」彼はほとんど聞こえないほどのかすれ声で言った。

「娘がどこにいるか知ってるのか?」タシは声の調子を変えずに言った。

「いや。なぜだ? 知ってるのか?」

「おそらく……」タシは続けた。「彼女は今は無事だろう。ただ、私がここを去ったら保証はできないがね……」

サムドゥプは立ち上がった。「リタンツァン……おい!」老人はものすごい形相ですごんだ。「万一のことがあれば……本当に……」

「黙れ! この馬鹿が!」タシは怒鳴りつけた。「あんたに何ができるっていうんだ。あんたも娘もこっちの手の中の虱(しらみ)も同然だ。こっちが望めばいつだって潰せるんだぞ……」

カンド・ツォモの父親は再び立ち上がったが、タシが手荒く押し戻し、聞き分けのない子どもを叱責するように、指を突きつけてきた。「なあ、あんたにはずっと親切にしてきたし、こっちも辛抱してきたつもりだ。最後のチャンスをやろう。私が昨日言った通りにするんだ……言った通りにな……。そうしたらあんたも、娘も釈放してやる」

サムドゥプ・ダワは仏像のように身じろぎもしなかった。彼はタシに一番気にしているところを突かれて、すっかり面目を失い、心をかき乱されてしまった。気絶してしまうかと思った。しかし、どんなゲームでも、取り返しのつかない負けを喫する前に出すべき最後の切り札というものがある。

「リタンツァン……一つだけ……一つだけ頼みがある……。そうしたらあんたの望み通りにするよ……。まず、娘に会わせてくれ」

共産党軍の偵察機は天気がよければ毎日やってきた。ワン・ツァオウェイがチベット人ゲリラへの攻撃を指揮していた。タゴツァンのテンガが同心円状に配置した見張りはまだ健在だったが、戦闘が進むにつれ円の大きさは小さくなっていった。そして人民解放軍は新式の山砲（榴散弾）を持ち込んできた――長距離でも極めて正確に撃てる残忍極まりない武器だ。共産党軍のよく練られた手際のよい攻撃は、この山砲のおかげでもあった。

ゲリラたちは岩陰に隠れ、息を潜めて砲撃の様子を窺っていた。彼らは砲弾が炸裂するたびに戦神が現れたと驚嘆して、感極まって膝を打った。カムパたちは戦士であり、伝説的な時代にまで遡れる戦士の子孫なのだ。この恐るべき戦神は、彼らにとってみれば尊敬すべき存在である。

パーン……パーン……パーン……砲弾の爆発する音を聞いていると、完璧にまっすぐに撃ってきているのが分かった。まるで人民解放軍の射撃手たちが正確な弾道で撃つ技術ばかりか、所持している山砲の数まで誇示しているかのようだった。ザーッ……ザーッ……ザーッ……岩の表面に赤熱した榴弾の破片が当たって火花が飛び散った。それは満員の集会堂で法要が執り行われているときに、化身ラマが大麦の粒を撒き散らす儀礼を思い起こさせる音だった。カムパたちは退避しようともせず、感嘆のあまり茫然と立っていた。彼らはかぶりを振った。「ちきしょう！　あれで俺たちは血だるまにされちまうのか……なんてこった！」一人が言った。

「中国共産党（ギャ・コンデン・ミド・レ）には敵わない！」クンサンがテンガとポールに言った。「俺たちは完全に包囲されてる。まもなくこっそり話せる岩の隙間すらなくなるだろう。最新の情報は聞いたか？　雅安には五万の兵士が、青海には四万人、リタンには二万人の兵士が集結してるんだぜ……」

「ディクパ・コ！」テンガは吐き捨てるように言った。「そんな連中、自分たちでひり出した糞で溺れ死んじまえばいい！」

「ということはさ、クンサン……」ポールが口を挟んだ。「俺たちは追われる獲物に過ぎないっていうのか？　俺たちはもはや猟師ではないと？」

「そういうことだ」クンサンはかぶりを振った。「俺たちはここ数か月、何を手に入れた？　弾丸も食糧も減る一方で危うい。人員の半分をすでに失っているし。それに中共どもが考えていることは分かりやすい。俺たちを取り囲む鉄の輪を容赦なく締め上げようとしている。俺たちは早晩、窒息死させられるだろう。逃げ道もほとんど断たれてる。先行きは暗いよ、アムリケンのポーロ。そう思ってるのは何もこの根暗なクンサンだけじゃないぜ」

「じゃあ、これからどうする」一人の年配のカムパが言った。

クンサンは嗅ぎたばこを吸い込んでからこう言った。「俺はここ二、三週間ずっと考えてきたんだけど、戦略を変えるしかない。何か新しいことをしないとだめだ。俺たちは最初はうまくいってた。だが、今、連中はしっかり計画を立て、状況を整えて、空軍力や大砲を使った攻撃を展開してきてる。俺たちの息の根を止めるつもりだ。俺たちも今までと同じ方法というわけにはいかないよ。

「中共はチベットの解放に関しては政治哲学とイデオロギーと戦略を合わせ持ってる。俺たちも政治哲学と戦略を持たないといけない」

テンガは蔑むように笑った。「クンサン、あんたは賢い人だ。学もあるし世知に長けてる。俺には何にもない。俺の政治哲学は単純なものだよ。俺はこのニャロンで今までと同じように暮らしたい。誰にも指図されたくない。ただ放っておいてほしい。俺の戦略はこうだ——俺のニャロンを奪った中共と最後まで戦う——連中がどんなに強力でも、連中の軍勢がどれほど優っていたとしてもな。ここらニャロンでは人びとはみな単純だ。俺たちには明快な考え方が必要だ」

「俺もテンガに賛成だ」ポールは言った。「中共は俺たちのニャロンに何をしてきたというんだ。連中には出て行ってもらう。そうすれば俺たちは自由になる」

クンサンはそれには一言も言及せず、発言を続けた。「今はカム中に大勢のゲリラがいるに違いない……。いや、チベット全土にな。俺たちはそいつらを捜すんだ。そして一つの組織に統合して連帯すべきなんだよ！　チベット人ゲリラがお互いに連帯して……組織的に行動を起こすべきだ。そのためには俺たちにも中共が使ってるような道具——無線通信機なんかが必要だ。もちろん最新鋭の武器と補給物資、食糧だって要る。ただ勇気と素手と雄叫びだけでは敵と対峙できるわけがない。

外の世界にもチベットではゲリラが中共と戦ってるってことを知らしめる必要もある。共産党の連中はチベット全土は自分たちの手中にあり、チベット人は自分たちを両手を広げて歓迎していると喧伝してるんだ。俺たちはそんなのは虚偽だと訴えるべきだろ！

だからさ、外の世界に俺たちの味方になってくれる国が必要なんだよ……。俺たちに物資の面でも装備の面でも支援してくれる国が。俺たちが見つけ出さないといけない。アムリカはそういう国の一つだ。こうやって話しているのも俺には考えがあるからだよ。俺はな、ポーロはここを離れるべきだと思うんだ……」ポールは首をぐいと捻ってクンサンの方を見た。「ポーロはインドに行くべきだ。リタンから南に下って行くと、アッサムにほど近いインド国境に抜けられる。このことはリロとも話し合ったんだが、リロによればここからインド国境までの道は全部分かるって……」

「それでインドで……ポーロは何をするんだ？」テンガは尋ねた。

「アムリケンの政府と接触して援助を求めるんだ」クンサンは言った。「アムリケンに俺たちのことを話してくれ……。俺たちの希望と願いを。どんな支援でも探ってほしい。俺たちの話に耳を傾けて信じてもらえるのはポーロしかいない」

「俺がポーロをインド国境まで送り届けるよ」リロが言った。「くっそ長い道のりだが、俺は道を知ってるから。俺は麝香(じゃこう)鹿の狩りをして、インド人に売り捌いてたからね」

「クンサン」テンガは言った。「確かによく練られた話だが、この計画はポーロには話してあったのか？」

ポールはかぶりを振った。「この件に関しては何も知らないよ。僕は関係ない」


「俺、ずっと考えてるんだけどさ……。クンサンの提案のこと」テンガはポールに言った。「お前、行くべきだと思う」

「俺は意見を差し控えるよ」とポールは言った。「俺はみんなの意見に従う。それもみんなの総意であってほしい。誰か一人にでも、俺がみんなを見捨てたといって責められたくはないんだ……。事態が悪い方に向かった場合にね。だから俺は決定には関わらないよ」

「ポーロ」クンサンは言った。「冷たいこと言うなよ。俺たちがそんなことでお前を責めるわけないだろ」

「ポーロ」テンガは言った。「リタンツァンのタシ・ツェリンが俺の母親と姉、兄、おばを……そしてアー・ツェリンを殺害した事件の首謀者だったことは……もちろん分かってるよな」

「ああ、当然……」ポールは答えた。

「タシ・ツェリンがまだ生きてるってことは知ってるな」

「ああ」

「ポーロ……俺はタシ・ツェリンに復讐すると誓った。俺は生きている限りやつの命を狙う。いつかやつを殺す……。だがどうなるかは分からない」

ポールは待った。

「ポーロ……もし……もし……お前の留守の間に俺の身に何かあったら……俺の代わりに……仇討ちを果たすと誓ってくれないか」

ポールは黙っていた。こんなに重大な誓いを軽々しく立てることはできない。

「テンガ、リタンツァンのタシ・ツェリンは俺にとっても敵だ。もしもお前の身に何かあったら、代わりに仇討ちをすると誓うよ」

テンガは笑顔を見せた。「そういうことなら、ポーロ、固めの儀式だ」

テンガは短剣を鞘から出して左の親指の根本をさっと切りつけると、手首まで血が滴った。テンガからその短剣を受け取ると、ポールもまた左手の親指のまったく同じ箇所を切った。タゴツァンのテンガとポール・スティーブンスは互いの親指を絡み合わせ、血を混じり合わせた。こうしてリタンツァンのタシ・ツェリンに対する復讐は死ぬまでに果たさなければならない厳粛な誓いとして、血で固められたのである。

58

「さあてと、ミンマ、ちょいとぼんくらなうちの木こりさん」テンガはむっつりした顔をして言った。「明日なんだが、アムリケンのポンボ、アムリケンの宣教師夫妻の令息であられるスティーブンスのポーロさまのお供をしろ。この愚鈍で未開な盗賊の巣窟からお天道さまのもとへと出て、遙か遠くの故郷へとお帰りいただくんだ。俺たちがニャロンの山の洞窟で草だの腐ったものだのを食らい、昼も夜もまるで野生動物よろしく狩りに勤しんでいる間に、この方は黄金の国アムリカでご馳走に舌鼓を打つんだぞ」テンガはむっつりした顔で横柄に言い放った。ポールは幼い頃からの友を見つめたまま黙っていた。

「俺はこいつがどういう人間か知ってる」テンガはポールをなじるように指をぶんぶん振りながら言い募った。「よーく知ってるんだ、本当に」ぶつぶつと口やかましい物言いは続いた。「こいつはさ、上品で繊細な快楽の味わい方を心得てるんだよ……。それはこいつがニャロンの退廃的な封建領主から受け継いだものだ。こいつの親父さんはアムリケンの宣教師で、評判の悪い外道の信者だ。それは間違いない。でも立派な聖職者だったよ——もっとも親父さんもさ……ほら……お前や俺と同じく女の太ももが好きだったけどな」テンガはいたずらっぽく笑った。「俺はお前がなぜ明日ここを離れるのかちゃんと知ってるぞ」

「何だよ」ポールは顔を上げて聞き返した。

「聞きたいのはこっちだよ、おい。どうしてなんだ」テンガは酔っ払って、くすくす笑いながらポールの横腹を突いた。「ちゃんと話してくれよ、なあ、どうして明日ここを出て行くんだ?」

「何を馬鹿なことを言ってるんだ！」ポールは言った。

「おい、なぜ明日ポーロがここを発つのか、みんな知ってるだろ」クンサンがたしなめた。「このことは何日もかけて話し合ったじゃないか」

「ああ、確かに……確かにな……。それは間違いなく事実だ！」テンガは言った。「でも、本当のことを知ってるやつはいないのか？　俺は真実を知ってる――なぜ明日アムリケンのポーロが俺たちを――評判の悪い劣ったニャロンのチベット人を捨ててここを出て行くのか」

テンガはポールの鼻先に指を突きつけながら、ポールにいたずらっぽい意地悪な目配せをしてみせた。

「テンガ」ポールはいらいらしながら言った。「お前、米酒(ダチュ)に完全に飲まれてるな」

テンガはくすくす笑いながら短剣を取り出し、剣先で歯をほじった。

「お前はさ……ポーロ……いい匂いがするから行くんだろ！」テンガはまた笑った。

「いい匂いだって？」ポールは問い返した。

テンガはけたたましい声で笑いながら、まるで骨を喉に詰まらせた友人の世話をしているかのように、ポールの背中を何度も叩いた。

「まさにその通りさ、宣教師さん！　なめらかで素敵な太ももの間から立ちのぼるえも言われぬ香りだ。彼女はここにはいない……。おばさんと一緒にリタンにいるわけでもない……。じゃあどこにいる？なあ、宣教師さん、匂いを嗅ぎつけたんだろ、なあ？」

みなテンガが何を言っているのかさっぱり分からなかった。

「おい、テンガ」年配のカムパ・ゲリラが割って入った。「ポーロを困らせるのはもうやめろ。なんでお前が喧嘩を仕掛けようとしてるのか分からないよ。わざわざ今夜こんな話をしなくてもいいだろう！

お前がポーロをなじってるのを見てると悲しくなるよ。

　ポーロは明日の朝早く出発するんだ。二人は赤ん坊の頃からの付き合いだろ。もう二度と会えないかもしれないっていうのに。この戦争は長い長い戦いになる。そして生き残れる者はおそらくごくわずかだ。世界は関心を失い、別の影を追うようになる。われわれのことは忘れ去られるだろう。チベットもチベット人も、この地球から消し去られるだろう。われわれのことなど誰も気にしちゃくれないさ。でもな――ごく少数の者はここに残り続ける。われわれの魂は決して変わらない！　いつかその残り火から新しい炎が燃え始めるんだ――それは今年かもしれないし、来年かもしれない。あるいは百年後かもしれないがな。ポーロには外の世界に俺たちのことを伝えてほしい」

　テンガは口をつぐんでいた。彼は長い足を伸ばした。チベット式の煙管を取り出した。先に小さな皿のついた、長い柄の、翡翠の吸口の煙管だ。焚き火から燃えさしを取り出して、たばこに火を点けると、静かに一服した。彼は今や穏やかな目をしており、揺れる焚き火の炎が若く美しい彼の顔をちらちらと照らしていた。とそのとき、テンガがふいに煙管を放り出し、ポールに笑顔を向けるとこう言った。「ポーロ！　あのアムリケンの歌、覚えてるか？　俺たちよく踊っただろ……。ポーロの母さん（アマ）が教えてくれた歌だよ。俺、まだ全部覚えてるぜ。いいか、聞いてろよ」そうしてテンガは陽気に楽しげに歌い出した。

　おまぬけヤンキー
　ポニーで町へ
　帽子に羽根挿し

ダンディー気取り
がんばれヤンキー
踊れよダンディー
いかしたステップに
みんな夢中

テンガはいきなり立ち上がって踊りだした。「ポーロ！　お前も立てよ！　みんなにアムリケンのダンスを見せてやろうぜ！」ポールは笑って、テンガと肩を組んで洞窟の中をあっちへ飛んだりこっちへ跳ねたりしながら、歌い踊っては男たちに声援と手拍子を促した。かつてスティーブンス夫妻とカオ・イン、ゴンポ、パサンが囃し立ててくれたように。クンサンまでもが珍しく笑って――しかも手拍子までしている！　洞窟の外の番兵も駆け込んできてポールとテンガが昔むかし少年だったころに踊ったダンスに魅入られていた。


ミンマとリロは準備を終えた。馬にも鞍を装着した。外はまだ暗い。ポールはテンガに会いに行った。友が眠ったふりをしているのは分かっていた。

「テンガ」ポールは静かにささやいた。「もう出発しなくちゃ……」

テンガはすぐに目を開けて体を起こした。彼は黙っていた。

「もう出発するよ……」ポールは繰り返した。

「ああ、元気でな……」

「体を大切にしろよ」

ポール・スティーブンスはそう言って立ち去ろうとした。洞窟を出ようとしたとき、テンガが声をかけた。「ポーロ……帰ってくるよな?」

「テンガ……もちろんだよ。仕事を終えたら帰ってくる」

「逃げるなよ……俺は待ってるからな」

ポールは肩をすくめた。

「それから、ポーロ……」テンガは馬に向かおうとするスティーブンスに向かって叫んだ。「中共には捕まらないようにくれぐれも気をつけろよ……。頭に叩き込んでおけ。可愛い顔をした中国人看護師に何をされるか分かったもんじゃないぞ……」


ポールとリロ、ミンマはインドとチベットの国境の鬱蒼とした熱帯雨林の端に立っていた。見下ろせば轟々と勢いよく川が流れている。そこにはいかにも当座しのぎの木の橋がかかっており、竹で作られた手すりは幾たびもの雨季を経て、ガタが来て腐りかけている。斧の達人であり少年時代からの友人であるミンマ、そして狩猟の達人リロはここから再び帰路につく。ニャロンの山へと向かうあの長く危険な消耗させせられる道をまた戻って行くのだ。ここから先、ポールは一人になる。リロの目からは今にも大粒の涙がこぼれ落ちそうだった。傷だらけで白髪交じりのひげ面は日焼けして皮が剝けており、目は真っ赤だった。ポールは優しく肩を抱いて言った。「リロ……できるだけ早く戻ってくるからな」

リロは涙をこらえ、笑顔を浮かべて「なあ、ポーロ」と冗談めかして言った。「ゴロク式にさよならしようぜ」二人は人差し指を絡めて勢いよく振った。「ポーロ」猟師はミンマを指して大げさな重々しい口調で言った。「うちの娘たちは……あなた方のものだ！」三人とも子どものように笑い転げた。「リロ……ミンマ……」ポールはもうそれしか言えなかった。彼は手綱を引き、木の橋を目掛けて駆け下りて行った。二人の友は立ったまま見守っていた。

ポールは腐りかけて軋む橋板の上を、馬を引きながら慎重に歩いていき、無事、向こう岸に渡ることができた。とそのとき、鋭い口笛が二回聞こえた。あそこまで完璧にバーラルの警告の鳴き声を真似できるのはミンマしかいない。振り向いて見上げると、はるか高いところに、森の端に立ったミンマとリロがライフルを振りながら別れの合図をしていた。ポールはそこに立って上の方を見つめているうちに、目にもやがかかったようになって視界がぼやけた。手を振り返すと、彼は馬を引き、インド警察の最初の検問所［原注　現在のアルナーチャル・プラデーシュ州にあたる］へと、一人歩を進めた。

第5部

59

ポール・スティーブンスはアッサム州のグアハティから西ベンガル州のカルカッタ〔現在のコルカタ〕に向かうインディアン航空の機内にいた。隣にはカルカッタのアメリカ合衆国総領事館のクリストファー・ニコルズ青年が座っている。この青年は興奮しやすくおしゃべりなたちで、飛行機のエンジンの唸る音に負けじと、前のめりで大きな声で勢いよくまくし立てていた。ポールは飛行機に乗るのはこれが初めてだった。

ポールは中国共産党軍の司令部を襲撃する前の晩にクンガ・リンチェン僧院の僧兵(ドゥブトー)からもらった布製の特別なお守りをまだ首に巻きつけていた。彼はカムパの衣をまとったまま、テズプルというインドの町に入ったのだ。アルナーチャル・プラデーシュ州の最初の検問所で、パマリー・ライフルと四十五口径のコルト拳銃は押収された。だが、ニャロンの幅広の剣と短剣は所持を許された。そしてこれらはカムパの衣や革製のブーツとまとめて、他の乗客の荷物と一緒に所在なさげに荷物棚に押し込まれている。

ポールがテズプルで拘留された日、インド警察からカルカッタのアメリカ合衆国領事のロバート・シーモア氏に向けて、東チベットから不可解にもアメリカ市民が到着したとの報告が届いた。シーモア氏はただちにテズプルにニコルズを派遣した。ニコルズはポールが驚くほどかいがいしく世話を焼いてくれた（虱の駆除から予防注射に至るまで）。それにアメリカ人宣教師の息子がテズプルのような蒸し暑いところでチベット式の毛皮の衣を着ているのを見かねて洋服の上下一揃いをあつらえてやった。スティーブンスはニャロンから持ってきたものを破棄することを断固として拒んだ。もっともほとんどの衣は中共との長い戦いの間にすり切れてつぎはぎだらけだったが。

小ざっぱりとした熱帯仕様のスーツに身を包んだポールの顔は、日に焼けてぼろぼろに皮が剝け、まるで危険なヒマラヤ登山から帰ってきたばかりの登山家のようだった。スーツには胸ポケットが二ついていた。左胸の心臓に近い方にはカンド・ツォモの写真を入れたしわくちゃのカムパ式の財布を忍ばせていた。彼はインドまでの旅路の間に幾度となくこの大切な数葉の写真を愛おしそうに見つめたものだった――あるときは洞窟の中で、またあるときは廃墟となった建物の日干し煉瓦造りの壁に寄りかかって、またあるときは雪の中で。

クリストファー・ニコルズは、ポールのことを「アメリカのロバート・コンウェイ」［ジェームズ・ヒルトンによる小説『失われた地平線』をもとにフランク・キャプラ監督が映画化した際の主人公のイギリス人の名前］と名づけ、出会ってから十回以上は繰り返している話をまた始めた。スティーブンス夫妻は無事に帰国してサンフランシスコで暮らしている。シーモア氏は夫妻の息子がインドに無事到着したことを知るや否や、すぐさま夫妻に連絡をとった。実はアメリカ人宣教師夫妻の飛行機によるチベット脱出劇以降、共産中国やチベットと国境を接している国々に拠点を置くすべての合衆国領事館は、ポール・スティーブンス――すなわち「チベットで行方不明になったアメリカ人宣教師の息子」――の動向をしっかりと注視するように指示されており、だからこそ、カルカッタの総領事館としては彼を「救出」し、「安全と自由」へと「導く」ことは「疑念を挟む余地もない」「おおごと」だったのだ。シーモアは連絡を受けるやただちにニコルズのもとへと「すっ飛んできて」、できる限りの「援助の手を差し伸べ」、「シャングリラの英雄」をカルカッタに連れてくるように言った。ニコルズによれば、ボビー・シーモアはポールをカルカッタに迎えるにあたって「小学生みたいにはしゃいでいる」らしい。ポールが「脱出劇」について、また「赤い中国に囚われの身となった悲惨な経験」について自ら語ると聞いて、記者たちが待ち構えているだろうと。ポールは赤い中国から「逃げてきた」わけでも、「共産主義者ども（コミー）」に捕まったわけでもないと説明したけれども、そんな反論は、生来の控えめで慎ましやかな性格も相まって、聞き入れてもらえなかった。

　飛行機がカルカッタのダムダム空港に到着すると、総領事館からの迎えの車が待ち受けていた。制服をまとったインド人運転手がニコルズ・サーハブ［サーハブはインドで用いられる敬称］に深々と敬礼（サラーム）をした。車の荷物入れにはポール・サーハブのインド式のトランク（テズプルでニコルズ・サーハブに買ってもらったものだ）が積み込まれた。トランクにはカムパの毛皮のチュバやニャロンの土や匂いをまだ残している革製のブーツ、そして幅広の剣や短剣が詰め込まれている。車は出発した。ニコルズは、貧民街の少年たちや乞食たちが車の窓越しに手を伸ばしてきたり、骨と皮ばかりの母親のしなびた乳房を吸っている痩せっぽちの赤ん坊を見せたりして、二人の旦那（サーハブ）さまに施し（バクシーシ）をせがんでくるのを慣れた手つきで追い払っている。ポールは座席に深く腰掛けた。彼はあらゆる物事に完全に圧倒されていた。テズプルに到着してからというもの、悪臭と、息の詰まるような蒸し暑さ、飛び交う蠅や絶え間ない騒音の最中（さなか）で、別の星に来たかのような錯覚を覚えた――彼はニャロンを出たことがなく、こんなにたくさんの車、バス、路面電車も、こんなに多くの人間でごった返しているのも、これほどの暑さも騒音も、すべて初めての体験だった。車は、ひどい交通渋滞で、耳をつんざくような警笛の不協和音が鳴り止まないカルカッタの無秩序な狭い通りを疾走していった。

アメリカ総領事館の敷地に車が滑り込んだときにはポールはぐったりして、お腹はぺこぺこ、喉もからからだった。内反りのククリ刀を携えたネパールのグルカ兵が門を開け、かかとを鳴らしてニコルズにぴしっと敬礼した。ニコルズはスティーブンスを建物の中に案内した。彼は興奮を抑えがたい様子で、ロイヤル・カルカッタ・ターフクラブの競馬で大当たりしたみたいに浮き足立っていた。ポールと同じくらいの背丈で、白い半袖シャツに白いズボンを履いた、短髪の二人のアメリカ人青年がポールを目にした瞬間、カムパ式の長髪（テズプルで頑として散髪を固辞したのだ）と首にかかっている僧兵のお守りを目を丸くして眺めていた。ニコルズは彼らに上機嫌であいさつをして、「ボス」がいるかどうか尋ねると、空調の効いた長い廊下を歩いてビザの申請者でごった返す待合室を通り過ぎ、口紅を引いてシックなサリーをまとい、完璧な英語を耳に心地よい声で話すインド人の女性職員たちにもにこやかにあいさつをして、冗談を交わした。若い女性たちはポールに目を留め、この長髪のよく日焼けした背の高い筋骨隆々のアメリカ人青年は誰だろうと不思議そうな顔をしていた。

ニコルズはとある扉の前で立ち止まると、一呼吸置いてから丁寧にノックした。

「入ってくれ！」中から明るい声がした。

ニコルズは扉を半分だけ開けて中を覗き込み、穏やかな声で「私は誰を連れてきたでしょう……」と言ってから扉を全開にした。するとまん丸で愛嬌のある赤ら顔をして、眼鏡の奥から青い眼を輝かせているまるぽちゃの小柄な男性が現れて、大仰なあいさつでポールを歓待した。

「信じられない！　まったく、信じられないよ！」ロバート・シーモアは言った。「これはこれは、本当にジョン・ポール・スティーブンスくんじゃないか。さあ、掛けて、掛けて」

シーモアは腰を下ろし、目を輝かせてポールを見つめ、まだ信じられないといった様子でかぶりを振った。部屋は空調が効いていたがシーモアの顔は汗だくで、染み一つない真っ白なハンカチで額を拭っている。「さあて、君のことをとくと見させてもらおうじゃないか！　ここまでいい旅だったかい、ポール？」

「ありがとうございます、シーモアさん」ポールは笑みを浮かべて言った。「クリスがよくしてくれまして。あらゆる面で助けてくれました……。この服も買ってくれましたし……」ポールは高価な熱帯仕様のスーツを指さして笑った。

「ボビー」ニコルズは言った。「僕がテズプルで彼に最初に会ったときの姿を見てほしかったですよ！　チベット人にしか見えませんでしたからね——分厚いチベット服に毛皮の帽子に剣に……チンギス・ハーンかと思いましたよ！」みんな声を上げて笑った。

「ポール、君のご両親には無事を知らせておいたから」シーモアは言った。「ものすごく喜んでるだろうね！」

領事は腕時計に目をやった。「昼食の時間だ。シャンパンを開けよう。ポール、おいで……。クリス、君も一緒に」

シーモアはネクタイを直し、白いジャケットを羽織って先頭を切って部屋を出た。外に控えていたインド人女性に午後は戻らないと告げ、もし急ぎの電話があれば、自宅につなぐように、また、急ぎでなければ極力邪魔しないでほしいと指示した。

領事公邸では四十代後半と思しき背の高い快活なシーモア夫人がポールを待っていた。昼食をサーブしてくれたのはターバンや腰帯、白い手袋といったお仕着せをまとったインド人の使用人たちだった。シーモアは自らシャンパンを開け、まず最初の一杯をポールに注いだ。ポールは飲んでしまった——乾杯の前に！　中国の米酒(ダチュ)に少し似た味だな……。テンガ……。

「それではみなさん、われらが冒険家に乾杯！」シーモアはみんなとグラスを合わせた。ポールは見慣れない世界をきょろきょろと見回していた——ぴかぴかの銀食器、ぱりっと洗い上げられたレースのテーブルクロス、シャンパン、浅黒い肌をした制服姿の使用人たち、空調の効いた居心地のよい豪奢な部屋、そして自分に話しかけてくるシーモア夫人。ポールは自分と同じ民族の女性は母親しか見たことがなかったのだ。昼食の後、リキュールが振る舞われた。小さく華奢なグラスに注がれた強めの甘い蒸留酒はもっとダチュに似ていると思いながら、ミンマとリロが無事に帰れたかどうか気になっていた。ボビー・シーモアが木彫りの洒落た箱から取り出して差し出してくれた葉巻を受け取った。

「いや、本当に素晴らしいことだよ……。驚くべきことだ……」領事は言った。「ジョン・ポールのことを知れば知るほど驚嘆するばかりだ。ポールはね——学校に行ったことがないんだ。もちろん大学にも行ったことがない。路面電車もバスも見たことがない。彼は君や僕と同じようにアメリカ人だが、同時に完全にチベット人なんだ。彼はチベット語でものを考えるし、価値観も感情も完全にチベット人だ。彼の気質もね。これはとてつもなくすごいことだぞ！」

ポールは葉巻を紙巻きたばこのようにふかしながら、礼儀正しく耳を傾けていた。この太いたばこ、なんて素晴らしい香りなんだろう……。ああ、リロ——きっと気に入るだろうなあ……。それにしてもカルカッタのダチュは酔いが回るのが早い。それにしてもどうしてみんな僕のことで大騒ぎしているんだろうか。でも、感じのいい騒ぎ方だ。僕と同じ民族のこの人たちは、なんと愉快なんだろう。なんと親切で、温かくて、のびやかなんだろう……。ただ、彼らは完全にわけの分からない別の言語で話している。シャンパンが回れば回るほど……葉巻を吸えば吸うほど……笑いが起き……そして陽気な乱痴気騒ぎがもっともっと盛り上がっていく。ポールは生まれてこのかた、こんなに手厚くもてなされたことはなかった。

「ジョアン……」領事は妻に言った。「地図帳を持ってきてくれないか。四巻だったかな」

妻は立ち上がって、二階に上がると、大きな地図帳を持って戻ってきた。シーモアはテーブルの上に地図を広げると額と手の汗を拭い、眼鏡を調節した。

「みんな集まってくれ！」彼は熱を帯びた声で「ポールがわれわれをシャングリラに案内してくれるぞ……」と言うと、ポールに目配せをした。「さて、ポール……君はたぶんこの辺りで暮らしてたんだよな。ここはちょうど君のご両親を救出しに行った飛行機が着陸した場所だ。あれは偉大な功績だったよ！元AVG［アメリカ合衆国義勇軍］は伊達じゃない。クレア・リー・シェンノートは部下を立派に訓練したもんだな！」

「本当にそこに飛行機が着陸したんですか？」ポールは地図をじっと見つめながら興奮した様子で聞いた。

「ああ、まさにね！」シーモアは答えた。

ポールは点字を読む盲人のように地図に指を滑らせた。シーモアたちはポールの切断された指に思わず目を留めた。ここが僕の家の場所か。ポールは思った。そうそう、リタンの北だよ（地図にはLithangじゃなくてLitangと書かれてるけど）。サムドゥプ・ダワの家も……。今やもぬけの殻だが……。そしてクンガ・リンチェン僧院（少なくとも何がしかは残っているだろう）……。リチュが原……。全人生が、人生におけるすべてが、小指の先に収まってしまう。テンガやリロ、ミンマ、そして僧兵たちはこんなちっぽけなもののために戦っていたのか。ポールはため息をつき、「興味深いですね」とシーモアに言った。

「なあ、ポール」シーモアは尋ねた。「君はチベットのどの辺りにいたの？　どういうルートでインドまでたどり着いたんだい？」

「もしそこが飛行機の着陸した場所だということなら」ポールは言った。「そうすると、僕は間違いなくここからニャロンを離れたことになりますね。リタンの北側なんです――地図にはLitangとありますけど――ダライ・ラマ七世のお生まれになった土地です」それだけじゃない、ポールは苦々しく思った。中国共産党(ギャ・コンデン)があの破壊的な機関銃を配備した急降下爆撃機の発着基地だった。「ここからこっち方向に南下して東北インドにたどり着いたんです……」

「でもどうやってルートが分かったんだ？」シーモアはしつこく聞いた。「この地域はほとんど地図になってないというのに」

「古い言い回しにあるみたいに、白人の未踏の地ってやつですね」ニコルズは言った。

「素晴らしい案内人がいたんですよ……。猟師なんですけど」ポールは言った。「通常ルートは避けないといけなかったんです。ギャ・コンデンが――中国共産党のことですが――そこかしこに前哨(ぜんしょう)を置いていたので。だから、きっとこのルートだと言っても推測に過ぎないんです。意図していたよりもかなり西寄りの進路を取りましたね」

「しかしそれはすごいことだね！」シーモアは驚嘆した。「ポールが示してくれたようなルートを通ったことのある白人はいまだかつていないと思うよ！　かつてその近くを旅行したことのあるF・M・ベイリーっていうイギリス人の役人がいるんだけど、彼はもっと東寄りで、もっと簡単に通行できるルートを通ったんだ。だからね、私が言った通り、アメリカ合衆国のサンフランシスコのジョン・ポール・スティーブンスはおそらくそのルートを通ってチベットからインドに下りてきた最初の白人だよ！　まさしく偉業だよ、なあポール！　歴史的快挙だ！　大変だったかい？　そりゃあそうに違いない！」

ポールは笑ってシャンパンをすすった。「リロと――あ、その猟師の名前です――僕がこれまでに共にやり遂げた数々の旅とたいして変わりませんよ。僕らはゴロクというニャロンからかなり北にいるチベットの部族の土地でも狩りをしたことがあるけど、そっちのルートの方がはるかにきつかったな。それにものすごく寒いんです……。あの、こんなことを言うとシーモア夫人の前で失礼になるかもしれませんが、地面におしっこをすると、用を足し終わる前に凍るんです。われわれはギャ・コンデンを――失礼、中国共産党を警戒するのに気を取られていたので、景色を楽しんだり――調査をしたりする暇もありませんでした」

「ゴロクか！」クリス・ニコルズは興奮のあまり目を丸くして叫んだ。「本で読んだことがあるよ。中央アジア探検をしたスウェーデンの探検家スウェン・ヘディンが彼らについて何か書いてなかったかな。確か、〝中央アジアの真ん中に住む白色人種〟とかなんとか。でもゴロクの土地は地図に書かれていないから、ほとんど何も分かってないんだよな。そこで狩猟をしてたのか？」

「何度もね」ポールは答えた。あの日の早朝の、一点の曇りもないえも言われぬ夜明けの空……羊の毛皮の掛け布団の下には二人のゴロクの娘が……生まれたままの姿で……その温かな肉体はなめらかで引き締まっており、尻は丸く……娘たちの熱情と性愛の技術……。すぐ側では前の晩に笑ったりしかめっ面をしながら彼に体を絡みつけてきていたもう一人の娘が、お茶を沸かしている。テントの外では、朝焼けの中、雌牛や雌ヤクを相手に木桶を構えてシャッシャッと乳搾りをしている娘の姿が浮かび上がる……。そしてリロは、別れの悲しみを笑いで押し隠そうとして、ゴロク風に別れを告げている。「ええ……ゴロクのことはよく知ってますよ……」ポールはため息をついた。

「いやはや、すごいじゃないか！」ニコルズは嬉々として言った。彼はどうやら中央アジアの熱心な研究家だったようだ。「ポール――君はもはや専門家だよ！　ゴロクについて君が知っていることをすべて書くべきだよ！　ゴロクについて知り得たことをすべて記録するんだ。またとないものになるぞ！」

「すべてを？」ポールは顔を上げてにこやかに言った。

「それで、チベットは今どうなってる？」領事は尋ねた。「私が公式な情報を集めた限りでは、現地は落ち着いているようだが。中華人民共和国はもともと彼らに属していたものを平和的に正当なやり方で取り戻しただけだと主張している。彼らに言わせれば、チベットは単なる内政問題らしい。本当に現地は鎮静化しているのか？」

「チベットの他の場所については分かりませんが」ポールは言った。「でも、われわれは、ニャロンの一部になりますが、戦い続けています……。抵抗を続けていて……戦いを止めるつもりはありません……」

カルカッタ駐在のアメリカ合衆国領事であるロバート・S・シーモアは長く低い音で口笛を鳴らしてポールの言葉をさえぎった。彼は笑みを浮かべてポールの腕に優しく触れた。

「ちょっと待ってくれ……。ジョン・ポール・スティーブンスくん、領事として発言させてもらうよ」彼のきらきらと輝く青い目は鋭く用心深い光を放っていた。「ポール、君にはアメリカ合衆国の国民であることを自覚してほしい。二、三日後に君は報道陣の記者会見を受けることになる――好意的な記者もいるし敵意を持つ記者もいる。君は中国共産党が――つまり中華人民共和国だが――チベットに入って以降、チベットから出てきた初めてのアメリカ人だ。あの……彼らの……」領事は適切な外交用語が見つからず、ためらっているようだった。「……中国のチベットへの介入は細心の注意を要する国際問題だ――まだ議論すべきことが多々ある。ポール・スティーブンス――君は発言には相当に気をつけてもらわなければならない。君は間違った引用や誤解、誤った解釈を誘発しやすい状態だ。そうなるとアメリカ合衆国政府にとって相当厄介な外交問題を引き起こすことになる。だから〝われわれ〟という言葉を使うときはかなり慎重にしてほしい。君のいう〝われわれ〟はいったい誰なんだ?」

ポールはため息をついた。「われわれ」……テンガ、リロ、ミンマ。「われわれ」……僕が暮らしていた谷のリチュ川と雪山と峰々。「われわれ」……カンド・ツォモ、彼女は今いったいどこにいるんだろう。そしてタゴツァンの当主、彼は今どこにいるのだろう。そして僧兵たちにタルセル・リンポチェ。「われわれ」……チベット人ゲリラのみんな。「われわれ」は僕の人生の中で意味のあったもののすべてということになる。でもシーモアたちに果たして理解してもらえるのだろうか? ポールは領事の質問に無視を決め込んだ。

「両親がチベットを離れてから」スティーブンスは言った。「実は、その後すぐだったんですが、中共が入ってきました。われわれチベット人は山に入り、連中に対抗するためにゲリラ部隊を組織しました。われわれはまだ戦っています。中共のやり口はひどいものでした――集団処刑に拷問、僧院の破壊……。私もそのゲリラの一員として、彼らと別れるまで共に戦っていました……」

シーモアは再び長い口笛を吹いたが、今回はもっと長く、音も大きかった。額を拭ってため息をついた。

「ジョン・ポール・スティーブンス……」彼は口を開いた。「よく考えると、記者会見は延期したほうがいいと思う。君がここにいることは隠しておこう。いいかい。私は決して中共(コミー)が好きなわけじゃないが、外交は外交だ。これは政治問題なんだ、いいね。君と私と二人だけで内々に話をしよう。君のチベットでの活動については内密なことも含めてすべて聞かせてもらうよ。記者団に好き放題に詮索される前にね。そうでもしないとさ、ポール、君はへまなことをたくさん言ってワシントンの顔に泥を塗りかねないからな！　もう新聞の大見出しが見えるようじゃないか？〝チベットにおける米国の露骨な帝国主義〟とか……〝チベットに米国人ゲリラ〟とか……〝動かぬ証拠〟とかさ」領事はテーブルの上を指先でたかたか叩いた。「それでポール、君はいつ本国に帰るつもりだい？」

「アメリカに行くつもりはありません」

「何だって？」ニコルズは驚きの声を上げた。「帰国しないだって？　せっかくチベットを出られたっていうのに？」

ポールはかぶりを振った。「僕はチベットから〝逃げてきた〟わけじゃないんです。アメリカに行くためにチベットを出てきたわけじゃない。僕は特別な任務のためにチベットから出てきたんです。やり終えたら帰るつもりです――もちろんニャロンへ」

「だめだ――それはまかりならん！」シーモアは断固とした口調で叫んだ。「君は私の前でよくそんな口を利けるな。君が今アメリカ合衆国領事館にいるってことを、そして君がアメリカ合衆国の国民であるってことを忘れるな。チベットは今、アメリカ人の入国は一切禁止されてる。いいかい、ポール。まずはゆっくり休みなさい。体力を取り戻して、体をほぐすんだ。それで元気になったら――懐かしのアメリカ合衆国に帰りなさい！　家族が君に会いたがってるよ。私の任務は君の帰国を見届けることだ。その後で君に何が起ころうと……まあ、私の知ったことではない」

60

ある晩、ポール・スティーブンスとクリストファー・ニコルズは、しつこくまとわりついてくる乞食を追い払いながらカルカッタのチョウリンギー通りを歩いていた。他にも娼館の客引きの一団が何ブロックもついてきて、もし同意してくれさえすれば、「ラブリーでヤングな白人ガールズ」が若い旦那(サーハブ)さんのお二方を性愛の虜にしてさしあげますよとさりげなく宣伝をしてくるのだった。ポールは街の喧騒、押し合いへし合いする群衆、耳をつんざくような騒音、うだるような暑さ、不安定な拡声器から繰り出されるヒンディー映画の音楽や政治スローガン、車の騒音、耳障りなクラクション、きらきらと点滅するネオンサインにひたすら圧倒されていた。

　そのまっただ中で、ポールはふいに足を止めた。視界に入ったものが彼の琴線に触れたのだ――チベット人だ。無茶苦茶な運転をする車であふれかえっている道路をいつ渡ったらいいのか決めかねておどおどしていた。「彼らはチベット人難民だよ」ニコルズは解説した。ポールが近づいて行って話しかけると、彼らはチベット語を話す外国人(チリンガ)の旦那(サーハブ)に出会って驚き、喜んでいた。もっとも彼らのほとんどは中央チベットの出身で、ポールの話すニャロン方言は完璧には理解できないようだったけれど。しかしその中にニャロンの北に位置するデルゲ出身の若い女性が二人いたので、ポールはその二人に向かって話し始めた。すると物見高いインド人たちが集まってきて、若い長髪の旦那(サーハブ)がチベットのような僻地の言葉を話すのを聞いて、大人げなく、むしろ馬鹿にするように笑った。

「いつデルゲを出たんだい？」ポールは尋ねた。

「中共（ギャ・コンデン）が来る少し前に」若い女性の一人が言った。

ポールの前のあらゆるものが霞んでいく。今、彼には二人のカムパ女性の声しか聞こえなかったし、二人のにこやかな笑顔、白く輝く歯、美しい顔を滴り落ちる汗しか見えなかった。そして、この世のものとは思われない美しいカムの言葉は彼の心には音楽そのものだった。ポールはとてつもない寂しさに襲われ、故郷が恋しくてたまらなくなった。

「どうしてカルカッタにいるの？」ポールは尋ねた。

二人はくすくす笑った。「だってチベット人難民キャンプには行きたくなかったから。私たちはここで商品を買って、それを持ってって売ってるの。大した収入にはならないけど、難民キャンプで集団生活を強いられるよりははるかにまし」

「君たちさ……ニャロン出身の難民に……会ったことあるかい？」ポールは尋ねた。

二人は言葉を交わし合った後で答えた。「そんなにいなかったかな。だって中共はカムの他の地域に先駆けてニャロンに入ったでしょ？　だからニャロンの人はあまり逃げてないんじゃないかな。でもカリンポンとダージリン［原注　チベットと接する北インドの町］で一人か二人会ったよ」

しばらく会話を交わしているうちにしばし車の流れが途絶えたので、二人の女性はポールに別れを告げ、うだるような暑さのカルカッタの夜の匿名性の海に消えていった。

「ポール」ロバート・S・シーモアは柔和な笑みを浮かべて言った。「私は外交の帽子を脱いだからね。ここでは気取らずに行こう。さあ、話してくれ。遠慮はなしだ！」それは土曜の晩のことだった。領事は自宅バンガローのベランダでゆったりとくつろいでいた。ちょうど日が暮れ、あたりが少しずつ暗くなっていた。かつての英領インドの時代であれば、役人（サーハブ）たちは上役（バラー）も下役（チョーター）［原注　バラーとチョーターはいずれもヒンディー語でそれぞれ「大きい」「小さい」を意味する。ここでは英領インド時代の上級官吏と下級官吏を指す］もみな仕事終わりの夕暮れ時に盃を傾けている時間だ。ポールの目には車のヘッドライトの閃光が映るとともに、耳にはけたたましく鳴るクラクションの音が聞こえていた。二人ともベックスのビールを飲み、ラッキーストライクを吸っている。外気は蒸し暑かったが、ひどく不快というわけでもなかった。

ポールがグラスを手にしたとき、シーモアは切断された指をちらりと見て、親しみを込めて言った。

「ポール……むごい質問で申し訳ないんだけど……でも君のその指が馬鹿みたいに気になるんだよね。その指はどうしたの？　中共（コミー）に撃たれたとか？」

ポールは笑った。「ただの事故ですよ、シーモアさん。昔ね……ニャロンで……」テンガ……カンド・ツォモ……。

「おや……てっきり中共の手榴弾かなんかにやられたのかと思ったよ……」

「たいしてロマンチックでも英雄的でもありませんよ。ただの少年時代の事故です……」

「でも君たちは赤い中国と戦ってたって言ってなかったっけ？」

「ああ、そうです……。それはもう数え切れないほど……。でも何の勲章もいりませんよ」

「怪我をしたことは？」

「ありません。ひっかき傷すらね！　ほら、これをいつもつけてて、これが僕を完璧に守ってくれるんですよ。おかげで完全に弾除けできてます」ポールは僧兵（ドゥブトー）にもらったお守りを見せた。中に『ドルジェ・チョパ』の経典の灰が入っていないことを祈るばかりだ。二十回も地獄に堕ちるなんてまっぴらごめんだ。シーモアはお守りを念入りに見ると笑みを浮かべた。

「なあ、ポール、失礼なことを繰り返したくないんだけど……でも立派な白人家庭の出身の若いアメリカ人男性がこの二十世紀という時代に学校に行ったこともなくて、近代的なものは何一つ見たことがなく、一切の教育を受けたことがないなんて、驚きだよ！　本当に驚いた」

ポールは頭をのけぞらせて笑った。「確かに学校にも、大学にも行ったことはないですね。歳月が経つのはあっという間ですよ。最初は中国と日本の戦争があって、次に第二次世界大戦、それから蒋介石。先の戦争。でもね、僕が見逃したものなんてないと思いますよ。ニャロンの地で見たもので一生分十分もちます」

「さてと、例の質問のことだが」シーモアは籐の椅子に移ると切り出した。「君は何か重要な質問があるって言ってたね……」

「シーモアさん」ポールは言った。「答えられる質問だけに答えてほしいんです。どうしてもはっきりさせなくてはならないことがありまして」

「それで、そのあとは……回答が得られたら……どうするつもりなんだ？」

「それは回答によりますが、たぶん故郷に帰ります……チベットへ」

シーモアは激しくかぶりを振った。「それは絶対になしだ！　許さない。中国当局の許可なく中華人民共和国のチベットの地に入ろうとするアメリカ国民は完全に違法行為として罪に問われることになる。こういう違法行為の話になると私は直接的にも間接的にも、どういう方法であれ、実質的に支援することはできない。とにかく完全に違法行為だ！」

「違法？」ポールは問い返すと、頭をのけぞらせて大笑いした。

「何がそんなにおかしいんだ？」シーモアはビールをすすりながら尋ねた。

「いや、何も……」ポールはツォンポンのことや、中国共産党がクンガ・リンチェン僧院の僧侶たちにしたこと、そしてリチュが原で毎日のように行われていた「特別処刑」のことを考えていた。「いや、ただあの……違法って……おかしな言葉ですね」

「ともかく」領事は言った。「君の聞きたいことは何なんだ?」

ポールは口をつぐんでいた。深く考えながら、慎重に言葉を選んでいたのだ。

「シーモアさん。僕がお尋ねしたいことは……僕にとって個人的に非常に重要なことです。あなたには理解してもらえないかもしれません。とにかく明確な答えがほしい」

「社交辞令で言い逃れをしたり、ごまかしたりするのはなしってことだろ?」

「僕が知りたいのは、アメリカ合衆国がチベット人ゲリラ部隊に支援の手を差し伸べてくれるのかどうかということです——どんな助けでもいいんです。物資でも何でも。その可能性があるのかどうか、それを知りたい。見込みはあるんでしょうか? あなたが答えられないなら、そう言ってください。そしてその場合、ここインドに誰か答えてくれる人がいるか教えてほしいんです。もしアメリカ合衆国でないと回答が得られないのなら、どこへ行けばいいのか教えてください。そうしたら僕は回答を求めて合衆国に行きます。でも、僕はすべての問いかけに対してはっきりとした回答がほしいんです……。お願いします」

領事はゆっくりとビールを口にすると、ポールのグラスにも注いだ。彼は咳払いをした。彼は——暗がりの中、ポールは気づいたかどうか分からないが——抜け目なく用心深い目つきをしていた。領事は今、外交用の帽子をかぶっているのだ。

「ポール、それじゃあ私から答えよう。もちろん率直にね。私が言うことは、君がどの領事館に行っても同じことが当てはまるからね」そう言ってもう一度咳払いをした。彼の声が変わった。まるで彼の目の前にマイクがずらりと並び、列をなした新聞記者や特派員らが固唾を呑んで批判的な目で成りゆきを注視しながら、彼の語る言葉を一言も聞き漏らすまいと熱心に耳を傾け、メモをとっているかのようだった。「私の考えでは——現時点では——アメリカ合衆国の方から中華人民共和国に対して何らかの戦いを目論むのは完全に狂気の沙汰だ——それは中国の一部であるチベットにいるチベット人ゲリラ部隊を支援することも含むし——その領域内で秘密裏に行われている活動に関わることも含めての話だ。それは中華人民共和国との戦争の火種になりかねないからね」

「分かりました……」ポールは言った。そしておもむろにビールを口に含むと、たばこに火を点けた。彼は暗闇の中、領事公邸の熱帯植物の茂る庭園で、夜の虫が鳴く声にひたすら耳を傾けていた。

61

「シーモアさん」ポール・スティーブンスは言った。「ちょっと人捜しをしたいんですが……」

「何だって?」領事は問い返した。

「実は知り合いを捜してるんです……。若い女性です。ニャロン出身の。わずかですけど、彼女がインドに脱出してきて難民になっている可能性があるんです。お手伝いいただけませんか?」

シーモアは額を拭ってしばし考えていた。

「そうだな……なんとかできるだろう。インド警察に何人か親しい友だちがいる。こういう関係を専門に担当している特別な監察官が一人いるんだ。すべての国境警備部隊に指示して何か月もの間、君を捜していた人物だよ」

シーモアは約束を守った。監察官の友人に相談して、ポールが頼んだ次の日に直接会って話をつけてきてくれたのだ。その後シーモアからポールに会いに来るように連絡があった。

「さて」シーモアは切り出した。「君の関心を引きそうな詳細な資料がここにある」彼は眼鏡を調節し、ネクタイをまっすぐにすると、書類かばんから書類の束を取り出した。「この文書に目を通してみてくれ。チベット人難民はインドの至るところに設けられた複数のキャンプにかなり広く分散して配置されているんだ。私の監察官の友人によると、北部インドの警察署を――例えばカリンポンとかダージリンだな――いくつか訪ねてみて、警察の持っている文書から君の友人を捜し出すのが確実だそうだ。分からんぞ。もし運がよければそういう町のどこかで彼女と生きて会えるかもしれないよ。なんせたくさんのチベット人難民が暮らしてるからね。気候が合ってるんだよ。私も行ったことがあるけど……。夏の時期はいい避暑地だよ。カルカッタの耐えがたい暑さから逃れてね……」

翌日、クリストファー・ニコルズとポールはカリンポンに向かった。二人はまずインディアン航空でダムダムからバグドグラへ飛んだ。所要時間は一時間と少しだ。それからタクシーでティースタ川沿いの曲がりくねった道を登っていき、カリンポンへと向かった――ところどころでポールはリチュ川を思い起こしていた――そして、ティースタ橋から先は、標高五〇〇〇フィート〔一五二四メートル〕ほどの高さに位置するカリンポンの町まで急な登り坂を登っていった。

その翌日、ポールとニコルズはカリンポンの警察署にある国境検問所へと歩いていった。グルカ兵の警官に止められ、ニコルズはヒンドゥスターニー語で、カルカッタのアメリカ合衆国総領事館から来たと説明した。二人のアメリカ人青年は国境検問官に面会するために、警察署のベランダに通された。検問官はインド系のチベット人で、眼鏡をかけ、がたついた籐の椅子に足を組んで腰を下ろし、たばこを吸いながら、パーン［南アジア一帯で好まれる噛む嗜好品。キンマ］を噛み、英字新聞を読みふけっていた。ニコルズは京都で日本語を教えてくれた先生にそっくりだなと思っていた。

「何だい？（ケ・ホ）」検問官はネパール語で言った。

「失礼します」警官は言った。「二人のサーハブが面会を希望しています（ヤハーン・ドゥイザナ・サハーブハル・タパイ・サンガ・ヴェット・ガルチュ・ヴァンダイ・ツァ）」

「理由は？（ケナ）」

「分かりません……（コネ）」

検問官は新聞を片付けて、面会するために悠長に立ち上がった。

「すみません」ニコルズは言った。「面会申し込みもせずに来てしまって大変恐縮ですが、国境検問所の責任者の方ですか？」

「そうだが……」京都氏は言った。

ニコルズはカルカッタ警察署長からの書状を手渡した。「われわれはアメリカ合衆国総領事館の者です。紹介状をご覧ください。こちらはポール・スティーブンス、私の友人です。私はクリストファー・ニコルズと言います」みなで握手を交わし、警官が室内へと案内した。大きな机の上には書類やファイル、灰皿、文鎮、新聞などが乱雑に置かれていた。壁にはぼろぼろでカビの生えたような乱雑な書類がうず高く積み上げられた木製の棚があった。

「それで？（イエス）」検問官は英語で話しかけてきた。

「こちらの友人がですね」ニコルズが説明を始めた。「チベット人の難民の女性を捜しているんです。彼女は過去二、三か月の間にチベットから出てきた可能性があるんです。今カリンポンに滞在中でここで登録されている可能性もあります。それで彼女がどこにいるか調べるのをお手伝いいただけないでしょうか」

　検問官は新しいたばこに火を点けると、助手に向かって「厄介な仕事だなあ、おい（ケ・サロ・ランダ）……」とぼやいて、かぶりを振った。「どこを捜せばいいんだ？（カハーン・コジュヌ）　どこを捜せば？（カハーン・コジュヌ）」彼は周りを見回し、何も書かれていない紙を探し出すと、万年筆を出し、キャップをひねって開け、それを万年筆の尻にはめると、ペン先にインクが入るように振ってから、顔を上げ、尋ねた。「そのチベット人女性のお名前は？」

「カンド・ツォモです……」ポールは言った。

「綴りを言ってくれ。英語で……」

「KHADRO　TSOMO」

「性別は？」

「女性です」

「年齢は？」

「二十代ですね……」

「生まれは？」

「チベットのカムのニャロンです」

（インド・チベット国境検問官は「中国領チベット、ニャロン」と書いた。）

　検問官が助手にネパール語で何か言うと、助手が棚からファイルを次々と下ろしてアメリカ人たちの前に置いた。

「ここにあるファイルは」検問官が言った。「過去一年間の間にチベットから出てきて、今カリンポンにいるチベット人難民のうち、名前がTで始まる人物全員分だ。さらに過去二年間にカリンポンからインド国内のチベット人難民キャンプに移送された、名前がTで始まる人物全員のファイルもある。どうぞ……目を通してみてください」

ポールはすべてのファイルに注意深く目を通し、写真を一枚ずつ確認していったが、カンド・ツォモに似た顔はどこにも見当たらなかった。すべてのファイルを通覧し終えたときにはすっかり意気消沈していた。彼はその場の人たちみんなにラッキーストライクを配り、みなで静かにたばこを吸った。

「まあ、次はダージリンだな……」ニコルズはため息をついた。

とそのとき、ポールの頭に急に考えが浮かんだ。「検問官、Cのファイルを見せていただけませんか？　お手数をおかけして本当に申し訳ないんですが」

「また最初からか（フェレイ・シュル・ガラ）。厄介な仕事だなあ、おい（ケ・サ・ロ・ラ・ン・ダ）！」と検問官は助手に向かって言った。助手は再びファイルを下ろした。ポールはまた一つずつチェックを始めた。「チャンバ」……「チューター」……「チョモ」……。「チョモ」のファイルにカンド・ツォモを見つけ出したとき、ポールの心臓は飛び出そうになり、手はぶるぶる震えていた。彼女は神妙な面持ちをしており、やつれていた。でも間違いなく彼女だ！　疑う余地もない。「生誕地　中国領チベット、ニャロン。父親の名前　サムドゥプ・ダワ」

「クリス！」ポールが勝ち誇ったように叫んだ。彼は興奮と喜びでうずうずしていた。「見つけたよ……ここにほら、彼女が！」ニコルズと検問官、そして助手が集まってきて、そのファイルを覗き込んだ。

「間違いないのか」ニコルズは聞いた。

「間違いなく彼女だ！」ポールは答えた。彼は今、人生で最も幸せなときを迎えていた。「検問官」ポールは言った。「彼女はどこにいるんですか？　どこに行けば彼女を見つけられるんでしょう？」

検問官はファイルを確認し、一人で別室へ行ってからまた戻ってきて、腰を下ろし、眼鏡を外し、手のひらで目をこすると、ため息をついた。

「彼女はどこなんです？」ポールは叫んだ。もしや死んでるのか？　人生で今この瞬間ほど、衆生に慈悲深い神さまに対して熱心な祈りを捧げたことはなかった。彼の心臓は早鐘を打ち、左手は本能的に、首に巻きつけてある僧兵のお守りの四角い布をこすっていた。

「いいかい」検問官は低い声で言った。「チベット人難民は難民キャンプに移送されたんだがね……。でもそのうちの一部は……収容所送りになったんだ。君のその友人は収容所に移送されてる……。それで……」

「収容所だって？」ニコルズは大声を上げた。「でもなぜ……どこなんです？」

「それは言えない。機密情報だ」

「でも、どこにいるんですか？」ポールは狂ったように叫んだ。「どこなんですか？　お願いだから！　どこに行けば彼女がいるのか、それだけでいいから、教えてください！」

検問官はかぶりを振った。「私は本当に知らないんです。でも本当です。収容所送りになったチベット人たちはここから移送されたんですが、行き先は知りません。ラージャスターンだという説もありますが……ラージャスターンのどこかだと」

「ラージャスターン！」ニコルズは言った。「それにしてもそんな西まで！　インドの一番西じゃないですか！」

「そうですね、ラージャスターン……彼女はラージャスターンにいるのかも知れません……。それが私に分かるすべてです」

ポールはため息をついて、頭を抱えた。

「検問官」ニコルスは言った。「彼女の書類を見せていただいて、詳細を書き留める許可をいただけませんか？」

検問官はかぶりを振った。「それは規則違反になります。それに関しては実質お手伝いできませんよ。私には許されていないんです……表向きは。まあでも、どうぞやってください」彼は部屋を出ていった。

ニコルズは急いでペンとノートを取り出して、ファイルの詳細情報を書き写した。

ファイル番号――巻番号――支部名――本部名――副本部名――営業日――休業日――

検問官が帰ってきた。

「検問官」ニコルズは勢いよく握手をすると、「本当に親切にしてくださって、ありがとうございました！　心から感謝します」

「ニコルズさん」検問官は言った。「礼には及びませんよ。われわれの義務ですからね。ところで……私の甥っ子がいるんですがね……。商学部を出たばかりで……アメリカに行きたがってるんですよ……。それでお願いなんですが……」

「ポール」ボビー・シーモアは言った。「私の監察官の友人に内々に相談したんだ。ファイルの詳細を全部知らせてね。彼によると、ラージャスターンには三つの収容所があるそうだ。収容されている者たちは、時折、収容所間を移動させられている。実際には収容所というより難民キャンプだそうだがね。キャンプを訪ねて行って、見て回るのが一番だと思うと言っていたよ」

「そうします、シーモアさん。あなたには何でもないことかもしれませんが、こんなに親切にしていただいて、本当にありがとうございます。費用ももっていただいて……それにこんな風に助けていただいて」

「ポール！」シーモアは笑みを浮かべ、彼の背中を叩きながら言った。「やめてくれよ……。アメリカ合衆国民（アンクル・サム）の当然の礼儀だよ……。そのことは忘れないでくれよな！」

ポールとニコルズはカンド・ツォモを捜す旅を再開した。ニューデリーまで飛行機で行き、それから汽車に乗り換えてインドの広大な西端の地へ向かって先へ先へと進んでいった。そこは暑く、乾燥した灼熱の大地だった。砂漠地帯やラクダ、頬ひげを生やしターバンを巻いた男たちや、背筋をぴんと伸ばした美しい顔立ちの女性たちに出くわした。みな長くゆったりとした衣装を身にまとい、頭の上に巧みなバランスで真鍮製や素焼きの壺を載せて歩いていた。この灼けつくような半砂漠地帯は、大雪峰の申し子であるチベット人が求める地からは最もかけ離れた土地のように思えた。

彼らは二つの収容所を訪れて調べたが、不首尾に終わった。これが最後の収容所だ。ポールは暑さでぐったりしていた。彼は口から出た息が直ちに凍りつくような雪や岩山、高地には耐えられるが、ラージャスターンの砂がちな土地の灼けつくような乾いた暑さには体力を奪われてしまう。二人はキャンプの門に着いた。

「地獄だな」ニコルズはきいきい音を立てる収容所の門を押し開けながら言った。「これはあれだな、まさしくリップ・ヴァン・ウィンクル的な［世間から取り残された］場所だな！」抑えた音で口笛を吹いた。

二人をチェックする者は誰もいなかったし、許可証を出せと言ってくる者もいなかった。見張り番の警官はいたが、ターバンを下ろして顔を覆い、昼寝をしていた。他にも警官はいたが、まるで眠り病を患っている扁平足の患者のように、砂利道に杖をつき、けだるげに足を引きずりながら徘徊しているだけだった。その向こうにチベット人難民たちの暮らす小屋があった。

ポールとニコルズは、乾いたシャツ（汗はシャツを濡らす前に蒸発していくのだ）をズボンの外に出して、土埃を蹴り上げながら、キャンプの中に入り込んだ。二人は鉄道の駅から歩き続けて疲れ切っていた。

ポールはチベット人たちが暮らしている波板屋根のあばら屋に向かって、朦朧（もうろう）としながらよろめきながら歩いて行った。歩いて行くと、ほんの少し先に砂漠があり、人びとの群れから少し離れたところに一人の人物の姿が――まるで蜃気楼（しんきろう）のように――そしてまるで腕のいい催眠術師に魅了されて引き寄せられる人のように、アメリカ人青年の方に向かってゆっくりと近づいてきた。その人影は訝（いぶか）しげに、夢の中を歩いているかのように、ゆっくりと近寄ってきて、彼から少し離れたところで足を止めた。ポールは目を見開いて見つめている。クリスはすぐ後ろにいる。

「カンド！」ポールは息を呑んだ。

「ポーロ！　ポーロ……どうしてここに？」彼女は言った。

涙はなかった。二人は立ち尽くしたまま――照れくさかったのだ――何と言ったらいいかも分からず、ただお互いを見つめ合っていた。ポールは手を差し伸べ、カンド・ツォモと握手を交わした。「クリス……」振り返って言った。「見つけたよ！」

カンドはやせ細り、日焼けして、疲れ切っていた。ポールがまだカムパ式の財布に忍ばせている写真の中の彼女は見る影もなかった。写真の中の姿は別の次元の、別の人生のそれだった。彼女は彼の手をしばし握りしめたあと、彼を小屋へと連れて行った。チベット人難民たちが立ち尽くしている――沈黙したまま困惑していた――ニャロン出身のカム女が二人の西洋人（サーハブ）を引き連れて、驚くほど親しげに彼女の部屋に案内しているのを見て息を呑んでいた。この見知らぬ西洋人はいったいどこから現れたんだろう。インド人の見張り番は相変わらず足を引きずりながらうろうろしているだけで、彼らには目もくれなかった。

62

クリストファー・ニコルズはカルカッタへ帰って行った。ポールは収容所からほど近い、鉄道の駅の近くの小さなホテルに逗留を続けた。そのホテルには彼以外の客がいないことが多かった。そして間違いなくそこに泊まった最初のアメリカ人ということになる。そのホテルに滞在していたときのことは人生で最も幸せな日々としていつまでも思い出すことになるだろう。水洗トイレはめったに流れないし、「衛生的で新鮮なパン」には砂が入ってじゃりじゃりしていた。一緒に暮らしているのはヤモリたち――反射神経のよい均整の取れた体つきをして、きらきらと澄んだ目を素早く動かしている彼らは、部屋の中や浴室にいつもいた。浴室にあるのは一部の欠けた、割れた洗面台で、水道管は外れているし、蛇口は埃まみれですっかり乾ききっている。それでもポールにとってはこの上なく幸せな日々だった。ニャロンのチベット語で歌を歌い、笑い、チベット語で独り言を言って過ごしていた。そのさまは、いつも額に手をあててあいさつするよく気のつく部屋係が、部屋番号七番の背の高い長髪のアメリカ人が正気かどうか時々確かめに来るほどだった。毎朝、ポールは朝食（チョーター・ハーズィリー）のあとキャンプに向かい、夜遅くまで戻って来なかった。

「家を脱出してから」カンド・ツォモは語り始めた。「あなたのことやテンガを捜したの。山中のどこかにいるとは聞いてたけど、結局どこにいるか分からなかった。そのうちツェレクと何人かの女子と合流して、行動をともにすることになった。中共はどこにでもいた。リタンもバタンも陥落したって話だった。そのときすでに女ばかり二十人ほどになってて、みんな武装してた。ツェレクは男の姿をしないと安全が確保できないって考えてた」

ポールは彼女の手を握ったまま、彼女の話に静かに耳を傾け、うっとりとしていた。彼女の話す言葉はまるで天の音楽のようだった。彼女の声は故郷の雪や山々、リチュ川を思い起こさせ、それらを暑くて殺風景なインドの部屋の中に魔法のごとく運んできてくれた。

「あたしたちは中共(ギャ・コンデン)に取り囲まれてた。どこにも行く場がなくて、食糧も尽きてしまった。だからインドに亡命しようと決意したの。ものすごく大変な旅で、何週間もかかったし、道中でたくさんの仲間が死んだの」

「でも、旅の間はどうやって生き延びたの？」ポールは尋ねた。「つまり、食べ物とかはどうしてたの？」

「あたしたちね……恥ずべきことなんだけど、略奪してしのいだの！　そうでもしないとどうしようもなかった。チベット人から略奪したの。でも、誰も殺しはしなかった。チベット人の村にたどり着くと、ツェレクが顔にスカーフを巻きつけて、男みたいな低い声を出して村人を脅すの。それで必要なものをすべていただくってわけ。あたしたちは恐怖に震えている村人に銃口を向けて取り囲むの。ツェレクはいつもアメリカ製の拳銃を振りかざして変な感じの男っぽい声で叫ぶんだけど、そのたびになんとか笑わないように唇を嚙んでなきゃならなかった！

何週間もかかってようやくインド国境に着いた。銃はすべてインド人に押収されちゃった。連中がさ、あたしたちが女だって知ったときの顔は見ものだったな。あたしたちは北東インドのタワンとボムディラから下って行った。インド当局にはインドに親戚がいるかどうか聞かれた。いないなら難民キャンプに移送するって。そしたらツェレクがカリンポンにおじさんがいるって嘘をついたの。

あたしたちはカリンポンで何か月か暮らした。ツェレクとあたしはティルパイにあるチベット人家庭に一部屋もらって二人で暮らしてた。でもある日警察が来て、二人とも逮捕されたの。ただ腑に落ちなかった……」（カンド・ツォモは当時、インドとチベットが接しているアクサイチンとラダック・チベットの係争地帯で時折起きていた衝突のことも、人民解放軍がマクマホンラインを越えてインド領内に侵入したことも知らなかった。一部のインド政府関係者の間では、中国共産党のスパイがチベット人難民を装ってインドに潜入し、カリンポンに住んでいるとささやかれていた。それで過去六か月の間にカリンポンに到着したチベット人難民を全員逮捕し、尋問し、拘留せよという政府の命令がくだされたのである。）

「私たち、カリンポンで一週間牢に入れられたの。二人とも同じ場所に移送されるって信じてた。だけど離れ離れにされてしまった。だからツェレクが今どこにいるか分からないの。私たちは泣いて懇願して拒否した。ツェレクに至っては隠し持ってた金（きん）で警察を買収しようとしたの。でもどうにもならなかった。ツェレクが移送された日は悲しくてたまらなかった。一人ぼっちだった。彼女はあたしにとって故郷とつながるたった一つの絆だった。あたしはさらに二週間カリンポンに拘留されて、そのあと列車でシリグリ［原注　ポールがカルカッタからカリンポンへと向かう旅程の中で飛行機が着陸したバグドグラ空港にほど近い町］に移送された。何日もかけて移動し、ここに着いた。それからずっとここに……」

（ツェレクはカリンポンの検問所の記録ではＴＳＥＬＥＧ、カンド・ツォモはＣＨＯＭＯと綴られていた。被拘留者は英語のアルファベット順に整理されて異なるキャンプに配置されたのだ。チベット語から英語に転写するときの小さな間違いで二人の運命が決定づけられてしまったのだ。実はポールは気づいていなかっただけで、カンドのファイルを探すためにツェレクのファイルを手に取っていたのだ。）

「カンド」ポールは優しい声で、彼女の頰をなでながら言った。「ツェレクの居場所も分かるさ。クリスがやすやすとやってくれるよ」

カンドは泣き出した――静かで密やかな、苦い涙だった。

「ポーロ……あたしたちみんな根こそぎにされちゃったね。故郷や大切な人たちから引き離されて。見境なくばらばらにされて。一体どうして？　あたしたち、中共にこれほどまでに罰せられるようなことを何かしたというの？　彼らに何か犯罪行為でもした？　そして誰にも関心を持ってもらえない。あたしたちチベット人は完全に忘れ去られてしまったのよ」

エピローグ

ジョン・マーティン・スティーブンスは椅子の背もたれに身を預け、メタルフレームの眼鏡を外し、目を擦りながら、窓越しに息子のジョン・ポール・スティーブンスと妻のカンド・ツォモがサンフランシスコの日差しの中、庭に座っているのを見つめた。牧師は今、『チベットのアメリカ人宣教師』という仮題をつけた本を執筆中だ。メアリー・スティーブンスは台所で慌ただしく昼食の用意をしている。

スティーブンスは最近ずっと多忙だ。彼は極東向けベツレヘム聖霊ルーテル教会の世界本部に勤務していた。今や年長会員の一人として助言や指導を求められることも多く、年齢的にも権威の面でも尊敬を集めていた。彼は自ら名づけた「チベット問題」に時間とエネルギーを注いでいる。世界中に散り散りになった大勢のチベット人難民たちに対する世間の共感や理解、支援を集めるための活動だ。彼は講演やセミナーに引っ張りだこで、可能な限り、いつでもどこでも「チベット問題」について語ろうと努めている。

牧師はチベットに関するあらゆる本を集めており、チベット問題について触れられたあらゆる新聞コラムや雑誌の記事をきちんと切り抜いてまとめていた。チベット学者たちは彼のチベット仏教、特にニャロンで支配的だったニンマ派の知識については、一目置いていた。チベット語の知識は、さすがにチベットの中でも「白人が足を踏み入れたことのない」土地に暮らし、また旅をした経験があることから、書くのも話すのも（カムのニャロン方言ではあるが）相当な腕前だった。彼はまたゴロクの人びとについての本も書いており、この人びとに関する人類学的側面の研究では数少ない世界的な権威となっていた。スティーブンスはゴロクの人びとにいつも魅了されており、ポールやリロとともに何度か遠征している。息子がほとんどの写真を撮影しているのだが、それらはいつか本に掲載されることになるだろう。

やることはたくさんあった。しかし、時々襲われる関節痛の発作で体の自由が奪われることがあり、フランク・パーキンソン師のように肢体不自由にならないように祈っていた。パーキンソン氏は消息不明だった。あまりにもたくさんの出来事が起こった――日本による上海占領、第二次世界大戦、国共内戦、そしてそのあとはもう大混乱だ。ベツレヘム聖霊ルーテル教会の上海支部は跡形もなくなり、中国にいた宣教師で戦争に次ぐ戦争を生き延びた者はほとんどいなかった。

彼は庭に掛かっている洗濯物を整えているカンドを見つめていた。サムドゥプ・ダワはどこにいるんだろう。ポールは胡座をかいて毛抜きで顎髭を抜いている——カムの男の習慣だ。かわいそうなポール——まるで無理やり違う川に連れてこられた異国の魚のようだ。彼の本当の家はニャロンの山々や雪山、畑や牧場にある。馬やヤク、牧夫たちに囲まれ、仲間とともに馬で駆け回るところこそが彼のふるさとなのだ。ここサンフランシスコでは、彼に何ができるというのだろう。

スティーブンスは鍵のかかる自分専用の引き出しに隠してある、とある特別な新聞の切り抜きを探した。もう一度慎重に読み直してみたくなったのだ。「……中国共産党は、中国領チベットの〝反革命派〟および〝守旧派〟、資本家、〝分裂主義者〟を〝完全に粛清〟したと発表したと伝えられている。現在はチベットのいずれの場所でもレジスタンスは行われておらず、全土で再建と〝思想改造〟が進められているという。東チベットでは頑強なカムの戦士が中国共産党のチベット進入以来ゲリラ戦を展開していたが、中国当局は以下のように発表している。〝人民解放軍は最近の戦闘で、いわゆるカムのゲリラによる反革命活動を決定的に一掃し、東チベットには、そうした軍勢も封建主義の守旧派の残党も、その手先も、今や跡形もない。〟ラサ地区では……」

牧師はため息をついて、切り抜きを元の引き出しに戻して鍵をかけた。彼は著書のタイプ打ち原稿の直しを始めた。「教会の上層部はこの本のこと、どう思うんだろうか」彼は思わず独り笑いを漏らした。

「……狂信的な改宗活動に拘泥している場合ではないのだ。私はこれぞ聖者という優れた師のもとで、チベット仏教の教えの素晴らしさについて学んだ……。私のもとで改宗した者はごくわずかであるが、それはチベット人は別の宗教に改宗させるのが最も困難な人びとだからだと私は考える——ついでに言えば政治も同じだ……。私が個人的に理解し、解き明かしたいと思っているのは、人間に備わっている神々しさに関することだ。私はそれがゴロクのような最も文明化されていない土地の牧夫にも、ニューヨークの株式仲買人にも同様に備わっていることに気づいた……。われわれキリスト教徒の中にも、偏見に凝り固まった、攻撃的で狭い視野しかなく、自分たちの信奉する以外のあらゆる宗教を軽蔑し、自分たちの宗教を高みに置いて、あたかも自分たちこそが神なるものを独占しているかのように振る舞う者がいる。そんな主張は明らかに馬鹿げている！……私はゴロクの人びととともに夜明けの星明かりのもと、馬に乗って一列縦隊で練り歩いたことがある。彼らは星明かりには魔術的な治癒力があると信じているのだ。彼らは歌を歌うことを好む。隊列の全員が風変わりな歌を歌い始めると、まるで声明（しょうみょう）のようだった。それはいつまでも続いた。それは不思議と感動的だった——星空のもとだからだろうか。私はT・S・エリオットの『東方の三博士の旅』のこんな一節を思い出した」

しまいに夜通し旅を決め込んだが
時折うつらうつらしていると
こんな歌が聞こえてくる
何を愚かなことをしているのかと

「ねえ、カンド」ポールは尋ねた。「何を読んでるの？」

「お義父（アギャ）さんのチベット語の本棚から借りてきたの」彼女は答えた。

「何の本？」

「ダライ・ラマ六世、ツァンヤン・ギャツォの詩の本。ロマンチックな詩……」

「どういう詩なの？」

「チベット語の詩で一番美しいものの一つで、ポーロも聞いたことくらいあるでしょ。ダライ・ラマ六世はお酒と、さいころ賭博と女性が大好きだった。でも一度だけ恋に落ちた……ラサに住む美しい娘と。それでね、ポーロ、その娘がどこの出身だったか分かる？」

ポールは笑って頭を掻いた。「僕のこと、知ってるだろ、カンド。完璧な馬鹿だからさ。学問のことは何一つ分からないよ。知性が必要なものはからっきしだめなんだ。馬と銃とカメラと――あとは水泳！　得意なのはこれだけだよ」

カンドは頭をのけぞらせて笑うと、両手でポールに抱きついて頬ずりした。ポールは彼女の可愛らしさに目を見張った。サンフランシスコの空気と穏やかな環境のおかげで、彼女は再び美しく咲き誇っていた。頬はばら色、まつ毛は長く濃く、唇はピンク色で口角が上がり、チベットの春に咲く繊細な山の花の花びらのようだった。

「われらがリタンの出身！」カンドは大声を上げた。

「本当？」ポールは言った。「もっと聞かせて」

「あのね、若きダライ・ラマとリタンの娘は深く愛し合ってたの。結婚したいと思うぐらい。でもチベット政府にとってはあり得ないことだった……。独身であるべきダライ・ラマが、とんでもないことでしょ！　だからその娘はリタンに永久追放になったの。リタンはラサから何か月もかかるほど遠いところ。ダライ・ラマは二度と彼女に会うことはなかった。傷心のダライ・ラマは、彼女に恋い焦がれるあまりこの詩を書いたの」

白い鶴よ
翼を貸しておくれ
遠くには行かない
リタンを巡って帰るから

「なんて悲しい詩だろう」ポールは言った。

「そして亡くなったあと、ダライ・ラマ七世、ケルサン・ギャツォとして生まれ変わるの。ポーロ、生まれ変わりはどこで誕生したと思う?」

「どこ?」

「リタンなのよ、ポーロ! リタン!」カンドは嬉しそうに叫んだ。


スティーブンス牧師とメアリー、カンド・ツォモとポールは「ニャロン・ルーム」に座っている。その部屋には、チベットの本や思い出の品、そして救助の飛行機に積み込んで持ち出すことができたものが全て並べられている。

マントルピースの上には焼け焦げてひしゃげた蹄鉄が、くぼみをつけた木製のケースに入れてある。その両脇にはニャロンの土とリチュ川の小石を詰めたカムパ式の木椀。壁には大きな額に収められた写真が飾られている――タゴツァンの当主一人の写真、タゴツァン家全員で撮った写真、「プレスター・ジョン」リー・チョウ牧師の肩に腕を回していたずらっぽい笑みを浮かべたサムドゥプ・ダワ、十字架の襟章をつけ、見事に禿げ上がったスティーブン・マーウェル（彼の消息も不明だ）。そしてタルセル・リンポチェやドルジェ・サンペル・リンポチェ、ケンポの姿も。伝道所やタゴツァン家の屋敷、クンガ・リンチェン僧院の写真もたくさんあった。そして、ニャロン・カムパ式の正装に身を包み、剣とモーゼル銃を手にしたテンガもいた。

牧師はデスクで書き物をしており、卓上灯が彼の顔をあかあかと照らしている。メアリーは履き心地のいい室内履きを履いて本を読んでおり、その膝にはシャム猫が気持ちよさそうに収まっている。カンドとポールはチベット絨毯の敷き詰められた床の上で胡座をかいて、大きなアルバムを眺めている。写真はきちんと日付とタイトル、キャプションが書かれており、番号も振ってある。古いものから新しいものまで、ニャロンとゴロクの写真がたくさん収められていた。

牧師は眼鏡を外し、金属製のケースにきちんとしまうと、まぶたを閉じた。そして明かりを消すと、「さあみんな、寝る時間だ！」と明るい声で言って、伸びをしてみせた。

メアリーはしおり（チベット難民が売っているものだ）を読んでいたページに挟んで本を閉じると、猫を絨毯の上に優しく下ろし、本をマントルピースの蹄鉄の隣に置いた。そして猫を台所に入れて鍵をかけた。

「カンド、ポール、おやすみ！」スティーブンス牧師は言った。「ゆっくりお休み……」

「おやすみ、カンド！　おやすみ、ポール！」メアリーが言った。「猫はしまって鍵をかけておいたから」

「おやすみなさい、アギャ、アマ！」カンドとポールは言った。

カンドとポールはしばらく起きていた。二人はこの日一日、楽しく過ごしたのだった。よく晴れて、天気にも恵まれていた。二人はドロレス・ストリートの近くの芝生の斜面で肌を焼いている人たちに交じってアイスクリームを食べたり、フルーツジュースを飲んだりして過ごした。夏らしいスカートを履いたカンドはひときわ美しく、通りがかりの人たちがみな振り返って彼女をうっとりとした目で見つめるのだった。カンドは一足先に二階の寝室に上がって行った。ポールは猟師のような鋭い目つきで台所を見回し、洗い物が完了していること、皿を立てて乾かしてあることを確認した。そして猫が鍵のかかった台所の中に収まっていることも確かめた。さらにすべての栓を閉め、フットマットも真っ直ぐに直し、すべての電気を消してから、静かに二階に上がって行った。彼は寝室のカーテンを少し引いて、夜のサンフランシスコを行き交う車のランプが無数に煌めいているのを眺めた。いつまでも続く車の流れのリズムや、遠ざかる車のランプがどれも赤く、近づいてくる車のランプがどれも白いのを見て、しばし楽しんだあと、大きくて豪奢なふかふかのベッドで横になっているカンドの隣に滑り込んだ。ポールが優しく彼女を抱き寄せると、彼女は頭を脇にくっつけてきた。

「カンド……君に話さなきゃならないことがある……。僕はまもなくここを発つつもりだ。チベットに帰る」

彼女は頷いた。

「カンド——僕は使命を果たすために出てきたんだ。指示通りのことを実行した。全力を尽くしたよ。成果は何も上げられなかったけど。誰も僕らのために立ち上がろうとは言ってくれなかった。僕たちは孤独だよ、カンド。もう僕は帰らなきゃ。友だちのもとへ帰らなければならないんだ。友人たちを見殺しにして一生臆病者の烙印を押されるなら、百回死んだ方がましだ！　君なら分かるだろ、カンド」

カンドは頷いた。「そうね、ポーロ。あなたに限ってありえない！　あたしだって臆病者に成り下がって友だちを見殺しにするより百回死んだ方がまし！」

「それでさ……もう一つ話があるんだ、カンド。僕は向こうを出る前にテンガと復讐の誓いを立てて、お互いの血を混じり合わせる固めの儀式を行ったんだ」

カンドは夫の方を向いて言った。「復讐？　でも相手は誰なの？」

「リタンツァンのタシ・ツェリンだよ。テンガにもし何かあったら、代わりに僕が復讐を果たすと約束したんだ」

カンドは黙っていた。彼女は目を閉じてポールの体に顔をうずめた。

「いつ発つの？」

「もうまもなく……」

彼女は黙り込んでいた。ポールは彼女が眠ってしまったのかと思った。

「ポーロ」彼女は目を見開いて言った。「お願いがあるの。聞いてくれる？　あたしの希望なんだけど……あたしにとっては全てになるもの……あなたが行ってしまっても」

「何だい？　カンド」

「あのね……あの……お願い、あなたが発つ前に子どもを作りたいの。これからの人生、子どもと一緒だって分かってたら……そしたら……あなたが行ってしまっても耐えられると思う」

ポールは黙っていた。

「ポーロ」カンドは目に涙をいっぱいに溜めていた。「あなたが行ってしまったら……あたし……あたしほんとに寂しい……」

「大丈夫だよ、きっと」ポールは彼女に微笑みかけ、彼女の顔を両手で愛しげに優しく包んだ。「だって僕らの大切な子が生まれるじゃないか……」

　カンドはぱっと起き上がってポールにぎゅっと抱きつくと、頬ずりをして嬉し涙で彼の顔を濡らした。「ポーロ！　ポーロ！」彼女は叫んだ。「じゃあ、約束……。子どもができるまで一緒にいるって約束してくれる？」彼は笑顔で頷いた。彼女はまた横になって彼に頭をくっつけた。ほどなくして彼女は眠りに落ちた。

　ポールは起き上がり、カンドの頭を枕に載せて楽にしてやった。彼はたばこに火を点けた。灰皿を卓上灯のそばに置くと、カンドのすぐそばに身を横たえた。彼女は一日中楽しく遊んで疲れて静かになった子どもみたいにすやすやと眠っている。

　ポールは体を起こした。いつの日かチベットへ帰るんだ。故郷の山へ、そして仲間たちに会いに――テンガ、ミンマ、リロ、クンサン、そしてみんなに。他の選択肢は考えられない。自分の友だちに臆病者の烙印を押されたらどうやって生きていけるというんだ。生きるとは名誉を胸に生きることだ。最後まで、ニャロンを再び自分たちの手に取り戻すまで、彼らとともに生き抜いて戦う。心の奥底で、魂の奥底で、何かこう……触れることのできない何か……本能や理性や直感を超えた何かで――それも疑う余地のない、言葉を超えた確かなものとして、あの谷をいつか再び取り戻せるだろうと感じていた。いつか愛する雪と山と川に囲まれて生涯を閉じるだろう。この地上の肉体から離れるときが来たら、顔を遠くの雪山や峰々に向けて最期の日を迎えることだろう。そこでは清らかで冷たい風が粉状の雪の上を吹き抜け、ちぎれ雲を漂わせ、それらは次第にチベットの真っ青な空に吸い込まれていき、薄く、細くなって消えていくのだ……。

タゴツァンのテンガは一人佇み、雪山と峰々を眺めていた。山は幾重にも続き、遙か遠くは霞んでいる。見上げれば真っ青なチベットの空が広がり、見下ろせば松や樺の森、そして南に向かって川が流れている。彼の隣には愛馬が主人同様、静かに佇んでいる。テンガはモーゼル銃を携えている。かつてポールやミンマやリロとバーラル猟をしたときの銃だ。遠距離射撃の際に左前腕に巻きつけて安定させるための長い革紐つきの銃だ。雪と山々があればどこもチベットであり、雪山と峰々があればどこでもテンガは落ち着くのだった。ねぐらの中の虎、洞窟の中の熊、水の中の魚のようなものだ。しかしこの商売は戦いと殺戮の連続で、徐々に体力を奪われ、近しい仲間たちの死にも直面する。心にぽっかり穴が空いたようなはっきりとした悲しみがあった。そこに拳を突っ込めそうなくらい体に感じられる悲しみだった。さっきまですぐ隣にいた――息をしたり笑ったり冗談を言ったりしていた者が、次の瞬間には死んでいる――土塊か岩塊のようにぴくりともしなくなるのだ。彼らとまた会える日が来るのだろうか、テンガは思った。死後生まれ変わるというのは本当なんだろうか？　ラマやリンポチェがそれらしい作り話をでっち上げただけじゃないのか？　死後にこの世に戻ってきたやつなど本当にいるのか？　たぶん結局、無になるんだ。ただの無だ。

しかしテンガはそのとき死を恐れているわけではなかった。ただ長く持ちこたえたかった。彼はいつも雪渓や山谷に身を隠したり、攻撃を仕掛けたりするのにふさわしい場所を見出していた。チベットは計り知れないほど大きな国だ。中国共産党がチベットの山峰や山脈、冠雪地帯を奪い尽くすことなど、到底不可能だ。戦い、走り、隠れ、そしてまた戦う。自分がいずれ神秘の領域、死という無の世界に入ってしまうまで、もしくはもう一度自分の故郷を取り戻すまで、これを毎日繰り返すまでだ。弾薬はたっぷりあるし、いい馬もいる。鞍袋には暖を取り、快適に過ごすためのものが詰まっている。煙管とたばこの葉もある。これ以上何がいるっていうんだ? まだまだたくさんの仲間が残っている――献身的で勇敢で揺るぎない男たちだ――勝算があろうとなかろうと、どんな苦難に遭おうとも、盲目的に戦い続けると心に誓った男たちだ。彼らは取り憑かれたようにたった一つの不動の目標に向かって突っ走る。それでこそ男たちは生きやすくなり、人生において日々を生きる意味が与えられる。そこにはいくばくかの真実がある。はたしてどれくらいの人間が人生において生きる意味を心に抱いて日々生きているだろうか?

テンガはこう信じていた。足元の大地と頭上の空だけが自分のもの――それ以外は何も所有していないのだと。宗教も、文化も、政治も、食習慣も、着物も、言語も、歌も踊りも――全てずっと後からやってきたものだ。それらは単に高度に複雑化されたものに過ぎない。彼が望むものは足元の大地と頭上の空――それらを自らのものとすること。それだけが彼の望みだ。それが彼の求めるものの全てだ。それこそが真の自由なのだ。それが真の解放だ。

テンガは――本名タゴツァン・テンガ・ギュルメ、タルセル・リンポチェにつけてもらった名前だ――背筋をぴんと伸ばし、岩の上に足をかけ、剣の上に両手を置いた。彼は細心の注意を払いつつ、大胆不敵だ。遠くの山々や雪に目をやると、長らく感じたことのなかった恍惚感と幸福感に包まれていた。じっと見つめているうちに、彼の目に霞がかかったようになった。それはあながち雪山の放つ眩(まばゆ)い光のせいばかりではあるまい。

今日のチベット、もしくはチベット自治区は、中国の一部である。その中心の街は神の地、ラサ。きれいな広い道路に街路樹の植えられた通り、堂々たるビルの立ち並ぶ魅力的な現代都市だ。多くの役所では自動小銃を控え銃の姿勢で抱えた人民解放軍の兵士が警備にあたっている。どこもかしこも五星紅旗だらけだ。都会の影に隠れるように、山肌が剝き出しになった山々の麓には、澄み渡るチベットの空のもと、セラやデプンといった大僧院の建物群が一見無秩序に広がっている。そこはかつて、先代の化身ラマの時代には、何千人もの僧侶を擁する世界最大の僧院だった。それが今や驚嘆すべき美術作品として、世界中至るところからやってきた夏の帽子をかぶった軽装のシャツ姿の旅行者の群れが訪れる観光地と化している。観光産業とまだ手つかずのチベットの膨大な鉱物資源は――中国の各省と比べても最も価値の高いものの一つで、まだ地質学的な調査もほとんど行われていないのだが――チベット自治区を高いＧＮＰで極めて富裕な地域に押し上げるに違いない。

「神秘の国」チベットは見る影もないが、共産中国による大量殺戮のせいというよりはむしろ偉大な祖国、新中国の中央部から漢民族が大量に移民してきているせいである。それはラサの通りや役所、レストラン、店、家々のどこを見ても明らかである。

ラサから少し離れたところにある空港では、到着と出発のアナウンスが中国語とチベット語、英語で行われている。到着時には税関も入境審査もない。パスポートは事前に北京か成都か西寧か西安（伝説の地、延安の南にある）で検査済みで、スタンプも押されているからである。リタンやニャロンの上空を通って成都からラサへと飛ぶ直行便は頻繁に出ている。こんな風に考えるのはあまりに乱暴で子どもじみた、馬鹿げた空想だろうか――たまに天候が許せば、そうした飛行機がラサからリタンへ向かおうとしている白い鶴に巡り合うかもしれないと。

今、ラサから北京へ直行する鉄道で旅をすることができる。二〇〇六年七月に開通し、高地の鉄道技術を結集した傑作と言われている。それもかつては世界の専門家たちに不可能だと言われていた鉄道である。

かつてチベット仏教全体で最も神聖な寺とされていた（そして文化大革命のときは豚小屋として使われていた）チョカン寺は、装身具やチベットの工芸品、ラサの土産物や記念品などを商う小売店にぐるりと取り囲まれている。近くには瀟洒な家々や店、レストラン、そして有名なロゴを冠したアムリケンの、いやアメリカのファストフード店が建ち並んでいる。チョカン寺の前の広々とした四角い広場には、華やかな五つ星ホテルのパンフレットや、デジカメやビデオカメラを構えた大量の旅行客、国内外からやってきたテレビクルー、そして五体投地を繰り返している、あらゆる年齢層の敬虔なチベット人信者たちがいた。歴代ダライ・ラマの住まいである素晴らしい禁断の都ラサは、旅行者の行きたい場所ナンバーワンとなったのである。

チョカン寺には釈迦牟尼仏の像の安置された仏堂がある。およそ千三百年前の像で――ラサという街とほぼ同じ古さを誇る――若き日の釈迦牟尼仏の姿を写した像である。かつてはチベット中で最も神聖な仏像だった。チベットやチベット仏教世界のあらゆるところから集まってくる何百万という巡礼者がこの像を拝むためにやってくる。その入り口には五つの古い鐘が吊るされている。押し合いへし合いしている外国人旅行者や巡礼者、礼拝者たちの目に留まることはほとんどない――というのもこれらの鐘は天井の極めて高いところに吊るされていて、手も届かないのだ。片側に二つの鐘が、反対側に三つの鐘が吊るされている。しかも埃まみれ——おそらく無視され、ないがしろにされてきたのだろう。これらの鐘の一つに、もしかしたらラテン語でわれら神を讃えまつらん（テ・デウム・ラウダームス）と刻まれているかもしれない。

訳者解説

《はじめに》

本書は、二〇一七年にインドのニヨギ・ブックスから刊行された、ツェワン・イシェ・ペンバ（一九三二—二〇一一）による英語長編小説『白い鶴よ、翼を貸しておくれ　チベットの愛と戦いの物語』の全訳である。

本書冒頭の「この本について」でシェリー・ボイル氏が述べている通り、著者のペンバは、本業は外科医であるが、英語によるチベット文学の先駆者でもある。この作品は二作目の長編小説で、遺作となった。没後六年経ってから刊行された際、著者の長女であるラモ・ペンバ氏はボイス・オブ・アメリカ（VOA）チベット語放送のインタビューに応えてこう語っている。

「この作品は様々な民族・宗教が対立し、東洋と西洋の文化がぶつかり合うさまを描いています。人間が生み出した民族や言語というものがどれほど重要であろうと、それをはるかに超えて重要なのは人間であり、人間こそが中心にあるのだ、ということが主題なのです」

これが著者自身の思いを代弁していることは、作品を読めばよく分かる。読み終えた読者であれば、異なるバックグラウンドをもつ登場人物たちの様々な対話のシーンが思い浮かぶだろう。このメッセージは、コロナ禍を通じてあらわになった分断と排除の現状を前に、なにかと歯がゆい思いをしているわれわれの心にも響くものではないだろうか。この作品は東チベットのニャロンという、アジアの地図で見れば「小指の先に収まってしまう」ほどの小さな谷を舞台としているが、人類にとって根本的で普遍的な、人間の尊厳の問題を突きつけてくる。

ここから先の解説は、本作品の舞台や歴史的な背景について述べるもので、物語の結末に触れるようなことはないが、説明の必要から物語の内容に踏み込んでいる部分があるので予めご了承いただきたい。未読の方には、チベット世界の語りと英語世界の語りの両刀使いである著者の手の内に身を委ね、まずは物語を楽しむことをお勧めする。

《二十世紀チベットの叙事詩》

一九二五年に東チベットのニャロンという土地に布教目的で入ったアメリカ人宣教師夫妻。彼らの目を通して、一九二〇年代から六〇年代までのチベット激動の時代を描いたこの物語は、タイトルにあるダライ・ラマ六世の詩に誘われて、過去三百年におよぶチベットの歴史上のさまざまな出来事をも想起させる、一大歴史絵巻である。この長編小説は、チベットの歴史に触れながら、長きにわたり独自の文化を育んできた人びとの尊厳を謳い上げた、現代版の叙事詩と言っても過言ではないだろう。

著者はこの小説の中で、西洋人が持ち込んだキリスト教や、西洋医学、科学的思考、西洋の風俗習慣、そして中華人民共和国成立後に持ち込まれた共産主義などに対し、チベット人たちがどんな反応をしていったのか、ということを丁寧に描いていく。異文化をどう受け入れ、どう理解し、つきあっていくのか。それは現代に生きるわれわれにとっても試行錯誤中の難しい問題だ。いまだに極めて安易に他者を排除してしまうこともあるし、差別意識を増幅させる行為に加担してしまうこともある。昔から世界中で繰り返されてきたことでもある。だが同時に、世界中で異文化との共存が模索されてきた歴史もある。この物語は、アジアのど真ん中で、長いあいだ異文化と接することを余儀なくされてきたチベットの人びとが、翻弄されながらも、異文化と対峙し続けてきたことを伝えてくれる物語でもある。

長い物語ではあるが、ストーリーテラーとしての著者の力量ゆえか、全く飽きさせない。特に、ニャロンの地の領主の息子とアメリカ人宣教師夫妻の間に生まれた息子という、出自も性格も全く異なる二人の少年が、さまざまな事件をともに経験しながら、お互いを刺激しあい、成長していくところは躍動感に溢れ、魅力的だ。二人とともに行動する周りの人びとのキャラクターも実に生き生きとしている。

また、僧侶たちと宣教師、そして僧侶たちと共産主義者の間の数々の対話も見逃せない。チベット仏教の度量の深さや寛容さを感じさせるシーンだが、これは決して作り物ではなく、長い伝統に基づくものだ。このあと本書の歴史的背景の説明も兼ねて、異文化接触の先達であるチベットの歴史に触れてみたいと思う。

《宣教師の見たチベット》

希望に満ちた二十代の若きアメリカ人宣教師夫妻が「前人未踏の地」ニャロンに入る。お膳立てしてくれたパーキンソン師がかつてニャロンの山賊にひどい目に遭わされたというのだから、嫌な予感しかしない。しかし、意外にも、二人は極めて穏やかに受け入れられる。

キリスト教徒によるチベット伝道の歴史は十七世紀まで遡ることができる。チベットに最初に入った宣教師は、ポルトガル出身のイエズス会士アンドラーデである。彼は一六二〇年代に西チベットのグゲ王国に宣教所を設置することを許され、それから何と二十年近くの長きにわたり宣教活動をするのである。その後、一六六一年にはラサの都に初めて宣教師が入る。イエズス会のグリューバーらである。ちょうどダライ・ラマ五世の時代で、二か月ほどの滞在記録はチベット仏教に対する偏見に満ちたものだったようだが、ヨーロッパで大きな反響を呼んだ。その後、一七〇七年、カプチン会士たちがラサ入りし、布教活動を始める。なかなかうまく行かなかったようであるが、一七一五年にラサ入りしたイエズス会のデシデリは、パーキンソン師が言うように「ガッツのある男」で、チベットの僧院にも粘り強く食い込んだ。チベット語を習得し、チベット語とイタリア語の辞書まで作り、チベット仏教の風習を詳しく観察したという。当時ラサを支配していたチベット仏教を信奉するオイラト(モンゴル系民族)のホシュート部のラサン・ハーンにもその努力が高く買われ、仏教とキリスト教の宗教討論会を実施してはどうかと言われたほどだった。さらにその準備のためにチベット仏教をさらに勉強するために、なんとラモチェ寺やセラ寺といった僧院に拠点を置いての研究生活まで許可されたのである。デシデリの記録をまとめた『チベットの報告』を見ると、受け入れたチベット仏教側の態度は、相手が異教徒であっても、良い点があるはずであり、それが人びとに支持されている理由があるはずだと考え、それを見つけるために対話をし、議論をする、というものだった。異文化と接する際の極めて洗練された態度ではなかろうか。デシデリは期待を受けて準備万端整えていたのだが、残念なことに政争のためラサン・ハーンが殺害されてしまい、討論会は実現しなかった。デシデリはラサを去ることになるが、カプチン会は、ラサに伝道所の設立を認められ、一七四二年に閉鎖されるまで、二十年間近くにわたり、布教活動を続けることになる。本書に繰り返し出てくる「カプチン会のテ・デウムの鐘」はおそらくこの伝道所の鐘なのだろう。ラサの最も神聖とされるチョカン寺に異教の鐘を吊るしたのがいったい誰なのかは分からないが、往時の異文化交流を彷彿とさせる象徴的な存在である。

仏教徒たちに寛大に受け入れられた体験はさまざまな宣教師が記録している。一八九五年に青海方面からのルートでラサ入りを試みた、医師であり宣教師であるラインハルト夫妻は、本書に描かれるような「夫婦」によるチベット伝道のさきがけである。妻のスージーによる記録『チベット人とともにテントと僧院で』(*With the Tibetans in Tent and Temples*, 1901)には、青海における大僧院クンブムで受け入れられ、敷地内に住居を構え、布教活動を許されていたこと、周辺住民がスージーの語り聞かせる聖書の物語に興味津々で、毎度大勢の老若男女が集まってきていたことなどが語られている。チベット人たちは一向にキリスト教には改宗しなかったようだが、チベット仏教徒が揺るがない信仰心と他者への寛容をあわせもっていることがよく分かる。もっとも、東チベットは見知らぬ不審な人間を襲う略奪行為が許されている社会でもあった。悲しいことにその後、スージーは夫を山賊に殺害されてしまい、命からがら逃げ出すことになる。

本書はこうした宣教師たちに対するオマージュが込められていると思われるが、おそらく直接のモデルと考えられる宣教師夫妻がいる。アメリカ出身の外科医であり宣教師である、アルバート・シェルトンとその妻フローラである。シェルトンの評伝『チベットの開拓者』(*Pioneer in Tibet*, 2004)によれば、シェルトン夫妻はスージー・ラインハルトの講演を聴いて感銘を受け、スージーとともにチベットに向かう決意をしたという。一九〇四年にタルツェンド入りし、その地で二人の娘をもうけ、一九〇八年から、カム地方のバタンに教会兼病院を建て、宣教活動を行う。シェルトンの医者としての腕の確かさはまたたく間に評判となり、地元の人びとの絶大な信頼を受けて医療活動に従事することになる。その名声を耳にして遠く雲南の地から訪ねてくる人もいるほどだった。当時は東チベットが清朝の支配下にあった時代だったが、信頼厚く、チベット語も中国語も操るシェルトンは、チベットの領主と清朝役人の間で外交交渉の場に立たされることもあったようだ。一方、妻のフローラはチベット仏教の勉強にのめり込み、チベット人の協力を受けながら、大蔵経の英訳に取り組むほど上達し、キリスト教と仏教の比較研究まで手掛けるようになっていく。

シェルトン夫妻の布教活動においても、チベット人の改宗者はほとんどいなかったが、お互いに他者を否定しない寛容な姿勢が、宣教師と現地の人びとの双方の心に深く刻まれたようである。長女ドリスの目にもこうした両親の姿が印象的だったのだろう。後に当時のチベットの人びととの交流を振り返って『チベットのスー』(*Sue in Tibet*, 1942)という素晴らしい児童文学作品を残している。

本書の著者ペンバも、改宗者の数だけでは語れない大切な記憶の語り手としての役割を、スティーブンス夫妻に託したに違いない。

《悲しまないで、リタンを巡って帰るから》

十八世紀の東チベット、カム地方は、その地の領主たちによって支配されていたが、一七二五年以降、雍正帝の時代に清朝の領域に組み込まれ、四川、甘粛、雲南に分割された。タルツェンドやリタン、バタン、そしてニャロンは四川省の支配下となり、地方の長は「土司」として清朝の位階制に組み込まれることになった。

この少し前にダライ・ラマの地位にあったのが六世ツァンヤン・ギャツォ（一六八三―一七〇六？）である。彼は、即位する前から、ダライ・ラマの宗教的権威を利用しようとしたオイラトのホシュート部やジュンガル部、清朝など、チベットを取り巻く諸勢力の政治的駆け引きに翻弄されていた。それにうんざりしきっていたのか、二十歳のときに戒を返上して還俗してしまう。髪を伸ばし、洒落た格好をしてラサの街を飲み歩き、賭け事にも興じる放蕩ぶりが目立つようになる。詩作の才能のあった六世は、多くの恋愛詩を残し、今なおチベットの人びとに愛唱され続けている（『ダライ・ラマ六世恋愛彷徨詩集』参照）。ラサの市井の人びとには親しまれた存在だったが、政争の材料にされて悲劇的な最期を迎える。その六世の辞世の句こそ、「白い鶴よ、翼を貸しておくれ。遠くへは行かない。リタンを巡って帰るから」という詩である。ラサから遠く離れたところで最期のときを迎えようとしている六世が、残された人びとに「悲しまないで、またすぐ戻るから」という意味を込めて詠んだ辞世の句だとされている。一方で、「リタンを巡って帰る」とあることから、転生者がリタンに生まれることを示唆していると考えられた。果たしてリタン出身の幼児がダライ・ラマ七世（一七〇八―一七五七）として選ばれる。一七二〇年に即位するも、当時の親清朝派の政権によって東チベットの地に留め置かれ、ようやくラサのポタラ宮に戻ることができたのは一七三五年になってからだったという。大国の思惑に翻弄されてきたチベットの現代史と重なるところも多い時代である。

カムの状況に話を戻そう。『カムにおけるゴンポ・ナムギェルの勃興　ニャロンの盲目の戦士』（*The Rise of Gönpo Namgyel in Kham: The Blind Warrior of Nyarong*. 2015）によると、十九世紀には清朝に反旗を翻す動きが出てくる。一八二〇年には中ニャロンの領主であったノルブ・ツェリンがニャロン各地を征服し、一八四八年にはその息子であるゴンボ・ナムギェルがカムを制圧する。この状況に困った各地の領主たちがチベット政府に支援を依頼し、その結果、一八六五年にはチベット政府軍がニャロンを制圧し、その地にニャロン総督を置くことになるのである。この動きは清朝からしたら見逃せないものであり、一八九六年には四川総督鹿傳霖（ろくでんりん）がニャロンを一時的に軍事制圧するに至った。まもなくして、ニャロンの支配権は清からチベット政府に返還されるものの、一九一一年の辛亥革命で清朝が倒れる直前、趙爾豊（ちょうじほう）（後述）による侵攻を受け、中国の支配下に編入された。この混乱した状況は後に禍根を残すことになる。

ダライ・ラマ六世の辞世の句の一節をタイトルに据えた本書では、十七世紀にチベットにやってきた宣教師の姿に触れることで、国際政治の中で困難な状況にあった時代のチベットを思い起こさせる。不安定な時代においても、チベットの人びとが、可能な限り対等に他者とわたりあい、時には矛を交えながらも、自分たちの土地とチベット仏教を大切に守り続けてきたという事実を今一度説き起こそうとしているのかもしれない。

《対話と挫折》

本書の前半は、アメリカ人宣教師夫妻が初めて出会うチベットが描かれる。といっても、ニャロン入りしてしばらくは何も起こらず、やってくるのはお菓子を欲しがる子どもたちばかりだ。実はこの子どもたちは親が送り込んだ偵察隊である。異分子が入り込んできたときに分析する時間をかせぐための大人たちのやり口だ。その後、しばらくの間は伝道所を整えたり、チベット語を学び、ニャロンの風俗習慣について学びながら布教に適切な時期をうかがう日々が続いた。

その静けさが破られたのはタゴツァン家の長男カルマ・ノルブの訪問だった。宣教師夫妻が抱いていたチベット人のイメージを覆すような、洗練された言葉遣いと物腰柔らかな美しい青年の登場である。臨月を迎えた母親の出産が心配なので診察してほしいという申し出だった。医療の十分でない地域に派遣される宣教師として、簡易医療のトレーニングを受けてきている夫妻は喜んで引き受け、無事出産を成功させ、谷の首領であるタゴツァンの一家から絶大な信頼を寄せられる。タゴツァンは中ニャロンのトップに君臨する家柄で、「法と秩序」に関するあらゆることを取り仕切っていた。タルツェンドや成都にもしばしば出かけて商売もしていたようだ。北京語を話すことができ、洗練された調度品に囲まれて、豊かな暮らしをしている。形式的には中華民国の支配下にあることになっているが、実際に「中国の宗主権」を感じられることはほとんどないという。このような御大家の信頼を勝ち取ることができたのは、これから布教活動を展開しようとしている宣教師にとってはまたとないチャンスだ。早速スティーブンス牧師はタゴツァンの当主に自分たちの目的について語る。

「チベットの人びとにはどうしても神の御言葉を聞いてほしいのです！　そうすればみな救済されるでしょう。そして解放されるのです。すべてのチベットの人びとが解放されるでしょう」

読者の方が心配になってしまうくらい素朴な直球である。それに対するタゴツァンの返答は、余裕たっぷりの大人の対応だ。

「われわれチベット人は、チベットの独自の宗教を信じています。深遠で複雑で、奥が深く、人類のあらゆる宗教的願望を叶えてくれます。われわれは非常に信心深い人間です。あなた方がもたらそうというのは別の宗教ではありますが、反対するわけがありませんよ。憐みと寛容はわれわれの信仰の柱です。どうぞ布教活動をして、神の御言葉を広めてください。あなたの言葉をこの地の人びとに聞かせてください。どの宗教を信じるかは人びと次第です。信仰のための祭壇は果てしなく広いのです。われわれは無限（タイエー）と呼んでいます。別の神のための場所はいつだって存在するのです」

異なる他者を異なるまま受け入れる度量の広さが感じられる応答だが、タゴツァン個人の資質というよりは、論理を重要視するチベット仏教に支えられた、極めて冷静な思考法といえるだろう。

一方、同じ谷にあっても、僧院は領主の支配下には置かれていない独立した組織である。僧院の長たるリンポチェは「生まれながらにしてポンボ」であることを運命づけられている。宣教師夫妻はクンガ・リンチェン僧院のまだ年若い貫首ドルジェ・サンペル・リンポチェにも会いに行き、またしても直球を投げつける。

「わたしたちの神、イシュ（イエス・キリスト）は唯一の真実の神なのです。ニャロンに、そしてチベットに神の御言葉を広めるためにやってきたのです」

リンポチェは宗教に身を捧げる者としてわれわれは同じ立場だと言ってこう述べる。

「あなたの布教活動に関することで何かこちらがお手伝いなりアドバイスなりする必要があればケンポにご連絡ください。この谷ではどうぞお望み通りに布教していただいて結構です」

十八世紀のデシデリとラサン・ハーンの対話を彷彿とさせるような鷹揚さである。

ただ、このくだりで宣教師夫妻は僧院のもう一つの顔を目撃することになる。僧院長に相当するケンポが、僧院に武器庫を備えた「秘密の要塞」をもっており、外敵に備えて僧兵組織も整えている。清朝時代にカム地方の数多の僧院を破壊した残忍極まりない趙爾豊軍の記憶がまだ生々しく残っているのだ。僧院が要塞と武器庫の役割を果たしていたのは当時のチベットにおいて決して例外的なことではない。宣教師夫妻は決して一枚岩でない僧院の重厚な迫力に圧倒されてしまう。

さらに宣教師夫妻を混乱させたのがサンガ・チューリン僧院の老僧タルセル・リンポチェとの対話だった。哲学的な対話を好むこの老僧と語り合うことで、信仰とは何なのかというなかなか答えの出ない根本的な思考を余儀なくされるのである。この出会いをきっかけに、夫妻はチベット仏教に深い関心を寄せるようになっていく。

こうして谷での布教活動は許されたものの、宣教師と人びととの付き合いの中心は病気治療である。はしかの治療をめぐっては、西洋医学への一部の村人たちの不信感が露わになる。悪霊の存在を身近に感じている人びとの一部は、はしかの流行は外国人宣教師という「よそ者」がもたらしたものだとして伝道所の存在を不審な目で見るようになる。その感情をエスカレートさせたのが、てんかんに苦しむ女性を宣教師夫妻が治療した結果、その女性が谷で唯一の改宗者となるという出来事だった。洗礼を受け、マーサ・ドルマと名付けられたその女性は、自分の病気を救ってくれなかったとして仏教を過激なまでに否定し、キリスト教の布教活動を推し進めるようになる。これを黙って見ていられなかったのが、タゴツァン家を宿敵とみなすリタンツァン家であり、僧院の一部の過激な僧兵たちであった。彼らが引き起こしたキリスト教排斥事件は、さらなる復讐劇へとつながっていく。スティーブンス夫妻は悲劇に打ちのめされるが、タゴツァン家の当主との友情に支えられ、この谷で再び生きていくことを決意するのである。

本書ではタゴツァン家の次男テンガとスティーブンス夫妻の長男ポールが徐々に成長し、谷の外の世界と出会っていくさまも丁寧に描かれる。その最たるものがニャロンのはるか北に位置するゴロクへの狩猟行だろう。テンガをリーダーとして、さまざまな年齢層で構成されたグループが狩りをしながら山で生きる知恵を身につけていく。そしてようやくゴロクにたどりついたとき、その土地の族長との緊張感のあるやりとりが展開される。印象的なのは、一部の者たちには互いに行き来があり、互いの言葉も身につけ、互いの特徴を熟知し、それに基づいて、敬意をもったやりとりをしている点だ。これは後に一九五〇年代に東チベット各地で自然発生的に起きた、共産党軍に抵抗するゲリラ活動が、地域間で連携してネットワークを築き上げていくことを暗示していると言えるだろう。チベットは急峻な地形に阻まれて、谷ごとに小さな山村に閉じこもっているように思えるかもしれないが、著者が描き出すように、山を知り尽くした猛者たちが、縦横無尽に移動し、語り合い、贈り物を贈り、ときには義兄弟の契を交わし合っていた事実を踏まえたものだと思われる。この狩猟行はその後何度か行われ、スティーブンス牧師も同行してたくさんの記録写真を撮影したことが後に明かされる。これは一九二〇年代にゴロク入りを果たし、ナショナル・ジオグラフィックに寄せた記事が熱狂的な反響を呼んだジョセフ・ロックへのオマージュだと思われる。当時のゴロクの貴重な写真は『ラマと王子と山賊　ジョセフ・ロックによる中国チベット国境地帯の写真』(*Lamas, Princes, and Brigands: Joseph Rock's Photographs of the Tibetan Borderland of China*, 1992)で見ることができる。

テンガを中心とした若者たちは、谷に侵入しようとしたリウ・ドンホワ率いる国民党軍との対峙の仕方でも、ゴロク行で身につけた能力を発揮する。無闇に突撃することなく、対話の知恵で乗り切るのである。このときの丁々発止の応酬のあと、互いに友情が芽生え、テンガらチベット人とリウ・ドンホワら漢人兵士たちはタルツェンドで交流を続けることになる。

こうした余裕のある付き合いがずっと続けばよかったのにと願わずにいられないが、歴史はテンガたちにとって思いも寄らない方向に動いていく。

《国民党軍との戦いと丑の年の別離》

本書には描かれていないが、一九三〇年代のニャロンの人びとの中国国民党軍に対する抵抗の歴史については『中国とたたかったチベット人』、『チベット女戦士アデ』などを参考に触れておきたい。

誰の支配も受けないことを旨とするチベットのポンボたちや僧院にとって、当時のカム地方の支配者である国民党が軍勢を率いて乗り込んで来ようものなら反発が巻き起こるのは必至だった。一九三一年、ニャロンの北のテホルに位置するタシ・タルギェ僧院が国民党軍に対して反旗を翻した。チベット政府軍が援軍に駆けつけるも、敗退し、その結果、ニャロンの中心的な城であるドゥクモゾンを国民党軍が占拠することになる。このような横暴はニャロンの人びとにとって許しがたいことであった。このとき中ニャロンの領主ギャリツァン家の女傑チメ・ドルマが指揮を取り、国民党軍に戦いを挑み、退去を迫る。このときはニャロン側の勝利に終わったのだが、三年後の一九三九年、増強された国民党軍の攻撃を受け、チメ・ドルマは銃殺されてしまう。これをきっかけに西康省が設置され、省政府はタルツェンドに置かれることになる。その主席に任命されたのが、本書でも日和見主義の将軍として何度も言及される劉文輝である。しかし、それから十年もしないうちに国民党軍と共産党軍の形勢が逆転する。本書でも、劉文輝が共産党軍に鞍替えするのではないかという情報をもとに、すでに劣勢が明らかとなっていたリウ・ドンホワ率いる国民党軍がニャロンの谷を通過するシーンが描かれる。テンガたちと再会し、心通わせるシーンは迫りくる悲劇的な未来を予感させる印象的なシーンである。

その後、共産党が勝利を収め、一九四九年、中華人民共和国が成立する。外国人は一九五二年までに本国の救援機などに乗って続々脱出していった。ニャロンの地に骨を埋める固い決意をしていたスティーブンス一家のもとにも一九五〇年、アメリカ軍機が救援にやってくる。国民党を支援していたアメリカにとっては、共産党の支配のもとに自国民を置いておくわけにはいかなかったのだ。タゴツァンの当主に説得されたスティーブンス夫妻はついに二十五年暮らしたニャロンを離れる決意をする。時はチベット暦で丑の年の暮れ、奇しくもスティーブンス夫妻がニャロン入りをした年と同じだった。

ほどなくしてタゴツァンの当主も西へと向かう。当時、共産党支配の危機を察知したカムの人びとがダライ・ラマ十四世のいるラサへと向かった。そのままラサに残った人もいたし、ネットワークを駆使して情報を集めていた勘の鋭い人たちの中には、家財を持ち出しインドに脱出した人びともいた。タゴツァンの当主のその後は描かれていないが、生き延びて後に拡がるゲリラ活動を後方支援する存在になったかもしれない。

一九五〇年、谷に共産党軍がやってきて、タゴツァンの屋敷を占拠し、そこを拠点として、共産主義という「新しい宗教」の布教活動を始める。

《新しい宗教の到来》
タゴツァンの当主の親友にして右腕だった谷の重鎮サムドゥプ・ダワは共産党を評してこう言う。「清朝は雹が降るがごとくやってきて、略奪と破壊をして去って行った。しかし共産党はまったく違う。連中は思想を、新しい宗教をもってやってきた——完全武装してね。やつらは自分たちが説くものは絶対的な真理だと信じて疑わないし、狂信的な兵士たちはその新しい宗教を普及させるためなら何でもやる連中だ。説法していることを決然と実行してる」
スティーブンス牧師が「キリスト教が唯一絶対の真理」と熱を込めて語ったときのことを思い起こさせるが、それとは比較にならない強力な権力構造と統治システムを備えてチベットにやってきたのが共産中国だった。本書では人民委員のタン・ヤンチェンと人民解放軍の地区司令官であるワン・ツァオウェイの生い立ちとともに、共産主義の思想に救われ、魅了されていくさまが紹介される。この二人に加え、特に重要な位置を占めるのがリタンツァン家のタシ・ツェリンである。タゴツァン家への復讐心に燃えてニャロンを飛び出し、東に向かうが、出会ったのは共産主義だった。彼もまたその思想に救われた一人だった。復讐心に燃えていたタシ・ツェリンの心が共産主義思想に触れて穏やかになっていくくだりは感動的ですらある。これにはモデルと思しき人物が複数いるが、その一人はカム地方のバタン出身の共産党員プンツォク・ワンギェルであろう。関心のある方は評伝『もうひとつのチベット現代史 プンツォク＝ワンギェルの夢と革命の生涯』を読んで、本書には描かれていないタシ・ツェリンのその後についても思いを馳せてみていただきたい。
『中国とたたかったチベット人』によると、一九五〇年にはニャロンの中心の城ドゥクモゾンに人民解放軍の司令部が置かれ、共産党により「解放」された。人民政府が設立され、ニャロンは瞻化県と命名される（後に新竜県に名称変更）。本書で描かれるような健康調査を始めとするさまざまな調査も実施された。特に重視されたのが人間関係の調査で、それに基づき、サムドゥプ・ダワのような影響力のある地元の名士たちは共産党に協力を要請される。しかし、チベットの文化や宗教を否定する共産党の目論見を知って反発を強めていくのだった。

宗教を否定する共産党が僧院にかけた圧力も並々ならないものがあった。一九五五年、共産党政府は抵抗の準備をしていたカム地方の僧院に武器の引き渡しを要求するが、拒否した僧院に対し、武力行使に出た。リタン僧院に対しては空爆まで行われ、五千人もの僧侶、住民が死亡したという。クンガ・リンチェン僧院で起きた出来事は、東チベット中の僧院で実際に起きた悲劇をリアルに描写したものである。

一九五六年には東チベットにおいて「民主改革」と称した伝統文化・宗教の大規模な破壊活動が始まる。共産党の政策に従わない者は思想改造センターという名の監獄送りとなった。各自がどんな思想を持っているかは自己批判会において詳らかにされ、共産党の思想に合わない発言をした者は弾劾される。こうして伝統文化と宗教の根絶が進められていった。

《四つの河を越え、六つの山脈を越え》

共産党の真の目的が東チベットの人びとに身にしみて明らかになったとき、動ける者たちは決起して行動に移す。一九五六年、ニャロンで抵抗運動の指揮をとったのはギャリツァン家の当主の二人の妻（姉妹）だった。『阻まれた歴史　チベット、CIA、そして忘れられた戦争の記憶』（*Arrested Histories: Tibet, the CIA, and Memories of a Forgotten War*, 2010）によれば、当主はタルツェンドに招集されて人質同然の扱いだった。姉のノルジン・ラモはドゥクモゾンで共産党軍を手厚くもてなし、人質を返還する交渉を行った。一方、妹のドルジェ・ユドゥンは若者たちを集めて「虎の子隊」という名の部隊を結成、共産党軍の野営地を奇襲攻撃して、人質の返還と「民主改革」の停止を要求した。しかし一か月後に軍備を増強した共産党軍の逆襲を受け、戦いは停止せざるを得なかった。その後虎の子隊は山にこもり、ゲリラ活動を始める。これは東チベット各地で同時多発的に起きた行動で、ドルジェ・ユドゥンも各地のゲリラ部隊と連絡を取り合っていたという。

カム地方の人びとはもともと中国、チベット、インドを股にかけた交易に従事する者が多く、横のつながりがあった。彼らはそうしたつながりを基盤として、共産党という共通の敵を前に団結していったのである。ラサやインドにも使者を飛ばし、ダライ・ラマ十四世の実兄たちとも連携しながら国際的なネットワークも使って、当時チベットの状況に強い関心をもっていたアメリカを始め、海外から支援を取り付ける可能性も探っていた。こうした動きを見て、各地のゲリラ部隊を糾合する役割を担ったのが、リタン出身の商人のアンドゥツァン・タシ・ゴンポである。彼の呼びかけで、四つの河と六つの山脈という意味をもつチベット語「チュシガントゥク」という名を冠した義勇軍の連合体が発足するのである。一九五七年のことであった。(自伝の邦訳『四つの河六つの山脈』参照)本部はロカに置かれ、アメリカのCIAも極秘裏にチュシガントゥクに対する支援を始める。物語の中では、アメリカの支援を取り付けようと話し合いが行われる場面が描かれるが、こうした史実が背景にあるのである。

一九五九年三月、ラサで民衆が中国共産党に反発して一斉に蜂起した陰で、ダライ・ラマ十四世は亡命を決意する。その秘密の亡命行を陰で支えたのがチュシガントゥクであった。ダライ・ラマの亡命成功を知った人びとは後を追うように続々とインドに逃れていった。もちろん残って戦い続けた人びともいたが、人民解放軍による掃討作戦に命を奪われたものも多かった。

刻々と動く国際情勢の中で、アメリカの支援も安定的には続かなかったようで、物語の最後に登場するアメリカ領事の煮え切らない態度からは、当時の国際関係の難しさがうかがい知れる。やりとりの中で、中印国境紛争についての言及があることから、時はすでに一九六二年頃だろうと思われる。この紛争のときは、ダージリンにほど近いカリンポンに拠点を置いていた中国人商人たちは続々逮捕され、ラージャスターンのデオリにある強制収容所に移送されたという。恐らくチベット人も多く巻き込まれたのだろう。

その後、一九七一年の米中国交正常化に伴い、ＣＩＡによる支援は正式に打ち切られた。チベットは文化大革命の真っ只中であり、さらに悲劇的な状況がチベット全土に広がっていた。危険をいち早く察知する能力に長けたテンガは果たして生き抜いているだろうか。リロとミンマはテンガたちと合流できただろうか。生き残ったとすれば、チベットのどこか、あるいはインド、はたまたアメリカのどこかで、静かに祈りの日々を送っていることだろう。孫や曾孫たちに戦った歴史を繰り返し語っているかもしれない。

本書では山中の戦いの主役はあくまで男たちだったが、著者は、ニャロンの女傑たちの活躍を決して軽視していたわけではない。テンガとポールの幼馴染である二人の女性カンド・ツォモとツェレクの、物怖じしない格好いい勇者ぶりを描くことでオマージュを捧げているのだと思う。ただ、ニャロンの史実を知るにつけ、この二人の物語も読んでみたかったという思いに駆られるのは訳者だけではあるまい。

ちょうどこの解説を書いているときに、『チベット女戦士アデ』のアデさんの訃報に触れた。確固たる精神力で拷問を生き抜いた強い女性だった。ご冥福をお祈りする。

《長編小説を書いた初めてのチベット人》

本書の著者、ツェワン・イシェ・ペンバについて、著者自身の著作『少年時代のチベット』（*Young Days in Tibet*, 1957）と、著者の父についての言及のある『チベットとイギリスのインド統治』（*Tibet and the British Raj*, 1997）に基づいて紹介しよう。

ツェワンの祖父はカム地方のマルカム出身の商人で、大規模なラバ隊を率いてインドとチベットを行き来する交易を行っていたという。交易ルートであるトモ（亜東とも）出身の女性と結婚する。ツェワンの祖母は醸造酒作りの名手だったそうである。後にインドのダージリンに拠点を置くようになり、そこで生まれたのがツェワンの父、ペンバ・ツェリンである。イギリスの植民地期のダージリンは国際的な環境であり、イギリス人やアメリカ人子弟のための学校もあった。ペンバ・ツェリンはそこに通って英語を身につけていた。その英語力を買われてイギリスのチベット駐在通商代表部に雇われることになる。ペンバ・ツェリンは五つの言語を操ることができたが、英語の勉強には特に熱心で、英語の文学作品を読みながら、分からない単語に下線を引いて、辞書で調べるという努力を続けていたという。

ペンバ・ツェリンがチベットのギャンツェに置かれた代表部事務所に勤務しているときに生まれたのが著者、ツェワンである。幼い頃から周囲にイギリス人のいる環境で育ったツェワンは、父からも折々に英語教育を受けていたという。後に、ブータン国境付近のトモに代表部の支部が設置されたことに伴い、緑豊かで温暖なトモの地へ一家で移り住み、幼少期を過ごす。この地で話し上手の祖母と暮らし、たくさんの物語を語り聞かせてもらった経験が、後の創作活動に大きな影響を与えることになる。その後、父のラサ転勤に伴い、通商代表部の敷地デキー・リンカで九歳まで過ごした。

仕事柄、目まぐるしく変わる世界情勢を耳にしていた父は、わが子に英語教育を施すべきだと考え、一九四一年、ツェワンをダージリン近くのクセオンにあるビクトリア・ボーイズ・スクールに入学させる。同級生はみなイギリス人で英語には相当苦労を強いられたが、生来の賢さで乗り越える。そして、一九四九年、十七歳のときに医学をこころざし、故郷を離れ、ロンドン大学に単身留学するのである。

ツェワンは父から時折届く手紙で、共産党支配のもとで大きな変化を蒙りつつあるチベットの情勢について知り、悲痛な思いを抱えていた。一方、ロンドンではチベットに対して人びとが抱く思い込みや幻想に日々直面して嫌気がさしていた。当時の状況を考えてみると、一九三三年にジェームズ・ヒルトンの『失われた地平線』が大ヒットを飛ばし、四年後にハリウッドで映画化されたことも相まって、チベットといえば近寄りがたい理想郷シャングリラというイメージがついてまわっていた。ツェワンは、故郷が極めて困難な状況に置かれている中で、勝手な幻影ばかり追いかけるのはやめてほしい、リアルなチベットを知ってほしいと常々思っていたのだ。ツェワンのその願いは、後にエッセイ集『少年時代のチベット』として結実することになる。一九五五年に大学を卒業したツェワンには悲劇が待っていた。両親が前年のギャンツェで起きたヤルルン・ツァンポ川流域の大洪水で非業の死を遂げていたのだ。そして共産党支配下のチベットにはもはやツェワンの居場所はなかった。

そんな折、後にブータンの首相となるジグメ・ドルジの依頼を受け、ブータンで初めてとなる西洋医学の病院の建設に携わり、自身も医師として働いた。一九五九年、ブータン人の妻ツェリン・サンモ（タゴツァンの当主の妻と同名だ）を伴ってダージリンに移り住み、現地の病院に勤務する。この年の三月にチベットで民衆が蜂起し、国境を越えてきたチベット人たちが押し寄せてきた。ツェワンは負傷した人びとや病気の人びとに無償で医療を提供し続けたという。そのとき命からがら逃げてきた人びとから聞いた話はツェワンの心に深い印象を残し、チベットに起きている悲劇的な状況についていつか書かねばという思いを募らせていった。

その後再び医学の研究を進めるためにロンドンに渡った際に書き上げて一九六六年に出版したのが、自伝的な要素を含む長編小説『道中の菩薩たち』（*Idols on the Path*）である。二十世紀初頭のイギリスのヤングハズバンドによるチベット遠征の最前線に立たされたトモや、イギリス通商代表部のあるラサ、そしてインドのダージリンなどを舞台にした、ある一家の激動の数十年間の歴史を描いた小説であり、また主人公が少年から大人へと成長していくさまを生き生きと描いた青春小説でもある。この小説は、チベット人が英語で書いた初めての小説であるだけでなく、チベット人が手掛けた初めての長編小説でもあった。

一九六七年にロンドンから帰国したあと、ダージリンやティンプーで長い間医師として病院に勤務したツェワンは、二〇〇七年、念願のチベット訪問を実現させる。一九四九年にチベットを離れて以来、初めての訪問であった。ツェワンはチベットの変化に相当なショックを受けたようで、何か月もの間、ふさぎ込んでいたという。その後、本書の執筆に着手し、ニャロンを舞台に、当地に初めて入ったアメリカ人宣教師一家の物語を一つの柱として、山に抱かれた穏やかな暮らしを営んでいたチベットの人びとが故郷を追いやられ、何もかもが崩れ去っていく悲劇を描いた歴史小説を書き上げた。晩年、肝臓がんを患っていたツェワンは、痛みに耐えながら執筆を続けたという。二〇一一年にこの世を去ったツェワンの悲願だった本書の出版は、没後六年経った二〇一七年に、遺族らの手によって実現したのである。

《異文化のはざまの語り部》

チベット人というアイデンティティをもちながら、イギリスの学校文化の中で青春を送り、その後の人生でも長い間葛藤してきた著者は、仏教とキリスト教について常に思索を続けていた。その思索の跡は『道中の菩薩たち』にも本書にも色濃く見られる。宣教師との対話だけでなく、共産党員たちとの対話においてさえも、哲学的な議論をする喜びも織り込みながら対話を展開する描写はスリリングで秀逸である。

チベット文化に馴染みのない読者に向けて、文化の橋渡しとなるような表現を多用することも特徴である。特に最初の二つの作品では、英語圏の読者を想定した表現として、ラテン語を引いたり、キリスト教と仏教を対比させたり、イギリスやフランスの古典文学から引用するなど、異文化理解を助ける細やかな描写が特徴だった。しかし本書では様子が少し違う。読者も英語圏の亡命チベット人社会の若者たちを想定しているのではないかと思う。チベット文化と出会っていく第1部でこそ、「チベットのシーシュポス」とか「小さいけれどもまぎれもないソドムとゴモラだ」、「中国版ピクウィック氏」といった表現が出てくるが、第2部以降、宣教師夫妻が徐々にチベット文化に魅了されていく段階になると、西洋文化への言及は影を潜め、むしろチベット語の音写表記が中心となる。地の文、会話文にかぎらずチベット語を多用し、物語が進むにつれてチベットの香りが濃厚になっていく。さらに第5部でインドが舞台になると、英語、ヒンディー語、ネパール語が飛び交い、さらにはインドのチベット人がいかにも使いそうな「チリンガ（チベット語で西洋人）のサーハブ（ヒンディー語で旦那）」といったちゃんぽんな表現が出てきて、実にリアルである。

著者が英語による作品の中で、さまざまな読者を意識しながら複数の言語を操る絶妙なバランス感覚は、クセオンの学校で学んでいた少年時代の経験と切り離して考えることはできないだろう。学校でヨーロッパの古典に親しみ、科学的な知識を学んだ少年は、長い休みのたびにトモに住む祖母のもとに帰っていた。敬虔な仏教徒である祖母に、学校で学んだ知識をぶつけては、激論を交わしたという。祖母の確固たるチベットの伝統的な世界観に対抗するには、生半可な知識では太刀打ちできず、祖母にはずいぶん鍛えられたと著者自身が振り返っている。こうした原体験に支えられ、その後もロンドン、ティンプー、ダージリンという環境でさまざまな言語を操る人びととのコミュニケーションの中で磨かれた語り部としての能力なのだろう。

なお、この作品を翻訳するにあたり、チベット語の音写表記にどう対応したかについて付記しておく。基本的な方針としては、音写されているものはなるべくカナ表記やルビを使うなどして、著者がどんな響きにこだわったのかが分かるようにした。読みにくくなってしまう場合は数を減らすなど工夫をした。ただし、一つだけ、原文では音写されておらず、英語で書かれているのに、わざわざチベット語のルビを振ったものがあるので、それについては説明をしておきたい。原文ではgreen-brainedという英語である。英語ではどうやら「環境問題に意識の高い」という意味になるようだが、そういう意味では全くなく、ラサのチベット語でいう「レバ・ジャング（脳＋緑色の）」というイディオムをふまえ、「思想的に腐っている、頭の腐った、遅れている」という意味で使われている。家族で普段からチベット語と英語を使っているような家庭ではこうした変換がスムーズに起きるであろうことは想像に難くない。というわけで、ここだけは、訳者の勝手な判断で、参照元のチベット語の音をルビの形で記すことにした。

《チベットという大地に蒔かれた外来の種》

本書はスケールの大きな歴史物語と少年たちの成長物語を軸に、スリリングなストーリー展開と折々に挟まれるユーモアとで読者を楽しませてくれる類まれな作品だ。実はこうした共通点をもつ作品は、著者と同じ頃に生を受けた作家たちによってチベット語でも書かれている。ペンジョー（一九四一―二〇〇三）による『トルコ石の頭飾り』（*gtsug g.yu*, 1985）と、オンドー（一九三二―）による『テースル家秘録』（*bkras zur tshang gi gsang ba'i gtam rgyud*, 1997）だ。どちらも二十世紀前半のチベットを舞台にした少年たちの成長物語であり、山あり谷ありのエンターテインメント要素の強い作品である。チベットらしいユーモアを交えた語りと、いかにもチベット人らしい振る舞いをする愛すべき登場人物たちが魅力的な作品だ。本作はこの系譜に連なる作品と言えるかもしれない。

実はこれらの作家たちは、少年時代にインドに留学し、イギリス式の教育を受けた経験があるという共通点をもっている。ペンジョーについては詳細は不明だが、オンドーのダージリン留学は七年間におよび、その後、シェークスピア作品のチベット語翻訳によりアメリカのシェークスピア協会から功労を称る賞が贈られたほどの実力の持ち主である。また、本書の著者が古典文学も含めて相当量の西洋の文学作品に親しんでいたであろうことは疑問の余地がない。

チベットの現代文学では漢語を通じた受容の側面についてもっぱら語られてきたが、英領インド時代の末期にラサやギャンツェで生まれ、西洋文化に触れることができた世代の、英語を通じた文学の受容にはもっと注目すべきだろう。ここに挙げた三人の作家のうち、ペンジョーとオンドーはラサを拠点にチベット語で書き、ペンバは海外を拠点に英語で書く。一見異なるのだが、創作にあたり、中国に占領されて失われてしまったかつてのチベットをどうしても描いておかなければならないという使命感を抱いていた点は共通している。イギリスがチベットという大地に蒔いていった種が、中国共産党によるチベット支配、文化的伝統の破壊という悲劇を経験して、新しいチベット文学を花咲かせたと言っても過言ではないだろう。

現在は、十五万人におよぶ亡命チベット人がインドをはじめ、欧米、アジア各地に暮らしている。英語によるチベット人の創作活動は今もなお形を変えて続いている。チベットの地を踏んだことのない、想像することしかできない、海外生まれの二世、三世のチベット人たちが、新しい詩や物語を紡いでいる。「チベット文学」は山の向こう、海の向こうで今もその地平を広げているのだ。それはもちろん、チベット本土でも同様である。誰しもが漢語教育を受けなければならない現状であっても、チベット語教育を必死で守り続ける大人たち、そしてチベット語で書くことを選んだ作家たちが、若者たちに影響を与え続けている。そこからまた新しい文学が生まれつつある。そしてそれは、テンガたちの、人間の尊厳を賭けた戦いの続きなのかもしれない。

《彼らの物語から私たちの物語へ》

物語を書く人には書かなければならない理由がある。チベットの人びとの苦難の時代を語る言葉に何十年も耳を傾け続けた著者にとっては、心に刻まれた数多の物語を、彼自身の語りで再生したいという十分な理由があった。人びとの口から語られた物語はその人だけの物語であり続けることはできず、聞き手の心をとらえる物語であればあるほど、聞き手自身の物語としてその人の心に棲みつくことになる。聞き手だったその人が優れた語り部であった場合は、語られた物語はより多くの人のもとへと巣立っていき、また語られることになる。優れた語りに触れると、他者の物語が自分自身の物語に変成するという効能がある。本書はまさに、そうした効能をたっぷり含んだ力強い物語である。人びとの語った真実の言葉は、ツェワン・イシェ・ペンバという稀代の語り部と出会うことで、読んだ人の心を捉えて離さず、読み終えたら人に語らずにはいられない、そんな力を秘めた物語となった。

もしこの物語を読み終えたあなたが、スティーブンス夫妻やタゴツァンの当主、テンガやポール、カンド・ツォモたちのことを人に話したくなったのなら、著者の術中にはまったと観念して誰彼構わず語ってほしい。日本で最初にそれをやりたくなったのは恐らく訳者自身であり、その地位は譲るわけにはいかないが、仲間が増えるのはこの上なく嬉しい。読者のみなさんの翼を借りて、このチベットの愛と戦いの物語がより多くの読者のもとに届けられるよう、心から願っている。

◆参考文献◆

◎宣教師の見たチベット

I・デシデリ『チベットの報告』（1・2）（F・デ・フィリッピ編　薬師義美訳）平凡社、東洋文庫、一九九一—九二年

P・ホップカーク『チベットの潜入者たち　ラサ一番乗りをめざして』（今枝由郎／鈴木佐知子／武田真理子訳）白水社、二〇〇四年

F・ルノワール『仏教と西洋の出会い』（今枝由郎・富樫櫻子訳）トランスビュー、二〇一〇年

Duncun, Marion H., *The Yangtze and the Yak: Adventurous Trails In and Out of Tibet,* Ann Arbor: Edwards Brothers Inc., 1952.

Rijnhart, Susie Carson, M.D., *With the Tibetans in Tent and Temple: Narrative of Four Years' Residence on the Tibetan Border, and of a Journey into the Far Interior,* New York: F. H. Revell Company, 1901.

Shelton, Albert L., *Pioneering in Tibet: A Personal Record of Life and Experience in Mission Fields,* New York: F. H. Revell Company, 1921.

Wissing, Douglas A., *Pioneer in Tibet: The Life and Perils of Dr. Albert Shelton,* Palgrave Macmillan, 2004.

◎西洋人によるチベット踏査記録

D・スネルグローヴ／H・リチャードソン『チベット文化史』（奥山直司訳）春秋社、一九九八年

E・タイクマン『中国辺境歴史の旅三　東チベット紀行』（陳舜臣編集・解説、水野勉訳）白水社、一九八六年

S・ヘディン『チベット遠征』（金子民雄訳）中公文庫、一九二九年

Y・レーリヒ『アジアの奥地へ』（上・下）（藤塚正道／鈴木 美保子訳）連合出版、一九八五年

Aris, Michael, *Lamas, Princes, and Brigands: Joseph Rock's Photographs of the Tibetan Borderlands of China,* New York: China Institute in America, 1992.

Bell, Sir Charles, *The People of Tibet,* Oxford: Clarendon Press, 1928.

◎カムの人びととの戦いの記録

アデ・タポンツァン『チベット女戦士アデ』（ペマ・ギャルポ監訳、小山昌子訳）総合法令、一九九九年
ケデュプ・トゥンドゥップ『激動チベットの記録　一九五〇〜一九五九』日本工業新聞社、一九八三年
ゴンポ・タシ『四つの河六つの山脈　中国支配とチベットの抵抗』（棚瀬慈郎訳、ペマ・ギャルポ監修）山手書房新社、一九九三年
ジャムヤン・ノルブ『中国とたたかったチベット人』（ペマ・ギャルポ／三浦順子訳）日中出版、一九八七年
McGranahan, Carole, *Arrested Histories: Tibet, the CIA, and Memories of a Forgotten War,* Duke University Press, 2000.
Yudru Tsomu, *The Rise of Go¨npo Namgyel in Kham: The Blind Warrior of Nyarong,* Lanham: Lexinton Books, 2015.

◎チベット近現代史

阿部治平『もうひとつのチベット現代史プンツォク=ワンギェルの夢と革命の生涯』明石書店、二〇〇六年
木村肥佐生『チベット偽装の十年』（スコット・ベリー編　三浦順子訳）中央公論社、一九九四年
倉知敬『チベット　謀略と冒険の史劇　アメリカと中国の間で』社会評論社、二〇一七年
小林亮介「ダライラマ政権の東チベット支配（1865—1911）　中蔵境界問題形成の一側面」『アジア・アフリカ言語文化研究』七六号、二〇〇八年
小林亮介「一九一〇年前後のチベット　四川軍のチベット進軍の史的位置」『歴史評論』七二五号、二〇一〇年
W・D・シャカッパ『チベット政治史』（貞兼綾子監修　三浦順子訳）亜細亜大学アジア研究所、一九九二年
R・デエ『チベット史』（今枝由郎訳）春秋社、二〇〇五年
P・ドネ『チベット　受難と希望　「雪の国」の民族主義』（山本一郎訳）サイマル出版会、一九九一年
R・フォード『赤いチベット』（近藤等訳）芙蓉書房、一九七〇年
山口瑞鳳『チベット』（上・下）東京大学出版会、一九八七―八八年
Dunham, Mikel, *Buddha's Warriors: The Story of the CIA-Backed Tibetan Freedom Fighters, the Chines Invasion, and the Ultimate Fall of Tibet,* New York: Jeremy P. Tarcher/Penguin, 2004.
Gyalo Thondup and Anne F. Thurston, *The Noodle Maker of Kalimpong: The Untold Story of My secret Struggle for Tibet and My Brother the Dalai Lama,* New York: PublicAffairs, 2015.
McKay, Alex, *Tibet and the British Raj: The Frontier Cadre 1904--1947,* London: Curzon Press, 1997.
Tsering Shakya, *The Dragon in the Land of Snows: A History of Modern Tibetan Since 1947,* New York: Penguin Compass, 1999.

◎文学関連

ダライ・ラマ六世ツァンヤン・ギャムツォ『ダライ・ラマ六世恋愛彷徨詩集』（今枝由郎訳）トランスビュー、二〇〇七年
Lama Jabb, *Oral and Literary Continuities in Modern Tibetan Literature: The Inescapable Nation,* Lahnam: Lexinton Books, 2005.
Pemba, Tsewang Yishey, *Young Days in Tibet,* London: Jonathan Cape, 1957.
Pemba, Tsewang Yishey, *Idols on the Path,* London: Jonathan Cape, 1966.

Still, Dorris Shelton, *Sue in Tibet*, New York: The John Day Company, 1942.

dpal 'byor, *gtsug g.yu*, lha sa: bod ljongs mi dmangs dpe skrun khang, 1985.（トルコ石の頭飾り）

dbang rdor, *bkras zur tshang gi gsang ba'i gtam rgyud*, lha sa: bod ljongs mi dmangs dpe skrun khang, 1997.（テースル家秘録）

［付記］

中国で活躍するチベット族の作家、阿来（アーライ）はニャロンを舞台にした歴史小説を書いている。参考までに書誌情報を挙げておくので関心のある方はお読みいただきたい。タイトルにある「瞻対」とはニャロンのチベット語古称チャクデュ（*lcags mdud*）の音写である。

阿来『瞻対　終于融化的鉄疙瘩——一個両百年的康巴伝奇』四川文芸出版社、二〇一四年

＊＊＊

この本は、チベット語による文学作品ばかりを追いかけてきた訳者にとって、驚きの一冊だった。ちょうどチベット人による創作活動の歴史を追いかけていたときに、長編小説に焦点を当てて調査を進めていたのだが、チベット語と漢語による創作しか見ていなかったところに、アメリカから訪ねてきてくれた友人研究者の「なぜ英語による創作を外しているの？」というごくまっとうな一言をきっかけに、調べて存在を知ったのがきっかけだった。早速取り寄せて読みはじめたところ、一気に引き込まれた。登場人物が生き生きと動いていて、自分もニャロンにいるような気さえした。読み終わってからも、作中の人物たちのことが思い出されてならず、会う人会う人にこの物語の話をしたものだ。ほどなくして著者に興味がわき、「初めて長編小説を書いたチベット人」と紹介されていることも気になった。しかも一九六六年！　チベットの現代文学を一九八〇年代に始まったことにしていた不明を恥じるしかなかった。さらに、それよりも早く、一九五七年に、チベットでの少年時代を描いた初めてのエッセイ集をロンドンで出版しているのだ。もしかすると、その前年に出た、イギリスに亡命したチベット人ラマ、ロブサン・ランパの回想という体で出版されて一大ブームを巻き起こした『第三の眼』の陰に霞んでしまったのではないかという気もするが、『少年時代のチベット』は読んでいてわくわくす

るような楽しいエッセイである。初の長編小説『道中の菩薩たち』はエンターテインメントの要素もたっぷり含まれていると同時に、チベットの歴史にも触れつつ、チベット仏教思想の探求という面も含まれており、大変面白い作品である。

ちょうど『少年時代のチベット』を古書で手に入れて、夢中になって読んでいた頃だと思うが、書肆侃侃房の田島安江さんとお目にかかる機会があった。世界の詩を紹介するイベントにチベット担当としてお誘いいただいていたので、その打ち合わせだった。雑談をしているうちにお互いに今読んでいる本の話を紹介する流れになり、私はツェワン・イシェ・ペンバという作家の歴史小説が自分にとっていかに衝撃だったか、そしてどんな物語なのかということをたぶんかなり熱く語ったのだと思う。田島さんに「翻訳したらどうですか？　面白そうだし、私も読んでみたい」と言われて思わずのけぞった。まず自分では翻訳を手掛けたことのない英語の小説だし、何より長い。しかもエージェントを通して最長二年という期間を定めての翻訳になるとのことで、その契約を守れるかどうか自信もなく、怖かった。その場ですぐに返事はせずに時間をもらって、先々のことまでじっくり考えた結果、チベット文学の多様性を紹介できる機会は貴重だし、何よりこんなに魅力的な物語を日本の読者に知ってもらう機会になるならと決意を固めた。それから二年が経とうとしている。今こうして形になってみて、あのとき翻訳を勧めてくださった田島さんの一言をありがたく噛み締めている。本書を世に出してくださった書肆侃侃房のみなさんに御礼を申し上げたい。

著者の遺族と出版社にコンタクトをとろうと調べているうちに、ロンドン在住で、鋭い視点の英語ブログを発信して評判になっていたデチェン・ペンバという女性がどうも著者の姪らしいということを突き止め、ブログのコメント欄にメッセージを書いてみた。するとしばらく経ってからメールが届き、この話を喜んでくれるとともに、著者の娘であるラモ・ペンバさんと出版社の担当者につないでくれた。ラモさんとは電話で話をしたことがあるが、「今仕事でカイロなの。このあとベトナムに行って、しばらくしたらインド」と世界中を飛び回る仕事をされているようだった。さすがペンバ家の血筋である。そのときの会話は英語からはじまってチベット語になり、そのうち二つの言語がちゃんぽんになり、自分が何語で会話しているのか分からなくなる感覚を抱いた。ペンバ家の会話もこんな感じだったのだろうかと「緑色の脳みそ」を思い出したりした。ラモさんから連絡を受けたといって冒頭に文章を寄せているシェリー・ボイルさんからもメールをいただき、日本語に翻訳されることをとても喜んでくださった。遺族のみなさんとシェリーさんには、長い間眠っていたというこの素晴らしい物語を本にしてくださったことに心からの感謝を捧げたい。

オリジナルにはない絵地図と挿画をこの作品のために描いてくださったのは漫画家の蔵西さんだ。蔵西さんは私が本書の翻訳を手掛ける少し前から、東チベットの僧院を舞台にした漫画『月と金のシャングリラ』をマトグロッソで連載していた。連載がある程度進んだところで、この本の翻訳が始まった。じっくりと読んでいくにつれ、時代設定もほぼ重なるこの二つの物語の縁の深さを感じずにいられなかった。蔵西さんには、拙訳のラシャムジャ著『雪を待つ』（勉誠出版、二〇一五年）にも絵地図を描いていただいたのだが、今回もまた物語の舞台を素晴らしい絵地図にしてくださった。さらには帯文まで寄せていただいた。本書が『月と金のシャングリラ』第二巻（イースト・プレス）の刊行とあまり間を置かずに刊行されるのも何かのご縁。ぜひ漫画も手にとっていただきたい。

表紙に使われている絵画はドイツ系ロシア人の画家、思想家、探検家であるニコライ・レーリヒ（一八七四―一九四七）による「チベット　ヒマラヤ」という作品である。レーリヒは一九二〇年代に妻子とともにカラコルム山脈、タリム盆地、チベット高原などを踏査する探検を行っており、どこかスティーブンス一家をほうふつとさせるところがある。気品のある装幀に仕上げてくださった成原亜美さんがレーリヒの絵を選んだのは単なる偶然ではないように思えてならない。

チベット近代史を専門とし、ニャロンに関する論文もある九州大学の小林亮介さんには、原稿の段階でこの物語に目を通していただき、専門的な観点からいくつもの重要なご指摘をいただいた。小林さんに最初の読者になっていただけたことはこの本にとって幸いだったと思う。かつて『チベット仏教王伝 ソンツェン・ガンポ物語』（岩波文庫）で翻訳の苦楽をともにした仲間である浅井万友美さん、海老原志穂さんには、訳文のチェックをしていただき、三浦順子さんには仏教用語についてアドバイスをいただいた。また、敬愛する元同僚の町田和彦さんにはヒンディー語の発音についてご教示いただいた。友人、同僚、家族からのサポートなしではこの大部な訳書を完成させることはできなかった。お世話になったみなさんに、この場を借りて心より御礼申し上げる。

こうして日本語の本の形になってみると、さらにこの物語の強いエネルギーを感じる。この愛と戦いの物語が、多くの人に読まれ、キャラクターたちが愛され、読者のみなさんの語りを通じて新たな命を吹き込まれることを祈っている。

二〇二〇年八月

星 泉

本書は東京外国語大学アジア・アフリカ言語文化研究所で実施されている「多言語・多文化共生に向けた循環型の言語研究体制の構築（LingDy3）」の研究成果の一つとして刊行されました。

■著者プロフィール

ツェワン・イシェ・ペンバ(Tsewang Yishey Pemba, 1932－2011)

チベットのギャンツェ生まれ。医師であり作家。1941年にインドのクセオンにあるイギリス式学校に入学して英語を身につけ、1949年にロンドン大学に留学し、医学を学び、卒業後はブータン、インドなどで外科医として活躍。1957年にチベットで過ごした日々をエッセイに綴った『少年時代のチベット』(*Young Days in Tiebt*)をロンドンで出版。1966年にはチベット人として初めてとなる長編小説『道中の菩薩たち』(*Idols on the Path*)をロンドンで出版する。その後、創作活動から離れていたが、晩年にようやく実現したチベット旅行をきっかけに、『白い鶴よ、翼を貸しておくれ』(*White Crane, Lend Me Your Wings*)の執筆に取りかかり、2011年に書き上げたあと、病没(享年79歳)。

■訳者プロフィール

星泉(ほし・いずみ)

1967年千葉県生まれ。東京外国語大学アジア・アフリカ言語文化研究所・教授。チベット語研究のかたわら、チベットの文学や映画の紹介活動を行っている。訳書にラシャムジャ『雪を待つ』、共訳書にトンドゥプジャ『ここにも躍動する生きた心臓がある』、ペマ・ツェテン『ティメー・クンデンを探して』、タクブンジャ『ハバ犬を育てる話』、ツェラン・トンドゥプ『黒狐の谷』などがある。『チベット文学と映画制作の現在 SERNYA』編集長。

この物語には、現代とは異なる価値観や残酷な行為、差別的な表現などが含まれていることがあります。物語の主な舞台である20世紀前半のチベットの状況を描いたものであることを踏まえてお読みいただければ幸いです。　(訳者)

白い鶴よ、翼を貸しておくれ

チベットの愛と戦いの物語

2020年10月2日　第1刷発行
2020年12月30日　第2刷発行

著　者　ツェワン・イシェ・ペンバ
翻訳者　星泉
発行者　田島安江
発行所　株式会社 書肆侃侃房（しょしかんかんぼう）
〒810-0041 福岡市中央区大名 2-8-18-501
TEL 092-735-2802　FAX 092-735-2792
http://www.kankanbou.com　info@kankanbou.com

編　集　田島安江
DTP　黒木留実
印刷・製本　亜細亜印刷株式会社

ISBN978-4-86385-421-5 C0097